Nora Roberts
Wo Wünsche wahr werden

Melodie der Liebe

Seite 7

Zwischen Sehnsucht und Verlangen

Seite 231

MIRA® TASCHENBUCH
Band 26073

1. Auflage: Dezember 2017
Copyright © 2017 by MIRA Taschenbuch
in der HarperCollins Germany GmbH

Titel der amerikanischen Originalausgaben:
Taming Natasha
Copyright © 1990 by Nora Roberts
erschienen bei: Silhouette Books, Toronto

The Return of Rafe MacKade
Copyright © 1995 by Nora Roberts
erschienen bei: Silhouette Books, Toronto

Published by arrangement with
Harlequin Enterprises II B.V./S. à r. l.

Umschlaggestaltung: büropecher, Köln
Umschlagabbildung: Tim Graham, rusm/Getty Images
Redaktion: Mareike Müller
Satz: GGP Media GmbH, Pößneck
Printed in Germany
Dieses Buch wurde auf FSC®-zertifiziertem Papier gedruckt.
ISBN 978-3-95649-740-7

www.mira-taschenbuch.de

Werden Sie Fan von MIRA Taschenbuch auf Facebook!

Nora Roberts

Melodie der Liebe

Roman

Aus dem Amerikanischen von
Patrick Hansen

Prolog

Natasha marschierte zufrieden in ihr Zimmer zurück, ihre Augen blitzten triumphierend. So, Mikhail und Alexej fanden es also komisch, dem Hund ihren neuen BH und ihr Lieblingstrikot anzuziehen.

Aber die beiden hatten herausfinden müssen, was mit nervtötenden kleinen Brüdern passierte, wenn sie ihre gierigen Grabschhändchen nicht von Dingen ließen, die ihnen nicht gehörten.

Mik würde wahrscheinlich noch den ganzen Tag humpeln.

Und das Beste war, dass Mama ihnen befohlen hatte, Trikot und BH zu waschen. Mit der Hand. Und dann würden sie die Sachen draußen aufhängen müssen. Natashas Genugtuung wuchs. Einige von den Nachbarjungs würden sie bestimmt dabei sehen.

Sie würden vor Scham im Boden versinken.

Mama, so dachte sie jetzt, ist immer gerecht. Das war viel wirkungsvoller als der kräftige Tritt gegen das Schienbein, den sie ihrem Bruder versetzt hatte.

Natasha drehte sich zu dem hohen Spiegel an der Wand um und sank in ein tiefes Plié. Ihr vierzehnjähriger Körper zeigte die ersten Andeutungen von Rundungen an Brust und Hüften, sonst war er ebenso schlank wie der ihrer Brüder.

Ballettstunden hatten diesen Körper gelehrt, sich geschmeidig zu dehnen, die Gelenke darauf trainiert, den Anforderungen zu entsprechen. Hatten ihrem Geist Disziplin beigebracht.

Und ihrem Herzen die größte Freude gemacht.

Sie wusste, wie teuer diese Stunden waren und wie hart ihre

Eltern dafür arbeiteten, ihr – und ihren Geschwistern – das zu erfüllen, was sie sich am meisten wünschten.

Dieses Wissen ließ sie härter trainieren als alle anderen in der Klasse.

Eines Tages würde sie eine berühmte Ballerina sein, und jedes Mal, wenn sie tanzte, würde sie in Gedanken ihren Eltern danken.

Ein Bild tauchte vor ihr auf – sie in einem schillernden Kostüm auf der Bühne. Sie konnte die Musik hören. Sie schloss die goldbraunen Augen und hob das fein modellierte Kinn ein wenig höher. Die langen schwarzen Locken schwangen sanft um ihre Schultern, als sie sich auf die Zehenspitzen stellte und eine langsame Pirouette drehte.

Als sie die Augen wieder öffnete, erblickte sie ihre Schwester im Türrahmen.

„Sie sind fast fertig mit dem Waschen", verkündete Rachel. Sie betrachtete Natasha mit einer Mischung aus Neid und Stolz. Stolz, dass ihre Schwester so schön war, so hübsch aussah, wenn sie tanzte. Neid, weil sie mit ihren acht Jahren das Gefühl hatte, nie vierzehn zu werden, nie so hübsch zu sein, sich nie so anmutig bewegen zu können.

Natasha fielen nie die Spangen aus den Haaren, ihr Haar war immer ordentlich. Und sie bekam auch schon Brüste. Sicher, sie waren noch klein, aber sie waren da, kein Zweifel.

Rachels ganzer Ehrgeiz, ihr ganzes Trachten bestand darin, eines Tages vierzehn zu sein.

Natasha lächelte vor sich hin und drehte noch eine Pirouette. „Und? Beschweren sie sich?"

„Könnte man sagen." Rachels Lippen zuckten. „Wenn Mama nicht in der Nähe ist. Mik sagt, du hast ihm das Bein gebrochen."

„Gut. Er hat es verdient. Weil er meine Sachen genommen hat."

„Es war schon irgendwie lustig." Rachel hüpfte auf dem

Bett herum. „Sasha sah so albern aus in dem hübschen weißen BH und dem pinkfarbenen Tutu."

„Irgendwie, ja", gab Natasha zu. Sie ging zur Kommode und nahm ihre Haarbürste. „Und als sie dann ‚Schwanensee' aufgelegt und mit ihm getanzt haben." Sie strich sich durch das lange Haar. „Na ja, es sind eben nur Jungs."

Rachel rümpfte die Nase. Jungen hatten bei ihr momentan keinen sehr hohen Stellenwert. „Jungs sind doof. Sie sind zu laut, und sie stinken auch immer. Ein Mädchen zu sein ist viel besser." Auch wenn sie ausgewaschene Jeans, ein ausgeleiertes T-Shirt und eine Baseballkappe trug – sie war fest davon überzeugt. Ihre Augen, die die gleiche Farbe hatten wie die ihrer Schwester, begannen zu funkeln. „Wir könnten uns an ihnen rächen."

Natürlich sagte sie sich, dass sie längst über solchen Dingen stand, trotzdem beäugte Natasha ihre Schwester mit wachsendem Interesse. Rachel mochte die Jüngste sein, aber sie war gerissen. „Und wie?"

„Miks Baseballshirt." Für das Rachel eine heimliche Schwäche hatte. „Ich denke, es würde Sasha richtig gut stehen. Solange sie draußen sind, können wir es holen."

„Niemand weiß, wo er es versteckt, wenn er es nicht trägt."

„Ich weiß es." Rachel grinste breit über das ganze hübsche Gesicht. „Ich weiß alles. Ich sage dir, wo es ist, damit du es ihm heimzahlen kannst, wenn ..."

Natasha hob eine Augenbraue. Gerissen und raffiniert. Rachel hatte immer einen Hintergedanken. „Wenn was?"

„Wenn ich deine goldenen Ohrringe tragen darf, die kleinen mit den Sternen."

„Das letzte Mal, als ich dir meine Ohrringe geliehen habe, hast du einen verloren."

„Ich habe ihn nicht verloren, ich habe ihn nur noch nicht gefunden." Zu gern hätte sie jetzt geschmollt, aber das musste warten, bis der Handel perfekt war. „Ich hole das Shirt, helfe dir dabei, es Sasha anzuziehen, und lenke Mama ab. Du lässt mich drei Tage deine Ohrringe tragen."

„Einen."

„Zwei."

Natasha seufzte ergeben. „Na schön."

Mit einem verschlagenen Lächeln streckte Rachel die offene Hand aus. „Ohrringe zuerst."

Kopfschüttelnd öffnete Natasha ihr Schmuckkästchen und holte die kleinen Kreolen hervor. „Wie kann man mit acht ein solch gerissener Überredungskünstler sein?"

„Wenn man die Jüngste ist, muss man das können." Freudig hüpfte Rachel vom Bett und steckte die feinen Ohrringe vor dem Spiegel an. „Alle kriegen immer die Sachen vor mir. Wenn ich die Älteste wäre, hätte ich die Ohrringe bekommen."

„Du bist aber nicht die Älteste, und die Ohrringe gehören mir. Verlier sie nicht."

Rachel verdrehte genervt die Augen, dann betrachtete sie sich im Spiegel. Sie sah älter aus, mindestens wie zehn, da war sie sicher.

„Wenn du schon Ohrringe trägst, solltest du auch etwas mit deinem Haar machen. Lass mich mal." Natasha zog ihrer Schwester die Baseballkappe vom Kopf und begann die langen Locken zu brüsten. „Wir binden es zusammen, damit man die Ohrringe auch sehen kann."

„Ich kann meine Spange nicht finden."

„Dann nehmen wir eine von meinen."

„Als du acht warst, hast du da so ausgesehen wie ich?"

„Weiß ich nicht." Natasha hielt ihr Gesicht neben Rachels, damit sie sich zusammen im Spiegel betrachten konnten. „Wir haben fast die gleichen Augen, und unsere Lippen sind auch sehr ähnlich. Deine Nase ist hübscher."

„Wirklich?" Die Vorstellung, dass etwas an ihr hübscher war als an ihrer großen Schwester, war einfach umwerfend!

„Ja, ich denke schon." Und weil sie nur zu gut verstand,

legte Natasha ihre Wange an die ihrer Schwester. „Eines Tages, wenn wir erwachsen sind, werden uns die Leute nachsehen, wenn wir zusammen die Straße hinuntergehen, und dann werden sie sagen: ‚Sieh nur, da gehen die Stanislaski-Schwestern. Sind die beiden nicht wunderhübsch anzusehen?'"

Bei dem Bild musste Rachel kichern. Arm in Arm stolzierten sie durch das Zimmer, das sie sich teilten. „Und wenn sie Mikhail und Alexej zusammen sehen, werden sie sagen: ‚Oh, oh, da kommen die Stanislaski-Brüder. Das gibt Ärger.'"

„Und damit haben sie völlig recht." Die Hintertür schlug, und Natasha sah zum Fenster hinaus. „Da sind sie! Oh Rachel, sieh sie dir nur an! Es ist perfekt!"

Die beiden Jungen, beide mit hängenden Schultern, das Kinn bis auf die Brust gesenkt, schlurften zur Wäscheleine, während der Hund wild bellend um sie herumsprang.

„Sie sehen ja soo verlegen aus", sagte Natasha voller Schadenfreude. „Sieh dir nur an, wie rot sie sind."

„Das reicht nicht. Lass uns das Shirt holen!" Rachel griff ihre Kappe und stürmte aus dem Zimmer.

Nie würde es den Jungen gelingen, eine der Stanislaski-Schwestern unterzukriegen, dachte Natasha und rannte hinter Rachel her.

1. Kapitel

„Woher kommt es bloß, dass alle wirklich gut aussehenden Männer verheiratet sind?"

„Soll das eine Fangfrage sein?" Natasha drapierte das wallende Samtkleidchen um die Beine der Puppe, die sie gerade in den kindgroßen Schaukelstuhl aus Bugholz gesetzt hatte. Dann drehte sie sich zu ihrer Mitarbeiterin um. „Okay, Annie. Reden wir über einen ganz bestimmten gut aussehenden Mann?"

„Allerdings. Über den großen blonden und einfach tollen Mann, der gerade mit seiner flotten Frau und dem süßen kleinen Mädchen vor unserem Schaufenster steht." Annie schob sich ein Kaugummi in den Mund und seufzte dramatisch. „Die drei sehen aus wie eine Bilderbuchfamilie."

„Dann kommen sie ja vielleicht herein und kaufen ein Bilderbuchspielzeug."

Natasha trat einen Schritt zurück und musterte zufrieden die Dekoration aus viktorianischen Puppen und passenden Accessoires. Es sah genau so aus, wie sie es sich vorgestellt hatte. Ansprechend, elegant und richtig schön altmodisch. Sie überprüfte noch einmal das gesamte Arrangement, bis hin zum Sitz der Quaste an dem Fächer, den eine der Puppen in der winzigen Porzellanhand hielt.

Der Spielzeugladen war für sie nicht nur ein Broterwerb, sondern auch ihr größtes Vergnügen. Sie achtete auf jedes Detail und beste Qualität und suchte alles, von der kleinsten Rassel bis zum größten Plüschbären, selbst aus. Für ihren Laden und ihre Kunden war ihr das Beste gerade gut genug, ob es sich nun um eine Fünfhundert-Dollar-Puppe mit eigener

Pelzstola handelte oder um einen handflächengroßen Modell-Rennwagen für zwei Dollar. Sie freute sich über jedes Stück, das sie verkaufte. Hauptsache, es bereitete dem kleinen Kunden Freude.

Vor drei Jahren hatte sie zum ersten Mal die Ladentür geöffnet und damit das Glockenspiel über dem Rahmen zum Klingen gebracht. Seitdem hatte Natasha „The Fun House" zu einem der florierendsten Geschäfte des College-Städtchens am Rande West Virginias gemacht. Es hatte viel Energie und Durchhaltevermögen gebraucht, aber den Erfolg verdankte sie in erster Linie ihrem instinktiven Verständnis für kindliche Wünsche und Bedürfnisse. Sie wollte nicht, dass die Kunden mit irgendeinem Spielzeug davongingen. Sie wollte, dass sie mit genau dem richtigen Spielzeug den Laden verließen.

Sie ließ ihren Blick über die ausgestellten Miniaturautos wandern und ging hinüber, um das Arrangement noch etwas zu verbessern.

„Ich glaube, die kommen jetzt herein", sagte Annie und fuhr sich mit der flachen Hand über das kurz geschnittene rotbraune Haar. „Das kleine Mädchen zappelt schon die ganze Zeit vor Aufregung. Soll ich die Ladentür aufschließen?"

Natasha nahm alles sehr genau und sah zu der Uhr mit dem lachenden Clownsgesicht hinauf. „Wir haben noch fünf Minuten."

„Was sind schon fünf Minuten? Tash, ich sage dir, der Typ ist einfach unglaublich." Annie ging zwischen zwei Regalen hindurch zu dem kleinen Stapel Brettspiele und stapelte sie um, während sie möglichst unauffällig nach draußen spähte. „Oh ja! Eins siebenundachtzig, dreiundsiebzig Kilo. Die stattlichsten Schultern, die je ein Anzug-Sakko ausgefüllt haben. Mensch, das ist ja Tweed. Wusste gar nicht, dass mir bei einem Typen in Tweed das Wasser im Munde zusammenlaufen kann."

„Selbst wenn er etwas aus Pappe anhätte, würde dir das Wasser im Munde zusammenlaufen."

„Die meisten Typen, die ich kenne, sind aus Pappe." Annie lächelte verschmitzt, und neben ihrem Mundwinkel bildete sich ein Grübchen. Vorsichtig sah sie um den Tresen mit Holzspielzeugen herum auf die Straße. „Der muss in diesem Sommer eine Menge Zeit am Strand verbracht haben. Sein Haar ist richtig hell von der Sonne, und die Haut ist tief gebräunt. Jetzt lächelt er dem kleinen Mädchen zu. Ich glaube, ich habe mich gerade verliebt."

Natasha vollendete den Ministau, zu dem sie die Modellautos arrangiert hatte, und sah zu Annie hinüber. „Du glaubst doch dauernd, dass du verliebt bist."

„Ich weiß." Annie seufzte. „Wenn ich doch nur erkennen könnte, welche Augenfarbe er hat. Sein Gesicht ist jedenfalls eins von diesen schmalen mit markanten Wangenknochen. Ich wette, er ist unglaublich intelligent und hat im Leben viel durchgemacht."

Natasha warf ihr einen raschen amüsierten Blick zu. Die hoch gewachsene und eher magere Annie hatte ein Herz weich wie Marshmallow-Creme. „Ich bin sicher, seine Frau wäre von deiner Fantasie entzückt."

„Es ist das Recht einer Frau, nein, geradezu die Pflicht, bei einem solchen Mann ins Schwärmen zu geraten."

Obwohl sie da völlig anderer Meinung war, gab Natasha nach und tat Annie den Gefallen. „Also gut. Mach schon auf."

„Eine Puppe", sagte Spence und zupfte seine Tochter zärtlich am Ohr. „Wenn ich gewusst hätte, dass eine halbe Meile vom Haus entfernt ein Spielzeugladen liegt, hätte ich mir das mit dem Umzug vielleicht doch noch anders überlegt."

„Wenn's nach dir ginge, würdest du ihr doch gleich den ganzen Laden kaufen."

„Fang nicht schon wieder an, Nina", sagte er mit einem Seitenblick auf die Frau neben ihm.

Die schlanke Blondine zuckte nur mit den Schultern, sodass

sich der Leinenstoff ihrer gepflegten roséfarbenen Kostümjacke kräuselte. Dann blickte sie zu dem kleinen Mädchen hinunter. „Ich meinte bloß, dass dein Daddy dich immer so sehr verwöhnt, weil er dich sehr lieb hat. Außerdem hast du dir wirklich ein Geschenk verdient, weil du mit dem Umzug einverstanden warst, uns sogar dabei geholfen hast."

Die kleine Frederica Kimball schob die Unterlippe vor. „Ich mag mein neues Haus." Sie schob ihrem Vater die winzige Hand zwischen die Finger, als wolle sie das Bündnis bekräftigen, das sie mit ihm gegen den Rest der Welt eingegangen war. „Ich habe jetzt einen Hof und eine Schaukel ganz für mich allein."

Nina musterte die beiden, den hoch gewachsenen, langgliedrigen Mann und das elfenhafte kleine Mädchen. Die Kleine hatte das gleiche trotzige Kinn wie ihr Vater. Soweit sie sich zurückerinnern konnte, hatten die beiden bei jeder Auseinandersetzung das letzte Wort gehabt.

„Offenbar bin ich die Einzige, die darin keinen Fortschritt gegenüber dem Leben in New York sieht." Ninas Tonfall wurde hörbar müder, als sie dem Mädchen übers Haar strich. „Ich kann nicht anders, ich mache mir ein wenig Sorgen um dich. Du sollst doch nur glücklich sein, mein Liebling. Du und dein Daddy."

„Das sind wir." Um die Atmosphäre zu entschärfen, hob Spence Freddie mit Schwung auf den Arm. „Stimmt's, Funny Face?"

„Sie wird gleich noch glücklicher sein", lenkte Nina ein und drückte Spence aufmunternd die Hand. „Der Laden wird geöffnet." Schmunzelnd folgte sie den beiden durch die Tür.

„Guten Morgen." Sie waren grau, stellte Annie fest und unterdrückte ein gedehntes, träumerisches Seufzen. Ein fantastisches Grau. Entschlossen verbannte sie das Schwärmen in einen hinteren Winkel ihrer Gedankenwelt und bat die ersten Kunden des Tages herein. „Kann ich Ihnen helfen?"

„Meine Tochter interessiert sich für eine Puppe." Spence stellte Freddie wieder auf die Füße.

„Nun, dann sind Sie hier genau richtig." Pflichtgetreu wandte Annie ihre Aufmerksamkeit dem Kind zu. Es war wirklich eine süße kleine Person, mit denselben grauen Augen und dem gleichen kaum zu bändigenden Blondschopf. „Was für eine Puppe möchtest du denn?"

„Eine hübsche", entgegnete Freddie sofort. „Eine hübsche mit rotem Haar und blauen Augen." Sie sah zu ihrem Vater hoch, und als der nickte, spazierte sie an Annies Hand davon.

Nina drückte ihm zum zweiten Mal die Hand. „Spence ..."

„Ich versuche mir immer einzureden, dass es ihr nichts mehr ausmacht. Dass sie sich nicht einmal daran erinnert", sagte er leise.

„Dass sie eine Puppe mit rotem Haar und blauen Augen möchte, muss doch nichts bedeuten."

„Rotes Haar und blaue Augen", wiederholte er mit tonloser Stimme, als die Trauer einmal mehr in ihm aufstieg. „Wie Angela. Sie erinnert sich, Nina. Und es macht ihr etwas aus." Er schob die Hände in die Taschen und ging weiter in den Laden hinein.

Drei Jahre, dachte er. Es war jetzt drei Jahre her. Freddie hatte noch in den Windeln gelegen. Aber sie erinnerte sich an Angela. Die wunderschöne, sorglose Angela. Selbst bei aller Toleranz hätte man Angela nicht als Mutter bezeichnen können. Nie hatte sie ihre Tochter auf den Knien geschaukelt, mit ihr geschmust, sie getröstet oder ihr ein Schlaflied gesungen.

Er musterte eine kleine, blau gekleidete Puppe mit einem engelhaften Porzellangesicht. Schmale, zarte Figur und riesige, verträumte Augen. So war auch Angela gewesen. Von fast überirdischer Schönheit. Und so kalt und glatt wie Glas.

Er hatte sie geliebt, wie ein Mann ein Kunstwerk liebt. Aus der Distanz, voller Bewunderung für das perfekt gestaltete Äußere und stets auf der Suche nach der inneren Bedeutung.

Irgendwie war aus ihrer Beziehung ein warmherziges, lebenslustiges Kind hervorgegangen. Ein kleines Mädchen, das in seinen ersten Lebensjahren fast ohne die Hilfe der Eltern seinen Weg hatte finden müssen.

Aber er würde es wieder gutmachen. Spence schloss einen Moment lang die Augen. Er würde alles in seiner Macht Stehende tun, um seiner Tochter die Liebe, die Geborgenheit und die Sicherheit zu geben, die sie verdiente. Die Echtheit. Das Wort klang banal, aber es beschrieb am besten, was er für seine Tochter wollte. Die Echtheit, Ehrlichkeit und Stabilität einer richtigen Familie.

Sie liebte ihn. Seine Schultern entkrampften sich etwas, als er daran dachte, wie sehr Freddies große Augen leuchteten, wenn er ihr abends gute Nacht sagte, wie sie die Arme um ihn schlang, wenn er sie festhielt. Vielleicht würde er sich nie völlig verzeihen, dass er sie als Baby wegen eigener Probleme vernachlässigt hatte. Aber jetzt lagen die Dinge anders. Selbst diesen Umzug hatte er mit Blick auf Freddies Wohlergehen geplant.

Er hörte ihr helles Lachen, und sofort löste sich die Anspannung in einer Welle von Freude auf. Keine Musik klang in seinen Ohren so schön wie das Lachen seines kleinen Mädchens. Es wäre wert gewesen, von einem kompletten Symphonieorchester begleitet zu werden. Stör sie jetzt nicht, dachte Spence. Lass sie mit all den bunten Puppen allein, bevor du sie daran erinnern musst, dass nur eine davon ihr gehören kann.

Wieder entspannt, sah er sich in dem Geschäft um. Wie die Puppe, die er sich für seine Tochter vorstellte, war das Ladeninnere schön anzusehen. Ein Fest für die Augen. Es war zwar nicht sehr geräumig, aber von Wand zu Wand voll der Dinge, die ein Kinderherz begehrte. Von der Decke hingen eine große Giraffe mit goldenem Fell und ein roter Hund mit traurigem Blick. Hölzerne Eisenbahnzüge, Autos und Flugzeuge in leuchtenden Farben drängten sich neben eleganten Miniaturmöbeln auf einem langen Tisch. Neben dem aufwendigen Modell einer Raumstation saß ein altmodischer Hampelmann. Es gab viele Puppen, manche wunderschön, manche auf charmante Weise hausbacken, Kästen mit Bauklötzen und ein herrlich verspieltes Teegeschirr für Kinder.

Gerade weil alles so ungezwungen, fast beiläufig arrangiert worden war, wirkte es ungemein verlockend. Dies war ein Ort der Fantasien und Wünsche, eine mit Schätzen gefüllte Aladin-Höhle, in der Kinderaugen vor Staunen leuchteten. Spence hörte, wie seine Tochter fröhlich lachte, und ahnte, dass Freddie bald zu den regelmäßigen Besuchern des „Fun House" zählen würde.

Das war einer der Gründe, warum er mit ihr in eine Kleinstadt gezogen war. Er wollte, dass sie voller Neugier durch die Geschäfte streifen konnte und dabei von den Inhabern mit Namen begrüßt werden würde. Sie sollte von einem Ende der Stadt ans andere spazieren können, ohne dass er wie in der Großstadt Angst vor Überfällen, Entführungen oder Drogen haben musste. Sie würden keine Spezialschlösser und Alarmanlagen mehr brauchen, keine aufwendige Technik, um mit akustischen Tricks den permanenten Verkehrslärm herauszufiltern. Selbst ein so kleines Mädchen wie seine Freddie würde hier nicht verloren gehen können.

Und vielleicht würde er selbst ohne die Hetze und den Druck endlich Frieden mit sich schließen können.

Seine Hand griff fast wie von selbst nach einer Spieluhr. Sie war aus sorgfältig modelliertem Porzellan und mit der Figur einer schwarzhaarigen Zigeunerin in einem Rüschenkleid verziert. An den Ohren trug sie winzige goldene Ringe, und in den Händen hielt sie ein Tamburin mit bunten Bändern. Er war sicher, dass er selbst an der Fifth Avenue keinen so kunstvoll hergestellten Gegenstand gefunden hätte.

Er fragte sich, warum die Ladeninhaberin die Spieluhr dorthin gestellt hatte, wo kleine, neugierige Finger danach greifen und sie zerbrechen konnten. Fasziniert zog er die Uhr auf und beobachtete, wie die zierliche Figur sich um das Miniaturfeuer aus Porzellan drehte.

Tschaikowsky. Er erkannte den Satz sofort, und sein geschultes Gehör registrierte den sauberen Klang. Ein melancholisches, fast leidenschaftliches Stück, dachte er und war erstaunt, ausgerechnet in einem Spielzeugladen ein so exquisites Exemplar zu entdecken. Dann blickte er auf und sah Natasha.

Er starrte sie an. Er konnte nicht anders. Sie stand nur wenige Meter von ihm entfernt, den erhobenen Kopf ein wenig geneigt, und musterte ihn. Ihr Haar war so dunkel wie das der Tänzerin. Die Locken ringelten sich wie Korkenzieher um ihr Gesicht, an dessen Seiten ihr die Haarpracht über die Schultern fiel. Ihre Haut war zart gebräunt, schimmerte wie Gold vor dem Kontrast, den das einfache rote Kleid abgab.

Aber diese Frau ist alles andere als zerbrechlich, ging es ihm durch den Sinn. Obwohl sie klein war, strahlte sie so etwas wie Macht aus. Vielleicht lag es an dem Gesicht mit dem vollen, von keinem Lippenstift betonten Mund und den hohen, markanten Wangenknochen. Ihre Augen waren nicht so dunkel wie das Haar, eher goldbraun, mit breiten Lidern und langen Wimpern. Selbst über die zwei, drei Meter hinweg spürte er es. Diese Frau umgab eine berauschende, durch nichts getrübte Erotik, so wie andere Frauen sich in Parfümwolken hüllten.

Zum ersten Mal seit Jahren fühlte er in sich die Hitze reinen Begehrens, die jeden seiner Muskeln zu lähmen schien.

Natasha registrierte es, und es gefiel ihr gar nicht. Was für ein Mann, so fragte sie sich, kommt mit Frau und Kind hereinspaziert, um eine andere Frau mit Augen anzusehen, in denen die nackte Begierde stand?

Nicht ihre Art von Mann.

Entschlossen ignorierte sie seinen Blick, so wie sie es bei anderen Männern in der Vergangenheit bereits getan hatte, und ging zu ihm hinüber. „Brauchen Sie vielleicht Hilfe?"

Hilfe? Sauerstoff brauche ich, dachte Spence nun. Er hatte nicht gewusst, dass eine Frau einem Mann buchstäblich den Atem rauben konnte. „Wer sind Sie?"

„Natasha Stanislaski." Sie bot ihm ihr kühlstes Lächeln. „Mir gehört der Laden."

Ihre Stimme schien in der Luft zu hängen, heiser, voller Leben und mit einer Spur ihrer slawischen Herkunft. Die erotische Atmosphäre wurde dadurch noch gesteigert, und er fühlte es so konkret, wie er die Musik aus der Spieluhr hinter sich hörte. Sie duftete nach Seife, nach sonst nichts, und dennoch fand er den Duft so verführerisch wie kaum etwas zuvor.

Als er nicht antwortete, zog sie eine Braue hoch. Vielleicht war es ganz amüsant, einem Mann den Kopf zu verdrehen, aber sie hatte zu tun. Außerdem war dieser Mann verheiratet. „Ihre Tochter schwankt noch zwischen drei Puppen. Vielleicht möchten Sie ihr bei der endgültigen Entscheidung helfen?"

„Gleich. Ihr Akzent, ist der russisch?"

„Ja." Sie fragte sich, ob sie ihm sagen sollte, dass seine Frau schon gelangweilt und ungeduldig an der Ladentür stand.

„Seit wann sind Sie in Amerika?"

„Seit meinem sechsten Lebensjahr." Sie warf ihm einen besonders eisigen Blick zu. „Damals war ich ungefähr so alt wie Ihre Tochter jetzt. Entschuldigen Sie mich, ich muss mich um die Kundschaft kümmern."

Seine Hand lag auf ihren Arm, bevor er sich zurückhalten konnte. Obwohl er ahnte, dass das kein sehr kluger Schachzug gewesen war, überraschte ihn die Intensität der Abneigung in ihren Augen. „Tut mir leid. Ich wollte Sie nach der Spieluhr fragen."

Natasha folgte seinem Blick. Die Melodie wurde gerade leiser. „Es ist eine unserer besten, hier in den Staaten hergestellt. Sind Sie an einem Kauf interessiert?"

„Ich bin mir noch nicht sicher. Ist Ihnen klar, wo sie steht?"
„Wie bitte?"
„Nun, es ist nicht gerade das, was man in einem Spielzeugladen zu finden erwartet. Bei Ihrer Kundschaft könnte sie leicht zu Bruch gehen."

Natasha schob sie ein Stück weiter nach hinten aufs Regal. „Und sie kann repariert werden." Die rasche Bewegung, die sie mit den Schultern machte, war eindeutig, gewohnheitsmäßig. Sie verriet eher Arroganz als Sorglosigkeit. „Ich finde, man sollte Kindern die Freuden der Musik nicht vorenthalten, meinen Sie nicht auch?"

„Ja." Erstmals huschte ein Lächeln über sein Gesicht. Es war wirklich eindrucksvoll, da hatte Annie recht gehabt. Natasha gab es widerstrebend zu und spürte hinter ihrer Verärgerung einen Hauch von Neugier, vielleicht sogar von Gemeinsamkeit mit diesem Fremden.

„In der Tat, das meine ich auch", sagte er. „Vielleicht könnten wir uns einmal beim Essen darüber unterhalten."

Natasha musste sich zusammenreißen, um ihn nicht zornig in die Schranken zu verweisen. Bei ihrem heißen, oft turbulenten Temperament war das nicht einfach, aber sie dachte daran, dass der Mann nicht nur seine Frau, sondern auch seine kleine Tochter dabeihatte.

Sie schluckte die Beschimpfungen, die ihr auf der Zunge lagen, wieder hinunter, aber Spence las sie ihr an den Augen ab.

„Nein." Mehr erwiderte sie nicht und drehte sich dabei um.

„Miss …", begann Spence, doch da kam Freddie auch schon den Gang heruntergetobt.

„Ist sie nicht schön, Daddy?", fragte sie mit leuchtenden Augen und streckte ihm die große, schlaksige Raggedy-Ann-Puppe entgegen.

Sie ist rothaarig, dachte Spence. Aber schön konnte man sie beim besten Willen nicht nennen. Und an Angela erinnert sie auch nicht, stellte er erleichtert fest. Weil er wusste, dass

Freddie es von ihm erwartete, nahm er sich die Zeit, die Puppe ihrer Wahl gründlich zu mustern. „Dies ist", sagte er nach einer Weile, „die allerbeste Puppe, die ich heute gesehen habe."

„Wirklich?"

Er ging in die Hocke, um Freddie direkt in die Augen schauen zu können. „Ganz bestimmt. Du hast einen exzellenten Geschmack, Funny Face."

Freddie streckte die Arme aus und quetschte die Puppe zwischen ihnen beiden ein, während sie ihren Vater fest umarmte. „Kann ich sie haben?"

„Ich dachte, sie wäre für mich." Als Freddie fröhlich kicherte, hob er sie zusammen mit der Puppe auf den Arm.

„Ich packe sie Ihnen ein." Natashas Tonfall war diesmal wärmer. Er mochte ein unverschämter Kerl sein, aber er liebte seine Tochter, das spürte sie.

„Ich kann sie tragen." Freddie presste ihre neue Freundin an sich.

„Tu das. Aber dann gebe ich dir ein Band für ihr Haar. Möchtest du das?"

„Ein blaues."

„Du bekommst ein blaues." Natasha ging voran zur Kasse.

Nina warf nur einen Blick auf die Puppe und verdrehte die Augen. „Darling, eine schönere hast du nicht gefunden?"

„Daddy gefällt sie", murmelte Freddie mit gesenktem Kopf.

„Allerdings. Sehr sogar", fügte er hinzu und warf Nina dabei einen vielsagenden Blick zu. Dann stellte er Freddie wieder auf die Füße und zog die Brieftasche heraus.

Die Mutter ist alles andere als ein Glückstreffer, dachte Natasha. Aber das gibt dem Mann noch lange nicht das Recht, einer Verkäuferin in einem Spielzeugladen so zu kommen. Sie zählte das Wechselgeld und reichte ihm den Kaufbeleg, bevor sie das versprochene Band hervorholte.

„Vielen Dank", sagte sie zu Freddie. „Ich glaube, sie wird sich bei dir sehr wohlfühlen."

„Ich werde gut auf sie aufpassen", versicherte Freddie, während sie sich damit abmühte, das Band durch das wuschelige Haar der Puppe zu ziehen. „Können die Leute sich die Sachen hier einfach nur anschauen, oder müssen sie etwas kaufen?"

Natasha lächelte, griff nach einem zweiten Band und machte dem Kind eine kecke Schleife ins Haar. „Du kannst jederzeit kommen und dich hier umsehen."

„Spence, wir müssen jetzt wirklich gehen." Nina hielt die Ladentür auf.

„Richtig." Er zögerte. Es ist eine Kleinstadt, sagte er sich. Und wenn Freddie jederzeit willkommen ist, dann bin ich es auch. „Es war nett, Sie kennenzulernen, Miss Stanislaski."

„Auf Wiedersehen." Sie wartete, bis das Glockenspiel ertönte und die Tür ins Schloss fiel, und murmelte dann eine Reihe von Verwünschungen vor sich hin.

Annie streckte den Kopf um einen Turm aus Bauklötzen. „Wie bitte?"

„Dieser Mann!"

„Ja." Mit einem leisen Seufzer kam Annie den Gang entlanggeschwebt. „Dieser Mann."

„Bringt Frau und Kind in einen Laden wie diesen und starrt mich an, als wollte er mir an den Zehen knabbern."

„Tash." Mit gequältem Gesichtsausdruck presste Annie sich eine Hand aufs Herz. „Bitte sag nicht so etwas Erregendes."

„Ich finde es beleidigend." Natasha umrundete den Verkaufstresen und hieb mit der Faust gegen einen Sandsack, der in der Ecke baumelte. „Er hat mich zum Essen eingeladen."

„Er hat was?" Annies Augen leuchteten vor Begeisterung auf, bis ein scharfer Blick von Natasha sie wieder abkühlte. „Du hast recht. Es ist beleidigend, schließlich ist er verheiratet. Auch wenn seine Frau mir ziemlich steif und langweilig vorkam. Wie ein gefrorener Fisch."

„Seine Eheprobleme interessieren mich nicht."

„Nein ..." In Annie kämpften der Sinn für Realität und die

ausgeprägte Fantasie miteinander. „Schätze, du hast ihn abblitzen lassen."

Natasha schluckte hörbar, als sie herumfuhr. „Natürlich habe ich ihn abblitzen lassen."

„Natürlich", bestätigte Annie hastig.

„Der Mann hat vielleicht Nerven", fuhr Natasha fort. Ihr juckten die Finger. Sie sah sich nach etwas um, auf das sie einschlagen konnte. „Kommt in mein Geschäft und macht mich regelrecht an!"

„Das hat er nicht!" Schockiert und fasziniert zugleich ergriff Annie Natashas Arm. „Tash, er hat dich doch nicht wirklich angemacht? Hier im Laden?"

„Mit den Augen. Die Botschaft war deutlich." Es machte sie wütend, wie oft Männer sie betrachteten und nur das Körperliche sahen. Nur das Körperliche sehen wollten. Es war abstoßend. Noch bevor sie richtig verstand, um was es eigentlich ging, hatte sie Anzüglichkeiten und Angebote ertragen müssen. Aber jetzt wusste sie, was man von ihr wollte, und ließ sich nichts mehr bieten.

„Wenn er dieses süße kleine Mädchen nicht bei sich gehabt hätte, hätte ich ihm eine Ohrfeige verpasst!" Die Vorstellung gefiel ihr so sehr, dass sie ihren Zorn wieder an dem imaginären Sandsack ausließ.

Annie hatte derartige Ausbrüche oft genug erlebt, um zu wissen, wie sie ihre Chefin besänftigen konnte. „Sie war wirklich süß, nicht wahr? Sie heißt Freddie. Ist das nicht niedlich?"

Noch während sie sich die geballte Faust rieb, holte Natasha tief Luft. Es wirkte. „Ja", erwiderte sie einfach.

„Die Kleine hat mir erzählt, dass sie gerade erst von New York nach Shepherdstown gezogen sind. Die Puppe soll ihre erste neue Freundin sein."

„Armes kleines Ding." Natasha wusste nur zu gut, welche Sorgen und Ängste ein Kind in einer fremden Stadt empfand. Vergiss den Vater, befahl sie sich und warf den Kopf zurück.

„Sie müsste ungefähr im Alter von JoBeth Riley sein." Ihr Zorn war verraucht. Sie ging hinter den Tresen und griff nach dem Hörer. Es würde nichts schaden, wenn sie Mrs. Riley anrief.

Spence stand am Fenster des Musikzimmers und starrte auf ein Beet mit Sommerblumen hinaus. Blumen vor dem Fenster zu haben und eine nicht gerade ebene Rasenfläche, die viel Pflege brauchte, das war für ihn eine völlig neue Erfahrung. Noch nie im Leben hatte er einen Rasen gemäht. Lächelnd überlegte er, wann er sich daran versuchen könnte.

Dann gab es da noch einen großen, ausladenden Ahorn mit dunkelgrünen Blättern. Er malte sich aus, wie aus dem Grün in wenigen Wochen ein leuchtendes Rot werden würde, bevor die Blätter sich von den Zweigen lösten. Er hatte den Blick von seiner Wohnung am Central Park West immer genossen, sich daran erfreut, wie sich die Bäume mit den Jahreszeiten veränderten. Aber hier war das anders.

Hier gehörten ihm das Gras, die Bäume, die Blumen vor dem Fenster. Sie würden ihm Vergnügen bereiten, und er würde sich dafür um sie kümmern müssen. Hier würde er Freddie hinauslassen können, damit sie mit ihren Puppen eine Teeparty am Nachmittag arrangierte. Und zwar ohne dass er sich um sie Sorgen machen musste, sobald er sie auch nur eine Sekunde aus den Augen ließ.

Sie würden ein angenehmes Leben führen, ein solides Leben für sie beide. Das hatte er gefühlt, als er hergeflogen war, um mit dem Dekan über seine Anstellung zu verhandeln. Und er hatte es wieder gefühlt, während er mit der nervösen Immobilienmaklerin auf den Fersen durch dieses große, geräumige Haus gewandert war.

Sie brauchte es mir gar nicht aufzudrängen, dachte Spence. Ich war dem Haus verfallen, kaum dass ich es betreten hatte.

Vor seinen Augen schwebte ein Kolibri mit unsichtbarem

Flügelschlag über der Blüte einer hellroten Petunie. In diesem Moment war er felsenfest davon überzeugt, dass die Entscheidung, aus der Großstadt fortzuziehen, richtig gewesen war.

Eine Kostprobe des ländlichen Lebens nehmen, so hatte Nina es ein wenig von oben herab bezeichnet. Ihre Worte gingen ihm durch den Kopf, während die Flügel des winzigen Vogels im Sonnenschein zu flimmern schienen. Er konnte ihr keinen Vorwurf machen, schließlich hatte er sein Leben freiwillig dort verbracht, wo stets etwas los war. Sicher, er hatte all die glitzernden Partys genossen, die bis zum Morgengrauen dauerten. Oder die eleganten Mitternachtssoupers nach einem Konzert oder Ballett.

Er war in eine Welt von Glamour, Prestige und Reichtum hineingeboren worden und hatte sein Leben dort verbracht, wo das Beste gerade gut genug war. Natürlich hatte er es ausgekostet. Die Sommer in Monte Carlo, die Winter in Nizza oder Cannes. Die Wochenenden in Aruba oder Cancun.

Er wollte diese Erfahrungen nicht missen, aber er wünschte sich, dass er die Verantwortung für sein eigenes Leben früher übernommen hätte.

Jetzt hatte er es getan. Spence sah dem Kolibri nach, der wie ein saphirblauer Pfeil davonsurrte. Und zu seiner eigenen Überraschung wie zu der Überraschung der Menschen, die ihn kannten, genoss er es, diese Verantwortung zu tragen. Er wusste, woran das lag. An Freddie. Allein an Freddie.

Er dachte an sie, und schon kam sie über den Rasen gelaufen, die neue Puppe unter den Arm geklemmt. Wie erwartet eilte sie schnurstracks auf die Schaukel zu. Das Gestell war so neu, dass die blaue und weiße Farbe in der Sonne glänzte und die harten Plastiksitze wie Leder schimmerten. Mit der Puppe auf dem Schoß stieß Freddie sich ab, das Gesicht auf den Himmel gerichtet, ein selbst komponiertes Lied auf den weichen Lippen.

Die Liebe durchzuckte ihn wie der Hieb einer Samtfaust, kraftvoll, fast schmerzhaft. In seinem ganzen Leben hatte er nichts so Verzehrendes, nichts so Klares empfunden wie das Gefühl, das seine Tochter in ihm hervorrief. Mühelos, einfach nur, indem sie da war.

Während sie durch die Luft glitt, drückte sie die Puppe an sich, um ihr Geheimnisse ins Ohr zu flüstern. Es gefiel ihm, wie glücklich sie mit der simplen Stoffpuppe war. Sie hätte auch eine aus Samt oder Porzellan nehmen können, aber sie hatte sich für eine entschieden, die aussah, als brauche sie Liebe.

Den gesamten Vormittag hindurch hatte sie ihm von dem Spielzeugladen vorgeschwärmt, und er wusste, dass sie sich danach sehnte, noch einmal hinzugehen. Natürlich würde sie keinen Wunsch äußern. Jedenfalls nicht direkt. Nur ihre Augen würden Bände sprechen. Es amüsierte und erstaunte ihn zugleich, wie sein kleines Mädchen schon mit fünf diesen äußerst wirksamen Trick der Frauen beherrschte.

Er selbst hatte auch an den Spielzeugladen denken müssen – und an die Inhaberin. Da war von weiblichen Tricks keine Rede gewesen, nur von der puren Verachtung, die eine Frau für einen Mann empfand. Als er sich erinnerte, wie unbeholfen er sich benommen hatte, verzog er das Gesicht. Ich bin aus der Übung, sagte er sich mit reumütigem Lächeln und rieb sich den Nacken. Noch nie hatte er eine so starke sexuelle Anziehungskraft gespürt. Wie ein Blitz hatte es ihn getroffen. Und ein Mann, der so unter Strom gesetzt wurde, durfte sich schon etwas ungeschickt benehmen.

Aber ihre Reaktion ... Stirnrunzelnd ließ Spence die Szene noch einmal vor seinem geistigen Auge ablaufen. Sie war wütend gewesen, hatte schon vor Zorn gezittert, noch bevor er den Mund geöffnet und sich gründlich blamiert hatte.

Sie hatte gar nicht erst versucht, ihre Abfuhr in höfliche Worte zu kleiden. Ein schlichtes Nein – eine hart klingende, an den Rändern mit Eis überzogene Silbe. Und dabei hatte er sie doch nicht gefragt, ob sie mit ihm ins Bett gehen würde.

Aber genau das wollte er. Vom ersten Moment an hatte er sich ausgemalt, wie er sie davontrug, zu irgendeinem dunklen, abgelegenen Ort mitten im Wald, wo der Moosboden unter ihnen federte und die Baumkronen sich vor den Himmel schoben. Dort würde er die Hitze fühlen, die ihre vollen, ein wenig trotzigen Lippen ausstrahlten. Dort würde er die wilde Leidenschaft auskosten, die ihr Gesicht versprach. Ungestüm, zügellos, ohne an Raum und Zeit, an richtig oder falsch zu denken.

Das darf doch nicht wahr sein. Verwirrt riss er sich zusammen. Er träumte wie ein Teenager. Nein, verbesserte Spence sich und schob die Hände in die Taschen, ich träume wie ein Mann, wie einer, der seit vier Jahren auf eine Frau verzichtet hat. Er war sich nicht sicher, ob er Natasha Stanislaski dafür dankbar sein sollte, dass sie in ihm all die vergrabenen Sehnsüchte erweckt hatte.

Aber er war sicher, dass er sie wiedersehen würde.

„Ich bin reisefertig." Nina wartete in der Tür. Sie seufzte tadelnd. Spence war offensichtlich mal wieder in Gedanken vertieft. „Spence", sagte sie lauter als zuvor und durchquerte den Raum. „Ich sagte, ich bin reisefertig."

„Wie? Ach so." Er lächelte blinzelnd und zwang sich, die Schultern sinken zu lassen. „Wir werden dich vermissen, Nina."

„Ihr werdet froh sein, mich loszuwerden", korrigierte sie ihn und küsste ihn kurz auf die Wange.

„Nein." Sein Lächeln kam jetzt ungezwungener, das sah sie und wischte ihm fürsorglich den Lippenstift von der Haut. „Ich weiß zu schätzen, was du für uns getan hast", fuhr er fort. „Du hast uns den Anfang hier leichter gemacht. Ich weiß, wie beschäftigt du bist."

„Ich kann doch meinen Bruder nicht allein in der freien Wildbahn von West Virginia aussetzen." In einer bei ihr seltenen Gefühlsregung griff sie nach seiner Hand. „Bist du dir wirklich sicher, Spence? Vergiss alles, was ich gesagt habe, und denke nach, denke es noch einmal durch. Es ist ein gewaltiger Wechsel, für euch beide. Was willst du zum Beispiel hier mit deiner Freizeit anfangen?"

„Den Rasen mähen." Ihre verblüffte Miene ließ ihn grinsen. „Oder auf der Veranda sitzen. Vielleicht komponiere ich sogar wieder etwas."

„Das könntest du in New York auch."

„Ich habe seit fast vier Jahren keinen einzigen Takt mehr geschrieben", erinnerte er sie.

„Na schön." Sie ging zum Flügel hinüber und wedelte mit der Hand. „Aber wenn es dir nur um eine Ortsveränderung geht, hättest du dir auch ein Haus auf Long Island oder von mir aus in Connecticut suchen können. Du hättest nicht gleich aufs Land ziehen müssen."

„Es gefällt mir hier, Nina. Glaub' mir, ich hätte für Freddie nichts Besseres tun können. Und für mich selbst auch nicht."

„Ich hoffe, du hast recht." Weil sie ihn liebte, lächelte sie erneut. „Ich wette immer noch, dass du spätestens in sechs Monaten wieder in New York bist. In der Zwischenzeit erwarte ich, dass du mich als Tante dieses Mädchens über ihre Entwicklung auf dem Laufenden hältst." Sie sah auf ihre Hand hinab und stellte verärgert fest, dass ihr Nagellack bereits gelitten hatte. „Allein die Idee, sie auf eine öffentliche Schule zu schicken …"

„Nina."

„Schon gut!" Sie hob die Hand. „Es hat keinen Sinn, darüber zu diskutieren. Ich muss mein Flugzeug noch bekommen. Außerdem bin ich mir durchaus der Tatsache bewusst, dass sie dein Kind ist."

„Ja, das ist sie."

Nina klopfte mit der Fingerspitze auf die glänzende Oberfläche des Instruments, das nicht ganz so groß wie ein

Konzertflügel war. „Spence, ich weiß, dass du wegen Angela noch Schuldgefühle hast. Das gefällt mir gar nicht."

Sein ungezwungenes Lächeln verschwand. „Manche Fehler brauchen lange, bis man sie verarbeitet hat."

„Sie hat dir das Leben zur Hölle gemacht", sagte Nina kategorisch. „Ihr wart kaum verheiratet, da begannen die Probleme bereits. Du warst nicht sehr auskunftsfreudig", fuhr sie fort, als er nicht reagierte. „Aber es gab andere, die sich nur zu gern bei mir oder jedem, der es hören wollte, über eure Ehe ausließen. Es war kein Geheimnis, dass sie kein Kind wollte."

„Und war ich so viel besser? Ich wollte das Baby doch nur, um damit die Lücken in meiner Ehe zu füllen. Damit bürdet man einem Kind eine schwere Last auf."

„Du hast Fehler gemacht. Du hast die Fehler eingesehen und sie korrigiert. Angela hat in ihrem ganzen Leben nicht die Spur von Schuld gefühlt. Wenn sie nicht gestorben wäre, hättest du dich scheiden lassen und das Sorgerecht für Freddie übernommen. Es wäre auf dasselbe hinausgelaufen. Ich weiß, es klingt hart. Aber das ist die Wahrheit oft. Mir gefällt der Gedanke nicht, dass du hierher gezogen bist und dein Leben so dramatisch veränderst, nur um etwas wiedergutzumachen, das längst vergangen ist."

„Vielleicht spielt das eine Rolle. Aber da ist noch etwas." Er hob den Arm, wartete, bis Nina sich neben ihn stellte. „Sieh sie dir an." Er wies durchs Fenster auf Freddie, die strahlend auf der Schaukel saß und frei wie ein Kolibri durch die Luft sauste. „Sie ist glücklich. Und das bin ich auch."

2. Kapitel

„Ich habe keine Angst."

„Natürlich nicht." Spence sah in den Spiegel, vor dem er ihr das Haar band. Sie hatte eine tapfere Miene aufgesetzt. Aber auch ohne dass er das Zittern in ihrer Stimme hörte, wusste er, wie groß die Angst seiner Tochter war. Schließlich fühlte er in seinem eigenen Magen einen faustgroßen Klumpen.

„Andere Kinder würden jetzt vielleicht weinen." Ihren großen Augen war anzusehen, dass auch Freddie den Tränen nahe war. „Aber ich nicht."

„Du wirst viel Spaß haben." Er war sich da ebenso wenig sicher wie sein nervöses Kind. Das Schwierige daran, ein Vater zu sein, bestand darin, sich bei allem Möglichen sicher sein zu müssen – oder wenigstens so zu klingen. „Der erste Schultag ist immer etwas schwierig, aber wenn du erst einmal dort bist und die anderen Kinder getroffen hast, wirst du es toll finden."

Sie drehte sich zu ihm um und sah ihn mit festem, durchdringendem Blick an. „Wirklich?"

„Im Kindergarten hat es dir doch auch gefallen, nicht?" Er wich aus, das gestand er sich ein. Aber er durfte nichts versprechen, was er vielleicht nicht würde halten können.

„Meistens." Sie wandte sich wieder dem Spiegel zu und spielte mit dem gelben, wie ein Seepferdchen geformten Kamm auf der Kommode. „Aber Amy und Pam werden nicht da sein."

„Du wirst neue Freunde finden. JoBeth hast du schon kennengelernt." Er dachte an den braunhaarigen kleinen Kobold, der vor einigen Tagen mit der Mutter am Haus vorbeispaziert war.

„Werde ich wohl. JoBeth ist nett, aber ..." Wie sollte sie ihrem Vater erklären, dass JoBeth ja schon all die anderen Mädchen kannte? „Vielleicht warte ich lieber bis morgen."

Ihre Blicke begegneten sich im Spiegel. Er zog sie an sich. Sie duftete nach der blassgrünen Seife, die sie so liebte, weil die Stücke wie Dinosaurier geformt waren. Ihr Gesicht war seinem sehr ähnlich, nur viel weicher, sanfter, und in seinen Augen unendlich schön.

„Das könntest du natürlich. Aber dann wäre morgen dein erster Unterrichtstag. Du hättest trotzdem Schmetterlinge."

„Schmetterlinge?"

„Genau hier." Er klopfte ihr auf den Bauch. „Fühlt es sich nicht so an, als tanzten dir dort Schmetterlinge herum?"

Sie musste kichern. „Irgendwie schon."

„Bei mir auch."

„Wirklich?" Ihre Augen weiteten sich.

„Wirklich. Ich muss heute Morgen auch zur Schule, genau wie du."

Sie zupfte an den pinkfarbenen Schleifen, die er ihr an die Zöpfe gebunden hatte. Sie wusste, dass es für ihn nicht dasselbe sein würde, aber das sagte sie ihm nicht. Sonst würde er wieder so traurig schauen. Freddie hatte einmal gehört, wie er mit Tante Nina redete. Und er war ärgerlich geworden, als sie etwas davon sagte, dass er ihre Nichte ausgerechnet in den entscheidenden Jahren aus der gewohnten Umgebung reiße.

Freddie wusste nicht genau, was mit den entscheidenden Jahren gemeint war, aber sie wusste, dass ihr Daddy sich aufgeregt hatte. Und dass er auch noch traurig ausgesehen hatte, als Tante Nina längst fort war. Sie wollte ihn nicht wieder traurig machen. Er sollte nicht denken, dass Tante Nina recht hatte. Wenn sie nach New York zurückkehrten, würde es Schaukeln nur im Park geben.

Außerdem mochte sie das große Haus und ihr neues

Zimmer. Und was noch besser war, ihr Vater arbeitete ganz in der Nähe, und deshalb würde er abends lange vor dem Essen nach Hause kommen. Sie zog die Lippen ein, um keinen Schmollmund zu machen. Da sie gern hierbleiben wollte, würde sie wohl zur Schule müssen.

„Wirst du da sein, wenn ich zurückkomme?"

„Ich glaube schon. Wenn nicht, hast du ja Vera", sagte er und wusste, dass er sich auf ihre langjährige Haushälterin verlassen konnte. „Du musst mir nachher genau erzählen, wie es dir ergangen ist." Er küsste sie auf den Kopf und stellte sie auf den Boden.

In ihrem pink-weißen Spielanzug wirkte sie herzzerreißend klein und zierlich. Ihre grauen Augen waren ernst, die Unterlippe vibrierte. Er unterdrückte den Drang, sie auf den Arm zu nehmen und ihr zu versprechen, dass sie nirgendwohin müsse, wo sie Angst haben würde. „Lass uns nachsehen, was Vera dir in die neue Lunchbox gepackt hat."

Zwanzig Minuten später stand er am Straßenrand, Freddies winzige Hand in seiner. Fast so angsterfüllt wie seine Tochter sah er dem großen gelben Schulbus entgegen, der gerade über den Hügel kam.

Ich hätte sie selbst zur Schule fahren sollen, schoss es ihm in plötzlicher Panik durch den Kopf. Jedenfalls die ersten Tage. Stattdessen setze ich sie zu all diesen fremden Kindern in den Bus. Aber es war besser so. Er wollte, dass ihr alles ganz normal vorkam, dass sie sich in die Gruppe integrierte und von Anfang an dazugehörte.

Wie konnte er sie allein davonlassen? Sie war noch ein Baby. Sein Baby. Und wenn er es falsch machte? Es ging nicht nur darum, ihr das richtige Kleid auszusuchen. Es ging darum, dass er seiner Tochter sagte, sie solle allein in den Bus einsteigen, und sie sich selbst überließ. Nur weil dies der vorgesehene Tag und die vorgesehene Uhrzeit war.

Wenn der Fahrer nun sorglos war und einen Abhang hinunterfuhr? Wie konnte er sicher sein, dass jemand Freddie am Nachmittag wieder in den richtigen Bus setzte?

Der Bus rollte rumpelnd aus, und seine Finger legten sich fester um Freddies Hand. Als die Tür mit einem Zischen aufging, war er so weit, dass er fast davongelaufen wäre.

„Hallo, ihr zwei." Die wohlbeleibte Frau hinter dem Lenkrad nickte ihnen mit breitem Lächeln zu. Hinter ihr tobten die Kinder auf den Sitzen herum. „Sie müssen Professor Kimball sein."

„Ja." Ihm lag eine ganze Reihe von Entschuldigungen auf der Zunge, warum er Freddie nicht in den Bus setzen konnte.

„Ich bin Dorothy Mansfield. Die Kids nennen mich einfach Miss D. Und du bist bestimmt Frederica."

„Ja, Ma'am." Sie biss sich auf die Unterlippe, um sich nicht einfach umzudrehen und das Gesicht an ihrem Daddy zu vergraben. „Sagen Sie einfach Freddie zu mir."

„Puh." Miss D. strahlte sie an. „Bin froh, das zu hören. Frederica ist doch ein ziemlich gewichtiger Name. Also, hüpf an Bord, Freddie. Dein großer Tag hat begonnen. Und du, John Harman, gib Mikey sofort das Buch zurück. Es sei denn, du willst den Rest der Woche auf dem heißen Platz direkt hinter mir verbringen."

Mit feuchten Augen setzte Freddie den Fuß auf die erste Stufe. Sie schluckte, bevor sie die zweite Stufe meisterte.

„Warum setzt du dich nicht zu JoBeth und Lisa?", schlug Miss D. freundlich vor. Dann drehte sie sich wieder zu Spence um und winkte ihm augenzwinkernd zu. „Machen Sie sich keine Sorgen, Professor. Wir werden gut auf sie aufpassen."

Fauchend schloss sich die Tür, und der Bus rumpelte davon. Spence sah ihm nach, wie er sein kleines Mädchen davontrug.

Untätig war Spence an diesem Tag nicht. Seine Zeit war von dem Moment an verplant, an dem er das College betrat. Termine waren zu arrangieren, Mitarbeiter zu treffen, Instrumente und Notenblätter in Augenschein zu nehmen. Dann kamen eine Fakultätssitzung, ein hastiger Lunch in der Cafeteria und schließlich die Papiere, Dutzende von Papieren, die er lesen und bearbeiten musste.

Es war ein gewohnter Tagesablauf, einer, mit dem er erstmals begonnen hatte, als er drei Jahre zuvor die Stelle an der Juilliard School angetreten hatte. Aber wie Freddie, so war auch er der Neuling und musste sich anpassen.

Er machte sich Sorgen um sie. Beim Lunch stellte er sich vor, wie sie in der Schul-Cafeteria saß, einem Raum, der nach Erdnussbutter und Milchkartons roch. Vermutlich saß sie am Ende eines mit Krümeln übersäten Tischs, allein und traurig, während die anderen Kinder mit ihren Freunden lachten und herumalberten. Er sah sie, wie sie in der Pause abseits stand und sehnsüchtig hinüberschaute, während die anderen rannten und lachten und auf den Klettergeräten tobten. Das traumatische Erlebnis würde sie für den Rest des Lebens unsicher und unglücklich machen.

Und alles nur, weil er sie in den verdammten gelben Bus gesetzt hatte.

Am Ende des Tages fühlte er sich schuldig, als hätte er sie geschlagen. Er war sicher, dass sein kleines Mädchen in Tränen aufgelöst heimkommen würde, völlig verstört von den Problemen des ersten Schultags.

Mehr als einmal fragte er sich, ob Nina nicht doch recht gehabt hatte. Vielleicht hätte er alles so lassen sollen, wie es war, vielleicht hätte er doch in New York bleiben sollen, wo Freddie wenigstens ihre Freunde und die bekannte Umgebung besaß.

Die Aktentasche in der Hand, das Sakko über die Schulter geworfen, machte er sich nachdenklich auf den Heimweg. Der war kaum eine Meile lang, und das Wetter war für die Jahreszeit ungewöhnlich warm. Das wollte er ausnutzen und zu Fuß zum Campus gehen, bis der Winter hereinbrach.

Er hatte sich bereits in die kleine Stadt verliebt. Entlang der von Bäumen gesäumten Hauptstraße gab es hübsche Geschäfte und großzügige alte Häuser. Shepherdstown war eine College-Stadt und stolz darauf. Aber man war auch stolz auf das Alter und die Würde. Die Straße stieg leicht an, und hier und dort wies der Gehweg Risse auf, wo Baumwurzeln ihn untergraben hatten. Obwohl Autos fuhren, war es still genug, um Hunde bellen oder ein Radio spielen zu hören. Eine Frau jätete ein Tagetes-Beet neben ihrem Fußweg, sah auf und winkte ihm zu. Spence freute sich und erwiderte den Gruß.

Sie kennt mich doch gar nicht, dachte er. Trotzdem hat sie mir zugewinkt. Er freute sich darauf, sie bald wiederzusehen, vielleicht wenn sie gerade Blumenzwiebeln setzte oder Schnee von der Veranda fegte. Es duftete nach Chrysanthemen. Aus irgendeinem Grund reichte das schon aus, ihn ein Glücksgefühl spüren zu lassen.

Nein, er hatte keinen Fehler gemacht. Er und Freddie gehörten hierher. In weniger als einer Woche war dies zu ihrer Heimat geworden.

Er blieb am Bordstein stehen, um eine Limousine passieren zu lassen, die sich die Steigung hinaufquälte. Auf der anderen Straßenseite erkannte er das Ladenschild des „Fun House". Perfekt, dachte Spence. Der perfekte Name. Einer, der an Gelächter und lustige Überraschungen denken ließ. Genau wie das Schaufenster mit den Bauklötzen, den pausbäckigen Puppen und den glänzenden roten Autos den Kindern eine Schatzgrube versprach. In diesem Moment beherrschte ihn nur noch ein Gedanke. Er wollte etwas besorgen, das seiner Tochter ein Lächeln aufs Gesicht zauberte.

Du verwöhnst sie, hörte er Ninas Stimme im Ohr.

Und wenn schon. Er sah sich auf der Straße um und überquerte sie. Sein kleines Mädchen war so tapfer in den Bus marschiert wie ein Soldat in die Schlacht. Sie hatte sich einen kleinen Orden verdient.

Das Glockenspiel erklang, als er den Laden betrat. In der Luft lag ein Duft, so fröhlich wie die Töne der Glocke. Pfefferminz, dachte er und musste lächeln. Aus dem hinteren Teil des Ladens ertönten die blechernen Klänge von „The Merry-Go-Round Broke Down".

„Ich komme gleich zu Ihnen."

Spence bemerkte, dass er vergessen hatte, wie ihre Stimme in der Luft schweben und nachhallen konnte.

Diesmal würde er sich nicht lächerlich machen. Diesmal war er darauf vorbereitet, wie sie aussah, wie sie klang und wie sie duftete. Er war hier, um seiner Tochter ein Geschenk zu kaufen, nicht um mit der Inhaberin zu flirten. Grinsend sah er einem einsamen Pandabären ins Gesicht. Kein Gesetz hinderte ihn daran, beides gleichzeitig zu tun.

„Ich bin sicher, Bonnie wird sich riesig freuen", sagte Natasha und nahm der Kundin das Miniatur-Karussell ab. „Es ist ein wunderschönes Geburtstagsgeschenk."

„Sie hat es vor einigen Wochen hier entdeckt und redet seitdem von nichts anderem mehr." Bonnies Großmutter versuchte keine Miene zu verziehen, als sie den Preis las. „Ich nehme an, sie ist groß genug, um vorsichtig damit umzugehen."

„Bonnie ist ein sehr verantwortungsbewusstes Mädchen", beruhigte Natasha sie. Dann sah sie Spence am Tresen stehen. „Ich bin gleich bei Ihnen", sagte sie in seine Richtung. Die Temperatur ihrer Stimme fiel um einige Grade ab. Bis in den Minusbereich.

„Lassen Sie sich Zeit." Er ärgerte sich, dass er so intensiv auf ihre Gegenwart reagierte, während sie ihn geradezu frostig begrüßte. Offenbar hatte sie beschlossen, ihn nicht zu mögen. Könnte interessant werden, dachte Spence, während er zusah, wie sie mit geschickten schlanken Fingern das Karussell einpackte. Welche Gründe mochte sie für ihre Abneigung haben?

Vielleicht schaffte er es, sie zu einem Meinungsaustausch zu bewegen.

„Das wären fünfundfünfzig Dollar siebenundzwanzig, Mrs. Mortimer."

„Aber nein, meine Liebe, auf dem Preisschild stand siebenundsechzig Dollar."

Natasha wusste, dass Mrs. Mortimer mit jedem Cent rechnen musste, und lächelte nur. „Tut mir leid. Hatte ich Ihnen nicht gesagt, dass es ein Sonderangebot ist?"

„Nein." Mrs. Mortimer atmete erleichtert auf, während sie die Geldscheine zählte. „Nun, dann ist heute wohl mein Glückstag."

„Und der von Bonnie." Natasha krönte das Geschenk mit einer hübschen Glückwunschschleife. Eine in Pink, denn das war Bonnies Lieblingsfarbe. „Vergessen Sie nicht, ihr von mir zu gratulieren."

„Bestimmt nicht." Die stolze Großmutter griff nach dem Paket. „Ich kann es gar nicht abwarten, bis sie es auswickelt. Wiedersehen, Natasha."

Natasha wartete, bis die Ladentür sich schloss. „Kann ich Ihnen helfen?"

„Das war eben sehr freundlich von Ihnen."

Sie hob eine Braue. „Was meinen Sie?"

„Sie wissen, was ich meine." Plötzlich spürte er das absurde Verlangen, ihr die Hand zu küssen. Unglaublich, dachte er. Er war fast fünfunddreißig und ließ sich auf eine Schwärmerei für eine Frau ein, die er so gut wie gar nicht kannte. „Ich wollte schon früher kommen."

„So? War Ihre Tochter mit der Puppe unzufrieden?"

„Nein, sie liebt sie. Es ist nur so, dass ..." Um Himmels willen, jetzt stotterte er schon wieder. Keine fünf Minuten in ihrer Nähe, und er fühlte sich so unsicher wie ein Teenager auf dem ersten Ball. „Ich dachte nur, irgendwie war unsere erste Begegnung etwas ... missglückt. Sollte ich mich besser entschuldigen?"

„Wenn Sie möchten." Nur weil er attraktiv aussah und etwas verlegen wirkte, gab es noch lange keinen Grund, es ihm leichter als nötig zu machen. „Sind Sie deshalb gekommen?"

„Nein." Seine Augen verdunkelten sich, kaum merklich allerdings.

Natasha fragte sich, ob der erste Eindruck getrogen hatte. Vielleicht war er doch nicht so harmlos. In seinen Augen war noch etwas Tiefsinnigeres, etwas, das stärker und gefährlicher war. Am meisten überraschte sie jedoch, dass sie das erregend fand.

Über sich selbst verärgert, schenkte sie ihm ein höfliches Lächeln. „Es gibt also noch einen anderen Grund für Ihren Besuch?"

„Ich brauche etwas für meine Tochter." Zur Hölle mit dieser atemberaubenden russischen Prinzessin, dachte er. Er hatte sich um wichtigere Dinge zu kümmern.

„Was hatten Sie sich denn vorgestellt?"

„Ich weiß nicht genau." Das stimmte. Er stellte seine Aktentasche ab und sah sich suchend um.

Ein wenig besänftigt kam Natasha um den Tresen herum. „Hat sie Geburtstag?"

„Nein." Plötzlich kam er sich kindisch vor und zuckte mit den Schultern. „Es ist ihr erster Schultag, und sie sah so ... so tapfer aus, als sie heute Morgen in den Bus kletterte."

Diesmal fiel Natashas Lächeln spontan aus und war voller Wärme. Ihm blieb fast das Herz stehen. „Machen Sie sich keine Sorgen", sagte sie tröstend. „Wenn sie nach Hause kommt, wird sie vor Geschichten über alles und jeden platzen. Der erste Tag ist, glaube ich, für die Eltern viel schwerer als für das Kind."

„Es war der längste Tag meines Lebens."

Sie lachte, ein wohltönender, rauchiger Klang, der in dem Raum voller Clowns und Plüschbären unglaublich erotisch an seine Ohren drang. „Mir scheint, nicht nur Ihre Tochter hat sich ein Geschenk verdient. Bei Ihrem letzten Besuch haben Sie sich eine Spieluhr angesehen. Ich habe da noch eine andere, die Ihnen gefallen könnte."

Mit diesen Worten führte sie ihn nach hinten. Spence gab sich alle Mühe, den subtilen Schwung ihrer Hüften und den milden, frischen Duft ihrer Haut zu ignorieren. Die Spieluhr, die sie ihm zeigte, war aus Holz geschnitzt. Den Sockel zierten eine Katze und eine Geige, eine Kuh und eine Mondsichel. Als die Spieluhr sich zu „Stardust" drehte, kamen der lachende Hund und der Napf mit dem Löffel in Sicht.

„Sie ist bezaubernd."

„Eine meiner Lieblingsuhren." Sie war zu dem Urteil gekommen, dass ein Mann, der seine Tochter so vergötterte, nicht gar so übel sein konnte. „Ich könnte mir vorstellen, dass es ein schönes Erinnerungsstück ist, etwas, mit dem sie an ihrem ersten College-Tag daran erinnert wird, dass ihr Vater damals an sie gedacht hat."

„Vorausgesetzt, er überlebt das erste Schuljahr." Er wandte den Kopf, um sie anzusehen. „Vielen Dank. Dies ist das ideale Geschenk."

Als er den Kopf bewegte, hatte sein Arm ihre Schulter gestreift. Nur kurz und flüchtig. Dennoch war es ihr durch und durch gegangen. Sekundenlang vergaß sie, dass er ein Kunde war, ein Vater, ein Ehemann. Die Farbe seiner Augen glich der eines Flusses in der Dämmerung. Seine Lippen, zur leisesten Andeutung eines Lächelns verzogen, waren unglaublich anziehend und verführerisch. Unwillkürlich überlegte sie, wie es wohl wäre, sie zu spüren. Ihm ins Gesicht zu sehen, wenn er sie küsste, und sich in seinen Augen zu spiegeln.

Über sich selbst entsetzt, trat sie zurück. Ihre Stimme wurde kälter. „Ich lege sie Ihnen in eine Schachtel."

Er wunderte sich über den plötzlichen Wechsel des Tonfalls und folgte ihr langsam zum Tresen. War da nicht etwas in ihren Augen gewesen? Oder hatte er es sich nur eingebildet, weil er es zu sehen hoffte? Es war schnell wieder vorbei gewesen, wie eine Flamme im Eisregen.

„Natasha." Er legte seine Hand auf ihre, als sie die Spieluhr einzupacken begann.

Langsam hob sie den Blick. Sie hasste sich bereits dafür, dass sie bemerkt hatte, wie schmal und lang seine Finger waren. Und in seiner Stimme registrierte sie jenen duldsamen Unterton, der sie noch nervöser machte, als sie ohnehin schon war.

„Ja?"

„Warum bekomme ich nur immer das Gefühl, dass Sie mich am liebsten in kochendem Öl sieden möchten?"

„Sie irren sich", erwiderte sie ruhig. „Ich glaube nicht, dass ich das möchte."

„Das klingt nicht überzeugt." Er spürte, wie ihre Hand sich streckte, weich und doch kräftig. Das Bild samtverkleideten Stahls schien ihm besonders passend. „Irgendwie will mir nicht einfallen, womit ich Sie verärgert habe."

„Dann sollten Sie darüber nachdenken. Bar oder Kreditkarte?"

Mit Abfuhren hatte er wenig Erfahrung. Diese jedenfalls stach ihm wie eine Wespe ins Ego. Egal wie hübsch sie war, er hatte wenig Lust, sich den Kopf an immer derselben Wand einzuhauen.

„Bar." Hinter ihnen ertönte das Glockenspiel, und er ließ ihre Hand los. Drei Kinder, offenbar gerade aus der Schule gekommen, betraten kichernd das Geschäft. Ein kleiner Junge mit rotem Haar und einem Meer von Sommersprossen stellte sich vor dem Tresen auf die Zehenspitzen.

„Ich hab drei Dollar", verkündete er.

Natasha unterdrückte ein Lächeln. „Heute sind Sie aber sehr reich, Mr. Jensen."

Er grinste stolz und entblößte dabei seine neueste Zahnlücke. „Ich habe gespart. Ich möchte den Rennwagen."

Natasha zog eine Augenbraue hoch, während sie Spences

Wechselgeld abzählte. „Weiß deine Mutter, wofür du deine Ersparnisse ausgibst?" Ihr neuer Kunde antwortete nicht. „Scott?"

Er trat von einem Fuß auf den anderen. „Sie hat nicht gesagt, ich darf nicht."

„Und sie hat nicht gesagt, dass du darfst", folgerte Natasha. Sie beugte sich vor und zog an seiner Tolle. „Du gehst jetzt nach Hause und fragst sie. Dann kommst du zurück. Der Rennwagen wird noch hier sein."

„Aber ..."

„Du möchtest doch sicher nicht, dass deine Mutter böse auf mich ist, oder?"

Scott blickte einen Moment lang nachdenklich drein, und Natasha sah, wie schwer ihm die Entscheidung fiel. „Ich schätze, nicht."

„Dann geh fragen, und ich hebe dir einen auf."

Hoffnung keimte in ihm auf. „Versprochen?"

Natasha legte die Hand aufs Herz. „Großes Ehrenwort." Sie sah wieder zu Spence hinüber, und der belustigte Ausdruck wich aus ihren Augen. „Ich hoffe, Freddie hat viel Freude an ihrem Geschenk."

„Das wird sie sicher." Er ging hinaus und ärgerte sich über sich selbst. Wie kam er dazu, sich zu wünschen, er wäre ein zehnjähriger Junge mit einer Zahnlücke?

Um sechs schloss Natasha den Laden. Die Sonne schien noch hell, die Luft war noch dunstig. Die Atmosphäre ließ sie an ein Picknick unter einem schattigen Baum denken. Eine angenehmere Vorstellung als das Mikrowellengericht auf meinem Speiseplan, ging es ihr durch den Kopf, wenn auch im Moment etwas unrealistisch.

Auf dem Heimweg sah sie ein Paar Hand in Hand in das Restaurant auf der anderen Straßenseite schlendern. Aus einem vorbeifahrenden Auto rief ihr jemand etwas zu, und sie winkte zurück. Sie hätte in die örtliche Kneipe einkehren können, um bei einem Glas Wein mit den Gästen, die sie kannte, eine Stunde beim Plaudern zu verbringen. Einen Gesprächs- oder Dinnerpartner zu finden war kein Problem. Dazu brauchte sie nur den Kopf durch eine von einem Dutzend Türen zu stecken und den Vorschlag zu machen.

Aber sie war nicht in der Stimmung. Selbst ihre eigene Gesellschaft war ihr heute lästig.

Es ist die Hitze, sagte sie sich, als sie um die Ecke bog. Die Hitze, die den ganzen Sommer hindurch erbarmungslos in der Luft gehangen hatte und keinerlei Anstalten machte, dem Herbst zu weichen. Sie machte sie rastlos. Sie rief Erinnerungen in ihr wach.

Selbst jetzt noch, nach Jahren, schmerzte es sie, Rosen in voller Blüte zu sehen oder Bienen eifrig summen zu hören.

Es war Sommer gewesen, als ihr Leben sich unwiederbringlich änderte. Häufig fragte sie sich, wie ihr Leben aussehen würde, wenn … Die Frage widerte sie an, und sie verachtete sich dafür, dass sie sie sich immer wieder stellte.

Auch jetzt gab es wieder Rosen, zerbrechliche, pinkfarbene, die trotz der Hitze und des Regenmangels gediehen. Sie hatte sie selbst in dem kleinen Streifen Gras vor ihrem Apartment gepflanzt. Sich um sie zu kümmern bereitete ihr Vergnügen und Schmerz zugleich. Was wäre das Leben, wenn es in ihm nicht beides gäbe? Sie strich mit der Fingerspitze über die Blüte. Der warme Duft der Rosen folgte ihr bis vor die Wohnungstür.

In ihren Zimmern herrschte Stille. Sie hatte überlegt, ob sie sich ein Kätzchen oder ein Hundebaby anschaffen sollte, damit sie abends irgendjemand begrüßte, irgendein Wesen, das sie liebte und sich auf sie verließ. Aber dann fand sie es unfair, ein Tier allein in der Wohnung zu lassen, während sie im Laden war.

Also blieb ihr nur die Musik. Sie streifte die Schuhe ab und schaltete die Stereoanlage ein. Selbst das war wie eine Prüfung. Tschaikowskys „Romeo und Julia". Sie erinnerte sich nur zu gut daran, wie sie zu den schwermütigen, romantischen Takten getanzt hatte, umgeben von den heißen Lichtern, den Rhythmus der Musik im Blut, mit flüssigen Bewegungen, beherrscht, aber ganz natürlich wirkend. Eine dreifache Pirouette, graziös, scheinbar mühelos.

Das ist jetzt Vergangenheit, sagte Natasha sich. Nur die Schwachen trauerten ihr nach.

Was kam, war Routine. Sie tauschte ihre Arbeitskleidung gegen einen locker sitzenden, ärmellosen Overall und hing Rock und Bluse sorgfältig weg, so wie man es ihr beigebracht hatte. Aus reiner Gewohnheit prüfte sie den Rock auf Abnutzungsspuren.

Im Kühlschrank war Eistee. Und natürlich eines jener Fertiggerichte für die Mikrowelle, die sie hasste, aber regelmäßig aß. Sie lachte über sich selbst, als sie das Gerät einschaltete.

So langsam werde ich eine alte Frau, dachte Natasha. Griesgrämig und reizbar von der Hitze. Seufzend rieb sie sich mit dem kalten Glas über die Stirn.

Es musste an diesem Mann liegen. Heute im Geschäft hatte sie ihn einige Momente lang sogar gemocht. Dass er sich um sein kleines Mädchen solche Sorgen machte, es für ihre Tapferkeit am ersten Schultag belohnen wollte, das machte ihn sympathisch. Der Klang seiner Stimme hatte ihr gefallen und die Art, wie seine Augen lächelten. In diesen kurzen Momenten war er ihr wie jemand vorgekommen, mit dem sie lachen und reden könnte.

Dann war plötzlich alles anders geworden. Sicher, zum Teil lag es an ihr. Sie hatte etwas gefühlt, das sie seit Langem nicht mehr hatte fühlen wollen. Das Frösteln von Erregung. Den Druck des Verlangens. Es machte sie wütend, und sie schämte sich über sich selbst. Es machte sie zornig auf ihn.

Was fällt ihm bloß ein? Mit einem ungeduldigen Ruck zog

sie das Essen aus der Mikrowelle. Flirtet mit mir, als wäre ich irgendein naives Dummerchen, und geht dann nach Hause zu Frau und Kind.

Mit ihm essen? Von wegen. Sie rammte ihre Gabel in die dampfenden Nudeln mit Meeresfrüchten. Die Sorte Mann erwartete für ein Essen die volle Gegenleistung. Der Kerzenlicht-und-Wein-Typ, dachte sie verächtlich. Sanfte Stimme, geduldige Augen, geschickte Hände. Und kein Herz.

Genau wie Anthony. Ruhelos schob sie das Essen zur Seite und griff nach dem Glas, das bereits beschlagen war. Aber jetzt war sie klüger als mit achtzehn. Viel klüger. Viel stärker. Sie war keine Frau mehr, die man mit Charme und schönen Worten verführen konnte. Nicht dass dieser Mann etwa charmant wäre. Sie lächelte. Im Gegenteil, dieser – sie wusste nicht einmal seinen Namen – dieser Typ war eher ungeschickt, stets ein wenig verlegen. Aber eigentlich lag genau darin so etwas wie Charme.

Dennoch war er Anthony sehr ähnlich. Groß, blond und auf diese typisch amerikanische Weise gut aussehend. Ein Äußeres, hinter dem sich eine lockere Moral und ein rücksichtsloses Herz verbargen.

Was Anthony sie gekostet hatte, war nicht wiedergutzumachen. Seit jener Zeit hatte Natasha aufgepasst, dass kein Mann ihr je wieder einen so hohen Preis abverlangte.

Aber sie hatte überlebt. Sie hob ihr Glas und prostete sich zu. Sie hatte nicht nur überlebt, sie war sogar glücklich, jedenfalls dann, wenn die Erinnerungen sie in Ruhe ließen. Sie liebte ihren Laden. Er gab ihr die Möglichkeit, Kinder um sich zu haben und ihnen eine Freude zu machen. In den drei Jahren, die sie ihn besaß, hatte sie sie wachsen sehen. In Annie hatte sie eine wunderbare, lustige Freundin gefunden. In den Geschäftsbüchern schrieb sie schwarze Zahlen. Und ihre Wohnung gefiel ihr.

Über ihrem Kopf rumste es. Lächelnd sah sie zur Decke

hoch. Die Jorgensons bereiteten das Abendessen zu. Sie konnte sich vorstellen, wie Don seiner Marilyn jeden Handgriff abnahm, weil sie mit ihrem ersten Kind schwanger war. Natasha freute sich, dass die beiden über ihr wohnten, glücklich, verliebt und voller Zukunftshoffnung.

Das war es, was für sie eine Familie bedeutete. Das hatte sie in der Kindheit gehabt, das hatte sie sich als Erwachsene erwartet. Sie sah noch immer, wie Papa Mama umsorgte, wenn es wieder so weit war. Jedes Mal, erinnerte sie sich und dachte an ihre drei jüngeren Geschwister. Daran, wie er vor Glück geweint hatte, wenn seine Frau und das Baby wohlauf waren.

Er vergötterte seine Nadia. Auch jetzt noch brachte er Blumen mit in das kleine Haus in Brooklyn. Wenn er nach einem langen Arbeitstag heimkam, küsste er seine Frau. Nicht flüchtig, auf die Wange, sondern richtig, voller Wiedersehensfreude. Ein Mann, der auch nach dreißig Jahren noch in seine Frau verliebt war.

Es war ihr Vater, der sie davon abgehalten hatte, alle Männer in einen Topf zu werfen, in den Anthony als Erster gewandert war. Die glückliche Ehe ihrer Eltern hatte in ihr die winzige Hoffnung wachgehalten, eines Tages doch noch jemanden zu finden, der sie so ehrlich liebte wie ihr Vater ihre Mutter.

Eines Tages, dachte sie schulterzuckend. Vorläufig hatte sie ihren eigenen Laden, ihre eigene Wohnung und ihr eigenes Leben. Kein Mann würde ihr Schiff ins Schlingern bringen, mochten seine Hände auch noch so attraktiv aussehen und sein Blick noch so klar sein. Insgeheim hoffte sie, dass die Frau ihres neuesten Kunden ihm nichts als Sorgen und Probleme bereitete.

„Nur noch eine Geschichte, Daddy." Ihr fielen fast die Augen zu, und ihr Gesicht glänzte vom Bad, aber Freddie setzte ihr überzeugendstes Lächeln ein. An Spence gekuschelt, lag sie in ihrem großen weißen Himmelbett.

„Du schläfst doch schon."

„Nein, tue ich nicht." Sie sah zu ihm hoch, kämpfte gegen die Müdigkeit. Es war der schönste Tag ihres Lebens gewesen, und sie wollte nicht, dass er schon zu Ende ging. „Habe ich dir erzählt, dass JoBeths Katze Junge bekommen hat? Sechs Stück."

„Zweimal." Spence strich ihr über die Nase. Er wusste genau, was seine Tochter bezweckte, und gab einen väterlichen Standardspruch von sich. „Mal sehen."

Freddie lächelte schläfrig. Sein Tonfall zeigte ihr, dass er bereits schwach wurde. „Mrs. Patterson ist richtig nett. Alle Kinder mögen sie. Sie lässt uns jeden Freitag ein Ratespiel machen."

„Das hast du schon gesagt." Und ich habe mir Sorgen gemacht, dachte Spence erleichtert. „Ich habe das Gefühl, dir gefällt die Schule."

„Sie ist ganz gut." Sie gähnte ausgiebig. „Hast du all die Zettel ausgefüllt?"

„Du kannst sie morgen wieder mitnehmen." Die ganzen fünfhundert Bögen. Was für eine Bürokratie! „Es ist Zeit, das Licht auszuknipsen, Funny Face."

„Eine Geschichte noch. Eine von denen, die du dir immer ausdenkst." Sie gähnte erneut und genoss das wohlige Gefühl seines Baumwollhemds an ihrer Wange und den gewohnten Duft seines Aftershave.

Er gab nach, wissend, dass sie längst eingeschlafen sein würde, bevor er zum „Und wenn sie nicht gestorben sind …" kam. Seine Geschichte rankte sich um eine wunderschöne, dunkelhaarige Prinzessin aus einem fremden Land und den Ritter, der sie aus ihrem Elfenbeinturm befreien wollte.

Während er noch einen Zauberer und einen Drachen mit zwei Köpfen hinzudichtete, kam er sich wie ein Trottel vor. Er wusste genau, wohin seine Gedanken abschweiften. Zu Natasha. Sie war wunderschön, kein Zweifel, aber er hatte noch nie eine Frau getroffen, die es so wenig wie sie nötig hatte, sich retten zu lassen.

Es war reines Pech, dass er auf seinem täglichen Weg zum Campus an ihrem Laden vorbeikam.

Er würde sie einfach ignorieren. Wenn überhaupt, dann würde er ihr gegenüber Dankbarkeit empfinden. Sie hatte dafür gesorgt, dass er Verlangen spürte, dass er Dinge in sich fühlte, die er schon nicht mehr für möglich gehalten hatte. Vielleicht würde er mehr unter Menschen gehen, jetzt wo Freddie und er sich hier heimisch fühlten. Im College gab es genügend attraktive Singles. Aber die Vorstellung, mit einer von ihnen auszugehen, erfreute ihn nicht. Eine Verabredung, das war etwas für Teenager, weckte Erinnerungen an Autokinos, Pizzas und feuchte Hände.

Er sah auf Freddies Hand hinunter, die zusammengeballt auf seinen ausgestreckten Fingern ruhte.

Was würdest du denken, wenn ich eine Frau zum Abendessen mit nach Hause bringe? Die lautlose Frage ließ ihn einmal mehr an ihre großen Augen denken – und an den verletzten Blick, mit denen sie ihren Eltern nachgesehen hatte, wenn er und Angela ins Theater oder in die Oper aufbrachen.

So wird es nie wieder sein, versprach er Freddie in Gedanken, als er ihren Kopf behutsam von seiner Brust hob und aufs Kissen legte. Die lächelnde Raggedy Ann erhielt ihren Stammplatz neben Freddie, bevor er die Decke bis zu ihrem Kinn hochzog. Mit der Hand auf dem Bettpfosten sah er sich im Zimmer um.

Es trug bereits Freddies Handschrift. Die Puppen thronten auf den Regalen, unter ihnen gestapelte Bilderbücher. Neben ihren Lieblingsschuhen standen die eleganten pinkfarbenen Plüschpantoffeln. Das Kinderzimmer duftete nach der für seine Bewohnerin typischen Mischung aus Shampoo und Wachsmalstiften. Eine wie ein Einhorn geformte Nachtlampe sorgte dafür, dass sie nicht im Dunkeln aufwachte und sich fürchtete.

Er blieb noch einen Moment, stellte fest, dass das sanfte Licht ihn ebenso beruhigte wie sie. Leise ging er hinaus und ließ die Tür einen Spaltbreit auf.

Unten begegnete er Vera mit einem Tablett, auf dem Kaffee und eine Tasse standen. Die mexikanische Haushälterin war von den Schultern bis zu den Hüften breit gebaut und wirkte auf ihn wie ein kleiner kompakter Güterzug, wenn sie von Zimmer zu Zimmer eilte. Seit Freddies Geburt hatte sie sich nicht nur als hilfreich, sondern als geradezu unverzichtbar erwiesen. Spence wusste, dass man sich die Loyalität einer Angestellten mit einem Gehaltsscheck erkaufen konnte. Aber nicht die Liebe. Und genau die hatte Freddie von Vera bekommen, seit sie in ihrer seidenverzierten Babydecke aus der Klinik gekommen war.

Jetzt warf Vera einen Blick die Treppe hinauf. Ihr von den Jahren gezeichnetes Gesicht verzog sich zu einem Lächeln. „Das war ein großer Tag für sie, was?"

„Ja, und zwar einer, um dessen Dauer sie gekämpft hat, bis ihr die Augen zufielen. Sie hätten sich keine Umstände zu machen brauchen, Vera."

Sie zuckte mit den Schultern und trug das Tablett in sein Arbeitszimmer. „Sie haben gesagt, Sie wollen heute Abend noch arbeiten."

„Ja, eine Weile."

„Ich stelle Ihnen den Kaffee hin. Dann lege ich die Beine hoch und sehe fern." Sie stellte den Kaffee auf den Schreibtisch und arrangierte alles, während sie weiterredete. „Mein Baby freut sich über die Schule und die neuen Freunde." Was sie nicht sagte, war, dass sie in ihre Schürze geweint hatte, als Freddie den Bus bestieg. „Jetzt, wo das Haus tagsüber leer ist, bleibt mir genug Zeit für die Arbeit. Bleiben Sie nicht zu lange wach, Dr. Kimball."

„Nein." Es war eine Höflichkeitslüge. Er wusste, dass er viel zu rastlos war, um zu schlafen. „Vielen Dank, Vera."

„*De nada.*" Sie fuhr sich über das stahlgraue Haar. „Ich wollte Ihnen noch sagen, wie sehr es mir hier gefällt. Erst hatte ich ja etwas Angst davor, New York zu verlassen, aber jetzt fühle ich mich wohl."

„Ohne Sie würden wir es nicht schaffen."

„*Sí.*" Das Lob stand ihr zu, fand sie. Seit sieben Jahren arbeitete sie nun schon für den Señor und war stolz darauf, die Haushälterin eines wichtigen Mannes zu sein. Eines anerkannten Musikers, Doktors der Musikwissenschaft und College-Professors. Seit der Geburt seiner Tochter liebte sie „ihr Baby" und hätte für Spence gearbeitet, auch wenn er es nicht so weit gebracht hätte.

Es hatte ihr nicht gefallen, das schöne Hochhaus in New York gegen dieses geräumige Haus in der Kleinstadt einzutauschen. Aber sie war schlau genug, sich zu denken, dass der Señor es wegen Freddie tat. Erst vor einigen Stunden war Freddie aus der Schule heimgekommen, lachend, aufgeregt, die Namen ihrer neuen besten Freundinnen auf den Lippen. Also war auch Vera zufrieden.

„Sie sind ein guter Vater, Dr. Kimball."

Spence warf ihr einen Blick zu, bevor er sich an den Schreibtisch setzte. Ihm war nur zu gut in Erinnerung, dass Vera ihn einst für einen sehr schlechten Vater gehalten hatte. „Ich lerne es."

„*Sí.*" Nebenbei schob sie ein Buch im Regal zurecht. „In diesem großen Haus brauchen Sie keine Angst zu haben, dass Sie Freddie beim Schlafen stören, wenn Sie nachts auf dem Flügel spielen."

Er sah erneut zu ihr hinüber. Ihm war klar, dass sie ihn auf ihre Weise ermutigen wollte, sich wieder auf seine Musik zu konzentrieren. „Nein, das würde ich wohl nicht. Gute Nacht, Vera."

Vera sah sich noch einmal prüfend um, ob es noch etwas zu tun gäbe, und ließ ihn allein.

Spence goss sich Kaffee ein und musterte die Papiere auf dem Schreibtisch. Neben seinen eigenen Unterlagen lagen die Bögen aus Freddies Schule. Er hatte noch eine Menge vorzubereiten, bevor in der nächsten Woche seine Kurse begannen.

Er freute sich darauf und versuchte, nicht daran zu denken, dass die Musik, die früher so mühelos in seinem Kopf erklungen war, nun verstummt war.

3. Kapitel

Natasha schob die Spange durch das Haar über ihrem Ohr und hoffte, dass sie länger als fünf Minuten an der Stelle bleiben würde, an der sie sie haben wollte. Sie betrachtete mit prüfendem Blick ihr Bild in dem schmalen Spiegel über der Spüle im Hinterzimmer des Ladens und beschloss, die Lippen noch etwas nachzuziehen. Es machte nichts, dass der Tag lang und hektisch gewesen war und ihr die Füße vor Müdigkeit schmerzten. Den heutigen Abend hatte sie sich wahrlich verdient, als Belohnung für gute Arbeit.

Jedes Semester schrieb sie sich für einen Kurs am College ein. Sie suchte sich ein möglichst lustiges, möglichst spannendes oder möglichst ungewöhnliches Thema aus. Die Dichtung der Renaissance in dem einen Jahr, Autoreparatur im anderen. Diesmal würde sie sich an zwei Abenden in der Woche der Geschichte der Musik widmen. Heute Abend würde sie in ein völlig neues Wissensgebiet vorstoßen. Alles, was sie lernte, hortete sie zu ihrem eigenen Vergnügen, so wie andere Frauen Diamanten und Smaragde sammelten. Es musste gar nicht nützlich sein. Das war ihrer Meinung nach ein funkelndes Halsband auch nicht. Es war lediglich aufregend, es zu besitzen.

Sie war mit allem Notwendigen ausgerüstet: Füllfederhalter und Bleistifte und einem Übermaß an Begeisterung. Um sich vorzubereiten, hatte sie die Bücherei geplündert und zwei Wochen lang einschlägige Bücher verschlungen. Ihr Stolz ließ es nicht zu, völlig unwissend in den Kurs zu gehen. Sie war neugierig darauf, ob der Dozent es schaffen würde, den trockenen Fakten etwas Würze und Spannung zu verleihen.

Es gab wenig Zweifel, dass der Dozent ihres Kurses in anderen Lebensbereichen für Spannung und Würze sorgte. Annie hatte ihr noch am Morgen erzählt, dass die halbe Stadt schon über den neuen Professor am College redete. Dr. Spence Kimball.

Der Name klang in Natashas Ohren sehr seriös, ganz und gar nicht nach dem, was Annie ihr erzählt hatte. Ihre Informationen stammten von der Tochter ihrer Cousine, die sich am College zur Grundschullehrerin ausbilden ließ und im Nebenfach Musik studierte. Ein Sonnengott, so hatte Annie die Beschreibung weitergegeben und Natasha damit zum Lachen gebracht.

Ein äußerst begabter Sonnengott, dachte Natasha, während sie die Lampen im Laden ausschaltete. Sie kannte Kimballs Werke, jedenfalls die, die er komponiert hatte, bevor er das Schreiben von Musikstücken so abrupt und unerklärlich aufgegeben hatte. Sie hatte sogar nach seiner Prélude in d-Moll getanzt, damals beim Corps de Ballet in New York.

Eine Million Jahre her, dachte sie, als sie auf den Bürgersteig trat. Jetzt würde sie dem Genie persönlich begegnen, sich seine Ansichten anhören und dadurch den klassischen Stücken, die sie so liebte, vielleicht neue Bedeutung abgewinnen können.

Vermutlich ist er ein temperamentvoller Künstlertyp, malte sie ihn sich aus. Oder ein blasser Exzentriker mit Ohrring. Ihr war es egal. Sie wollte hart arbeiten. Jeder Kurs, den sie belegte, war für sie eine Sache des Stolzes. Es bohrte noch immer in ihr, wie wenig sie mit achtzehn gewusst hatte. Wie wenig sie sich für andere Dinge als den Tanz interessiert hatte. Sie hatte sich völlig auf die eine Welt konzentriert, dass ihr andere verschlossen geblieben waren. Und als diese eine Welt ihr geraubt wurde, war sie so verloren wie ein Kind, ausgesetzt in einem Boot auf dem Atlantik.

Aber sie hatte zurück ans Ufer gefunden, so wie ihre Familie den Weg durch die Steppen der Ukraine in den

Dschungel von Manhattan gefunden hatte. Sie gefiel sich jetzt besser, die unabhängige, ehrgeizige Amerikanerin, die sie geworden war. So wie sie jetzt war, konnte sie stolz wie jeder Student im ersten Semester das große, schöne alte Gebäude auf dem Campus betreten.

In den Fluren hallten Schritte, weit entfernt und aus verschiedenen Richtungen. Es herrschte eine ehrfürchtige Stille, die Natasha immer mit Kirchen und Universitäten verband. In gewisser Weise gab es auch hier eine Religion, nämlich den Glauben an das Wissen.

Irgendwie empfand sie so etwas wie Ehrfurcht, als sie den Kursraum suchte. Als Kind von fünf Jahren hatte sie sich damals in dem kleinen Bauerndorf so ein Gebäude gar nicht vorstellen können. Und die Bücher und Pracht darin erst recht nicht.

Mehrere Studenten warteten schon auf den Beginn. Eine gemischte Truppe, stellte sie fest, vom College-Alter bis zu mittleren Jahren. Alle schienen sie vor freudiger Erwartung zu glühen. Die Uhr zeigte zwei Minuten vor acht. Sie hatte damit gerechnet, dass Kimball bereits vorn sitzen würde, in seinen Unterlagen wühlte, seine Studenten aus bebrillten Augen musterte und sich immer wieder durch das etwas wilde, bis zu den Schultern reichende Haar fuhr.

Geistesabwesend lächelte sie einem jungen Mann mit Hornbrille zu, der sie anstarrte, als wäre er gerade aus einem Traum erwacht. Sie setzte sich und sah gleich darauf wieder auf, als der junge Mann sich umständlich hinter den benachbarten Tisch schob.

„Hi."

Er sah sie an, als hätte sie ihn nicht gegrüßt, sondern ihm einen Knüppel über den Kopf geschlagen. Nervös schob er sich die Brille den Nasenrücken hinauf. „Hi. Ich bin ... Ich bin Terry Maynard", mühte er sich ab, als wäre ihm sein Name entfallen.

„Natasha." Sie lächelte nochmals. Er war noch keine fünfundzwanzig und so harmlos wie ein Hundebaby.

„Ich habe dich, äh, noch nie hier gesehen."

„Nein." Obwohl sie sich mit siebenundzwanzig geschmeichelt fühlte, für eine Mitstudentin gehalten zu werden, behielt sie den nüchternen Tonfall bei. „Ich habe nur diesen einen Kurs belegt. Zum Vergnügen."

„Zum Vergnügen?" Terry schien die Musik äußerst ernst zu nehmen. „Du weißt hoffentlich, wer Dr. Kimball ist." Seine Ehrfurcht war so groß, dass er den Namen fast flüsternd aussprach.

„Ich habe von ihm gehört. Du studierst Musik im Hauptfach?"

„Ja. Ich hoffe, dass ich ... nun, eines Tages ... bei den New Yorker Symphonikern spielen werde." Mit stumpfen Fingern rückte er sich die Brille zurecht. „Ich bin Violinist."

Ihr Lächeln brachte seinen Adamsapfel zum Hüpfen. „Wie schön. Ich bin sicher, du spielst großartig."

„Was spielst du?"

„Poker." Sie lachte und lehnte sich zurück. „Entschuldigung. Nein, im Ernst, ich spiele überhaupt kein Instrument. Aber ich liebe es, Musik zu hören, und dachte mir, der Kurs macht bestimmt Spaß." Sie sah zur Wanduhr. „Falls er stattfindet, heißt das. Offenbar hat unser geschätzter Professor Verspätung."

In diesem Moment eilte der geschätzte Professor durch die Gänge, wütend auf sich selbst, dass er diesen Abendkurs übernommen hatte. Nachdem er Freddie bei den Hausaufgaben geholfen hatte – „Wie viele Tiere entdeckst du auf diesem Bild?" –, sie davon überzeugt hatte, dass Rosenkohl nicht eklig, sondern toll schmeckte, und sich umgezogen hatte, weil bei ihrer Umarmung eine mysteriöse klebrige Substanz auf seinen Ärmel gelangt war, sehnte er sich nach einem guten Buch und einem alten Brandy, sonst nichts.

Stattdessen stand ihm ein Raum voll eifriger Gesichter bevor, die alle erfahren wollten, was Beethoven getragen hatte, als er die Neunte Symphonie komponierte.

Mit der schlechtestmöglichen Laune betrat er den Unterrichtsraum. „Guten Abend. Ich bin Dr. Kimball." Das Gemurmel und Geklapper erstarb. „Ich muss mich für die Verspätung entschuldigen. Wenn Sie sich jetzt setzen, können wir gleich loslegen."

Während er sprach, ließ er den Blick durch den Raum schweifen. Und starrte plötzlich in Natashas verblüfftes Gesicht.

„Nein." Sie merkte gar nicht, dass sie das Wort laut ausgesprochen hatte. Und selbst wenn, es hätte ihr nichts ausgemacht. Dies ist bestimmt ein Scherz, dachte sie, und zwar ein besonders schlechter. Dieser Mann in dem lässigeleganten Sakko war Spence Kimball, ein Musiker, dessen Melodien sie bewundert und nach denen sie getanzt hatte? Der Mann, der, gerade erst in den Zwanzigern, in der Carnegie Hall aufgetreten und von den Kritikern zum Genie erklärt worden war? Dieser Mann, der in Spielzeugläden nach Frauen für ein Abenteuer suchte, war der berühmte Dr. Kimball?

Es war unglaublich, es machte sie rasend, es ...

Wunderbar, dachte Spence, während er sie anstarrte. Absolut wunderbar. Es war geradezu perfekt. Jedenfalls solange es ihm gelang, das Lachen zu unterdrücken, das in ihm aufstieg. Also war sie seine Studentin. Das war besser, viel besser als ein alter Brandy und ein ruhiger Abend.

„Ich bin sicher", sagte er nach einer langen Pause, „dass wir die nächsten Monate faszinierend finden werden."

Hätte ich mich doch bloß für Astronomie eingetragen, dachte Natasha verzweifelt. Sie hätte viel Wissenswertes über die Planeten und Sterne erfahren. Über Asteroiden. Über Anziehungskraft und Trägheit. Was immer das bei Steinen sein mochte. Sicherlich war es wichtiger, herauszubekommen, wie viele Monde den Jupiter umkreisen, als Komponisten im Burgund des fünfzehnten Jahrhunderts zu studieren.

Natasha beschloss, den Kurs zu wechseln. Gleich morgen früh würde sie die Umschreibung erledigen. Und wenn sie nicht sicher gewesen wäre, dass Dr. Spence Kimball triumphierend grinsen würde, wäre sie aufgestanden und gegangen.

Sie rollte ihren Bleistift zwischen den Fingern hin und her, bevor sie die Beine übereinanderschlug und sich fest vornahm, ihm nicht zuzuhören.

Leider klang seine Stimme so attraktiv.

Ungeduldig sah sie zur Uhr. Noch fast eine Stunde. Sie würde das tun, was sie beim Zahnarzt immer tat – sich vorstellen, dass sie woanders war.

Krampfhaft bemüht, die Ohren vor ihm zu verschließen, wippte sie mit dem Fuß und kritzelte auf ihrem Block herum.

Sie merkte gar nicht, wie aus dem Gekritzel Notizen wurden. Oder wie sie ihm an den Lippen zu hängen begann. Er ließ die Musiker des fünfzehnten Jahrhunderts lebendig werden und ihre Werke so real wie Fleisch und Blut. Rondeaux, Vierelais, Ballades. Fast hörte sie sie wirklich, die dreistimmig gesungenen Gesänge der ausgehenden Renaissance, die Ehrfurcht gebietenden, hoch fliegenden Kyrien und Glorien in den Kathedralen.

Sie lauschte gebannt, gefesselt von der jahrhundertealten Rivalität zwischen Kirche und Staat und der Rolle der Musik in der Politik. Sie konnte die riesigen Bankettsäle sehen, voll elegant gekleideter Aristokraten, die in musikalischen und kulinarischen Genüssen schwelgten.

„Beim nächsten Mal reden wir über die franko-flämische Schule und die Entwicklung der Rhythmik." Spence lächelte seiner Klasse freundlich zu. „Und ich werde versuchen, pünktlich zu sein."

War es schon vorbei? Natasha sah wieder zur Uhr hinüber und stellte überrascht fest, dass es schon nach neun war.

„Er ist unglaublich, nicht wahr?" Terrys Augen glänzten hinter den Brillengläsern.

„Ja." Es fiel ihr schwer, das zuzugeben, aber Wahrheit blieb Wahrheit.

„Du solltest ihn mal in Musiktheorie erleben." Neidisch sah er zu der Gruppe von Studenten hinüber, die sich um sein Idol drängte. Bis jetzt hatte er den Mut nicht aufgebracht, Dr. Kimball anzusprechen.

„Wie? Ach so. Gute Nacht, Terry."

„Ich könnte, äh, dich im Wagen mitnehmen, wenn du möchtest." Dass der Tank fast leer war und der Auspuff nur noch von einem Drahtbügel in Position gehalten wurde, kam ihm nicht in den Sinn.

Sie schenkte ihm ein abwesendes Lächeln, das sein Herz einen Cha-Cha-Cha tanzen ließ. „Das ist nett von dir, aber ich wohne ganz in der Nähe."

Sie hatte gehofft, sich unauffällig absetzen zu können, während Spence noch mit den anderen beschäftigt war. Sie hätte es besser wissen sollen.

Er legte ihr einfach nur die Hand auf den Arm und hielt sie zurück. „Ich würde gern kurz mit Ihnen reden, Natasha."

„Ich habe es eilig."

„Es wird nicht lange dauern." Er nickte dem letzten Studenten zu, lehnte sich gegen seinen Schreibtisch und lächelte. „Ich hätte mir die Teilnehmerliste genauer ansehen sollen. Aber andererseits ist es schön, dass es auf dieser Welt noch Überraschungen gibt."

„Das hängt davon ab, wie man es sieht, Dr. Kimball."

„Spence." Er lächelte weiterhin. „Der Unterricht ist vorbei."

„Allerdings." Ihr königliches Nicken ließ ihn erneut an das russische Zarentum denken. „Entschuldigen Sie mich", sagte sie.

„Natasha ..." Er wartete und glaubte ihre Ungeduld förmlich greifen zu können. „Ich kann mir nicht vorstellen, dass jemand mit Ihrer Herkunft nicht an eine Fügung des Schicksals glaubt."

„Eine Fügung des Schicksals?"

„Bei all den Klassenräumen in all den Universitäten der ganzen Welt kommen Sie ausgerechnet in meinen spaziert. Das kann doch kein Zufall sein."

Sie würde nicht lachen. Unter keinen Umständen. Doch bevor sie es verhindern konnte, zuckten ihre Mundwinkel. „Und ich hielt es einfach nur für Pech!"

„Warum gerade die Geschichte der Musik?"

Sie stützte ihr Notizbuch auf die Hüfte. „Die oder Astronomie. Ich habe eine Münze entscheiden lassen."

„Das klingt nach einer faszinierenden Geschichte. Warum trinken wir nicht unten an der Straße einen Kaffee zusammen? Dann können Sie sie mir erzählen." Jetzt erkannte er sie, die Wut, die wie erkaltete Lava ihren samtweichen Blick hart und dunkel werden ließ. „Warum macht Sie das denn so wütend?", fragte er, mehr sich selbst als sie. „Kommt in dieser Stadt eine Einladung zum Kaffee einem unsittlichen Antrag gleich?"

„Das müssten Sie doch am besten wissen, Dr. Kimball!" Sie drehte sich um, doch er war vor ihr an der Tür und schlug diese so heftig zu, dass sie zurückwich. Ihr ging auf, dass er ebenso wütend war wie sie. Nicht dass ihr das wichtig wäre. Es war nur, weil er auf sie so sanftmütig gewirkt hatte. Verachtenswert, aber sanftmütig. Jetzt sah er völlig verändert aus. Als ob die faszinierenden Winkel und Kanten seines Gesichts aus Stein geschnitzt wären.

„Werden Sie doch etwas deutlicher."

„Öffnen Sie die Tür."

„Gern. Sobald Sie meine Frage beantwortet haben." Er war jetzt wirklich zornig. Spence ging auf, dass er seit Jahren nicht mehr so in Rage gekommen war. Es war herrlich, die heiße

Erregung in sich zu spüren. „Mir ist klar, dass Sie meine Zuneigung nicht unbedingt erwidern müssen."

Sie hob ruckartig das Kinn. „Das tue ich auch nicht."

„Schön." Das war kein Grund, sie zu erwürgen, obwohl ihm danach war. „Aber ich möchte verdammt noch mal wissen, warum Sie, sobald ich auftauche, das Feuer eröffnen."

„Weil Männer wie Sie erschossen werden sollten."

„Männer wie ich", wiederholte er, jedes Wort betonend. „Was genau heißt das?"

„Glauben Sie etwa, Sie könnten sich alles erlauben, weil Sie ein interessantes Gesicht haben und so nett lächeln? Ja", gab sie sich selbst die Antwort und schlug sich mit dem Notizbuch gegen die Brust. „Sie glauben, Sie brauchen nur mit den Fingern zu schnippen." Sie machte es vor. „Und schon liegt die Frau in Ihren Armen."

Ihm entging nicht, dass ihr Akzent stärker zutage trat, wenn sie erregt war. „Ich kann mich nicht erinnern, mit den Fingern geschnippt zu haben."

Sie stieß einen kurzen, mehr als deutlichen ukrainischen Fluch aus und griff nach der Türklinke. „Sie wollen also mit mir eine Tasse Kaffee trinken? Gut. Wir trinken Kaffee ... und rufen Ihre Frau an. Vielleicht möchte sie mitkommen."

„Meine was?" Er legte seine Hand auf ihre, sodass die Tür zunächst aufging und sich knallend wieder schloss. „Ich habe keine Frau."

„Wirklich?" Das Wort triefte vor Verachtung. Ihre Augen blitzten. „Dann ist die Frau, die mit Ihnen in den Laden kam, wohl Ihre Schwester?"

Eigentlich hätte er es lustig finden sollen, aber er brachte den Humor nicht auf. „Nina? In der Tat, das ist sie."

Natasha riss die Tür mit einem abfälligen Knurren auf. „Das finde ich erbärmlich."

Voll ehrlicher Entrüstung stürmte sie den Flur entlang und durch den Haupteingang. Ihre Absätze knallten in einem

Stakkato auf den Beton, der ihrer Stimmung hörbar Ausdruck verlieh. Sie hastete die Stufen hinunter, als sie plötzlich herumgerissen wurde.

„Sie haben vielleicht Nerven!"

„Ich?", stieß sie hervor. „Ich habe Nerven?"

„Sie bilden sich ein, Sie wüssten alles, was?" Da er größer war als sie, konnte er auf sie herunterstarren. Schatten wanderten über sein Gesicht. Seine Stimme klang hart, aber kontrolliert. „Selbst, wer ich bin."

„Dazu gehört nicht viel!" Der Griff an ihrem Arm war fest. In ihren Zorn mischte sich eine ganz elementare sexuelle Erregung, und das gefiel ihr überhaupt nicht. Sie warf das Haar zurück. „Sie sind eigentlich ziemlich typisch."

„Ich frage mich, ob ich in Ihren Augen noch weiter sinken kann."

„Das bezweifle ich."

„In dem Fall brauche ich mich ja nicht länger zurückzuhalten!"

Das Notizbuch flog ihr aus der Hand, als er sie an sich zog. Ihr blieb nur Zeit zu einem kurzen, verblüfften Aufschrei, bevor er sie küsste.

Natasha hatte sich vorgenommen, sich gegen ihn zu wehren. Immer wieder hatte sie sich das geschworen. Doch es war der Schock, der sie widerstandsunfähig machte. Jedenfalls hoffte sie, dass es nur der Schock war.

Es war ein Fehler. Ein unverzeihlicher Fehler. Und es war wunderbar. Er hatte instinktiv den Schlüssel zu der Leidenschaft gefunden, die so lange in ihr in einer Art Winterschlaf gelegen hatte. Sie spürte, wie sie erwachte und sich in ihrem Körper ausbreitete. Wie durch Watte hörte sie jemanden auf dem Fußweg unterhalb der Treppe lachen. Eine Autohupe, ein Begrüßungsruf, dann wieder Stille.

Ihr ohnehin schon klägliches Protestgemurmel erstarb, als seine Zunge in ihren Mund glitt. Er schmeckte wie ein Bankett nach langem Fasten. Obwohl sie die Hände an den Seiten zu Fäusten geballt hatte, drängte sie sich in den Kuss.

Sie zu küssen war wie ein Marsch durch ein Minenfeld. Jeden Augenblick konnte eine explodieren und ihn in Stücke reißen. Er hätte schon nach dem ersten Schock aufhören sollen, doch die Gefahr besaß ihren eigenen Reiz.

Und diese Frau war gefährlich. Als er seine Finger in ihr Haar grub, fühlte er, wie der Boden zitterte und bebte. Es war sie, das Versprechen, die Bedrohung einer titanischen Leidenschaft. Er schmeckte es auf ihren Lippen. Er spürte es an ihrer starren Haltung. Wenn sie dieser Leidenschaft freien Lauf ließe, würde sie ihn zum Sklaven machen können.

Bedürfnisse, die er nie gekannt hatte, schlugen wie Fäuste auf ihn ein. Bilder voller Feuer und Rauch tanzten vor seinen Augen. Irgendetwas in ihm wollte sich befreien, wie ein Vogel, der gegen das Gitter seines Käfigs flog. Er fühlte, wie das Metall nachzugeben begann. Doch dann entzog Natasha sich ihm und starrte ihn aus geweiteten, vielsagenden Augen an.

Der Atem blieb ihr weg. Sekundenlang fürchtete sie, auf der Stelle zu sterben. Mit diesem ungewollten, schamlosen Verlangen als letztem Gedanken auf Erden. Sie schnappte nach Luft.

„Ich hasse Sie so sehr, wie ich nie wieder jemanden hassen könnte!"

Er schüttelte den Kopf, um ihn wieder klar zu bekommen. Ihre Nähe hatte ihn schwindlig und völlig wehrlos gemacht. Er wartete, bis er sicher sein konnte, dass seine Stimme ihm gehorchte. „Das ist ein hoher Sockel, auf den Sie mich da heben, Natasha." Er ging die Stufen hinunter, bis er ihr direkt in die Augen sehen konnte. „Lassen Sie uns sichergehen, ob Sie mich aus dem richtigen Grund hinaufbefördern. Ist es, weil ich Sie geküsst habe oder weil Sie es mochten?"

Sie hob den Arm, doch er packte ihr Handgelenk rechtzeitig. Gleich darauf bereute er es, denn hätte sie ihn geohrfeigt, wären sie quitt gewesen.

„Kommen Sie mir nie wieder nahe", sagte sie schwer atmend. „Ich warne Sie. Wenn Sie es doch tun, weiß ich nicht, was ich sage und wer es hört. Wenn da nicht Ihr kleines Mädchen wäre ..." Sie brach ab und bückte sich nach ihren Sachen. „Ein so wunderbares Kind verdienen Sie gar nicht."

Er ließ ihren Arm los, aber sein Gesichtsausdruck ließ sie erstarren. „Sie haben recht. Ich habe Freddie nie verdient und werde es wahrscheinlich auch nie tun, aber sie hat nur mich. Ihre Mutter – meine Frau – ist vor drei Jahren gestorben."

Mit raschen Schritten ging er davon, tauchte in den Schein einer Straßenlaterne ein, verschwand dann in der Dunkelheit. Natasha setzte sich erschöpft auf die Stufen.

Was sollte sie jetzt tun?

Ihr blieb keine andere Wahl. So ungern sie ihn auch beschritt, es gab nur den einen Weg. Natasha rieb sich die Handflächen an der Khakihose ab und ging die frisch gestrichenen Holzstufen hinauf.

Ein schönes Haus, dachte sie, um Zeit zu gewinnen. Sie war schon so oft daran vorbeigekommen, dass sie es gar nicht mehr wahrnahm. Es war eins jener robusten alten Backsteinhäuser, die abseits der Straße hinter Bäumen und Hecken lagen.

Die Sommerblumen waren noch nicht verblüht, und schon meldeten sich ihre herbstlichen Nachfolger. Prächtige Rittersporne rivalisierten mit würzig duftendem Hopfen, leuchtende Gladiolen mit strahlenden Astern. Jemand pflegte sie. Auf den Beeten sah sie frischen Mulch, der nach der Wässerung noch dampfte.

Sie gab sich eine weitere Gnadenfrist und betrachtete das Haus. Vor den Fenstern hingen Gardinen aus hauchdünnem, elfenbeinfarbenem Stoff, der die Sonne hereinließ. Weiter oben entdeckte sie ein lustiges Muster aus Einhörnern. Das musste das Zimmer eines kleinen Mädchens sein.

Schließlich nahm sie ihren Mut zusammen und überquerte

die Veranda. Es wird schnell gehen, sagte sie sich, als sie an die Tür klopfte. Nicht schmerzlos, aber schnell.

Die Frau, die ihr öffnete, war gedrungen, ihr Gesicht so braun und faltig wie eine Rosine. Natasha blickte in ein Paar dunkler Augen, während die Haushälterin sich schon die Hände an der stark beanspruchten Schürze abwischte.

„Kann ich Ihnen helfen?"

„Ich würde gern Dr. Kimball sprechen." Sie lächelte, dabei kam sie sich vor, als stelle sie sich selbst an den Pranger. „Ich bin Natasha Stanislaski." Ihr entging keineswegs, wie sich die kleinen Augen der Haushälterin merklich verengten, bis sie fast zwischen den Falten verschwanden.

Vera hatte Natasha zunächst für eine der Studentinnen des Señors gehalten und sie abwimmeln wollen. „Ihnen gehört der Spielzeugladen in der Stadt."

„Das stimmt."

„Ach so." Mit einem Nicken hielt sie Natasha die Tür auf. „Freddie meint, Sie seien eine sehr nette Lady, die ihr ein blaues Band für die Puppe gegeben hat. Ich musste ihr versprechen, mit ihr wieder hinzugehen. Aber nur, um zu gucken." Sie machte eine einladende Handbewegung.

Während sie durch die Halle gingen, hörte Natasha die tastenden Töne eines Flügels. Sie entdeckte sich in einem alten ovalen Spiegel und war überrascht, sich lächeln zu sehen.

Spence saß mit dem Kind auf dem Schoß am Flügel und sah ihr über den Kopf hinweg zu, wie sie langsam und konzentriert dem Instrument die Melodie von „Mary Had a Little Lamb" entlockte. Durch die Fenster hinter ihnen strömte das Sonnenlicht herein. In diesem Moment wünschte sie sich, malen zu können. Wie sonst wäre er festzuhalten?

Alles war perfekt. Das Licht, die Schatten, die blassen Pastellfarben des Raums – alles verband sich zu einem meisterhaften Hintergrund. Die Haltung ihrer Köpfe, ihrer Körper war zu natürlich und ausdrucksvoll, um gestellt zu wirken.

Das Mädchen war in Pink und Weiß gekleidet, die Schnürsenkel des einen Turnschuhs offen. Er hatte Sakko und Krawatte abgelegt und die Ärmel seines Oberhemds bis zu den Ellbogen aufgerollt.

Das Haar der Kleinen schimmerte zart, seines schien im Sonnenlicht zu glühen. Das Kind lehnte mit dem Rücken an der kräftigen Gestalt des Vaters, der Kopf ruhte unterhalb seines Schlüsselbeins. Ein leises Lächeln erhellte Freddies Gesicht. Und über allem lag der schlichte Rhythmus des Kinderliedes, das sie spielte.

Seine Hände lagen auf den Knien, die Finger klopften im Tandem mit dem antiken Metronom den Takt auf den Jeansstoff. Die Liebe, die Geduld, der Stolz waren nicht zu übersehen.

„Nein, bitte", flüsterte Natasha und hielt Vera mit erhobener Hand zurück. „Stören Sie die beiden nicht."

„Jetzt spielst du, Daddy." Freddie drehte den Kopf zur Seite und blickte zu ihm hoch. „Spiel etwas Schönes."

„Für Elise." Natasha erkannte sie sofort, die leise, romantische, irgendwie einsame Melodie. Sie starrte wie gebannt auf seine schlanken Finger, die fast zärtlich, verführerisch über die Tasten glitten, und die Musik drang ihr ins Herz.

Es wirkte alles so mühelos, aber sie wusste, dass eine solche Vollendung sehr viel Übung und Konzentration kostete.

Die Musik schwoll an, Note auf Note, unerträglich traurig und doch so schön wie die Vase mit wächsernen Lilien, die sich in der glänzenden Oberfläche des Flügels spiegelte.

Zu viel Gefühl, dachte Natasha. Zu viel Trauer, obwohl die Sonne noch durch die hauchfeinen Gardinen schien und das Kind auf seinem Schoß noch immer lächelte. Der Drang, zu ihm zu gehen, ihm eine tröstende Hand auf die Schulter zu legen, sie beide an ihr Herz zu drücken, war so stark, dass sie die Fingernägel in die Handflächen graben musste.

Dann schwebte die Musik davon. Die letzte Note hing wie ein Seufzen im Raum.

„Das Stück gefällt mir", erklärte Freddie. „Hast du es dir ausgedacht?"

„Nein." Er sah auf seine Finger hinab, spreizte sie, streckte sie und legte sie auf ihre Hand. „Beethoven hat das getan." Doch dann lächelte er wieder und presste die Lippen auf den sanft geschwungenen Nacken seiner Tochter. „Genug für heute, Funny Face."

„Kann ich bis zum Essen draußen spielen?"

„Nun ... Was gibst du mir dafür?"

Es war ein altes, sehr beliebtes Spiel zwischen ihnen. Kichernd drehte sie sich auf seinem Schoß um und gab ihm einen festen, schmatzenden Kuss. Noch atemlos von der gewaltigen Umarmung entdeckte sie Natasha. „Hi!"

„Miss Stanislaski möchte Sie sehen, Dr. Kimball."

Er nickte, und Vera ging zurück in die Küche.

„Hi. Ich hoffe, ich störe nicht."

„Nein." Er drückte Freddie nochmals und stellte sie auf den Boden.

Sie lief sofort zu Natasha hinüber. „Meine Klavierstunde ist vorbei. Sind Sie gekommen, um Unterricht zu nehmen?"

„Nein, diesmal nicht." Natasha konnte nicht widerstehen und bückte sich, um Freddies Wange zu streicheln. „Ich wollte mit deinem Vater reden." Was bin ich nur für ein Feigling, dachte Natasha. Anstatt ihn anzusehen, sprach sie weiter mit Freddie. „Gefällt dir die Schule? Du bist in Mrs. Pattersons Klasse, nicht wahr?"

„Sie ist nett. Sie hat nicht einmal geschrien, als Mikey Towers' Käfersammlung im Klassenzimmer ausgebrochen ist."

Natasha band Freddie ganz automatisch die losen Schnürsenkel. „Kommst du bald einmal in den Laden und besuchst mich?"

„Okay." Freddie rannte strahlend zur Tür. „Bye, Miss Stanof ... Stanif ..."

„Tash." Sie zwinkerte Freddie zu. „Alle Kinder nennen mich Tash."

„Tash." Der Name schien Freddie zu gefallen. Sie lächelte und verschwand nach draußen.

Sie hörte das Mädchen davontrippeln und holte tief Luft. „Tut mir leid, wenn ich Sie zu Hause belästige, aber ich dachte mir, es wäre irgendwie …" Ihr fiel das richtige Wort nicht ein. Angemessener? Bequemer? „Es wäre irgendwie besser."

„Stimmt." Sein Blick war kühl, so gar nicht wie der eines Mannes, der so traurige und leidenschaftliche Musik spielte. „Möchten Sie sich setzen?"

„Nein." Die Antwort kam rasch, zu rasch. Doch dann überlegte sie, dass es besser wäre, wenn sie beide höflich miteinander umgingen. „Es wird nicht lange dauern. Ich möchte mich bloß entschuldigen."

„So? Für etwas Bestimmtes?" Er kostete es aus. Die ganze Nacht hatte er sich über sie geärgert.

Ihre Augen funkelten. „Wenn ich einen Fehler begehe", sagte sie, „dann gebe ich ihn auch zu. Aber da Sie sich so …" Warum ließ ihr Englisch sie bloß immer im Stich, wenn sie wütend war?

„Unerhört benommen haben?", schlug er vor.

„Also geben Sie es zu."

„Ich dachte, Sie sind gekommen, um etwas zuzugeben." Er amüsierte sich köstlich und setzte sich abwartend auf die Lehne eines mit blassblauem Damast bezogenen Ohrensessels.

Sie war versucht, sich auf dem Absatz umzudrehen und hinauszustolzieren. Sehr sogar. Aber sie würde tun, weswegen sie gekommen war, und die ganze leidige Angelegenheit wieder vergessen. „Was ich über Sie gesagt habe, über Sie und Ihre Tochter, war unfair und unwahr. Es tut mir leid, dass ich es gesagt habe."

„Das sehe ich." Aus dem Augenwinkel sah er eine Bewegung im Garten. Er wandte gerade noch rechtzeitig den Kopf. Freddie sprintete zur Schaukel. „Vergessen wir die Sache."

Natasha folgte seinem Blick und war sofort besänftigt. „Sie ist wirklich ein wunderhübsches Kind. Ich hoffe, Sie erlauben ihr, mich ab und zu im Laden zu besuchen."

Ihr Tonfall ließ ihn nachdenklich werden. War es Trauer, die er gerade in ihrer Stimme gehört hatte? Oder Sehnsucht? „Ich bezweifle, dass ich Freddie daran hindern könnte. Sie mögen Kinder wohl sehr, was?"

Natasha straffte sich ruckartig und brachte ihre Gefühle wieder unter Kontrolle. „Ja, natürlich. Sonst könnte ich meinen Laden gleich schließen. Ich will Sie nicht länger aufhalten, Dr. Kimball."

Er stand auf, um die Hand zu ergreifen, die sie ihm förmlich entgegenstreckte. „Spence", verbesserte er, während seine Finger sich um ihre Hand schlossen. „Worin haben Sie sich denn sonst noch geirrt?"

Sie hatte geahnt, dass sie nicht so leicht davonkommen würde. Andererseits verdiente sie es, ein wenig erniedrigt zu werden. „Ich dachte, Sie wären verheiratet, und ich war wütend und betroffen, als Sie mit mir ausgehen wollten."

„Glauben Sie mir, wenn ich Ihnen sage, dass ich nicht verheiratet bin?"

„Ja. Ich habe in der Bibliothek im ‚Who is Who' nachgeschlagen."

Er ließ seinen Blick noch eine Weile auf ihr ruhen. Dann warf er den Kopf zurück und lachte herzhaft. „Ihr Vertrauen in die Menschheit ist ja grenzenlos. Haben Sie sonst noch etwas Interessantes darin gefunden?"

„Nur Dinge, auf die Sie sich etwas einbilden würden. Übrigens können Sie meine Hand jetzt loslassen."

Er tat es nicht. „Sagen Sie, Natasha, mochten Sie mich aus allgemeinen Gründen nicht oder weil Sie dachten, dass ich als verheirateter Mann so unverschämt bin, mit Ihnen zu flirten?"

„Flirten?" Bei dem Wort verschluckte sie sich fast. „Das hört sich so harmlos an. Aber so unschuldig war Ihr Blick gar nicht. Sie haben mich angesehen, als ob …"

„Als ob?"

Als ob wir etwas miteinander hätten, dachte sie und spürte schon die Hitze auf ihrer Haut. „Jedenfalls gefiel es mir nicht."

„Weil Sie dachten, ich wäre verheiratet?"

„Ja. Nein", verbesserte sie sich, als ihr aufging, wohin das führen konnte. „Es gefiel mir einfach nicht."

Er hob ihre Hand an die Lippen.

„Bitte nicht", stieß sie hervor.

„Wie möchten Sie denn, dass ich Sie ansehe?"

„Sie brauchen mich überhaupt nicht anzusehen."

„Doch." Er fühlte sie erneut, diese nervöse Leidenschaft, die auf die erstbeste Gelegenheit zum Ausbruch wartete. Aus der Zelle, in die sie sie gesperrt hatte. „Morgen Abend werden Sie in der Klasse direkt vor mir sitzen."

„Ich werde den Kurs wechseln."

„Nein, das werden Sie nicht." Er strich mit dem Finger über den kleinen Goldring an ihrem Ohr. „Dazu interessiert Sie das Thema viel zu sehr. Ich habe doch gesehen, wie es in Ihrem fantastischen Kopf zu arbeiten begann. Bleiben Sie in meiner Klasse, dann brauche ich Ihnen nicht den Laden einzurennen."

„Warum sollten Sie das wollen?"

„Weil Sie seit langer Zeit die erste Frau sind, die ich wirklich begehre."

Die Erregung kroch ihr die Wirbelsäule hinauf, bis sie im Kopf zu explodieren schien. Ohne dass sie es verhindern konnte, kam die Erinnerung an jenen stürmischen Kuss zurück und drohte sie schwach werden zu lassen. Ja, er hatte sie begehrt, das war mehr als deutlich gewesen. Und mochte ihr Widerstand auch noch so heftig gewesen sein, auch sie hatte das Verlangen in sich gefühlt.

Aber das war nur ein einzelner Kuss gewesen, im Mondschein und der warmen Abendbrise. Sie wusste nur zu gut, wohin so etwas führen konnte.

„Das ist Unsinn", sagte sie scharf.

„Das ist ehrlich", murmelte er, fasziniert von den Empfindungen, die er in ihren Augen kommen und gehen sah. „Nach unserem etwas wackligen Beginn scheint mir Ehrlichkeit das Beste zu sein. Da Sie sich davon überzeugt haben, dass ich nicht verheiratet bin, dürften Sie doch nicht beleidigt sein, wenn ich mich von Ihnen angezogen fühle."

„Ich bin nicht beleidigt", gab sie mit sorgfältiger Betonung zurück. „Ich bin ganz einfach nicht interessiert."

„Küssen Sie immer Männer, an denen Sie nicht interessiert sind?"

„Ich habe Sie nicht geküsst." Sie entriss ihm ihre Hand. „Sie haben mich geküsst!"

„Das lässt sich ändern." Er zog sie an sich. „Diesmal erwidern Sie meinen Kuss."

Sie hätte sich wehren können. Er hielt sie nicht so fest wie beim ersten Mal, sondern hatte die Arme locker um sie gelegt. Diesmal waren seine Lippen weich, geduldig, verführerisch. Die Wärme sickerte wie eine Droge in ihren Kreislauf. Leise aufseufzend ließ sie die Hände an seinem Rücken hinaufwandern.

Es war, als ob er eine Kerze in Händen hielt und das Wachs langsam zu schmelzen begann, während das Feuer in der Mitte flackerte. Er fühlte, wie sie Schritt für Schritt nachgab, bis ihre Lippen sich öffneten und ihn willkommen hießen. Doch selbst jetzt war da noch ein harter, unnachgiebiger Kern, der Widerstand leistete. Gegen das, was er sie fühlen lassen wollte.

Ungeduldig presste er sie an sich. Obwohl ihr Körper sich an ihn schmiegte und der Kopf sich zur Geste erotischer Kapitulation in den Nacken legte, blieb ein Teil von ihr noch immer außer Reichweite. Was sie ihm gab, weckte den Appetit auf mehr.

Als er sie losließ, rang sie nach Atem. Es dauerte Natasha zu lange, viel zu lange, bis sie die Fassung wiedergewann. Doch dann hatte sie ihre Stimme wieder im Griff.

„Ich will keine Beziehung eingehen."

„Mit mir nicht? Oder mit niemandem?"

„Mit niemandem."

„Gut." Er strich ihr übers Haar. „Das macht es mir leichter, Sie zu einer Meinungsänderung zu bewegen."

„Ich bin äußerst hartnäckig."

„Ja, das ist mir aufgefallen. Warum bleiben Sie nicht zum Essen?"

„Nein."

„Also schön. Dann gehe ich Samstagabend mit Ihnen essen."

„Nein."

„Halb acht. Ich hole Sie ab."

„Nein."

„Sie wollen doch wohl nicht, dass ich Samstagnachmittag in den Laden komme und Sie blamiere?"

Mit der Geduld am Ende, stolzierte sie zur Tür. „Ich verstehe nicht, wie ein Mann, der mit so viel Gefühl Musik spielt, ein solcher Idiot sein kann."

Einfach nur Glück gehabt, dachte er, als sie die Tür hinter sich zuknallte. Dann ertappte er sich dabei, wie er fröhlich vor sich hin pfiff.

4. Kapitel

In einem Spielzeugladen waren die Samstage laut, chaotisch und voller Trubel. Das sollten sie auch sein. Für ein Kind besaß schon das Wort Samstag einen märchenhaften Klang. Es bedeutete vierundzwanzig Stunden, in denen die Schule weit genug entfernt war, um kein Problem mehr zu sein. Es gab Fahrräder, auf denen man durch die Gegend radeln konnte, Spiele, die gespielt werden konnten, Rennen, die man gewinnen konnte. Seit Natasha „The Fun House" betrieb, genoss sie die Samstage mindestens ebenso wie ihre hüfthohe Kundschaft.

Es war nur seine Schuld, dass sie diesen Samstag nicht auskosten konnte, und das war ein weiterer Punkt gegen Spence.

Ich habe ihm klar und deutlich Nein gesagt, dachte sie, während sie die Preise eines Satzes Hampelmänner, dreier Plastikdinosaurier und einer Seifenblasenflasche in die Kasse tippte. Und ich meinte Nein.

Der Mann schien schlichtes Englisch nicht zu verstehen.

Warum sonst hätte er ihr die rote Rose schicken sollen? Und auch noch in den Laden. Gegen Annies romantische Begeisterung hatte sie nichts ausrichten können. Natasha hatte die Rose vollkommen ignoriert, doch Annie war über die Straße gelaufen und hatte eine Plastikvase gekauft. Und jetzt hatte die Rose einen Ehrenplatz auf dem Verkaufstresen.

Natasha gab sich alle Mühe, sie nicht anzusehen, ihr nicht über die fest geschlossenen Blütenblätter zu streicheln. Aber der zarte Duft, der ihr jedes Mal in die Nase stieg, wenn sie an der Kasse stand, war nicht so einfach zu ignorieren.

Warum glaubten Männer bloß immer, dass sie eine Frau mit einer Blume besänftigen könnten?

Weil es funktioniert, gab sie sich die Antwort und sah zur Rose hinüber.

Aber das hieß noch lange nicht, dass sie mit ihm essen gehen würde. Sie warf das Haar zurück und zählte den Stapel verschwitzter Pennys und Nickels, die der kleine Hampton-Junge ihr für seinen monatlichen Kauf eines Comichefts gegeben hatte.

Das Leben könnte so einfach sein, dachte sie, als der Junge mit den neuesten Abenteuern von Commander Zark hinausrannte.

Während sie hinübereilte, um den Streit zu schlichten, der zwischen den Freedmont-Brüdern über die Ausgabe der gemeinsamen Ersparnisse ausgebrochen war, überlegte sie, ob der geschätzte Professor ihre Beziehung – oder besser Nicht-Beziehung! – wohl als eine Art Schachspiel ansah. Sie selbst war für dieses Spiel immer zu ungeduldig gewesen, aber sie hatte das Gefühl, dass Spence es meisterhaft beherrsche. Trotzdem, falls er glaubte, sie so einfach mattsetzen zu können, stand ihm eine gehörige Überraschung bevor.

Spence hatte die zweite Unterrichtsstunde brillant gestaltet. Nie hatte er sie länger angesehen als einen der anderen Studenten. Ihre Fragen hatte er in genau dem gleichen Tonfall beantwortet wie die der anderen. Ja, er war ein geduldiger Spieler.

Und dann, als sie den Unterrichtsraum verlassen wollte, hatte er ihr die erste rote Rose gegeben. Ein schlauer Schachzug, der ihre Dame in Gefahr brachte.

Wenn ich Rückgrat gehabt hätte, dachte Natasha jetzt, hätte ich die Rose auf den Boden geworfen und mit dem Absatz zertreten. Aber das hatte sie nicht getan, und jetzt musste sie aufpassen, um ihm stets einen Zug voraus zu sein.

Wenn er so weitermachte, würden die Leute bald anfangen zu reden. In einer Stadt dieser Größe wanderten Nachrichten über so etwas wie rote Rosen vom Lebensmittelgeschäft zur Kneipe, von der Kneipe zur Haustür, von der Haustür zum Klatschtreffen im Hinterhof.

Natasha konzentrierte sich auf die Vorgänge im Laden und legte jedem der streitenden Freedmont-Jungs einen Arm um den Hals. Mit gespielten Ringkampfgriffen trennte sie die beiden.

„Jetzt reicht's, Jungs. Wenn ihr euch weiter mit so schmeichelhaften Bezeichnungen wie Schwachkopf belegt ... Wie hast du deinen Bruder noch genannt?", fragte sie den Größeren.

„Eumel", wiederholte er genießerisch.

„Genau. Eumel." Den Ausdruck musste sie sich merken. „Klingt gut. Wenn ihr zwei jetzt nicht aufhört, werde ich eure Mutter bitten, euch die nächsten zwei Wochen nicht herzulassen."

„Oooch, Tash."

„Dann würden alle anderen früher als ihr all die gruseligen Sachen sehen, die ich für Halloween habe." Sie ließ die Drohung in der Luft hängen, während sie sich die beiden mit den Hälsen unter die Arme klemmte. „Also, ich mache euch einen Vorschlag. Werft eine Münze und entscheidet so, ob ihr den Fußball oder den Zauberkasten kaufen sollt. Was ihr jetzt nicht bekommt, könnt ihr euch zu Weihnachten wünschen. Gute Idee?"

Die Jungs grinsten. „Nicht schlecht."

„Nein, ihr müsst schon sagen, dass sie sehr gut ist, sonst stoße ich eure Köpfe gegeneinander."

Als sie sie zwischen den Regalen zurückließ, diskutierten die beiden bereits darüber, welche Münze sie nehmen sollten.

„Du hast deinen Beruf verfehlt", meinte Annie, als die Jungen mit dem Fußball den Laden verließen.

„Wie meinst du das?"

„Du solltest für die UNO arbeiten." Sie wies mit einem Kopfnicken durchs Schaufenster nach draußen. Die Jungen spielten sich bereits ihre Neuerwerbung zu. „Die Freedmont-Brüder sind ganz schön harte Nüsse."

"Erst jage ich ihnen Angst ein, dann biete ich ihnen einen würdevollen Ausweg."

"Mein Reden. Typisch UNO-Friedenstruppe."

Natasha lachte. "Die Probleme anderer Menschen lassen sich am einfachsten lösen." Sie sah zur Rose hinüber.

Eine Stunde später fühlte Natasha jemanden an ihrem Rocksaum zupfen.

"Hi."

"Hi, Freddie." Sie strich mit dem Finger über die Schleife, die Freddies widerspenstiges Haar zu bändigen versuchte. Sie war aus dem blauen Band gebunden worden, das Natasha Freddie bei ihrem ersten Besuch geschenkt hatte. "Heute siehst du aber hübsch aus."

Freddie lächelte sie von Frau zu Frau an. "Gefällt dir mein Outfit?"

Natasha musterte den offensichtlich neuen Jeans-Overall, den jemand wie zu einer Parade gestärkt und gebügelt hatte. "Er gefällt mir sogar sehr. Ich habe genauso einen Overall."

"Wirklich?" Freddie hatte beschlossen, Natasha zu ihrem neuesten Vorbild zu machen, und daher freute sie sich riesig. "Mein Daddy hat ihn mir gekauft."

"Das war nett von ihm." Gegen ihren Willen sah Natasha sich nach ihm um. "Hat er dich heute hergebracht?"

"Nein, Vera. Ich darf doch kommen und einfach nur gucken?"

"Aber natürlich. Ich freue mich, dass du hier bist." Das tat sie wirklich. Und zugleich war sie enttäuscht, dass Freddie nicht ihren Daddy mitgebracht hatte.

"Ich soll aber nichts anfassen." Freddie stopfte ihre juckenden Finger in die Taschen. "Vera hat gesagt, ich soll mit den Augen schauen, nicht mit den Händen."

"Das ist ein sehr guter Rat." Und zwar einer, den alle Kinder von zu Hause mitbekommen sollten, dachte Natasha. "Aber einige Dinge kannst du ruhig anfassen. Frag mich einfach vorher."

„Okay. Ich gehe zu den Pfadfindern und bekomme eine Uniform und alles."

„Das ist ja toll. Kommst du und zeigst sie mir?"

Freddies Gesicht leuchtete vor Freude auf. „Okay. Zu der Uniform gehört eine Mütze, und ich werde lernen, wie man Kopfkissen macht und Kerzenhalter und alle möglichen Sachen. Ich werde Ihnen etwas machen."

„Da würde ich mich aber freuen." Sie rückte Freddies Haarschleife zurecht.

„Daddy hat gesagt, dass Sie heute Abend mit ihm in einem Restaurant essen."

„Nun, ich ..."

„Ich mag Restaurants nicht besonders, außer wenn es Pizza gibt. Deshalb bleibe ich zu Hause, und Vera macht mir und JoBeth Tortillas. Wir werden in der Küche essen."

„Klingt gut."

„Wenn es Ihnen in dem Restaurant nicht gefällt, können Sie ja zu uns kommen und welche essen. Vera macht immer eine Menge."

Natasha unterdrückte ein Seufzen und bückte sich, um Freddies linken Schnürsenkel zu binden. „Danke."

„Ihr Haar duftet aber gut."

Natasha war dabei, das Kind lieb zu gewinnen, und hielt die Nase an Freddies Kopf. „Deines auch."

Freddie war von Natashas wilden Locken fasziniert und berührte sie zaghaft. „Ich hätte auch gern solche Haare wie Sie", sagte sie. „Meine sind so gerade wie Nadeln", fügte sie resignierend hinzu, ihre Tante Nina zitierend.

Lächelnd schob Natasha ihr eine schimmernde Strähne aus der Stirn. „Als ich ein kleines Mädchen war, kam jedes Jahr ein Engel auf die Spitze des Weihnachtsbaums. Der Engel war wunderschön und hatte genauso ein Haar wie du."

Freddies Wangen röteten sich vor Freude.

„Da bist du ja." Vera kam den schmalen Gang entlanggeschlurft, in der einen Hand eine Einkaufstasche aus geflochtenem Stroh, in der anderen eine aus Segeltuch. „Komm schon, Freddie, wir müssen nach Hause, sonst denkt dein Vater noch, wir hätten uns verlaufen." Sie nickte Natasha zu. „Guten Tag, Miss."

„Guten Tag." Natasha hob neugierig eine Braue. Die kleinen dunklen Augen musterten sie erneut. Vermutlich habe ich die Prüfung wieder nicht bestanden, dachte sie. „Ich hoffe, Sie bringen Freddie bald wieder her."

„Mal sehen. Ein Kind widersteht einem Spielzeugladen ebenso schwer wie ein Mann einer schönen Frau."

Vera führte Freddie zur Tür. Sie sah sich nicht um, als das Kind über die Schulter zurückgrinste und Natasha zuwinkte.

„Hmm", murmelte Annie. „Was sollte das denn?"

Mit einem resignierten Lächeln schob Natasha eine Klammer zurück ins Haar. „Ich würde sagen, die Frau glaubt, ich hätte es auf ihren Arbeitgeber abgesehen."

Annie schnaubte wenig damenhaft. „Wenn überhaupt, dann hat es der Arbeitgeber auf dich abgesehen. Das Glück sollte ich mal haben." Ihr Seufzer klang neidisch. „Jetzt wo wir wissen, dass der tollste Mann der Stadt unverheiratet ist, ist die Welt wieder in Ordnung. Warum hast du mir nicht erzählt, dass du mit ihm ausgehst?"

„Weil ich es nicht vorhabe."

„Aber Freddie hat doch gesagt ..."

„Er hat mich eingeladen", erklärte Natasha. „Aber ich habe abgelehnt."

„So." Nach kurzem Schweigen legte Annie den Kopf zur Seite. „Wann war denn der Unfall?"

„Unfall?"

„Ja, der, bei dem du den Gehirnschaden erlitten hast."

Natashas Gesicht erhellte sich zu einem Lachen. Sie ging nach vorn.

„Ich meine es ernst", sagte Annie, als endlich einmal kein

junger Kunde im Laden war. „Dr. Spence Kimball ist großartig, ungebunden und ...", sie beugte sich über den Tresen, um an der Rose zu schnuppern, „... charmant. Warum gehst du heute nicht früher, um dich mit echten Problemen zu beschäftigen? Zum Beispiel mit dem, was du heute Abend anziehen wirst."

„Ich weiß, was ich heute Abend anziehen werde. Meinen Bademantel."

Annie musste grinsen. „Meinst du nicht, du gehst etwas zu schnell ran? Mit dem Bademantel würde ich mindestens bis zur dritten Verabredung warten."

„Es wird keine erste geben." Natasha lächelte dem Neuankömmling zu, der gerade den Laden betrat.

Annie benötigte vierzig Minuten, bis sie das Gespräch wieder auf ihr Lieblingsthema gebracht hatte. „Wovor hast du eigentlich Angst?"

„Vor dem Finanzamt."

„Tash, sei doch mal ernst."

„Das bin ich." Ihre Haarklammer saß schon wieder locker. Diesmal zog sie sie ganz heraus. „Jede amerikanische Geschäftsperson hat Angst vor dem Finanzamt."

„Wir reden über Spence Kimball."

„Nein", korrigierte Natasha. „Du redest über Spence Kimball."

„Ich dachte, wir wären Freundinnen."

Annies Tonfall überraschte Natasha. So ernst sprachen sie selten miteinander. Sie hörte auf, das Rennbahnmodell, das ihre Samstagskundschaft fast in Trümmer zerlegt hatte, in Ordnung zu bringen. „Das sind wir. Du weißt, dass wir das sind."

„Freundinnen reden miteinander, Tash, vertrauen einander, bitten einander um Rat." Annie blies den Atem aus und stopfte die Hände in ihre ausgebeulte Jeans. „Sieh mal, ich weiß, dass dir einiges passiert ist, bevor du herkamst. Etwas, an dem du noch immer zu knabbern hast und über das du nie redest. Ich dachte mir, es wäre ein besserer Freundschaftsdienst, dich nicht danach zu fragen."

Hatte sie es sich so sehr anmerken lassen? Natasha war sich die ganze Zeit sicher gewesen, dass die Vergangenheit begraben war. Und zwar tief. Mit einem Gefühl der Hilflosigkeit berührte sie Annies Hand. „Danke."

Annie zuckte mit den Schultern, ging zur Ladentür und schloss ab. „Weißt du noch, wie ich mich an deiner Schulter ausweinen durfte? Damals, als Don Newman mich hat sitzen lassen."

Natashas Lippen zogen sich zu einem Strich zusammen. „Er war nicht eine Träne wert."

„Aber das Weinen hat mir gutgetan." Annie kehrte mit einem belustigten Lächeln auf dem Gesicht von der Tür zurück. „Ich musste einfach weinen, alles herausschreien und mir einen Schwips antrinken. Und du warst für mich da, hast all diese richtig schön bösen Dinge über ihn gesagt."

„Fiel mir nicht schwer", erinnerte sich Natasha. „Er war ein Eumel." Es machte ihr großen Spaß, das von dem jungen Freedmont aufgeschnappte Wort zu benutzen.

„Kann sein, aber er war ein wahnsinnig gut aussehender Eumel." Annie schloss träumerisch die Augen. „Jedenfalls hast du mir über die harte Zeit hinweggeholfen, bis ich mir selbst klargemacht hatte, dass ich ohne den Typen besser dran war. Du hast meine Schulter nie gebraucht, Tash. Weil du keinen Mann weiter als bis hier an dich herangelassen hast." Sie streckte einen Arm waagerecht aus und hielt ihr die Handfläche entgegen.

Natasha lehnte sich gegen den Tresen. „Was soll das denn sein?"

„Der große Stanislaski-Schutzschirm", erklärte Annie. „Hält garantiert jeden Mann von fünfundzwanzig bis fünfzig ab."

Natasha war nicht sicher, ob sie das noch lustig fand. „Willst du mir schmeicheln oder mich beleidigen?"

„Keins von beiden. Hör mir nur einmal eine Minute zu, okay?" Annie holte tief Luft, um nicht mit etwas herauszuplatzen, das sie ihrer Freundin besser Schritt für Schritt beibrachte. „Tash, ich habe gesehen, wie du Typen mit weniger Mühe hast abblitzen lassen, als du für lästige Fliegen aufbringen würdest. Und genauso beiläufig", fügte sie hinzu, als Natasha schwieg. „Du bist nicht unfreundlich, aber eben sehr bestimmt. Und sobald du einem Mann höflich die Tür gewiesen hast, denkst du nicht mehr an ihn. Ich habe dich immer bewundert. Du kamst mir so selbstsicher, so zufrieden vor. Ich fand es toll, dass du keine Verabredung am Samstagabend brauchtest, um dein Ego hochzuhalten."

„So selbstsicher bin ich gar nicht", murmelte Natasha. „Nur liegt mir nichts an oberflächlichen Beziehungen."

„Schön." Annie nickte bedächtig. „Das akzeptiere ich. Aber diesmal ist es anders."

„Was?" Sie ging um den Tresen herum und machte sich an die Tagesabrechnung.

„Siehst du? Du weißt, dass ich gleich seinen Namen nenne, und schon bist du nervös."

„Ich bin nicht nervös", log Natasha.

„Du bist nervös, launisch und abgelenkt, seit Kimball vor drei Wochen ins Geschäft kam. In den drei Jahren, die ich dich jetzt kenne, hast du über einen Mann nie länger als fünf Minuten nachgedacht. Bis jetzt."

„Das ist nur, weil dieser mir noch mehr auf die Nerven geht als die anderen vor ihm." Annies spöttischer Blick ließ sie einlenken. „Also gut, da ist ... etwas. Aber ich bin nicht interessiert."

„Du hast Angst, dich zu interessieren."

„Das läuft auf dasselbe hinaus."

„Nein, tut es nicht." Annie drückte Natasha die Hand.

„Sieh mal, ich will dich diesem Typen nicht in die Arme treiben. Wer weiß, vielleicht hat er seine Frau ermordet und im Rosenbeet begraben. Alles, was ich sage, ist, dass du diese Angst überwinden musst. Erst dann fühlst du dich wirklich wohl in deiner Haut."

Annie hat recht, dachte Natasha später, als sie, das Kinn auf die Hand gestützt, auf ihrem Bett saß. Sie war launisch, sie war abgelenkt. Und sie war ängstlich. Nicht wegen Spence. Ganz bestimmt. Kein Mann würde ihr je wieder Angst machen. Aber sie hatte Angst vor den Gefühlen, die er in ihr weckte. Vergessene, unerwünschte Gefühle.

Hieß das, sie war nicht mehr Herrin ihrer Gefühle? Nein. Hieß das, sie würde unvernünftig, impulsiv handeln, weil sich Wünsche und Sehnsüchte wieder in ihr Leben geschlichen hatten? Nein. Hieß das, sie würde sich in ihrem Zimmer verstecken, vor einem Mann? Nein und nochmals nein. Natasha sah zu ihrem Schrank hinüber und stand stirnrunzelnd auf. Mit einer rastlosen Bewegung zog sie ein dunkelblaues Cocktailkleid mit einem edelsteinbesetzten Gürtel hervor.

Nicht dass sie sich für ihn zurechtmachte. Dazu war er ihr nicht wichtig genug. Es war einfach nur eines ihrer Lieblingskleider, und sie hatte selten Gelegenheit, etwas anderes als Berufskleidung zu tragen.

Es war genau sieben Uhr achtundzwanzig, als Spence an die Tür klopfte. Natasha ärgerte sich darüber, dass sie die Uhr nicht aus den Augen gelassen hatte. Zweimal hatte sie die Lippen nachgezogen, den Inhalt ihrer Tasche überprüft und nochmals überprüft und sich immer wieder gefragt, warum sie diese Härteprobe nicht noch hinausgezögert hatte.

Ich benehme mich wie ein Teenager, schoss es ihr durch den Kopf, als sie zur Tür ging. Es ist doch nur ein Abendessen, das erste und letzte, das ich mit ihm teilen werde. Und er ist nur ein Mann, fügte sie hinzu, bevor sie die Tür öffnete.

Ein unverschämt attraktiver Mann.

Er sieht großartig aus. Mehr zu denken war sie nicht imstande. Sein Haar war zurückgekämmt, und in den Augen lag dieses angedeutete Lächeln. Sie hätte nie gedacht, dass ein Mann im Anzug und mit Krawatte so unter die Haut gehend sexy sein konnte.

„Hi." Er streckte ihr eine weitere Rose entgegen.

Fast hätte Natasha aufgeseufzt. Schade, dass der rauchgraue Anzug ihn nicht mehr wie einen Professor wirken ließ. Sie strich sich mit der Blüte über die Wange. „Ich habe es mir nicht wegen der Rosen anders überlegt."

„Was?"

„Dass ich doch mit Ihnen essen gehe." Sie hielt ihm die Tür auf, denn sie musste ihn wohl oder übel in der Wohnung warten lassen, während sie die Rose ins Wasser stellte.

„Weswegen denn?"

„Ich habe Hunger." Sie legte ihre kurze Samtjacke über die Sofalehne. „Setzen Sie sich doch."

Sie wird keinen Zentimeter nachgeben, dachte Spence, während er ihr nachsah. Er schüttelte den Kopf. Es war unglaublich. Gerade war er zu dem Urteil gelangt, dass nichts so verführerisch duftete wie schlichte Seife, da legte sie etwas auf, das ihn an Violinen bei Mitternacht denken ließ.

Er beschloss, lieber an etwas anderes zu denken, und sah sich im Raum um. Offenbar bevorzugte sie lebhafte Farben. Sein Blick fiel auf die Kissen auf der saphirblauen Couch, deren Töne dem Federkleid einer Wildente nachempfunden waren. Daneben stand eine riesige Messingvase voll seidiger Pfauenfedern. Kerzen unterschiedlichster Größen und Schattierungen waren überall im Zimmer aufgestellt, sodass es ganz romantisch nach Vanille, Jasmin und Gardenien duftete. In der Ecke bog sich ein Regal unter einer riesigen Büchersammlung, die alles von Bestsellerromanen über Tipps für Heimwerker bis zu klassischer Literatur enthielt.

Auf den Tischen drängten sich Erinnerungsstücke, gerahmte Fotos, Trockenblumensträuße und Märchengestalten aus Porzellan oder Gips. Da gab es ein Pfefferkuchenhaus, nicht größer als seine Handfläche, ein als Rotkäppchen verkleidetes Mädchen, ein Schwein, das aus dem Fenster einer winzigen Strohhütte blickte, und eine wunderschöne Frau, die einen einzelnen gläsernen Schuh in der Hand hielt.

Ratschläge für den Do-it-yourself-Klempner, leidenschaftliche Farben und Märchenfiguren, dachte er und berührte den gläsernen Schuh mit den Fingerspitzen. Die Zusammenstellung war so interessant und rätselhaft wie die Frau, die sie geschaffen hatte.

Als er sie wieder ins Zimmer kommen hörte, drehte Spence sich um. „Die sind wunderschön", sagte er, auf eine der Figuren zeigend. „Freddie würden die Augen aus dem Kopf fallen."

„Danke. Mein Bruder macht sie."

„Macht sie?" Fasziniert griff Spence nach dem Pfefferkuchenhaus, um es genauer zu betrachten. Es war aus poliertem Holz geschnitzt und dann so realistisch bemalt worden, dass man glaubte, es wirklich essen zu können. „Unglaublich. So sorgfältige Arbeit sieht man heutzutage selten."

Natasha freute sich über sein Lob und ging durchs Zimmer zu ihm. „Er schnitzt und modelliert seit seiner Kindheit. Eines Tages werden seine Kunstwerke in Galerien und Museen stehen."

„Das sollten sie jetzt schon."

Die Ernsthaftigkeit in seiner Stimme traf sie an der verwundbarsten Stelle, nämlich in der Liebe zu ihrer Familie. „Es ist nicht so einfach. Er ist jung und dickköpfig, also gibt er seinen Job nicht auf und hämmert auf Holz ein, anstatt es zu schnitzen. Alles, damit er Geld für die Familie verdient. Aber eines Tages ..." Sie lächelte versonnen. „Er hat mir die hier gemacht, weil ich mir damals so große Mühe gegeben habe, Englisch zu lernen. Aus dem Buch, das ich in der Kiste voller

Sachen fand, die uns die Kirche gab. Damals, als wir nach New York gekommen sind. Die Bilder waren so hübsch, und ich wollte unbedingt die Geschichten lesen, die dazugehörten." Sie brach ab, etwas verlegen. „Wir sollten jetzt gehen."

Er nickte nur, bereits entschlossen, behutsam nachzufragen. „Sie sollten die Jacke anziehen." Er nahm sie von der Sofalehne. „Es wird kühl."

Das Restaurant, das er ausgesucht hatte, lag nur wenige Autominuten entfernt auf einem der bewaldeten Hügel oberhalb des Potomac. Natasha hatte sich fast gedacht, dass er einen solchen abgelegenen, ruhigen Ort mit aufmerksamer, diskreter Bedienung wählen würde. Sie nippte an ihrem ersten Glas Wein und ermahnte sich selbst, sich zu entspannen und zu amüsieren.

„Freddie war heute im Laden."

„Das habe ich gehört." Spence hob sein Glas. „Sie will ihr Haar in Locken legen lassen."

Natashas Verblüffung ging in ein Lächeln über. Sie berührte ihr Haar mit den Fingerspitzen. „Oh, wie süß von ihr."

„Das sagen Sie so. Ich habe gerade erst den Dreh mit den Zöpfen herausbekommen."

Zu ihrer Überraschung konnte Natasha sich mühelos vorstellen, wie er seiner Tochter das weiche, flachsblonde Haar flocht. „Sie ist wunderschön." Das Bild, wie er, das kleine Mädchen auf dem Schoß, am Flügel saß, kam ihr wieder in den Sinn. „Sie hat Ihre Augen."

„Sehen Sie mich jetzt bitte nicht an", murmelte Spence. „Ich glaube, Sie haben mir gerade ein Kompliment gemacht."

Verlegen hob Natasha die Speisekarte. „Das dicke Ende kommt noch", erklärte sie. „Ich habe nämlich heute den Lunch ausfallen lassen."

Sie stellte sich tatsächlich ein ausgiebiges Menü zusammen. Solange ich esse, überlegte sie sich, verläuft der Abend problemlos.

Bei der Vorspeise lenkte sie das Gespräch auf Themen, die sie im Unterricht bereits angetippt hatten. Angeregt diskutierten sie über die Musik des fünfzehnten Jahrhunderts mit ihren vierstimmigen Harmonien und Wandermusikanten.

Spence freute sich über Natashas Wissbegier und Begeisterung, aber er war fest entschlossen, privatere Gebiete zu erkunden.

„Erzählen Sie mir von Ihrer Familie."

Natasha schob sich einen heißen, vor Butter triefenden Hummerhappen in den Mund und genoss den delikaten, fast dekadenten Geschmack. „Ich bin das älteste von vier Geschwistern", begann sie. Doch dann bemerkte sie, dass seine Fingerspitzen wie beiläufig mit ihren spielten. Langsam ließ sie ihre Hand auf der Tischkante außer Reichweite gleiten.

Ihr Manöver brachte ihn dazu, sein Lächeln hinter dem erhobenen Glas zu verbergen. „Und alle sind russische Spione?"

Zu dem Kerzenlicht, das sich in ihren Augen spiegelte, kam jetzt ein verärgertes Flackern. „Ganz gewiss nicht."

„Ich habe mich nur gewundert, dass Sie offenbar nicht so gern über sie reden."

Sie stippte ihren Hummer erneut in die geschmolzene Butter, kostete erst den Duft, dann die Zartheit und schließlich den Geschmack aus. „Ich habe zwei Brüder und eine Schwester. Meine Eltern leben in Brooklyn."

„Warum sind Sie hierher, nach West Virginia, gezogen?"

„Ich brauchte einen Wechsel." Sie hob die Schulter. „Sie nicht auch?"

„Ja." Zwischen seinen Brauen bildete sich eine kleine Falte, während er sie musterte. „Sie waren in Freddies Alter, als Sie in die Staaten kamen, sagten Sie. Erinnern Sie sich noch an das Leben vor Ihrer Einwanderung?"

„Natürlich." Aus irgendeinem Grund ahnte sie, dass er mehr an seine Tochter als an ihre Erinnerungen an die Ukraine dachte. „Ich bin überzeugt, dass die Eindrücke, die man in den ersten Jahren macht, die langlebigsten sind. Gute oder schlechte, sie machen uns zu dem, was wir sind." Sie beugte sich mit ernster Miene vor. „Sagen Sie, woran erinnern Sie sich, wenn Sie an sich als Fünfjährigen denken?"

„Ich sitze am Klavier und spiele Tonleitern." Die Erinnerung kam ihm mit einer solchen Deutlichkeit, dass er lachen musste. „Ich rieche die Treibhausrosen und sehe durchs Fenster auf den Schnee hinaus. Einerseits will ich meine Übungsstunde nicht abbrechen, andererseits möchte ich nur zu gern nach draußen in den Park, um meine Nanny mit Schneebällen zu bewerfen."

„Ihre Nanny", wiederholte Natasha. Dass er eine Kinderfrau gehabt hatte, registrierte sie schmunzelnd, nicht abfällig. Es entging ihm nicht. Sie stützte das Kinn auf die Hand. „Und was haben Sie getan?"

„Beides."

„Ein verantwortungsbewusstes Kind."

Er strich ihr mit der Fingerspitze übers Handgelenk und spürte, wie sie erzitterte. Ihr Pulsschlag erhöhte sich, bevor sie die Hand fortzog. „Und woran erinnern Sie sich?", fragte er.

Sie zuckte mit den Schultern. „An meinen Vater, der Holz für das Feuer bringt, das Haar und den Mantel voller Schnee. Das Baby, mein jüngster Bruder, schreit. Dann der Duft des Brots, das meine Mutter gebacken hat. Daran, wie ich mich schlafend gestellt habe, um zuzuhören, wie mein Vater mit ihr über die Flucht redet."

„Hatten Sie Angst?"

„Ja." Ihr Blick verschleierte sich. Sie sah nicht oft zurück, empfand selten das Bedürfnis dazu. Aber wenn sie es tat, dann nicht träumerisch und sentimental, sondern ganz sachlich. „Große Angst sogar. Mehr, als ich je wieder haben werde."

„Möchten Sie mir davon erzählen?"

„Wozu?"

„Weil ich verstehen möchte."

Sie wollte ablehnen, hatte die Worte bereits auf der Zunge. Doch die Erinnerung war schon zu lebendig. „Wir warteten bis zum Frühling und nahmen nur mit, was wir selbst tragen konnten. Papa sagte, wir würden die Schwester meiner Mutter, die im Westen lebte, besuchen. Aber ich glaube, einige Nachbarn wussten, was wir vorhatten. Sie sahen uns mit müden Gesichtern und aus großen Augen nach. Papa hatte Papiere, schlechte Fälschungen zwar, aber immerhin. Und er hatte eine Landkarte und hoffte, die Grenzwächter umgehen zu können."

„Und Sie waren nur zu fünft?"

„Damals schon fast zu sechst." Sie strich über den Rand ihres Glases. „Mikhail war zwischen vier und fünf, Alex erst zwei. Nachts riskierten wir es, ein Lagerfeuer anzuzünden. Wir saßen drumherum, und Papa erzählte Geschichten. Das waren schöne Nächte. Mit seiner Stimme im Ohr und dem Rauch des Feuers in der Nase schliefen wir ein. Wir überquerten die Berge nach Ungarn. Die Flucht dauerte insgesamt dreiundneunzig Tage."

Er konnte es sich nicht vorstellen, auch wenn er ihren Augen ansah, wie schwer es gewesen sein musste. Sie sprach leise, aber die Gefühle waren nicht zu überhören, verliehen ihrer Stimme einen reichen Klang. Spence dachte an das kleine Mädchen, griff nach ihrer Hand und wartete darauf, dass sie weiterredete.

„Mein Vater hatte die Flucht jahrelang geplant. Vielleicht hat er sein ganzes Leben davon geträumt. Er hatte Namen von Leuten, die Flüchtlingen halfen. Es herrschte Krieg, zwar nur der Kalte, aber ich war zu jung, um das zu verstehen. Was ich verstand, war die Angst, bei meinen Eltern, bei denen, die uns halfen. Wir wurden aus Ungarn heraus nach Österreich geschmuggelt. Die Kirche unterstützte uns, brachte uns nach Amerika. Es hat lange gedauert, bis ich keine Angst mehr hatte, dass die Polizei kommt und meinen Vater abholt."

Sie kehrte in die Gegenwart zurück. Es war ihr unangenehm, ihm davon erzählt zu haben. Überrascht stellte sie fest, dass er ihre Hand fest umklammert hielt.

„Für ein Kind ist das eine Menge, womit es fertig werden muss."

„Ich erinnere mich noch, wie ich meinen ersten Hotdog gegessen habe." Sie lächelte und hob ihr Weinglas. Über die Zeit hatte sie nie geredet, nicht einmal mit der Familie. Jetzt, wo sie es doch getan hatte, noch dazu mit ihm, verspürte sie den dringlichen Wunsch, das Thema zu wechseln.

„Und an den Tag, an dem mein Vater das erste Fernsehgerät mit nach Hause brachte. Für kein Kind gibt es völlige Geborgenheit. Selbst mit einer Nanny nicht. Aber wir werden erwachsen. Ich bin eine Geschäftsfrau, und Sie sind ein respektierter Komponist. Warum komponieren Sie eigentlich nicht?" Sie fühlte, wie sein Griff um ihre Hand sich festigte. „Es tut mir leid", sagte sie rasch. „Ich hätte das nicht fragen dürfen. Es geht mich nichts an."

„Das ist schon in Ordnung." Seine Finger entspannten sich. „Ich komponiere nicht, weil ich es nicht mehr kann."

Natasha zögerte, bevor sie aussprach, was ihr auf der Seele lag. „Ich kenne Ihre Musik. Etwas so Intensives vergeht doch nicht."

„Sie hat mir in den letzten Jahren nicht besonders viel bedeutet. Erst kürzlich wieder."

„Seien Sie nicht zu geduldig."

Als er lächelte, schüttelte sie den Kopf, zugleich hoheitlich und unwirsch. „Nein, wirklich. Ich meine es ernst. Man sagt immer, die Zeit muss stimmen, die Stimmung, der Ort. Auf diese Weise verschwendet man Jahre. Wenn mein Vater gewartet hätte, bis wir älter sind, bis der Fluchtweg sicherer ist, säßen wir vielleicht heute noch in der Ukraine. Es gibt Dinge, bei denen man mit beiden Händen zugreifen und sie festhalten muss. Das Leben kann sehr, sehr kurz sein."

Er fühlte es an ihren Händen, wie ernst sie es meinte. Und

er sah den Schatten der Reue in ihren Augen. Die Gründe dafür musste er so bald wie möglich erfahren.

„Vielleicht haben Sie recht", erwiderte er langsam, bevor er ihre Handfläche an die Lippen presste. „Warten ist nicht immer die beste Lösung."

„Es ist schon spät." Natasha entzog ihm die Hand und ballte sie auf ihrem Schoß zur Faust. Aber auch das richtete gegen das Hitzegefühl, das ihr durch den Arm schoss, nichts aus.

Als er sie zu ihrer Wohnungstür begleitete, war sie bereits wieder gelöst. Während der kurzen Fahrt nach Hause hatte er ihr von Freddie erzählt. Sie hatte lachen müssen, als er ihr schilderte, mit welchen Tricks seine Tochter ihn für ein Kätzchen zu begeistern versuchte.

„Katzenfotos aus einer Zeitschrift zu schneiden und daraus ein Poster für Sie zu basteln, finde ich raffiniert." Sie lehnte sich gegen die Tür. „Werden Sie ihr erlauben, eines zu halten?"

„Ich will nicht zu schnell weich werden."

Natasha lächelte verständnisvoll. „Große alte Häuser wie Ihres neigen dazu, im Winter Mäuse anzuziehen. So geräumig, wie Ihres ist, sollten Sie vielleicht gleich zwei von JoBeths Kätzchen nehmen."

„Falls Freddie mir mit dem Argument kommt, weiß ich, woher sie es hat." Er wickelte sich eine ihrer Locken um den Finger. „Und Sie werde ich nächste Woche im Unterricht abfragen."

„Erpressung, Dr. Kimball?"

„Ganz genau."

„Ihre Prüfung bestehe ich locker. Und ich habe das Gefühl, Freddie könnte Sie auch ohne meine Hilfe dazu überreden, den gesamten Wurf zu nehmen, wenn sie es sich vornimmt."

„Nur die kleine Graue."

„Sie haben sie also schon angesehen?"

„Mehrmals sogar. Wollen Sie mich nicht hereinbitten?"

„Nein."

„Na schön." Er legte ihr den Arm um die Taille.

„Spence..."

„Ich befolge lediglich Ihren Rat", murmelte er, während seine Lippen über ihr Kinn glitten. „Ich bin nicht geduldig." Er zog sie näher zu sich heran. Sein Mund streifte ihr Ohrläppchen. „Ich nehme mir, was ich will." Seine Zähne zupften an ihrer Unterlippe. „Und verschwende keine Zeit."

Dann presste er den Mund auf ihre halb geöffneten Lippen, auf denen er noch Spuren des Weins schmeckte. Allein daran hätte er sich berauschen können. Sie schmeckte exotisch und verführerisch, und er wusste, dass er süchtig nach ihr werden konnte. Wie der Herbst, der schon in der Luft lag, weckte sie in ihm Assoziationen von rauchenden Feuern und driftenden Nebelschwaden. Ihr Körper schmiegte sich an ihn und signalisierte spontane Zustimmung.

Die Leidenschaft wuchs nicht gemächlich, tastend, sie explodierte einfach, sodass die Luft um sie herum zu vibrieren schien.

Natasha ließ ihn seine gewohnte Zurückhaltung vergessen. Ohne zu wissen, was er ihr zuflüsterte, erkundete er mit den Lippen jeden Winkel ihres Gesichts und kehrte dabei immer wieder zu ihrem ungeduldig wartenden Mund zurück. Seine Hände wanderten wie in Ekstase über ihren Körper.

In ihrem Kopf drehte sich alles. Sie wollte glauben, dass es am Wein lag. Aber sie wusste, dass es Spence war, der sie schwindlig und benommen machte. Sie wollte berührt werden. Von ihm. Sie warf den Kopf in den Nacken und spürte seine Lippen an ihrem Hals hinabwandern.

Es musste falsch sein, sich solchen Empfindungen hinzugeben. Alte Ängste und Zweifel wirbelten in ihr auf und hinterließen eine Leere, die danach verlangte, ausgefüllt zu werden. Und wenn das geschah, würde die Angst nur noch stärker werden.

„Spence." Ihre Finger gruben sich in seine Schultern. Sie trug in sich einen Krieg aus, zwischen dem Bedürfnis, ihn aufzuhalten, und dem unmöglichen Wunsch, einfach weiterzumachen. „Bitte."

Seine Knie waren so weich wie ihre, und er atmete den Duft ihres Haars ein, bis er die Fassung wiedergefunden hatte. „Wenn wir zusammen sind, passiert mit mir etwas. Ich kann es nicht erklären."

Sie wollte ihn festhalten, an sich pressen, aber sie ließ die Arme nach unten sinken. „Es darf aber nicht mehr passieren."

Er wich zurück, gerade so weit, dass er ihr Gesicht noch in beide Hände nehmen konnte. Die Kühle des Abends und die Hitze der Erregung hatten Farbe auf ihre Wangen gezaubert. „Selbst wenn ich es verhindern wollte – und ich will es nicht –, könnte ich es nicht."

Sie sah ihm direkt in die Augen. Der zärtliche, fürsorgliche Druck seiner Hände an ihrem Gesicht durfte sie nicht beeinflussen. „Sie wollen mit mir schlafen."

„Ja." Er wusste nicht, ob er ihre sachliche Art amüsant oder irritierend finden sollte. „Aber das klingt simpler, als es ist."

„Sex ist niemals simpel."

„An Sex bin ich nicht interessiert."

„Aber Sie haben gerade …"

„Ich möchte mit Ihnen Liebe machen. Das ist ein Unterschied."

„Mir liegt nichts daran, es zu romantisieren."

Die Verärgerung verschwand so schnell aus seinen Augen, wie sie darin aufgetaucht war. „Dann tut es mir leid, Sie enttäuschen zu müssen. Wenn wir Liebe machen, wo und wann auch immer, wird es sehr romantisch sein." Bevor sie ihm ausweichen konnte, küsste er sie. „Das ist ein Versprechen, das ich zu halten beabsichtige."

5. Kapitel

„Natasha! He, äh, Natasha!"

Aus nicht sonderlich produktiven Gedanken gerissen, sah Natasha auf und erkannte Terry. Er kam auf sie zugerannt, und sein gelb-weiß gestreifter Schal flatterte hinter ihm her. Als er sie erreichte, war ihm die Brille bis zur sich rötenden Nasenspitze gerutscht.

„Hi, Terry."

Der Dreißig-Meter-Sprint hatte ihm den Atem geraubt. Er hoffte inständig, dass sich sein Asthma durch die Anstrengung nicht verschlimmern würde. „Hi. Ich war ... Ich habe dich zufällig gesehen." Seit zwanzig Minuten hatte er auf sie gewartet.

Natasha kam sich ein bisschen wie die Mutter eines unbeholfenen Kindes vor, als sie ihm die Brille zurechtrückte und den Schal fester um seinen dünnen Hals wickelte. „Du solltest Handschuhe tragen. Es ist kalt geworden", sagte sie und rieb ihm die kalte Hand, bevor sie die Stufen hinaufging.

Er folgte ihr überwältigt, wollte etwas sagen, brachte aber nur einen erstickten Laut heraus.

„Du wirst dich doch nicht etwa erkälten?" Sie suchte in ihrer Tasche nach einem Papiertaschentuch, fand eins und reichte es ihm.

Er räusperte sich geräuschvoll. „Nein, nein." Er nahm das Taschentuch und schwor sich, es sein Leben lang zu behalten. „Ich habe mich nur gefragt, ob wir heute Abend, nach dem Kurs ... Natürlich nur, wenn du sonst nichts vorhast ... Wahrscheinlich hast du das längst, aber wenn nicht ... Wir könnten eine Tasse Kaffee trinken. Zwei natürlich", fügte er verzweifelt hinzu. „Eine für dich und eine für mich, meine ich." Sein Gesicht war inzwischen glutrot.

Der arme Junge ist einsam, dachte Natasha mitfühlend und lächelte ihn automatisch an. „Gern." Warum sollte sie ihm nicht eine Stunde oder zwei Gesellschaft leisten? Es wird mich ablenken, überlegte sie, als sie den Unterrichtsraum betrat.

Und zwar von dem Mann, der vor der Klasse stand. Von dem Mann, der ihr vor zwei Wochen mit einem Kuss fast die Sinne geraubt hatte und der jetzt gerade lachte und die flotte Blondine anstrahlte, die garantiert keinen Tag älter als zwanzig war.

Spence hatte ihr Hereinkommen sofort bemerkt. Und auch der Anflug von Eifersucht war ihm nicht entgangen, bevor sie ihr Gesicht hinter einem Buch verbarg. Offenbar war ihm das Schicksal wohlgewogen gewesen, während er bis über beide Ohren in privaten und beruflichen Problemen steckte. Zwischen der leckenden Wasserleitung, dem Elternbeirat in der Schule, der Pfadfinderversammlung und der Fachbereichskonferenz war ihm kaum eine freie Stunde geblieben. Aber jetzt lief alles etwas ruhiger ab. Er würde die verlorene Zeit wieder aufholen.

Auf der Schreibtischkante sitzend, eröffnete er eine Diskussion über die Unterschiede zwischen kirchlicher und weltlicher Musik im Barock.

Zweimal rief er Natasha auf und bat um ihre Meinung.

Er ist ganz schön gerissen, dachte sie. Nicht das geringste Mienenspiel, keine noch so kleine Änderung im Tonfall ließ etwas von ihrer persönlicheren Beziehung erahnen. Niemand in der Klasse würde auf den Gedanken kommen, dass dieser selbstsichere, ja brillante Dozent sie stürmisch geküsst hatte, und das gleich drei Mal. Jetzt sprach er ruhig über die Entwicklung der Oper im frühen siebzehnten Jahrhundert.

In dem schwarzen Rollkragenpullover und dem grauen Tweed-Jackett sah er wie immer lässig-elegant aus. Und natürlich hingen die Studenten auch diesmal gebannt an seinen Lippen. Als er über eine Bemerkung aus der Klasse lächelte, hörte Natasha, wie zwei Reihen hinter ihr die kleine Blonde aufseufzte.

Vermutlich war sie nicht die Einzige, die ihn bedingungslos anhimmelte. Ein Mann, der so aussah, so redete, so küsste, war überaus begehrt. Er war der Typ, der um Mitternacht einer Frau Versprechungen machte und sich beim Frühstück im Bett an eine andere schmiegte.

War es nicht ein Glück, dass sie nicht mehr an Versprechungen glaubte?

Spence fragte sich die ganze Zeit, was wohl in Natasha vorging. Seit Wochen versuchte er nach dem Unterricht mit ihr zu reden, aber sie war jedes Mal vorher hinausgeschossen. Heute Abend würde er sich etwas einfallen lassen müssen.

Kaum war die Stunde beendet, da stand sie auch schon. Spence sah, wie sie dem Mann, der ihr gegenübersaß, zulächelte. Dann bückte sie sich und sammelte die Bücher und Bleistifte auf, die der Student beim hastigen Aufstehen auf dem Boden verstreut hatte.

Wie hieß er doch noch gleich? Maynard. Genau. Mr. Maynard war in mehreren seiner Kurse und schaffte es, in keinem davon sonderlich aufzufallen. Aber im Moment hockte der farblose Mr. Maynard Knie an Knie mit Natasha auf der Erde.

„So, jetzt haben wir sie alle." Natasha gab Terrys Brille einen freundschaftlichen Stups.

„Danke."

„Vergiss deinen Schal ni...", begann sie und sah auf, als sich eine Hand auf ihren Arm legte und ihr aufhalf. „Danke, Dr. Kimball."

„Ich möchte mit Ihnen sprechen, Natasha."

„Möchten Sie das?" Sie sah kurz auf seine Hand hinab und raffte ihren Mantel und die Bücher zusammen. Sie kam sich wieder vor wie auf einem Schachbrett und beschloss, seinen

Zug mit einem Gegenangriff zu erwidern. „Tut mir leid, das wird warten müssen. Ich habe eine Verabredung."

„Eine Verabredung?" Sofort stellte sich bei ihm das Bild eines dunkelhaarigen, athletischen Draufgängers ein.

„Ja. Entschuldigen Sie mich." Sie schüttelte seine Hand ab und steckte den Arm in die Ärmel ihres Mantels. Da die beiden Männer links und rechts gleichermaßen gelähmt schienen, nahm sie die Bücher in die andere Hand und suchte hinter dem Rücken nach dem zweiten Ärmel. „Können wir, Terry?"

„Äh, ja, sicher, ja." Er starrte Spence ehrfurchtsvoll und fast ein wenig ängstlich an. „Aber ich warte gern, wenn du erst noch mit Dr. Kimball reden willst."

„Nicht nötig." Sie ergriff seinen Arm und zog ihn zur Tür.

Frauen, dachte Spence. Nie werde ich sie verstehen.

„Mensch, Tash, meinst du nicht, du hättest abwarten sollen, was Dr. Kimball von dir will?", fragte Terry auf dem Weg zur Bar, die neben dem College lag.

„Ich weiß, was er wollte." Als Terry fast gestolpert wäre, ging ihr auf, dass sie ihn noch immer hinter sich herzog. „Und ich bin nicht in der Stimmung, darüber zu reden." Sie verlangsamte ihr Tempo. „Außerdem wollten wir doch einen Kaffee zusammen trinken."

Die Bar war nur halb voll. Auf den Plastiktischen standen leere Gläser. An der alten Theke murmelten zwei Männer in ihre Bierkrüge. In der Ecke ignorierte ein Pärchen seine Drinks. Die Frau saß schon fast auf dem Schoß des Mannes.

Natasha mochte diesen schummrigen Raum mit den alten Schwarz-Weiß-Postern von James Dean und Marilyn Monroe. Es roch nach Zigaretten und Wein aus der Karaffe. Auf dem Regal hinter der Theke stand ein großes Kofferradio, aus dem ein Chuck-Berry-Oldie so laut plärrte, dass es den Mangel an Gästen vergessen ließ.

„Nur Kaffee, Joe", rief sie dem Mann hinter der Theke zu und setzte sich. „Also, Terry", sagte sie, „wie geht's dir so?"

„Ganz gut", erwiderte Terry. Er konnte es kaum fassen, dass er hier mit ihr saß.

Offenbar würde sie ihm jedes Wort aus der Nase ziehen müssen. Geduldig schlüpfte sie aus ihrem Mantel. „Du hast mir noch gar nicht gesagt, wo du vorher studiert hast."

„Ich habe an der Michigan State einen ersten Abschluss gemacht." Seine Brillengläser waren wieder beschlagen und tauchten Natasha in einen mysteriösen Nebel. „Als ich hörte, dass Dr. Kimball hier lehrt, beschloss ich, bei ihm weiter zu studieren."

„Du bist extra wegen Spence ... Dr. Kimball hergekommen?"

„Die Gelegenheit wollte ich mir nicht entgehen lassen. Letztes Jahr bin ich sogar nach New York gefahren, um ihn zu hören." Terry hob eine Hand und hätte fast den Zuckertopf umgestoßen. „Er ist einfach unglaublich."

„Ist er wohl", murmelte sie, während ihnen von Joe Kaffee gebracht wurde.

„Wo hast du denn die ganze Zeit gesteckt?", fragte der Barkeeper und drückte ihr kurz die Schulter. „Seit einem Monat habe ich dich hier nicht mehr gesehen."

„Viel zu tun, Joe. Wie geht's Darla?"

„Ist in die Geschichte eingegangen." Er zwinkerte ihr freundschaftlich zu. „Stehe dir jetzt ganz und gar zur Verfügung."

„Merke ich mir." Lachend drehte sie sich wieder zu Terry um. „Ist etwas nicht in Ordnung?", fragte sie, als er nervös an seinem Kragen zupfte.

„Ja. Nein. Ist das dein ... Freund?"

Um ihn nicht auszulachen, trank sie hastig einen Schluck Kaffee. „Joe? Nein. Wir sind einfach nur ..." Sie suchte nach dem richtigen Wort. „Kumpel."

„Ach so." Terry klang erleichtert. „Ich dachte nur, weil ... Na ja, schon gut."

„Joe hat nur gescherzt", erklärte Natasha ihm. „Und du? Hast du eine Freundin zu Hause in Michigan?"

„Nein. Es gibt niemanden. Überhaupt niemanden."

Sein Tonfall war unmissverständlich. Und vor allem sein Blick. Wie hatte sie das nur nicht merken können? Er himmelte sie geradezu an. Sie musste vorsichtig sein. Sehr vorsichtig.

„Terry", begann sie, „du bist sehr ... süß."

Das reichte schon. Seine Hand begann zu zittern, und Sekunden später rann ihm der Kaffee übers Hemd. Natasha rückte ihren Stuhl an seine Seite und setzte sich. Sie zog eine Papierserviette aus dem Ständer und tupfte den Kaffee ab.

„Gut, dass er hier ohnehin nicht heiß ist", sagte sie lächelnd.

Die plötzliche Nähe gab Terry den Rest. Er packte ihre beiden Hände. „Ich liebe dich", platzte er heraus und spitzte die Lippen. Die Brille rutschte ihm erneut auf die Nasenspitze.

Natasha fühlte, wie sein Mund ihre Wange traf, kalt und zitternd. Weil sie ihn mochte und Mitleid mit ihm hatte, blieb sie ganz ruhig.

„Nein, das tust du nicht", erwiderte sie mit fester Stimme und rückte weit genug von ihm ab, um mit der Serviette die Pfütze auf der Tischplatte aufzusaugen.

„Das tue ich nicht?" Ihre Antwort hatte ihn aus dem Konzept gebracht. Es lief nicht so, wie er es sich in seiner Fantasie ausgemalt hatte. Da war die Version, in der er sie vor einem ins Schleudern geratenen Lastwagen rettete. Und die, in der er ihr den für sie komponierten Song vorspielte und sie sich ihm anschließend zu Tränen gerührt in die Arme warf. Aber dass sie Kaffee aufwischte und ihm erklärte, er liebe sie gar nicht, so weit hatte seine Fantasie beim besten Willen nicht gereicht.

„Doch, das tue ich", sagte er trotzig.

„Also gut. Warum liebst du mich?"

„Weil du wunderschön bist", stieß er hervor. „Du bist die schönste Frau, die ich je gesehen habe."

„Und das ist Grund genug?" Sie zog ihre Hand unter seiner

hervor und verschränkte die Finger, um das Kinn aufzustützen. „Und wenn ich nun eine Diebin bin? Oder mit dem Wagen Jagd auf kleine niedliche Tiere mache? Vielleicht war ich schon dreimal verheiratet und habe alle meine Ehemänner ermordet, während sie schliefen."

„Tash ..."

Sie lachte, widerstand aber dem Drang, ihm die Wange zu streicheln. „Ich meine, du kennst mich doch gar nicht genug, um mich zu lieben. Wenn du das wirklich tätest, wäre dir mein Aussehen egal."

„Soll das heißen, dass du nicht mit mir ausgehst?"

Er klang so jämmerlich, dass sie es riskierte, seine Hand zu berühren. „Das tue ich doch gerade." Sie schob ihm ihre Tasse hin. „Aber nur als gute Freunde", fügte sie hinzu, bevor seine Augen wieder aufleuchteten. „Ich danke dir für das Kompliment, Terry, aber mehr können wir füreinander nicht sein. Ich bin doch viel zu alt für dich."

„Nein, das bist du nicht." Ihm war anzusehen, dass er sich plötzlich erniedrigt fühlte.

„Terry, jetzt hör mir einmal zu ..."

Bevor sie ihn daran hindern konnte, schob er seinen Stuhl zurück und stand ruckartig auf. „Ich muss jetzt gehen."

Schon war er verschwunden. Natasha griff nach dem gestreiften Schal, den er in der Eile vergessen hatte. Es hatte keinen Sinn, ihm zu folgen. Er brauchte Zeit. Und sie brauchte frische Luft.

Auf dem Weg nach Hause fielen Natasha gleich mehrere Möglichkeiten ein, wie sie die Situation mit dem armen Terry hätte meistern können. Aber jetzt war es zu spät. Sie hatte einen sensiblen, zart besaiteten Jungen tief verletzt. Und alles nur, weil ihre eigenen unerwünschten Gefühle sie für seine Empfindungen blind gemacht hatten. Sie konnte sich nur zu gut in Terrys Lage versetzen und wusste, wie es war, wenn man glaubte, verliebt zu sein. Und sie wusste, wie es war, wenn derjenige, den man liebte, diese Liebe nicht erwiderte. Nachdenklich strich sie über den Schal in ihrer Tasche.

„Hat er Sie nicht einmal nach Hause gebracht?"

Natasha blieb wie angewurzelt stehen. Vor der Haustür saß Spence auf den Stufen. Das fehlt mir gerade noch, dachte sie und fuhr sich mit der Hand durchs Haar. Verglichen mit Spence war Terry ein zahmes Hündchen. Jetzt sah sie sich einem großen hungrigen Wolf gegenüber.

„Was tun Sie hier?"

„Ich erfriere."

Sein Atem hing wie eine weiße Wolke in der kalten Luft. Bei dem eisigen Wind mussten es weniger als null Grad sein. Natasha kam zu dem Ergebnis, dass es unfair wäre, sich über ihn lustig zu machen. Schließlich saß er seit einer Stunde auf dem kalten Beton.

Spence stand auf, als sie den Weg entlangkam. „Haben Sie Ihren Freund nicht noch zu einem Drink in Ihrer Wohnung eingeladen?"

„Nein." Sie streckte die Hand aus und drehte den Türknopf. Wie die meisten Türen in der Stadt, so war auch diese unverschlossen. „Wenn ich es getan hätte, wären Sie blamiert gewesen."

„Das ist nicht der richtige Ausdruck."

„Vermutlich kann ich von Glück sagen, dass Sie mir nicht drinnen auflauern."

„Das können Sie", murmelte er. „Aber nur, weil ich gar nicht auf die Idee gekommen bin, dass die Tür offen sein könnte."

„Gute Nacht."

„Warten Sie eine Minute." Er presste die Handfläche gegen die Tür, bevor sie sie zuschlagen konnte. „Ich habe nicht aus Gesundheitsgründen hier in der Kälte herumgesessen. Ich will mit Ihnen reden."

Irgendwie genoss sie das kurze Kräftemessen, bei dem die Tür zwischen ihnen hin und her wanderte. „Es ist schon spät."

„Und wird immer später. Wenn Sie die Tür schließen, werde ich so lange dagegen hämmern, bis sämtliche Nachbarn die Köpfe aus den Fenstern stecken."

„Fünf Minuten", erwiderte sie großzügig, weil sie ihm die ohnehin hatte geben wollen. „Sie bekommen von mir einen Brandy, und dann gehen Sie wieder."

„Sie sind herzensgut, Natasha."

„Nein." Sie warf ihren Mantel über die Sofalehne. „Das bin ich nicht."

Wortlos verschwand sie in der Küche. Als sie mit zwei Brandy-Schwenkern zurückkehrte, stand er mitten im Zimmer und ließ Terrys Schal durch die Finger gleiten.

„Was für ein Spiel spielen Sie mit mir?"

Sie stellte ihm seinen Brandy hin und nippte an ihrem Glas. „Ich weiß nicht, was Sie meinen."

„Was soll das? Mit einem College-Knaben auszugehen, der noch nicht trocken hinter den Ohren ist!"

Sie straffte sich. „Mit wem ich ausgehe, geht Sie nichts an."

„Doch, das tut es", gab Spence zurück. Ihm war klar geworden, wie sehr es das tat.

„Nein, das tut es nicht. Und Terry ist ein sehr netter junger Mann."

„Jung, das ist das entscheidende Wort." Spence warf den Schal zur Seite. „Er ist ganz sicher viel zu jung für Sie."

„Ist das so?" Sie hatte es selbst zu Terry gesagt. Aber aus Spences Mund traf es sie wie eine Beschuldigung. „Ich glaube, das kann ich selbst entscheiden."

„Jetzt habe ich wohl einen bloßen Nerv getroffen", murmelte Spence mehr zu sich selbst als zu ihr. Es hatte einmal eine Zeit gegeben – oder etwa nicht? –, in der ihm nachgesagt wurde, gut mit Frauen umgehen zu können. „Vielleicht hätte ich sagen sollen, Sie sind zu alt für ihn."

„Oh ja." Gegen ihren Willen begann der Wortwechsel sie

zu amüsieren. „Das klingt viel, viel besser. Möchten Sie diesen Brandy trinken oder warten, bis er verdunstet ist?"

„Ich trinke ihn, danke." Er hob den Schwenker, trank aber nicht, sondern ging im Zimmer auf und ab. Ich bin eifersüchtig, schoss es ihm durch den Kopf. So erbärmlich es auch aussah, er war allen Ernstes auf einen unbeholfenen, schüchternen Studenten höheren Semesters eifersüchtig. Und er machte sich verdammt lächerlich dabei. „Hören Sie, vielleicht sollten wir einfach von vorn anfangen."

„Wie sollen wir mit etwas von vorn anfangen, das eigentlich gar nicht hätte beginnen dürfen?"

Er ließ nicht locker. Wie ein Hund, der sich nicht von seinem abgenagten Knochen trennen konnte. „Es ist nur, dass er so offensichtlich nicht Ihr Typ ist ..."

„Ach, und Sie wissen, was mein Typ ist, wie Sie es nennen?"

Spence hob die freie Hand. „Also schön, nur noch eine direkte Frage, bevor ich mich endgültig zum Clown mache. Sind Sie an ihm interessiert?"

„Natürlich bin ich das." Wie hatte sie das nur sagen können? Es war unmöglich, Terry und seine Gefühle als Barrikade gegen Spence einzusetzen. „Er ist ein sehr netter Junge."

Spence schien erleichtert. Doch dann fiel sein Blick wieder auf den Schal. „Was haben Sie denn damit vor?"

„Er hat ihn liegen lassen. Nachdem ich ihm das Herz gebrochen habe." Der bunte Schal wirkte auf ihrem Sofa wie ein Fremdkörper. Plötzlich wurde ihr Schuldgefühl unerträglich. „Ach, lassen Sie mich doch in Ruhe." Sie ließ sich auf einen Sessel fallen. „Ich weiß gar nicht, warum ich überhaupt mit Ihnen rede!"

„Weil Ihnen etwas auf der Seele brennt und ich der Einzige bin, der hier ist."

„Schätze, das ist ein hinreichender Grund." Sie protestierte nicht, als Spence sich ihr gegenüber hinsetzte. „Er war so süß und aufgeregt. Und ich hatte keine Ahnung, was er fühlte.

Oder zu fühlen glaubte. Ich hätte es wissen sollen. Aber erst, als er sich den Kaffee über das Hemd schüttete und ... Lachen Sie nicht über ihn!"

Spence hörte nicht auf zu lächeln, aber er schüttelte den Kopf. „Das tue ich nicht. Glauben Sie mir, ich weiß genau, wie er sich gefühlt haben muss. Es gibt Frauen, die einen unbeholfen machen."

Ihre Blicke trafen sich. „Flirten Sie nicht mit mir."

„Das Stadium habe ich längst hinter mir, Natasha."

Sie erhob sich und marschierte ruhelos durchs Zimmer. „Sie wechseln das Thema!"

„Wirklich?"

Sie machte eine ungeduldige Handbewegung. „Ich habe seine Gefühle verletzt. Weil ich nicht ahnte, was in ihm vorging. Es gibt nichts Schlimmeres", fuhr sie mit leidenschaftlicher Stimme fort, „als jemanden zu lieben und abgewiesen zu werden."

„Nein." Das verstand er. Und sie tat es auch, er sah es ihren Augen an. „Aber glauben Sie denn, er hat sich wirklich in Sie verliebt?"

„Er glaubt es. Ich habe ihn gefragt, warum, und wissen Sie, was er gesagt hat?" Sie wirbelte herum, das Haar flog ihr um die Schultern. „Weil er mich für schön hält. Stellen Sie sich das vor." Sie warf die Hände in die Höhe und ging wieder auf und ab. Spence war fasziniert von ihrer Art, sich zu bewegen, und von dem melodischen Klang, den ihre Stimme bekam, wenn sie verärgert war. „Ich hätte ihn ohrfeigen können, ihn anschreien, ihn fragen, was er denn überhaupt von mir weiß."

„Mich anzuschreien ist Ihnen nie schwer gefallen."

„Sie sind ja auch kein Junge, der glaubt, verliebt zu sein."

„Ich bin kein Junge", stimmte er zu und legte ihr von hinten die Hände auf die Schultern. „Und ich mag mehr als nur Ihr Gesicht, Natasha. Obwohl ich nicht leugnen will, wie sehr ich es mag."

„Sie wissen doch auch nichts von mir."

„Doch, das tue ich." Behutsam drehte er sie zu sich herum. „Ich weiß, dass Sie Dinge erlebt haben, die ich mir kaum vorstellen kann. Ich weiß, dass Sie Ihre Familie lieben und sie vermissen, dass Sie ein Gefühl für Kinder besitzen und sie von Natur aus gern haben. Sie sind vernünftig, trotzig und leidenschaftlich zugleich." Seine Hände glitten an ihren Armen hinab und dann wieder hinauf. „Ich weiß, dass Sie schon einmal verliebt waren." Bevor sie sich ihm entziehen konnte, festigte er seinen Griff um ihre Schultern. „Und Sie sind noch nicht bereit, darüber zu reden. Sie haben einen scharfen, neugierigen Verstand und ein mitfühlendes Herz, und Sie wünschen sich, sich von mir nicht angezogen zu fühlen. Aber Sie werden es."

Sie verbarg ihren Blick hinter gesenkten Wimpern. „Offenbar wissen Sie mehr über mich als ich über Sie."

„Das lässt sich leicht ändern."

„Ich weiß nicht, ob ich das möchte. Oder warum."

Er küsste sie so kurz, dass sie gar nicht darauf reagieren konnte. „Da ist etwas", flüsterte er. „Und das ist Grund genug."

„Vielleicht ist da wirklich etwas", begann sie. „Nein." Sie wich zurück, als er sie erneut küssen wollte. „Nicht. Ich bin heute Abend nicht sehr stark."

„Dann will ich Ihre Schwäche nicht ausnutzen, sonst habe ich hinterher ein schlechtes Gewissen." Er ließ sie los, und sie verspürte Erleichterung und Enttäuschung zugleich.

„Ich koche Ihnen ein Abendessen", sagte sie spontan.

„Jetzt?"

„Morgen. Nur ein Abendessen", fügte sie rasch hinzu und fragte sich, ob sie die Einladung bereits bedauern sollte. „Vorausgesetzt, Sie bringen Freddie mit."

„Sie wird sich freuen. Und ich auch."

„Gut. Sieben Uhr." Sie griff nach seinem Mantel und hielt ihn ihm hin. „Und jetzt müssen Sie gehen."

Spence nahm den Mantel. „Nur eines noch." Blitzschnell zog er sie an sich und küsste sie lang und tief. Als er sie wieder losließ, registrierte er zufrieden, wie sie sich mit weichen Knien auf die Sofalehne sinken ließ.

„Gute Nacht", sagte er, ging hinaus und atmete die kalte Luft ein.

Es war das erste Mal, dass Freddie zu einem Abendessen der Erwachsenen eingeladen worden war. Ungeduldig wartete sie darauf, dass ihr Vater endlich mit dem Rasieren fertig wurde. Normalerweise sah sie gern zu, wenn er mit dem Rasierer durch den weißen Schaum fuhr. Manchmal wünschte sie sich sogar insgeheim, ein Junge zu sein und das Ritual an sich selbst veranstalten zu können. Doch heute Abend fand sie ihren Vater schrecklich langsam.

„Können wir jetzt gehen?"

Spence spülte sich den Schaum vom Gesicht und sah auf seinen Bademantel hinunter. „Vielleicht sollte ich mir doch besser noch eine Hose anziehen."

Freddie verdrehte die Augen. „Und wann tust du das?"

Spence hob sie hoch und biss ihr zärtlich in den Hals. „Sobald du mir die Ruhe dazu lässt."

Sofort raste sie nach unten, um in der Halle auf und ab zu gehen und dabei bis sechzig zu zählen. Nach der fünften Runde setzte sie sich auf die unterste Treppenstufe und spielte mit der Schnalle ihres linken Schuhs.

Freddie hatte sich schon alles genau überlegt. Ihr Vater würde entweder Tash oder Mrs. Patterson heiraten, weil die beiden hübsch waren und so nett lächelten. Danach würde die, die er geheiratet hatte, mit ihnen in dem neuen Haus wohnen. Bald würde sie eine neue kleine Schwester haben. Ein Bruder würde auch reichen, war aber eindeutig zweite Wahl. Alle würden glücklich sein, weil alle sich mochten. Und ihr Daddy würde abends spät wieder seine Musik spielen.

Als sie Spence herunterkommen hörte, sprang sie auf.
„Daddy, ich habe eine Trillion Mal bis sechzig gezählt."

„Ich wette, du hast schon wieder die Dreißiger ausgelassen, du kleines Schlitzohr." Er holte rasch ihren Mantel aus dem Garderobenschrank und half ihr hinein.

„Nein, habe ich nicht." Jedenfalls glaubte sie das. „Du hast ewig gebraucht." Seufzend zog sie ihn zur Tür.

„Wir kommen immer noch zu früh."

„Das macht ihr nichts aus."

In genau diesem Moment zog Natasha sich gerade zum dritten Mal um. Anschließend sah sie in den Spiegel. Der weite blaue Sweater und die Jeans beruhigten sie irgendwie. Ihre Kleidung war ungezwungen, und sie würde es auch sein. Sie befestigte die silbernen Ohrringe, warf ihr Haar zurück und eilte in die Küche. Kaum hatte sie nach der Soße gesehen, da klopfte es auch schon.

Sie sind zu früh, dachte sie ein wenig verärgert. Und sie sehen wunderbar aus. Die Missstimmung verschwand in einem Lächeln. Natasha konnte nicht anders, sie musste sich einfach zu Freddie hinabbeugen und sie auf beide Wangen küssen. „Hi."

„Danke, dass Sie mich zum Essen eingeladen haben." Freddie sagte den Satz auf und sah ihren Vater fragend an. Er nickte anerkennend.

„Gern geschehen."

„Wollen Sie denn Daddy nicht auch küssen?"

Natasha zögerte und registrierte Spences herausforderndes Grinsen. „Natürlich." Ihre Küsse fielen äußerst förmlich aus. „Dies ist eine traditionelle ukrainische Begrüßung."

„Ich bin sehr dankbar für Glasnost." Noch immer lächelnd, hob er ihre Hand an die Lippen.

„Gibt es Borschtsch?", wollte Freddie wissen.

„Borschtsch?" Natasha half ihr aus dem Mantel.

„Als ich Mrs. Patterson erzählte, dass ich und Daddy bei Ihnen essen würden, sagte sie, dass Borschtsch das russische Wort für Kohlsuppe ist." Freddie verschwieg Natasha, dass es in ihren Ohren ziemlich unfein klang.

„Ich habe leider keinen Borschtsch gemacht", erwiderte Natasha mit ernster Miene, obwohl sie sich über Freddie amüsierte. „Ich habe stattdessen ein anderes traditionelles Gericht zubereitet. Spaghetti und Fleischklöße."

Zu ihrer Überraschung herrschte eine vollkommen entspannte Atmosphäre. Sie aßen an dem alten Klapptisch am Fenster, und die Gesprächsthemen reichten von Freddies Kämpfen mit der Mathematik bis zur neapolitanischen Oper. Natasha musste nicht lange gebeten werden, von ihrer Familie zu erzählen. Freddie wollte ganz genau wissen, wie es war, eine ältere Schwester zu sein.

„Wir haben uns nicht oft gestritten", erinnerte Natasha sich, während sie den Kaffee trank und Freddie auf ihrem Knie sitzen ließ. „Aber wenn wir es taten, war ich die Siegerin, weil ich die Älteste war. Und die Gemeinste."

„Sie sind nicht gemein."

„Wenn ich wütend bin, bin ich das manchmal." Sie sah zu Spence hinüber und dachte daran, dass sie ihm erklärt hatte, er verdiene Freddie nicht. „Hinterher tut es mir dann leid."

„Wenn Menschen sich streiten, bedeutet das nicht immer, dass sie sich nicht mögen", murmelte Spence. Er gab sich alle Mühe, es nicht geradezu perfekt zu finden, wie Freddie sich in Natashas Schoß kuschelte.

Freddie war sich nicht sicher, ob sie das verstand, aber schließlich war sie erst fünf. Dann fiel ihr ein, dass sie ja bald sechs sein würde. „Ich habe bald Geburtstag."

„Wirklich?" Natasha sah angemessen beeindruckt aus. „Wann denn?"

„In zwei Wochen. Kommen Sie zu meiner Party?"

„Sehr gern." Natasha blickte Spence an, während Freddie all die tollen Sachen aufzählte, die es geben würde.

Vielleicht war es gefährlich, eine so enge Beziehung zu dem kleinen Mädchen aufzubauen. Denn das kleine Mädchen war die Tochter eines Mannes, der in Natasha Wünsche weckte, die sie in der Vergangenheit zurückgelassen hatte. Spence lächelte ihr zu.

Es ist gefährlich, beschloss sie, aber es ist auch unwiderstehlich.

6. Kapitel

„Windpocken." Spence wiederholte das Wort. Er stand in der Tür und sah zu seiner schlafenden Tochter hinüber. „Da hast du ja ein tolles Geburtstagsgeschenk bekommen, meine Süße."

In zwei Tagen würde sein kleines Mädchen sechs werden und, wenn der Doktor recht behielt, ganz von dem juckenden Ausschlag bedeckt sein, der vorläufig noch auf Bauch und Brust begrenzt war.

Die Krankheit grassierte, hatte der Kinderarzt erklärt. Bei Kindern in dem Alter ganz normal. Der Mann hat leicht reden, dachte Spence. Es war ja nicht seine Tochter, die mit tränenden Augen und erhöhter Temperatur im Bett lag.

Nina hatte ihm vorwurfsvoll erklärt, dass Freddie sich die Windpocken geholt habe, weil sie auf eine öffentliche Schule ging. Das war natürlich Unsinn. Dennoch fühlte er sich irgendwie schuldig, als er das vom Fieber gerötete Gesicht Freddies sah und ihr leises Stöhnen hörte.

Er hatte Nina gerade noch davon abhalten können, mit der nächsten Maschine zu ihnen zu kommen. Jetzt bereute er es schon fast. Er wünschte sich, jemanden zu haben, der ihm in dieser Situation beistand. Der nicht das Kommando übernahm oder ihm das Gefühl gab, ein Rabenvater zu sein. Der einfach nur da war. Der verstand, was im Vater eines kranken oder traurigen Kindes vorging. Jemand, mit dem er mitten in der Nacht reden konnte, wenn die Sorgen ihn nicht schlafen ließen.

Als er sich diese Person ausmalte, dachte er an keine andere als Natasha.

Er kühlte Freddie die Stirn mit dem feuchten Tuch, das Vera ihm gebracht hatte. Sie schlug die Augen auf.

„Daddy?"

„Ja, Funny Face. Ich bin bei dir."

Ihre Unterlippe zitterte. „Ich habe Durst."

„Ich hole dir etwas Kaltes."

Krank oder nicht, Freddie war raffiniert. „Kann ich Kool-Aid haben?"

Er drückte ihr einen Kuss auf die Wange. „Sicher. Welche Sorte?"

„Die blaue Sorte."

„Die blaue Sorte." Er gab ihr noch einen Kuss. „Ich bin gleich wieder zurück." Er war halb die Treppe hinunter, als gleichzeitig das Telefon läutete und jemand an die Haustür klopfte. „Vera, gehen Sie an den Apparat, ja?", rief er und riss ungeduldig die Tür auf.

Das Lächeln, das Natasha den ganzen Abend lang geübt hatte, verging ihr. „Tut mir leid. Ich komme wohl zu einer ungünstigen Zeit."

„Ja." Aber er zog sie ins Haus. „Augenblick. Vera ... Na endlich", fügte er hinzu, als er die Haushälterin mit dem Telefonhörer in der Hand warten sah. „Freddie möchte etwas Kool-Aid. Die blaue Sorte."

„Ich mache sie ihr." Vera faltete die Hände vor der Schürze. „Mrs. Barklay ist am Apparat."

„Sagen Sie ihr, sie soll ..." Er brach ab, als Vera unwillig die Lippen zusammenzog. Sie sagte Nina nur ungern etwas. „Na gut, ich gehe schon selbst."

„Ich will nicht länger stören", warf Natasha ein. Sie kam sich plötzlich überflüssig vor. „Ich bin nur gekommen, weil Sie heute nicht im Kurs waren. Ich wollte mich erkundigen, ob Sie vielleicht krank sind."

„Freddie ist es." Spence blickte auf das Telefon und überlegte, ob er seine Schwester durch die Leitung hindurch erwürgen könnte. „Sie hat Windpocken."

„Oh. Das arme Ding. Dann gehe ich jetzt besser", sagte

sie, obwohl sie am liebsten nach Freddie gesehen hätte.

„Tut mir leid. Hier herrscht ein ziemliches Durcheinander."

„Kein Problem. Ich hoffe, es geht ihr bald wieder gut. Lassen Sie es mich wissen, wenn ich helfen kann."

In diesem Moment rief Freddie halb krächzend, halb schluchzend nach ihrem Vater.

Spences hilfloser Blick nach oben ließ Natasha das Gegenteil von dem tun, wozu ihr Verstand sie aufforderte. „Möchten Sie, dass ich mich eine Minute zu ihr setze? Ich bleibe bei ihr, bis Sie die Dinge wieder im Griff haben."

„Nein. Ja." Spence überlegte. Wenn er jetzt nicht mit Nina sprach, würde sie später erneut anrufen. „Dafür wäre ich Ihnen dankbar." Mit der Geduld am Ende, griff er nach dem Hörer. „Nina."

Natasha folgte dem Schein der Nachtleuchte bis in Freddies Zimmer. Die Kleine saß aufrecht im Bett, umgeben von Puppen. Zwei dicke Tränen kullerten ihr die Wangen hinunter. „Ich will meinen Daddy", sagte sie weinerlich.

„Er kommt gleich." Natasha setzte sich zu Freddie und zog sie in die Arme, ohne erst lange darüber nachzudenken.

„Ich fühle mich nicht gut."

„Ich weiß. Hier, putz dir die Nase."

Freddie tat es und ließ dann ihren Kopf gegen Natashas Brust sinken. Sie seufzte. Es war ein angenehmeres Gefühl als an der harten Brust ihres Vaters oder der weichen Veras. „Ich war beim Doktor und habe Medizin bekommen. Deshalb kann ich morgen nicht zu meinem Pfadfindertreffen."

„Es wird noch andere Treffen geben. Warte, bis die Medizin dich wieder gesund gemacht hat."

„Ich habe Windpocken", verkündete Freddie mit einer Mischung aus Stolz und Selbstmitleid. „Und mir ist heiß, und es juckt."

„Dumme Sache, diese Windpocken", sagte Natasha tröstend

und strich Freddies zerzauste Haare hinter die Ohren. „Und dabei bekommt der Wind gar keine Pocken."

Freddies Mundwinkel hoben sich um wenige Millimeter. „JoBeth hatte sie letzte Woche und Mikey auch. Jetzt kann ich keine Geburtstagsparty haben!"

„Du bekommst sie später, wenn alle wieder gesund sind."

„Das hat Daddy auch gesagt." Aber es schien sie nicht zu trösten, denn eine frische Träne rann ihr über die Wange.

„Möchtest du geschaukelt werden?"

„Ich bin zu groß, um zu schaukeln."

„Ich nicht." Sie wickelte Freddie in eine Decke und trug sie zu dem weißen Korbschaukelstuhl hinüber. Sie räumte die Plüschtiere fort, legte Freddie ein besonders abgenutztes Kaninchen in den Arm und setzte sie in den Stuhl. „Als ich klein war, hat meine Mutter mich in dem großen, quietschenden Stuhl am Fenster geschaukelt. Immer, wenn ich krank war. Und sie hat mir Lieder vorgesungen. Dann ging es mir gleich viel besser."

„Meine Mutter hat mich nicht geschaukelt." Freddie tat der Kopf weh, und sie hätte zu gern den Daumen in den Mund gesteckt. Aber sie wusste, dass sie für so etwas zu alt war. „Sie hat mich nicht lieb gehabt."

„Das stimmt nicht." Natasha hielt das Kind instinktiv fester als zuvor. „Ich bin sicher, sie hat dich sehr geliebt."

„Sie wollte, dass mein Daddy mich wegschickt."

Ratlos legte Natasha die Wange auf Freddies Kopf. Was sollte sie darauf erwidern? Freddies Tonfall war so nüchtern und sachlich gewesen, dass ihre Worte nicht als Fantasie abzutun waren. „Menschen sagen manchmal Dinge, die sie gar nicht meinen. Hinterher tut es ihnen dann sehr, sehr leid. Hat dein Daddy dich weggeschickt?"

„Nein."

„Siehst du!"

„Hast du mich lieb?"

„Natürlich." Sie bewegte den Schaukelstuhl sanft hin und her. „Ich habe dich sehr lieb."

Das Schaukeln, der weibliche Duft und die leise Stimme machten Freddie schläfrig. „Warum hast du kein kleines Mädchen?"

Der Schmerz kam schlagartig, dumpf und tief. Natasha schloss die Augen. „Vielleicht habe ich eines Tages eins."

Freddie spielte mit einer von Natashas Locken. „Singst du für mich, wie deine Mutter?"

„Ja. Versuch jetzt zu schlafen."

„Geh nicht weg."

„Nein, ich bleibe noch eine Weile hier."

Spence sah ihnen von der Tür aus zu. Im Halbdunkel wirkten sie bezaubernd schön, das kleine, flachsblonde Mädchen in den Armen der dunkelhaarigen Frau mit der goldenen Haut. Der Schaukelstuhl schien zu flüstern, während er sich sacht bewegte und Natasha ein Volkslied aus ihrer ukrainischen Heimat sang.

Dann sah sie plötzlich auf und entdeckte ihn.

„Sie schläft jetzt", beruhigte sie ihn lächelnd.

Seine Knie waren weich, und Spence hoffte, dass es vom dauernden Treppensteigen kam. Er gab ihnen nach und setzte sich auf die Bettkante.

„Der Arzt sagte, es würde erst noch schlimmer werden, bevor es sich endgültig legt."

„Das stimmt." Sie strich Freddie behutsam über das Haar. „Als Kinder hatten wir alle Windpocken. Und wir alle haben es überlebt."

Er stieß den Atem geräuschvoll aus. „Schätze, ich benehme mich wie ein Idiot."

„Nein, wie ein besorgter Vater." Sie fragte sich, wie schwer es ihm gefallen sein musste, ein Baby ohne die Liebe der Mutter aufzuziehen.

„Wenn wir als Kinder früher krank waren, ließ mein Vater

dem Arzt keine Ruhe. Und er ging in die Kirche, um eine Kerze anzuzünden. Das tut er heute noch, wenn einer von uns krank ist. Schließlich sagte er noch den alten Zigeunerspruch auf, den ihm seine Großmutter beigebracht hat. Er wollte auf Nummer sicher gehen."

„Den Teil mit dem Arzt habe ich schon erledigt." Spence lächelte. „Sie erinnern sich nicht zufällig an den Zigeunerspruch?"

„Ich sage ihn für Sie auf." Sie stand vorsichtig auf, nahm Freddie auf den Arm. „Soll ich sie hinlegen?"

„Danke." Zusammen stopften sie die Decke fest. „Und das meine ich auch so."

„Ich tue es gern." Mit einem letzten Blick auf das schlafende Kind richtete Natasha sich auf. Langsam begann ihr die Situation unangenehm zu werden. „Ich gehe jetzt besser. Die Eltern kranker Kinder brauchen ihre Ruhe."

„Darf ich Ihnen wenigstens einen Drink anbieten?" Er hob das Glas. „Wie wär's mit einem Schluck Kool-Aid? Es ist die blaue Sorte."

„Ich glaube, ich verzichte lieber." Sie ging um das Bett herum zur Tür. „Wenn das Fieber erst vorbei ist, wird sie sich schrecklich langweilen. Da kommt eine Menge Arbeit auf Sie zu."

„Haben Sie ein paar Vorschläge für mich?" Er nahm ihre Hand, als sie die Treppe hinuntergingen.

„Buntstifte. Neue. Die einfachen Dinge sind immer die besten."

„Wie kommt es, dass jemand wie Sie keine Horde eigener Kinder hat?" Er brauchte gar nicht erst zu spüren, wie sie sich verkrampfte, um zu wissen, dass er das Falsche gesagt hatte. Ihre Augen verrieten es ihm. „Tut mir leid."

„Muss es nicht." Sie nahm ihren Mantel vom Treppenpfosten. „Wenn es Ihnen recht ist, würde ich gern kommen und wieder nach Freddie schauen."

Er nahm ihr den Mantel ab und legte ihn übers Geländer. „Wenn Sie das blaue Zeug nicht mögen, wie wäre es dann mit etwas Tee? Ich könnte Gesellschaft gebrauchen."

„Einverstanden."

„Ich will nur noch ..." Als er sich umdrehte, wäre er fast mit Vera kollidiert.

„Ich mache den Tee", sagte die Haushälterin mit einem nachdenklichen Blick auf Natasha.

„Sie denkt, ich wäre hinter Ihnen her", meinte Natasha, als Vera in der Küche verschwand.

„Ich hoffe, Sie werden sie nicht enttäuschen", erwiderte Spence auf dem Weg ins Musikzimmer.

„Ich fürchte, ich werde Sie beide enttäuschen müssen." Sie lachte und ging zum Flügel. „Aber Sie können sich nicht beklagen. All die jungen Frauen auf dem College reden von Dr. Kimball. Sie sind ein Star. In der Beliebtheitsskala führen Sie zusammen mit dem Kapitän der Football-Mannschaft."

„Sehr komisch."

„Ich scherze nicht. Aber es ist lustig, Sie verlegen zu machen." Sie setzte sich und ließ die Finger über die Tasten gleiten. „Komponieren Sie an diesem Flügel?"

„Früher einmal."

„Es ist ein Fehler von Ihnen, es nicht mehr zu tun." Sie spielte einige Takte. „Kunst ist mehr als ein Privileg. Sie ist eine Verpflichtung." Sie suchte nach der Melodie, schüttelte dann verärgert den Kopf. „Ich kann nicht spielen. Ich war schon zu alt, als ich mit dem Lernen anfing."

„Wenn Sie wollen, bringe ich es Ihnen bei."

„Mir wäre es lieber, wenn Sie etwas komponierten." Es war mehr als ein spontaner Einfall. Er sah aus, als brauche er heute Abend so etwas wie Freundschaft. Lächelnd streckte sie ihm die Hand entgegen. „Hier, mit mir."

Er sah auf, als Vera ein Tablett hereintrug. „Stellen Sie es dort ab, Vera. Danke."

„Brauchen Sie sonst noch etwas?"

Sein Blick wanderte zu Natasha hinüber. Ja, er brauchte noch etwas. Sehr sogar. „Nein. Gute Nacht." Er lauschte den schlurfenden Schritten der Haushälterin. „Warum tun Sie das?"

„Weil Sie lachen müssen. Kommen Sie, schreiben Sie mir einen Song. Er muss nicht gut sein."

Jetzt lachte er tatsächlich. „Sie wollen, dass ich Ihnen einen schlechten Song schreibe?"

„Er kann sogar schrecklich sein. Wenn Sie ihn Freddie vorspielen, wird sie sich kichernd die Ohren zuhalten."

„Ein missratener Song ist so ungefähr das Einzige, was ich in diesen Tagen zustande bringe. Aber Sie müssen mir hoch und heilig versprechen, ihn vor keinem meiner Studenten zu wiederholen."

„Großes Ehrenwort."

Er begann mit den Tasten herumzuexperimentieren. Natasha ließ sich inspirieren und fügte hin und wieder einige Tonfolgen hinzu. Gar nicht mal übel, dachte Spence, als er die Takte nochmals durchging. Niemand würde die Komposition brillant nennen, aber sie besaß einen gewissen simplen Charme.

„Lassen Sie mich mal versuchen." Natasha warf das Haar zurück und kämpfte mit den Tasten.

„Hier." Wie er es manchmal bei seiner Tochter tat, legte er seine Hände auf Natashas, um sie zu führen. „Entspannen Sie sich", murmelte er ihr ins Ohr.

Genau das konnte sie nicht. „Ich blamiere mich äußerst ungern", erwiderte sie, ohne den Blick von den Tasten zu nehmen. Es fiel ihr schwer, sich auf die Musik zu konzentrieren.

„Das tun Sie nicht." Ihr Haar strich ihm weich und duftend über die Wange.

Seit Jahren hatte er nicht mehr auf dem Flügel herumgespielt.

Sicher, er hatte gespielt – Beethoven, Gershwin, Mozart und Bernstein. Aber nie einfach so, aus Spaß. Es war viel zu lange her, dass er sich aus Vergnügen an die Tasten gesetzt hatte.

„Nein, nein. Vielleicht lieber a-Moll."

Trotzig spielte Natasha erneut F-Dur. „So gefällt es mir besser."

„Aber es passt nicht zur Melodie."

„Genau darum geht es mir."

Er grinste. „Wollen Sie mir Konkurrenz machen?"

„Ich glaube, Sie können es besser ohne mich."

„Das glaube ich nicht." Sein Gesicht wurde ernst. Er legte ihr eine Hand unters Kinn. „Das glaube ich ganz und gar nicht."

„Der Tee wird kalt." Aber sie wich nicht zurück, stand nicht auf. Als er sich vorbeugte, um seine Lippen auf ihren Mund zu legen, schloss sie nur die Augen. „Dies kann doch zu nichts führen."

„Das hat es bereits." Seine Hand glitt ihren Rücken hinauf. „Ich denke die ganze Zeit an dich, daran, mit dir zusammen zu sein, dich zu berühren. Ich habe noch nie jemanden so gewollt, wie ich dich will." Langsam ließ er die Hand über ihren Hals wandern, über die Schulter, den Arm hinab, bis ihre Finger sich über den Tasten verschränkten. „Es ist wie Durst, Natasha. Ein andauernder Durst. Und wenn ich wie jetzt mit dir zusammen bin, weiß ich, dass es dir ebenso geht."

Ihre Hände gruben sich wie von selbst in sein Haar und zogen seinen Kopf hinab. Sie küsste ihn mit einer Intensität, die sie sich niemals zugetraut hätte. Es war, als ob er ihr erster Mann wäre, aber das war er nicht. Sie wünschte sich verzweifelt, ihr Leben wieder von vorn beginnen zu können. Mit ihm, in genau diesem Moment.

In ihr war mehr als Leidenschaft, das spürte er. Da gab es zudem Verzweiflung, Angst und eine uneingeschränkte Großzügigkeit, die ihn benommen machte.

„Warte." Erstmals gestattete sie es sich, ihre Schwäche einzugestehen, und legte den Kopf an seine Schulter. „Es geht mir alles zu schnell."

„Nein." Mit den Fingern kämmte er ihr das Haar. „Wir haben beide Jahre gebraucht, bis wir so weit waren."

„Spence ..." Sie richtete sich wieder auf. „Ich weiß nicht, was ich tun soll", sagte sie langsam und sah ihn an. „Und es ist wichtig für mich, dass ich das weiß."

„Ich glaube, das finden wir schon heraus." Aber als er nach ihr griff, sprang sie auf und trat einen Schritt zurück.

„Für mich ist das nicht so einfach." Nervös schob sie das Haar mit beiden Händen zurück. „Auch wenn es anders aussieht, weil ich so auf dich reagiere. Ich weiß, dass es für Männer einfacher ist als für Frauen, irgendwie weniger persönlich."

Er erhob sich betont langsam. „Das musst du mir erklären."

„Ich meine nur, dass Männer Dinge wie diese unproblematischer finden. Sie sind für sie weniger schwierig zu rechtfertigen."

„Rechtfertigen", wiederholte er und wippte auf den Absätzen vor und zurück. „Das klingt, als ob es ein Verbrechen wäre."

„Ich finde nicht immer die richtigen Worte", entgegnete sie kurz angebunden. „Ich bin kein College-Professor. Ich habe kein Englisch gesprochen, bis ich acht war. Und lesen konnte ich es noch später."

„Was hat denn das damit zu tun?"

„Nichts. Und zugleich alles." Frustriert eilte sie in die Halle und griff im Vorbeigehen nach ihrem Mantel. „Ich hasse es, mich dumm zu fühlen ... dumm zu sein. Ich gehöre nicht hierher. Ich hätte nicht kommen sollen!"

„Aber das bist du." Er packte sie an den Schultern, sodass ihr Mantel auf die unterste Treppenstufe flatterte. „Warum bist du gekommen?"

„Ich weiß es nicht. Ist auch egal." Sie fühlte den ungeduldigen Druck seiner Hände.

„Warum kommt es mir bloß vor, als führte ich zwei Gespräche zur gleichen Zeit?", fragte er gereizt. „Was geht in deinem Kopf vor, Natasha?"

„Ich will dich", sagte sie leidenschaftlich. „Und ich will dich nicht wollen."

„Du willst mich." Bevor sie zurückzucken konnte, hatte er sie bereits an sich gezogen.

Diesmal hatte sein Kuss nichts Geduldiges, nichts Bittendes an sich. Er dauerte unendlich lange. Bis Natasha sicher war, ihm nichts mehr geben zu können.

„Warum macht dir das Angst?", flüsterte er.

Sie konnte nicht widerstehen und ließ ihre Hände über sein Gesicht gleiten, um nichts davon zu vergessen. „Ich habe meine Gründe."

„Erzähl mir davon."

Sie schüttelte den Kopf, und als sie zurückwich, ließ er sie los. „Ich will nicht, dass mein Leben sich verändert. Wenn etwas zwischen uns geschieht, ändert dein Leben sich nicht, aber meines vielleicht. Ich möchte sicher sein, dass das nicht eintritt."

„Ist das jetzt die alte Geschichte, dass Männer und Frauen unterschiedlich empfinden?"

„Ja."

Er fragte sich, wer ihr wohl das Herz gebrochen hatte, und er lächelte nicht dabei. „Du bist doch viel zu intelligent, um an das Märchen zu glauben. Was ich für dich empfinde, hat mein Leben bereits verändert."

„Gefühle kommen und gehen."

„Ja, das tun sie. Einige jedenfalls. Und was wäre, wenn ich dir sagte, dass ich dabei bin, mich ernsthaft in dich zu verlieben?"

„Ich würde dir nicht glauben." Ihre Stimme zitterte. Sie

bückte sich nach ihrem Mantel. „Und ich wäre wütend auf dich."

Vielleicht sollte er besser warten, bis sie ihm glaubte. „Und wenn ich dir sagte, dass ich vor dir gar nicht wusste, wie einsam ich war?"

Seine Worte bewegten sie mehr als jede Liebeserklärung. „Ich würde darüber nachdenken."

Er berührte sie zaghaft, nur mit der Hand an ihrem Haar. „Denkst du über alles so gründlich nach?"

Ihr Blick war vielsagend, als sie ihn ansah. „Ja."

„Dann denk einmal über dies nach. Ich hatte nicht vor, dich zu verführen. Sicher, ich habe es mir oft ausgemalt. Aber ganz bestimmt nicht, während meine Tochter oben krank im Bett liegt."

„Du hast mich nicht verführt."

„Jetzt kratzt du auch noch an meinem geringen Selbstbewusstsein."

Das brachte sie zum Lächeln. „Es gab keine Verführung. Dazu gehört Planung. Ich lasse mich nicht verplanen."

„Werde ich mir merken. Wie auch immer, ich habe keine Lust, dies alles auseinanderzunehmen wie ein Musikstudent ein Beethoven-Konzert. In beiden Fällen bleibt von der Romantik nichts übrig."

Sie lächelte erneut. „Ich will keine Romantik."

„Das ist schade!" Und eine Lüge, dachte er. Er hatte noch gut in Erinnerung, wie sie ihn angesehen hatte, als er ihr eine Rose gab. „Da die Windpocken mich noch für ein oder zwei Wochen auf Trab halten werden, hast du noch etwas Zeit. Wirst du wiederkommen?"

„Ja. Um nach Freddie zu sehen." Sie schlüpfte in den Mantel. „Und nach dir."

Natasha hielt ihr Versprechen. Eigentlich hatte sie nur rasch ein Gute-Besserung-Geschenk für Freddie vorbeibringen wollen, doch dann war fast ein kompletter Abend daraus geworden. Sie musste ein trauriges Kind mit einem juckenden Ausschlag trösten und sich um den erschöpften, gehetzt wirkenden Vater kümmern. Überraschenderweise hatte sie die Aufgabe genossen und es sich zur Gewohnheit gemacht, nach dem Lunch der noch immer misstrauischen Vera zu helfen oder nach Ladenschluss Spence eine Stunde Ruhe und Frieden zu verschaffen.

Seit zehn Tagen kam sie jetzt schon vorbei. Ein Mädchen, dem die Haut juckte, in Stärkemehl zu baden, hatte mit Romantik nicht viel zu tun. Trotzdem fühlte Natasha sich umso mehr von Spence angezogen, und seine Tochter fand sie von Tag zu Tag liebenswerter.

Sie erlebte mit, wie er sich alle Mühe gab, die missmutige Patientin an ihrem Geburtstag aufzuheitern, und half ihm mit dem Kätzchenpaar, das sich als Freddies Lieblingsgeschenk erwies. Als der Ausschlag zurückging und die Langeweile einsetzte, half sie Spence mit eigenen Geschichten aus. Seine Fantasie war langsam, aber sicher erschöpft.

„Nur noch eine Geschichte."

Natasha strich ihr die Decke glatt. „Das hast du vor drei Geschichten auch schon gesagt."

„Du erzählst immer so gute."

„Schmeichelei hilft da auch nichts. Ich müsste längst schlafen." Sie sah auf den großen roten Wecker. „Und du auch."

„Der Doktor hat gesagt, ich kann Montag wieder in die Schule. Ich bin nicht mehr fektiös."

„Infektiös", korrigierte Natasha. „Du freust dich bestimmt, deine Freunde wiederzusehen, stimmts?"

„Die meisten." Freddie spielte mit dem Deckenrand, um Zeit zu gewinnen. „Besuchst du mich, wenn ich nicht mehr krank bin?"

„Ich glaube schon." Sie beugte sich vor und griff nach einem miauenden Kätzchen. „Und Lucy und Desi."

„Und Daddy."

Behutsam kraulte Natasha dem Kätzchen die Ohren. „Ja, vermutlich."

„Du magst ihn, nicht?"

„Ja. Er ist ein sehr guter Lehrer."

„Er mag dich auch." Freddie erzählte nicht, dass sie gesehen hatte, wie ihr Vater Natasha gestern Abend vor dem Bett geküsst hatte. „Wirst du ihn heiraten und dann bei uns wohnen?"

„Soll das ein Antrag sein?" Natasha rang sich ein Lächeln ab. „Ich freue mich, dass du das möchtest, aber dein Daddy und ich sind nur gute Freunde. So wie du und ich."

„Wenn du bei uns wohnst, können wir immer noch Freunde sein."

Das Kind, dachte Natasha, ist ebenso schlau wie der Vater. „Bleiben wir denn nicht auch Freunde, wenn ich bei mir zu Hause wohne?"

„Mmh." Freddie schob trotzig die Unterlippe vor. „Aber es wäre schöner, wenn du hier wohnst. Wie JoBeths Mutter. Sie macht immer Kekse."

Natasha beugte sich hinunter, bis ihre Nasen sich fast berührten. „So, so, du willst mich also wegen der Kekse hier haben."

„Ich hab dich lieb." Freddie schlang die Arme um Natashas Hals und klammerte sich an sie. „Wenn du kommst, bin ich auch ganz artig."

Verblüfft umarmte Natasha das Mädchen und schaukelte sie hin und her. „Oh, Baby, ich hab dich doch auch lieb."

„Dann heiratest du uns auch."

Natasha wusste nicht, ob sie lachen oder weinen sollte. „Heiraten wäre jetzt für keinen von uns die richtige Lösung. Aber wir bleiben Freunde, und ich besuche dich und erzähle dir Geschichten."

Freddie seufzte gedehnt. Sie merkte es, wenn ein Erwachsener ihr auswich, und beschloss, nicht weiterzubohren.

Zumal sie ihr Urteil bereits gefällt hatte. Natasha war genau das, was sie als Mutter wollte. Außerdem brachte Natasha ihren Daddy zum Lachen. Freddies geheimster Weihnachtswunsch stand fest. Natasha sollte ihren Vater heiraten und eine kleine Schwester mitbringen.

„Versprochen?", fragte Freddie mit ernster Stimme.

„Ehrenwort." Natasha gab ihr einen Kuss auf die Wange. „Und jetzt schlaf. Ich schicke dir deinen Daddy hoch, damit er dir einen Gutenachtkuss gibt."

Freddie ließ ihre Augen zufallen. Ihre Lippen kräuselten sich zu einem wissenden Lächeln.

Mit dem Kätzchen auf dem Arm ging Natasha nach unten. Im Haus war es ruhig, aber aus dem Musikzimmer drang Licht. Sie setzte das Kätzchen ab, und es rannte sofort in die Küche.

Spence lag im Musikzimmer auf dem zweisitzigen Sofa. Seine Beine baumelten an der einen Seite über die Lehne. In seiner abgetragenen Freizeitkleidung und mit bloßen Füßen sah er nicht aus wie ein brillanter Komponist und Ordentlicher Professor der Musikwissenschaft. Rasiert hatte er sich auch nicht. Natasha musste zugeben, dass die Stoppeln ihn noch attraktiver machten, vor allem in Kombination mit dem leicht zerzausten Haar, dessen Schnitt seit einer oder zwei Wochen überfällig war.

Er schlief fest, ein kleines Kissen unter den Kopf gestopft. Vera hatte ihre Zurückhaltung aufgegeben, von ihr wusste Natasha, dass Spence zwei Nächte lang aufgeblieben war, als Freddies Fieber den Höhepunkt erreicht hatte.

Und sie wusste, dass er sich zwischen den Terminen am College immer wieder Zeit nahm, um nach Hause zu fahren. Mehr als einmal hatte sie bei ihren Besuchen gesehen, wie er sich bis über beide Ohren in Papiere vertiefte.

Noch vor Kurzem hatte sie ihn für einen Mann gehalten, dem das Talent und die Karriere gewissermaßen in die Wiege gelegt worden waren. Was das Talent betraf, so stimmte das ja vielleicht, aber den Rest hatte er sich schwer erarbeitet. Für sich und für sein Kind. Es gab nichts, was sie an einem Mann mehr bewunderte.

Ich bin dabei, mich in ihn zu verlieben, dachte sie. Vielleicht gibt es doch eine Grundlage für unsere Beziehung.

Und sie wollte sich ihm völlig hingeben. Das hatte sie noch nie gewollt. Mit Anthony war es einfach passiert. Sie hatte sich überwältigen und davontragen lassen, bis zum bitteren Ende. Mit Spence würde es anders sein. Eine bewusste Entscheidung. Diesmal war sie nicht so leicht zu verletzen. Und schon gar nicht so tief. Vielleicht würde es sogar glücklich enden.

Sollte sie das Risiko eingehen? Leise faltete sie die blaue Wolldecke auf, die über der zweiten Sofalehne lag, und deckte ihn damit zu. Es war lange her, dass sie ein Risiko eingegangen war. Vielleicht war es jetzt an der Zeit. Sie beugte sich zu ihm hinab und küsste ihn behutsam auf die Augenlider.

7. Kapitel

Die schwarze Katze stieß einen warnenden Schrei aus. Ein Windstoß ließ die Tür gegen die Wand knallen, und von draußen drang ein irres Lachen herein. Es mussten schwere Tropfen sein, die die Wände hinabrannen und geräuschvoll auf dem Boden des Verlieses aufschlugen. Die Gefangenen rasselten mit den Ketten. Einem ohrenbetäubenden Aufschrei folgte ein langes, verzweifeltes Stöhnen.

„Toll", meinte Annie und steckte sich einen Kaugummi in den Mund.

„Von den Schallplatten hätte ich mehr bestellen sollen!" Natasha griff nach einer orangefarbenen Schreckensmaske und verwandelte einen harmlosen Plüschbären in ein Halloween-Gespenst. „Das war die letzte."

„Nach heute Abend wirst du ohnehin für Weihnachten planen müssen." Annie schob ihren spitzen Zaubererhut zurück. Sie grinste und entblößte dabei ihre geschwärzten Zähne. „Da kommen die Freedmont-Jungen." Sie rieb sich die Hände und probierte ein hämisches Gackern. „Falls dieses Kostüm etwas taugt, werde ich die beiden in Frösche verwandeln."

Das schaffte sie zwar nicht, aber immerhin verkaufte sie ihnen künstliches Blut und aufklebbare Gumminarben.

„Ich möchte wissen, was die beiden Rabauken heute Abend bei ihren Nachbarn alles anstellen", dachte Natasha laut.

„Nichts Gutes." Annie bückte sich unter einer herabbaumelnden Fledermaus. „Musst du jetzt nicht los?"

„In einer Minute." Natasha widmete sich ihrem schwindenden Vorrat an Masken und falschen Nasen. „Die Schweineschnauzen haben sich besser verkauft, als ich dachte. Ich konnte mir nicht vorstellen, dass so viele Leute sich als Vieh verkleiden wollen." Sie hielt sich eine davon vor die Nase. „Vielleicht sollten wir sie das ganze Jahr hindurch im Angebot führen."

Annie merkte, dass ihre Freundin Zeit gewinnen wollte, und fuhr sich mit der Zunge über die Zähne, um nicht zu grinsen. „Ich finde es schrecklich nett von dir, bei der Dekoration für Freddies Party heute Abend zu helfen."

„Ist doch selbstverständlich." Natasha ärgerte sich über ihre Nervosität. Sie legte die Schnauze zurück und strich mit dem Finger über den faltigen Elefantenrüssel, der an einer übergroßen Brille befestigt war. „Schließlich habe ich selbst vorgeschlagen, dass sie eine Halloween-Party veranstaltet, nachdem die zu ihrem Geburtstag ausfallen musste."

„Hmm", murmelte Annie. „Ob ihr Vater wohl als Märchenprinz kommt?"

„Er ist kein Märchenprinz."

„Der große böse Wolf?" Annie lachte und hob begütigend die Hände. „Tut mir leid. Ich finde es nur lustig, wenn du entnervt bist."

„Ich bin nicht entnervt." Das war eine dicke Lüge, und Natasha gestand es sich ein, während sie zusammenpackte, was sie zur Party beisteuern wollte. „Du kannst gern mitkommen, weißt du."

„Vielen Dank. Aber ich bleibe lieber zu Hause und schütze mein Heim vor halbwüchsigen Bösewichten. Mach dir keine Sorgen um mich", schnitt sie Natasha das Wort ab. „Ich schließe ab."

„Na schön. Vielleicht werde ich einfach …" Sie brach ab, als die Ladentür sich öffnete. Noch ein Kunde, dachte sie erleichtert. Das verschafft mir etwas mehr Zeit. Es war schwer zu entscheiden, wer von beiden überraschter war, als sie Terry sah. „Hi, Terry."

Er schluckte und versuchte ihr Kostüm zu ignorieren. „Tash?"

„Ja." Sie hoffte, dass er ihr inzwischen verziehen hatte, und streckte ihm lächelnd die Hand entgegen. Er hatte sich in der Klasse umgesetzt und war ihr jedes Mal aus dem Weg gegangen, wenn sie ihn ansprechen wollte.

Jetzt stand er verlegen und unsicher vor ihr. Er gab ihr kurz die Hand und steckte sie hastig in die Hosentasche. „Ich habe nicht damit gerechnet, dich hier zu treffen."

„Nein?" Sie legte den Kopf auf die Seite. „Dies ist mein Laden. Er gehört mir."

„Er gehört dir?" Beeindruckt sah er sich um. „Wow. Nicht schlecht."

„Danke. Möchtest du etwas kaufen, oder willst du dich nur mal umsehen?"

Einen Laden, dessen Besitzerin er eine Liebeserklärung gemacht hatte, zu betreten, war für ihn eine völlig neue Erfahrung. „Ich wollte nur ... äh ..."

„Etwas für Halloween?", half sie ihm auf die Sprünge. „Im College werden Partys veranstaltet."

„Ja, ich weiß. Nun, ich dachte mir ... Vielleicht schleiche ich mich auf ein paar davon. Eigentlich ist es ja kindisch, aber ..."

„Hier im ‚Fun House' ist Halloween eine äußerst ernste Angelegenheit", erwiderte sie feierlich. Noch während sie sprach, drang einer der grässlichen Schreie aus den Lautsprechern. „Siehst du?"

Dass er zusammengezuckt war, war ihm ungemein peinlich. Terry gelang die Andeutung eines Lächelns. „Ja. Nun, ich dachte mir, vielleicht eine Maske oder so." Er wedelte mit den Händen in der Luft herum und ließ sie dann wieder in den Taschen verschwinden.

„Möchtest du etwas Gruseliges oder etwas Lustiges?"

„Darüber habe ich noch gar nicht nachgedacht."

„Schau dir einfach an, was wir noch zu bieten haben. Annie, dies ist ein Freund von mir, Terry Maynard. Er ist Violinist."

„Hi!" Annie sah, wie er ihr nervös zunickte und damit

seine Brille ins Rutschen brachte. Sie fand ihn hinreißend.

„Wir haben zwar nicht mehr viel, aber es sind ein paar tolle Sachen darunter. Kommen Sie, ich helfe Ihnen, etwas auszusuchen."

„Ich muss los." Natasha nahm ihre zwei Einkaufstaschen. „Amüsier dich auf deiner Party, Terry."

„Danke."

„Annie, wir sehen uns morgen früh."

„Alles klar." Sie schob sich ihren Zaubererhut wieder aus der Stirn und lächelte Terry an. „So, Sie sind also Violinist ..."

Draußen überlegte Natasha, ob sie nach Hause laufen und den Wagen holen sollte. Aber sie beschloss, die kühle, klare Luft zu genießen. Die Blätter der Bäume hatten ihre Farbe gewechselt. Aus dem leuchtenden Rot und dem lebhaften Gelborange war ein eher blasses Rotbraun geworden. Auf den Bürgersteigen sammelte sich trockenes Laub, das unter Natashas Füßen raschelte, als sie sich auf den kurzen Weg machte.

Die widerstandsfähigsten Blumen blühten noch und strömten einen würzigen Duft aus, der so anders war als die schweren Aromen des Sommers. Kälter, sauberer, frischer, dachte Natasha.

Sie bog von der Hauptstraße ab und betrat das Viertel, in dem die Häuser hinter Hecken und großen Bäumen standen. Auf den Stufen und Veranden standen Kürbislaternen und warteten grinsend darauf, bei Anbruch der Dunkelheit von innen beleuchtet zu werden. Hier und dort hingen Wachspuppen in Flanellhemden und zerrissenen Jeans von entblätterten Ästen. Hexen und Gespenster aus Stroh hockten auf den Treppen, bereit, die Kinder zu erschrecken oder zu belustigen, wenn sie am Abend von Haus zu Haus zogen.

Natasha wusste, dass dieser Anblick einer der Gründe für ihre Entscheidung war, in einer Kleinstadt zu leben. Hier hatten die Menschen noch Zeit. Die Zeit, einen Kürbis auszuhöhlen oder aus einem Bündel alter Kleidungsstücke einen Reiter ohne Kopf zu formen. Bevor der Mond heute Abend aufging, würden Kinder, als Feen oder Kobolde verkleidet, durch die Straßen laufen. Ihre Sammelbeutel würden sich mit gekauftem Candy und selbst gebackenen Keksen füllen, und die Erwachsenen würden sich nicht anmerken lassen, dass sie die kleinen Landstreicher, Clowns und Gespenster längst erkannt hatten. Das Einzige, was die Kinder zu fürchten hatten, war ihre eigene Fantasie.

Ihr Kind wäre jetzt neun Jahre alt.

Natasha blieb kurz stehen und schloss die Augen, bis die Erinnerung und der Schmerz vorübergingen.

Wie oft hatte sie sich selbst aufgefordert, die Vergangenheit endlich ruhen zu lassen? Doch die Erinnerung kam immer wieder, ungebeten, unerwartet, manchmal mit brutaler Deutlichkeit, manchmal schleichend und behutsam. Aber immer schmerzhaft.

Sie holte tief Luft, schüttelte die Benommenheit ab. Heute Abend durfte es für sie keine Trauer geben. Sie hatte einem anderen Kind eine lustige Party versprochen und beabsichtigte, ihr Bestes zu geben.

Lächelnd stieg sie die Stufen zu Spences Haus hinauf. Er hatte sich bereits an die Arbeit gemacht. Neben der Tür hingen zwei riesige Kürbismasken. Die eine grinste schelmisch, die andere zog ein düsteres Gesicht. Komödiant und Tragödie, dachte Natasha. Über dem Geländer der Veranda war ein weißes Laken so befestigt, dass es wie ein schwebendes Gespenst aussah. Unter dem Dachvorsprung lauerten Pappfledermäuse mit roten Augen. In einem alten Schaukelstuhl saß ein Monster mit dem eigenen Kopf in der Hand. Und an der Haustür prangte eine lebensgroße Hexe, die in ihrem dampfenden Kessel rührte.

Natasha klopfte der Hexe direkt unter die warzenbesetzte Nase und lachte noch immer, als Spence ihr öffnete.

Ihm blieb die Sprache weg. Einen Moment lang glaubte er, sich ihren Anblick nur einzubilden. Vor ihm stand die Zigeunerin von der Spieluhr, funkelndes Gold an Ohren und Handgelenken. Ihre wilde Mähne wurde durch einen saphirfarbenen Schal gebändigt, der ihr zusammen mit den Locken fast bis zur Taille hinabfloss. Um ihren Hals hing noch mehr Gold, massive, kunstvolle Ketten, die ihre zarte Gestalt nur betonten. Das rote Kleid saß wie angegossen, über dem weiten Rock unterstrichen farbenfrohe Schals, wie schmal ihre Hüften waren.

Ihre Augen waren groß und dunkel, und sie hatte es verstanden, sie durch irgendeinen fraulichen Kunstgriff noch mysteriöser als sonst erscheinen zu lassen. Natasha verzog die vollen roten Lippen zu einem leisen Lächeln, während sie sich vor ihm drehte. Ihr Rocksaum hob sich so weit, dass ihm die schwarze Spitze, die sie darunter trug, nicht entging.

„Ich habe eine Kristallkugel", sagte sie und griff in die Tasche. Das Glas schien vor seinen Augen aufzublitzen. „Wenn du mir eine Silbermünze auf die Hand legst, schaue ich für dich hinein."

„Du bist wunderschön", stieß er hervor.

Sie lachte nur und trat ins Haus. „Illusionen. Heute ist die Nacht dafür." Sie ließ die Kristallkugel wieder in die Tasche gleiten. Am Bild der rätselhaften Zigeunerin änderte sich dadurch nichts. „Wo ist Freddie?"

Seine Hand war am Türgriff feucht geworden. „Sie …" Er brauchte einen Moment, bis er wieder einen klaren Gedanken fassen konnte. „Sie ist bei JoBeth. Ich wollte alles arrangieren, wenn sie nicht dabei ist."

„Gute Idee." Sie musterte seinen grauen Sweater und die staubigen Jeans. „Ist das dein Kostüm?"

„Nein. Ich habe Spinnengewebe aufgehängt."

„Ich helfe dir bei den Vorbereitungen." Lächelnd hielt sie die Taschen hoch. „Süßes oder Saures? Ich habe alles dabei. Was möchtest du als Erstes?"

„Das fragst du noch?", erwiderte er leise, legte ihr einen Arm um die Taille und zog sie mit einem Ruck an sich. Sie warf den Kopf in den Nacken. Ihre Augen blitzten protestierend. Doch dann spürte sie seine Lippen. Die Taschen glitten ihr aus den Händen. Als hätten ihre Finger nur darauf gewartet, fuhren sie Spence durchs Haar.

Es war nicht das, was sie gewollt hatte, aber es war genau das, was sie brauchte. Ohne Zögern öffnete sie den Mund und erwiderte den Kuss. Irgendwie fand sie es plötzlich selbstverständlich, hier in seiner offenen Tür zu stehen und ihn in den Armen zu halten, mit dem Duft der Herbstblumen in der Nase und der frischen Brise im Haar.

Perfekt, schoss es ihm durch den Kopf. Ein anderes Wort fiel ihm nicht ein, als ihr Körper sich an ihn schmiegte und er durch den Stoff hindurch die Wärme ihrer Haut spürte. Dies war alles andere als eine Illusion. Und sie war keine Fantasiegestalt, trotz der bunten Schals und glitzernden Goldketten. Sie war real, sie war hier, und sie war sein. Bevor die Nacht vorüber war, würde er es ihnen beiden beweisen.

„Ich höre Violinen", murmelte er, während er die Lippen an ihrem Hals hinabwandern ließ.

„Spence." Sie hörte nur ihr eigenes Herzklopfen, das allerdings laut wie Donnergrollen im Kopf. Sie zwang sich zur Vernunft und schob ihn von sich. „Du bringst mich dazu, Dinge zu tun, die ich nicht tun will." Sie holte tief Luft und sah ihn an. „Ich bin gekommen, um bei Freddies Party zu helfen."

„Und dafür bin ich dir dankbar." Leise schloss er die Haustür. „Und ich bin dankbar dafür, wie du aussiehst, wie du schmeckst, wie du dich anfühlst."

„Dies ist kaum der richtige Zeitpunkt hierfür."

Er liebte es, wie sie ihren Tonfall verändern und sich aus einer Bäuerin in eine Hoheit verwandeln konnte. „Dann müssen wir einen besseren finden."

Sie griff nach ihren Taschen. „Ich helfe dir, die Spinnengewebe aufzuhängen, wenn du mir versprichst, dabei Freddies Vater zu sein. Nur Freddies Vater."

„Okay." Anders würde er einen Abend mit fünfundzwanzig kostümierten Erstklässlern ohnehin nicht überstehen. Außerdem würde die Party ja nicht ewig dauern. „Benehmen wir uns vorläufig wie Kumpel."

Das klang gut. Sie überlegte kurz, griff in eine der Taschen und zog eine Gummimaske heraus. „Da", sagte sie und stülpte ihm das blutverschmierte, mit blauen Flecken übersäte Gesicht über. „Du siehst großartig aus."

Er rückte sich die Maske zurecht, bis er durch die Augenlöcher sehen konnte. Der Drang, sich im Spiegel zu betrachten, war unwiderstehlich. „Hilfe, ich ersticke", sagte er lachend.

„Ein paar Stunden wirst du darin überleben." Sie reichte ihm die zweite Tasche. „Komm schon. Es braucht seine Zeit, ein verwunschenes Haus zu bauen."

Zwei Stunden später hatten sie Spences elegant eingerichtetes Wohnzimmer in ein gruseliges Verlies verwandelt, das wie geschaffen schien für umherhuschende Ratten und die Schreie der Gefolterten. Schwarzes und orangefarbenes Krepppapier hing an Wänden und Decke. Spinnengewebe aus Engelshaar zierte die Ecken. In einem Winkel des Raums lehnte eine Mumie mit vor der Brust gekreuzten Armen an der Wand. Eine schwarz gekleidete Hexe schwebte auf ihrem Besenstiel durch die Luft. Im Schatten wartete ein blutrünstiger Graf Dracula auf den Einbruch der Dunkelheit und seine wehrlosen Opfer.

„Findest du es nicht zu gruselig?", fragte Spence, während er einen Kürbiskopf für ein lustiges Halloween-Spiel aufhängte. „Es sind Erstklässler."

Natasha schnippte nach einer Gummispinne und ließ sie an ihrem Faden hin und her wippen. „Das ist noch gar nichts. Meine Brüder haben einmal ein verwunschenes Haus gestaltet. Rachel und mir wurden die Augen verbunden. Mikhail steckte meine Hand in eine Schüssel mit Weintrauben und erzählte mir, das wären die herausgerissenen Pupillen seiner Opfer."

Spence verzog angewidert das Gesicht.

Sie strahlte. „Und dann waren da noch Spaghetti …"

„Schon gut", fiel er ihr ins Wort. „Ich habe kapiert, worum es bei diesem Spiel geht."

Lachend überprüfte sie den Sitz ihrer Ohrringe. „Jedenfalls fand ich es wunderbar. Unsere kleinen Gäste wären schrecklich enttäuscht, wenn wir nicht ein paar Monster für sie auf Lager hätten. Wenn es ihnen erst einmal richtig gegruselt hat, und das wollen sie, dann schaltest du das Licht ein. Schon sehen sie, dass alles nur eine Illusion war."

„Zu dumm, dass wir keine Trauben im Haus haben."

„Nicht so schlimm. Wenn Freddie älter ist, zeige ich dir, wie man aus einem Gummihandschuh eine blutige, abgetrennte Hand macht."

„Ich kann es gar nicht erwarten."

„Was gibt es denn zu essen?"

„Vera hat wie ein Pferd geschuftet." Spence schob sich die Maske aus dem Gesicht und sah sich im Zimmer um. Sie hatten ausgezeichnete Arbeit geleistet. Er war zufrieden, besonders darüber, dass er und Natasha diese tolle Leistung gemeinsam vollbracht hatten. „Sie hat ein richtiges Grusel-Menü gezaubert, von Hölleneiern bis zum Hexenbräu-Punsch. Weißt du, was noch fehlt? Eine Nebelmaschine."

„Jetzt hast du's endlich drauf." Sein Grinsen ließ sie lachen. „Nächstes Jahr."

Nächstes Jahr? Das klang vielversprechend. Nächstes Jahr und das übernächste und das danach. Seine Gedanken rasten, und er musterte sie stumm.

„Stimmt etwas nicht?"

Er lächelte. „Nein, alles in Ordnung."

„Ich habe die Preise hier." Natasha wollte sich die Füße ausruhen und setzte sich neben die schaurige Gestalt auf die Sessellehne. „Für die Spiele und die Kostüme."

„Das hättest du nicht zu tun brauchen."

„Ich sagte dir doch, dass ich es gern tue. Dies ist mein Lieblingspreis." Sie zog einen Totenschädel hervor, stellte ihn auf den Boden und betätigte einen verborgenen Schalter. Der Schädel glitt mit blinkenden Augenhöhlen über das Parkett.

Kopfschüttelnd hob Spence den Schädel auf und ließ ihn auf seiner Handfläche rotieren. „Du schreckst ja vor nichts zurück."

„Nein. Für mich kann es gar nicht gruselig genug sein."

Lachend schaltete er den Schädel aus. Dann zog er sich seine Maske übers Gesicht. „Traust du dich, mich so zu küssen?", sagte er und zog sie zu sich hinauf.

„Nein", entschied sie nach kurzem Überlegen. „Du bist zu hässlich."

„Okay." Er schob die Maske wieder hoch. „Und jetzt?"

„Jetzt bist du noch hässlicher." Sie ließ die Maske wieder nach unten gleiten.

„Sehr witzig."

„Es war nötig." Sie hakte sich bei ihm ein und musterte die Dekoration. „Schätze, du wirst einen Volltreffer landen."

„Wir werden einen Volltreffer landen", korrigierte er. „Du weißt, dass Freddie ganz verrückt nach dir ist?"

„Ja. Und es beruht auf Gegenseitigkeit."

Sie hörten ein Türenknallen und einen begeisterten Aufschrei. „Wo wir gerade von Freddie reden ..."

Die Kinder trafen zunächst einzeln oder zu zweit ein, bis schließlich eine wahre Flut von ihnen über das Haus hereinbrach. Als die Uhr sechs schlug, war das Zimmer voller Ballerinen und Piraten, Monster und Superhelden. Das verwunschene Haus sorgte für schrilles Gekreische, erschrecktes Aufstöhnen und so manches verlegene Kichern. Niemand war tapfer genug, die Tour allein durchzustehen, aber manche machten sie ein zweites oder drittes Mal. Ab und zu war jemand so mutig, mit dem Finger gegen die Mumie zu drücken oder den Umhang des Vampirs zu berühren.

Als die Lichter eingeschaltet wurden, gab es ein enttäuschtes Aufstöhnen, aber auch einige Seufzer der Erleichterung. Freddie, als lebensgroße Raggedy-Ann-Puppe verkleidet, riss ihr verspätetes Geburtstagsgeschenk auf.

„Du bist ein sehr guter Vater", murmelte Natasha.

„Danke." Er griff nach ihrer Hand und verschränkte die Finger. Schon lange dachte er nicht mehr darüber nach, warum er es so selbstverständlich fand, dass sie gemeinsam die Party seiner Tochter beaufsichtigten. „Womit habe ich das Lob verdient?"

„Du hast es dir verdient, weil du noch kein einziges Aspirin geschluckt hast. Außerdem hast du kaum mit der Wimper gezuckt, als Mikey seinen Punsch auf deinem Teppich verschüttete."

„Ich wollte lediglich Kräfte sparen. Denn die brauche ich für den Moment, in dem Vera den Fleck entdeckt." Mit einer Körperdrehung wich er einer Elfenprinzessin aus, die von einem Kobold gejagt wurde. Aus jeder Zimmerecke drang Quietschen, untermalt vom Gerassel und Gestöhne der Schallplatte. „Was das Aspirin betrifft ... Wie lange halten die das noch durch?"

„Oh, bestimmt länger als wir."

„Du kannst einem wirklich Mut machen."

„Wir beginnen jetzt mit den Spielen. Du wirst dich wundern, wie schnell zwei Stunden vorübergehen."

Sie behielt recht. Als endlich alle nummerierten Nasen in den von einem Laken verhüllten Kürbiskopf gesteckt worden waren, als die „Reise nach Jerusalem" abgeschlossen war, der letzte einsame Apfel unerreicht in der Luft baumelte und die letzte Wäscheklammer zielsicher in den Steintopf geworfen wurde, trafen die ersten Eltern ein, um ihre widerwilligen

Frankensteins und sonstigen Monster abzuholen. Aber der Spaß war für die Kinder noch nicht vorbei.

In kleinen Gruppen zogen verkleidete Kinder durch die Straßen und verdienten sich mit fantasievollen Gruselnummern ihre Candy-Riegel und Karamelläpfel.

Es war fast zehn, als Spence es endlich schaffte, eine erschöpfte, aber strahlende Freddie ins Bett zu bekommen. „Das war der schönste Geburtstag, den ich je hatte", erklärte sie ihm. „Ich bin froh, dass ich die Windpocken bekommen habe."

Spence rieb mit den Fingerspitzen über eine orangefarbene Sommersprosse, die der Reinigungscreme entgangen war. „Ich weiß nicht, ob ich dir da zustimmen kann, aber ich freue mich, dass es dir Spaß gemacht hat."

„Kann ich noch ein …?"

„Nein!" Er gab ihr einen Kuss auf die Nase. „Wenn du noch ein Stück Candy isst, platzt du."

Sie kicherte, und weil sie zu müde für ihre üblichen raffinierten Manöver war, kuschelte sie sich ins Kissen. „Nächstes Jahr möchte ich eine Zigeunerin sein. Wie Tash. Darf ich?"

„Sicher. Schlaf jetzt. Ich bringe Natasha noch nach Hause, aber Vera ist ja hier."

„Wirst du Tash bald heiraten, damit sie immer hierbleibt?"

Spence öffnete den Mund, schloss ihn jedoch wieder, als Freddie herzhaft gähnte. „Woher bekommst du diese Ideen nur?", murmelte er.

„Wie lange braucht man, um eine kleine Schwester zu bekommen?", fragte sie und schlief gleich darauf ein.

Spence fuhr sich mit der Hand übers Gesicht. Er war froh, dass ihm die Antwort erspart blieb.

Als er nach unten kam, war Natasha dabei, die gröbste Unordnung zu beseitigen. Sie sah auf. „Wenn eine Party ein solches Chaos hinterlässt, weiß man, dass sie gelungen war." Etwas an seinem Gesichtsausdruck ließ sie genauer hinsehen. „Ist etwas nicht in Ordnung?"

„Nein, nein. Es ist nur wegen Freddie."

„Sie hat Bauchweh, stimmt's?"

„Noch nicht." Mit einem Schulterzucken tat er es ab. „Sie schafft es immer wieder, mich zu überraschen." Er lachte. „Nicht", sagte er und nahm ihr den Müllsack ab. „Du hast genug getan."

„Es macht mir nichts aus." Sie zögerte. „Jetzt gehe ich wohl besser. Morgen ist Samstag, da ist der Laden immer voll."

Er fragte sich, wie es wohl wäre, wenn sie jetzt einfach zusammen nach oben gingen, in sein Schlafzimmer. In sein Bett. „Ich bringe dich nach Hause."

„Das brauchst du nicht."

„Ich möchte es aber." Die Spannung war zurückgekehrt. Ihre Blicke trafen sich, und er wusste, dass sie sie ebenfalls spürte. „Bist du müde?"

„Nein." Die Zeit war reif für einige Wahrheiten, das ahnte sie. Er hatte getan, was sie von ihm verlangt hatte, und war während der Party nicht mehr als Freddies Vater gewesen. Jetzt war die Party vorüber. Aber die Nacht nicht.

„Möchtest du laufen?"

Ihre Mundwinkel hoben sich. Dann legte sie ihre Hand in seine. „Ja, gern."

Es war jetzt kälter. Die schneidende Luft kündigte den Winter an. Über ihnen stand der Vollmond in eisigem Weiß. Wolken tanzten über ihn hinweg und ließen die Schatten wandern. Vereinzelt raschelten die Blätter, und hin und wieder hörten sie die Rufe oder das Lachen der letzten kostümierten Gruppen. Um den Stamm der gewaltigen Eiche an der Ecke hatten Teenager das unvermeidliche Toilettenpapier gewickelt.

„Ich liebe diese Jahreszeit", murmelte Natasha. „Vor allem nachts, wenn es etwas windig ist. Man kann den Rauch der Schornsteine riechen."

Auf der Hauptstraße begegneten sie älteren Kindern und College-Studenten in Schreckensmasken oder mit bemalten

Gesichtern. Ein Wagen voller Monster hielt kurz neben ihnen. Die Insassen kurbelten die Fenster hinunter, und schon ertönte ein schauriges Geheul.

Spence sah dem Wagen nach, als er um die Ecke bog. Das Geheul verklang erst einige Sekunden später. „Ich kann mich nicht erinnern, jemals irgendwo gewesen zu sein, wo man Halloween so ernst nimmt wie hier."

„Warte erst einmal ab, was sich Weihnachten abspielt."

Natashas eigener Kürbis stand mit flackernder Kerze vor ihrer Haustür. Daneben eine halb volle Schüssel Candy-Riegel. An der Tür hing ein Schild. „Jeder nur einen, sonst ..."

„Und das reicht?", fragte Spence kopfschüttelnd.

Natasha warf einen Blick auf das Schild. „Sie kennen mich."

Er beugte sich hinunter und nahm einen Riegel. „Bekomme ich einen Brandy dazu?"

Sie zögerte die Antwort hinaus. Wenn sie ihn hereinließ, würden sie unvermeidlich wieder dort anfangen, wo der Kuss vorhin geendet hatte. Zwei Monate, dachte sie, zwei Monate voller Fragen, voller Zweifel, voller Vorstellungen. Sie wussten beide, dass es so nicht weitergehen konnte.

„Natürlich." Sie öffnete die Tür und ließ ihn eintreten.

Nervös eilte sie in die Küche, um die Drinks einzugießen. Ja oder nein, jetzt musste die Entscheidung fallen. Ihre Antwort hatte schon lange vor dieser Nacht festgestanden, und sie war auf alles vorbereitet. Aber wie würde es mit ihm sein? Wie würde sie sein? Und wie würde sie nach dieser Nacht so tun können, als wäre sie mit diesem einen Mal zufrieden?

Mehr als diese Nacht durfte sie aber nicht wollen. Welcher Art ihre Gefühle für ihn auch sein mochten – und sie waren sehr tief –, das Leben musste so weitergehen wie bisher. Keine Versprechungen, keine Schwüre.

Keine gebrochenen Herzen.

Als sie zurückkehrte, drehte er sich zu ihr um, sagte aber nichts. Seine Gedanken waren widersprüchlich und konfus.

Was wollte er eigentlich? Sie natürlich. Aber wie viel oder wie wenig würde er akzeptieren? Dabei brauchte er sie nur anzusehen, und schon erschien ihm alles so unproblematisch.

„Danke." Er nahm den Brandy und beobachtete sie, während er daran nippte. „Als ich das erste Mal eine Vorlesung hielt, stand ich auf dem Podium, und mein Kopf war plötzlich völlig leer. Einen schrecklichen Moment lang fiel mir nichts von dem ein, was ich hatte sagen wollen. Jetzt geht es mir ebenso."

„Du musst gar nichts sagen."

„Es ist nicht so einfach, wie ich es mir vorgestellt habe." Er nahm ihre Hand. Sie war kalt und zitterte. Instinktiv presste er die Lippen auf ihre Handfläche. Er wusste, dass sie genauso nervös war wie er. „Ich möchte dir keine Angst machen."

„Ich bin es selbst, die mir Angst macht." Sie entzog ihm die Hand wieder, um sich selbst ihre Stärke zu beweisen. „Ich gebe mich viel zu sehr meinen Gefühlen hin … Es gab eine Zeit, da haben sie mich völlig beherrscht, mir die Entscheidung abgenommen. Für manche Fehler bezahlt man sein Leben lang."

„Dies ist kein Fehler." Er stellte das Glas ab und nahm ihr Gesicht zwischen die Hände.

Ihre Finger legten sich um seine Handgelenke. „Das darf es auch nicht sein. Ich will keine Versprechungen, Spence. Ich würde es nicht ertragen, wenn sie gebrochen werden. Ich brauche und will keine schönen Worte. Sie kommen einem allzu leicht über die Lippen." Der Griff der Finger festigte sich. „Ich möchte mit dir schlafen, aber ich brauche Respekt, keine Gedichte."

„Bist du fertig?"

„Ich will, dass du mich verstehst", beharrte sie.

„Ich fange an, genau das zu tun. Du musst ihn sehr geliebt haben."

Sie ließ die Hände sinken. „Ja."

Es schmerzte so sehr, dass es ihn überraschte. Wie konnte er sich von jemandem bedroht fühlen, der zu ihrer Vergangenheit gehörte? Er hatte doch selbst eine Vergangenheit. Aber trotzdem fühlte er sich verletzt. Und bedroht. „Ich will nicht wissen, wer er war und was zwischen euch passiert ist." Das war eine glatte Lüge, aber damit würde er später fertig werden müssen. „Aber ich will nicht, dass du an ihn denkst, wenn du mit mir zusammen bist."

„Das tue ich nicht. Jedenfalls nicht so, wie du es meinst."

„Du sollst es überhaupt nicht tun."

Sie zog eine Augenbraue hoch. „Du kannst weder meine Gedanken noch etwas anderes von mir steuern."

„Du irrst dich." Getrieben von ohnmächtiger Eifersucht, zog er sie in die Arme. Der Kuss war stürmisch, fordernd, besitzergreifend. Und verlockend. So verlockend, dass sie fast nachgegeben hätte. Doch in letzter Sekunde brach sie ihn ab und ging auf Distanz.

„Ich lasse mich nicht erobern." Sie wusste nicht, ob das stimmte, und ihre Stimme klang umso trotziger.

„Sind das deine Regeln, Natasha?"

„Ja. Weil sie fair sind."

„Wem gegenüber?"

„Uns beiden." Sie presste die Finger gegen ihre Schläfen. „Lass uns nicht streiten", sagte sie leiser als zuvor. „Es tut mir leid." Schulterzuckend und mit einem Lächeln signalisierte sie ihm die Entschuldigung. „Ich habe Angst. Es ist lange her, dass ich mit jemandem zusammen war. Dass ich mit jemandem zusammen sein wollte."

Er griff nach seinem Brandy, schwenkte ihn und starrte auf die goldbraune Flüssigkeit. „Du machst es mir schwer, dir böse zu sein."

„Ich möchte, dass wir gute Freunde bleiben. Ich habe noch nie mit einem guten Freund geschlafen."

Und er hatte sich noch nie in eine gute Freundin verliebt. Dass Freundschaft und Liebe sich für ihn immer ausgeschlossen hatten, war ein erschreckendes Eingeständnis. Nie würde er es laut aussprechen können.

„Wir sind Freunde." Er streckte die Hand aus und ergriff behutsam ihre Finger. „Freunde vertrauen einander, Natasha."

„Ja."

Er sah auf ihre beiden Hände hinab. „Lass uns doch ..."

Ein Geräusch am Fenster ließ ihn verstummen und hinübersehen. Bevor er sich bewegen konnte, festigte sich Natashas Griff an seiner Hand. Ihrem Gesicht war anzusehen, dass das Geräusch sie nicht ängstigte, sondern belustigte. Sie hob einen Finger an den Mund und blickte ihn mit großen Augen an.

„Ich finde es eine gute Idee, mit einem Professor befreundet zu sein", sagte sie mit etwas lauterer Stimme und nickte ihm auffordernd zu.

„Ich ... äh ... bin froh, dass Freddie und ich so viele nette Leute kennengelernt haben." Verblüfft sah er Natasha zu, wie sie in einer Schublade wühlte.

„Es ist eine sympathische kleine Stadt. Natürlich haben wir auch unsere Probleme. Hast du schon von der Frau gehört, die aus der Anstalt geflohen ist?"

„Aus welcher Anstalt?" Er sprach hastig weiter, als sie verärgert den Kopf schüttelte. „Nein, ich glaube nicht."

„Die Polizei will es möglichst geheim halten. Sie weiß, dass die Frau sich in dieser Gegend aufhält, und will nicht, dass die Leute in Panik geraten." Natasha schaltete die Taschenlampe kurz ein und nickte zufrieden. Die Batterien waren noch stark genug. „Sie ist geistesgestört, weißt du, und entführt kleine Kinder. Am liebsten kleine Jungs. Dann foltert sie sie auf grausame Art. In Vollmondnächten schleicht sie sich von hinten an sie heran und packt sie am Hals, bevor sie schreien können."

Kaum hatte sie das letzte Wort ausgesprochen, da ließ sie die Jalousie am Fenster nach oben sausen. Mit der Taschenlampe unter dem Kinn presste sie das Gesicht gegen die Scheibe und grinste.

Draußen ertönten zwei entsetzte Schreie fast gleichzeitig. Es gab ein Poltern, einen Ausruf, dann Fußgetrappel.

Natasha krümmte sich fast vor Lachen und stützte sich auf die Fensterbank.

„Die Freedmont-Jungs", erklärte sie. „Im letzten Jahr haben sie Annie eine tote Ratte vor die Tür gehängt." Sie presste sich eine Hand auf die Brust, als Spence sich neben sie stellte und durchs Fenster schaute. Alles, was er sehen konnte, waren zwei Schatten, die über den Rasen davonrannten.

„Schätze, diesmal hast du den Spieß umgedreht."

„Du hättest ihre Gesichter sehen sollen." Sie tupfte sich eine Lachträne von den Wimpern. „Ich glaube, ihre Herzen schlagen erst wieder, wenn sie sich die Bettdecke über den Kopf gezogen haben."

„Dies dürfte ein Halloween sein, das sie nie vergessen werden."

„Jedes Kind sollte einmal einen so gehörigen Schrecken bekommen, dass es sich immer an ihn erinnert." Noch immer lächelnd klemmte sie sich die Taschenlampe wieder unters Kinn. „Wie sehe ich aus?"

„Ich lasse mich nicht mehr verjagen." Er nahm die Taschenlampe und legte sie zur Seite. Dann zog er Natasha zu sich heran. „Es ist an der Zeit, herauszufinden, was Illusion ist und was Realität." Langsam ließ er die Jalousie nach unten gleiten.

8. Kapitel

Es war real. Schmerzhaft real. Sie fühlte seinen Mund und zweifelte nicht mehr daran, dass sie ebenso lebendig war wie ihre Bedürfnisse. Die Zeit, der Ort, darauf kam es nicht an. Sie hätten Illusionen sein können. Aber er nicht. Die Sehnsucht und das Begehren nicht. Die Berührung ihrer Lippen reichte aus, sie das wissen zu lassen.

Nein, einfach war es nicht. Nichts, was zwischen ihnen beiden geschah, war einfach. Das hatte sie von Anfang an gewusst. Und dabei hatte sie sich immer das Gegenteil gewünscht. Einen bequemen Weg, einen geraden Pfad, ohne Steigungen, ohne Kurven.

Mit ihm würde es das nicht geben. Niemals.

Natasha fand sich damit ab und schlang die Arme um Spence. In dieser Nacht würde es keine Vergangenheit und keine Zukunft geben. Nur einen Moment der Gegenwart, nach dem sie mit beiden Händen greifen und den sie so lange wie möglich genießen würde.

Sie hatte gesagt, dass sie sich nicht erobern lassen wollte. Aber jetzt schmiegte sie sich an ihn und fühlte sich dennoch nicht schwach. Sie fühlte sich geliebt. Dankbar und wie zur Bestätigung presste sie die Lippen auf seinen Hals. Als er sie ins Schlafzimmer trug, kam es ihr gar nicht in den Sinn, sich zu wehren oder auch nur zu protestieren. Sie ließ es einfach zu.

Dann gab es nur noch den Mondschein. Er kroch durch die dünne Gardine, sanft und leise, wie ein Mann, der ins Zimmer seiner Geliebten schleicht. Natashas Geliebter sagte nichts, als er sie vor dem Bett auf die Füße stellte. Sein Schweigen verriet ihr mehr als alle Worte.

So hatte er sie sich vorgestellt. Es schien unmöglich, aber er hatte es tatsächlich. In seinen Träumen war sie klar und deutlich zu erkennen gewesen. Er hatte das Haar gesehen, das in einer wilden Flut von Locken ihr Gesicht umrahmte, ihre dunklen Augen, aus denen sie ihn ruhig ansah, ihre Haut, die schimmerte wie das Gold an ihrem Hals.

Behutsam streifte er ihr den Schal vom Kopf und ließ ihn zu Boden fallen. Sie wartete. Ohne sie aus den Augen zu lassen, löste er die anderen Schals, die sie um ihre Taille trug. Einer nach dem anderen, erst saphirblau, dann smaragdgrün, schließlich bernsteingelb, fielen sie hinab, um ihr wie Juwelen zu Füßen zu liegen. Sie lächelte. Mit den Fingerspitzen schob er ihr das Kleid von den Schultern und presste die Lippen auf die entblößte Haut.

Ein Zittern durchlief sie. Dann griff sie nach ihm und bekam vor Erregung kaum noch Luft, als sie ihm das Hemd über den Kopf zog. Unter ihren Handflächen war seine Haut straff und weich, und sie fühlte, wie seine Muskeln sich unter ihrer Berührung spannten.

In ihm tobte ein Kampf, den er nur knapp gewann. Fast hätte der beinahe unwiderstehliche Wunsch, ihr das Kleid einfach vom Leib zu reißen und sich zu nehmen, was sie ihm darbot, über das Versprechen gesiegt, das er ihr gegeben hatte.

Obwohl sie behauptete, keine Versprechen zu wollen, beabsichtigte er, dieses eine zu halten. Sie würde Romantik bekommen, so viel wie er ihr zu geben in der Lage war.

Langsam, mit einer Geduld, die ihm übermenschlich vorkam, öffnete er die Reihe von Knöpfen auf ihrem Rücken. Er spürte ihre vollen Lippen auf seiner Brust und ihre sanften Hände an seinen Hüften, als sie die Hose nach unten schob. Als ihr Kleid zu Boden glitt, zog er sie zu einem ausgiebigen, verschwenderischen Kuss an sich.

Sie schwankte. Es kam ihr unsinnig vor, aber ihr war wirklich schwindlig. Farben schienen ihr im Kopf zu tanzen zu einer ekstatischen Symphonie, die ihr unbekannt war. Stoff raschelte, als er Petticoat nach Petticoat an ihren Beinen hinabgleiten ließ. Ihre Armreifen klirrten hell, als er ihre Hand anhob, um mit dem Mund ihren rasenden Puls zu erfühlen.

Dass sie so atemberaubend schön sein konnte, hatte er nicht geglaubt. Aber jetzt, als sie, nur noch mit einem hauchdünnen roten Teddy und dem glänzenden Gold bekleidet, vor ihm stand, war sie beinahe mehr, als ein Mann aushalten konnte. Ihre Augen hatte sie fast geschlossen, den Kopf jedoch hielt sie hoch. Aus Gewohnheit. Eine Geste des Stolzes, die auch jetzt zu ihr passte. Das Mondlicht umströmte sie.

Ohne Hast hob sie die Arme und kreuzte sie vor der Brust, um sich die Spaghetti-Träger von den Schultern zu streifen. Der hauchdünne Stoff raffte sich über ihren Brüsten, verharrte für den Bruchteil einer Sekunde dort und schwebte dann förmlich an ihrem Körper hinab. Jetzt gab es auf ihrer Haut nur das funkelnde Gold. Erotisch, exotisch, ekstatisch. Sie wartete und hob erneut die Arme. Diesmal, um sie nach ihm auszustrecken.

„Ich will dich", sagte sie.

Ich kann nicht anders. Das war der einzige Gedanke, der ihr bei dem Chaos im Kopf klar genug war, um ihn sich bewusst zu machen. Es war unausweichlich.

Und so gab sie sich dem Verlangen hin, mit ganzem Herzen. Ihre Hände glitten mit zärtlicher Leidenschaft über seinen Körper.

Er kannte jetzt keine Geduld mehr. Der Hunger, den er zu lange ungestillt gelassen hatte, tolerierte keinen Aufschub. Bevor er sie dazu bringen musste, gab sie sich ihm bereits hin. Als sie zusammen aufs Bett fielen, erwiderten seine Hände ihre Liebkosungen und tasteten ungestüm über ihre Haut.

Hätte er ahnen können, wie gewaltig, wie berauschend es werden würde? Alles an ihr kam ihm einzigartig vor. Ihre Lippen, an denen er Honig und Milch zugleich zu schmecken glaubte. Ihre Haut, deren Farbe ihn an vom Tau benetzte Rosenblüten denken ließ. Ihr Duft, der ebenso natürlich wie mysteriös war. Ihr Verlangen, das er wie eine frisch geschärfte Klinge auf der Haut spürte.

Sie bog sich ihm entgegen, Angebot und Herausforderung in einem, und stöhnte leise auf, als er an ihr ein Geheimnis nach dem anderen ertastete. Sie presste ihren grazilen, beweglichen Körper an ihn, und die Erregung durchbohrte ihn wie ein Pfeil. Entschlossen rollte sie sich auf ihn und ergriff von ihm Besitz, bis ihm der Atem in den Lungen zu brennen schien und sein Körper eine einzige Empfindung war.

Fast unbewusst raffte er die zerwühlten Laken zusammen und zog sie über ihre Körper. Als er sich über Natasha hob, kamen ihm ihre Augen hinter dem ins Gesicht gefallenen Haar vor wie zwei dunkel glühende Sonnen, vor die sich eine Wolke geschoben hatte.

Nie wieder würde er eine Frau finden, die so perfekt zu ihm passte, alles verkörperte, was er sich in den kühnsten Träumen ausgemalt hatte. Was immer er brauchte, das brauchte auch sie, was immer er wollte, wollte sie ebenfalls. Bevor er fragen konnte, gab sie ihm bereits die Antwort. Zum ersten Mal in seinem Leben wusste er, was es bedeutete, nicht nur mit dem Körper zu lieben, sondern darüber hinaus mit Herz und Seele.

Sie dachte nur an ihn, an nichts anderes und an keinen anderen. Wenn er sie berührte, hatte sie das Gefühl, nie zuvor berührt worden zu sein. Wenn er ihren Namen rief, glaubte sie, ihn das allererste Mal zu hören. Sein Mund gab ihr den ersten Kuss, den Kuss, auf den sie gewartet, nach dem sie sich ihr ganzes Leben gesehnt hatte.

Handfläche an Handfläche verschränkten sie ihre Finger ineinander, als wollten sie sich nie wieder loslassen. Sie sahen einander tief in die Augen, als er schließlich zu ihr kam. Und das Versprechen, das ihre Blicke in sich trugen, spürten sie beide. In einem Anflug von Panik schüttelte sie den Kopf.

Doch dann war er auch schon vorüber. Es gab nur noch sie beide und das, was sie einander gaben.

„Und ich habe geglaubt, mir vorstellen zu können, wie es mit dir sein würde!" Ihr Kopf lag an seiner Schulter, und er ließ die Finger an ihrem Arm hinab- und wieder hinaufgleiten. „Meine Fantasie kam nicht einmal in die Nähe der Realität."

„Ich habe nie geglaubt, einmal hier mit dir zu liegen." Sie lächelte in die Dunkelheit. „Da habe ich mich gewaltig geirrt."

„Zum Glück, Natasha ..."

Mit einem raschen Kopfschütteln legte sie ihm einen Finger auf den Mund. „Sag nicht zu viel. Im Mondschein sagt man manchmal mehr, als einem später lieb ist."

Er unterdrückte, was er hatte aussprechen wollen. Schon einmal hatte er den Fehler gemacht, zu viel zu schnell zu wollen. Bei Natasha wollte er alles richtig machen. „Darf ich dir denn wenigstens sagen, dass goldene Ketten für mich nie mehr einfach nur Schmuck sein werden?"

Schmunzelnd küsste sie ihn auf die Schulter. „Ja, das darfst du mir sagen."

Er spielte mit den Armreifen. „Darf ich dir sagen, dass ich glücklich bin?"

„Ja."

„Bist du es auch?"

Sie drehte den Kopf, um ihn anzusehen. „Ja. Glücklicher, als ich es für möglich gehalten hätte. Bei dir fühle ich mich wie ...", sie lächelte, zuckte leicht mit den Schultern, „... wie verzaubert."

„Es war eine magische Nacht."

„Ich hatte Angst", murmelte sie. „Vor dir, vor dem hier, vor mir selbst. Für mich ist es sehr lange her."

„Für mich auch." Er spürte ihre Unruhe und nahm ihr Kinn in die Hand. „Seit dem Tod meiner Frau bin ich mit niemandem mehr zusammen gewesen."

„Hast du sie sehr geliebt? Es tut mir leid", fuhr sie hastig fort und schloss die Augen. „Das geht mich nichts an."

„Doch, das tut es." Er ließ ihr Kinn nicht los. „Ich habe sie einmal geliebt. Oder das Bild, das ich mir von ihr gemacht hatte. Aber das Bild hielt der Realität nicht stand. Schon lange, bevor sie starb."

„Bitte. Dies ist nicht der richtige Zeitpunkt, um über die Dinge, die einmal waren, zu sprechen."

Als sie sich aufsetzte, tat er es ebenfalls. „Kann sein. Aber es gibt Dinge, die ich dir erzählen muss, über die wir reden werden."

„Ist es denn so wichtig, was früher passiert ist?"

Er hörte die Verzweiflung heraus und wünschte, er wüsste den Grund dafür. „Ich glaube schon."

„Aber dies ist das Jetzt." Sie legte ihre Hand auf seine, wie zur Bekräftigung. „Und im Jetzt möchte ich für dich Freundin und Geliebte sein."

„Dann sei beides."

„Vielleicht möchte ich nicht über andere Frauen reden, wenn ich mit dir im Bett bin."

Er spürte, dass sie auf eine Auseinandersetzung gefasst war. Seine Reaktion bestand aus einem behutsamen Kuss auf die Augenbraue und überraschte sie. „Also gut", flüsterte er, „vertagen wir die Diskussion."

„Danke." Sie fuhr ihm mit gespreizten Fingern durchs Haar.

„Ich würde sehr gern die Nacht mit dir verbringen. Die ganze."

Sie schüttelte mit einem bedauernden Lächeln den Kopf. „Du kannst nicht bleiben."

„Ich weiß." Er hob ihre Hand an ihre Lippen. „Wenn ich morgen am Frühstückstisch fehle, wird Freddie mir einige unangenehme Fragen stellen."

„Sie hat einen verständnisvollen Vater."

„Ich möchte aber nicht so einfach aufstehen und gehen."

Sie küsste ihn. „Wenn meine Rivalin erst sechs ist, darfst du das ruhig."

„Wir sehen uns morgen." Er beugte sich vor.

„Ja." Sie schlang die Arme um ihn. „Einmal noch", murmelte sie und zog ihn mit sich aufs Bett hinab. „Nur einmal noch."

In dem engen Büro hinter dem Laden saß Natasha am Schreibtisch. Sie war schon vor Öffnung des Geschäfts gekommen, um die Schreibarbeit zu bewältigen. Die Buchführung war auf dem letzten Stand, die Überweisungsformulare für die Lieferantenrechnungen ausgefüllt. In zwei Monaten war Weihnachten, und sie hatte die Bestellung rechtzeitig vorgenommen. In jeder freien Ecke stapelten sich bereits die Waren. Es war ein gutes Gefühl, von Sachen umgeben zu sein, die sich am Weihnachtsmorgen vor leuchtenden Kinderaugen in die ersehnten Geschenke verwandeln würden.

Aber das Weihnachtsfest brachte für Natasha auch ganz handfeste Probleme mit sich. Sie musste anfangen, über die Dekoration des Ladens nachzudenken, und sich bald entscheiden, ob sie für die turbulentesten Wochen des Jahres eine Aushilfsverkäuferin einstellen sollte.

Jetzt, am späten Vormittag, hatte sie Annie das Kommando über den Laden übergeben und sich ihre Lehrbücher vorgenommen.

Im Kurs stand ein Test über das Barock an, und sie hatte sich vorgenommen, ihrem Dozenten, ihrem Geliebten zu beweisen, dass sie eine gute Studentin war.

Vielleicht nahm sie es zu wichtig. Aber es hatte Zeiten in ihrem Leben gegeben, in denen sie sich unfähig, ja dumm vorgekommen war. Das kleine Mädchen mit dem gebrochenen Englisch, der magere Teenager, der mehr ans Tanzen als an die Schule dachte, die Tänzerin, die sich mit dem harten Training abquälte, die junge Frau, die mehr auf ihr Herz als auf den Verstand hörte.

Sie war keine dieser Personen mehr und gleichzeitig alle zusammen. Spence sollte ihre Intelligenz respektieren, sie als gleichwertig ansehen, nicht nur als Frau, die er begehrte.

Machte sie sich deswegen unnötig Sorgen? Spence war ganz anders als Anthony. Abgesehen von einigen Äußerlichkeiten, in denen sie sich entfernt ähnelten, waren sie vollkommen gegensätzlich. Sicher, der eine war ein brillanter Tänzer, der andere ein brillanter Musiker. Aber Anthony war selbstsüchtig, unehrlich und am Ende feige gewesen.

Ein großzügigerer, freundlicherer Mann als Spence war ihr nie begegnet. Er war ehrlich und einfühlsam. Oder sprach jetzt nur ihr Herz? Bestimmt sogar. Aber ein Herz war kein mechanisches Spielzeug, auf das man eine Garantie bekam. An jedem Tag, an dem sie mit ihm zusammen war, fühlte sie ihre Liebe tiefer werden. So tief, dass es Momente gab, in denen sie kurz davor war, alle Bedenken zur Seite zu schieben und ihm alles zu erzählen.

Schon einmal hatte sie einem Mann ihr Herz geschenkt. Ein reines und äußerst zerbrechliches Herz. Als er es ihr zurückgegeben hatte, waren Narben darin gewesen.

Nein, es gab keine Garantien.

Was die Gegenwart betraf, wollte sie nicht pessimistisch sein. So, wie die Dinge waren, waren sie gut. Schließlich waren sie zwei erwachsene Menschen, die einander Vergnügen bereiteten. Und sie waren Freunde.

Natasha nahm die Rose aus der Vase auf dem Schreibtisch und rieb sich mit der Blüte über die Wange. Es war schade, dass sie und ihr Freund immer nur ab und zu und dann nur für einige Stunden allein sein konnten. Es gab das Kind, die Arbeit und andere Verpflichtungen. Aber in den Stunden, in denen ihr Freund zu ihrem Liebhaber wurde, erfuhr sie die wahre Bedeutung des Glücks.

Sie steckte die Blume in die Vase und konzentrierte sich wieder auf ihre Studienarbeit. Fünf Minuten später läutete das Telefon.

„Fun House. Guten Morgen."

„Guten Morgen, Geschäftsperson."

„Mama!"

„Also, bist du beschäftigt oder hast du einen Moment Zeit, um mit deiner Mutter zu reden?"

Natasha hielt den Hörer mit beiden Händen. Sie liebte den vertrauten Klang der Stimme, die aus der Ferne an ihr Ohr drang. „Natürlich habe ich einen Moment Zeit. So viele Momente, wie du willst."

„Ich habe mich nur gewundert, weil du dich seit zwei Wochen nicht mehr gemeldet hast."

„Tut mir leid." Seit zwei Wochen stand ein Mann im Mittelpunkt ihres Lebens. Aber das konnte sie ihrer Mutter schlecht erzählen. „Wie geht es dir und Papa und allen anderen?"

„Papa und mir und allen anderen geht es gut. Papa bekommt eine Gehaltserhöhung."

„Wunderbar."

„Mikhail trifft sich nicht mehr mit dem italienischen Mädchen." Nadia schickte einen ukrainischen Dankesspruch durch die Leitung, und Natasha musste lachen. „Alex trifft sich dauernd mit irgendwelchen Mädchen. Schlauer Junge, mein Alex. Und Rachel hat nur noch für ihr Studium Zeit. Wie sieht's bei Natasha aus?"

„Bei Natasha ist alles in Ordnung. Ich esse gut und schlafe viel", fügte sie hinzu, bevor Nadia sie danach fragen konnte.

„Gut. Und dein Laden?"

„Wir bereiten uns gerade auf das Weihnachtsgeschäft vor, und ich erwarte ein besseres Jahr als das letzte."

„Ich möchte, dass du aufhörst, uns Geld zu schicken."

„Ich möchte, dass du aufhörst, dir um deine Kinder Sorgen zu machen."

Nadia seufzte schwer. Es war ein Dauerthema zwischen ihnen. „Du bist eine dickköpfige Frau!"

„Wie meine Mama."

Nadia wusste, dass ihre Tochter da recht hatte, und vertagte die Diskussion. „Wir reden darüber, wenn du zum Thanksgiving-Fest kommst."

Thanksgiving, dachte Natasha. Wie hatte sie das bloß vergessen können? Sie klemmte sich den Hörer zwischen Ohr und Schulter und blätterte ihren Kalender durch. Weniger als zwei Wochen noch. „An Thanksgiving kann ich mich doch nicht mit meiner Mutter streiten." Natasha notierte sich, dass sie am Bahnhof anrufen musste. „Ich komme am späten Mittwochabend. Ich bringe den Wein mit."

„Du bringst dich selbst mit."

„Mich selbst und den Wein!" Natasha kritzelte eine weitere Notiz. Zu dieser Jahreszeit ließ sie den Laden nur ungern allein, aber sie hatte noch nie einen Familienfeiertag wie Thanksgiving zu Hause ausgelassen und würde es auch nie tun. „Ich freue mich darauf, euch alle wiederzusehen."

„Vielleicht bringst du ja einen Freund mit."

Auch das kannte Natasha schon, aber diesmal zögerte sie. Zum ersten Mal. Nein, sagte sie sich sogleich. Warum sollte Spence diesen Tag in Brooklyn verbringen wollen?

„Natasha?" Nadias ausgeprägter Instinkt hatte dafür gesorgt, dass ihr nicht entgangen war, was sich im Kopf ihrer Tochter abspielte. „Hast du einen Freund?"

„Natürlich. Ich habe viele Freunde."

„Sei nicht so frech zu deiner Mama. Wer ist er?"

„Er ist niemand." Sie verdrehte die Augen, als Nadia eine Salve von Fragen auf sie losließ. „Schon gut, schon gut. Er ist Professor am College, ein Witwer", fügte sie rasch hinzu. „Mit einem kleinen Mädchen. Ich dachte nur, sie brauchen Thanksgiving vielleicht etwas Gesellschaft, das ist alles."

„Aha."

„Du brauchst gar nicht so komisch ‚aha' zu sagen, Mama. Er ist ein Freund, und ich habe das kleine Mädchen gern."

„Seit wann kennst du ihn?"

„Sie sind im Spätsommer hergezogen. Ich bin in einem seiner Kurse, und das kleine Mädchen kommt manchmal in den Laden." Das war die Wahrheit, nicht so komplett, aber eben auch keine Lüge. Sie gab sich alle Mühe, unbeschwert zu klingen. „Wenn ich es schaffe, frage ich ihn, ob er mitkommen möchte."

„Das kleine Mädchen kann bei dir und Rachel schlafen."

„Ja, falls ..."

„Der Professor kann Alex' Zimmer nehmen. Alex kann auf dem Sofa schlafen."

„Vielleicht hat er schon etwas anderes vor."

„Du fragst ihn."

„Na schön. Ich kann es bei passender Gelegenheit ansprechen."

„Du fragst ihn", wiederholte Nadia. „Und jetzt geh wieder an die Arbeit."

„Ja, Mama. Ich liebe dich."

So, jetzt war es raus, dachte Natasha, als sie auflegte. Sie konnte sich vorstellen, wie ihre Mutter jetzt neben dem klapprigen Telefontischchen stand und sich die Hände rieb.

Was würde er von ihrer Familie halten, und sie von ihm? Würde er ein ausgiebiges, lebhaftes Festessen genießen? Sie dachte an ihr erstes gemeinsames Abendessen, den elegant gedeckten Tisch, den leisen, diskreten Service. Aber vermutlich hatte er ohnehin schon Pläne. Wozu sollte sie sich also den Kopf zerbrechen?

Zwanzig Minuten später läutete das Telefon erneut. Vermutlich schon wieder Mama, dachte Natasha, mit einem Dutzend Fragen über diesen „Freund". Sie nahm den Hörer auf. „Fun House. Guten Morgen."

„Natasha."

„Spence?" Automatisch sah sie auf die Uhr. „Warum bist du nicht in der Universität? Geht's dir nicht gut?"

„Nein, nein. Ich habe mich zwischen zwei Kursen abgesetzt. Ich habe eine Stunde Zeit. Du musst sofort kommen."

„Zu dir nach Hause? Aber warum denn?"

„Das kann ich dir so nicht erklären. Komm einfach. Bitte."

„In zehn Minuten bin ich da." Sie griff nach dem Mantel. Irgendwie hatte er anders geklungen. Glücklich. Nein, begeistert, euphorisch. Sie zog sich die Handschuhe über und stürzte in den Laden.

„Annie, ich muss ..." Wie angewurzelt blieb sie stehen und starrte auf Annie, die gerade von Terry Maynard geküsst wurde. „Oh, Entschuldigung."

„Oh, Tash, Terry wollte nur ... Nun, er ..." Annie pustete sich das Haar aus den Augen und grinste verlegen.

Natasha wollte sie nicht länger zappeln lassen. „Ich verschwinde mal kurz. Schaffst du es allein? In einer Stunde bin ich wieder zurück."

„Kein Problem." Annie strich sich über die Frisur, während Terry neben ihr mit dem Gesicht eine ganze Palette von Rottönen durchprobierte. „Lass dir ruhig Zeit!"

Was für ein Tag, dachte Natasha, während sie die Straße entlanglief. Erst ihre Mutter, dann Spence und jetzt auch noch Annie und Terry, eng umschlungen neben der Kasse.

Als Spence ihr die Haustür öffnete, fand sie ihre Befürchtung bestätigt. Er war doch krank, hatte offenbar Fieber. Seine Augen leuchteten, die Wangen glänzten. Sein Sweater war zerknittert, die Krawatte hing ihm ungeknotet um den Hals.

„Spence, du bist doch nicht etwa ..."

Sie brachte die Frage nicht zu Ende. Er küsste sie, zog sie in die Arme und wirbelte sie in der Luft herum. Nein, Fieber hatte er wohl doch nicht. Jedenfalls nicht die Art, die medizinische Betreuung erforderte.

„Wenn ich deswegen den ganzen Weg gerannt bin, kannst du was erleben", sagte sie, als er sie wieder freigab.

„Ausgezeichnete Idee", erwiderte er lachend. „Aber deshalb habe ich nicht angerufen."

„Weshalb dann? Hast du das große Los gezogen?"

„Noch besser. Komm herein." Er zog sie ins Musikzimmer. „Sag nichts. Setz dich einfach hin."

Und dann begann er zu spielen.

Schon nach wenigen Takten war Natasha klar, dass sie etwas völlig Neues hörte. Etwas, das noch nie zuvor komponiert worden war. Sie bekam eine Gänsehaut. Gebannt lauschte sie.

Leidenschaft. Jede Note trug die Leidenschaft in sich, drückte sie aus, in allen Schattierungen. Sie starrte auf Spence, auf seine intensiv leuchtenden Augen, auf die Finger, die flink und geschmeidig über die Tasten glitten. Wie schaffte er es nur, das, was sie im Innersten fühlte, in Musik umzusetzen?

Das Tempo wurde schneller. Sprachlos, atemlos saß sie da. Dann ging die Musik in etwas Kraftvolles, Trauriges über. Und in etwas Lebendiges. Natasha schloss die Augen, überwältigt, ohne die Tränen zu bemerken, die ihr über die Wangen rannen.

Als es vorbei war, wagte sie nicht, sich zu bewegen.

„Ich muss nicht fragen, was du davon hältst", murmelte Spence. „Ich sehe es dir an."

Sie konnte nur den Kopf schütteln. Ihr fehlten die Worte. Dafür gab es keine Worte. „Wann?"

„In den letzten paar Tagen." Die Emotionen, die die Musik aus ihm herausgesogen hatte, kehrten zurück. Er stand auf, ging zu ihr und zog sie hoch. Als er sie berührte, spürte sie die Intensität, mit der er gespielt hatte. „Sie ist wieder da." Er presste ihre Hand an die Lippen. „Zuerst war es erschreckend. Ich hörte sie im Kopf, wie früher. Es ist, als ob man über eine Direktleitung mit dem Himmel verbunden ist, Natasha. Ich kann es nicht erklären."

„Das brauchst du auch nicht. Ich habe es gehört."

Irgendwie hatte er gewusst, dass sie es verstehen würde. „Erst dachte ich, es wäre reines Wunschdenken oder dass die Musik verschwindet, sobald ich mich hinsetze ..." Er sah zum Flügel hinüber. „Aber das tat sie nicht. Sie floss mir in die Hände. Ich komme mir vor wie ein Blinder, der wieder sehen kann."

„Sie war immer da." Sie strich ihm übers Gesicht. „Sie hat sich nur ausgeruht."

„Nein, du hast sie zurückgeholt. Ich habe dir einmal gesagt, du hättest mein Leben verändert. Jetzt weiß ich erst, wie sehr. Die Musik ist für dich, Natasha."

„Nein, sie ist für dich." Sie schlang die Arme um ihn. „Das ist erst der Anfang."

„Ja." Er fuhr ihr mit den Händen durchs Haar, sodass sie ihm das Gesicht zuwandte. „Das ist es. Wenn du gehört hast, was die Musik bedeutet, und ich glaube, das hast du, dann weißt du auch, was ich fühle."

„Spence, sag jetzt nichts. Die Musik hat dich aufgewühlt. Du könntest das, was sie in dir ausgelöst hat, leicht mit anderen Dingen verwechseln."

„Unsinn. Du willst nur nicht hören, wenn ich dir sage, dass ich dich liebe."

„Nein." Panik stieg in ihr auf. „Nein, das will ich wirklich nicht. Denn ich bin noch nicht stark genug, dir dasselbe zu sagen."

„Dann sage ich dir eben nicht, dass ich dich liebe." Er küsste sie auf die Lippen, ganz sanft. „Aber irgendwann kommt der Zeitpunkt, an dem du mir zuhören wirst. Und mir antworten wirst."

„Das klingt wie eine Drohung."

„Nein, es ist nur eines der Versprechen, die du nicht hören willst." Er küsste sie auf beide Wangen. „Ich muss zurück zum College."

„Ich muss auch los." Sie griff nach ihren Handschuhen und

ließ sie nervös durch eine Hand gleiten. „Spence, ich bin stolz auf dich und freue mich für dich. Und ich danke dir, dass ich es miterleben durfte."

„Komm heute Abend zum Essen. Wir werden es feiern."

Sie lächelte. „Gern."

Natasha kaufte nicht sehr oft Champagner, aber diesmal schien es ihr das angemessene Getränk. Sie nahm die Flasche in die andere Hand, setzte für Vera ein zurückhaltendes Lächeln auf und klopfte kräftig an die Tür.

„Guten Abend", begrüßte Natasha die Haushälterin freundlich.

„Miss." Mit dieser eher förmlichen Erwiderung hielt Vera ihr die Tür auf. „Dr. Kimball ist mit Freddie im Musikzimmer."

„Danke. Würden Sie mir die Flasche abnehmen?"

„Gern."

Insgeheim aufseufzend sah Natasha Vera hinterher. Sie war entschlossen, den Kampf um die Sympathie der Haushälterin nicht aufzugeben.

Aus dem Musikzimmer drang belustigtes Kichern. Als sie eintrat, sah sie, wie Freddie und JoBeth sich aneinanderklammerten. Spence trug einen lächerlich aussehenden Helm auf dem Kopf und hielt eine Papprolle wie eine Waffe auf die beiden Mädchen gerichtet.

„Auf meinem Schiff werden blinde Passagiere an das Beta-Monster verfüttert", erklärte er gerade. „Und das hat zwei Meter lange Zähne und einen schlechten Atem."

„Nein!" Freddie versteckte sich hinter dem Flügel. „Nicht das Beta-Monster!"

„Kleine Mädchen schmecken ihm am besten." Mit hämischem Lachen klemmte Spence sich die kreischende JoBeth unter den Arm. „Kleine Jungen verschluckt es ganz, aber wenn ich es mit kleinen Mädchen füttere, kaut es extra sorgfältig."

„Wie eklig!" JoBeth hielt sich beide Hände vor den Mund.

„Das kannst du laut sagen." Spence tauchte hinter den Flügel und kam mit einer zappelnden Freddie unter dem zweiten Arm wieder hoch. „Sprecht eure Gebete. Ihr werdet das Hauptgericht abgeben." Mit einem dumpfen „Uff" ließ er sich mit seiner lebenden Last aufs Sofa fallen.

„Wir haben dich bezwungen!", verkündete Freddie und kletterte auf ihren Vater. „Die Wunderschwestern haben dich bezwungen!"

„Diesmal vielleicht. Aber das nächste Mal werdet ihr dem Beta-Monster ausgeliefert." Als er sich das Haar aus dem Gesicht pustete, entdeckte er Natasha in der Tür. „Hi." Sie fand sein verlegenes Lächeln einfach hinreißend. „Ich bin ein Weltraumpirat."

„Ach so, jetzt ist mir alles klar." Bevor sie richtig eintreten konnte, ließen die beiden Mädchen den Weltraumpiraten zurück und stürzten sich auf sie.

„Wir besiegen ihn immer", sagte Freddie stolz. „Immer, immer!"

„Das freut mich zu hören. Wäre auch nicht sehr schön, wenn jemand vom Beta-Monster verspeist würde."

„Er hat es sich bloß ausgedacht", erklärte JoBeth ernst. „Dr. Kimball denkt sich immer so tolle Sachen aus."

„Ja, ich weiß."

„JoBeth bleibt auch zum Essen. Du bist Daddys Gast und JoBeth meiner. Du darfst dir als Erste einen Nachschlag nehmen."

„Das ist sehr zuvorkommend." Natasha beugte sich zu den beiden Mädchen herunter und küsste sie auf die Wangen. „Wie geht es deiner Mama?"

„Sie bekommt ein Baby." JoBeth verzog das Gesicht.

„Das habe ich gehört. Passt du denn auch gut auf sie auf?"

„Ihr ist jetzt morgens nicht mehr schlecht, aber Daddy sagt, sie wird bald dick sein."

Sichtbar neidisch trat Freddie von einem Fuß auf den anderen. „Lass uns in mein Zimmer gehen", sagte sie zu JoBeth. „Wir können mit den Kätzchen spielen."

„Ihr werdet euch jetzt erst mal das Gesicht und die Hände waschen", erklärte Vera, als sie mit Gläsern und dem Eiskübel hereinkam. „Und dann kommt ihr wie Damen zum Essen herunter, nicht wie trampelnde Elefanten." Sie nickte Spence zu. „Miss Stanislaski hat Champagner mitgebracht."

„Danke, Vera." Erst jetzt fiel ihm ein, seinen Helm abzunehmen.

„Dinner in fünfzehn Minuten", verkündete sie beim Hinausgehen.

„Jetzt weiß sie endlich genau, dass ich hinter dir her bin", murmelte Natasha. „Um an deinen großen Reichtum zu gelangen, natürlich."

Lachend zog er den Korken heraus. „Ich mache mir darüber keine Sorgen. Schließlich weiß ich, dass du nur hinter meinem Körper her bist." Der Champagner schäumte auf, stieg bis zum Rand und sank wieder ab.

„Ich mag ihn sehr. Deinen Körper, meine ich." Lächelnd nahm sie die Champagnerflöte entgegen.

„Dann wirst du ihn vielleicht nachher genießen wollen." Er stieß mit ihr an. „Freddie hat nicht locker gelassen, bis ich damit einverstanden war, dass sie heute Nacht bei den Rileys schläft. Vielleicht darf ich ja, damit ich mich nicht ausgeschlossen fühle, die Nacht bei dir verbringen. Die ganze Nacht."

Natasha nippte an ihrem Glas und ließ den exquisiten Geschmack auf der Zunge zergehen. „Ja", gab sie lächelnd zurück.

9. Kapitel

Die Kerzen flackerten, und Natasha sah den Schatten zu, wie sie durchs Zimmer tanzten. Sie wanderten über die Gardinen, über die Lehne des alten Stuhls in der Ecke, über das Schilf, das sie einfach in eine leere Milchflasche gesteckt hatte. Mein Zimmer, dachte sie, aber jetzt teile ich es ab und zu ...

Ihre Hand ruhte auf Spences Brust, direkt über dem Herzen.

Draußen war es nicht mehr still. Der Wind war stärker geworden und trieb den kalten Regen gegen die Fensterscheibe. Die Nacht war stürmisch und frisch und ließ einen kühlen, fast frostigen Morgen erwarten. Der Winter kam oft früh in diese kleine Stadt, die sich an die Ausläufer der Blue-Ridge-Mountains schmiegte. Aber Natasha fühlte sich in Spences Armen warm und geborgen.

Seine Hand glitt über ihren Oberschenkel, über die Taille, bis ihre Finger sich fanden.

„Wirst du nach New York zurückkehren?", fragte sie leise.

Er atmete den Duft ihres Haars ein und küsste es. „Warum sollte ich?"

„Du komponierst wieder." Sie konnte sich ihn gut vorstellen, im Smoking, bei der Uraufführung seiner eigenen Symphonie.

„Ich muss nicht in New York sein, um zu komponieren. Und selbst wenn, es gibt mehr Gründe, hierzubleiben."

„Freddie."

„Ja, Freddie. Und dich gibt es auch."

Das Laken raschelte, als sie sich bewegte. Sie sah ihn vor sich, nach der Symphonie, in irgendeinem noblen Privatklub, auf einer intimen Party. Natürlich tanzte er mit einer wunderschönen Frau. „Das New York, in dem du gelebt hast, ist anders als meins."

„Das glaube ich." Er fragte sich, warum ihr das wichtig war. „Denkst du ab und zu daran, nach Brooklyn zurückzukehren?"

„Um dort zu leben? Nein. Nur zu Besuch." Verärgert registrierte sie die Nervosität, die in ihr aufstieg. „Meine Mutter hat mich heute angerufen."

„Ist zu Hause alles in Ordnung?"

„Ja. Sie rief nur an, um mich an das Thanksgiving-Fest zu erinnern. Ich hätte es beinahe vergessen. Wir haben jedes Jahr ein großes Essen und schlagen uns die Bäuche viel zu voll. Fährst du zum Festtag nach Hause?"

„Ich bin zu Hause."

„Zu deiner Familie, meine ich." Sie stützte sich auf, um sein Gesicht sehen zu können.

„Ich habe nur Freddie. Und Nina", fügte er hinzu. „Sie geht immer ins Waldorf."

„Und deine Eltern? Ich habe dich noch gar nicht nach ihnen gefragt."

„Sie sind in Cannes." Oder war es Monte Carlo? Ihm ging auf, dass er es nicht genau wusste. Die familiären Bande waren locker, bequem für alle Beteiligten.

„Kommen sie Thanksgiving nicht herüber?"

„Im Winter kommen sie niemals nach New York."

„Oh." So sehr sie es auch versuchte, sie konnte sich den Festtag nicht ohne Familie vorstellen.

„Wir haben Thanksgiving nie zu Hause gegessen. Wir gingen immer aus. Meistens waren wir auf Reisen." In seinen Kindheitserinnerungen spielten Orte eine größere Rolle als Menschen, Musik eine größere Rolle als Worte. „Als ich mit Angela verheiratet war, trafen wir uns normalerweise mit Freunden im Restaurant und gingen anschließend ins Theater."

„Aber ..." Sie brach ab und schwieg.

„Aber was?"

„Und als ihr Freddie bekamt?"

„Änderte sich gar nichts." Er legte sich auf den Rücken und starrte an die Decke. Es war an der Zeit, ihr von seiner Ehe, von sich selbst, von dem Mann, der er einmal gewesen war, zu erzählen. „Ich habe mit dir noch nie über Angela gesprochen."

„Es ist nicht nötig." Sie nahm seine Hand. Sie hatte ihn zum Familienschmaus einladen wollen. Stattdessen beschwor sie die Geister seiner Vergangenheit herauf.

„Für mich ist es nötig." Er setzte sich auf, griff nach der Flasche Champagner, die sie mitgenommen hatten, füllte beide Gläser und reichte ihr eins.

„Ich brauche keine Erklärungen, Spence."

„Aber du hörst mir zu?"

„Ja, wenn es für dich wichtig ist."

Spence dachte einen Moment lang nach. „Ich war fünfundzwanzig, als ich ihr begegnete. Ich war ein berühmter junger Komponist und hatte eigentlich nur die Musik im Kopf. Und das Vergnügen. Als ich sie sah, wollte ich sie."

Natasha starrte in ihr Glas, sah die Perlen aufsteigen. „Und sie wollte dich."

„Auf ihre Art, ja. Was wir füreinander empfanden, war oberflächlich. Und schließlich sogar zerstörerisch. So hart es klingt, ich liebte schöne Dinge." Er nahm einen Schluck und lachte. „Und ich war es gewöhnt, sie zu bekommen. Angela war exquisit, wie eine anmutige Porzellanpuppe. Wir bewegten uns in denselben Kreisen, mochten dieselbe Literatur und Musik."

„Es ist wichtig, Gemeinsamkeiten zu haben." Sie kam sich auf einmal sehr provinziell und unscheinbar vor.

„Oh, davon hatten wir reichlich. Sie war ebenso verwöhnt und verzogen wie ich, genauso ichbezogen und ehrgeizig."

„Du bist zu hart zu dir."

„Du kanntest mich damals nicht." Glücklicherweise nicht, fügte er in Gedanken hinzu. „Ich war ein reicher junger Mann, für den alles ganz selbstverständlich war, weil ich es nie anders gekannt hatte."

„Als Nachteil können das wohl nur Menschen ansehen, die reich geboren wurden."

Er warf ihr einen Blick zu. Sie saß mit untergeschlagenen Beinen auf dem Bett, ihr Glas in beiden Händen, und sah ihn ernst an. „Ja, da hast du recht", fuhr er fort. „Ich frage mich, was geworden wäre, wenn ich dich mit fünfundzwanzig getroffen hätte ... Jedenfalls heirateten Angela und ich nach weniger als einem Jahr. Die Tinte auf der Heiratsurkunde war noch nicht richtig trocken, da ödeten wir uns bereits an."

„Warum?"

„Ich glaube, wir waren uns viel zu ähnlich. Als unsere Ehe zu zerbrechen begann, wollte ich sie unbedingt kitten. Weil ich unter allen Umständen einen Misserfolg verhindern wollte, denn bisher war ich ja bei allem erfolgreich gewesen. Ich liebte nicht Angela. Ich liebte das Bild, das ich mir von ihr machte, und das Bild, das wir beide zusammen abgaben."

„Ja." Sie dachte an sich und ihre Gefühle für Anthony. „Ich verstehe."

„Wirklich? Ich habe Jahre gebraucht, bis ich es verstand. Und als ich es endlich kapiert hatte, war alles nicht mehr so einfach."

„Freddie", sagte Natasha.

„Ja, Freddie. Angela und ich führten eine ... zivilisierte Ehe. Privat hatten wir uns nichts mehr zu sagen, aber in der Öffentlichkeit, vor anderen Leuten benahmen wir uns zivilisiert. Eine solche Ehe ist erniedrigend, grauenhaft. Ein Betrug an beiden Seiten. Eines Tages kam sie wutentbrannt nach Hause. Ich weiß noch genau, wie sie ihren Nerz abschüttelte und zur Bar ging. Sie goss sich einen Drink ein, schüttete ihn herunter und schleuderte das Glas an die Wand. Dann erzählte sie mir, dass sie schwanger sei."

In Natasha krampfte sich etwas zusammen. „War dir das recht?"

„Ich weiß nicht. Ich war wie vom Donner getroffen. Wir hatten nie Kinder gewollt, waren ja selbst noch welche. Angela hatte ihre Entscheidung schon getroffen. Sie wollte nach Europa in eine Privatklinik, um einen Schwangerschaftsabbruch vornehmen zu lassen."

Natasha schloss die Augen. „Wolltest du das auch?"

Wie gern hätte er jetzt mit einem deutlichen Nein geantwortet. „Es schien vernünftig. Unsere Ehe war kaputt, an ein Kind hatte ich nie gedacht. Trotzdem platzte mir der Kragen. Wahrscheinlich weil es wieder einmal die leichteste Lösung gewesen wäre, für beide von uns. Sie wollte, dass ich mit den Fingern schnippte und ihr diese … Unbequemlichkeit aus dem Weg räumte."

Sie starrte auf ihre geballte Faust. Seine Worte gingen ihr durch und durch. „Was hast du getan?"

„Ich habe ein Geschäft mit ihr gemacht. Sie würde das Kind bekommen, und wir würden versuchen, unsere Ehe zu retten. Bei einer Abtreibung hätte ich mich scheiden lassen und dafür gesorgt, dass sie vom Kimball-Vermögen nicht annähernd das bekommt, was sie sich erhoffte."

„Weil du das Kind wolltest?"

„Nein." Es war ein schmerzhaftes Eingeständnis. Eines, das ihm noch immer schwerfiel. „Ich glaube, ich habe gehofft, durch ein gemeinsames Kind die Ehe wieder in den Griff zu bekommen."

Natasha schwieg einen Moment lang. „Manche Menschen glauben, mit einem Baby etwas Kaputtes reparieren zu können."

„Und das funktioniert nicht", beendete er den Satz für sie. „Und das kann es auch nicht. Vielleicht ist das gut so. Als

Freddie zur Welt kam, fingen meine Probleme mit der Musik schon an. Ich hatte seit Monaten keine Note mehr geschrieben. Angela brachte Freddie zur Welt und übergab sie sofort Vera, wie ein lästiges Kätzchen. Aber ich war auch nicht viel besser."

Sie griff nach seinem Handgelenk. „Ich weiß, wie sehr du Freddie liebst."

„Jetzt. Als du mir damals auf den Stufen vor dem College sagtest, ich hätte Freddie nicht verdient, hat mir das sehr wehgetan. Weil du recht hattest." Er sah, wie Natasha den Kopf schüttelte, ging aber nicht darauf ein. „Dauernd begleitete ich Angela ins Ballett oder Theater. Ich hörte ganz auf zu arbeiten. Um Freddie kümmerte ich mich überhaupt nicht. Nie habe ich sie gebadet oder gefüttert oder ins Bett gebracht. Manchmal hörte ich sie im Nebenzimmer weinen und fragte mich, was das für ein Geräusch ist. Dann fiel mir ein, dass ich ja eine Tochter hatte."

Er nahm die Flasche und füllte sein Glas auf. „Irgendwann wurde mir klar, dass ich keine Ehe, keine Frau, keine Musik mehr hatte. Aber dafür hatte ich ein Kind, für das ich verantwortlich war. Ich beschloss, mich dieser Verantwortung zu stellen. Das ist alles, was Freddie zunächst für mich war. Eine Verpflichtung. Doch dann habe ich mir dieses wunderschöne kleine Kind genauer angesehen, und da wusste ich plötzlich, wie sehr ich mein Baby liebte." Er hob das Glas, trank und schüttelte mit gerunzelter Stirn den Kopf. „Ich hob Freddie aus der Wiege und hielt sie in den Armen. Ich hatte eine Höllenangst, etwas falsch zu machen. Und was tat meine Tochter? Sie schrie so lange, bis Vera kam und sie tröstete."

Er lachte bitter und starrte auf seinen Champagner. „Es dauerte Monate, bis sie sich in meiner Nähe einigermaßen wohlfühlte. Damals hatte ich Angela schon um die Scheidung gebeten. Sie akzeptierte, ohne mit der Wimper zu zucken. Als ich sagte, dass ich das Kind behalten würde, wünschte sie mir viel Glück und ging. In all den Monaten, in denen unsere Anwälte sich um die finanzielle Seite stritten, ist sie nicht ein einziges Mal gekommen, um nach Freddie zu sehen."

Erst nach einer Weile sprach er weiter. „Dann hörte ich, dass sie ums Leben gekommen war. Bei einem Bootsunfall im Mittelmeer. Manchmal habe ich Angst, dass Freddie sich daran erinnert, wie ihre Mutter war. Und was noch schlimmer ist, ich hoffe, sie hat vergessen, wie ihr Vater damals war."

Natasha dachte daran, was Freddie über ihre Mutter gesagt hatte. Damals, auf dem Schaukelstuhl. Sie stellte das Glas ab und nahm sein Gesicht in beide Hände. „Kinder verzeihen", erklärte sie. „Wenn man geliebt wird, verzeiht man leichter. Sich selbst zu verzeihen ist viel, viel schwerer. Aber du musst es tun."

„Ich glaube, so langsam fange ich damit an, auch wenn es schwer ist."

Sie nahm ihm sein Glas ab und stellte es neben ihres. „Lass mich dich lieben", sagte sie einfach und umarmte ihn.

Diesmal waren ihre Zärtlichkeiten nicht so wild und ungestüm. Sie waren sich einander sicherer als zuvor und kosteten ihre Leidenschaft geradezu genießerisch aus.

Es war eine Verführung, die Spence mit ihr anstellte. Sie hatte ihn nicht darum gebeten, sie nicht gewollt. Aber jetzt ließ sie es sich nur zu gern gefallen. Sein Mund glitt über ihre Haut. Seine Hände spielten mit ihrem Körper wie auf einem Instrument. Und ihr Körper war so fein gestimmt, dass jede Berührung die erwartete Reaktion hervorbrachte.

Fast glaubte sie, Musik zu hören. Symphonien, Kantaten, Préludes. Die Musik schwoll an, ging wieder in ruhigere Takte über. Immer wieder dirigierte er ihren Körper bis dicht ans Finale, immer wieder zögerte er es hinaus.

Schließlich hielt sie es nicht mehr aus und zog ihn auf sich. Ihre Arme schlangen sich um ihn. Ihr Atem strich ihm heiß und heftig über die Wange, bis er zu ihr kam und die

Symphonie in ein gewaltiges Crescendo mündete, um noch lange nachzuhallen.

Als Natasha erwachte, stieg ihr der Duft von Kaffee und Seife in die Nase und sie spürte einen Mund an ihrem Hals.

„Wenn du jetzt nicht aufwachst", murmelte Spence ihr ins Ohr, „bleibt mir nichts anderes übrig, als zurück zu dir ins Bett zu kriechen, eine zugegebenermaßen verlockende Vorstellung."

„Tu's doch", erwiderte sie und schmiegte sich an ihn.

Spence starrte auf ihre Schultern, von denen das Laken heruntergerutscht war. „Es ist verlockend, aber ich muss in einer Stunde zu Hause sein."

„Warum?" Mit geschlossenen Augen tastete sie nach ihm. „Es ist doch noch früh."

„Es ist fast neun."

„Neun Uhr? Morgens?" Sie riss die Augen auf und schoss hoch. Er hatte die Kaffeetasse in sicherer Entfernung gehalten. „Ich schlafe nie so lange." Sie schob ihr Haar mit beiden Händen zurück und sah ihn an. „Du bist ja angezogen."

„Leider", stimmte er zu. „Freddie wird um zehn nach Hause kommen. Ich habe geduscht." Seine freie Hand spielte mit ihrem Haar. „Ich wollte dich wecken und fragen, ob du dich anschließt, aber du hast so fest geschlafen, dass ich es nicht übers Herz brachte." Er beugte sich vor, um an ihrer Unterlippe zu knabbern. „Ich habe dich noch nie im Schlaf beobachtet."

Die Vorstellung behagte ihr nicht sehr. „Du hättest mich wecken sollen."

„Ja." Mit der Andeutung eines Lächelns reichte er ihr den Kaffee. „Vorsicht, er schmeckt bestimmt grauenhaft. Ich habe noch nie welchen gekocht."

Sie nahm einen winzigen Schluck und verzog das Gesicht. „Du hättest mich wirklich wecken sollen!" Dann trank sie tapfer weiter. Schließlich hatte er ihn für sie gemacht und ans

Bett gebracht. „Hast du noch Zeit fürs Frühstück? Ich mache dir etwas." Sie stellte ihre Tasse ab. „Eier zum Beispiel. Und Kaffee."

Zehn Minuten später stand sie in einem kurzen roten Bademantel am Herd und briet dünne Scheiben Schinken. Er sah ihr zu, und sie gefiel ihm, wie sie war. Mit zerzaustem Haar und noch ein wenig schläfrigen Augen. Zielstrebig wechselte sie zwischen Herd und Arbeitsplatte hin und her, ohne überflüssige Bewegungen oder Handgriffe. Wie eine Frau, zu deren Alltag ganz selbstverständlich auch die Hausarbeit gehörte.

Draußen fiel ein leichter Novemberregen vom zinnfarbenen Himmel. Aus der Wohnung oben drangen gedämpft Schritte durch die Decke, dann leise Musik. Jazz aus dem Radio des Nachbarn. Und das Geräusch des brutzelnden Fleischs, das Summen der Fußleistenheizung unter dem Fenster. Morgenmusik, dachte Spence.

„Daran könnte ich mich gewöhnen", dachte er laut.

„An was denn?" Natasha schob zwei Scheiben Brot in den Toaster.

„Daran, mit dir aufzuwachen und zu frühstücken."

Ihre Hände zuckten kurz, als hätten ihre Gedanken plötzlich eine scharfe Kurve genommen. Dann setzte sie ihre Arbeit wieder fort, sorgfältig und ruhig. Und sie sagte kein Wort.

„Jetzt habe ich schon wieder das Falsche gesagt, stimmt's?"

„Es ist weder richtig noch falsch." Sie brachte ihm eine Tasse Kaffee. Als sie sich wieder umdrehen wollte, ergriff er ihr Handgelenk.

„Du willst nicht, dass ich mich in dich verliebe, Natasha, aber keiner von uns kann das frei entscheiden."

„Es gibt immer eine Entscheidung", erwiderte sie nachdrücklich. „Manchmal ist es allerdings schwer, die richtige zu treffen, oder überhaupt zu wissen, welche die richtige ist."

„Dann ist sie bereits gefallen. Ich habe mich in dich verliebt."

Er sah, wie ihr Gesicht sich veränderte, sanfter, nachgiebiger wurde, sah in ihren Augen etwas Tiefes, im Schatten Liegendes und unglaublich Schönes. Dann war es wieder fort.

„Die Eier brennen an."

Seine Hand ballte sich zur Faust, als Natasha zum Herd zurückging. Langsam streckte er die Finger wieder. „Ich sagte, ich liebe dich, und du machst dir Sorgen um angebrannte Eier."

„Ich bin eine praktische Frau, Spence. Ich musste es immer sein."

Es war anstrengend, sich auf die Arbeit zu konzentrieren. Sie richtete das Essen mit einer solchen Sorgfalt auf den Tellern an, als würde sie ein Staatsbankett veranstalten. Seine Worte klangen ihr noch in den Ohren, während sie die Teller auf den Tisch stellte und ihm gegenüber Platz nahm.

„Wir kennen uns erst kurze Zeit."

„Mir ist sie lang genug."

Sie befeuchtete sich die Lippen. In seiner Stimme lag nicht Verärgerung, sondern verletzter Stolz. Und verletzen wollte sie ihn am allerwenigsten. „Es gibt Dinge, die du von mir nicht weißt. Dinge, über die zu reden ich noch nicht bereit bin."

„Sie spielen keine Rolle."

„Doch, das tun sie." Sie holte tief Luft. „Zwischen uns ist etwas. Es wäre lächerlich, das bestreiten zu wollen. Aber Liebe? Ich glaube, es gibt kein größeres Wort auf der Welt. Wenn wir es für uns in Anspruch nehmen, ändert sich alles."

„Ja."

„Das kann ich nicht zulassen. Ich habe dir von Anfang an gesagt, dass es keine Versprechungen, keine Pläne geben darf. Ich will mein Leben nicht grundlegend verändern."

„Ist es, weil ich ein Kind habe?"

„Ja und nein." Zum ersten Mal sah er ihr an den Fingern an, dass sie nervös war. „Freddie würde ich sogar lieben, wenn ich dich hasste. Ihretwegen. Und weil du mir etwas bedeutest, liebe ich sie umso mehr. Aber gerade deshalb will ich die Verantwortung für ihr Leben nicht übernehmen." Unter dem Tisch presste sie sich eine Hand auf den Bauch. „Ob mit oder ohne Freddie, ich möchte den nächsten Schritt nicht mit dir gehen. Es tut mir leid, und ich kann es gut verstehen, wenn du mich nicht wiedersehen möchtest."

Er stand auf und ging zum Fenster. Verzweiflung und Zorn rangen in ihm. Der Regen fiel noch in dünnen Fäden herab, kalt und feucht, auf die sterbenden Blumen in den Gärten. Einen wichtigen, zentralen Punkt hatte sie ausgelassen. Sie vertraute ihm noch nicht. Jedenfalls nicht genug.

„Du weißt, dass ich nicht aufhören kann, dich zu sehen. Ebenso wenig wie ich aufhören kann, dich zu lieben."

Man kann aufhören zu lieben, dachte sie, fürchtete jedoch, es ihm zu sagen. „Spence, vor drei Monaten kannte ich dich noch gar nicht."

„Dann beschleunige ich den Lauf der Dinge eben."

Sie machte eine Bewegung mit der Schulter und stocherte in ihren Eiern. Er musterte sie von hinten. Sie hatte Angst, das war ihm klar. Irgendein verdammter Kerl hatte ihr irgendwann einmal das Herz gebrochen, und sie hatte Angst, dass das wieder geschah.

Na schön, dachte er. Die würde er ihr nehmen müssen. Früher hatte er geglaubt, es gebe nichts Wichtigeres als die Musik. In den letzten Jahren hatte seine Einstellung sich gewandelt. Ein Kind war unendlich viel wichtiger, wertvoller und schöner. Und jetzt hatte er innerhalb weniger Wochen erfahren, dass eine Frau ebenso wichtig sein konnte, auf andere Weise zwar, aber ebenso wichtig.

Freddie hatte auf ihn gewartet. Er würde auf Natasha warten.

„Möchtest du zu einer Matinee gehen?"

Sie hatte mit einem Zornesausbruch gerechnet und sah jetzt verständnislos über die Schulter. „Wie bitte?"

„Ich fragte, ob du zu einer Matinee gehen möchtest. Ins

Kino." Lässig kehrte er an den Tisch zurück. „Ich habe Freddie versprochen, heute Nachmittag mit ihr ins Kino zu gehen."

„Ich ... Ja." Sie lächelte zaghaft. „Ich würde gern mitgehen. Bist du mir nicht böse?"

„Doch, das bin ich." Aber er erwiderte ihr Lächeln und begann zu essen. „Ich nehme dich nur mit, damit du das Popcorn bezahlst."

„Einverstanden."

„Das Jumbo-Format."

„Ah, jetzt durchschaue ich deine Strategie. Du willst mir ein Schuldgefühl einimpfen, damit ich mein ganzes Geld ausgebe."

„Genau. Und wenn du pleite bist, musst du mich heiraten. Großartige Eier", fügte er hinzu, als ihr der Mund offen stehen blieb. „Du solltest deine essen, bevor sie kalt werden."

„Ja." Sie räusperte sich. „Ich habe übrigens auch eine Einladung für dich. Ich wollte es gestern Abend schon sagen, aber du hast mich dauernd abgelenkt."

„Ich erinnere mich." Er rieb ihren Fuß mit seinem. „Du lässt dich leicht ablenken, Natasha."

„Kann sein. Es geht um den Anruf meiner Mutter und das Thanksgiving-Fest. Sie fragte, ob ich jemanden mitbringen möchte." Sie sah auf ihren Teller. „Aber du hast wahrscheinlich schon etwas vor."

Er lächelte. Vielleicht würde er doch nicht so lange warten müssen. „Lädst du mich zum Thanksgiving-Schmaus bei deiner Mutter ein?"

„Meine Mutter lädt ein", verbesserte Natasha. „Sie macht immer viel zu viel, und sie und Papa freuen sich über Gesellschaft. Als das Thema darauf kam, dachte ich an dich und Freddie."

„Gibt's Borschtsch?"

Ihre Mundwinkel verzogen sich. „Ich könnte fragen." Sie schob ihren Teller fort, als sie das Leuchten in seinen Augen sah. „Ich möchte nicht, dass du es falsch verstehst. Es ist einfach nur eine freundschaftliche Einladung."

„Richtig."

Sie runzelte die Stirn. „Ich denke mir, Freddie würde ein großer Familienschmaus Spaß machen."

„Wieder richtig."

Sie hatte nicht damit gerechnet, dass er so schnell zustimmen würde, und stieß den Atem geräuschvoll aus. „Nur weil es im Haus meiner Eltern ist, musst du nicht glauben, dass ich dich mitnehme, um …", sie wedelte mit der Hand, suchte nach der angemessenen Formulierung, „… um dich vorzuführen oder zu präsentieren."

„Du meinst, dein Vater wird nicht mit mir in sein Arbeitszimmer gehen und mich aushorchen?"

„Wir haben kein Arbeitszimmer", murmelte sie. „Nein, das wird er nicht. Ich bin eine erwachsene Frau." Spence grinste, und sie hob eine Braue. „Nun, vielleicht wird er dich diskret mustern."

„Ich werde mein bestes Benehmen an den Tag legen."

„Dann kommst du mit?"

Er lehnte sich zurück, trank einen Schluck Kaffee und lächelte insgeheim. „Um nichts in der Welt würde ich mir das entgehen lassen."

10. Kapitel

Freddie saß auf dem Rücksitz, die Decke bis zum Kinn hochgezogen und ihre Raggedy Ann fest im Arm. Sie tat, als schliefe sie, denn sie wollte sich ihren Tagträumen hingeben. Sie tat es so gut, dass sie ab und zu wirklich in einen Halbschlaf fiel. Es war eine lange Fahrt von West Virginia nach New York, aber sie war viel zu aufgeregt, um sich zu langweilen.

Aus dem Autoradio drang leise Musik. Als Tochter ihres Vaters erkannte sie natürlich Mozart, aber sie war Kind genug, um sich einen Text zum Mitsingen zu wünschen. Vera hatten sie bereits bei ihrer Schwester in Manhattan abgesetzt. Die Haushälterin würde bis zum Sonntag dort bleiben. Jetzt lenkte Spence den großen Wagen durch den dichten Verkehr nach Brooklyn.

Freddie war zwar ein bisschen enttäuscht, dass sie nicht den Zug genommen hatten, aber im Auto gefiel es ihr auch gut. Sie liebte es, ihrem Vater und Natasha zuzuhören. Was genau sie sagten, war nicht wichtig. Der Klang ihrer Stimmen war genug.

Sie würde Natashas Familie kennenlernen und mit den Erwachsenen zusammen einen gewaltigen Truthahn essen. Vor Aufregung war Freddie fast übel. Truthahn mochte sie zwar nicht besonders, aber Natasha hatte ihr erzählt, dass es reichlich Preiselbeersoße und Succotash geben würde. Succotash hatte sie noch nie gegessen, aber da der Name lustig klang, würde es bestimmt toll schmecken. Selbst wenn es das nicht tat oder sogar eklig war, würde sie höflich sein und ihren Teller leeren. JoBeth hatte ihr erzählt, dass ihre Großmutter immer böse wurde, wenn JoBeth ihr Gemüse nicht aufaß, und Freddie wollte kein Risiko eingehen.

Sie hörte, wie Natashas Lachen mit dem ihres Vaters verschmolz, und lächelte zufrieden. In ihren Tagträumen waren sie bereits eine Familie. Statt Raggedy Ann hielt Freddie ihre kleine Schwester in den Armen, während sie durch die Nacht zum Haus der Großeltern fuhren.

Ihre kleine Schwester hieß Katie, und sie hatte dasselbe schwarze lockige Haar wie Natasha. Wenn Katie schrie, war Freddie die Einzige, die sie beruhigen konnte. Katie schlief in einer weißen Wiege in Freddies Zimmer, und Freddie deckte sie immer sorgfältig mit der pinkfarbenen Decke zu. Freddie wusste, dass Babys sich leicht erkälteten. Dann musste man ihnen Tropfen aus einem Fläschchen geben. Babys konnten sich nicht selbst die Nase putzen. Alle sagten, dass Katie ihre Medizin gern nahm, wenn Freddie sie ihr gab.

Freddie strahlte ihre Puppe an und zog sie fester an sich. „Wir fahren zu Großmutter", flüsterte sie und ließ ihrer Fantasie freien Lauf.

Das Problem war nur, dass Freddie nicht wusste, ob die Leute, die sie zu ihren Großeltern machte, sie auch mögen würden. Nicht jeder mag Kinder, dachte sie. Vielleicht würden die Leute wollen, dass sie die ganze Zeit mit auf dem Schoß gefalteten Händen auf einem Stuhl saß. Tante Nina hatte Freddie erklärt, dass junge Damen so saßen. Freddie hasste es, eine junge Dame zu sein. Aber sie würde stundenlang so dasitzen müssen, die Erwachsenen nicht unterbrechen dürfen. Und schon gar nicht würde sie im Haus herumlaufen dürfen.

Wenn sie kleckerte oder etwas verschüttete, würden sie böse werden und die Stirn runzeln. Vielleicht wurden sie sogar laut schimpfen. So wie JoBeths Vater es immer tat. Vor allem dann, wenn JoBeths großer Bruder, der schon in der dritten Klasse war und es eigentlich besser wissen sollte, mit einem der Golfschläger seines Vaters die Steine im Hof traktierte. Einer der Steine war direkt durchs Küchenfenster gekracht.

Vielleicht würde sie ja auch ein Fenster zerbrechen. Dann

würde Natasha ihren Daddy nicht heiraten und nicht bei ihnen wohnen. Sie würde keine Mutter und keine Schwester bekommen, und Daddy würde aufhören, nachts seine Musik zu spielen.

Die Vorstellung lähmte Freddie fast, und sie schrumpfte auf dem Sitz zusammen, als der Wagen seine Fahrt verlangsamte.

„Hier musst du abbiegen." Beim Anblick ihres heimatlichen Viertels wurde es Natasha warm ums Herz. „Die Straße halb hinunter, auf der linken Seite. Vielleicht findest du einen Parkplatz ... Ja, da vorn." Gleich hinter dem uralten Pick-up ihres Vaters war Platz. Offenbar hatten die Stanislaskis verlauten lassen, dass ihre Tochter mit Freunden zu Besuch kam, und die Nachbarn hatten den Wink verstanden.

So sind die Leute hier, dachte sie. Seit sie sich erinnern konnte, wohnten die Poffenbergers auf der einen, die Andersons auf der anderen Seite. Die Familien brachten einander Essen, wenn jemand krank war, oder passten nach der Schule auf die Kinder auf. Freud und Leid wurde miteinander geteilt, und natürlich blühte der Klatsch.

Mikhail war häufiger mit der hübschen Tochter der Andersons ausgegangen und war schließlich Trauzeuge gewesen, als sie einen seiner Freunde heiratete. Natashas Eltern waren bei einem der Poffenberger-Babys Taufpaten. Vielleicht hatte sie sich deshalb eine Kleinstadt für ihr neues Leben ausgesucht. Shepherdstown sah zwar nicht so aus wie Brooklyn, aber die Menschen waren einander so nah wie hier.

„Woran denkst du?", fragte Spence sie.

„Es ist gut, wieder hier zu sein", erwiderte sie mit glücklichem Lächeln. Sie stieg aus und zog in der frostigen Luft die Schultern zusammen, bevor sie Freddie die Tür öffnete. „Schläfst du etwa?"

Freddie blieb zusammengekauert sitzen, riss aber die Augen auf. „Nein."

„Wir sind da. Alles aussteigen."

Freddie schluckte und presste ihre Puppe an die Brust. „Und wenn sie mich nun nicht mögen?"

„Wie kommst du denn darauf?" Natasha beugte sich in den Wagen und schob Freddie das Haar aus dem Gesicht. „Hast du geträumt?"

„Vielleicht wollen sie nicht, dass ich hier bin. Vielleicht denken sie, ich bin eine Plage. Viele Leute denken, Kinder sind eine Plage!"

„Dann sind viele Leute eben dumm", sagte Natasha entschieden und knöpfte Freddie den Mantel zu.

„Kann sein. Aber wenn sie mich nun wirklich nicht mögen?"

„Und wenn du sie nicht magst?"

Auf die Idee war Freddie noch gar nicht gekommen. Während sie darüber nachdachte, wischte sie sich mit dem Handrücken über die Nase, bevor Natasha ein Taschentuch zücken konnte. „Sind sie nett?"

„Ich glaube schon. Aber das musst du selbst entscheiden, wenn du sie erst kennengelernt hast. Okay?"

„Okay."

„Ladys, vielleicht könntet ihr eure Konferenz vertagen." Spence hatte den Kofferraum entladen und stand schwer bepackt neben dem Auto. „Worum ging's überhaupt?", fragte er, als sie zu ihm auf den Bürgersteig kamen.

„Frauensachen", antwortete Natasha und zwinkerte der kichernden Freddie zu.

„Großartig!" Er betrat die abgenutzten Betonstufen und folgte Natasha. „Dieses Gepäck wiegt Zentner. Was hast du da drin? Steine?"

„Nur ein paar, außerdem noch einige wichtige Dinge." Sie drehte sich zu ihm um und küsste ihn gerade auf die Wange, als Nadia die Tür öffnete.

„Na also." Zufrieden kreuzte Nadia die Arme vor der Brust.

„Ich habe Papa gesagt, dass ihr kommen würdet, bevor die Johnny-Carson-Show vorbei ist."

„Mama." Natasha flog die letzten Stufen hinauf und ließ sich von Nadia umarmen. Der gewohnte Duft stieg ihr in die Nase. Talg und Muskat. Und ihre Mutter fühlte sich wie immer an. Stark und zupackend. Ihr Gesicht war genauso. Entschlossen und temperamentvoll und voller Falten, die die Sorgen, das Lachen und die Zeit hinterlassen hatten.

Nadia murmelte ein Kosewort und trat einen Schritt zurück, um Natasha auf die Wangen zu küssen. „Kommt herein. Unsere Gäste stehen in der Kälte."

Natashas Vater kam in den Flur gestürmt, packte seine Tochter an den Hüften und hob sie in die Luft. Er war ein hoch gewachsener Mann, und in seinem Arbeitshemd steckten Arme, die in Jahren harter Arbeit auf Baustellen den Umfang eines Kranhakens bekommen hatten. Mit einem herzhaften Lachen küsste er sie.

„Keine Manieren", sagte Nadia kopfschüttelnd, während sie die Tür schloss. „Yuri, Natasha hat Gäste mitgebracht."

„Hallo." Yuri streckte eine schwielige Hand aus und schüttelte Spences kräftig. „Willkommen."

„Das sind Spence und Freddie Kimball", stellte Natasha die beiden vor und sah dabei, wie Freddie nach der Hand ihres Vaters griff. Sie schien verlegen und neugierig zugleich zu sein.

„Wir freuen uns, dass Sie mitgekommen sind." Weil es ihre Art war, begrüßte Nadia die beiden ebenfalls mit Küssen. „Ich nehme die Mäntel, und ihr setzt euch. Ihr seid bestimmt müde."

„Vielen Dank für die Einladung", begann Spence. Als er spürte, wie nervös Freddie war, nahm er sie auf den Arm und trug sie ins Wohnzimmer.

Es war klein, mit alten Tapeten und abgenutzten Möbeln. Aber auf den Sessellehnen lagen Spitzendeckchen, im gelben Licht der Lampen glänzte das sorgfältig polierte Holz, und hier und dort lagen kunstvoll gestickte Kissen. Gerahmte

Familienfotos standen zwischen Topfpflanzen und vielerlei Krimskrams.

Ein heiseres Hecheln ließ Spence nach unten sehen. In der Ecke lag ein alter grauer Hund. Als das Tier Natasha erblickte, begann es mit dem Schwanz zu wedeln. Es kostete den Hund sichtlich Mühe, aufzustehen und zu ihr zu gehen.

„Sasha." Sie ging in die Knie, um ihr Gesicht in seinem Fell zu vergraben. Sie lachte, als der Hund sich hinsetzte und ihr Bein als Stütze nutzte. „Sasha ist ein alter Mann", erklärte sie Freddie. „Schlafen und Essen sind seine Lieblingsbeschäftigungen."

„Und Wodkatrinken", warf Yuri ein. „Das tun wir auch bald. Außer dir natürlich", fügte er hinzu und tippte Freddie auf die Nase. „Du bekommst stattdessen Champagner, was hältst du davon?"

Freddie kicherte und biss sich dann auf die Unterlippe. Natashas Daddy sah gar nicht so aus, wie sie sich einen Großvater vorgestellt hatte. Er hatte weder schneeweißes Haar noch einen dicken Bauch. Sein Haar war weiß und schwarz zugleich, und einen Bauch hatte er überhaupt nicht. Seine Stimme klang lustig, so tief und rumpelnd. Er duftete angenehm, wie Kirschen. Und sein Lächeln war nett.

„Was ist Wodka?"

„Ein altes russisches Getränk", antwortete Yuri. „Wir machen es aus Getreide."

Freddie kräuselte die Nase. „Das klingt aber eklig", sagte sie und biss sich sofort auf die Lippe. Aber Yuri lachte nur schallend. Sie lächelte scheu.

„Natasha wird dir bestätigen, dass ihr Papa zu gern kleine Mädchen neckt." Nadia stieß Yuri einen Ellbogen in die Rippen. „Das liegt daran, dass er im Herzen ein kleiner Junge geblieben ist. Du möchtest bestimmt viel lieber eine heiße Schokolade, nicht?"

Freddie schwankte zwischen dem geborgenen Gefühl, das sie

an der Hand ihres Vaters hatte, und der Verlockung eines ihrer Lieblingsgetränke. Außerdem lächelte Nadia zu ihr herab, nicht so komisch, wie manche Erwachsene es bei Kindern immer taten, sondern ganz warmherzig und natürlich. So wie Natasha.

„Gern, Ma'am."

Nadia nickte. Das Kind war gut erzogen. „Dann komm doch einfach mit. Ich zeige dir, wie man große, dicke Marshmallows macht."

Freddie vergaß ihre Scheu, zog ihre Hand aus Spences und legte sie in Nadias. „Ich habe zwei Katzen", erzählte sie Nadia stolz, während sie in die Küche gingen. „Und an meinem Geburtstag hatte ich Windpocken."

„Setzt euch, setzt euch", befahl Yuri und zeigte auf das Sofa. „Wir nehmen einen Drink."

„Wo sind Alex und Rachel?" Natasha ließ sich in die abgenutzten Polster sinken.

„Alex ist mit seiner neuen Freundin im Kino. Sehr hübsch", sagte Yuri und rollte mit seinen hellen braunen Augen. „Rachel ist in einer Vorlesung. Ein berühmter Anwalt aus Washington D.C. besucht ihr College."

„Und wie geht's Mikhail?"

„Hat viel zu tun. Sie renovieren eine Wohnung in Soho." Er verteilte die Gläser, goss den Wodka ein und stieß mit ihnen an. „So", sagte er zu Spence, als er sich in seinen Stammsessel setzte, „Sie unterrichten also Musik."

„Ja. Natasha ist eine meiner besten Studenten in Musikgeschichte."

„Schlaues Mädchen, meine Natasha." Er musterte Spence. Aber keineswegs so diskret, wie Natasha gehofft hatte. „Sie sind gute Freunde?"

„Ja", mischte Natasha sich hastig ein. Es gefiel ihr nicht, wie seine Augen leuchteten. „Das sind wir. Spence ist gerade in die Stadt gezogen. Er und Freddie haben vorher in New York gelebt."

„Das ist ja interessant. Wie Schicksal."

„Das denke ich auch immer", stimmte Spence ihm amüsiert zu. „Ich habe ein kleines Mädchen und Natasha einen sehr verlockenden Spielzeugladen. Und dann hat sie sich auch noch ausgerechnet für einen meiner Kurse eingetragen. Da war es für sie natürlich schwierig, mir aus dem Weg zu gehen, obwohl sie so trotzig war."

„Sie ist trotzig", erwiderte Yuri bedauernd. „Ihre Mutter ist auch trotzig. Ich bin sehr umgänglich."

Natasha schnaubte kurz.

„In meiner Familie wimmelt es geradezu von trotzigen und respektlosen Frauen." Er nahm einen kräftigen Schluck. „Das ist mein Fluch."

„Vielleicht werde ich eines Tages das Glück haben, dasselbe sagen zu können." Spence lächelte ihr über den Rand seines Glases hinweg zu. „Wenn ich Natasha dazu gebracht habe, mich zu heiraten."

Natasha sprang auf und ignorierte das Grinsen ihres Vaters. „Da euch der Wodka offenbar schon zu Kopf gestiegen ist, frage ich Mama lieber, ob sie noch etwas heiße Schokolade übrig hat."

Yuri stemmte sich aus seinem Sessel und griff nach der Flasche. „Die Schokolade überlassen wir den Frauen."

Als Natasha beim ersten Tageslicht erwachte, hatte sich Freddie im Schlaf an sie gekuschelt. Sie lagen im Bett ihrer Kindheit, in einem Zimmer, in dem Natasha und ihre Schwester unzählige Stunden zusammen gelacht und geredet und sich manchmal auch gestritten hatten. Die Tapeten waren dieselben. Verblichene Rosen. Es hatte etwas von Geborgenheit an sich, wenn man morgens die Augen aufschlug und dieselben Wände sah, obwohl man vom Kind zur Jugendlichen und schließlich zur erwachsenen Frau geworden war.

Natasha drehte den Kopf und sah zu ihrer Schwester

hinüber, die zwischen zerwühlten Laken im Nachbarbett lag. Typisch, dachte sie. Rachel hatte noch im Schlaf mehr Energie als manche Menschen im wachen Zustand. Sie war am Abend zuvor kurz vor Mitternacht heimgekommen, hatte alle umarmt und geküsst, begeistert von dem Vortrag berichtet und eine wahre Flut neugieriger Fragen auf sie losgelassen.

Ohne Freddie zu wecken, gab Natasha ihr einen Kuss aufs Haar und stand leise auf. Sie duschte, zog sich an und ging nach unten.

Aus der Küche drang frischer Kaffeeduft in ihre Nase, und sie folgte ihm.

„Mama." Nadia stand an der Arbeitsplatte und rollte Pastetenteig aus. „Es ist doch viel zu früh zum Kochen."

„An Thanksgiving ist es nie zu früh dazu." Sie hielt Natasha die Wange hin. „Möchtest du Kaffee?"

„Ich glaube nicht." Sie presste die Hand auf den Bauch. Schon beim Aufstehen war ihr so komisch gewesen. „Ich nehme an, bei dem Haufen zerknüllter Decken auf dem Sofa handelt es sich um Alex."

„Er kommt immer sehr spät nach Hause." Nadia rümpfte missbilligend die Nase. Doch dann zuckte sie mit den Schultern. „Er ist kein kleiner Junge mehr."

„Nein. Du musst dich damit abfinden, Mama. Du hast erwachsene Kinder. Und zwar welche, die du gut erzogen hast."

„Nicht so gut, dass Alex endlich einmal lernt, seine Socken nicht immer auf dem Boden herumliegen zu lassen." Aber sie lächelte, denn insgeheim war sie froh, dass Alex ihr noch einige Mutterpflichten ließ. Wenn eines Tages alle Kinder aus dem Haus waren, war es damit ohnehin vorbei. Dieser Tag würde noch früh genug kommen. Nadia seufzte tief bei diesem Gedanken.

„Sind Papa und Spence noch lange aufgeblieben?"

„Papa redet gern mit deinem Freund. Er ist ein netter Mann." Nadia legte etwas Teig auf einen Pastetenteller und formte ihn zu einem Kreis, dann griff sie wieder zur Rolle. „Sieht sehr gut aus."

„Ja", stimmte Natasha vorsichtig zu.

„Er hat eine gute Arbeit, ist verantwortungsbewusst und liebt seine Tochter."

„Ja", wiederholte Natasha.

„Warum heiratest du ihn nicht, wenn er es will?"

Sie hatte gewusst, dass ihre Mutter diese Frage stellen würde. Mit einem unterdrückten Seufzer lehnte Natasha sich gegen den Küchentisch. „Es gibt eine Menge netter, verantwortungsbewusster und gut aussehender Männer, Mama. Soll ich die alle heiraten?"

„Von ihnen gibt es nicht so viele, wie du denkst." Lächelnd machte Nadia sich an die dritte Pastete. „Liebst du ihn nicht?" Als Natasha nicht antwortete, wurde Nadias Lächeln breiter. „Ah."

„Bitte, Mama. Spence und ich, wir kennen uns erst seit einigen Monaten. Es gibt vieles, was er von mir noch nicht weiß."

„Dann erzähl es ihm."

„Irgendwie kann ich das nicht."

Nadia legte die Teigrolle hin und nahm das Gesicht ihrer Tochter zwischen die mehligen Hände. „Er ist nicht so wie der andere."

„Nein, das ist er nicht. Aber ..."

Nadia schüttelte den Kopf. „Etwas festzuhalten, das längst vorbei ist, macht im Inneren krank. Du hast ein gutes Herz, Tash. Vertraue dir selbst."

„Das würde ich ja gern." Sie legte die Arme um ihre Mutter. „Ich liebe ihn, Mama. Aber ich habe immer noch Angst, und es tut noch weh." Sie atmete tief durch und trat einen Schritt zurück. „Ich möchte mir Papas Wagen ausleihen."

Nadia fragte nicht, wohin sie damit wollte. Das brauchte sie nicht. „Ja, sicher. Ich komme mit."

Natasha küsste ihre Mutter auf die Wange und schüttelte stumm den Kopf.

Sie war schon eine Stunde fort, als Spence mit müden Augen nach unten kam. Der graue Hund und er tauschten mitfühlende Blicke aus. Yuri hatte am Abend zuvor großzügig Wodka ausgeschenkt. An Gäste und Haustiere. Momentan kam es Spence vor, als wäre sein Kopf ein Steinbruch. Und zwar einer in Hochbetrieb. Glücklicherweise war da der Duft vom Backen und, besonders willkommen, von Kaffee. Sonst hätte er den Weg in die Küche vermutlich nie gefunden.

Nadia reichte ein Blick. Lachend wies sie auf den Tisch. „Setzen Sie sich." Sie goss ihm den starken, pechschwarzen Kaffee ein. „Trinken Sie. Ich mache Ihnen Frühstück."

Spence nahm die Tasse zwischen beide Hände und trank, als wäre es der letzte Schluck in seinem Leben. „Danke. Aber lassen Sie sich nicht stören."

Nadia machte eine abwehrende Handbewegung und griff nach einer gusseisernen Bratpfanne. „Ich sehe Ihnen doch an, was für einen Riesenkater Sie haben. Yuri hat Ihnen zu viel Wodka eingeschenkt."

„Nein, nein. Das habe ich mir selbst eingebrockt." Er öffnete die Aspirin-Flasche, die sie ihm auf den Tisch stellte. „Sie sind ein Engel, Mrs. Stanislaski."

„Nadia. Wer sich in meinem Haus betrinkt, nennt mich Nadia."

„So habe ich mich seit dem College nicht mehr gefühlt." Mit diesen Worten schluckte er gleich drei Aspirin hinunter. „Möchte bloß wissen, warum mir das damals Spaß gemacht hat." Er rang sich ein müdes Lächeln ab. „Irgendetwas riecht ganz wunderbar."

„Meine Pasteten werden Ihnen schmecken." Sie schob die dicken Würste in der Pfanne hin und her. „Sie haben Alex in der Nacht getroffen."

„Ja." Spence lehnte nicht ab, als sie ihm die Tasse erneut füllte. „Das war Grund genug, sich noch einen Drink einzugießen. Sie haben eine großartige Familie, Nadia."

„Sie macht mich stolz. Sie macht mir Sorgen. Sie wissen, wovon ich rede. Sie haben ja eine Tochter."

„Ja." Er lächelte und stellte sich vor, wie Natasha in einem Vierteljahrhundert aussehen würde.

„Natasha ist die Einzige, die weit weggezogen ist. Um sie sorge ich mich am meisten."

„Sie ist sehr stark."

Nadia nickte nur und schlug Eier in die Pfanne. „Sind Sie ein geduldiger Mensch, Spence?"

„Ich glaube schon."

Nadia sah über die Schulter. „Seien Sie nicht zu geduldig."

„Komisch. Genau das hat Natasha mir auch gesagt."

Mit zufriedener Miene steckte sie Brot in den Toaster. „Schlaues Mädchen, meine Tochter."

Die Küchentür ging auf. Alex, dunkelhaarig, mit schweren Lidern und zerknittert aussehendem Gesicht, kam grinsend herein. „Ich rieche ein köstliches Frühstück."

Der erste Schnee fiel. Kleine, fast durchsichtige Flocken, die vom Wind herumgewirbelt wurden und sich auflösten, bevor sie den Boden erreichten. Es gab Dinge, das wusste Natasha, die wunderschön und liebenswert waren, obwohl sie nur für kurze Zeit blieben.

Sie stand allein da, dick vermummt gegen die Kälte, die sie nur innerlich spürte. Das Licht war ein blasses Grau, wirkte aber wegen der winzigen herumtanzenden Flocken nicht trübe. Blumen hatte sie nicht mitgebracht. Das tat sie nie. Auf dem kleinen Grab würden sie viel zu traurig aussehen.

Lily. Mit geschlossenen Augen erinnerte sie sich daran, wie es gewesen war, das junge, zerbrechliche Leben in den Armen zu halten. Ihr Baby. *Malenka.* Ihr kleines Mädchen. Sie dachte an die hübschen blauen Augen, die feingliedrigen Miniaturhände.

Wie die Blume, nach der sie benannt worden war, so war auch Lily schön gewesen und hatte ein viel zu kurzes Leben gehabt. Rot und faltig war sie gewesen, mit winzigen Fäusten, als die Schwester sie zum ersten Mal in Natashas Arme gelegt hatte. Und selbst jetzt spürte sie das schmerzhafte, aber nicht unangenehme Ziehen in der Brust, das sie empfunden hatte, wenn sie Lily stillte. Sie erinnerte sich an die weiche Haut und den Duft von Puder und Creme und daran, wie herrlich es gewesen war, mit dem Baby an der Schulter im Schaukelstuhl zu sitzen.

So schnell vorbei, dachte Natasha. Einige unschätzbare Wochen. So sehr sie auch nachdachte, so oft sie auch betete, nie würde sie verstehen. Sich damit abfinden vielleicht, aber verstehen nie.

„Ich liebe dich, Lily." Sie bückte sich und presste eine Handfläche auf das kalte Gras. Dann richtete sie sich auf, drehte sich um und ging durch den wirbelnden Schnee davon.

Wohin war sie nur gefahren? Es gab mindestens ein Dutzend Möglichkeiten. Spence wusste, dass es dumm war, sich Sorgen zu machen. Trotzdem war er beunruhigt. Auch weil er spürte, dass ihre Familie wusste, wo sie war, es ihm aber nicht sagte.

Das Haus war bereits voller Lärm und Lachen, und überall duftete es nach dem bevorstehenden Festtagsschmaus.

Es gab vieles, was Natasha ihm nicht erzählt hatte. Die Fotos, die im Wohnzimmer standen, ließen daran nicht den geringsten Zweifel. Natasha in einer Gymnastikhose und Tanzschuhen, im Ballettröckchen und auf Zehenspitzen, mit wachen, glänzenden Augen. Natasha mit wehenden Haaren auf dem höchsten Punkt eines Grand Jeté.

Sie war Tänzerin gewesen, offenbar professionell, hatte es jedoch nie erwähnt. Warum hatte sie den Beruf aufgegeben?

Warum hatte sie eine so bedeutende Phase ihres Lebens vor ihm verheimlicht?

Als Rachel aus der Küche kam, sah sie, wie er gedankenverloren eines der Fotos in der Hand hielt. Schweigend musterte sie ihn für einen Moment. Wie ihrer Mutter, so gefiel auch ihr, was sie sah. Der Mann besaß Stärke und Sanftheit zugleich. Ihre große Schwester brauchte und verdiente beides.

„Es ist ein schönes Foto."

Spence drehte sich um. Rachel war größer als Natasha und sogar noch etwas schlanker. Ihr dunkles Haar war kurz geschnitten und umrahmte das Gesicht. Am beeindruckendsten waren ihre Augen. Die Farbe war eher Gold als Braun. „Wie alt war sie damals?"

Rachel steckte die Hände in die Hosentaschen und ging zu ihm hinüber. „Sechzehn, glaube ich. Sie war damals im Corps de Ballet. Sie war eine begeisterte Tänzerin. Um ihre Grazie habe ich Tash immer beneidet. Ich war mit ihr verglichen immer ein Klotz." Lächelnd wechselte sie das Thema. „Immer größer und drahtiger als die Jungs. Dauernd habe ich mit den Ellbogen etwas umgestoßen. Wo ist denn Freddie?"

Spence stellte das Foto wieder an seinen Platz. Rachel hatte ihm durch die Blume gesagt, dass die Beantwortung seiner Fragen Natashas Sache war. „Sie ist oben und sieht sich mit Yuri zusammen die Festtagsparade an."

„Die lässt er nie aus. Er war schrecklich enttäuscht, als wir nicht mehr auf seinem Schoß sitzen und die bunten Festwagen bestaunen wollten."

Als im ersten Stock ein quietschendes Lachen ertönte, drehten sie sich zur Treppe um. Füße trappelten. Wie ein pinkfarbener Wirbelwind kam Freddie in ihrem Overall hinuntergestürmt und warf sich Spence in die ausgebreiteten Arme. „Daddy, Papa brummt wie ein Bär. Wie ein ganz großer Bär."

„Hat er seinen Bart an deiner Wange gerieben?", wollte Rachel wissen.

„Er ist kratzig." Kichernd wand sie sich aus Spences Armen und rannte wieder hinauf, um sich dem bärtigen Bären nochmals auszusetzen.

„Sie amüsiert sich großartig", sagte Spence.

„So ist Papa. Wie geht's dem Kopf?"

„Besser, danke." Er hörte, wie Yuris Wagen vor dem Haus hielt, und warf einen Blick durchs Fenster.

„Mama braucht meine Hilfe." Rachel huschte in die Küche.

Er wartete an der Tür auf sie. Natasha sah blass und erschöpft aus, lächelte aber zur Begrüßung. „Guten Morgen." Sie brauchte ihn und legte die Arme um seine Taille.

„Geht's dir gut?"

„Ja." Jetzt, wo er sie so hielt, stimmte das sogar. „Ich habe damit gerechnet, dass du noch schläfst."

„Nein, ich bin schon eine Weile auf. Wo bist du gewesen?"

Sie nahm den Schal ab. „Es gab etwas, das ich tun musste. Wo sind denn die anderen?", fragte sie und hängte ihren Mantel in den engen Wandschrank.

„Deine Mutter und Rachel sind in der Küche. Und Alex telefonierte gerade, als ich ihn zuletzt sah."

Diesmal fiel ihr Lächeln ungezwungen aus. „Vermutlich raspelt er wieder bei einem Mädchen Süßholz."

„Hörte sich so an. Freddie ist mit deinem Vater oben und sieht sich die Parade an."

Als hätte sie es gehört, kam Freddie die Treppe heruntergerannt und raste auf Natasha zu. Sie schlang die Arme um ihre Taille. „Du bist zurück!"

„Das bin ich." Natasha bückte sich und küsste Freddie auf den Kopf. „Und was hast du so getrieben?"

„Ich sehe mir mit Papa die Parade an. Er kann wie Donald Duck sprechen und lässt mich auf seinem Schoß sitzen."

„So, so." Natasha beugte sich vor und schnupperte.

Freddies Atem waren die vielen Weingummis noch anzumerken. „Ist er immer noch so wild auf die gelben?"

Freddie lächelte und warf ihrem Vater einen raschen Blick zu. Spence fand Weingummis keineswegs so toll wie Yuri. „Das macht nichts. Ich mag die roten sowieso am liebsten."

„Wie viele rote?", fragte Spence.

Freddie hob die Schultern und ließ sie wieder fallen. Spence bemerkte belustigt, dass seine Tochter Natashas gewohnheitsmäßige Geste beinahe perfekt nachahmte. „Nicht so viele", erwiderte sie. „Kommst du mit hoch?" Sie zog an Natashas Hand. „Gleich ist Santa Claus an der Reihe."

„In ein paar Minuten." Natasha bückte sich fast automatisch, um Freddie den Schnürsenkel zuzubinden. „Sag Papa, dass ich Mama nichts von den Weingummis erzähle. Aber nur, wenn er mir welche übrig lässt."

„Okay." Freddie tobte die Treppe hinauf.

„Er hat sie ziemlich beeindruckt", sagte Spence.

„Papa beeindruckt jeden." Sie richtete sich wieder auf, und plötzlich schien der Raum sich um sie zu drehen. Bevor sie zu Boden sinken konnte, ergriff Spence ihre Arme.

„Was ist denn los?"

„Nichts." Sie presste eine Hand gegen die Schläfe und wartete darauf, dass der Schwindelanfall vorüberging. „Ich bin nur zu schnell aufgestanden, das ist alles."

„Du siehst blass aus. Komm, setz dich." Er legte ihr den Arm fürsorglich um die Taille, aber sie schüttelte den Kopf.

„Nein, ich bin in Ordnung, wirklich. Nur etwas müde." Erleichtert, dass der Raum jetzt wieder stillstand, lächelte sie ihm zu. „Schuld hat Rachel. Sie hätte die ganze Nacht hindurch geredet, wenn ich nicht aus Gründen der Selbstverteidigung eingeschlafen wäre."

„Hast du etwas gegessen?"

„Ich dachte, du bist Doktor der Musik." Sie tätschelte ihm

die Wange. „Keine Sorge. Ich brauche nur die Küche zu betreten, und Mama fängt an, mich zu füttern."

In diesem Moment ging die Haustür auf. Spence sah, wie ihr Gesicht aufleuchtete. „Mikhail!" Lachend warf sie sich ihrem Bruder um den Hals.

Er hatte dieses südländische, atemberaubend gute Aussehen, das offenbar zum Familienerbe gehörte. Als größter Stanislaski musste er sich vorbeugen, um Natasha fest an sich zu drücken. Sein Haar ringelte sich in Locken um die Ohren und über den Kragen. Seine Hände strichen Natasha zärtlich übers Haar. Sie waren breit und wohlgeformt.

Spence brauchte nur Sekunden, um es zu erkennen. Natasha liebte jeden in ihrer Familie, aber zwischen diesen beiden gab es ein besonderes Band.

„Ich habe dich vermisst." Sie küsste ihn auf beide Wangen und umarmte ihn erneut. „Ich habe dich wirklich vermisst."

„Warum kommst du dann so selten?" Sanft schob er sie von sich, um sie genauer anzusehen. Ihre Hände waren noch kalt, also war sie schon draußen gewesen. Und er wusste, wo sie den Morgen verbracht hatte. Er murmelte etwas auf Ukrainisch, doch sie schüttelte nur den Kopf. Mit einem Schulterzucken, das ihrem sehr ähnlich war, ließ er das Thema ruhen.

„Mikhail, das ist Spence."

Während er den Mantel auszog, drehte Mikhail sich zu Spence um und musterte ihn.

Anders als Alex, der ihn sofort freundlich akzeptiert hatte, oder als Rachel, die ihn einer unauffälligen Prüfung unterzogen hatte, ließ Mikhail seinen Blick lange und intensiv auf Spence ruhen. Zweifellos würde er es sofort sagen, wenn der Freund seiner Schwester vor seinen Augen keine Gnade fand.

„Ich kenne Ihre Arbeit", meinte er schließlich. „Sie ist exzellent."

„Danke." Spence gab den kritischen Blick zurück. „Das kann ich von Ihrer auch behaupten." Mikhail hob eine dunkle

Braue. „Ich habe die Figuren gesehen, die Sie für Natasha geschnitzt haben."

„Ah." Die Andeutung eines Lächelns erschien auf dem ernsten Gesicht. „Meine Schwester liebt Märchen über alles." Von oben ertönte ein Quietschen und dann ein tiefes Gelächter.

„Das ist Freddie", erklärte Natasha. „Spences Tochter. Papa ist ganz hingerissen von ihr."

Mikhail hakte einen Daumen durch eine Gürtelschlaufe. „Sie sind Witwer."

„Das ist richtig."

„Und jetzt unterrichten Sie am College."

„Ja."

„Mikhail", unterbrach Natasha, „spiel hier nicht den großen Bruder. Ich bin älter als du."

„Aber ich bin größer." Mit einem raschen aufblitzenden Lächeln legte er ihr den Arm um die Schultern. „Also, was gibt's zu essen?"

Viel zu viel, entschied Spence, als die Familie sich am späten Nachmittag um den Tisch versammelte. Der riesige Truthahn, der auf dem Tablett mitten auf der gehäkelten Decke stand, war nur der Anfang. Nadia nahm die Traditionen ihres neues Heimatlandes ernst und hatte ein typisch amerikanisches Festtagsmahl zubereitet, vom Kastanien-Dressing bis zu den Kürbis-Pasteten.

Mit großen Augen starrte Freddie auf die Parade der Gerichte. Der Raum war voller Lärm, alle sprachen durcheinander. Unter dem Tisch lag neben ihren Füßen der alte Sasha in der Hoffnung auf ein paar unauffällig nach unten gereichte Brocken. Sie saß auf einem Stuhl, der durch die New Yorker Gelben Seiten künstlich erhöht wurde. Was sie betraf, so war das der schönste Tag ihres Lebens.

Alex und Rachel stritten über einen Streich aus ihrer Kindheit. Mikhail mischte sich ein und erklärte, dass sie sich beide irrten. Als sie nach ihrer Meinung gefragt wurde, lachte Natasha nur und schüttelte den Kopf. Dann murmelte sie Spence etwas ins Ohr, das ihn schmunzeln ließ.

Als Yuri das Glas hob, ergriff sie seine Hand.

„Genug", sagte er, und schon herrschte erwartungsvolle Stille. „Ihr könnt euch später streiten, wer die weißen Mäuse im Schullabor ausgesetzt hat. Jetzt möchte ich einen Toast ausbringen. Wir danken für das Essen, das Nadia und meine Mädchen für uns zubereitet haben. Und wir danken besonders dafür, dass wir es mit der ganzen Familie und guten Freunden genießen dürfen. Wie wir es an unserem ersten Thanksgiving in unserem Land getan haben, danken wir dafür, dass wir frei sind."

„Auf die Freiheit", sagte Mikhail und hob das Glas.

„Auf die Freiheit", stimmte Yuri zu. Mit verschleiertem Blick sah er in die Runde. „Und auf die Familie."

11. Kapitel

An diesem Abend lauschte Spence den Geschichten, die Yuri über die alte Heimat erzählte. Freddie lag dösend auf dem Schoß ihres Vaters. Das Essen war laut und lebhaft gewesen. Jetzt dagegen war es ruhig und besinnlich. Auf der anderen Seite des Zimmers spielten Rachel und Alex ein Gesellschaftsspiel. Sie stritten häufig, aber ohne jede Verbissenheit.

In der Ecke hatten Natasha und Mikhail die dunkelhaarigen Köpfe zusammengesteckt. Spence hörte sie murmeln und bemerkte, dass sie einander häufig berührten. An der Hand, an der Wange. Nadia stickte an einem weiteren Kissenbezug. Hin und wieder verbesserte sie Yuri lächelnd oder gab einen Kommentar ab.

„Frau." Yuri richtete den Stiel seiner Pfeife auf Nadia. „Ich erinnere mich an alles, als ob es gestern wäre!"

„Du erinnerst dich so, wie du es erinnern willst."

„*Tak.*" Er schob sich die Pfeife wieder in den Mund. „Dann gibt es auch eine bessere Geschichte ab."

Als Freddie sich bewegte, sah Spence auf sie hinab. „Ich bringe sie besser zu Bett."

„Ich tue es." Nadia legte ihr Stickzeug zur Seite und stand auf. „Ich tue es gern." Sie gab beruhigende Laute von sich und hob Freddie in die Arme. Freddie hatte nichts dagegen, sondern schmiegte sich schläfrig an Nadias Hals.

„Schaukelst du mich?"

„Ja." Gerührt küsste Nadia ihr Haar und ging zur Treppe. „In dem Stuhl, in dem ich alle meine Babys geschaukelt habe."

„Singst du auch?"

„Ich singe dir das Lied, das meine Mutter mir immer vorgesungen hat. Würde dir das gefallen?"

Freddie gähnte und nickte verschlafen.

„Sie haben eine wunderschöne Tochter." Yuri sah wie Spence den beiden nach. „Sie müssen sie oft herbringen."

„Dafür wird Freddie schon sorgen, glaube ich."

„Sie ist immer willkommen, so wie Sie auch." Yuri zog an der Pfeife. „Selbst dann, wenn Sie meine Tochter nicht heiraten."

Die Aussage löste für ungefähr zehn Sekunden ein knisterndes Schweigen aus, bis Alex und Rachel sich mit verstohlenem Lächeln wieder über ihr Spiel beugten. Spence machte aus seiner Freude keinen Hehl, als Natasha aufstand.

„Wir haben nicht mehr genug Milch für morgen früh", sagte sie kurzentschlossen. „Ich werde welche holen gehen. Spence, begleitest du mich?"

„Sicher." Er lächelte strahlend.

In Mantel und Schal gehüllt traten sie wenig später in die Kälte hinaus. Über ihnen war der Himmel so klar wie schwarzes Glas und voller frostig glitzernder Sterne.

„Er wollte dich bestimmt nicht in Verlegenheit bringen", begann Spence.

„Doch, das wollte er."

Spence legte ihr schmunzelnd den Arm um die Schulter. „Nun ja, vermutlich wollte er das wirklich. Ich mag deine Familie."

„Ich auch. Meistens jedenfalls."

„Du kannst froh sein, dass du sie hast. Wenn ich Freddie hier so sehe, wird mir klar, wie wichtig die Familie ist. Irgendwie habe ich mich nie um einen engeren Kontakt zu Nina oder meinen Eltern bemüht."

„Trotzdem sind sie deine Familie. Vielleicht sind wir uns deshalb so nah, weil wir nur uns hatten, als wir herkamen."

„Ich gebe zu, dass meine Familie nie mit einem Fuhrwerk die Berge nach Ungarn überquert hat."

Sie musste lachen. „Rachel war immer neidisch auf uns, weil sie damals noch nicht geboren war. Als kleines Mädchen hat sie sich dadurch an uns gerächt, dass sie behauptete, amerikanischer als wir zu sein. Weil sie in New York zur Welt gekommen ist. Und vor gar nicht so langer Zeit hat ihr jemand gesagt, sie solle ihren Namen ändern, wenn sie Anwältin werden will." Sie lachte erneut und sah zu ihm hoch. „Sie war tödlich beleidigt und demonstrierte ihm ihr ukrainisches Temperament."

„Es ist ein guter Name. Du könntest ihn beruflich weiterführen, nachdem du mich geheiratet hast. Was hältst du davon?"

„Fang nicht schon wieder an."

„Das muss der Einfluss deines Vaters sein." Er sah zu dem dunklen Laden hinüber. An der Tür hing ein Schild. „Er ist geschlossen!"

„Ich weiß." Sie drehte sich in seine Arme. „Ich wollte nur etwas laufen. Und jetzt, wo wir in einem dunklen Hauseingang stehen, kann ich dich endlich küssen."

„Das Argument überzeugt mich." Spence neigte ihr den Kopf entgegen.

Natasha ärgerte sich darüber, dass sie auf der Fahrt nach Hause immer wieder einschlief. Als sie sich zum letzten Mal zwang, die Augen aufzuschlagen und wach zu werden, passierte der Wagen schon die Grenze zwischen Maryland und West Virginia.

„So weit sind wir schon." Sie richtete sich auf und warf Spence einen entschuldigenden Blick zu. „Ich habe dich gar nicht abgelöst."

„Kein Problem. Du sahst aus, als könntest du Schlaf brauchen", sagte er mitfühlend.

„Zu viel Essen und zu wenig Ruhe." Sie sah sich nach Freddie um, die auf dem Rücksitz friedlich schlummerte. „Wir waren keine sonderlich unterhaltsamen Beifahrer, was?"

„Du kannst es wiedergutmachen. Komm noch mit mir nach Hause."

„Einverstanden." Das war das Mindeste, was sie tun konnte. Vera kam erst am Sonntag zurück.

Als sie vor dem Haus hielten, war es bereits dunkel. Spence brachte Freddie nach oben und legte sie ins Bett.

Natasha wartete in der Küche und nutzte die Zeit, Tee zu kochen und Sandwiches zu machen. Als Spence wieder herunterkam, war der Küchentisch schon gedeckt.

„Sie schläft wie ein Stein." Er musterte den Tisch. „Du kannst Gedanken lesen."

„Mit zwei bewusstlosen Passagieren konntest du schlecht anhalten, um etwas zu essen."

„Was gibt es?"

„Alte ukrainische Tradition." Sie zog ihren Stuhl zurück und setzte sich. „Thunfisch."

„Großartig", entschied Spence nach dem ersten Bissen. „Eine wirklich köstliche Tradition."

Er meinte nicht nur das Sandwich. Er mochte es, wie sie ihm im hellen Küchenlicht gegenübersaß. Um sie herum war das Haus ruhig.

„Ich habe morgen einen harten Tag", unterbrach Natasha die Stille. „Von jetzt an bis Weihnachten wird der Laden ein Tollhaus sein. Ich habe mir eine Aushilfskraft vom College geholt. Sie fängt morgen an." Sie hob ihre Tasse und grinste ihn an. „Rate mal, wer es ist."

„Hoffentlich Melony Trainor", sagte er. Sie war eine seiner attraktivsten Studentinnen, und seine Bemerkung brachte ihm von Natasha einen spielerischen Schlag gegen die Schulter ein.

„Nein, die ist viel zu sehr mit Flirten beschäftigt, um noch Zeit für Arbeit zu haben. Terry Maynard ist es."

„Maynard? Wirklich?"

„Ja. Er braucht das Geld, um sich einen neuen Auspuff für seinen Wagen zu kaufen, und außerdem ...", sie machte eine dramatische Kunstpause, „… läuft zwischen ihm und Annie etwas."

„Ohne Scherz?" Grinsend lehnte er sich zurück. „Nun, dann hat er es ja schnell verdaut, dass du sein Leben zerstört hast."

Natasha zog eine Braue hoch. „Ich habe es nicht zerstört, nur ein wenig erschüttert. Seit drei Wochen sehen die beiden sich fast jeden Abend."

„Klingt nach einer ernsthaften Sache."

„Ich glaube, das ist es auch. Aber Annie hat Angst, dass sie zu alt für ihn ist."

„Wie viel älter ist sie denn?"

Natasha beugte sich vor und senkte die Stimme. „Oh, sehr viel älter. Fast ein komplettes Jahr."

„Das grenzt ja schon an Verführung Abhängiger."

„Ich freue mich immer, wenn ich sie zusammen sehe. Ich hoffe nur, dass sie beim gegenseitigen Anhimmeln nicht die Kunden vergessen." Schulterzuckend griff sie zur Tasse. „Ich glaube, ich werde früher hingehen und mit der Dekoration anfangen."

„Du wirst morgen Abend ziemlich erschöpft sein. Warum kommst du nicht zum Essen her?"

Überrascht legte sie den Kopf auf die Seite. „Du kochst?"

„Nein." Grinsend schob er sich den Rest des Sandwiches in den Mund. „Aber meine Mitnahmegerichte sind großartig. Du hast die Wahl zwischen Hähnchen und Pizza. Jeweils ein ganzer Karton voll. Mit allem, was dazugehört. Ich habe sogar schon einmal orientalische Meeresfrüchte aufgetrieben."

„Das Menü überlasse ich dir." Sie stand auf, um den Tisch abzuräumen, aber er ergriff ihre Hand.

„Natasha." Er erhob sich und strich ihr mit der freien Hand übers Haar. „Ich möchte dir dafür danken, dass du die letzten Tage mit mir verbracht hast. Es hat mir viel bedeutet."

„Mir auch."

„Trotzdem hat es mir gefehlt, mit dir allein zu sein." Er rieb seinen Mund über ihre Lippen. „Komm mit mir nach oben. Ich möchte dich in meinem Bett lieben."

Sie antwortete nicht. Aber sie zögerte auch nicht. Sie legte ihm den Arm um die Hüften und ging mit ihm die Treppe hinauf.

Im weichen Licht der Nachttischlampe erkannte sie die dunklen, männlichen Farben, die er für sein Zimmer ausgesucht hatte. Mitternachtsblau, waldgrün. An der einen Wand dominierte ein Ölgemälde in einem schweren, reich verzierten Rahmen. Sie sah die Umrisse exquisiter Antiquitäten. Das Bett war groß, ein geräumiger Rückzugsbereich, mit einer dicken weichen Decke. Natasha wusste, dass sie die erste Frau war, die er in dieses Zimmer, in dieses Bett mitnahm.

Sie sah ihre beiden Spiegelbilder in dem Spiegel über der massiven Herrenkommode, und sie sah sich lächeln, als er ihre Wange berührte.

Ihre Erschöpfung war verschwunden. Jetzt fühlte sie nur das innere Glühen, das vom Lieben und Geliebtwerden herrührte. Worte waren zu schwierig, aber als sie ihn küsste, sprach ihr Herz für sie.

Langsam zogen sie einander aus.

Sie streifte ihm den Sweater über den Kopf. Er öffnete die Knöpfe ihrer Strickjacke und schob sie ihr von den Schultern. Sie sah ihm in die Augen, während sie sein Hemd aufknöpfte. Er half ihr aus dem Pullover und ließ seine Finger noch eine Weile auf ihren Schultern ruhen. Sie hakte seine Hose auf. Er ließ den Verschluss ihrer Slacks aufschnappen. Ohne Hast ließ er den Teddy an ihrem Körper nach unten gleiten, während sie ihm das letzte Hindernis, das sich noch zwischen ihnen befand, abstreifte.

Wie in Zeitlupe bewegten sie sich, ließen ihre Körper einander berühren. Ihre Handflächen pressten sich gegen seinen Rücken, seine Hände wanderten ihre Seiten hinauf. Mit mal zur einen, mal zur anderen Seite geneigten Köpfen experimentierten sie mit ausgiebigen, leidenschaftlichen Küssen. Ihre Körper erwärmten sich, und ihre Lippen sehnten sich nach dieser Wärme. In diesem Zimmer war alles so natürlich.

In wortloser Übereinstimmung lösten sie sich voneinander. Spence schlug die Decke zurück. Zusammen schlüpften sie darunter.

Es gibt keinen Ersatz für Intimität, dachte Natasha. Sie ist unvergleichlich. Ihre Körper rieben sich aneinander, und bei jeder Bewegung schienen die Laken zu wispern. Ein Seufzen antwortete ihm auf die gemurmelten Liebkosungen. Der Duft seiner Haut war ihr wohl vertraut. Seine Berührung war zunächst sanft, dann verführerisch, schließlich fordernd, aber immer genau das, was sie wollte.

Sie war einfach wunderschön. Nicht nur ihr Körper, nicht nur das bezaubernde Gesicht, sondern auch und gerade ihr Innerstes. Wenn sie sich mit ihm zusammen bewegte, spürte er eine intensivere Harmonie, als er sie mit Musik je schaffen könnte. Sie war seine Musik, ihr Lachen, ihre Stimme, ihre Gesten. Er wusste nicht, wie er es ihr erklären sollte. Aber er wusste, wie er es ihr zeigen konnte.

Seine Zärtlichkeiten gaben ihr das Gefühl, als wäre es das erste und einzige Mal. Noch nie hatte sie in sich eine solche Eleganz und Grazie gespürt. Noch nie eine solche Stärke und Sicherheit.

Als er über sie glitt und sie sich ihm entgegenstreckte, war es perfekt.

„Ich möchte, dass du bleibst."

Natasha drehte den Kopf, bis ihr Gesicht an seinem Hals lag. „Ich kann nicht. Freddie würde morgen früh Fragen stellen, von denen ich nicht weiß, wie ich sie beantworten soll."

„Es gibt eine ganz einfache Antwort. Ich werde ihr die Wahrheit sagen. Dass ich dich liebe."

„So einfach ist das gar nicht."

„Es ist die Wahrheit." Er stützte sich auf einen Arm, um sie anzusehen. „Ich liebe dich wirklich, Natasha."

„Spence ..."

„Nein. Keine Logik, keine Ausreden. Das haben wir alles hinter uns. Sag mir, dass du mir glaubst."

Sie sah ihm in die Augen und erkannte in ihnen, was sie schon wusste. „Ja, ich glaube dir."

„Dann sag mir, was du fühlst. Ich muss es wissen."

Er hatte ein Recht, es zu erfahren. Doch die in ihr aufsteigende Panik hinterließ einen schalen Geschmack auf der Zunge. „Ich liebe dich. Und ich habe Angst."

Er hob ihre Hand an die Lippen und küsste sie fest auf die Finger. „Warum?"

„Weil ich schon einmal jemanden geliebt habe und es ein bitteres Ende genommen hat."

Da war er wieder, der Schatten aus ihrer Vergangenheit, gegen den er nichts ausrichten konnte, weil er namenlos war. „Keiner von uns ist in seinem bisherigen Leben ohne Narben davongekommen, Natasha. Aber wir haben die Chance, etwas Neues, etwas Bedeutendes zu schaffen."

Sie wusste, dass er recht hatte. Fühlte es. Dennoch zögerte sie. „Ich wünschte, ich wäre mir da so sicher. Spence, es gibt Dinge, die du über mich noch nicht weißt."

„Dass du Tänzerin warst?"

Sie zog sich das Laken über die Brust und setzte sich auf. „Ja, das war früher."

„Warum hast du mir nie davon erzählt?"

„Weil es vorbei ist."

Er strich ihr das Haar aus dem Gesicht. „Warum hast du mit dem Tanzen aufgehört?"

„Ich musste mich entscheiden." Der Schmerz kehrte zurück, aber nur kurz. Sie lächelte ihn an. „Ich war nicht so gut. Oh, ich war begabt, und eines Tages wäre ich vielleicht sogar eine Primaballerina geworden. Vielleicht ... Es gab eine Zeit, da habe ich davon geträumt."

„Möchtest du darüber reden?"

Es würde der Anfang sein, das wusste sie. „Ich hoffe, du erwartest nichts Aufregendes." Sie hob die Hände, ließ sie aufs Laken fallen. „Ich fing spät damit an. Erst nachdem wir hierher kamen. Über die Kirche lernten meine Eltern Martina Latova kennen. Sie war vor vielen Jahren eine berühmte russische Tänzerin und ist geflohen. Sie wurde die Freundin meiner Mutter und bot an, mir Ballettstunden zu geben. Das Tanzen tat mir gut. Mein Englisch war schwach, und deshalb fand ich schwer Freunde. Es war alles so anders hier."

„Ja, das kann ich mir vorstellen."

„Damals war ich fast acht. In dem Alter ist es schon schwierig, dem Körper Bewegungen beizubringen, für die er nicht geschaffen ist. Aber ich habe hart gearbeitet. Meine Eltern waren so stolz." Sie lachte, aber ohne Bitterkeit. „Papa war überzeugt, dass ich die nächste Pawlowa werden würde. Als ich zum ersten Mal auf der Spitze tanzte, hat Mama geweint. Das Tanzen kann einen besessen machen, kann einem Freude und Schmerz bereiten. Es ist eine völlig andere Welt, Spence. Ich kann es nicht erklären. Man muss dazugehören."

„Du brauchst es nicht zu erklären."

Sie sah auf. „Natürlich. Du verstehst es", murmelte sie. „Wegen deiner Musik. Ich war fast sechzehn, als ich in das Corps de Ballet eintrat. Es war wunderbar. Vielleicht wusste ich nicht, dass es noch andere Welten gibt, aber ich war glücklich."

„Und was geschah dann?"

„Es gab da einen Tänzer." Sie schloss die Augen. Jetzt kam es auf jedes Wort an. „Du hast bestimmt schon von ihm gehört. Anthony Marshall."

„Ja." Sofort hatte Spence das Bild eines hoch gewachsenen, blonden Mannes mit schlanker Figur und unglaublicher Grazie vor Augen. „Ich habe ihn oft tanzen sehen."

„Er war fantastisch. Ist es", verbesserte sie sich. „Allerdings habe ich seit Jahren kein Ballett mehr mit ihm gesehen. Zwischen uns entwickelte sich eine Beziehung. Ich war jung. Zu jung. Und es war ein gewaltiger Fehler."

Jetzt hatte der Schatten endlich einen Namen. „Du hast ihn geliebt."

„Oh ja. Auf naive und idealistische Art. So wie ein Mädchen mit siebzehn liebt. Und ich glaubte, dass er mich auch liebte. Jedenfalls behauptete er es. Mit Worten und Taten. Er war sehr charmant, romantisch ... Und ich wollte ihm glauben. Er versprach mir die Ehe, eine Zukunft, eine Tanzpartnerschaft, all die Dinge, die ich hören wollte. Er hat alle Versprechen gebrochen – und mein Herz."

„Deshalb willst du jetzt von mir keine Versprechen hören."

„Du bist nicht Anthony", flüsterte sie und hob die Hand an seine Wange. „Glaub mir, das weiß ich. Und ich vergleiche nicht. Ich bin nicht mehr die Frau, die ihre Träume auf ein paar dahingesagte Worte baut. Ich bin keine siebzehn mehr."

„Kein Wort von mir war so einfach dahingesagt."

„Nein." Sie beugte sich vor, um ihre Wange an seine zu legen. „Das ist mir in den letzten Monaten klar geworden. Und ich verstehe jetzt, dass das, was ich für dich empfinde, anders ist als alles, was ich bisher gefühlt habe." Es gab noch mehr, was sie ihm erzählen wollte, aber die Worte blieben ihr im Hals stecken. „Bitte, lass es für heute genug sein."

„Für heute. Nicht für immer."

Sie drehte ihm das Gesicht zu. „Nur für heute."

Wie konnte das sein? Wie hatte das ausgerechnet jetzt passieren können? Jetzt, wo sie gerade wieder begann, sich selbst zu vertrauen, ihrem Herzen zu vertrauen? Wie würde sie es nochmals durchstehen können?

Natasha kam es vor, als wäre ihr Leben ein Film, der zurückgespult worden war und wieder von vorn begann. Genau an dem Punkt, an dem sich alles so dramatisch und vollständig geändert hatte. Sie setzte sich wieder auf ihr Bett, dachte nicht mehr daran, sich zur Arbeit anzuziehen und ins Geschäft zu gehen.

Sie sah auf das Fläschchen in ihrer Hand. Sie hatte die Anweisungen genau befolgt. Nur um sicherzugehen. Aber insgeheim hatte sie es bereits gewusst. Seit dem Besuch bei ihren Eltern vor zwei Wochen hatte sie es gewusst. Und hatte vor der Realität die Augen verschlossen.

Es war nicht die Grippe, die ihr morgens das flaue Gefühl im Magen gab. Es war nicht Überarbeitung oder Stress, wenn sie sich so müde und manchmal sogar schwindlig fühlte. Der einfache Test, den sie im Drugstore gekauft hatte, ließ überhaupt keinen Zweifel mehr daran.

Sie trug ein Kind unter dem Herzen. Zum zweiten Mal in ihrem Leben. Das Erstaunen und die Freude gingen sofort in jener eisigen Angst unter, die lähmend von ihr Besitz ergriff.

Wie war es nur passiert? Sie war doch sofort zum Arzt gegangen und hatte sich diese winzigen Pillen verschreiben lassen, als sie ahnte, wohin die Beziehung mit Spence führen würde. Trotzdem war sie jetzt schwanger. Es war nicht zu leugnen.

Wie sollte sie es ihm sagen? Sie schlug die Hände vors Gesicht und ließ den Oberkörper nach vorn und wieder zurück schwanken.

Die Vergangenheit hatte sich schmerzhaft in ihr Gedächtnis eingebrannt. Und jetzt sollte sie alles noch einmal durchmachen?

Sie hatte damals gewusst, dass Anthony sie nicht mehr liebte. Wenn er es überhaupt je getan hatte. Aber als sie erfuhr, dass sie ein Kind von ihm bekam, war sie sicher gewesen, dass er sich ebenso wie sie darüber freuen würde.

Nur widerstrebend hatte er sie in seine Wohnung gelassen, als sie ihm die freudige Nachricht überbringen wollte. Natasha erinnerte sich nur zu deutlich an den Anblick in seinem Wohnzimmer. Der Tisch war für zwei Personen gedeckt, die Kerzen brannten, der Wein stand im Kühler. Genau so, wie er es oft für sie getan hatte, als er sie noch liebte. Doch diesmal erwartete er eine andere. Sie blieb ruhig. Wenn er erst erfuhr, was sie ihm zu sagen hatte, würde alles gut werden.

„Was redest du da?" Sie erinnerte sich an die Wut in seinen Augen.

„Ich war heute Nachmittag beim Arzt. Ich bin schwanger. Seit fast zwei Monaten." Sie streckte die Hand nach ihm aus. „Anthony ..."

„Das ist eine uralte Masche, Tash." Es klang beiläufig, unbeteiligt. Er ging zum Tisch, um sich ein Glas Wein einzuschenken.

„Es ist keine Masche."

„Nein? Dann verstehe ich nicht, wie du so dumm sein konntest!" Er packte ihren Arm und schüttelte sie. „Wenn du dich in Schwierigkeiten gebracht hast, kannst du nicht erwarten, dass ich dir da heraushelfe."

Benommen rieb sie die Stelle, an der seine Finger sich in ihren Arm gegraben hatten. Er versteht es nur noch nicht, sagte sie sich verzweifelt. „Ich bekomme ein Kind. Dein Kind. Der Arzt meint, das Baby kommt im Juli zur Welt."

„Kann schon sein, dass du schwanger bist." Mit einem Schulterzucken leerte er das Glas. „Mich interessiert das nicht."

„Das muss es aber."

Er sah sie an. In seinen Augen war nichts als Kälte. „Woher soll ich wissen, dass es wirklich von mir ist?"

Sie wurde blass. „Du weißt es. Du musst es einfach wissen."

„Ich weiß überhaupt nichts. Und jetzt entschuldige mich bitte, ich erwarte Besuch."

„Verstehst du denn nicht, Anthony?", rief sie voller Entsetzen. „Ich erwarte unser Kind!"

„Dein Kind", korrigierte er. „Das ist dein Problem. Wenn du einen Rat willst, gebe ich dir einen. Werde es los."

„Loswerden?" Sie war alt genug, um zu wissen, was er damit meinte. „Das kann nicht dein Ernst sein."

„Du willst doch tanzen, Tash. Oder etwa nicht? Versuch mal, die verlorene Zeit wieder aufzuholen, nachdem du neun Monate damit verschwendet hast, irgend so ein Balg auf die Welt zu bringen, das du hinterher ohnehin weggibst. Werde erwachsen."

„Ich bin erwachsen." Wie zum Schutz und zur Selbstverteidigung legte sie eine Hand auf den Bauch. „Und ich werde dieses Kind bekommen."

„Wie du willst." Er machte eine abfällige Geste mit dem Weinglas. „Aber zieh mich nicht da rein. Ich muss an meine Karriere denken. Wahrscheinlich ist es besser so für dich", beschloss er. „Bring irgendeinen Versager dazu, dich zu heiraten, und werde Hausfrau. Als Tänzerin hättest du es sowieso nur bis zum Mittelmaß gebracht."

Also hatte sie das Kind bekommen und es geliebt. Für eine viel zu kurze Zeit. Und jetzt bekam sie wieder eins. Sie durfte es nicht wollen. Nicht wenn sie genau wusste, wie es war, zu verlieren.

Verzweifelt schleuderte sie das Fläschchen von sich und riss ihre Sachen aus dem Wandschrank. Sie musste weg. Sie musste nachdenken. Ich brauche Ruhe, sagte sie sich, aber erst muss ich es ihm sagen.

Diesmal fuhr sie zu seinem Haus. Es war Samstag, und auf Bürgersteig und Rasen spielten Kinder. Einige riefen ihr etwas zu, und Natasha hob mühsam die Hand, um den Gruß zu erwidern. Vor Spences Haus vergnügte Freddie sich mit ihren Kätzchen.

„Tash! Tash!" Lucy und Desi gingen blitzschnell in Deckung, aber Freddie rannte zum Wagen. „Bist du gekommen, um mit mir zu spielen?"

„Heute nicht." Natasha rang sich ein Lächeln ab und küsste sie auf die Wangen. „Ist dein Daddy zu Haus?"

„Er spielt Musik. Er spielt viel Musik, seit wir hergezogen sind. Ich habe ein Bild gemalt. Ich werde es Papa schenken!"

Natasha bemühte sich, das Lächeln beizubehalten. „Da wird er sich aber sehr freuen."

„Komm, ich zeig's dir."

„Nachher. Ich muss erst mit deinem Vater sprechen. Aber allein."

Freddies Unterlippe schob sich drohend vor. „Bist du böse auf ihn?"

„Nein." Sie gab Freddie einen Stupser auf die Nase. „Such deine Kätzchen. Ich komme noch zu dir, bevor ich wieder wegfahre."

„Okay." Freddie sauste jubelnd davon. So lockt sie die Kätzchen bestimmt nicht unter den Büschen hervor, dachte Natasha.

Sie klopfte an die Tür und beschloss, ganz langsam und logisch vorzugehen. Wie eine Erwachsene.

„Miss." Vera zog die Tür auf. Diesmal klang sie nicht so distanziert wie sonst. Freddie hatte ihr das Thanksgiving in Brooklyn genauestens beschrieben, und das hatte sie besänftigt.

„Ich würde gern Dr. Kimball sprechen, wenn er nicht zu beschäftigt ist."

„Kommen Sie herein." Stirnrunzelnd musterte sie Natasha. Zu ihrem eigenen Erstaunen war sie etwas besorgt. „Geht es Ihnen gut, Natasha? Sie sind so blass."

„Ich bin in Ordnung, danke."

„Möchten Sie etwas Tee?"

„Nein, ich kann nicht lange bleiben."

Obwohl sie insgeheim fand, dass Natasha einem verängstigten Kaninchen glich, nickte Vera nur. „Sie finden ihn im Musikzimmer. Er hat die halbe Nacht hindurch gearbeitet."

„Danke." Natasha packte ihre Tasche fester und ging durch die Halle. Sie hörte die Musik, eine klagende Melodie. Aber vielleicht nahm sie sie nur so wahr. Blinzelnd unterdrückte sie die Tränen.

Als sie ihn sah, erinnerte sie sich daran, wie sie diesen Raum zum ersten Mal betreten hatte. Vielleicht hatte sie gleich damals begonnen, sich in ihn zu verlieben. Als er, vom Sonnenlicht umflutet, mit einem Kind auf dem Schoß dagesessen hatte.

Sie streifte die Handschuhe ab und ließ sie nervös durch die Finger gleiten, während sie ihn beobachtete. Er war tief in die Musik versunken, zugleich ihr Hüter und ihr Gefangener.

„Spence." Sie flüsterte seinen Namen, als die Musik endete, aber er hörte sie nicht. Sie konnte sehen, wie intensiv er sich auf seine Arbeit konzentrierte. Er war unrasiert. Als sie darüber lächeln wollte, füllten sich ihre Augen mit Tränen. Sein Hemd war zerknittert und am Kragen offen. Das Haar war zerwühlt. Er fuhr sich geistesabwesend mit der Hand hindurch. „Spence", wiederholte sie.

Er kritzelte gerade etwas auf College-Papier und sah verärgert auf. Doch dann erkannte er sie und lächelte. „Hi. Ich habe nicht damit gerechnet, dich heute zu sehen."

„Annie kümmert sich um den Laden." Sie knetete die Hände. „Ich musste dich sehen."

„Ich bin froh, dass du das musstest." Er stand auf, obwohl ihm die Musik noch im Kopf herumging. „Wie spät ist es überhaupt?" Abwesend blickte er auf die Uhr. „Zu früh, um dich zum Lunch zu bitten. Wie wär's mit etwas Kaffee?"

„Nein, danke." Schon der Gedanke an Kaffee versetzte ihren Magen in Unruhe. „Ich möchte nichts. Ich wollte dir nur sagen ..." Sie verknotete die Finger. „Ich weiß nicht, wie. Ich will, dass du weißt ... Ich habe es nicht geplant. Es ist auch kein Trick, damit du dich verpflichtet fühlst ..."

Sie wurde immer leiser, verstummte schließlich ganz. Er

schüttelte den Kopf und ging zu ihr. „Wenn etwas nicht in Ordnung ist, warum erzählst du es mir nicht?"

„Das versuche ich ja gerade."

Er nahm ihre Hand, um sie zum Sofa zu führen. „Sprich es einfach direkt aus. Das ist meistens der beste Weg."

„Ja." Um sie herum drehte sich alles, und sie legte die Hand an den Kopf. „Siehst du, ich ..." Sie erkannte die Sorge in seinen Augen, dann wurde alles schwarz ...

Sie lag auf dem Sofa. Spence kniete an ihrer Seite und rieb ihr fast die Handgelenke wund. „Bleib ruhig liegen. Ich werde einen Arzt rufen."

„Nein, das brauchst du nicht." Vorsichtig richtete sie sich auf. „Es geht mir gut."

„Das tut es ganz und gar nicht." Ihre Haut fühlte sich feucht an. „Du bist eiskalt und blass wie ein Gespenst. Verdammt, Natasha, warum hast du mir nicht erzählt, dass du krank bist? Ich bringe dich ins Krankenhaus!"

„Ich brauche weder das Krankenhaus noch einen Arzt." Die Verzweiflung legte sich wie eine Stahlklammer um ihr Herz. Aber sie kämpfte dagegen an und zwang sich, weiterzureden. „Ich bin nicht krank, Spence. Ich bin schwanger."

12. Kapitel

„Was?" Mehr brachte er nicht heraus. Er ließ sich auf die Absätze zurückfallen und starrte sie an. „Was hast du gesagt?"

Sie wollte stark sein, musste es sein. Er sah aus, als hätte sie ihm mit einem stumpfen Gegenstand auf den Kopf geschlagen. „Ich bin schwanger", wiederholte sie und machte anschließend eine hilflose Geste. „Es tut mir leid, das musst du mir glauben."

Spence schüttelte den Kopf und wartete, bis er es wirklich begriffen hatte. „Bist du sicher?"

„Ja!" Bleib ganz sachlich, sagte Natasha sich, es ist besser so. Schließlich war er ein zivilisierter Mann. Es würde keine Vorwürfe geben, keine Grausamkeit. „Ich habe heute Morgen den Test gemacht. Ich hatte schon seit einigen Wochen den Verdacht, aber ..."

„Den Verdacht." Seine Hand ballte sich auf dem Kissen zur Faust. *Sie sieht völlig anders aus als Angela damals*, schoss es ihm durch den Kopf. Nicht wütend. Sondern am Boden zerstört. „Und du hast mir nichts davon erzählt!"

„Ich wollte erst sicher sein. Es hatte keinen Sinn, dich unnötig nervös zu machen."

„Ist es das, was du bist, Natasha? Nervös?"

„Schwanger, das ist es, was ich bin", entgegnete sie forsch. „Und ich hielt es für richtig, dich davon zu informieren. Ich werde für einige Tage wegfahren." Trotz ihrer zittrigen Knie schaffte sie es aufzustehen.

„Wegfahren?" Verwirrt, wütend, besorgt, sie würde wieder in Ohnmacht fallen, ergriff er ihren Arm. „Jetzt warte mal. Du kommst hereingeschneit, erzählst mir, dass du schwanger bist, und jetzt verkündest du in aller Seelenruhe, dass du wegfährst?" Er fühlte, wie sich etwas in seinen Magen bohrte. Es war die Angst. „Wohin?"

„Einfach nur weg!" Sie hörte ihre Stimme, schnippisch und unfreundlich, und presste eine Hand an den Kopf. „Tut mir leid, ich bin nicht sehr geschickt, ich weiß. Ich brauche etwas Zeit und Ruhe."

„Was du brauchst, ist ein Sessel, in dem du sitzen wirst, bis wir über alles gesprochen haben."

„Ich kann darüber nicht sprechen." In ihr wurde der Druck, ihm endlich die Wahrheit zu sagen, immer stärker. Wie Wasser an einem Staudamm. „Jedenfalls jetzt noch nicht ... Ich wollte dir nur schnell Bescheid geben, bevor ich abfahre."

„Du fährst nirgendwohin." Er hielt sie am Arm fest. „Und du wirst verdammt noch mal mit mir darüber reden. Was erwartest du von mir? ‚Wie interessant, Natasha. Wir sehen uns, wenn du zurück bist.' Hätte ich so reagieren sollen?"

„Ich erwarte gar nichts." Ihre Stimme wurde lauter, und sie verlor die Kontrolle. Liebe, Trauer, Angst – alles strömte aus ihr heraus, als die Tränen kamen. „Ich habe nie etwas von dir erwartet. Ich habe nicht erwartet, dass ich mich in dich verlieben würde. Ich habe nicht erwartet, dass ich dich einmal brauchen würde. Ich habe nicht erwartet, dass ich einmal dein Kind in mir tragen würde. Und ich wollte das alles auch nicht."

„Das war deutlich genug." Sein Griff festigte sich. „Das war überdeutlich. Aber du hast nun einmal mein Kind in dir, und jetzt setzen wir uns hin und überlegen, was wir daraus machen."

„Ich brauche Zeit!"

„Zeit habe ich dir mehr als genug gegeben, Natasha. Offenbar ist das Schicksal nicht so geduldig, damit wirst du dich abfinden müssen."

„Ich kann das nicht noch einmal durchmachen. Ich werde es nicht."

„Noch einmal? Wovon redest du?"

„Ich hatte ein Kind." Sie riss sich los und schlug die Hände vors Gesicht. Ihr gesamter Körper begann zu zittern. „Ich hatte ein Kind. Oh Gott."

Fassungslos legte er die Hand auf ihre Schulter. „Du hast ein Kind?"

„Hatte." Die Tränen kamen wie eine Flut. Heiß und schmerzhaft, direkt aus der Mitte ihres Körpers. „Sie ist weg."

„Komm, setz dich, Natasha. Erzähl mir davon."

„Ich kann nicht. Du verstehst nicht. Ich habe sie verloren. Mein Baby. Ich kann den Gedanken nicht ertragen, das alles wieder durchzumachen. Du weißt nicht, wie weh das tut. Kannst es nicht wissen."

„Nein, aber ich kann es dir ansehen." Er legte ihr die zweite Hand auf die andere Schulter. „Ich möchte, dass du es mir erzählst, damit ich es verstehe."

„Was würde das ändern?"

„Wir werden sehen. Es ist nicht gut für dich, wenn du dich so aufregst."

„Nein." Sie wischte sich mit der Hand über die Wange. „Es nützt nichts, wenn man sich aufregt. Es tut mir leid, dass ich mich so unmöglich benehme."

„Entschuldige dich nicht. Setz dich. Ich hole dir etwas Tee. Dann reden wir." Er führte sie zum Sessel, und sie ließ sich fallen. „Bin gleich wieder da, dauert nur eine Minute."

Er war weniger als eine Minute fort, da war er sich sicher. Trotzdem war sie verschwunden, als er zurückkam.

Mikhail schnitzte an dem Kirschholzblock herum und lauschte der Musik, die aus dem Kopfhörer kam. Irgendwie passte die laute Musik zu der Stimmung, die das Holz in ihm auslöste. Was auch immer in dem Block steckte, und er war sich nicht sicher, was es war, war jedenfalls jung und voller Energie. Beim Schnitzen brauchte er immer etwas, dem er lauschen konnte.

Ob Blues oder Bach oder einfach nur das Rauschen des Verkehrs vier Stockwerke unter seinem Fenster, es sorgte für einen freien Kopf. Den brauchte er für das Medium, das seine Hände gerade bearbeiteten.

Heute Abend funktionierte es nicht, er weigerte sich bloß noch, es sich einzugestehen. Er sah über die Werkbank hinweg in sein enges und vollgestopftes Zwei-Zimmer-Apartment. Natasha lag zusammengerollt in dem alten Plüschsessel, den er trotz der kaputten Sprungfedern von der Straße geholt und vor dem Sperrmüll gerettet hatte. Sie hielt zwar ein Buch in Händen, hatte aber seit mindestens zwanzig Minuten nicht einmal umgeblättert. Auch sie zögerte eine Entscheidung hinaus.

Über sich selbst ebenso verärgert wie über sie, streifte er die Kopfhörer ab. Er brauchte sich nur umzudrehen, und schon befand er sich in der Küche. Wortlos stellte er den Kessel auf eine der beiden Gasflammen und brühte Tee auf. Natasha sagte nichts dazu. Als er die beiden Tassen brachte und ihre auf den zerkratzten Tisch neben ihr stellte, sah sie teilnahmslos auf.

„Oh. *Djakuju.*"

„Es ist an der Zeit, dass du mir erzählst, was los ist."

„Mikhail …"

„Ich meine, was ich sage." Er setzte sich auf den Fußschemel, der vom Stil und der Farbe her überhaupt nicht zum Sessel passte. „Seit einer Woche bist du jetzt hier, Tash."

Sie lächelte mühsam. „Du bist kurz davor, mich hinauszuwerfen, was?"

„Vielleicht." Aber er legte eine Hand auf ihre und strich sanft darüber. „Ich habe keine Fragen gestellt, weil du mich darum gebeten hast. Ich habe Mama und Papa nichts davon erzählt, dass du blass und verängstigt vor meiner Tür standst, weil du es nicht wolltest."

„Und ich weiß es zu schätzen."

„Nun, hör auf, es zu schätzen!" Er machte eine der für ihn so typischen abrupten Gesten. „Rede mit mir."

„Ich habe dir doch gesagt, dass ich einfach nur etwas Ruhe brauchte. Und ich wollte nicht, dass Mama und Papa mich den ganzen Tag lang bemuttern und mit Fragen löchern." Sie griff nach ihrem Tee. „Bei dir bin ich davor sicher."

„Nicht mehr. Erzähl mir, was los ist." Er beugte sich vor und nahm ihr Kinn in die Hand. „Tash, erzähl's mir."

„Ich bin schwanger", platzte sie heraus und stellte mit zitternden Fingern die Tasse wieder hin.

Er öffnete den Mund, doch als keine Worte kamen, legte er einfach nur die Arme um seine Schwester.

„Ist alles in Ordnung? Geht es dir gut?"

„Ja. Ich bin vor ein paar Tagen beim Arzt gewesen. Er hat gemeint, es gäbe keinerlei Komplikationen. Uns geht's gut."

Er sah ihr ins Gesicht. „Der College-Professor?"

„Ja. Außer Spence hat es niemanden gegeben."

Mikhails dunkle Augen funkelten. „Wenn der Schuft dich schlecht behandelt hat …"

„Nein." Seltsamerweise konnte sie lächeln und legte ihre Hand auf seine geballte Faust. „Nein, er hat mich nie schlecht behandelt."

„Also will er das Kind nicht." Natasha sah auf ihre beiden Hände hinunter. „Natasha?"

„Ich weiß nicht." Sie stand ruckartig auf und ging zwischen Mikhails alten Möbeln und den Blöcken aus Holz und Stein hin und her.

„Hast du es ihm noch nicht gesagt?"

„Natürlich habe ich es ihm gesagt." Um sich zu beruhigen, blieb sie vor Mikhails Weihnachtsbaum stehen, einer dreißig Zentimeter hohen Fichte, die sie mit bunten Papierschnipseln dekoriert hatte. „Ich habe ihm nur nicht viel Zeit gelassen, etwas dazu zu sagen. Ich war viel zu aufgeregt."

„Du willst das Kind nicht."

Mit geweiteten Augen drehte sie sich um. „Wie kannst du so etwas sagen? Wie kannst du so etwas auch nur denken?"

„Weil du hier bei mir bist, anstatt mit deinem College-Professor darüber zu reden, was nun werden soll."

„Ich brauche Zeit zum Nachdenken."

„Du denkst viel zu sehr nach."

Das hatte sie von ihm noch nie zu hören bekommen. Natashas Kinnmuskeln spannten sich. „Hier geht es nicht darum, zwischen einem blauen und einem roten Kleid zu wählen. Ich bekomme ein Kind!"

„Tash. Setz dich und entspanne, sonst gibst du dem Baby noch Sorgenfalten."

„Ich will mich nicht hinsetzen." Sie schob mit dem Fuß einen Karton beiseite und nahm ihren rastlosen Marsch durchs Zimmer wieder auf. „Ich hätte mich gar nicht erst mit ihm einlassen dürfen. Als es dazu zu spät war, wollte ich wenigstens etwas Distanz halten. Ich wollte den gleichen Fehler nicht noch einmal machen. Und jetzt …" Sie hob die Arme zu einer hilflosen Geste.

„Er ist nicht Anthony. Das Baby ist nicht Lily."

Sie drehte sich zu ihm um, und ihre Augen strömten über vor Gefühlen. Sofort stand er auf und ging zu ihr hinüber. „Ich habe sie geliebt."

„Ich weiß. Lass dich nicht so von der Vergangenheit beherrschen, Tash." Zärtlich küsste er ihr die Wangen. „Es ist nicht fair. Dir gegenüber nicht, dem Professor gegenüber nicht und auch dem Kind gegenüber nicht."

„Ich weiß nicht, was ich tun soll."

„Liebst du ihn?"

„Ja, ich liebe ihn."

„Liebt er dich?"

„Er sagt …"

Er griff nach ihrer rastlosen Hand. „Erzähl mir nicht, was er sagt. Erzähl mir, was du weißt."

„Ja, er liebt mich."

„Dann hör auf, dich zu verstecken, und fahre nach Hause.

Dieses Gespräch solltest du mit ihm führen, nicht mit deinem Bruder."

Langsam verlor er den Verstand. Jeden Tag läutete Spence an Natashas Apartment, sicher, dass sie ihm diesmal öffnen würde. Wenn sie es nicht tat, ging er in den Laden, um Annie auszuhorchen.

Die Weihnachtsdekoration in den Schaufenstern, die dicken fröhlichen Weihnachtsmänner, die glitzernden Engel und die bunten Lichterketten an den Häusern bemerkte er kaum. Und wenn doch, dann betrachtete er sie mit düsterer Miene.

Es war anstrengend genug gewesen, sich Freddie gegenüber nichts anmerken zu lassen. Er hatte mit ihr zusammen einen Baum ausgesucht, ihn stundenlang geschmückt und ihre krümelnden Popcorn-Ketten bewundert. Geduldig hatte er sich ihre stetig wachsende Wunschliste angehört und war mit ihr ins Einkaufszentrum gefahren, damit sie beim Weihnachtsmann auf dem Schoß sitzen konnte. Aber irgendwie war er nicht in der richtigen Stimmung.

Ich muss aufhören, sagte er sich und starrte durchs Fenster auf den ersten Schnee hinaus. Wie groß die Krise auch sein mochte, in welches Chaos sein Leben auch geraten war, er durfte Freddie nicht das Weihnachtsfest verderben.

Jeden Tag fragte sie nach Natasha. Und er hatte keine Antwort für sie. Er hatte ihr stolz zugesehen, als sie in der Weihnachtsaufführung der Schule einen Engel gespielt hatte, und sich dauernd gewünscht, Natasha säße neben ihm.

Und ihr gemeinsames Kind? Er konnte an kaum etwas anderes denken. Vielleicht trug Natasha die Schwester unter dem Herzen, die Freddie sich so sehnlich wünschte. Das Baby, das er unbedingt wollte. Oder hatte sie ... Er wollte sich nicht das Hirn mit der Frage zermartern, wohin sie gefahren war, was sie getan hatte. Aber wie konnte er an etwas anderes denken?

Es musste einen Weg geben, sie zu finden. Und dann würde

er bitten, flehen, argumentieren, vielleicht sogar drohen, bis sie zu ihm zurückkehrte.

Sie hatte ein Kind gehabt. Ein Kind, das sie dann wieder verloren hatte. Aber wie und wann? Fragen, die dringend beantwortet werden mussten, gingen ihm durch den Kopf. Sie hatte gesagt, dass sie ihn liebte. Er wusste, wie schwer ihr das gefallen sein musste. Aber es reichte nicht. Zur Liebe musste noch Vertrauen hinzukommen.

„Daddy." Freddie kam ins Zimmer getobt, voller Vorfreude auf Weihnachten, auf das sie noch sechs lange Tage warten musste. „Wir backen Kekse."

Er sah über die Schulter. Freddie strahlte, den Mund mit rotem und grünem Zucker beschmiert. Spence hob sie auf. „Ich liebe dich, Freddie."

Sie kicherte und küsste ihn. „Ich liebe dich auch. Kommst du und backst mit uns Kekse?"

„Nachher. Ich muss erst noch mal weg." Er würde zum Laden fahren, sich Annie vorknöpfen und herausfinden, wo Natasha steckte. Egal, was der Rotschopf ihm sagte, er würde ihr nicht abnehmen, dass Natasha nicht wenigstens eine Telefonnummer hinterlassen hatte.

Freddies Lippe schob sich vor, während sie mit Spences Hemdkragen spielte. „Wann kommst du wieder?"

„Bald." Er küsste sie und stellte sie auf die Erde. „Wenn ich zurückkomme, helfe ich dir, Kekse zu backen. Ich verspreche es."

Zufrieden rannte Freddie zu Vera zurück. Sie wusste, dass ihr Vater seine Versprechen stets hielt.

Natasha stand im wirbelnden Schnee vor der Haustür, die von Lichterketten umrahmt war. Am Holz war ein lebensgroßer Santa Claus befestigt, der sich unter der Last der vielen Geschenke nach vorn beugte. Ihr fiel die Hexe ein, die an Halloween dort gestanden hatte. In jener ersten Nacht, die sie und

Spence zusammen verbracht hatten. In jener Nacht, da war sie sicher, hatte sie das Kind empfangen.

Sie war kurz davor, sich umzudrehen, in ihre Wohnung zu fahren, ihre Tasche auszupacken und noch einmal in Ruhe nachzudenken. Aber das würde nur bedeuten, sich schon wieder zu verstecken. Das hatte sie jetzt lange genug getan. Sie nahm ihren Mut zusammen und klopfte.

Als Freddie die Tür öffnete, leuchteten ihre Augen auf. Das kleine Mädchen quietschte vor Freude und warf sich Natasha mit einem Satz in die Arme. „Du bist zurück, du bist zurück! Ich habe schon sooo lange gewartet."

Natasha hielt sie fest, presste sie an sich. Dies war es, was sie wollte. Sie vergrub das Gesicht in Freddies Haar. Wie hatte sie nur so dumm sein können? „Ich war doch nur kurz weg."

„Ganz viele Tage. Wir haben einen Baum und Lichter, und dein Geschenk habe ich schon eingepackt. Ich hab's selbst gekauft, im Einkaufszentrum. Geh nicht wieder weg."

„Nein", murmelte Natasha. „Das werde ich nicht." Sie setzte Freddie ab, ging mit ihr ins Haus und schloss die Tür vor der Kälte und dem Schnee.

„Du hast meine Aufführung versäumt. Ich war ein Engel."
„Das tut mir leid."
„Wir haben die Heiligenscheine selbst gebastelt und durften sie behalten. Ich kann dir zeigen, wie ich ausgesehen habe."
„Darauf freue ich mich schon."
Freddie war sicher, dass jetzt wieder alles normal war, und nahm Natashas Hand. „Einmal bin ich fast hingefallen, aber ich konnte mir alles merken, was ich aufsagen sollte. Mikey hat seinen Text vergessen. Ich musste sagen ‚Ein Kind ist geboren in Bethlehem' und ‚Friede auf Erden', und singen musste ich ‚Gloria in Schellfisch Deo'."

Natasha lachte zum ersten Mal seit Tagen. „Das hätte ich zu gern gehört. Singst du es mir später vor?"

„Okay. Wir backen gerade Kekse." Sie zog Natasha zur Küche.

„Hilft dein Daddy dir dabei?"

„Nein, der musste weg. Er hat gesagt, er kommt bald zurück und backt auch welche. Er hat's versprochen."

Zwischen Erleichterung und Enttäuschung schwankend, folgte sie Freddie in die Küche.

„Vera, Tash ist wieder da."

„So, so." Vera schmollte. Sie hatte sich gerade zu der Überzeugung durchgerungen, dass Natasha vielleicht doch die Richtige für den Señor und ihr Baby war, da verschwand die Frau einfach für Tage. Trotzdem, sie wusste, was sich gehörte. „Möchten Sie etwas Kaffee oder Tee, Miss?"

„Nein, danke. Ich will Sie nicht stören."

„Du musst bleiben." Freddie zog wieder an ihrer Hand. „Sieh mal, ich habe Schneemänner und Rentiere und Weihnachtsmänner gemacht." Sie nahm einen Keks, den sie für besonders gut gelungen hielt, von der Arbeitsplatte. „Du kannst einen haben."

„Er ist wunderschön." Natasha sah auf den Schneemann hinunter. Auf seinem Gesicht saßen dicke Klumpen roten Zuckers, und seine Hutkrempe war bereits abgebrochen.

„Weinst du gleich?", fragte Freddie.

„Nein." Sie blinzelte mit den Augen, bis ihr Blick wieder klar wurde. „Ich freue mich einfach, wieder zu Hause zu sein."

Während sie sprach, ging die Küchentür auf. Natasha stockte der Atem, als Spence hereinkam. Er sagte nichts. Die Hand noch auf dem Türgriff, starrte er sie an. Es war, als hätte er sie aus der chaotischen Flut seiner Gedanken hierher in die Küche gezaubert. In ihrem Haar schmolz der Schnee. Ihre Augen waren hell und feucht.

„Daddy, Tash ist zu Hause", verkündete Freddie und rannte zu ihm. „Sie wird mit uns Kekse backen."

Vera band mit forschen Bewegungen ihre Schürze ab. Die

Skepsis, die sie Natasha gegenüber noch empfunden hatte, war schlagartig verflogen. Sie hatte Natashas Gesicht gesehen. Vera wusste, wann sie eine verliebte Frau vor sich hatte. „Wir brauchen mehr Mehl, Freddie. Komm, wir gehen und kaufen welches ein."

„Aber ich will doch …"

„Du willst backen. Und um zu backen, brauchen wir Mehl. Komm, wir holen deinen Mantel." Vera schob Freddie kurzentschlossen aus der Küche.

Als die beiden verschwunden waren, standen Spence und Natasha einander reglos gegenüber. Nach einem langen Moment, der ihr wie eine Ewigkeit vorkam, spürte sie endlich wieder seine beruhigende Nähe. Natasha streifte sich den Mantel ab und legte ihn über eine Stuhllehne. Die Hitze in der Küche machte sie schwindlig. Sie wollte mit ihm reden, und das konnte sie nicht, wenn sie ihm ohnmächtig vor die Füße fiel.

„Spence." Das Wort schien von den Wänden widerzuhallen. Sie atmete tief durch. „Ich hatte gehofft, wir würden reden können."

„So. Du bist also zu dem Ergebnis gekommen, dass Reden eine gute Idee ist?"

Sie wollte ihm antworten, doch hinter ihr schrillte plötzlich der Zeitschalter des Ofens. Automatisch drehte sie sich um, zog sich den Küchenhandschuh an und holte die letzte Ladung Kekse heraus. Sie stellte das Backblech zum Abkühlen auf die Spüle und ließ sich viel Zeit dabei.

„Du bist zu recht wütend auf mich", sagte sie schließlich. „Ich habe mich dir gegenüber nicht richtig benommen. Jetzt muss ich dich bitten, mir zuzuhören, und hoffen, dass du mir verzeihen kannst."

Er musterte sie schweigend, für einen langen Moment. „Du verstehst es, einem den Wind aus den Segeln zu nehmen."

„Ich bin nicht gekommen, um dir den Wind aus den Segeln

zu nehmen. Ich will mich nicht mit dir streiten. Es war keine sehr geschickte Art, dir von unserem Baby zu erzählen, das gebe ich zu. Und dann noch sang- und klanglos zu verschwinden, war unentschuldbar." Sie sah auf ihre Hände hinab, auf die fest verschränkten Finger. „Ich kann dir lediglich sagen, dass ich Angst hatte, dass ich völlig durcheinander war und keinen klaren Gedanken fassen konnte."

„Eine Frage", warf er ein und wartete, bis sie den Kopf hob. Er musste ihr Gesicht sehen. „Ist das Baby noch da?"

„Ja." Die Verwirrung wich aus ihren Augen, als ihr aufging, was hinter dieser knappen Frage an Gefühlen stecken musste. „Oh Spence, es tut mir leid, es tut mir so schrecklich leid, dass du gedacht haben musst, ich würde ..." Sie konnte es nicht aussprechen und fuhr sich mit der Hand über die brennenden Augen. „Es tut mir wirklich leid. Ich bin für ein paar Tage zu Mikhail gefahren." Sie atmete mit zitternden Lippen aus. „Darf ich mich hinsetzen?"

Er nickte nur und ging zum Fenster, als sie sich an den Tisch setzte. Die Hände auf die Fensterbank gestützt, blickte er auf den Schnee hinaus. „Ich bin fast verrückt geworden vor Sorge. Ich habe dauernd überlegt, wo du wohl bist, wie es dir wohl geht. Als du gingst, warst du in einem Zustand, der mich fürchten ließ, du würdest etwas Unüberlegtes tun. Noch bevor wir darüber reden konnten."

„Ich hätte nie tun können, woran du dachtest. Dies ist unser Baby."

„Du hast gesagt, du wolltest es nicht." Er drehte sich zu ihr um. „Du hast gesagt, du würdest das alles nicht wieder durchmachen."

„Ich hatte Angst", gab Natasha zu. „Und es stimmt, dass ich nicht schwanger werden wollte, jedenfalls nicht jetzt. Nie wieder. Ich möchte dir alles erzählen."

Er hätte zu gern einfach die Arme nach ihr ausgestreckt, sie festgehalten und ihr gesagt, dass es jetzt nicht mehr wichtig war. Aber er wusste, dass es wichtig war, und ging an den Herd. „Möchtest du Kaffee?"

„Nein. Mittlerweile wird mir davon übel." Sie sah lächelnd zu, wie er mit der Kanne hantierte. „Würdest du dich bitte zu mir setzen?"

„Also gut." Er nahm ihr gegenüber Platz und legte die Hände mit gespreizten Fingern auf die Tischplatte. „Ich höre."

„Ich habe dir erzählt, dass ich mich in Anthony verliebte, als ich beim Corps de Ballet war. Ich war siebzehn, als wir das erste Mal ... intim wurden. Er war für mich der erste Mann. Und zwischen ihm und dir hat es keinen anderen gegeben."

„Warum nicht?"

Die Antwort fiel ihr leichter, als sie geglaubt hatte. „Weil ich vor dir keinen mehr geliebt habe. Die Liebe, die ich für dich empfinde, ist ganz anders als die Fantasie, die ich bei Anthony hatte. Bei dir dreht es sich nicht um Träume, um Prinzen und weiße Ritter. Bei dir ist es real und solide. Alltäglich, auf die schönste Weise alltäglich. Kannst du das verstehen?"

Er sah ihr ins Gesicht. In der Küche war es still, der Schnee dämpfte die Geräusche. Es duftete nach warmen Plätzchen und Zimt. „Ja."

„Ich hatte Angst, so starke Gefühle für dich, für irgendjemanden zu empfinden. Wegen dem, was zwischen Anthony und mir passierte." Sie wartete einen Moment, überrascht, dass da kein Schmerz mehr war, sondern nur noch Trauer. „Ich habe ihm geglaubt, jedes Wort, jedes Versprechen. Als ich herausbekam, dass er viele dieser Versprechungen auch anderen Frauen machte, war ich am Boden zerstört. Wir stritten uns, und er schickte mich wie ein unartiges Kind fort. Einige Wochen später stellte sich heraus, dass ich schwanger war. Alles, was ich dachte, war: ‚Du trägst sein Kind.'"

Sie senkte kurz den Blick, sah wieder auf und sprach weiter. „Ich dachte, wenn ich es ihm sage, wird er begreifen, dass wir zusammengehören. Da bin ich zu ihm gegangen."

Spence griff wortlos nach ihrer Hand.

„Es war nicht so, wie ich es mir ausgemalt hatte. Er war zornig. Die Dinge, die er sagte ..." Sie schüttelte den Kopf. „Egal. Jedenfalls wollte er mich nicht, das Kind auch nicht. In den paar Minuten bin ich um Jahre erwachsener geworden. Er war nicht der Mann, den ich mir vorgestellt hatte, aber ich hatte das Kind. Und ich wollte das Baby." Ihre Finger klammerten sich um seine Hand. „Ich wollte es so sehr."

„Was hast du getan?"

„Das Einzige, was mir noch blieb. An Tanzen war nicht mehr zu denken. Ich verließ die Ballett-Kompanie und ging nach Hause. Es war eine Bürde für meine Eltern, aber sie hielten zu mir. Ich bekam einen Job in einem Kaufhaus. Als Spielzeugverkäuferin." Sie musste lächeln, als sie daran dachte.

„Das muss schwierig für dich gewesen sein." Er versuchte, sie sich damals vorzustellen. Ein Teenager, schwanger, vom Vater ihres Kindes im Stich gelassen, verzweifelt bemüht, das Leben wieder in den Griff zu bekommen.

„Ja, das war es. Aber es war auch eine wundervolle Zeit. Mein Körper veränderte sich. Die ersten beiden Monate hatte ich mich schwach und zerbrechlich gefühlt, doch plötzlich kam ich mir ungeheuer stark vor. Und war es wohl auch. Ich saß nachts in meinem Bett und las Bücher über Babys und Geburtsvorbereitungen. Ich löcherte Mama mit unzähligen Fragen. Ich strickte, allerdings mehr schlecht als recht", fügte sie mit einem leisen Lachen hinzu. „Papa bastelte einen Babykorb, und Mama nähte ein weißes Kleidchen mit Bändern in Blau und Pink. Es war wunderschön." Sie fühlte die Tränen in sich aufsteigen und schüttelte den Kopf. „Kann ich etwas Wasser bekommen?"

Er stand auf, ließ das Wasser einen Moment lang aus dem Hahn laufen, füllte das Glas und kehrte zum Tisch zurück. „Lass dir Zeit, Natasha." Weil er wusste, dass sie beide Zeit brauchten, strich er ihr übers Haar. „Du brauchst mir nicht alles auf einmal zu erzählen."

„Doch, das möchte ich." Sie trank langsam, wartete, bis er sich wieder gesetzt hatte. „Ich habe sie Lily genannt", murmelte sie. „Sie war so hübsch, so winzig und zart. Ich hatte nicht gewusst, wie sehr man ein Kind lieben kann. Stundenlang sah ich ihr zu, wie sie dalag und schlief. Der Gedanke, dass sie in mir gewachsen war, dass ich ihr das Leben geschenkt hatte, war faszinierend, atemberaubend."

Natasha begann zu weinen, geräuschlos, und eine Träne fiel auf ihre Hand. „Es war heiß in dem Sommer, und ich fuhr sie immer im Kinderwagen aus, damit sie Luft und Sonne bekam. Die Leute blieben stehen, um sie anzuschauen. Und wenn ich sie stillte, legte sie mir eine winzige Hand auf die Brust und sah mich aus großen Augen an. Du weißt, wie das ist. Du hast Freddie."

„Ich weiß. Ein Kind zu haben ist etwas Unvergleichliches."

„Oder eines zu verlieren", sagte Natasha leise. „Es ging so schnell. Sie war erst fünf Wochen alt. Ich wachte morgens auf und wunderte mich, dass sie durchgeschlafen hatte. Meine Brüste waren voller Milch. Ihr Korb stand neben meinem Bett. Ich beugte mich hinunter, nahm sie hoch. Erst begriff ich nicht, was los war, konnte es nicht glauben …" Sie brach ab und presste die Hände gegen die Augen. „Ich weiß noch, dass ich geschrien habe, immer wieder. Rachel sprang aus dem Nachbarbett, der Rest der Familie kam hereingerannt, Mama nahm sie mir aus den Armen." Ihr leises Weinen ging in ein Schluchzen über. Mit den Händen vor dem Gesicht ließ sie ihren Tränen freien Lauf, wie sie es sonst nur tat, wenn sie allein war.

Es gab nichts, was er sagen konnte. Nichts, was überhaupt jemand hätte sagen können. Statt nach bedeutungslosen Worten zu suchen, stand er auf, kniete sich neben sie und zog sie in die Arme.

Zunächst reagierte sie gar nicht, doch dann drehte sie sich halb zu ihm, klammerte sich mit aller Kraft an ihn und ließ sich trösten.

Ihre Hände pressten sich, zu Fäusten geballt, gegen seinen Rücken. Nach und nach entkrampfte sie sich. Die Tränen versiegten, der Schmerz, den sie jetzt mit ihm teilte, ließ etwas nach.

„Es geht schon wieder", flüsterte sie nach einer Weile. Sie löste sich von ihm und suchte in ihrer Tasche nach einem Tuch. Spence nahm es ihr aus der Hand und trocknete ihr die Wangen ab.

„Der Arzt nannte es Plötzlichen Kindstod. Es gab keinen Grund", sagte sie und schloss erneut die Augen. „Das machte es irgendwie noch schlimmer. Nicht zu wissen, warum sie gestorben war, ob ich es vielleicht hätte verhindern können." Sie sah ihn an. „Ich brauchte lange, um mich mit etwas abzufinden, das ich niemals verstehen werde. Es dauerte eine ganze Zeit, bis ich wieder zu leben begann, zur Arbeit ging, schließlich hierher zog, meinen Laden eröffnete. Ich glaube, ohne meine Familie hätte ich es nicht überlebt." Sie gönnte sich eine Pause, kühlte sich den trockenen Hals mit Wasser. „Ich wollte nie wieder lieben. Dann kamst du. Und Freddie."

„Wir brauchen dich, Natasha. Und du brauchst uns."

„Ja." Sie presste seine Hand an ihre Lippen. „Ich möchte, dass du mich verstehst, Spence. Als ich erfuhr, dass ich schwanger bin, kam alles wieder hoch. Du kannst mir glauben, noch einmal würde ich so etwas nicht überstehen. Ich habe eine solche Angst, dieses Kind zu lieben. Und ich weiß, dass ich es schon tue."

„Komm her." Behutsam zog er sie aus dem Stuhl. „Ich weiß, wie sehr du Lily geliebt hast und dass du sie immer lieben und um sie trauern wirst. Ab jetzt werde ich das auch tun. Was geschehen ist, lässt sich nicht mehr ändern. Aber dies hier ist ein anderer Ort, eine andere Zeit und ein anderes Kind. Ich möchte, dass du eines weißt: Wir werden alles zusammen durchmachen. Die Schwangerschaft, die Geburt und die Kindheit. Ob du das nun willst oder nicht."

„Ich habe Angst."

„Dann werden wir zusammen Angst haben. Und wenn dieses Baby vier ist und zum ersten Mal vom Dreirad zum Zweirad wechselt, werden wir beide besorgt zusehen und Angst haben, dass es umfällt."

Ihre Lippen verzogen sich zu einem Lächeln. „Wie du das so sagst, kann ich es fast glauben."

„Glaub es." Er küsste sie. „Weil es ein Versprechen ist."

„Ja, dies ist die Zeit für Versprechen." Ihr Lächeln wurde zuversichtlicher. „Ich liebe dich." Es war jetzt auf einmal so einfach, es auszusprechen. Es zu fühlen. „Wirst du mir die Hand halten?"

„Unter einer Bedingung." Mit dem Daumen strich er ihr eine bereits trocknende Träne von der Wange. „Ich möchte Freddie erzählen, dass sie einen kleinen Bruder oder eine kleine Schwester bekommt. Ich glaube, das wäre für sie das schönste Weihnachtsgeschenk!"

„Ja." Sie fühlte sich jetzt stärker, sicherer. „Lass es uns ihr erzählen."

„Also gut, du hast fünf Tage."

„Fünf Tage wozu?"

„Um alles so vorzubereiten, wie du es haben möchtest, um deine Familie hierher einzuladen, um ein Kleid zu kaufen, um all das zu tun, was du vor der Hochzeit noch erledigen musst."

„Aber ..."

„Kein Aber." Er umrahmte ihr Gesicht mit beiden Händen und schnitt ihr das Wort ab. „Ich liebe dich, ich will dich. Seit Freddie bist du das Beste, was mir in meinem Leben passiert ist, und ich habe nicht vor, dich wieder loszulassen. Wir haben ein Kind gemacht, Natasha." Er sah ihr in die Augen und legte eine Hand auf ihren Bauch, ganz sanft und fast ein wenig besitzergreifend. „Ein Kind, das ich will. Ein Kind, das ich schon jetzt liebe."

Es war eine Geste des Vertrauens, als sie ihre Hand auf seine legte. „Ich werde keine Angst haben, wenn du bei mir bist."

„Wir haben eine Verabredung. Am Heiligen Abend, hier. Und am Weihnachtsmorgen werde ich mit meiner Frau aufwachen."

Sie legte die Hände auf seine Unterarme und fand den Halt, den sie suchte. „Einfach so?"

„Einfach so."

Lachend schlang sie die Arme um seinen Hals und sagte ein einziges Wort: „Ja."

Epilog

Für Natasha war der Heilige Abend der schönste Tag des Jahres. Es war ein Tag, an dem man das Leben, die Liebe und die Familie feierte.

Als sie hereinkam, war das Haus still. Sie ging sofort zum Baum und zum Licht. Sie versetzte einen Engel, der von einem Zweig herabbaumelte, in Drehungen und kostete den Anblick des festlich geschmückten Zimmers aus.

Auf dem Tisch stand ein Rentier aus Pappmaschee, dem bereits ein Ohr fehlte. Freddie war in der zweiten Klasse, und der Kunstunterricht zeigte Wirkung. Daneben stand ein dickbäuchiger Schneemann mit einer Laterne. Auf dem Kaminsims thronte eine fein gearbeitete Krippe aus Porzellan. Darunter hingen vier Strümpfe. Im Kamin prasselte ein Feuer.

Es war ein Jahr her, dass sie davor gestanden und gelobt hatte, zu lieben, zu ehren und zu schätzen. Es waren die leichtesten Versprechen, die sie je hatte halten müssen. Jetzt war dies ihr Zuhause.

Zu Hause. Sie atmete tief durch und atmete den Duft der Kiefernnadeln und Kerzen ein. Es war so gut, zu Hause zu sein. Bis zum späten Nachmittag hatten sich verspätete Kunden im „Fun House" gedrängt. Jetzt gab es für sie nur noch die Familie.

„Mama." Freddie kam hereingerannt. Ein leuchtend rotes Band flatterte ihr hinter dem Kopf. „Du bist zu Hause."

„Ich bin zu Hause." Lachend griff Natasha nach ihr und wirbelte sie in der Luft herum.

„Wir haben Vera zum Flughafen gebracht, weil sie ja Weihnachten bei ihrer Schwester sein will, und dann haben wir uns die Flugzeuge angesehen. Daddy hat gesagt, wenn du kommst, gibt es Essen, und dann singen wir Weihnachtslieder."

„Da hat Daddy vollkommen recht." Natasha drapierte Freddie das Band um die Schultern. „Was hast du denn da?"

„Ich packe ein Geschenk ein, ganz allein. Es ist für dich."

„Für mich? Was ist es denn?"

„Das darf ich dir nicht sagen."

„Doch, das musst du sogar. Pass auf." Sie ließ sich mit Freddie auf die Couch fallen und strich ihr mit den Fingerspitzen über die Rippen. „Siehst du", sagte sie, als Freddie quietschte und zappelte.

„Jetzt quält sie das Kind schon wieder", kommentierte Spence lächelnd von der Tür her.

„Daddy!" Freddie sprang auf und rannte zu ihm. „Ich hab's nicht verraten."

„Ich wusste doch, dass ich mich auf dich verlassen kann, Funny Face. Sieh mal, wer aufgewacht ist." Er ließ ein Baby auf dem Oberschenkel reiten.

„Hier, Brandon." Freddie sah den Kleinen liebevoll an und gab ihm das Band, damit er damit spielen konnte. „Es ist hübsch, genau wie du."

Mit sechs Monaten war der kleine Brandon Kimball pummelig, rotwangig und mit der Welt zufrieden. Mit der einen Hand packte er das Band, mit der anderen griff er nach Freddies Haar.

Natasha ging mit ausgestreckten Armen auf die drei zu. „So ein großer Junge", murmelte sie, als ihr Sohn sich ihr entgegenreckte. Sie presste ihn an sich und gab ihm einen Kuss auf den Hals. „Und ein so hübscher."

„Er sieht genauso aus wie seine Mutter." Spence strich mit der Hand über Brandons dichte dunkle Locken. Als ob er dieser Behauptung zustimmen wollte, stieß Brandon ein glucksendes Lachen aus. Als er zu zappeln begann, ließ Natasha ihn auf dem Teppich herumkrabbeln.

„Es ist sein erstes Weihnachten." Natasha beobachtete, wie er sich aufmachte, eine der Katzen zu ärgern, und sah, wie Lucy rechtzeitig unter dem Sofa verschwand. Gar nicht dumm, die Katze, dachte Natasha.

„Und unser zweites." Er drehte Natasha zu sich herum und zog sie in die Arme. „Alles Gute zum Hochzeitstag."

Natasha küsste ihn einmal, zweimal. „Habe ich dir heute schon gesagt, dass ich dich liebe?"

„Nicht mehr, seit ich dich am Nachmittag angerufen habe."

„Das ist schon viel zu lange her." Sie schlang die Arme um seine Taille. „Ich liebe dich. Vielen Dank für das wunderschönste Jahr meines Lebens."

„Es war mir ein Vergnügen." Er sah lange genug über ihre Schulter, um sich zu vergewissern, dass Freddie auf Brandon aufpasste. Denn der bemühte sich gerade, eine glitzernde Kugel von einem tief hängenden Zweig zu ziehen. „Und das Vergnügen wird immer größer."

„Versprichst du das?"

Lächelnd neigte er ihr wieder den Kopf zu. „Ganz fest!"

Freddie hörte kurz auf, mit Brandon durchs Zimmer zu krabbeln, und sah zu ihnen hinüber. Ein kleiner Bruder war ja doch ganz nett, aber sie wünschte sich noch immer eine Schwester. Sie lächelte, als ihre Eltern sich umarmten.

Vielleicht nächstes Weihnachten.

– ENDE –

Nora Roberts

Zwischen Sehnsucht und Verlangen

Roman

Aus dem Amerikanischen von
Emma Luxx

Prolog

Die MacKade-Brüder hielten wieder einmal Ausschau nach jemandem, mit dem sie sich anlegen konnten. Das hatten sie sich beinahe schon zur Gewohnheit gemacht. Ein geeignetes Objekt zu finden war in dem kleinen Städtchen Antietam allerdings gar nicht so einfach, doch war ihnen das erst gelungen, war es schon der halbe Spaß.

Wie üblich kabbelten sie sich vor dem Losfahren darum, wer das Steuer des schon leicht hinfälligen Chevys übernehmen durfte. Zwar gehörte der Wagen Jared, dem ältesten der vier Brüder, dieser Umstand war jedoch keineswegs gleichbedeutend damit, dass er ihn notwendigerweise auch fuhr.

Diesmal hatte Rafe darauf bestanden, den Wagen zu steuern. Ihn dürstete nach dem Rausch der Geschwindigkeit, er wünschte sich, die dunklen kurvigen Straßen entlangzujagen, ohne den Fuß vom Gaspedal zu nehmen. Fahren, nur fahren, um woanders anzukommen.

Irgendwo ganz anders.

Vor zwei Wochen hatten sie ihre Mutter begraben.

Vielleicht, weil seine Brüder erkannten, in was für einer gefährlichen Stimmung sich Rafe befand, hatten sie sich gegen ihn als Fahrer entschieden. Devin hatte das Steuer übernommen, mit Jared als Beifahrer. Rafe brütete nun auf dem Rücksitz, neben sich seinen jüngsten Bruder Shane, düster vor sich hin und starrte mit finsterem Blick auf die Straße.

Die MacKade-Brüder waren ein rauer Haufen. Alle waren sie hochgewachsen, schlank und sehnig wie Wildhengste, und ihre Fäuste waren nur allzu schnell und gern bereit, ein Ziel zu finden. Ihre Augen – die typischen MacKade-Augen, die alle Schattierungen von Grün aufwiesen – waren imstande, einen Mann auf zehn Schritt Entfernung in Angst und Schrecken zu versetzen. Waren sie schlechter Laune, war es klüger, ihnen aus dem Weg zu gehen.

In Duff's Tavern angelangt, orderte jeder ein Bier – trotz Shanes Protest, der Angst hatte, nicht bedient zu werden, weil er noch nicht einundzwanzig war –, und dann steuerten sie geradewegs auf den Billardtisch zu.

Sie liebten die schummrige, rauchgeschwängerte Atmosphäre der Bar. Das Geräusch, das die Billardkugeln verursachten, wenn sie klackernd aneinanderprallten, war gerade erregend genug, um die innere Anspannung, unter der sie standen, noch ein bisschen weiter in die Höhe zu treiben, und Duff Dempseys Blick, der sie immer wieder streifte, war nervös genug, um sie zu belustigen. Die Wachsamkeit, die sich bei ihrem Anblick in den Augen der anderen Gäste spiegelte, die sich den neuesten Klatsch erzählten, war ihnen Beweis genug dafür, dass sie lebten.

Und auch heute hegte niemand Zweifel daran, dass die MacKade-Jungs wieder einmal auf Streit aus waren. Und natürlich würden sie schließlich auch finden, wonach sie suchten.

Rafe klemmte sich die Zigarette in den Mundwinkel, griff nach seinem Queue, beugte sich über den Billardtisch, spähte mit zusammengekniffenen Augen durch den Qualm, zielte und stieß zu. Die vielen dunklen Bartstoppeln an seinem Kinn – er hatte es bereits seit Tagen nicht für nötig gehalten, sich zu rasieren – spiegelten seine Stimmung wider.

Volltreffer! Seine Kugel schoss über die Bande, prallte ab und beförderte die Sieben wie vorausberechnet mit einem satten Klackern ins Loch.

„Glück für dich, dass es wenigstens eine Sache gibt, die du kannst." Joe Dolin, der an der Bar saß, griff nach seiner Bierflasche und starrte aus trüben Augen zu Rafe hinüber. Er war wieder einmal betrunken, was bei ihm um diese Tageszeit schon fast üblich war. Wenn er sich in diesem Zustand befand, wurde er meistens über kurz oder lang bösartig. In der Highschool war er eine Zeit lang der Star des Footballteams gewesen und hatte mit den MacKade-Brüdern um die Gunst der schönsten Mädchen der Stadt gewetteifert. Doch bereits jetzt, mit Anfang zwanzig, war sein Gesicht vom Alkohol aufgeschwemmt, und sein Körper zeigte erste Anzeichen von Schlaffheit.

Seelenruhig rieb Rafe seinen Queue mit Kreide ein und zog es vor, Joe zu übersehen.

„Jetzt, wo deine Mama tot ist, musst du schon ein bisschen mehr auf die Beine stellen, MacKade. Um 'ne Farm am Laufen zu halten, muss man mehr können, als den Queue zu schwingen." Während Joe die Flasche zwischen zwei Fingern hin und her drehte, machte sich ein gemeines Grinsen auf seinem Gesicht breit. „Hab schon gehört, dass ihr verkaufen müsst, weil ihr Steuern nachzuzahlen habt."

„Da hast du falsch gehört." Cool ging Rafe um den Tisch herum und berechnete seinen nächsten Stoß.

„Glaub ich kaum. Die MacKades sind doch schon immer eine Bande von Lügnern und Betrügern gewesen."

Shane setzte bereits zum Sprung an, doch Rafe hielt ihn zurück. „Er hat mit mir gesprochen", sagte er ruhig und sah seinem jüngeren Bruder einen Moment zwingend in die Augen, bevor er sich umwandte. „Oder irre ich mich da, Joe? Du hast doch mit mir gesprochen, oder?"

„Ich hab mit euch allen gesprochen." Während er seine Bierflasche wieder an die Lippen setzte, glitt Joes Blick über die vier MacKades. Erst über Shane, den Jüngsten, der zwar durchtrainiert war von der Arbeit auf der Farm, aber noch immer eher aussah wie ein Junge, dann über Devin, dessen verschlossener Gesichtsausdruck nichts preisgab. Jared stand lässig gegen die Musikbox gelehnt und war ganz offensichtlich gespannt auf das, was als Nächstes geschah.

Joes Blick wanderte wieder zu Rafe zurück, dem die ungezügelte Wut aus den Augen leuchtete. „Aber wenn du meinst, dann hab ich eben mit dir geredet. Du bist doch sowieso die größte Niete von euch allen, Rafe."

„Findest du, ja?" Rafe nahm die Zigarette aus dem Mund, drückte sie aus und nahm gelassen einen langen, genießerischen Schluck von seinem Bier. Es wirkte wie ein Ritual, das er absolvierte, bevor die Schlacht begann. Die übrigen Gäste verrenkten sich fast die Hälse, um besser zu sehen, was vor sich ging. „Und wie läuft's in der Fabrik, Joe?"

„Immerhin krieg ich jeden Monat Kohle auf die Kralle, um meine Miete bezahlen zu können", erwiderte Joe aggressiv. „Mir will niemand das Haus unterm Hintern wegziehen."

„Zumindest nicht, solange deine Frau bereit ist, in Zwölfstundenschichten Tabletts zu schleppen."

„Halt's Maul. Meine Frau geht dich gar nichts an. Ich bin der, der das Geld nach Haus bringt. Ich brauch keine Frau, die mir Geld gibt, so wie das bei deinem Dad und deiner Mama war. Er hat doch ihre ganze Erbschaft durchgebracht und ist dann auch noch vor ihr gestorben."

„Stimmt, er starb vor ihr." Wut und Trauer kochten in Rafe hoch und drohten ihn hinwegzuschwemmen. „Aber er hat sie nie geschlagen. Sie jedenfalls hat es niemals nötig gehabt, ihre Augen hinter einer Sonnenbrille zu verstecken, damit man die blauen Flecke nicht sieht. Sie musste auch niemandem erzählen, dass sie wieder mal die Treppe runtergefallen ist. Jeder weiß aber, dass das Einzige, worüber deine Mutter jemals gestürzt ist, die Faust deines Vaters war, Joe."

Mit einem Krachen, dass die Flaschen auf dem Regal über der Theke klirrten, setzte Joe seine Bierflasche auf dem Tresen ab. „Das ist eine dreckige Lüge! Ich ramm sie dir in deinen dreckigen Hals zurück, damit du dran erstickst!"

„Versuch's doch."

„Er ist besoffen, Rafe", murmelte Jared.

Rafe sah seinen Bruder an. Seine Augen sprühten gefährliche Funken. „Na und?"

„Ist keine große Kunst, ihm in diesem Zustand die Fresse zu polieren. Damit machst du bestimmt keinen Punkt." Jared hob eine Schulter. „Lass gut sein, der Kerl ist doch den ganzen Aufwand gar nicht wert, Rafe."

Doch Rafe ging es gar nicht darum, einen Punkt zu machen. Er brauchte jetzt einfach den Kampf. Langsam hob er seinen Queue, unterzog die Spitze einer ausgiebigen Betrachtung und legte ihn dann quer über den Billardtisch. „Du willst dich also mit mir anlegen, Joe."

„Nicht hier drin." Obwohl ihm klar war, dass sein Protest zwecklos war, machte Duff eine Bewegung mit dem Daumen hin zum Telefon, das an der Wand hing. „Wenn ihr Ärger macht, ruf ich auf der Stelle den Sheriff an. Dann könnt ihr euch im Knast abkühlen."

„Lass bloß deine verfluchten Finger vom Telefon." Rafes Augen glitzerten kalt und angriffslustig, doch der Barkeeper, der Erfahrung mit Raufbolden hatte, blieb standhaft.

„Ihr geht sofort nach draußen", wiederholte er.

„Aber nur du gegen mich", verlangte Joe und starrte die übrigen MacKades finster an, während er seine Hände bereits zu Fäusten ballte. „Nicht dass mir die anderen dann noch zusätzlich in den Rücken fallen."

„Mit dir werde ich schon noch allein fertig." Wie um es zu beweisen, landete Rafe sofort, nachdem sich die Tür hinter ihnen geschlossen hatte, mit seiner Rechten einen Kinnhaken, der es in sich hatte. Beim Anblick des dicken Bluttropfens, der sich auf Joes Unterlippe bildete, verspürte er eine grimmige Befriedigung.

Er hätte nicht einmal genau sagen können, warum er diesen Kampf gewollt hatte. Joe bedeutete ihm nicht mehr als der

Staub auf der Straße. Es tat einfach gut. Auch wenn Joe jetzt besser in Deckung ging als zu Anfang und hin und wieder sogar einen Volltreffer landete, tat es gut. Fäuste und Blut waren eine klare Sache. Das Krachen, das ertönte, wenn Knochen auf Knochen traf, war ein befreiendes Geräusch; wenn er es hörte, konnte er alles andere vergessen.

Als Devin das blutige Rinnsal sah, das sich vom Mund seines Bruders über sein Kinn hinabzog, zuckte er kurz zusammen, rammte dann aber entschlossen die Hände in die Hosentaschen. „Fünf Minuten gebe ich ihnen noch", erklärte er seinen Brüdern.

„Quatsch, in drei Minuten ist Joe fertig." Mit einem Grinsen beobachtete Shane die beiden Gegner, deren Boxkampf mittlerweile in ein erbittertes Ringen übergegangen war.

„Zehn Dollar."

„Rafe! Los, auf! Mach ihn fertig!", feuerte Shane seinen Bruder an.

Genau drei Minuten und dreißig hässliche Sekunden dauerte es, bis Joe in den Knien einknickte. Breitbeinig stellte sich Rafe vor ihn hin und verpasste ihm methodisch einen Kinnhaken nach dem anderen. Als Joe begann, die Augen zu verdrehen, sodass man nur noch das Weiße sah, machte Jared rasch einen Schritt vor und zog seinen Bruder weg.

„Er hat genug." Jared packte Rafe, um ihn zur Besinnung zu bringen, bei den Schultern und schüttelte ihn. „Er hat genug, kapiert?", wiederholte er. „Lass ihn jetzt in Ruhe."

Nur langsam wich der rasende Zorn aus Rafes Augen. Er öffnete seine Fäuste und starrte auf seine Hände. „Lass mich los, Jared. Ich mach nichts mehr."

Rafe blickte auf den vor sich hin wimmernden Joe, der halb bewusstlos auf dem Boden lag. Über ihn gebeugt stand Devin und zählte ihn aus.

„Ich hätte in Betracht ziehen müssen, wie besoffen er ist",

gab er gegenüber Shane zu. „Aber glaub mir, wenn er nüchtern gewesen wäre, hätte Rafe fünf Minuten gebraucht."

„Ach, niemals! Du glaubst doch nicht, dass Rafe fünf Minuten an so einen Schwachkopf verschwendet."

Jared legte seinen Arm kameradschaftlich um Rafes Schultern. „Wie wär's mit einem abschließenden Bier?"

„Nein." Rafes Blick wanderte zu den Fenstern der Kneipe hinüber, wo sich sensationslüstern eine Menschentraube zusammendrängte. Geistesabwesend wischte er sich das Blut aus dem Gesicht. „Vielleicht sollte jemand von euch ihn auflesen und nach Hause schaffen", schrie er Duffs Gästen zu und wandte sich dann an seine Brüder. „Los, lasst uns abhauen."

Als er schließlich im Auto saß, machten sich seine Platzwunden und Prellungen unangenehm bemerkbar. Nur mit halbem Ohr hörte er Shanes mit Begeisterung vorgetragener Wiederholung des Kampfes zu, während er sich mit Devins Halstuch das Blut, das immer wieder von Neuem von seiner Unterlippe tropfte, abwischte.

Du hast kein Ziel, dachte er. Willst nichts. Tust nichts. Bist nichts. Seiner Meinung nach bestand der einzige Unterschied zwischen ihm und Joe Dolin darin, dass Joe ein Trinker war und er nicht.

Er hasste die verdammte Farm ebenso wie diese verdammte Stadt hier. Er kam sich vor wie in einer Falle, in einem Morast, in dem er mit jedem Tag, der zu Ende ging, tiefer versank.

Jared hatte seine Bücher und seine Studien, Devin seine absonderlich schwerwiegenden Gedanken und Fantasien und Shane das Land, das ihm offensichtlich alles geben konnte, was er zu seiner Befriedigung brauchte.

Nur er hatte nichts.

Am Ortsausgang, wo die Straße anzusteigen begann und der Baumbestand dichter wurde, stand ein Haus. Das alte Barlow-Haus. Düster und verlassen lag es da. Es gab Leute im Ort, die steif und fest behaupteten, in dem alten Gemäuer würde es spuken, weshalb die meisten Einwohner von Antietam sich bemühten, das Haus möglichst nicht zur Kenntnis zu nehmen, oder aber ein wachsames Auge darauf hatten.

„Halt mal kurz an."

„Himmel, Rafe, wird dir womöglich zu guter Letzt noch schlecht?"

„Nein. Halt an, Jared, verdammt noch mal."

Sobald der Wagen stand, sprang Rafe hinaus und kraxelte den steinigen Abhang zu dem Haus hinauf. Überall wucherten Büsche und Sträucher, und dornige Zweige verfingen sich in seinen Hosenbeinen. Er brauchte nicht erst hinter sich zu sehen, um die Flüche zu hören, die seinen Brüdern, die hinter ihm her stolperten, über die Lippen kamen.

Er blieb stehen und blickte versonnen auf das zweistöckige düstere Gemäuer, dessen Quader wahrscheinlich, wie er vermutete, aus dem Steinbruch, der nur ein paar Meilen entfernt lag, stammten. Da die Scheiben längst zu Bruch gegangen waren, hatte man die Fenster mit Brettern vernagelt. Da, wo vermutlich früher ein Rasen gewesen war, wucherten jetzt Disteln, wilde Brombeeren und Hexengras. Inmitten des Gestrüpps erhob eine abgestorbene knorrige alte Eiche ihre kahlen Äste.

Doch als sich nun der Mond zwischen ein paar Wolken hervorstahl und einen warmgoldenen Mantel über das Haus warf, während eine leichte Brise leise flüsternd durch die Sträucher und die hohen Gräser strich, bekam das alte Gemäuer für Rafe plötzlich etwas Zwingendes. Es hatte Wind und Wetter getrotzt und, was am wichtigsten von allem war, auch dem Geschwätz und dem Misstrauen, das ihm die Einwohner der Stadt entgegenbrachten.

„Hältst du etwa Ausschau nach Gespenstern, Rafe?" Shane trat neben ihn, und seine Augen glitzerten in der Dunkelheit.

„Kann sein."

„Kannst du dich noch daran erinnern, wie wir damals, um

uns unseren Mut zu beweisen, die Nacht hier draußen verbracht haben?" Geistesabwesend riss Devin ein paar Grashalme ab und rollte sie zwischen seinen Fingern hin und her. „Vor zehn Jahren oder so, schätze ich. Jared hatte sich ins Haus reingeschlichen und quietschte mit den Türen, während Shane, der nichts davon wusste, draußen stand und sich vor Angst in die Hosen machte."

„Einen Teufel hab ich getan."

„Aber sicher, genauso war's."

Die beiden älteren Brüder ignorierten den Wortwechsel der beiden jüngeren, der voraussehbar in einem Gerangel enden würde.

„Wann wirst du weggehen?", erkundigte sich Jared ruhig. Er hatte es schon eine ganze Weile geahnt, aber nun erkannte er es deutlich. Die Art, wie Rafe das Haus betrachtete, war ganz eindeutig ein Abschiednehmen.

„Heute Nacht. Ich muss hier weg, Jared. Ich muss irgendwo anders hin und ganz neu anfangen, etwas anderes machen. Wenn ich es nicht mache, werde ich so enden wie Dolin. Oder noch schlimmer. Mom ist tot, sie braucht mich nicht mehr. Zum Teufel, sie hat niemals jemanden gebraucht."

„Weißt du schon, wohin du willst?"

„Nein. Vielleicht gehe ich in den Süden. Für den Anfang zumindest." Es gelang ihm kaum, seinen Blick von dem Haus loszureißen. Er hätte schwören können, dass es ihn genau beobachtete. Und auf ihn wartete. „Wenn ich kann, werde ich versuchen, euch Geld zu schicken."

Obwohl es ihm wirklich nicht ganz leicht fiel, zuckte Jared gelassen mit den Schultern. „Wir kommen schon zurecht."

„Du musst dein Jurastudium beenden. Mom hätte das so gewollt, das weißt du." Rafe blickte über die Schulter nach hinten, wo das Gerangel, das zu erwarten gewesen war, bereits beste Fortschritte erzielt hatte. „Die beiden kommen schon klar, wenn sie erst mal genau wissen, was sie wollen."

„Shane weiß, was er will. Die Farm."

„Stimmt." Mit einem dünnen Lächeln holte Rafe ein Zigarettenpäckchen aus seiner Hemdtasche, schüttelte sich eine Zigarette heraus und zündete sie an. „Denk darüber nach. Verkauf so viel Land wie notwendig, aber lass dir nichts wegnehmen. Das, was uns gehört, werden wir auch behalten. Und eines Tages werden sich die Leute im Ort auch wieder daran erinnern, wer die MacKades eigentlich sind."

Rafes dünnes Lächeln verwandelte sich in ein breites Grinsen. Zum ersten Mal seit Wochen verspürte er den bohrenden Schmerz, der sein Inneres zu zerfressen schien, nicht mehr. Seine jüngeren Brüder, die ihren Kampf beendet hatten, hockten leicht ramponiert auf dem Erdboden und lachten sich halb tot.

So behältst du sie alle in Erinnerung, nahm er sich vor. Genau so. Die MacKades, wie sie nebeneinander auf einem steinigen Grund und Boden saßen, auf den niemand Rechtsansprüche hatte und den keiner wollte.

1. Kapitel

Der schlimme Junge war zurückgekehrt. Die Gerüchteküche in Antietam brodelte.

Was schließlich serviert wurde, war eine dicke Brühe, scharf gewürzt mit Skandalen, Sex und süßen Geheimnissen. Rafe MacKade war nach zehn Jahren wieder da.

Das bedeutete Ärger, davon waren einige Leute felsenfest überzeugt. Ärger hing Rafe MacKade am Hals wie einer Kuh die Glocke. Rafe MacKade, der keinem Streit aus dem Weg ging und der den Pick-up seines toten Daddys zu Schrott gefahren hatte, noch bevor er überhaupt im Besitz eines Führerscheins gewesen war.

Nun war er zurückgekommen und parkte seinen Superschlitten unverfroren wie immer direkt vor dem Büro des Sheriffs.

Sicher, die Zeiten hatten sich sehr geändert. Seit fünf Jahren war sein Bruder Devin der Sheriff von Antietam, aber es hatte auch Zeiten gegeben – und die meisten konnten sich noch gut daran erinnern –, in denen Rafe MacKade selbst eine oder zwei Nächte in einer der Zellen, die sich an der Rückseite des Gebäudes befanden, hatte verbringen müssen.

Oh, er war attraktiv wie eh und je – zumindest war das die uneingeschränkte Meinung der Frauen am Ort. Geradezu verteufelt gut sah er aus – ein Geschenk, das alle MacKades in die Wiege gelegt bekommen hatten.

Sein Haar war schwarz und dicht, die Augen, grün und hart wie die Jade der kleinen chinesischen Statuen, die in der Auslage des Antiquitätengeschäfts Past Times standen, funkelten angriffslustig wie in alten Zeiten. Sie trugen nichts dazu bei, dieses kantige, scharf geschnittene Gesicht mit der kleinen Narbe über dem linken Auge weicher erscheinen zu lassen.

Wenn sich jedoch seine Mundwinkel zu einem Lächeln nach oben zogen, machte jedes Frauenherz einen Satz. Dieser Meinung war zumindest Sharilyn Fenniman von der am Ortseingang liegenden Tankstelle Gas and Go gewesen, als er sie angelächelt hatte, während er ihr einen Zwanzigdollarschein für Benzin in die Hand drückte. Noch bevor er den Gang hatte einlegen können, war Sharilyn zum Telefon gerast, um Rafes Rückkehr zu verkünden.

„Sharilyn hat natürlich sofort ihre Mama angerufen." Während sie sprach, füllte Cassandra Dolin Regan Kaffee nach. Es war Nachmittag, und in Ed's Café war nicht viel los. Wahrscheinlich lag das an dem Schnee, der in dicken Flocken vom Himmel fiel und die Straßen und Bürgersteige im Nu weiß werden ließ. Cassie, die über Regans Tasse gebeugt stand, richtete sich vorsichtig auf und zwang sich, den schmerzhaften Stich, der sich an ihrer rechten Hüfte bemerkbar gemacht hatte, zu ignorieren.

Regan Bishop zauderte kurz, bevor sie den Löffel in ihren Eintopf eintauchte und lächelte. „Er stammt doch von hier, stimmt's?"

Auch nach den drei Jahren, die sie nun schon hier lebte, verstand sie noch immer nicht, was die Leute am Kommen und Gehen ihrer Mitmenschen so faszinierte. Irgendwie gefiel ihr aber die Anteilnahme und amüsierte sie auch, allerdings konnte sie das alles nicht so recht verstehen.

„Ja, sicher, aber er war doch so lange weg. Während der ganzen Zeit ist er nur ein- oder zweimal hier gewesen, für ein oder zwei Tage in den letzten zehn Jahren." Während Cassie hinausschaute auf das Schneetreiben, überlegte sie, wo er wohl gewesen war, was er gemacht und erlebt hatte. Ja, und sie versuchte sich vorzustellen, wie es woanders wohl sein mochte.

„Du siehst müde aus, Cassie", murmelte Regan.

„Hm? Ach, nein, ich träume nur gerade ein bisschen. Das hält mich immer aufrecht. Ich habe den Kindern gesagt, dass sie direkt von der Schule hierherkommen sollen, aber ..."

„Dann werden sie es bestimmt auch tun. Du hast großartige Kinder."

„Ja, das stimmt." Als sie lächelte, wich die Anspannung aus ihren Augen, zumindest ein bisschen.

„Warum holst du dir nicht auch eine Tasse? Komm, setz dich doch zu mir und trink einen Schluck." Mit einem raschen Blick durch das Café hatte sich Regan davon überzeugt, dass der Moment günstig war. Rechts hinten in der Nische saß ein Gast, der über seinem Kaffee eingedöst zu sein schien, und das Pärchen am Tresen schien ebenfalls wunschlos glücklich. „Du bist ja im Augenblick mit Arbeit nicht gerade eingedeckt." Als sie sah, dass Cassie zögerte, zog sie kurz entschlossen die Trumpfkarte. „Ich bin doch so neugierig. Erzähl mir was über Rafe MacKade."

Cassie kaute, noch immer unentschlossen, auf ihrer Unterlippe herum. „Na gut", willigte sie schließlich ein. „Ed", rief sie, „ich mach jetzt Mittagspause, okay?"

Auf ihr Rufen hin kam eine hagere Frau in einer weißen Schürze, auf dem Kopf eine wirre rote Dauerwellenpracht, aus der Küche. „Alles klar, Honey." Ihre dunkle Stimme klang rau von den zwei Päckchen Zigaretten, die sie täglich konsumierte, und ihr sorgfältig geschminktes Gesicht glühte von der Hitze, die der Herd, an dem sie arbeitete, ausstrahlte. „Hallo, Regan", sie grinste breit. „Sie haben Ihre Mittagspause schon um fünfzehn Minuten überzogen."

„Ich lasse das Geschäft heute Nachmittag geschlossen", gab Regan zurück. Sie wusste, dass Edwina Crump ihre Öffnungszeiten immer wieder von Neuem amüsierten. „Ich kann mir kaum vorstellen, dass die Leute bei diesem Wetter Lust haben, Antiquitäten zu kaufen."

„Es ist wirklich ein harter Winter." Cassie, die gegangen war, um sich eine Tasse zu holen, kam an den Tisch zurück und schenkte sich Kaffee ein. „Jetzt haben wir noch nicht mal den Januar hinter uns, und die Kids haben schon gar keine Lust mehr, Schneemänner zu bauen und Schlitten zu fahren." Sie seufzte und achtete sorgfältig darauf, nicht vor Schmerz zusammenzuzucken, als sie sich setzte. Sie war zwar erst siebenundzwanzig – ein Jahr jünger als Regan –, aber im Moment fühlte sie sich alt.

Nach drei Jahren Freundschaft konnte Regan Cassies Seufzer sehr gut einordnen. „Die Dinge stehen nicht zum Besten, stimmt's?", fragte sie leise und legte ihre Hand auf die von Cassie. „Hat er dich wieder geschlagen?"

„Nein, nein. Mir geht's gut", beeilte sich Cassie zu versichern und starrte in ihre Kaffeetasse. Sie fühlte sich von Scham, Angst und Schuld wie zerfressen, Gefühle, die mehr schmerzten als jeder Schlag, den ihr Joe je versetzt hatte. „Ich habe keine Lust, über Joe zu reden."

„Hast du dir die Sachen über Gewalt gegen Frauen und das Frauenhaus in Hagerstown durchgelesen, die ich dir mitgebracht habe?"

„Ja ... ich hab mal reingeschaut. Regan, ich habe zwei Kinder, verstehst du? Ich muss zuerst an sie denken."

„Aber ..."

„Bitte." Cassie hob den Blick und sah Regan flehentlich an. „Ich will einfach nicht darüber sprechen."

„Na gut." Regan musste sich bemühen, sich ihre Ungeduld nicht anmerken zu lassen. Sie drückte Cassies Hand. „Also los, erzähl mir was über diesen legendären MacKade."

„Rafe." Cassies Gesicht hellte sich auf. „Ich hatte immer eine Schwäche für ihn. Eigentlich für alle MacKades. Es gab nicht ein Mädchen in der ganzen Stadt, das nicht wenigstens einmal von einem der MacKades geträumt hätte."

„Ich mag Devin." Regan nippte an ihrem Kaffee. „Er

erscheint mir solide, manchmal vielleicht ein bisschen geheimnisvoll, aber absolut zuverlässig."

„Ja, auf Devin kann man sich verlassen", stimmte Cassie zu. „Hätte doch keiner gedacht, dass er jemals ein so guter Sheriff werden würde. Er ist immer gerecht. Jared hat eine gut gehende Anwaltspraxis in Hagerstown. Auch Shane ist absolut in Ordnung – na ja, er hat vielleicht seine Ecken und Kanten, doch er arbeitet auf seiner Farm mindestens für zwei. Als die MacKades noch jünger waren, mussten die Mütter ihre Töchter förmlich einsperren, wenn die Jungs von der Ranch runter in die Stadt kamen."

„Sind alle gute Bürger geworden, hm?"

„Ja. Früher hatten sie immer eine Riesenwut im Bauch. Bei Rafe war es am schlimmsten. In der Nacht, als er die Stadt verließ, hat er sich mit Joe geprügelt. Er hat ihm das Nasenbein gebrochen und zwei Zähne ausgeschlagen."

„Tatsächlich?" Regan beschloss, Rafe genau dafür zu mögen, wie auch immer er sonst sein mochte.

„Ihr Vater starb, als sie noch Kinder waren", erzählte Cassie weiter. „Ich muss damals so etwa zehn gewesen sein. Rafe verließ kurz nach dem Tod ihrer Mutter die Stadt. Sie war zuvor ein Jahr lang krank gewesen, der Grund dafür, dass die Dinge auf der Farm nicht zum Besten standen. Die Leute hier waren fast alle fest davon überzeugt, dass die MacKades verkaufen müssten, aber sie hielten durch."

„Zumindest drei von ihnen."

„Mmm..." Cassie genoss ihren Kaffee. Sie hatte so selten Zeit, sich einmal hinzusetzen. „Sie waren ja alle noch nicht richtig erwachsen. Jared muss damals dreiundzwanzig gewesen sein, und Rafe zehn Monate jünger. Devin ist vier Jahre älter als ich, und Shane ist der Jüngste."

„Das klingt so, als sei Mrs. MacKade eine fleißige Frau gewesen."

„Sie war großartig. Stark. Sie hielt alles zusammen, egal wie schlimm und verfahren die Situation auch war. Ich habe sie immer bewundert."

„Nicht in jedem Fall ist es gut, durchzuhalten bis zum bitteren Ende", murmelte Regan und dachte dabei an Cassie. Sie schüttelte den Kopf. Nein, sie hatte sich vorgenommen, Cassie nicht zu drängen. Die Dinge brauchten ihre Zeit. „Warum, glaubst du, ist er zurückgekommen?"

„Keine Ahnung. Ich habe gehört, dass er in den vergangenen Jahren eine Menge Geld mit Haus- und Grundstücksverkäufen verdient haben soll. Er hat wohl jetzt eine Immobilienfirma. MacKade hat er sie genannt. Einfach nur MacKade. Meine Mutter war immer der Meinung, dass er eines Tages im Gefängnis landen würde, aber ..." Sie unterbrach sich mitten im Satz und starrte wie gebannt aus dem Fenster. „Oh Gott", murmelte sie hingerissen. „Sharilyn hatte recht."

„Hm?"

„Er sieht besser aus als je zuvor."

Gerade in dem Moment, in dem Regan neugierig den Hals reckte, um einen Blick auf ihn zu erhaschen, bimmelte die Türglocke, und er trat ein. Selbst wenn er noch heute das schwarze Schaf sein sollte, als das er von hier fortgegangen ist, so ist er doch zumindest ein Prachtexemplar, dachte Regan anerkennend.

Er schüttelte sich den Schnee aus dem dichten Haar, das die Farbe von Kohlenstaub hatte, und schälte sich aus seiner schwarzen sportlichen Lederjacke, die mit Sicherheit nicht die richtige Bekleidung für einen harten Ostküstenwinter darstellte. Er hat das Gesicht eines Kriegers, dachte Regan – die kleine Narbe über dem linken Auge, der Dreitagebart und die leicht gekrümmte Nase, die sein Gesicht davor bewahrte, allzu ebenmäßig zu erscheinen.

Sein Körper wirkte, als sei er hart wie Granit, und seine Augen waren auch nicht weicher. Er trug ein Flanellhemd, ausgewaschene Jeans und ramponierte Stiefel. Dass er reich und erfolgreich aussah, konnte man nicht gerade behaupten.

Rafe amüsierte die Tatsache, und gleichzeitig war er erfreut darüber, dass sich Eds Lokal während der zehn Jahre seiner Abwesenheit um keinen Deut verändert hatte. Vermutlich waren das noch immer jene Barhocker, die er als Junge bereits angewärmt hatte, während er auf seinen Eisbecher oder seinen Softdrink wartete. Ganz sicher aber lag noch immer der gleiche Geruch in der Luft, ein Gemisch aus Fett, dem Duft gebratener Zwiebeln und Zigarettenrauch, das alles angereichert mit einem Schuss Reinigungsmittel, das nach Kiefernnadel roch.

Sicher stand Ed wie immer hinten in der Küche und wendete Burgers oder stocherte in den Pommes herum, um zu überprüfen, ob sie schon knusprig genug waren. Und ebenso sicher war der Alte, der da drüben in der Nische über seinem mittlerweile kalt gewordenen Kaffee döste, Tidas. Er schnarchte friedlich vor sich hin, ganz so, wie er es immer getan hatte.

Rafes kühl taxierender Blick erfasste den leuchtend weißen Tresen, auf dem mit Plastikfolie abgedeckte Kuchenplatten standen, wanderte weiter über die Wände, wo Schwarzweiß-Drucke der berühmtesten Schlachten aus dem Bürgerkrieg hingen, hin zu einer Nische, in der zwei Frauen vor ihren Kaffeetassen saßen.

Die eine der beiden hatte er noch nie gesehen. Am liebsten hätte er einen anerkennenden Pfiff ausgestoßen. Das schimmernde braune Haar, auf Kinnlänge geschnitten, umrahmte ein weiches Gesicht, dessen Haut die Farbe von Elfenbein hatte. Lange, dichte dunkle Wimpern beschatteten dunkelblaue Augen, die ihm mit unverhüllter Neugier entgegenblickten. Über dem vollen Mund saß direkt in der Ecke ein winziger frecher Leberfleck.

Bildschön, dachte er. Als wäre sie gerade einem Hochglanz-Modemagazin entstiegen.

Sie starrten einander einen Moment lang an und taxierten sich so, wie man ein begehrenswertes Schmuckstück in einem Schaufenster einschätzt. Dann ließ er seinen Blick weiterwandern zu der kleinen, zerbrechlich wirkenden Blondine mit den traurigen Augen und dem zögernden Lächeln.

„Teufel noch mal." Ein breites Grinsen erhellte sein Gesicht, ein Umstand, der die Raumtemperatur schlagartig in die Höhe zu treiben schien. „Die kleine, süße Cassie Connor."

„Rafe. Ich habe schon gehört, dass du wieder da bist." Als er sie am Handgelenk packte und hochzog, um sie besser anschauen zu können, lachte sie perlend. Regan hob erstaunt die Augenbrauen. Es war wirklich selten, dass Cassie so frei herauslachte.

„Hübsch wie immer", sagte Rafe und küsste sie ungeniert auf den Mund. „Ich hoffe, du hast den Trottel rausgeschmissen, damit ich jetzt freie Bahn habe."

Sie wich einen Schritt zurück und bemühte sich ganz offensichtlich, ihre Zunge sorgsam im Zaum zu halten. „Ich habe jetzt zwei Kinder!"

„Ja. Hab's schon gehört. Einen Jungen und ein Mädchen, stimmt's?" Er zog scherzhaft am Träger ihrer Latzschürze, während er leicht bestürzt registrierte, dass sie noch schmaler und zerbrechlicher wirkte als früher. Sie war viel zu dünn. „Du arbeitest immer noch hier?"

„Ja. Ed ist hinten in der Küche."

„Ich geh gleich mal hin, um sie zu begrüßen!" Während seine Hand noch immer wie zufällig auf Cassies Schulter ruhte, fiel sein Blick wieder auf Regan. „Und wer ist deine Freundin?"

„Oh, entschuldige. Das ist Regan Bishop. Ihr gehört das Past Times, ein Antiquitätengeschäft, ein paar Häuser weiter die Straße hinunter. Regan, das ist Rafe MacKade."

„Einer der MacKade-Brüder." Sie bot ihm die Hand. „Ich habe schon von Ihnen gehört."

„Davon bin ich überzeugt." Er nahm ihre Hand und hielt sie fest, während er ihren Blick suchte. „Antiquitäten? Was für ein Zufall. Das interessiert mich sehr."

„Ach ja? Geht es Ihnen um eine bestimmte Epoche?"

„Mitte bis spätes neunzehntes Jahrhundert. Ich habe mir gerade ein Haus hier gekauft, das ich ganz im Stil dieser Zeit einrichten will. Glauben Sie, dass Sie mir dabei behilflich sein können?"

Vor Verblüffung blieb ihr fast der Mund offen stehen. Ihr Geschäft ging recht gut, sie lebte von den Touristen, und ab und an kauften sich auch die Einheimischen ein schönes Stück. Dieses Angebot aber, das er ihr eben unterbreitet hatte, würde ihr normales Einkommen schlagartig verdreifachen. „Selbstverständlich."

„Du hast dir ein Haus gekauft?", schaltete sich Cassie nun überrascht ein. „Ich dachte, du wohnst bei deinem Bruder auf der Farm."

„Stimmt. Bis jetzt zumindest. Dieses Haus habe ich mir allerdings auch nicht gekauft, um darin zu wohnen. Ich will ein Hotel daraus machen. Es ist das alte Barlow-Haus."

Überrascht drehte Cassie die Kaffeekanne in ihren Händen hin und her. „Das Barlow-Haus? Aber dort ..."

„Spukt es?" Seine Augen funkelten. „Da hast du verdammt recht. Wie steht's, Cassie, könnte ich denn vielleicht auch ein Stück von diesem Kuchen hier haben und einen Kaffee? Wenn ich das alles hier sehe, bekomme ich richtig Appetit."

Obwohl Regan kurz darauf gegangen war, hatte Rafe noch etwa eine Stunde in Ed's Café vertrödelt. Gerade als er aufbrechen wollte, kamen Cassies Kinder hereingestürmt. Cassie veranstaltete einen Riesenwirbel, weil der Junge vergessen hatte, seine Handschuhe anzuziehen, und dann begann das kleine Mädchen mit den großen Augen feierlich und ernsthaft von den Ereignissen des Tages zu erzählen.

Vieles war über den Zeitraum von zehn Jahren hinweg gleich geblieben. Aber es hatte sich auch eine Menge verändert. Er war sich klar darüber, dass die Neuigkeit seiner Rückkehr im Moment durch die Telefondrähte schwirrte. Und er freute sich darüber. Er wollte, dass die ganze Stadt wusste, dass er wieder da war und dass er nicht geschlagen zurückgekommen war, wie so mancher es vorausgesagt hatte.

Er hatte genügend Geld in der Tasche und Pläne für seine Zukunft. Das Barlow-Haus war das Herzstück seiner Pläne. Es hatte ihn die ganzen Jahre über nicht losgelassen. Nun gehörte es ihm, jeder Stein, jeder Balken – und alles, was sonst noch darin sein mochte. Er würde es neu erschaffen, ebenso wie er sich selbst neu erschaffen hatte.

Eines Tages würde er am Dachfenster stehen und auf die Stadt hinunterschauen. Er würde es allen beweisen – und auch sich selbst –, dass Rafe MacKade alles andere als ein Niemand war.

Er ließ ein großzügiges Trinkgeld liegen, wobei er darauf achtete, dass es nicht so großzügig ausfiel, dass es Cassie beschämen könnte. Sie ist viel zu dünn, dachte er wieder wie vorhin schon einmal, und ihre Augen blicken allzu wachsam. Ihm war aufgefallen, dass sie diese Wachsamkeit nur gegenüber Regan abgelegt hatte.

Die schien ihm eine Frau zu sein, die wusste, was sie wollte. Ruhige, entschlossene Ausstrahlung, ein energisches Kinn und weiche Hände. Sie hatte mit keiner Wimper gezuckt, als er ihr sein Angebot unterbreitet hatte. Oh, natürlich konnte er sich gut vorstellen, wie es sie innerlich durchzuckt hatte, aber anmerken lassen hatte sie sich nichts.

„Wo ist denn dieses Antiquitätengeschäft? Zwei Häuser weiter?"

„Genau." Cassie brühte gerade eine Kanne frischen Kaffees auf, wobei sie die ganze Zeit ein Auge auf ihre Kinder hatte. „Auf der linken Seite. Aber soweit ich weiß, hat sie heute Nachmittag geschlossen."

Rafe schlüpfte in seine Lederjacke und grinste. „Das glaube ich kaum."

Er schlenderte hinaus, die Jacke offen, als wäre draußen das herrlichste Frühlingswetter. Bei jedem Schritt knirschte der Schnee unter seinen Schuhsohlen. Ganz wie erwartet, brannte bei Past Times das Licht. Doch statt gleich in der Wärme des Ladens Schutz vor der Kälte zu suchen, blieb er nun vor dem Schaufenster stehen und studierte interessiert die Auslage, die er sehr ansprechend fand.

Das gesamte Fenster war mit einer Flut von blau schimmerndem Brokatstoff ausgelegt, auf dem ein zierlicher Kinderschaukelstuhl stand, in den man eine Porzellanpuppe mit riesigen himmelblauen Augen hineingesetzt hatte. Ihr zu Füßen türmte sich ein raffiniert angerichtetes Durcheinander von antikem Kinderspielzeug. Auf einem Sockel bäumte sich züngelnd, das Maul weit aufgerissen, ein Drache aus Jade auf. Daneben stand ein auf Hochglanz poliertes Schmuckkästchen, aus dessen geöffneten Schubladen perlmuttschillernde Perlenketten, mit funkelnden Steinen besetzte Armbänder, goldene Reifen, Ringe und Ohrgehänge quollen, gerade so, als ob eine Frauenhand auf der Suche nach dem passenden Stück alles durchwühlt hätte.

Nicht schlecht gemacht, dachte er anerkennend.

Als er den Laden betrat, bimmelten die Schlittenglöckchen, die über der Tür hingen, melodisch, und ihm schlug ein Duft nach Zimt, Äpfeln und Nelken entgegen. Und noch etwas hing in der Luft, das er sofort erkannte und das ihn veranlasste, ganz tief Atem zu holen: der unaufdringliche, aber unverkennbare Duft von Regan Bishops Parfüm.

Er ließ seine Blicke durch den Raum schweifen. Eine Couch hier, ein Tisch da, alles stand wie zufällig herum, aber ihm war klar, dass die Anordnung der Dinge Methode hatte. Lampen, Schüsseln, Vasen waren bewusst ausgestellt und erweckten doch den Anschein, als wären sie Dekoration. Ein Esstisch war sorgfältig gedeckt mit feinem chinesischen Porzellangeschirr, handgeschliffenen Gläsern und Kristallkaraffen, feierlich breitete ein Kerzenleuchter seine Arme über der Festtafel aus, und ein frischer, zartfarbiger Blumenstrauß ließ in dem Betrachter das Gefühl aufkommen, als müssten die erwarteten Gäste jeden Moment eintreffen.

Der Laden hatte drei große Ausstellungsräume. Nirgendwo entdeckte er Trödel, altes Gerümpel oder auch nur ein Stäubchen. Alles glänzte, funkelte und war auf Hochglanz poliert. Er blieb vor einem roh gebeizten Küchenschrank aus hellem Holz stehen, in dem große dunkelblaue Teller, Tassen und Krüge aus Ton standen.

„Ein schönes Stück, nicht wahr?", bemerkte Regan, die hinter ihn getreten war.

„Wir haben einen ähnlichen Schrank in unserer Küche auf der Farm." Er drehte sich nicht um. „Meine Mutter bewahrte das Alltagsgeschirr darin auf. Und die Gläser. Aber dicke, die nicht so leicht zerbrechen konnten. Die warf sie dann nach mir, wenn ich wieder einmal unverschämt und aufsässig war."

„Hat sie Ihnen denn auch ab und zu mal eine Ohrfeige verpasst?"

„Nein, aber sie hätte es bestimmt getan, wenn sie der Meinung gewesen wäre, dass es nötig ist." Nun drehte er sich um und präsentierte ihr ein geradezu verheerend charmantes Grinsen. „Und sie hatte verdammt viel Kraft in den Armen, das können Sie mir glauben. Und – was machen Sie eigentlich hier mitten im Nirgendwo, Regan Bishop?"

„Antiquitäten verkaufen, Rafe MacKade."

„So, so. Und sie sind tatsächlich gar nicht mal so schlecht. Was möchten Sie denn für den Drachen draußen im Schaufenster?"

„Fünfundfünfzig. Sie haben einen exzellenten Geschmack, das muss ich schon sagen."

„Fünfundfünfzig. Sie scheinen ja ziemlich gesalzene Preise zu haben." Seelenruhig streckte er die Hand aus und öffnete einen der goldenen Knöpfe ihrer marineblauen Kostümjacke.

Sie fand die kleine Geste reichlich unverschämt, aber sie dachte gar nicht daran, sie zu kommentieren. „Sie bekommen ja auch etwas für Ihr Geld."

Er hakte seine Daumen in die Taschen seiner Jeans und begann wieder herumzuschlendern. „Wie lange sind Sie denn schon hier?"

„Im vergangenen Sommer waren es drei Jahre."

„Und wo kommen Sie her?" Als er keine Antwort bekam, drehte er sich um und sah, dass sie eine ihrer schön geschwungenen schwarzen Augenbrauen leicht hochgezogen hatte. „Wir machen doch nur ein bisschen Konversation, Darling. Es ist mir ganz angenehm, wenn ich von den Leuten, mit denen ich geschäftlich zu tun habe, ein bisschen was weiß."

„Bis jetzt haben wir aber noch nicht geschäftlich miteinander zu tun." Sie strich sich das Haar hinter die Ohren und strahlte ihn an. „Darling", setzte sie dann angriffslustig hinzu.

Er brach in ein Lachen aus. Sie fand es ansteckend. Nimm dich in Acht, sagte sie sich.

„Ich habe das Gefühl, dass wir gut miteinander zurechtkommen werden, Regan." Er blieb vor ihr stehen, legte den Kopf auf die Seite und taxierte sie vom Kopf bis zu den Zehenspitzen. „Sie sind nicht übel."

„Führen wir noch immer eine Konversation?"

„Nein, das ist jetzt eine Inspektion." Er wippte auf den Zehenspitzen leicht hin und her, die Daumen noch immer in die Hosentaschen gehakt, in den Mundwinkeln ein Grinsen, und studierte die Ringe an ihren Fingern. „Da ist aber keiner dabei, der mich abhalten könnte, oder?"

Plötzlich hatte sie Schmetterlinge im Bauch. Sie straffte die Schultern. „Kommt ganz darauf an, worauf Sie hinauswollen."

Er zuckte nur die Schultern, ließ sich auf einem mit dunkelrotem Samt bezogenen Zweiersofa nieder und legte lässig den Arm über die geschwungene Lehne. „Wollen Sie sich nicht zu mir setzen?"

„Nein, danke. Sind Sie hergekommen, um Geschäfte mit mir zu machen, oder weil Sie die Absicht haben, mich ins Bett zu zerren?"

„Ich zerre niemals Frauen ins Bett." Er lächelte sie an.

Nein, dachte sie. Das hast du mit Sicherheit auch gar nicht nötig, du brauchst nur dieses Grinsen aufzusetzen.

„Wirklich, Regan. Es ist rein geschäftlich." Er streckte bequem die Beine aus und legte die Füße übereinander. „Zumindest noch."

„Okay. Wie wär's mit einem heißen Apfelwein?"

„Danke, gern."

Sie wandte sich ab und ging in den hinteren Teil des Ladens. Rafe haderte unterdessen mit sich selbst. Eigentlich hatte er nicht die Absicht gehabt, so direkt zu sein. Der Duft, den sie ausströmte, musste ihm wohl das Hirn benebelt haben. Und provoziert hatte er sich gefühlt durch die kühle Art, wie sie da in ihrem eleganten Schneiderkostüm vor ihm stand.

Wenn ihm jemals eine Frau über den Weg gelaufen war, die versprach, ihm Schwierigkeiten zu machen, so war es Regan Bishop. Aber er hatte noch niemals den einfacheren Weg gewählt. Er liebte die Herausforderung.

Kurz darauf kam sie zurück. Beim Anblick ihrer langen Beine stockte ihm fast der Atem.

„Danke." Er nahm ihr den emaillierten Becher mit dem dampfend heißen Gebräu aus der Hand. „Eigentlich hatte ich beabsichtigt, eine Firma in Washington oder Baltimore mit der Einrichtung des Hauses zu beauftragen, aber es würde mich wahrscheinlich einige Zeit kosten, eine geeignete zu finden."

„Was Ihnen so eine Firma bieten kann, kann ich auch. Und ich mache Ihnen einen besseren Preis." Sie hoffte es zumindest.

„Mag sein. Nun, mir wäre es ganz recht, wenn der Laden hier am Ort ist. Eine enge Zusammenarbeit ist so besser gewährleistet." Er kostete von dem heißen Apfelwein. Er schmeckte gut, war aber ziemlich stark. „Was wissen Sie über das Barlow-Haus?"

„Jammerschade, dass man es so verfallen lässt. Und eigentlich verstehe ich es nicht, denn hier in der Gegend werden doch sehr viele historische Bauten restauriert. Nur dieses Haus wird von der Stadt total ignoriert."

„Es ist zwar solide gebaut, aber man muss eine Menge Arbeit hineinstecken …" Er ließ all die Aufgaben, die vor ihm lagen, vor seinem geistigen Auge Revue passieren. „Fußböden müssen gelegt werden, die Wände brauchen einen neuen Verputz, einige will ich auch einreißen, die Fenster sind hinüber, und das Dach ist eine einzige Katastrophe." Er zuckte die Schultern. „Es wird Zeit kosten und Geld, das ist alles. Wenn es fertig ist, soll es wieder genauso aussehen wie 1862, als die Barlows hier lebten und vom Fenster ihres Salons aus die Schlacht von Antietam verfolgten."

„Haben sie das?", fragte Regan und lächelte. „Ich würde viel eher annehmen, dass sie sich vor Angst in ihrem Keller verkrochen haben."

„Glaube ich nicht. Sie waren reich und privilegiert, und es ist zu vermuten, dass die ganze Sache für sie eher eine Art der Unterhaltung war. Vielleicht haben sie sich geärgert, wenn vom Lärm des Kanonendonners das eine oder andere Fenster einen Sprung bekommen hat oder wenn die Todesschreie der Soldaten das Baby aus seinem Mittagsschlaf geweckt haben."

„Sie sind ja ein echter Zyniker. Reich zu sein heißt doch nicht, dass man keine Panik verspüren würde, wenn direkt vor dem Haus auf dem Rasen Menschen sich im Todeskampf winden und verbluten."

„Die Schlacht spielte sich ja nicht unmittelbar vor dem Haus ab. Aber egal. Jedenfalls möchte ich, dass das Haus wieder genau so eingerichtet wird, wie es damals war. Die Tapeten, die Möbel, die Stoffe – und alles in den Originalfarben natürlich." Er verspürte das drängende Bedürfnis nach einer Zigarette, kämpfte es aber nieder. „Und wie denken Sie darüber, ein Haus, in dem es spukt, zu restaurieren?"

„Wäre äußerst interessant." Sie sah ihn über den Rand ihrer Tasse hinweg an. „Nebenbei gesagt, ich glaube nicht an Gespenster."

„Das wird sich bald ändern. Ich habe in meiner Kindheit mal zusammen mit meinen Brüdern eine Nacht in dem Barlow-Haus verbracht."

„Ach ja? Haben die Türen gequietscht und die Ketten gerasselt?"

„Nein." Das Lächeln war aus seinem Gesicht wie fortgewischt. „Bis auf die Geräusche, die Jared arrangiert hat, um uns zu erschrecken. Aber es gibt auf einer der Treppen einen bestimmten Punkt, der einem das Blut in den Adern gerinnen lässt, und wenn man den Flur entlanggeht, erscheint es manchmal, als würde einem jemand über die Schulter schauen. Und wenn es still ist und man lauscht angestrengt genug, kann man Säbelrasseln hören."

Obwohl sie stark an der Glaubwürdigkeit seiner Aussagen zweifelte, gelang es ihr doch nicht, den Schauer, der sie überlief, zu unterdrücken. „Wenn Sie versuchen, mich aus dem Rennen zu nehmen, indem Sie mir Angst einjagen, muss ich Sie leider enttäuschen."

„Ich beschreibe ja nur. Am besten wäre ein gemeinsamer Ortstermin, was halten Sie davon? Und dann können Sie mir Ihre Vorschläge unterbreiten. Wie wär's mit morgen Nachmittag? Vielleicht gegen zwei?"

„Ja, das würde mir gut passen. Dann kann ich auch gleich alles ausmessen."

„Okay." Er stellte seine Tasse ab und erhob sich. „Die geschäftliche Verbindung mit Ihnen fängt an, mir Spaß zu machen."

Sie nahm die Hand, die er ihr entgegenstreckte. „Willkommen zu Hause."

„Oh, da sind Sie die Erste, die mir das sagt." Mit betonter Ironie hob er ihre Hand an die Lippen und küsste sie. „Vielen Dank, aber anscheinend wissen Sie nicht, mit wem Sie es zu tun haben. Also, bis morgen dann." Er wandte sich um und ging zur Tür. „Und, Regan", fügte er hinzu, „holen Sie den Drachen aus dem Fenster. Ich nehme ihn."

Nachdem er die Stadt hinter sich gelassen hatte, fuhr Rafe an den Straßenrand, hielt an und stieg aus. Ohne auf das Schneetreiben und den eisigen Wind, der ihm entgegenschlug, zu achten, stand er versonnen da und blickte auf das einsame Haus, das sich auf dem Hügel vor ihm erhob. Welche Geheimnisse mochte es bergen?

Gespenster, dachte er, während die Schneeflocken lautlos auf ihn niederfielen. Vielleicht. Aber langsam wurde ihm klar, dass es sich wahrscheinlich um Gespenster handelte, die in ihm selbst wohnten.

2. Kapitel

Regan freute sich immer wieder von Neuem darüber, dass sie es zu einem eigenen Geschäft gebracht hatte. Sie allein konnte entscheiden, was sie ankaufte und verkaufte, ganz nach ihrem Geschmack, und sie selbst war es, die die Atmosphäre schuf, die ihr Laden ausstrahlte. Die Zeit, die sie dort verbrachte, war Zeit, die ihr gehörte, denn alles, was sie tat, tat sie für sich.

Aber obwohl sie ihr eigener Chef war, erlaubte sich Regan keinerlei Nachlässigkeiten. Im Gegenteil, sie war streng mit sich selbst und erwartete von sich, dass sie bereit war, nur das Beste zu geben. Sie arbeitete hart und beklagte sich selten.

Sie hatte genau das, was sie sich immer gewünscht hatte – ein Zuhause und ein Geschäft in einer Kleinstadt, die fast ländlich anmutete, weit weg von der Hektik und dem Lärm der Großstadt, in der sie fünfundzwanzig Jahre ihres Lebens verbracht hatte.

Nach Antietam zu ziehen und ein eigenes Geschäft aufzumachen, war Teil des Fünfjahresplans gewesen, den sie sich nach dem Examen aufgestellt hatte. Nach Abschluss ihres Studiums der Geschichte und Betriebswirtschaft hatte sie einige Zeit im Antiquitätenhandel gearbeitet, um Erfahrungen zu sammeln.

Nun war sie endlich ihr eigener Herr. Jeder Quadratzentimeter des Ladens und der gemütlichen Wohnung, die im Stockwerk darüber lag, gehörte ihr. Und der Bank. Das Geschäft, das sie mit MacKade machen würde, würde sie der vollkommenen Unabhängigkeit einen großen Schritt näherbringen.

Gleich nachdem Rafe sie gestern Nachmittag verlassen

hatte, hatte sie den Laden abgeschlossen, war in die Bibliothek hinübergegangen und hatte sich eine ganze Ladung Bücher ausgeliehen, um ihr Wissen über die Epoche, mit der sie sich nun würde beschäftigen müssen, aufzufrischen und zu ergänzen.

Noch um Mitternacht saß sie über die Bücher gebeugt, las und machte sich Notizen über jedes kleine Detail des Alltagslebens während des Bürgerkriegs in Maryland. Erst als die Buchstaben vor ihren Augen zu tanzen begannen, konnte sie sich dazu entschließen, ihre Lektüre zu beenden.

Nun kannte sie jeden Aspekt der Schlacht von Antietam, wusste alle Einzelheiten über General Lees Marsch und seinen Rückzug über den Fluss und hatte die genaue Anzahl der Toten und Verwundeten im Kopf, ebenso wie das Bild des blutigen Kampfes, der über die Hügel und durch die Kornfelder Marylands getobt war.

Das meiste davon hatte sie natürlich schon vorher gewusst, vor allem deshalb, weil sie die Vorstellung, dass ausgerechnet hier, in dieser stillen, abgeschiedenen Gegend eine der größten Schlachten des amerikanischen Bürgerkriegs geschlagen worden war, schon immer fasziniert hatte. In gewisser Weise war es sogar so, dass dieses Wissen ihre Wahl bezüglich des Ortes, an dem sie sich niederlassen wollte, beeinflusst hatte.

Diesmal jedoch hatte sie nach mehr ins Detail gehenden Informationen Ausschau gehalten – Informationen, die die Barlows betrafen. Sie wollte alles wissen, sowohl die Fakten als auch das, was an Spekulationen über sie angestellt wurde. Bereits hundert Jahre vor jenem schrecklichen Tag im September des Jahres 1862 war die Familie in dem Haus auf dem Hügel ansässig geworden. Als wohlhabende Großgrundbesitzer und Geschäftsleute hatten sie gelebt wie die Fürsten. Ihre rauschenden Bälle und festlichen Dinner hatten Gäste in großer Zahl aus Washington und aus Virginia angelockt.

Sie wusste, wie sie sich gekleidet hatten, sah die Gehröcke

der Herren und die mit Spitzen besetzten Reifröcke der Damen genau vor sich, die Hüte aus Seide und die mit Satin bezogenen Pumps. Sie wusste, wie sie gelebt hatten, mit Dienstboten, die ihnen den Wein aus Kristallkaraffen in handgeschliffene, funkelnde Pokale einschenkten und die ihr Heim schmückten und die Möbel mit Bienenwachs wienerten, bis man sich darin spiegeln konnte.

Selbst jetzt, hier auf dieser verschneiten, kurvigen Straße, die sie gerade entlangfuhr, hatte sie die Farben und Stoffe vor Augen, die Möbel und all die schönen Kleinigkeiten, mit denen sich die Barlows umgeben hatten. Rafe MacKade würde für sein Geld den adäquaten Gegenwert bekommen. Sie hoffte nur, dass seine Taschen auch tief genug waren.

Auf der schmalen, holprigen Straße, die zu dem Haus hinaufführte, lag hoher, jungfräulich weißer Schnee. Unmöglich. Diese Straße konnte sie keinesfalls hinauffahren. Sie würde in den Schneeverwehungen stecken bleiben.

Leicht verärgert darüber, dass Rafe diesem Umstand keine Beachtung geschenkt hatte, fuhr sie bis zur nächsten Biegung, parkte den Wagen und stieg aus. Nur mit ihrer Aktentasche bewaffnet, trat sie den mühseligen Marsch nach oben an.

Wie gut, dass du deine Winterstiefel anhast, sagte sie sich, als sie fast bis zu den Waden im Schnee versank. Zuerst hatte sie ein Kostüm und Schuhe mit hohen Absätzen anziehen wollen, aber im letzten Moment war ihr eingefallen, dass es weiß Gott nicht darum ging, bei Rafe MacKade Eindruck zu schinden.

Nachdem sie die Anhöhe erklommen hatte, sah sie sich um. Das Haus hatte etwas Faszinierendes an sich, und es zeichnete sich trotz der langjährigen Vernachlässigung stolz und unverwüstlich gegen das kalte Blau des Himmels ab.

Sie trat, vorsichtig durch die Schneeverwehungen stapfend, näher und kämpfte sich durch das Gesträuch. Brombeerranken streckten ihre dornigen Finger nach ihren Hosenbeinen aus und verhakten sich. Und doch war hier früher einmal weicher grüner Rasen mit in allen Farben blühenden Blumenrabatten gewesen.

Wenn Rafe auch nur ein kleines bisschen Fantasie hatte, könnte es eines Tages wieder so sein.

Während sie sich ermahnte, dass die Landschaftsgestaltung nicht ihr Problem war, bahnte sie sich ihren Weg zur vorderen Eingangstür.

Er ist zu spät dran, dachte sie mit einem Anflug von Missmut.

Regan schaute sich um, stampfte ein paarmal, um wärmer zu werden, mit den Füßen auf und warf einen Blick auf ihre Armbanduhr. Der Mann konnte doch kaum erwarten, dass sie in dieser Eiseskälte hier draußen herumstand und auf ihn wartete. Zehn Minuten und keine Sekunde länger, sagte sie sich. Sie würde ihm eine Nachricht hinterlassen, in der sie ihn darüber aufklärte, dass sie getroffenen Verabredungen viel Wert beimaß, und wieder wegfahren.

Aber es konnte nicht schaden, einen kurzen Blick ins Innere des Hauses zu werfen.

Vorsichtig stieg sie die schadhaften Stufen empor. *Hier, an diesem Seitenbogen sollten sich unbedingt Glyzinien oder Wicken emporranken,* überlegte sie, und für einen Moment war ihr, als läge deren Duft, das süße Aroma des Frühlings, bereits in der Luft.

Als sie die Hand auf die Türklinke legte, wurde ihr plötzlich klar, dass sie das schon die ganze Zeit hatte tun wollen. Bestimmt ist die Tür abgeschlossen, dachte sie. Selbst in Kleinstädten nimmt ja der Vandalismus immer mehr zu. Doch sie hatte den Gedanken kaum zu Ende gedacht, da merkte sie, dass die Tür nachgab.

Es war nur vernünftig, hineinzugehen. Zwar würde es drin auch nicht warm sein, aber wenigstens windstill. Und sie könnte sich schon einmal umsehen. Plötzlich zog sie die Hand zurück, als hätte sie sich verbrannt. Ihr Atem kam stoßweise, erschreckend laut in der Stille. Sie zitterte.

Du bist nur etwas kurzatmig, weil du den Hügel so schnell hinaufgelaufen bist, versuchte sie sich zu beruhigen. Und vollkommen durchgefroren, deshalb zitterst du. Das ist alles. Aber es war nicht alles. Die Wahrheit war, dass ihr die Furcht tief in den Knochen steckte, sie hatte es bis jetzt nur nicht gemerkt.

Beschämt schaute sie sich nach allen Seiten um. Gott sei Dank war kein Mensch weit und breit zu sehen, der ihre lächerliche Reaktion hätte beobachten können. Sie holte tief Luft, lachte über sich selbst, fasste sich ein Herz und öffnete die Tür.

Sie quietschte. Das war zu erwarten, sie war ja seit vielen Jahrzehnten nicht mehr geölt worden. Das riesige Foyer, das nun vor ihren Augen lag, entschädigte sie für ihre Angst, sodass sie alles andere vergaß. Sie schloss die Tür hinter sich und lehnte sich erleichtert aufseufzend mit dem Rücken dagegen.

Überall lag fingerdick der Staub, und Schimmelpilz wucherte über die Wände. Die Fußleisten waren von Mäusen angefressen, und Spinnweben hingen schmutzigen Schleiern gleich von der Decke herab. Sie sah jedoch alles bereits in neuem Glanz, die Wände gestrichen in dem vollen, dunklen Grünton, der für die Epoche so typisch war, der Holzfußboden unter ihren Füßen so blitzblank gewachst, dass man sich darin spiegeln konnte.

Und dort drüben, dachte sie, steht der Tisch, an dem die Jagdgesellschaft gleich Platz nehmen wird, ein riesiger Rosenstrauß in der Mitte, flankiert von silbernen Kerzenleuchtern. Ein kleiner Sessel aus Walnussholz mit durchbrochener Lehne, ein gehämmerter Schirmständer und ein Spiegel mit einem vergoldeten Rahmen.

Während sie sich ausmalte, wie es gewesen war und wie es

wieder sein würde, sah und hörte sie nichts und spürte auch nicht die kalte Luft, die ihren Atem in einer kleinen weißen Wolke vor sich hertrieb.

Im Salon angelangt, blieb sie vor dem gemauerten Kamin stehen. Der Marmor war schmutzig, aber unbeschädigt. Sie hatte zwei Vasen im Geschäft, die perfekt auf den Sims passen würden. Und ein handbesticktes Fußbänkchen. Voller Eifer schlug sie ihr Notizbuch auf und begann alles aufzuschreiben, was ihr bis jetzt eingefallen war.

Sie ging hin und her, überlegte. Spinnweben hingen in ihrem Haar, an ihrem Kinn saß ein schwarzer Fleck, und ihre Stiefel waren staubig, aber sie befand sich im siebten Himmel. Als sie Schritte hinter sich hörte, war ihre Laune so blendend, dass sie überhaupt nicht daran dachte, sich zu beschweren.

„Es ist wundervoll. Ich kann überhaupt nicht ..." Sie redete die Wand an.

Regan stutzte, verließ den Salon und ging in die Halle. Sie öffnete den Mund, um laut zu rufen, aber dann wurde ihr klar, dass die Fußtritte im Staub ihre eigenen waren.

Jetzt siehst du schon Gespenster, dachte sie erschauernd. Verursachten denn große, leere Häuser nicht eine Menge Geräusche? Holz, das sich setzt, Wind, der durch die Fensterritzen pfeift, Rascheln von Nagetieren, dachte sie und schnitt eine Grimasse. Sie hatte keine Angst vor Mäusen. Auch nicht vor Spinnen oder sonstigem Getier.

Doch als plötzlich die Decke über ihr zu ächzen begann, entschlüpfte ihr ein Aufschrei, und das Herz klopfte ihr bis zum Hals. Bevor sie sich wieder in den Griff bekommen konnte, hörte sie, wie oben eine Tür zugeschlagen wurde.

Sie raste durch die Halle, und noch während sie blindlings nach der Türklinke tastete, wurde ihr klar, was die Geräusche zu bedeuten hatten.

Rafe MacKade.

Oh, er hält sich wohl für besonders witzig, dachte sie wütend. Schleicht sich ins Haus hinauf in den ersten Stock, dieser Idiot, um kurz mal Geist zu spielen.

Nicht mit mir, nahm sie sich vor und straffte entschlossen die Schultern, hob das Kinn und marschierte strammen Schrittes auf die gewundene Treppe zu.

„Halten Sie das für besonders komisch, MacKade?", rief sie hinauf. „Sie können jetzt runterkommen, ich würde nämlich ganz gern endlich anfangen zu arbeiten."

Sie ging ein paar Stufen hinauf und erstarrte, als sie die Hand auf das Treppengeländer legte. Oh Gott, was war das? Ihre Hand fühlte sich an wie taub. Ein eisiger Luftschwall wehte ihr entgegen. Kam das von der Eiseskälte, die das Holz abstrahlte? Das konnte nicht sein. Regan ging mit Herzklopfen noch ein paar Stufen weiter, und als sie auf halber Höhe war, geriet sie ins Taumeln, als müsse sie gegen einen Widerstand anrennen. Sie hörte ein Ächzen, von dem sie aber gleich darauf erkannte, dass es ihr eigenes war. Endlich hatte sie den oberen Treppenabsatz erreicht.

„Rafe." Ihre Stimme klang brüchig, was sie mit Verärgerung zur Kenntnis nahm. Sie biss sich auf die Unterlippe und starrte den langen Gang, der rechts und links von geschlossenen Türen gesäumt war, hinunter. „Rafe", rief sie wieder und bemühte sich, statt der Angst, die sie verspürte, Ungehaltenheit in ihre Stimme zu legen. „Ich muss meinen Zeitplan einhalten, könnten wir jetzt langsam anfangen?"

Sie vernahm ein schabendes Geräusch, gleich darauf das Zuknallen einer Tür, dem ein Wimmern, das wie das leise Weinen einer Frau klang, folgte. Das war zu viel. Regan vergaß allen Stolz, drehte sich auf dem Absatz um und floh, wie von Furien gehetzt, die Treppe nach unten. Sie hatte die letzte Stufe noch nicht erreicht, als sie den Schuss hörte.

Rechts neben ihr öffnete sich ächzend wie von Geisterhand eine Tür.

Nun begann sich die Halle vor ihren Augen zu drehen, Regan schwankte, gleich darauf fiel sie in ein tiefes, schwarzes Loch.

„Los, Darling, reißen Sie sich zusammen!"
Regan warf nervös den Kopf hin und her, stöhnte und erschauerte.
„Alles klar, Mädchen. Kommen Sie, öffnen Sie Ihre schönen blauen Augen. Tun Sie's für mich."
Die Stimme klang so zwingend, dass sie den Worten Folge leistete. Als sie die Lider hob, sah sie direkt in Rafe MacKades jadegrüne Augen. „Das war nicht besonders lustig."
Erleichtert darüber, dass sie endlich eine Reaktion zeigte, lächelte er und streichelte ihre Wange. „Was war nicht lustig?"
„Dass Sie sich da oben versteckt haben, um mich zu erschrecken." Nachdem sie, um wieder klar sehen zu können, ein paarmal schnell hintereinander geblinzelt hatte, entdeckte sie, dass sie in einem Sessel im Salon saß. Und zwar auf Rafes Schoß. „Lassen Sie mich herunter."
„Noch nicht. Dafür sind Sie noch zu wacklig auf den Beinen. Ruhen Sie sich noch einen Moment aus." Er verlagerte ihren Kopf so, dass er bequem in seiner Armbeuge zu liegen kam.
„Ich brauche mich nicht auszuruhen. Mir geht's gut."
„Sie sind weiß wie ein Bettlaken. Leider gibt's hier keinen Schnaps. Den hätten Sie jetzt bitter nötig. Aber eines muss man Ihnen lassen. Ich habe noch niemals eine Frau so würdevoll in Ohnmacht fallen sehen. Es ging ganz langsam und gemessen vonstatten, sodass ich alle Zeit der Welt hatte, Sie aufzufangen, bevor Sie zu Boden stürzten."
„Wenn Sie jetzt von mir erwarten, dass ich Ihnen meinen Dank ausspreche, muss ich Sie leider enttäuschen." Sie versuchte, sich aus seinen Armen zu befreien. „Weil Sie nämlich überhaupt nur schuld daran sind, dass es so weit gekommen ist."

„Oh, vielen Dank. Was für ein erregender Gedanke, dass eine Frau schon allein bei meinem Anblick in Ohnmacht fällt. Ah ..." Er hob mit dem Zeigefinger ihr Kinn an. „Sehen Sie, das hat jetzt die Farbe in Ihre Wangen zurückgebracht."

„Wenn das die Art und Weise ist, in der Sie Ihre Geschäftsbeziehungen pflegen, dann muss ich leider passen." Wütend presste sie die Kiefer zusammen. „Lassen Sie mich runter."

„Versuchen wir's doch mal so." Er hob sie hoch und setzte sie neben sich. „Wollen Sie mir nicht erzählen, warum Sie so fuchsteufelswütend auf mich sind?"

Sie schnitt eine ärgerliche Grimasse und klopfte sich den Staub von der Hose. „Das wissen Sie doch selbst ganz genau."

„Alles, was ich weiß, ist, dass Sie, als ich zur Tür reinkam, umgekippt sind."

„Ich bin in meinem Leben noch nie in Ohnmacht gefallen." Und es war ihr zutiefst peinlich, dass es ihr ausgerechnet jetzt passiert war – vor ihm. „Wenn Sie möchten, dass ich mit Ihnen zusammenarbeite, sollten Sie in Zukunft solche Scherze unterlassen, verstanden?"

Während er sie betrachtete, griff er in seine Tasche, um seine Zigaretten herauszuholen. Dann fiel ihm ein, dass er gar keine dabeihatte, weil er vor genau acht Tagen beschlossen hatte, das Rauchen aufzugeben. „Ich weiß noch immer nicht, was Sie mir eigentlich vorwerfen. Womit hab ich Sie denn so erschreckt?"

„Indem Sie da oben herumgelaufen sind, Türen geöffnet und zugeknallt haben und auch sonst noch so allerlei vollkommen lächerliche Geräusche verursacht haben."

„Ich bin doch erst vor fünfzehn Minuten von der Farm weggefahren."

„Ich glaube Ihnen kein Wort."

„Ja, warum sollten Sie auch. Aber es ist dennoch so." Wenn er schon nicht rauchen konnte, musste er sich wenigstens bewegen. Er stand auf und schlenderte zum Kamin hinüber. Plötzlich hatte er Rauchgeruch in der Nase – Rauch von einem Feuer, das erst vor Kurzem ausgegangen war. Was natürlich nicht sein konnte. „Shane ist mein Zeuge – und auch Cy Martin, der Bürgermeister."

„Sie brauchen mir nicht zu sagen, wer Cy Martin ist", erwiderte sie unwirsch.

Er trat auf sie zu, zog seinen Mantel aus und legte ihn ihr über die Knie. „Wie sind Sie denn überhaupt hier reingekommen?"

„Ich …" Sie starrte ihn an und schluckte. „Ich habe die Tür aufgemacht."

„Sie war doch abgeschlossen."

„Nein, war sie nicht."

Er hob eine Augenbraue und klimperte mit den Schlüsseln in seiner Tasche. „Interessant."

„Und Sie beschwindeln mich wirklich nicht?", erkundigte sie sich einen Moment später misstrauisch.

„Nein, diesmal nicht. Erzählen Sie mir doch mal genau, was Sie gehört haben."

„Schritte. Aber da war niemand." Ihre Hände waren eiskalt. Um sie anzuwärmen, steckte sie sie unter seinen Mantel. „Die Dielen im Stockwerk über mir haben geknarrt. Deshalb bin ich hochgegangen." Sie erzählte weiter bis zu dem Moment, als ihr schwarz vor Augen geworden war. Allein die Erinnerung jagte ihr von Neuem einen Angstschauer nach dem anderen den Rücken hinunter.

Er ließ sich wieder neben ihr nieder und legte fürsorglich einen Arm um ihre Schulter. „Ich hätte nicht zu spät kommen dürfen." Vollkommen unerwartet beugte er sich vor und gab ihr einen kurzen, wie zufällig wirkenden Kuss. „Verzeihung."

„Das ist wohl kaum der Punkt."

„Die Sache ist die, dass manche Menschen hier in diesem Haus Dinge wahrnehmen, die anderen verborgen bleiben." Er betrachtete sie und schüttelte leicht ungläubig den Kopf. „Es wundert mich allerdings, dass Sie etwas gehört haben wollen, denn Sie scheinen mir eher ein Verstandesmensch zu sein."

Sie verschränkte die Arme vor der Brust. „Ach, wirklich, meinen Sie?"

„Ja. Vollkommen unbeirrbar", fügte er mit einem Grinsen hinzu. „Aber es scheint, dass Sie mehr Fantasie haben, als ich Ihnen zugetraut hätte. Fühlen Sie sich jetzt besser?"

„Mir geht's gut."

„Sind Sie sicher, dass Sie sich nicht noch ein bisschen auf meinen Schoß setzen möchten?"

„Ganz sicher, danke."

Er hielt ihren Blick fest, während er ihr ein paar Spinnweben aus dem Haar pflückte. „Möchten Sie jetzt wirklich gehen?"

„Unbedingt."

Er nahm seinen Mantel von ihren Knien. „Ich würde Sie gern irgendwohin bringen."

„Nicht nötig, danke. Ich habe Ihnen doch schon gesagt, dass es mir ..." Energisch stand sie auf und stieß dabei versehentlich mit der Schulter gegen seine Brust, „... gut geht."

„Aber wir haben doch noch zu tun, Darling", erinnerte er sie, während er ihr eine Haarsträhne hinters Ohr strich. „Was halten Sie davon, wenn wir uns ein etwas gemütlicheres Plätzchen suchen, um noch ein paar Sachen zu bereden?"

Sie fand seinen Vorschlag vernünftig und willigte ein. „Also gut."

„Regan?"

„Ja?"

„Ihr Gesicht ist schmutzig." Er lachte über den wütenden Blick, den sie ihm zuwarf, und zog sie in seine Arme. Noch bevor sie einen Protestschrei loswerden konnte, hatte er sie hochgehoben und durch die Haustür nach draußen getragen. Dort setzte er sie ab. Nachdem er abgeschlossen hatte, deutete er auf den Jeep, der nur ein paar Schritte entfernt parkte. „Dort hinüber. Aber passen Sie auf sich auf."

„Das habe ich mir schon seit Langem zur Gewohnheit gemacht."

„Worauf man mit Sicherheit Gift nehmen kann", murmelte er vor sich hin, während er langsam um den Wagen herumging.

Vorsichtig fuhr er den Hügel hinunter und machte keine Anstalten, bei ihrem Auto anzuhalten.

„Moment, ich nehme meinen Wagen", protestierte sie.

„Da wir jetzt nicht bis ans Ende der Welt fahren, bringe ich Sie später wieder hierher zurück."

„Wohin fahren wir denn?"

„Nach Hause, Darling, nach Hause."

Vor der MacKade-Farm, die, umgeben von weiß verschneiten Feldern, friedlich dalag, tollten bellend zwei goldbraune Hunde im Schnee herum.

Regan war hier schon zahllose Male vorübergefahren, allerdings immer im Frühling oder im Sommer, wenn der Pflug tiefe Furchen in die dunkelbraune Erde der Felder gerissen hatte oder wenn das goldene Korn hoch stand. Manchmal war Shane auf seinem Traktor vorbeigekommen, und dann hatte sie angehalten und ein paar freundliche Worte mit ihm gewechselt. Shane schien mit dem Land, das er bebaute, vollkommen verwachsen. Rafe MacKade dagegen konnte sie sich hier nicht vorstellen.

„Wegen der Farm sind Sie aber nicht zurückgekommen, oder irre ich mich da?"

„Himmel, nein. Shane liebt sie, Devin steht ihr mehr oder weniger gleichgültig gegenüber und Jared sieht sie als ein prosperierendes Unternehmen."

Sie legte den Kopf schief und betrachtete ihn forschend, während er den Jeep neben seinem Wagen parkte. „Und Sie?"

„Mir ist sie verhasst."

„Fühlen Sie sich denn nicht mit dem Stück Land, auf dem Sie aufgewachsen sind, verbunden?"

„Das habe ich nicht gesagt. Ich wollte damit nur zum Ausdruck bringen, dass ich das Farmerdasein hasse." Rafe kletterte aus dem Jeep und tätschelte die beiden Retriever, die fröhlich bellend an ihm hochsprangen. Dann ging er um den Wagen herum und hob Regan, noch bevor sie einen Fuß in den knöcheltiefen Schnee setzen konnte, herunter.

„Ich wünschte, Sie würden endlich damit aufhören, mich ständig herumzutragen. Ich bin schon groß und kann allein laufen."

„Ihre Stiefel sind zwar recht hübsch, aber für Schneewanderungen ausgesprochen ungeeignet", gab er zurück. „Ihr bleibt draußen", befahl er den beiden Hunden, die versuchten, sich dazwischenzudrängen, als er mit dem Ellbogen die Haustür öffnete.

„He, Rafe, was hast du denn da mitgebracht?", rief ihm Shane erstaunt durch die offen stehende Wohnzimmertür entgegen.

Grinsend verlagerte Rafe Regans Gewicht auf seinen Armen, zog eine Hand hervor und winkte Shane zu. „Na, das siehst du doch – eine Frau."

„Und was für eine!" Shane kniete vor dem Kamin und warf ein dickes Holzscheit ins Feuer, dann erhob er sich und grinste ebenfalls. „Na, du hast ja schon immer einen guten Geschmack gehabt." In seinen Augen lag ein warmes Lächeln, als er Regan zunickte. „Hallo, Regan."

„Hallo."

„Gibt's Kaffee?", erkundigte sich Rafe.

„Aber sicher." Shane kickte mit dem Fuß ein Holzscheit, das von dem Stapel neben dem Kamin heruntergerutscht war, beiseite. „Die Küche auf der MacKade-Farm hat immer geöffnet."

„Prima. Und jetzt bleib uns vom Hals."

„Das war aber ziemlich grob", bemerkte Regan und blies sich eine Haarsträhne aus den Augen, während Rafe sie den Flur hinunter in die Küche trug.

„Sie haben keine Geschwister, stimmt's?"

„Nein, aber ..."

„Hab ich mir gedacht." Er setzte sie auf einem der Stühle, die um den Küchentisch standen, ab. „Was nehmen Sie in Ihrem Kaffee?"

„Nichts – ich trinke ihn schwarz."

„Was für eine Frau." Er zog seinen Mantel aus und hängte ihn an einen Haken an der Küchentür, wo schon die schwere Arbeitsjacke seines Bruders hing. Dann ging er zum Küchenschrank und holte zwei große weiße Kaffeebecher heraus. „Möchten Sie etwas zu Ihrem Kaffee dazu? Shane hat immer irgendeine hoffnungsvolle junge Frau an der Hand, die ihm Plätzchen backt. Wahrscheinlich weil er so ein hübsches, unschuldiges Gesicht hat."

„Hübsch vielleicht. Ihr seht ja alle verdammt gut aus." Sie schlüpfte aus ihrem Mantel. „Aber die Plätzchen werde ich mir wohl besser entgehen lassen."

Er stellte eine mit dampfend heißem Kaffee gefüllte Tasse vor sie hin und setzte sich ebenfalls. „Und die Gelegenheit mit dem Haus? Werden Sie sich die ebenfalls entgehen lassen?"

Sie schaute sinnend in ihre Kaffeetasse. „Ich habe eine ganze Menge Kleinkram, von dem ich glaube, dass Sie sich dafür begeistern könnten, wenn alles erst einmal fertig eingerichtet ist. Die Sachen würden hundertprozentig passen. Außerdem habe ich mich mittlerweile sachkundig gemacht über die Farben und Stoffe, die man in dieser Epoche verwendet hat."

„Ist das ein Ja oder ein Nein auf meine Frage, Regan?"

„Nein, ich werde sie mir nicht entgehen lassen." Sie hob den Blick und sah ihn an. „Aber es wird Sie eine schöne Stange Geld kosten."

„Sie sind also nicht beunruhigt?"

„Ganz so würde ich das vielleicht nicht sagen. Nun weiß ich immerhin, was mich erwartet. Ich kann Ihnen zumindest die

Garantie dafür geben, dass ich kein zweites Mal in Ohnmacht falle."

„Das freut mich. Ich habe mich ja zu Tode erschreckt." Er streichelte ihre Hand, die auf dem Tisch lag. Dabei bewunderte er die Feingliedrigkeit ihrer Finger. „Sind Sie bei Ihren Nachforschungen auch auf die beiden Unteroffiziere gestoßen?"

„Was für Unteroffiziere?"

„Da sollten Sie die alte Mrs. Metz fragen. Sie erzählt diese Geschichte immer wieder gern. Was ist denn das für eine Uhr, die Sie da tragen?" Neugierig schob Rafe einen Finger unter das schwarze Elastikarmband ihrer Uhr.

„Sie dürfte etwa Jahrgang 1920 sein. Was war denn nun mit den beiden Unteroffizieren?"

„Die beiden hatten in der Hitze des Gefechts den Anschluss an ihr jeweiliges Regiment verloren. Über dem Kornfeld da drüben im Osten hingen so dicke Rauchschwaden, dass man kaum mehr die Hand vor Augen sehen konnte."

„Hier auf diesen Feldern hat sich auch ein Teil der Schlacht abgespielt?", fragte sie überrascht.

„Ja, ein Teil. Aber egal. Jedenfalls war es wohl so, dass die beiden – einer war von der Union, einer von den Konföderierten – den Anschluss verpasst hatten. Sie waren noch halbe Kinder, und wahrscheinlich hatten sie panische Angst. Und dann brachte sie ein böser Zufall in dem Wald, der die Grenze zwischen dem MacKade-Land und dem Barlow-Besitz bildet, zusammen."

„Oh." Gedankenverloren strich sie sich das Haar aus der Stirn. „Mir war gar nicht klar, dass die beiden Ländereien direkt aneinanderstoßen."

„Wenn man quer durch den Wald geht, ist es weniger als eine halbe Meile bis hinüber zum Barlow-Haus. Aber wie auch immer, jedenfalls standen sich die beiden plötzlich gegenüber. Wenn sie auch nur ein bisschen Grips im Kopf gehabt hätten, hätten sie ganz schnell die Beine in die Hand genommen und sich in Sicherheit gebracht. Was jedoch keiner von beiden tat." Er nahm einen Schluck Kaffee. „Sie schafften es jedenfalls in diesem Wäldchen, sich gegenseitig ein paar Löcher in den Bauch zu schießen, aber tot war keiner von beiden. Der Konföderierte schleppte sich mit letzter Kraft auf das Barlow-Grundstück und brach vor der Haustür zusammen. Dort entdeckte ihn dann eine mitleidige Sklavin und brachte ihn ins Haus."

„Und im Haus starb er", murmelte Regan und wünschte sich, das grausame Bild, das ihr allzu deutlich vor Augen stand, fortwischen zu können.

„Ja. Die Sklavin informierte sofort ihre Herrin Abigail O'Brian Barlow, die aus der Familie der Carolina-O'Brians stammte. Abigail ordnete an, den Jungen nach oben zu bringen, wo sie seine Wunden versorgen wollte. Da kam ihr Mann hinzu und erschoss ihn direkt auf der Treppe, wie einen tollwütigen Hund."

Von Entsetzen gepackt, sah Regan Rafe an. „Oh mein Gott. Warum denn nur?"

„Weil er es niemals zugelassen hätte, dass seine Frau einem Konföderierten half. Zwei Jahre später starb sie in ihrem Zimmer. Man erzählt sich, dass sie seit diesem Vorfall kein einziges Wort mehr mit ihrem Mann gewechselt hat. Allerdings hatten sie sich wohl auch schon vorher nicht besonders viel zu sagen, es war eine dieser arrangierten Ehen gewesen. Und angeblich soll er sie mit schöner Regelmäßigkeit verprügelt haben."

„Mit anderen Worten – er war offensichtlich eine äußerst herausragende Persönlichkeit", bemerkte Regan sarkastisch.

„Tja, das ist die Geschichte. Abigail O'Brian war eine empfindsame und unglückliche Frau."

„Und saß in der Falle", murmelte Regan, wobei sie an Cassie denken musste.

„Ich glaube kaum, dass sich die Leute damals über Misshandlung oder Ähnliches viele Gedanken gemacht haben. Und Scheidung", er zuckte die Schultern, „kam unter diesen Umständen wahrscheinlich überhaupt nicht infrage. Ich könnte mir vorstellen, dass die Tat ihres Mannes bei ihr das Fass zum Überlaufen gebracht hat. Dass das mehr an Grausamkeit war, als sie ertragen konnte. Aber das ist nur die eine Hälfte der Geschichte."

„Es gibt also noch mehr." Sie seufzte und erhob sich. „Ich glaube, ich brauche noch einen Kaffee."

„Der Yankee taumelte in die entgegengesetzte Richtung davon", fuhr Rafe fort und murmelte ein „Danke", als sie ihm Kaffee nachfüllte. „Mein Urgroßvater fand ihn bewusstlos vor der Räucherkammer. Er hatte seinen ältesten Sohn bei Bull Run verloren – er kämpfte auf der Seite der Konföderierten."

Regan schloss die Augen. „Ihr Urgroßvater hat den Jungen erschossen."

„Nein. Mag sein, dass er daran gedacht hat, es zu tun, vielleicht war er auch in Versuchung, ihn einfach hilflos verbluten zu lassen, aber er tat es nicht. Er brachte ihn ins Haus und holte seine Frau und seine Töchter zu Hilfe. Sie legten ihn auf den Küchentisch und verarzteten seine Wunden. Nicht auf diesen hier", fügte Rafe mit einem winzigen Lächeln hinzu.

„Beruhigend zu wissen."

„Der Verletzte kam ein- oder zweimal zu sich und versuchte etwas zu sagen, aber er war zu schwach. Am nächsten Morgen war er tot."

„Sie haben jedenfalls alles getan, was in ihrer Macht stand."

„Ja, aber nun hatten sie einen toten Soldaten im Haus, sein Blut klebte überall. Und jeder, der sie kannte, wusste, dass sie überzeugte Südstaaten-Anhänger waren, die schon einen Sohn im Krieg verloren hatten sowie noch zwei andere, die für ihre Überzeugung kämpften. Mein Urgroßvater und seine Frau hatten Angst, und deshalb versteckten sie die Leiche des Jungen, warteten, bis es dunkel wurde, und begruben sie dann zusammen mit seinem Revolver und einem Brief seiner Mutter, den sie in der Tasche seines Uniformrocks gefunden hatten."

Nun sah er sie an, seine Augen blickten kühl und bestimmt. „Und das ist der Grund, weshalb es spukt."

Ihr verschlug es für einen Moment die Sprache, dann setzte sie behutsam ihre Tasse ab. „Wollen Sie damit sagen, dass es hier in diesem Haus auch spukt?"

„Überall hier in der Gegend. Im Haus, in den Wäldern, auf den Feldern. Man gewöhnt sich an die seltsamen Geräusche, die eigenartigen Gefühle, die einen manchmal überkommen. Wir haben nie viel darüber gesprochen, es war einfach da. Vielleicht bekommen Sie irgendwann auch noch einen Sinn dafür, was sich manchmal nachts in den Wäldern abspielt oder auch auf den Feldern, wenn der Morgennebel aufsteigt." Er lächelte leicht, als er Neugier in ihren Augen aufflackern sah. „Auch Zyniker verspüren etwas, wenn sie auf einem ehemaligen Schlachtfeld stehen. Nach dem Tod meiner Mutter erschien mir unser Haus ... unruhig. Aber vielleicht war die Unruhe auch nur in mir selbst."

„Sind Sie deshalb weggegangen?"

„Ach, dafür gab es viele Gründe."

„Und für Ihre Rückkehr?"

„Einen oder auch zwei. Ich habe Ihnen den ersten Teil der Geschichte deshalb erzählt, weil Sie ja jetzt auch etwas mit dem Barlow-Haus zu tun haben. Mir ist daran gelegen, dass Sie die Dinge einordnen können. Und den zweiten Teil deshalb, weil", er streckte die Hand aus und öffnete die beiden obersten Knöpfe ihres Blazers, „ich beabsichtige, für eine Weile hier auf der Farm zu wohnen. Nun können Sie selbst entscheiden, ob Sie immer hierher kommen möchten oder ob ich lieber zu Ihnen kommen soll."

„Da mein gesamtes Inventar in meinem Laden ist ..."

„Ich rede nicht von Ihrem Inventar." Nun beugte er sich

vor, nahm ihr Gesicht zwischen seine beiden Hände, sah ihr tief in die Augen und küsste sie.

Sein Kuss war erst weich und vorsichtig. Behutsam. Doch gleich darauf stöhnte er und presste seinen Mund fest auf ihre Lippen, die sie ihm bereitwillig öffnete. Er beobachtete, wie ihre Augenlider zu flattern begannen, hörte, wie sie aufseufzte, und spürte direkt unter seinen Fingern das Blut in ihrer Halsschlagader pochen. Der ganz leicht rauchige Duft ihrer Haut war ein erregender Gegensatz zu dem Geschmack ihrer Lippen, der ihn an klares Quellwasser denken ließ.

Regan umklammerte mit ihren Händen ihre Knie. Die Entdeckung, wie gern sie ihn damit berührt hätte, schockierte sie. Sie malte sich aus, wie sich ihre Finger in sein dichtes Haar wühlten und wie sie mit den Fingerspitzen die Muskelstränge betastete, die sich unter seinem ausgewaschenen Flanellhemd abzeichneten. Aber es blieb nur eine Fantasie. Einen kurzen Augenblick lang war ihr Verstand von einem überraschend heftigen Begehren getrübt, doch sie hielt stand.

Als er sich schließlich von ihr löste, lagen ihre Hände noch immer in ihrem Schoß. Sie wartete, bis sie sich sicher sein konnte, dass ihre Stimme auch wirklich trug. „Ich bin Ihre Geschäftspartnerin und nicht Ihre Gespielin", erklärte sie kühl und warf Rafe einen Blick zu, der streng sein sollte.

„Stimmt, wir machen miteinander Geschäfte", pflichtete er ihr bei.

„Hätten Sie dieses Manöver auch dann gestartet, wenn ich ein Mann wäre?"

Er starrte sie an. Dann begann er zu lachen, erst leise, kurz darauf jedoch konnte er nicht mehr an sich halten und platzte los. „Darauf kann ich nur mit einem definitiven Nein antworten. Und ich könnte mir auch vorstellen, dass du mich in diesem Fall nicht wiedergeküsst hättest."

„Also, jetzt will ich mal eines klarstellen. Ich habe ja schon viel über die MacKade-Brüder und die unwiderstehliche Wirkung, die sie auf Frauen ausüben, gehört."

„Ja, ja, das liegt wie ein Fluch über unserem Leben", fiel er ihr vergnügt ins Wort.

Es gelang ihr nur mit Mühe, sich ein Schmunzeln zu verkneifen. „Der Punkt ist, dass ich weder an einem Quickie noch an einer Affäre und auch an keiner Beziehung interessiert bin. Ich denke, damit habe ich alle Möglichkeiten aufgezählt."

„Oh, du wirst deine Meinung schon noch ändern, verlass dich darauf", gab er im Brustton der Überzeugung zurück. „Warum fangen wir nicht mit einem Quickie an und arbeiten uns von da aus nach oben?"

Das war zu viel. Abrupt erhob sie sich und zog ihren Mantel an. „Nur in deinen Träumen."

„Du bist dir ja wirklich sehr sicher. Warum also lade ich dich nicht einfach zum Essen ein?"

„Warum fährst du mich denn nicht einfach zu meinem Auto?"

„Na gut", gab er nach, stand auf und nahm seinen Mantel vom Haken. Nachdem er ihn angezogen hatte, streckte er die Hand aus und stellte ihren Kragen hoch. „Die Nächte sind lang und kalt um diese Jahreszeit."

„Dann nimm ein Buch", schlug sie vor, während sie ihm voran durch die Halle ging, „und setz dich vor den Kamin."

„Machst du so was?" Er schüttelte den Kopf. „Dann werde wohl ich ein bisschen Aufregung in dein Leben bringen müssen."

„Vielen Dank, aber ich mag mein Leben genau so, wie es jetzt ist. Lass mich …" Sie beendete den Satz mit einem Fluch, als er sie hochhob. „MacKade", sagte sie mit einem tiefen Seufzer, während er sie zum Jeep trug, „langsam fange ich wirklich an zu glauben, dass du ebenso schlecht bist wie dein Ruf."

„Darauf kannst du Gift nehmen."

3. Kapitel

Es klang gut. Das aus dem Radio dringende dunkle Wehklagen der Countrysängerin wurde von dumpfen Hammerschlägen, sägenden Geräuschen und dem Surren eines Bohrers übertönt. Ab und zu riefen sich die Männer, deren Schritte auf den Holzdielen über ihm dröhnten, etwas zu.

Die harte Arbeit auf dem Bau hatte ihm vielleicht sogar das Leben gerettet. Durchdrungen von Gefühlen der Freiheit und des Abenteuers war er damals vor zehn Jahren auf seiner gebraucht erstandenen Harley durch die Landschaft gebraust. Aber sein Magen knurrte, und er wusste, dass ihm nichts anderes übrig bleiben würde, als irgendwo sein Geld zu verdienen, wenn er essen wollte.

Also hatte er sich in einen Arbeitsanzug geschmissen, den Werkzeuggürtel umgeschnallt und auf dem Bau seinen Schmerz, seine Wut und seine Frustration aus sich herausgeschwitzt.

Er konnte sich noch sehr gut an das berauschende Gefühl erinnern, das in ihm aufgestiegen war, nachdem er einen Schritt zurückgetreten war, um das erste Haus, das er geholfen hatte hochzuziehen, in Augenschein zu nehmen. Plötzlich war ihm klar geworden, dass es ihm gelungen war, mit seinen eigenen Händen etwas zu erschaffen. Genauso wollte er auch sich selbst erschaffen.

Nach einiger Zeit machte er sich selbstständig, und sein erstes in Eigenregie gebautes Haus war nicht viel mehr als ein Schuppen. Er schluckte Staub, bis er meinte, daran ersticken zu müssen, und schwang den Hammer, bis er seine Arme nicht mehr spürte. Als es schließlich fertig war, gelang es ihm, es mit Gewinn zu verkaufen. Das Geld steckte er in das nächste Grundstück und das nächste Haus. Innerhalb von vier Jahren schaffte er es, ein kleines Unternehmen auf die Beine zu stellen, das bald in dem Ruf stand, zuverlässige Arbeit zu leisten.

Und doch hatte er niemals aufgehört zurückzuschauen. Die Vergangenheit hatte ihn nie losgelassen. Das wurde ihm jetzt, als er im Salon des Barlow-Hauses stand und sich langsam umsah, klar. Er hatte einen Kreis beschrieben und war wieder an seinen Ausgangspunkt zurückgekehrt.

Er war darauf versessen gewesen, diese Stadt zu verlassen, und nun war er zurückgekehrt, um hier etwas aufzubauen. Egal, ob er sich entschließen würde hierzubleiben oder ob er wieder wegging, er würde etwas Bleibendes von sich hinterlassen.

Rafe kauerte sich vor dem Kamin nieder und untersuchte die Feuerstelle. Er war bereits gut vorangekommen mit den Ausbesserungsarbeiten. Nun würde es nicht mehr lange dauern, und dann würden orangerote Flammen emporzüngeln und Holzscheite knistern.

Ein Lächeln spielte um seine Mundwinkel, als er seine Kelle nahm und sich in einem Eimer neuen Mörtel anrührte. Sorgfältig und präzise begann er wenig später, die Fugen zwischen den Steinen zu füllen.

„Ich dachte immer, der Boss sitzt nur am Schreibtisch und addiert Zahlenkolonnen."

Rafe drehte sich um, und sein Blick fiel auf Jared, der mit auf Hochglanz polierten schwarzen Schuhen auf einem schmutzigen Lappen hinter ihm stand. Rafe hob die Augenbrauen. Sein Bruder trug unter dem offen stehenden dunklen Mantel einen vornehmen grauen Nadelstreifenanzug mit Weste. Aus irgendeinem unerfindlichen Grund wirkte die Wayfarer-Sonnenbrille, die er aufhatte, nicht einmal deplatziert.

„Das ist Sache der Buchhalter."

Jared nahm die Brille ab und steckte sie in die Manteltasche. „Die dann dabei darüber nachsinnen, was wohl die Welt wäre ohne sie."

„Vielleicht." Rafe tauchte die Kelle in den Mörtel, während er seinen Bruder von Kopf bis Fuß musterte. „Willst du auf eine Beerdigung?"

„Ich hatte einen Termin im Ort und wollte nur mal sehen, wie die Dinge so stehen." Während er seine Blicke durch den Raum schweifen ließ, ertönte von oben ein ohrenbetäubender Krach, dem ein kräftiger Fluch folgte. „Himmel, was war denn das?"

„Nur keine Aufregung." Rafe seufzte, als er sah, wie Jared eine kleine Blechschachtel aus seiner Manteltasche holte und ihr ein schlankes Zigarillo entnahm. „Du hast's gut. Komm doch ein bisschen näher, damit ich wenigstens den Qualm riechen kann, wo ich doch seit zehn Tagen nicht mehr rauche."

„Wohl auf dem Gesundheitstrip, hm?" Entgegenkommend kam Jared heran, kniete sich neben Rafe vor den Kamin und blies ihm genüsslich den Rauch ins Gesicht, während er fachmännisch das Mauerwerk betrachtete. „Hat sich ziemlich gut gehalten."

Rafe klopfte mit dem Fingerknöchel gegen den Kaminsims. „Ist ja auch ein echter Adam, Kumpel."

Jared brummte anerkennend und klemmte sich das Zigarillo zwischen die Zähne. „Kann ich dir hier irgendwas helfen?"

Rafe zog eine Braue hoch. „Mit den Schuhen?"

„Nicht jetzt natürlich, Rafe. Aber zum Beispiel am Wochenende."

„Zwei starke Arme kann ich immer brauchen." Erfreut über das Angebot, nahm Rafe die Kelle wieder zur Hand. „Was machen deine Muskeln?"

„Sind bestimmt nicht mickriger als deine."

„Trainierst du noch?", spöttelte Rafe und versetzte Jared mit der geballten Faust einen scherzhaften Stoß auf den Bizeps. „Ist doch nur was für Waschlappen."

Jared stieß eine Rauchwolke aus. „Lust auf 'ne Runde, Bruderherz?"

„Sicher – wenn du nicht so rausgeputzt wärst." Selbstquälerisch inhalierte Rafe den Zigarrenrauch, der in der Luft hing. „Mehr gedient wäre mir allerdings mit deinem juristischen Sachverstand bei dieser Sache hier." Er machte eine umfassende Geste.

„Wart nur ab, bis du erst die Rechnung von mir bekommst." Jared erhob sich mit einem Grinsen. „Als du mich telefonisch beauftragt hast, die Eigentumsverhältnisse von dieser Hütte hier zu rekonstruieren, hab ich wirklich befürchtet, dass du jetzt vollkommen durchgeknallt bist. Und nach der Ortsbegehung war ich mir sicher, dass es so ist. Zwar bekommst du das Haus praktisch umsonst, weil kein Besitzer mehr existiert, aber das, was du reinstecken musst, ist ungefähr das Zweifache dessen, was dich ein funkelnagelneues Haus mit allem Komfort kosten würde."

„Das Dreifache", korrigierte Rafe milde, „wenn ich alles so mache, wie ich es mir vorstelle."

„Und wie stellst du es dir vor?"

„Genau so, wie es früher einmal war." Rafe presste Mörtel in eine Fuge und strich ihn mit der Kelle glatt.

„Da hast du dir ja was vorgenommen", murmelte Jared. „Aber wenigstens scheinst du mit den Arbeitern keine Probleme zu haben. Ich hatte schon Bedenken, dass du niemanden finden würdest, der bereit wäre, in diesem Haus hier zu arbeiten."

„Ist alles nur eine Frage des Geldes", gab Rafe zurück. „Allerdings muss ich zugeben, dass heute Morgen ein Klempnerlehrling das Handtuch geworfen hat." Seine Augen funkelten belustigt. „Sie waren gerade dabei, die Rohre in einer der beiden Toiletten im ersten Stock zu legen. Plötzlich schrie der Junge, dass sich eine Hand von hinten in seine Schulter gekrallt hätte, und ist davongerast, als sei der Teufel persönlich hinter ihm her. Den bin ich wohl leider los."

„Aber sonst hast du keine Probleme?"

„Jedenfalls keine, für die ich einen Anwalt bräuchte. Kennst du eigentlich den von dem Anwalt und der Klapperschlange?"

„Oh Gott, der hat ja nun wirklich schon so einen Bart", erwiderte Jared und schnitt eine Grimasse. „Glaub mir, ich kenne sie alle, ich hab mir eigens einen Ordner dafür angelegt."

Rafe lachte und wischte sich die Hände an seiner Jeans ab. „Gut gemacht, Jared. Überhaupt würde Mom sich darüber freuen, was aus dir geworden ist." Anschließend hüllte er sich für einige Zeit in Schweigen, und man vernahm nur das schabende Geräusch, das entstand, wenn er mit der Kelle den Mörtel in den Fugen glatt strich. „Auf der Farm ist's ja irgendwie seltsam. Shane und ich sind meistens allein, Devin verbringt die Hälfte seiner Nächte auf einer Couch im Sheriffoffice, und du bist in deinem netten kleinen Stadthaus. Wenn Shane aufsteht, ist es immer noch stockduster, aber der Idiot pfeift so laut und fröhlich vor sich hin, als ob es für ihn kein größeres Vergnügen gäbe, als an einem kalten dunklen Januarmorgen die Kühe zu melken."

„Ist aber so. Es hat ihm schon immer Spaß gemacht. Shane war der, der die Farm am Leben erhalten hat."

„Ich weiß."

Jared glaubte, ein leichtes Schuldgefühl in der Stimme seines Bruders mitschwingen zu hören, und schüttelte den Kopf. „Du hast deinen Teil dazu beigetragen, Rafe. Das Geld, das du uns geschickt hast, hat uns viel geholfen." Jared starrte sinnend aus dem Fenster. „Ich denke darüber nach, ob ich das Haus in Hagerstown nicht wieder verkaufen sollte." Als Rafe nicht darauf einging, zuckte er die Schultern. „Damals, nach der Scheidung, erschien es mir am besten, es zu behalten, nachdem Barbara kein Interesse daran hatte."

„Hast du an der Trennung noch zu knabbern?"

„Nein. Es ist jetzt drei Jahre her, und Gott sei Dank ging alles zivilisiert über die Bühne. Wir liebten uns einfach nicht mehr."

„Ich habe sie nie besonders gemocht."

Jared verzog die Lippen zu einem kleinen Lächeln. „Ich weiß. Ist doch jetzt auch egal. Ich überlege jedenfalls, ob ich das Haus nicht verkaufen soll. Während der Übergangszeit, bis ich etwas gefunden habe, was mir wirklich zusagt, könnte ich mich auch auf der Ranch einquartieren."

„Shane würde sich bestimmt darüber freuen. Und ich auch. Du hast mir gefehlt, Jared." Rafe wischte sich mit einer rußverschmierten Hand übers Kinn, das ebenfalls rußig war. „Eigentlich ist mir das erst jetzt, nachdem ich wieder hier bin, so richtig klar geworden." Zufrieden mit seinem Werk taxierte er das Mauerwerk und kratzte am Eimerrand den restlichen Mörtel von seinem Spachtel ab. „Du willst mir also am Samstag wirklich helfen?"

„Du besorgst das Bier."

Rafe nickte zustimmend und erhob sich. „Lass mal deine Hände sehen, du feiner Pinkel."

Jareds Erwiderung war alles andere als fein und hing noch in der Luft, als Regan den Salon betrat.

„Aber, aber, Herr Rechtsanwalt", tadelte Rafe seinen Bruder mit einem leisen Grinsen und wandte sich dann Regan zu. „Hallo, Darling."

„Oh, ich störe wohl."

„Nein, überhaupt nicht. Dieser vulgäre Mensch hier ist mein Bruder Jared."

„Wir kennen uns bereits. Er ist nämlich mein Anwalt. Hallo, Jared."

„Hallo, Regan." Jared ließ seinen Zigarrenstummel in eine

leere Mineralwasserflasche fallen. „Wie läuft denn das Geschäft?"

„Es blüht und gedeiht – dank Ihres kleinen Bruders." Sie lächelte und wandte sich Rafe zu. „Ich habe Stoff- und Tapetenmuster und Farbproben dabei. Ich dachte, du würdest es dir vielleicht gern ansehen."

„Du scheinst dir ja schon eine Menge Arbeit gemacht zu haben." Er bückte sich und machte sich an einer kleinen Kühlbox zu schaffen. „Möchtest du einen Drink?"

„Nein, danke."

„Du, Jared?"

„Ich würde mir ganz gern was für unterwegs mitnehmen, wenn du nichts dagegen hast. Ich muss nämlich jetzt los." Jared griff nach der Colaflasche, die Rafe ihm hinhielt, zog seine Sonnenbrille aus der Tasche und setzte sie auf. „Nun will ich euch nicht länger bei euren geschäftlichen Besprechungen aufhalten. War nett, Sie zu sehen, Regan."

„Samstag um halb acht", rief Rafe Jared, der den Raum bereits verlassen hatte, hinterher. „Aber morgens, Kumpel. Und lass deinen Anzug daheim."

„Ich hatte nicht die Absicht, ihn zu vertreiben", bemerkte Regan.

„Das hast du auch nicht. Willst du dich setzen?"

„Und wohin, wenn ich fragen darf?"

Er klopfte auf einen umgestülpten Eimer, der neben ihm stand.

„Ist zwar sehr großzügig von dir, aber ich kann nicht lang bleiben. Ich habe nur eine kurze Mittagspause."

„Dein Boss wird dir schon nicht gleich die Ohren lang ziehen, wenn du ein bisschen überziehst."

„Hast du eine Ahnung." Regan öffnete ihren Aktenkoffer und holte zwei dicke Umschläge heraus. „Hier ist alles drin. Wenn du das Zeug durchgesehen hast, lass es mich wissen." In Ermangelung von etwas Besserem legte Regan die Musterproben auf zwei nebeneinanderstehenden Sägeböcken ab. Dann sah sie sich um. „Du hast dich ja schon mächtig ins Zeug gelegt."

„Wenn man weiß, was man will, gibt es keinen Grund, Zeit zu verschwenden. Wie also wäre es zum Beispiel mit einem gemeinsamen Abendessen?"

Sie hielt seinem Blick stand. „Abendessen?"

„Ganz recht. Heute Abend. Wir könnten uns dann zusammen die Sachen ansehen." Er tippte mit dem Zeigefinger auf einen der Umschläge und hinterließ eine Ruß-Spur. „Das spart Zeit."

„Aha." Während sie überlegte, fuhr sie sich mit den Fingern durchs Haar. „Ich verstehe."

„Wie wär's gegen sieben? Wir könnten in den Lamplighter gehen."

„Wohin?"

„In den Lamplighter. Das kleine Lokal, wo die Church Street von der Main abzweigt."

Sie neigte den Kopf leicht zur Seite und überlegte. „Lokal? Da ist doch ein Videoladen."

Er stieß einen Fluch aus und rammte die Hände in die Hosentaschen. „So ein Mist. Da war früher ein Restaurant. Und dein Laden war ein Haushaltswarengeschäft."

„Tja, da kannst du es mal sehen – auch Kleinstädte verändern sich."

„Ja." Auch wenn er es nicht gern zugeben wollte. „Hast du Lust auf Italienisch?"

„Schon, aber hier gibt es nichts dergleichen in der Nähe. Der nächste Italiener ist auf der anderen Seite des Flusses in West Virginia. Wir könnten uns höchstens bei Ed's treffen."

„Nein. Italienisch. Um halb sieben bin ich bei dir." Er holte eine Uhr aus seiner Tasche, um zu sehen, wie spät es gerade war. „Ja, das schaffe ich. Also halb sieben, einverstanden?"

„Oh, die ist aber schön", sagte sie bewundernd und war mit zwei Schritten bei ihm, um ihm die Taschenuhr aus der Hand zu nehmen. „Hm ... Amerikanisches Fabrikat, Mitte neunzehntes Jahrhundert." Sie wog sie in der Hand und drehte sie dann um. „Sterlingsilber, gut erhalten. Ich biete dir fünfundsiebzig dafür."

„Ich habe aber neunzig bezahlt."

Sie lachte und schüttelte ihr Haar zurück. „Da hast du ein verdammt gutes Geschäft gemacht. Sie ist mindestens hundertfünfzig wert." Sie sah ihn an. „Du bist doch gar kein Taschenuhr-Typ."

„Bei meinem Job kann man keine Armbanduhr tragen. Sie wäre sofort hinüber." Er hatte große Lust, Regan zu berühren. Sie wirkte so sauber und adrett, dass die Vorstellung, sie etwas in Unordnung zu bringen, ihn außerordentlich reizte. „Verdammt schade, dass meine Hände so staubig sind."

Sofort in Alarmbereitschaft versetzt, trat sie einen Schritt zurück. „Von deinem Gesicht ganz zu schweigen. Was allerdings deinem guten Aussehen keinen Abbruch tut." Sie grinste, klemmte sich ihren Aktenkoffer unter den Arm und wandte sich zum Gehen. „Um halb sieben dann also. Und vergiss bloß nicht, die Sachen mitzubringen."

Erst nachdem sie sich dreimal umgezogen hatte, fing Regan sich wieder und versuchte Vernunft walten zu lassen. Es war ein Geschäftsessen und sonst nichts. Gewiss war ihre Erscheinung wichtig, aber so wichtig nun auch wieder nicht. Geschäft war Geschäft, und wie sie aussah, war zweitrangig.

Nachdenklich fragte sie sich, ob sie nicht vielleicht doch das kleine Schwarze hätte anziehen sollen.

Nein, nein, nein. Verärgert über sich selbst, nahm sie die Bürste zur Hand und fuhr sich durchs Haar. Je schlichter, desto besser. Das Restaurant in West Virginia war ein ganz normales Familienrestaurant, und der Zweck ihres Treffens war ein rein geschäftlicher. Der Blazer, die schwarze schmale Hose und die dunkelgrüne Seidenbluse waren genau das richtige Outfit.

Weshalb nur verfiel sie bei einem Geschäftsessen auch nur entfernt auf die Idee, dass es sich in Wirklichkeit um ein Rendezvous handeln könnte? Diese Frage beschäftigte sie vor allem deshalb, weil sie sich etwas in der Art mit Rafe MacKade überhaupt nicht wünschte. Weder mit ihm noch mit sonst jemandem. Gerade jetzt, wo ihr Geschäft aufzublühen begann, konnte sie einfach keine Ablenkung vertragen.

Eine Beziehung würde sie drei Jahre ihres Lebens kosten. Mindestens. Niemals würde sie den Fehler ihrer Mutter wiederholen, die von ihrem Ehemann sowohl finanziell als auch emotional abhängig gewesen war. Sie, Regan, wollte erst ganz sicher sein, dass sie auch wirklich ganz allein und ohne fremde Hilfe auf eigenen Beinen stehen konnte, bevor sie bereit war, sich voll und ganz einem Mann zuzuwenden.

Und ganz bestimmt würde sie sich nicht vorschreiben lassen, ob sie arbeiten durfte oder nicht. Sie wollte niemals in die Situation kommen, ihren Mann um Geld bitten zu müssen, wenn sie Lust hatte, sich ein neues Kleid zu kaufen. Es mochte ja durchaus sein, dass ihren Eltern diese Art zu leben nichts ausmachte oder dass sie ihnen sogar gefiel, denn einen unglücklichen Eindruck hatten sie niemals gemacht. Doch was für ihre Eltern gut war, musste für Regan Bishop deshalb noch lange nicht gut sein. Sie wünschte sich ein anderes Leben.

Das Einzige, was sie störte, war, dass Rafe so verflucht gut aussah. Was ihr natürlich auch prompt, nachdem sie ihm auf sein Klingeln hin die Tür geöffnet hatte, wieder ins Auge stach.

Wirklich jammerschade, dieses Geschenk Gottes an die Frauenwelt unangetastet vorbeiziehen zu lassen, ging es ihr bei seinem Anblick voller Bedauern durch den Sinn, und sie nahm sich vor, derartigen Gedanken in Zukunft keinen Raum mehr zu geben.

Er präsentierte ihr ein verführerisches Grinsen, während er sie voller Bewunderung musterte. „Gut siehst du aus", stellte er fest, und noch bevor sie ihm ausweichen konnte, hatte er sich schon zu ihr herabgebeugt und strich mit seinen Lippen leicht über ihren Mund.

„Ich hole nur rasch ...", begann sie und unterbrach sich, als ihr Blick auf die Tüten fiel, die er bei sich hatte. „Was ist denn das?"

„Das?" Er sah an sich herunter. „Das ist unser Abendessen. Wo ist die Küche?"

„Ich ..." Doch er war schon eingetreten und hatte die Tür hinter sich zugemacht. „Ich dachte, wir gehen aus."

„Nein. Ich habe nur gesagt, dass wir italienisch essen." Mit einem raschen Blick überflog er den Raum. Sehr geschmackvoll eingerichtet, natürlich mit antiken Möbeln, registrierte er, und vor allem sehr weiblich. Kleine zierliche Sessel, auf Hochglanz polierte Mahagonitischchen, frische Blumen. „Hübsch hast du es hier."

„Willst du mir etwa jetzt erzählen, dass du vorhast, hier zu kochen?"

„Es ist der einfachste Weg, eine Frau ohne Körperkontakt dazu zu bringen, dass sie mit einem ins Bett geht. Geht's hier zur Küche?"

Seine Unverschämtheit verschlug ihr für einen Moment die Sprache. Erst als sie schon in der Küche waren, fiel ihr eine passende Erwiderung ein. „Ich würde sagen, das hängt ganz davon ab, wie gut du kochst, oder?"

Ihre Antwort schien ihm zu gefallen, denn er lächelte beifällig, während er begann, die Zutaten, die er mitgebracht hatte, aus der Tüte auszupacken. „Nun, du wirst es mir dann ja schon sagen, schätze ich. Wo hast du eine Pfanne?"

Sie holte eine aus dem Küchenschrank und zögerte einen Moment, bevor sie sie ihm überreichte.

„Falls du überlegt haben solltest, ob du mir mit dem Ding

eins überbraten sollst, hast du recht daran getan, es zu unterlassen. Denn dann hättest du wirklich die leckerste Tomaten-Basilikum-Soße aller Zeiten verpasst."

„So? Dann warte ich eben bis nach dem Essen."

Er setzte Wasser auf und machte sich dann daran, den Salat zu putzen.

„Wer hat dir denn das Kochen beigebracht?"

„Wir kochen alle. Hast du ein Wiegemesser? Für meine Mutter gab es keinen Unterschied zwischen Männer- und Frauenarbeit. Danke", fügte er hinzu, nahm das Messer entgegen und begann lässig und wie nebenbei die Kräuter für den Salat zu hacken, sodass sie erstaunt die Augenbrauen hob. „Es war einfach nur Arbeit", beendete er seine Ausführungen.

„Ein Nudelgericht mit Tomaten-Basilikum-Soße klingt aber nicht nach einem Farmeressen."

„Sie hatte eine italienische Großmutter. Könntest du dich vielleicht etwas näher neben mich stellen? Du duftest so gut."

Sie tat so, als hätte sie nicht gehört, was er gesagt hatte, wobei sie sich bemühte, das Kribbeln in ihrem Bauch zu ignorieren, und hielt ihm die Weinflasche, die er mitgebracht hatte, hin. „Machst du sie auf, bitte?"

„Warum machst du es nicht selbst?"

Sie zuckte die Schultern und nahm einen Korkenzieher aus einer Schublade, öffnete die Flasche und ging danach ins Wohnzimmer. Er hatte um musikalische Untermalung gebeten. Während sie eine CD von Count Basie auflegte, fragte sie sich, warum sie einen Mann mit aufgekrempelten Hemdsärmeln, der Karotten in den Salat schnitt, so erotisch fand.

„Lass dein Olivenöl zu", sagte sie, als sie zurückkam. „Ich habe ein offenes."

„Kalt gepresstes?"

„Selbstverständlich." Sie stellte eine Flasche auf den Tresen.

„Count Basie, eigenes Olivenöl." Er grinste sie an. „Willst du mich heiraten?"

„Warum nicht? Am Samstag hätte ich zum Beispiel Zeit." Amüsiert darüber, dass er diesmal offensichtlich nicht gleich eine schlagfertige Antwort parat hatte, schmunzelte sie vor sich hin, während sie zwei Weingläser aus dem Schrank holte.

„Ich hatte aber eigentlich vor, am Samstag zu arbeiten." Er stellte den Salat beiseite und ließ sie nicht aus den Augen.

„Faule Ausreden."

„Herrgott, diese Frau machte es einem nicht leicht." Als sie den Wein eingoss, pirschte er sich näher an sie heran. „Wenn du mir garantieren kannst, dass du dir in lauen Sommernächten mit mir zusammen die Baseballspiele im Fernsehen ansiehst, könnten wir uns vielleicht einig werden."

„Da muss ich leider passen. Ich hasse Sport."

Jetzt kam er noch näher, so nahe, dass sie schnell, in jeder Hand ein Weinglas, einen Schritt zurückwich. „Gut, dass ich das noch rechtzeitig herausgefunden habe, bevor es zu spät ist."

„Du Glücklicher." Ihr Herz machte ihr Schwierigkeiten, irgendwie klopfte es viel schneller als gewöhnlich.

„Das gefällt mir", murmelte er und fuhr mit dem Finger über den kleinen Schönheitsfleck über ihrem Mundwinkel, während er mit der anderen Hand die Knöpfe ihres Blazers öffnete.

„Warum machst du das eigentlich immer?"

„Was denn?"

„Den Blödsinn mit meinen Knöpfen."

„Ich übe nur ein bisschen." Ein verwegenes Grinsen huschte kurz wie ein Wetterleuchten über sein Gesicht. „Außerdem siehst du immer wie aus dem Ei gepellt aus, sodass ich Lust bekomme, dich ein bisschen in Unordnung zu bringen."

Ihr Rückzug endete damit, dass sie sich mit dem Rücken an der Wand wiederfand. Rechts neben ihr stand der Kühlschrank, links war ebenfalls eine Wand.

„Scheint so, als hättest du dich selbst in die Ecke gedrängt, Darling." Er trat vor sie hin, legte beide Hände um ihre Taille, beugte sich zu ihr hinab und küsste sie. Während er den Kuss vertiefte, arbeiteten sich seine Finger weiter nach oben und stoppten erst kurz unterhalb ihrer Brüste.

Es gelang ihr nicht, Zurückhaltung zu wahren. Ihr Atem ging schneller, sie öffnete ihm ihre Lippen, und ihre Zungen begegneten sich. Sowohl der männlich herbe Duft, den er ausströmte, als auch der dunkle, wilde Geschmack seines Mundes trafen sie wie ein Pfeil mitten ins Zentrum ihres Begehrens.

Im hintersten Winkel ihres Gehirns blinkte ein Warnlämpchen auf. Mit Sicherheit wusste er genau, wie es ein Mann anstellen musste, um eine Frau zu verführen. Alle Frauen. Irgendeine Frau. Aber es war ihr egal, ihr Begehren war stärker als ihr Verstand.

Ihr Blut begann schneller als gewöhnlich durch die Adern zu rauschen, ihre Haut prickelte. Sie hatte das Gefühl, zu spüren, wie ihre Knochen dahinschmolzen wie das Wachs einer Kerze unter der Flamme.

Es erregte ihn unglaublich, sie zu beobachten. Seine Augen waren die ganze Zeit weit geöffnet, während er mit seiner Zunge ihre warme, feuchte Mundhöhle erforschte. Das Flattern ihrer Lider, die Wangen, in die das Verlangen Farbe gebracht hatte, und der hilflose kleine, lustvolle Seufzer, der ihr entschlüpfte, als er seine Fingerspitzen leicht über die Knospen ihrer Brüste gleiten ließ, jagten ihm einen Lustschauer nach dem anderen den Rücken hinunter.

Mit einiger Anstrengung gelang es ihm nach einer Weile, den Kuss zu beenden. „Du lieber Gott. Das ist wirklich nicht der geeignete Zeitpunkt." Zärtlich knabberte er an ihrem Ohrläppchen. „Oder wollen wir es doch noch mal versuchen?"

„Nein." Ihre Antwort überraschte sie selbst, denn sie war

das Gegenteil dessen, was sie wollte. Sie hielt noch immer in jeder Hand ein Weinglas und presste nun eines davon wie zur Verteidigung gegen seine Brust.

Er betrachtete es einen Moment, dann wanderte sein Blick wieder nach oben und sah sie an. Er lächelte nicht, und der sanfte Ausdruck, der noch kurz zuvor auf seinem Gesicht gelegen hatte, war verschwunden. In seinen Augen lauerte nun etwas Dunkles, fast Gefährliches, wie bei einem Raubtier, das zum Sprung ansetzt auf seine Beute. Trotz ihres gesunden Menschenverstands fühlte sie sich von diesem Mann, der sich ohne Bedenken nehmen würde, wonach ihm der Sinn stand, fast unwiderstehlich angezogen und scherte sich nicht um die Konsequenzen.

„Deine Hände zittern ja, Regan."

„Ich weiß."

Sie war sich darüber im Klaren, dass ein falsches Wort, eine falsche Bewegung das, was in seinen Augen lauerte, zum Ausbruch bringen und sie verschlingen würde. Und sie würde es zulassen. Und genießen.

Darüber galt es erst einmal nachzudenken.

„Nimm dein Weinglas, Rafe. Es ist Rotwein, er wird hässliche Flecken auf deinem Hemd hinterlassen, wenn man ihn verschüttet."

Einen verwirrenden Moment lang brachte er kein Wort heraus. Ein Verlangen, das er nicht verstand und mit dem er nicht gerechnet hatte, schnürte ihm die Kehle zu. Sie ist beunruhigt, dachte er. Und er fand, dass es klug war von ihr, denn sie hatte allen Grund zur Beunruhigung. Eine Frau wie sie hatte keine Ahnung, wozu ein Mann wie er fähig war.

Er nahm das Glas entgegen und stieß mit ihr an, der helle Klang schwebte noch in der Luft, als er sich umwandte und zum Herd ging.

Sie fühlte sich so, als wäre sie eben am Rand einer Klippe

entlanggetaumelt und hätte es gerade noch rechtzeitig geschafft, dem unvermeidlich erscheinenden Sturz zu entgehen. Doch was sie angesichts dessen verspürte, war nicht Erleichterung, sondern Bedauern.

„Irgendwie sollte ich wohl jetzt was sagen. Ich ... äh ..." Sie holte tief Luft und nahm einen großen Schluck Wein. „Ich will ja nicht abstreiten, dass ich mich von dir angezogen fühle ..."

In dem Versuch, sich zu entspannen, lehnte er sich gegen den Tresen und fixierte sie über den Rand seines Weinglases hinweg. „Und?"

„Und." Sie strich sich eine Haarsträhne aus dem Gesicht. „Aber ich denke, Komplikationen sind ... eben kompliziert", beendete sie ihren wenig aussagekräftigen Satz. „Ich will das nicht ... Ich kann mir nicht vorstellen ..." Sie schloss die Augen und nahm noch einen Schluck. „Oh Gott, jetzt stottere ich schon."

„Ist mir auch aufgefallen. Es stärkt mein Selbstvertrauen ungemein."

„Das hast du doch gar nicht nötig." Sie stieß hörbar die Luft aus und räusperte sich. „Ich habe keinen Zweifel daran, dass Sex mit dir eine denkwürdige Sache wäre – hör auf, so blöd zu grinsen!"

„Oh, Entschuldigung." Doch das Grinsen wich nicht von seinem Gesicht. „Das muss an deiner Wortwahl liegen. Denkwürdig ist gut – wirklich gut, gefällt mir. Aber ich habe verstanden, was du meinst. Du willst dir alles gründlich durch den Kopf gehen lassen. Und wenn du dann so weit bist, lässt du es mich wissen."

Sie überlegte einen Moment, dann nickte sie. „Ja, so könnte man es sagen."

„Okay. Jetzt bin ich dran." Er wandte sich um, drehte die Herdplatte an und goss Öl in die Bratpfanne. „Ich begehre dich, Regan. Sofort, als ich bei Ed's reinkam und dich mit

Cassie so geschniegelt und gebügelt dasitzen sah, hat's mich umgehauen, ehrlich. Es hat mich einfach erwischt."

Sie tat alles, um die Schmetterlinge, die wieder begannen in ihrem Bauch zu flattern, nicht zur Kenntnis zu nehmen. „Hast du mir deshalb diesen Job angeboten?"

„Du bist wirklich zu intelligent, um eine solche Frage zu stellen. Es geht um Sex, verstehst du? Sex ist etwas Persönliches."

„Na gut." Sie nickte wieder. „Na gut."

Er nahm eine Tomate zur Hand und betrachtete sie eingehend. „Das Problem ist nur, dass ich nicht viel davon halte, über solche Sachen allzu lange nachzugrübeln. Ich weiß ja nicht, wie du das siehst, aber ich finde, Sex ist etwas Animalisches. Es geht darum, zu riechen, zu schmecken und zu fühlen." Seine Augen hatten sich verdunkelt wie bereits vorhin schon, und wieder lag in ihnen ein Anflug von Waghalsigkeit und Leichtsinn. Er nahm das Messer in die Hand und fuhr mit dem Finger prüfend über die Schneide. „Und zu erobern", fügte er langsam hinzu. „Aber da das nur mein eigener Blickwinkel ist und die Sache schließlich uns beide betrifft, musst du wohl wirklich dein Ding durchziehen und erst noch ein Weilchen überlegen."

Verblüfft starrte sie ihn an, während er eine Knoblauchzehe schälte. „Soll ich dir jetzt dafür danken oder was?"

„Quatsch." Fachmännisch legte er die Messerschneide flach über die Knoblauchzehe und hieb einmal kurz mit der Faust darauf. „Ich wollte nur, dass du mich verstehst, ebenso wie ich versuche, dich zu verstehen."

„Du bist ja ein ganz moderner Mann, MacKade."

„Wenn du dich da mal nicht täuschst, Darling. Auf jeden Fall werde ich dich wieder zum Stottern bringen, verlass dich drauf."

Diese Herausforderung würde sie annehmen. Entschlossen griff sie nach der Weinflasche und füllte ihre Gläser auf. „Dann will ich dir jetzt mal sagen, worauf du dich verlassen kannst. Falls ich mich entschließen sollte, mit dir ins Bett zu gehen, wirst du zumindest ebenso stottern wie ich."

Er warf den zerdrückten Knoblauch in das Öl, wo er gleich darauf zu brutzeln begann. „Du gefällst mir, Darling. Du gefällst mir wirklich ausnehmend gut."

4. Kapitel

Die Sonne lachte vom Himmel und brachte die Eiszapfen an den Dachrinnen zum Schmelzen. Die Schneemänner in den Vorgärten verloren an Gewicht, und die Mohrrüben und Steine, die als Nasen und Augen gedient hatten, purzelten ihnen aus den Gesichtern.

Regan brachte die folgende Woche damit zu, sich umzuhören, wo sie geeignete Einrichtungsgegenstände für das Barlow-Haus auftreiben könnte, und ergänzte auf einer Auktion ihren Warenbestand.

Wenn keine Kundschaft im Laden war, nutzte sie die Zeit, um die Pläne, die sie für das zukünftige MacKade Inn von Antietam ausgearbeitet hatte, zu studieren. Immer wieder kamen ihr neue Ideen, die sie voller Begeisterung den schon existierenden hinzufügte.

Auch in diesem Augenblick, während sie einem interessierten Ehepaar eine antike Kredenz aus Walnussholz schmackhaft zu machen versuchte, waren ihre Gedanken bereits bei dem Haus. Obwohl sie sich dessen noch nicht bewusst war, hatte es sie bereits ebenso gefangen genommen wie Rafe.

In das vordere Schlafzimmer im ersten Stock kommt das Himmelbett, überlegte sie, die Tapete mit den Rosenknospen und der Schrank aus Satinholz. Ein romantisches, traditionelles Brautgemach ganz im Stil jener Zeit sollte es werden.

Und was den großen Raum im Erdgeschoss anbelangte, so wirkte der ja schon allein durch seine herrliche Südlage. Voraussetzung war natürlich, dass Rafe die richtigen Fenster aussuchte, aber da hatte sie keine Bedenken. Sie würde für leuchtend warme Farben, denen ein Goldton beigemischt war, plädieren, sodass der Eindruck entstehen konnte, die Sonne würde auch dann scheinen, wenn es regnete. Und viele, viele Grünpflanzen. Wie ein Wintergarten sollte er wirken, ein Ort, von dem aus man ruhig die Blicke durch die großen Panoramafenster nach draußen schweifen lassen konnte, in den großen Garten und weiter darüber hinaus in die Wälder.

Sie konnte es kaum mehr erwarten, selbst Hand anzulegen, um das Haus mit den winzigen, aber wichtigen Kleinigkeiten auszustatten, die es in altem Glanz erstrahlen lassen sollten und die dafür sorgen würden, dass es wieder ein richtiges Heim wurde.

Kein Heim, berichtigte sie sich sofort in Gedanken. Höchstens ein Heim für Gäste. Ein Hotel. Komfortabel, charmant, aber nur zur zeitweiligen Benutzung. Mit einiger Anstrengung gelang es ihr, den Kopf schließlich freizubekommen.

Die Frau fuhr begehrlich mit den Fingerspitzen über das glänzende Holz, während Regan den hoffnungsvollen und bittenden Blick auffing, den sie ihrem Ehemann zuwarf.

„Sie ist wirklich wunderschön. Nur leider kostet sie mehr, als wir eigentlich vorhatten auszugeben."

„Ja, ich verstehe. Aber eine Kredenz in diesem ausgezeichneten Zustand ..."

Sie unterbrach sich, weil die Ladentür geöffnet wurde, und ihr Herz machte einen kleinen Satz. Doch es war nicht Rafe, der, wie sie insgeheim gehofft hatte, hereingeschneit kam, sondern Cassie. Verärgert spürte sie, wie Enttäuschung in ihr hochstieg, und versuchte sogleich, sie abzuschütteln. Noch bevor sie Cassie ein freundliches Willkommenslächeln zuwerfen konnte, entdeckte sie den Bluterguss auf dem Gesicht der Freundin und erschrak zutiefst.

„Wenn Sie mich für einen Moment entschuldigen möchten, ich bin gleich wieder da."

Bei Cassie angelangt, nahm sie sie wortlos am Arm und führte sie in ihr Büro.

„Setz dich, Cassie. Komm." Sanft, aber nachdrücklich, drückte sie die junge Frau in einen Sessel, der vor einem schmiedeeisernen kleinen Tischchen stand. „Um Gottes willen, was ist denn passiert? Ist es schlimm?"

„Ach, es ist nichts, ich bin nur ..."

„Halt den Mund." Sie konnte nicht anders, als dem Zorn, der beim Anblick ihrer Freundin in ihr aufgeflammt war, ein Ventil zu geben, und knallte den Teekessel auf die Platte des kleinen Kochers. „Entschuldige bitte. Ich mach uns erst mal einen Tee, ja?" Sie musste sich noch eine kleine Verschnaufpause verschaffen, ohne die sie nicht imstande sein würde, mit Cassie ruhig und vernünftig zu reden. „Bis das Wasser kocht, gehe ich kurz noch einmal zu meinen Kunden hinaus. Du bleibst hier sitzen und entspannst dich, verstanden?"

In Cassies Augen brannte die Scham. Sie sah Regan für den Bruchteil einer Sekunde an, dann senkte sie schnell den Blick, starrte auf ihre Hände und nickte bedrückt. „Danke", murmelte sie kaum hörbar.

Zehn Minuten später war Regan wieder zurück. Sie hatte sich geschworen, ihre Wut zu zügeln, alles andere würde die Angelegenheit nicht besser machen und Cassie keinen Schritt weiterhelfen. Sie brauchte Unterstützung und keine Vorwürfe.

Doch alle guten Vorsätze waren vergebens. Das Bild des Jammers, das ihre Freundin, die zusammengekauert in dem Sessel hockte, bot, ließ sie von Neuem explodieren.

„Herrgott noch mal, warum lässt du dir das gefallen? Wann hast du bloß endlich die Schnauze voll davon, für diesen sadistischen Dreckskerl den Sandsack zu spielen, an dem er sich abreagieren kann? Muss man dich vielleicht erst ins Krankenhaus einliefern, ehe du zu Verstand kommst?"

Cassie, in äußerster Bedrängnis, legte die Arme auf das vor ihr stehende Tischchen, vergrub den Kopf darin und begann zu schluchzen.

Sofort spürte Regan, wie ihr ebenfalls die Tränen kamen, sie ging neben ihrer Freundin in die Knie und umarmte sie. „Ach, Cassie. Es tut mir so leid, es tut mir so leid. Ich hätte nicht so mit dir herumkeifen dürfen."

„Ich hätte nicht herkommen sollen", schluchzte Cassie, hob den Kopf, bedeckte ihr Gesicht mit den Händen und rang um Fassung. „Ich hätte wirklich nicht herkommen sollen, aber ich hab einfach jemanden gebraucht, mit dem ich reden kann."

„Ach, Cassie, natürlich war es richtig von dir, herzukommen. Komm, lass mich mal sehen." Regan versuchte, Cassies Hände von ihrem Gesicht wegzuziehen. Nachdem es ihr schließlich gelungen war, sah sie das ganze Ausmaß dessen, was Joe angerichtet hatte. Der Bluterguss zog sich über die gesamte rechte Gesichtshälfte hin, von der Schläfe bis nach unten zum Kiefer, und das rechte Auge war lilablau verfärbt und fast ganz zugeschwollen.

„Oh, Cassie, was ist denn bloß passiert? Kannst du es mir nicht erzählen?"

„Er ... Joe ...", begann Cassie, immer wieder von Neuem von Schluchzen geschüttelt, „er hat sich schon die ganze Zeit nicht gut gefühlt ... Die Grippe ... du weißt doch ..." Sie holte tief Luft. „Er war in letzter Zeit so oft krank ... und gestern ... gestern haben sie ihm gekündigt." Ohne Regan anzuschauen, bückte sie sich nach ihrer Handtasche und kramte ein Papiertaschentuch hervor. „Er war völlig fertig ... Zwölf Jahre war er bei der Firma beschäftigt, und jetzt – aus und vorbei. Wenn ich bloß an die Rechnungen denke ... Ich habe erst vor Kurzem eine neue Waschmaschine auf Kredit gekauft, und Connor wollte unbedingt diese neuen Tennisschuhe. War mir ja klar, dass sie viel zu teuer waren, aber ..."

„Hör auf", fiel ihr Regan bestimmt ins Wort und legte ihre Hand auf Cassies Arm. „Hör auf mit deinen ewigen Selbstanklagen. Ich kann es wirklich nicht ertragen."

„Ich weiß, dass das alles nur Ausflüchte sind." Cassie schöpfte zitternd Atem und schloss die Augen. Wenigstens

Regan gegenüber sollte sie ehrlich sein. Ihre Freundin hatte es nicht verdient, belogen zu werden, denn sie war in den drei Jahren, die sie sich nun schon kannten, immer für sie da gewesen. „Also, um die Wahrheit zu sagen, er hatte überhaupt keine Grippe. Er ist schon seit fast einer Woche fast ununterbrochen betrunken. Sie haben ihn nicht entlassen, sondern sie haben ihn auf der Stelle gefeuert, weil er sternhagelvoll an seinem Arbeitsplatz erschienen ist und sich natürlich sofort mit seinem Vorarbeiter angelegt hat."

„Und dann ist er nach Hause gekommen und hat seine Wut an dir ausgelassen." Regan erhob sich, nahm den Kessel vom Herd und brühte Tee auf. „Wo sind denn die Kinder?"

„Bei meiner Mutter. Ich bin noch in der Nacht mit ihnen zu ihr gefahren." Sie betastete ihre Wange und ihr Auge. „So schlimm wie diesmal war es noch nie." Unbewusst fuhr sie sich mit der Hand an den Hals. Unter dem Rollkragen verbargen sich noch mehr Blutergüsse, die Joe ihr zugefügt hatte, als er sie so gewürgt hatte, dass sie schon dachte, er würde sie umbringen. Fast hatte sie es sich gewünscht.

„Okay, das ist ja immerhin schon mal etwas." Während Regan dünne chinesische Teeschalen aus Porzellan auf den Tisch stellte, überlegte sie, wie sie Cassie am besten helfen könnte. „Der erste Schritt zu einem neuen Anfang", fügte sie hinzu.

„Nein." Vorsichtig legte Cassie beide Hände um ihre Teeschale, als müsse sie sich wärmen. „Sie erwartet von mir, dass wir noch heute zu Joe zurückgehen. Sie würde uns nicht noch eine Nacht bei sich aufnehmen."

„Auch nicht nach dem, was passiert ist?", fragte Regan fassungslos.

„Eine Frau gehört zu ihrem Mann", erwiderte Cassie schlicht. „Ich habe ihn geheiratet und habe gelobt, zu ihm zu halten, in guten wie in schlechten Zeiten."

Regan konnte ja noch nicht einmal ihre eigene Mutter verstehen, doch das, was Cassie da von sich gab, erschien ihr schlicht unfassbar. „Was du da sagst, ist einfach ungeheuerlich."

„Das sind nur die Worte meiner Mutter", murmelte Cassie und zuckte zusammen, als sie ihre aufgeplatzte Lippe mit dem heißen Tee benetzte. „Sie ist der festen Überzeugung, dass es die Pflicht der Frau ist, dafür zu sorgen, dass eine Ehe funktioniert. Und wenn das nicht der Fall ist, ist es allein ihre Schuld."

„Und du? Was glaubst du? Dass es deine Pflicht ist, dich von Joe verprügeln zu lassen?"

„Ich bin verheiratet, Regan. Und außerdem denkt man immer, dass es irgendwann wieder besser werden wird." Sie holte zitternd Luft. „Vielleicht war ich ja zu jung, als ich Joe geheiratet habe, und möglicherweise habe ich auch einen Fehler gemacht. Und dennoch war ich immer fest entschlossen, an meiner Ehe festzuhalten, obwohl Joe mir schon seit Jahren untreu ist." Wieder begann sie zu weinen. „Wir sind nun seit zehn Jahren verheiratet, Regan. Und wir haben Kinder zusammen. Ich habe so viele Fehler gemacht, zum Beispiel habe ich mein Trinkgeld genommen und Connor davon neue Schuhe gekauft, und bei Emma lasse ich es zu, dass sie Mannequin spielt und meinen Lippenstift benutzt, obwohl sie noch so klein ist. Und eine neue Waschmaschine konnten wir uns überhaupt nicht leisten – aber gekauft habe ich sie dennoch. Und im Bett war ich auch niemals gut, bestimmt nicht so gut, wie die anderen Frauen, mit denen er …"

Als sie Regans fassungslosen Blick sah, unterbrach sie sich schlagartig.

„Hast du dir diesmal selbst zugehört, Cassie?", erkundigte sich Regan sanft. „Hast du gehört, was du gerade gesagt hast?"

„Ich kann einfach nicht mehr länger bei ihm bleiben." Cassies Stimme brach. „Er hat mich vor den Kindern geschlagen. Früher hat er wenigstens immer noch gewartet, bis sie im Bett waren, und das war schon schlimm genug. Aber gestern hat er mich vor ihnen verprügelt und mir währenddessen ganz schreckliche Sachen an den Kopf geworfen. Sachen, die sie nie und nimmer hätten hören dürfen. Dazu hat er kein Recht. Er zieht sie in alles mit rein, und dazu hat er kein Recht."

„Nein, Cassie, dazu hat er kein Recht. Du brauchst jetzt Hilfe."

„Ich habe die ganze Nacht wach gelegen und habe darüber nachgedacht." Sie zögerte einen Moment, dann schob sie ihren Rollkragen ein Stück hinunter.

Entsetzt starrte Regan auf die blutunterlaufenen Würgemale, die sich über Cassies weißen Hals zogen. Ihr Gesicht verzerrte sich vor Wut, und in ihren Augen loderte kalter Zorn auf. „Oh mein Gott", stammelte sie, „er hat versucht, dich zu erwürgen."

„Ich glaube nicht, dass es das war, was er anfangs wollte. Es war nur so, weil er mir so wehgetan hat, habe ich geschrien, und zuerst wollte er wohl nur, dass ich aufhöre. Aber ich konnte nicht, und da ist er mir an den Hals gegangen und hat zugedrückt. Oh Gott." Cassie schlug wieder die Hände vors Gesicht. „Und dann habe ich es gesehen. In seinen Augen stand blanker Hass. Er hasst mich einfach deswegen, weil ich da bin. Und er wird mir wieder etwas tun, wenn ich ihm die Gelegenheit dazu gebe, aber ich muss jetzt an die Kinder denken. Ich habe vor, zu Devin zu gehen, um Anzeige zu erstatten."

„Gott sei Dank."

„Ich wollte nur vorher bei dir reinschauen, damit ich ein bisschen ruhiger werde." Cassie wusste, dass es nun kein Zurück mehr gab. Sie bemühte sich um ein zitterndes Lächeln und wischte sich mit dem Handrücken die Tränen aus dem Gesicht. „Es fällt mir schwer, weil es ausgerechnet Devin ist. Ich kenne ihn schon mein ganzes Leben lang. Nicht, dass die ganze Sache ein Geheimnis wäre, er war ja schon unzählige Male bei uns, weil die Nachbarn die Polizei gerufen haben. Und dennoch ist es hart." Sie seufzte. „Weil es Devin ist."

„Ich komme mit dir."

Cassie schloss die Augen. Das war der Grund, weshalb sie hergekommen war. Weil sie jemanden brauchte, der ihr jetzt zur Seite stand. Oder – genauer ausgedrückt – weil sie jemanden brauchte, der sie aufrecht hielt. „Nein, ich muss es allein machen. Aber ich weiß nicht, was ich danach tun soll", erwiderte sie tapfer und nahm einen Schluck von ihrem Tee, der ihrer geschundenen Kehle wohltat. „Ich kann unmöglich die Kinder wieder nach Hause zurückbringen, ohne dass ich weiß, wie es jetzt weitergeht."

„Du könntest in das Frauenhaus …"

Cassie schüttelte den Kopf. „Ich weiß, dass es falscher Stolz ist, Regan, aber ich kann da nicht hingehen. Vor allem nicht mit den Kindern. Zumindest nicht jetzt."

„Okay. Dann bleibst du eben hier. Bei mir." Als Cassie Einspruch erhob, wiederholte Regan ihr Angebot ein zweites Mal. „Ich habe zwar nur noch ein zusätzliches Schlafzimmer, deshalb wird es für euch drei ziemlich eng werden, aber eine Zeit lang wird es bestimmt gehen."

„Wir können dir unmöglich so zur Last fallen, Regan."

„Ihr fallt mir nicht zur Last. Es ist ein Notfall, und ich habe es dir doch angeboten. Schau, Cassie, du warst meine erste Freundin hier in Antietam und hast mir geholfen, mich hier einzuleben. Und nun möchte ich dir helfen, also lass es mich auch."

„Oh nein, Regan, wirklich. Das ist mir unangenehm. Ich habe einiges gespart. Wir könnten ein paar Tage in einem Motel unterkommen, dafür reicht es gerade."

„Das kommt gar nicht infrage, Cassie. Es ist wirklich alles kein Problem, ihr wohnt für die nächste Zeit bei mir, und dann werden wir weitersehen. Wenn du es schon nicht für dich tust, dann tu es für die Kinder", fügte sie schnell hinzu, erleichtert darüber, dass ihr endlich das Argument eingefallen war, das für Cassie am schwersten wog.

Cassies Reaktion bewies ihr, dass sie recht hatte. Nun endlich nickte die Freundin zustimmend. „Also gut. Wenn ich von Devin komme, hole ich sie ab." Wenn es um ihre Kinder ging, war Cassie sogar ihr Stolz nicht mehr wichtig. „Ich bin dir wirklich sehr dankbar, Regan."

„Ich dir auch. Jetzt."

„Ja, was ist denn hier los? Gemütliches Plauderstündchen während der Geschäftszeiten, hm?" Rafe kam vergnügt zur Tür herein und warf seinen Mantel schwungvoll auf die Couch. Erst nachdem er sich gesetzt hatte, fiel ihm Cassies zerschlagenes Gesicht auf.

Zu beobachten, wie sich Rafes eben noch charmant vergnügte Miene in eine eisige Maske verwandelte, machte Regan für einen Augenblick sprachlos. Als könne er seinen Augen nicht trauen, streckte er die Hand aus und fuhr leicht mit einer Fingerspitze über den Bluterguss.

„Joe?"

„Es ... es war ein Unfall", stammelte Cassie.

Er stieß einen wüsten Fluch aus und sprang auf. Sofort war Cassie, die seine Gedanken erriet, ebenfalls auf den Beinen und stellte sich ihm in den Weg.

„Nein, Rafe, bitte", flehte sie, „mach keine Dummheiten." Verzweifelt krallte sie sich in seinen Ärmel. „Bitte, geh nicht zu ihm."

Er hätte sie mit Leichtigkeit beiseiteschieben können, aber er tat es nicht, weil ihm klar war, dass er damit nur noch mehr Öl ins Feuer gießen würde. „Hör zu, Cassie", sagte er deshalb in ruhigem Ton, „du bleibst hier bei Regan."

„Nein, bitte." Hilflos begann Cassie wieder zu weinen. „Bitte. Mach nicht alles noch schlimmer, als es sowieso schon ist."

„Diesmal wird der Dreckskerl für seine Sauereien bezahlen", stieß Rafe zwischen zusammengebissenen Zähnen hervor, drückte sie entschlossen in den Sessel und schaute auf

sie herunter. Ihre Tränen bewirkten, dass er weich wurde.
„Cassie." Er kniete sich neben sie hin, schlang die Arme um sie und zog sie an seine Brust. „Hör auf zu weinen, Baby. Komm, alles wird wieder gut."

Regan, die schnell aufgesprungen war, beobachtete ihn ungläubig. Sie konnte es kaum fassen, wie nah Zärtlichkeit und Härte bei ihm nebeneinanderlagen. Er wiegte Cassie wie ein Kind in seinen Armen und murmelte dabei tröstliche Worte.

Als er den Kopf hob, um sie anzusehen, war Regans Kehle wie zugeschnürt. Ja, die Gewalttätigkeit lauerte noch immer in seinen Augen. Lebendig und heftig genug, um sie in Angst zu versetzen. Sie schluckte krampfhaft.

„Misch dich nicht ein, Rafe. Cassie wird es allein schaffen." Ihre Stimme klang rau.

Jeder Nerv in ihm war angespannt, er fieberte nach der Jagd, wollte den Kampf. Er wollte Blut sehen. Joes Blut. Aber die Frau, die hier in seinen Armen lag, zitterte. Und die andere, die ihn erschreckt mit weit aufgerissenen Augen ansah, hatte sich auf leises Bitten verlegt. Er rang mit sich selbst.

„Entschuldige bitte", flüsterte Cassie.

„Du musst dich nicht bei mir entschuldigen." Behutsam ließ er sie los und wischte ihr die Tränen ab. „Du musst dich bei überhaupt niemandem entschuldigen."

„Sie wird zu Devin gehen und Anzeige erstatten." Regans Hände zitterten. Um sich zu beruhigen, holte sie Rafe eine Tasse und goss ihm Tee ein. „Das ist in dieser Situation das einzig Richtige."

„Es ist ein Weg." Er zog seinen eigenen vor. Er sah Cassie an und strich ihr eine Haarsträhne aus dem nassen Gesicht. „Hast du einen sicheren Platz, an dem du unterkommen kannst?"

Cassie nickte und nahm das Papiertaschentuch, das Rafe ihr hinhielt. „Fürs Erste bleiben wir hier bei Regan. Bis wir ..."

„Mit den Kindern ist alles in Ordnung?"

Sie nickte wieder. „Sie sind bei meiner Mutter. Wenn ich bei Devin alles erledigt habe, werde ich sie abholen."

„Sag mir, was du brauchst, dann geh ich zu dir nach Hause und hol es dir."

„Ich ... ich weiß nicht. Ich ... glaube, ich brauche nichts."

„Lass uns später noch mal darüber reden. Was hältst du davon, wenn ich mit dir komme?"

Zitternd stieß sie den Atem aus und trocknete sich mit dem Taschentuch das Gesicht. „Nein. Da muss ich allein durch, Regan. Am besten, ich mache mich jetzt gleich auf den Weg."

„Hier." Regan zog eine Schublade auf. „Das ist der Schlüssel für die Eingangstür oben. Das Zimmer, in dem ihr euch ausbreiten könnt, kennst du ja. Macht es euch gemütlich." Sie drückte Cassie den Schlüssel in die Hand und schloss ihre Finger darum. „Und leg die Sicherheitskette vor, Cassie."

„Ja. Dann muss ich jetzt wohl gehen." Alles, was sie zu tun hatte, war aufzustehen und zur Tür zu gehen. Aber noch niemals in ihrem Leben, so erschien es ihr, war ihr etwas so schwer gefallen. „Ich habe doch immer gedacht, dass er sich ändert", flüsterte sie vor sich hin. „Ich habe es so gehofft ..." Seufzend raffte sie sich auf und erhob sich. „Noch mal danke für alles." Sie bemühte sich um ein tapferes Lächeln, ehe sie sich umwandte und mit gesenktem Kopf und hängenden Schultern hinausging.

„Hast du eine Ahnung, wo das Schwein ist?", knurrte Rafe wütend.

„Nein."

„Egal, ich werde ihn finden." Er streckte die Hand aus, um seinen Mantel zu nehmen, aber Regan fiel ihm in den Arm. Er hob langsam den Blick und sah sie aus brennenden Augen an. „Komm nicht auf die Idee, dich mir in den Weg zu stellen."

Als Erwiderung nahm sie sein Gesicht in ihre Hände und küsste ihn. Es war ein weicher Kuss, der sie beide beruhigte.

„Womit habe ich denn das verdient?"

„Oh, da gibt es schon ein paar Sachen." Sie atmete tief ein und legte ihm beide Hände auf die Schultern. „Zum Beispiel für deinen Wunsch, dem Dreckskerl die Fassade zu polieren." Sie küsste ihn wieder. „Und dafür, dass du es nicht getan hast, weil Cassie dich darum gebeten hat." Noch ein Kuss. „Und zum Schluss dafür, dass du ihr gezeigt hast, dass nicht alle Männer so sind wie Joe, sondern dass die meisten Männer, die meisten wirklichen Männer, liebenswürdig sind und nicht brutal."

„Verdammt." Besiegt lehnte er seine Stirn gegen ihre. „Das ist ja eine ganz miese Art, mich davon abzubringen, ihm die Fresse einzuschlagen."

„Ein Teil von mir empfindet so wie du. Aber ich bin nicht stolz darauf." Als sie spürte, dass der Zorn wieder heiß in ihr aufstieg, wandte sie sich von Rafe ab und ging zur Kochplatte. „Ein Teil von mir hätte gern zugeschaut, wie du so lange auf ihn eindrischst, bis er umfällt."

Rafe ging zu ihr hinüber, nahm ihre Hand, die sie zur Faust geballt hatte, öffnete sie behutsam und drückte ihr einen Kuss auf die Handfläche. „Na so was. Wie konnte ich mich bloß so in dir irren?"

„Ich hab doch gesagt, dass ich nicht stolz darauf bin." Ein kleines Lächeln huschte über ihr Gesicht. „Aber damit würden wir Cassie nicht helfen. Man muss alle Gewalttätigkeiten von ihr fernhalten, auch wenn es in diesem Fall nur gerecht wäre, dass Joe mal so richtig Prügel bezieht."

„Ich kenne sie, seit sie ein Kind war." Rafe blickte auf die Tasse, die Regan ihm hinhielt, und schüttelte den Kopf. Der Tee duftete wie eine Wiese im Frühling, und bestimmt schmeckte er auch so. „Sie war schon immer so zerbrechlich, hübsch und scheu. Und so unheimlich lieb." Auf Regans neugierigen Blick hin schüttelte er wieder den Kopf. „Nein, es ist nicht, wie du jetzt vielleicht denkst. Ich hatte niemals irgendwelche Absichten. Liebe Frauen sind nicht mein Typ."

„Danke."

„Keine Ursache." Er fuhr ihr mit den Fingern durchs Haar. „Ist dir klar, dass du eine Menge auf dich nimmst, wenn du sie mit den Kindern bei dir wohnen lässt? Sie könnten bei uns auf der Farm unterkommen, wir haben viel Platz."

„Sie braucht jetzt eine Frau, Rafe, keinen Männerhaufen – egal, wie gut es gemeint ist. Meinst du, dass sich Devin der Sache auch richtig annimmt?"

„Darauf kannst du dich hundertprozentig verlassen."

Zufrieden mit seiner Antwort, nahm sie ihre Tasse und ging hinüber zum Tisch. „Gut. Und du solltest es auch." Sie betrachtete die Angelegenheit nun für abgeschlossen und sah ihn über den Rand ihrer Tasse hinweg an. „Warum bist du eigentlich hier?"

„Weil ich das Bedürfnis hatte, dich zu sehen." Er lächelte. „Und ich dachte mir, wir könnten vielleicht die Tapeten und die Möbel für den Salon zusammenstellen. Ich würde gern als Erstes einen Raum ganz fertig machen, um ein Gefühl für den Rest zu bekommen."

„Gute Idee. Ich …" Sie unterbrach sich, weil aus dem Laden Schritte und Stimmen herüberdrangen. „Ich habe Kundschaft bekommen. Hier liegt alles, die Farbmuster und die Stoffproben und auch eine Liste der Möbel, die ich ins Auge gefasst habe."

„Ich habe auch ein paar Proben mitgebracht."

„Ah, das ist gut. Nun, dann …" Sie ging zu ihrem Schreibtisch und schaltete den Computer ein. „Ich habe hier Raum für Raum aufgelistet, ganz so, wie ich es mir vorstelle. Willst du vielleicht in der Zwischenzeit mal reinschauen? Verschiedene der Stücke, die ich vorschlage, habe ich auch hier. Du kannst sie dir ansehen, wenn du fertig bist."

„Okay."

Dreißig Minuten später kam Regan vergnügt und mit geröteten Wangen ins Büro zurück. Sie hatte drei wertvolle

Möbelstücke an den Mann gebracht. Wie groß er aussieht, dachte sie, als ihr Blick auf Rafe fiel, der sich an ihrem zierlichen Chippendale-Sekretär, auf dem der Computer stand, häuslich eingerichtet hatte. So sehr ... männlich.

Seine Stiefel waren abgestoßen, und sein Hemd hatte an der Schulter einen kleinen Riss. In seinem Haar entdeckte sie Spuren von Gips oder Mauerstaub. Seine Ausstrahlung hatte etwas Animalisches, und plötzlich begehrte sie ihn mit jeder Faser ihres Herzens, ohne Sinn und Verstand. Es war ein Verlangen, das sich fernab von jeder zivilisierten Empfindung bewegte, es war einfach nichts als pure Lust.

Himmel! Sie versuchte ihre Gefühle unter Kontrolle zu bringen, presste die Hand auf ihren flatternden Magen und holte dreimal nacheinander tief Luft.

„Und? Wie findest du es?"

„Du bist eine sehr tüchtige Frau, Regan, das muss man dir lassen", gab Rafe, ohne sich umzudrehen, zurück. Er war gerade dabei, eine Liste auszudrucken.

Mit weichen Knien ging sie zu ihm hinüber und sah ihm über die Schulter. „Ich bin mir sicher, dass wir noch längst nicht alles haben. Aber das werden wir erst dann sehen, wenn die Zimmer fertig sind."

„Ich habe bereits einiges ergänzt."

Überrascht richtete sie sich auf. „Ach, wirklich?"

„Diese Farbe hier habe ich rausgenommen. Ich will sie nicht." Brüsk tippte er mit dem Finger auf einen Farbchip und holte sich dann die Seite mit der Farbtabelle auf den Bildschirm. „Ich möchte lieber dieses Erbsengrün hier anstelle des – wie heißt die Farbe? Ach, ja. Tannengrün."

„Das ist aber die Originalfarbe."

„Sie ist schauerlich."

Sie war zwar ganz seiner Meinung, dennoch ... „Damals hatte man aber genau diese Farbe", beharrte sie. „Ich habe gründliche Nachforschungen angestellt. Die, die du dir jetzt ausgesucht hast, ist viel zu modern für das neunzehnte Jahrhundert."

„Kann schon sein. Dafür wird sie wenigstens den Leuten nicht den Appetit verderben. Mach dir nicht ins Höschen, Darling." Als sie auf seine dreiste Bemerkung hin empört schnaubte, grinste er unverschämt, lachte laut auf und drehte sich zu ihr um. „Hör zu, du hast wirklich verdammt gute Arbeit geleistet. Ich muss ehrlich zugeben, dass ich das in dieser Ausführlichkeit nicht erwartet hätte. Und vor allem nicht so schnell. Du hast wirklich ein gutes Händchen für diese Dinge."

Sie dachte gar nicht daran, sich durch seine schönen Worte beschwichtigen zu lassen. Hier ging es um ihre Berufsehre. „Ich habe nur das getan, wofür du mich engagiert hast. Du willst doch das Haus im Stil des neunzehnten Jahrhunderts einrichten."

„Genau. Und deshalb kann ich auch die Änderungen vornehmen, die ich vorzunehmen wünsche. Ich bin eben nun mal der Meinung, dass wir uns auch ein bisschen an die Geschmacksmaßstäbe der Menschen von heute halten müssen. Ich habe auch schon einen Blick auf das Schlafzimmer oben geworfen, Regan. Also, ehrlich gesagt, für meinen Geschmack ist es einfach etwas zu weiblich eingerichtet."

„Darum geht es im Moment doch gar nicht", schnitt sie ihm das Wort ab.

„Und so ordentlich, dass ein Mann überhaupt nicht wagt, seinen Fuß über die Schwelle zu setzen", fuhr Rafe ungerührt fort. „Aber Sinn für Stil hast du, das muss man dir lassen. Das sollte man nutzen."

„Mir scheint es eher, als würden wir hier über deinen ganz persönlichen Geschmack diskutieren. Willst du es nun originalgetreu haben oder nicht? Wenn du die Richtlinien ändern willst, dann sag es doch klar heraus."

„Bist du immer so stur oder nur bei mir?"

Sie überhörte seine unverschämte Frage. „Du hast Genauigkeit verlangt. Woher soll ich wissen, dass du mittendrin plötzlich umschwenkst?"

Während er noch überlegte, nahm Rafe die Farbprobe zur Hand, die den Stein ins Rollen gebracht hatte. „Nur eine Frage. Und ich will, dass du sie ganz ehrlich beantwortest. Gefällt dir diese Farbe?"

„Das ist doch überhaupt nicht der Punkt."

„Eine einfache Frage. Gefällt sie dir?"

Pfeifend stieß sie den Atem aus. „Natürlich nicht. Sie ist grässlich."

„Na siehst du. Wenn sie dir auch nicht gefällt, muss man die Dinge eben etwas lockerer sehen und die Richtlinien außer Kraft setzen."

„Dann kann ich wirklich keine Verantwortung mehr übernehmen."

„Aber dafür bezahle ich dich ja." Damit war für ihn die Angelegenheit erledigt, er drehte sich um und blickte wieder auf den Bildschirm. „Was ist mit diesem Zweiersofa hier?"

Ihr Herz sank ihr fast bis in die Kniekehlen. Sie hatte die Couch vor zwei Wochen bei einer Auktion für seinen Salon erstanden. Wenn er sie jetzt nicht haben wollte, würde sie in die roten Zahlen kommen, denn sie war sündhaft teuer gewesen, und einen anderen Kunden würde sie dafür bestimmt nicht so schnell finden. „Ich habe sie hier im Laden, du kannst sie dir ansehen", gab sie zurück und wunderte sich, dass ihre Stimme trotz alledem kühl und professionell klang.

„Gut, dann lass uns einen Blick darauf werfen. Und den Kaminschirm und diese Tische hier möchte ich mir auch ansehen."

„Du bist der Boss", murmelte sie und ging ihm voran nach draußen.

Als sie vor dem Zweiersofa stehen blieb, waren ihre Nerven zum Zerreißen angespannt. Es war ein wunderbares Stück, daher eben auch der dementsprechende Preis. Doch als sie sich nun ihren Kunden in seinem zerrissenen Hemd und den abgestoßenen Stiefeln von der Seite betrachtete, konnte sie nicht umhin, über sich selbst den Kopf zu schütteln. Wie war sie nur auf die Idee gekommen, Rafe MacKade könnte an einem so eleganten, fein gearbeiteten, ausgesprochen feminin wirkenden Möbelstück interessiert sein?

„Äh, es ist Walnuss ...", begann sie zögernd und fuhr mit einer eiskalten Hand über die geschwungene Lehne. „Um 1850. Natürlich ist es in der Zwischenzeit neu bezogen und aufgepolstert worden, aber das Material ist originalgetreu. Die Verarbeitung ist erstklassig, und man sitzt erstaunlich gut darauf."

Er murmelte etwas vor sich hin und kniete sich auf den Boden, um einen Blick auf die Unterseite der Couch zu werfen. „Ziemlich kostspieliges kleines Ding."

„Es ist sein Geld auf jeden Fall wert."

„Okay."

Sie blinzelte. „Okay?"

„Ja. Wenn es mir gelingt, meinen Zeitplan einzuhalten, müsste der Salon am Wochenende eigentlich fertig werden. Am Montag kann das teure Stück dann geliefert werden, es sei denn, mir kommt noch etwas dazwischen. Dann lasse ich es dich natürlich wissen." Er kniete noch immer auf dem Boden und sah jetzt zu ihr auf. „Ist dir das recht so?"

„Ja." Sie bemerkte plötzlich, dass sie ihre Beine von den Knien abwärts gar nicht mehr spürte. „Natürlich."

„Zahlbar bei Lieferung, okay? Ich habe nämlich mein Scheckbuch nicht dabei."

„Ja, ja, das ist schon in Ordnung."

„Und jetzt möchte ich den Pembroke-Tisch sehen."

„Den Pembroke-Tisch, aha." Sie fühlte sich noch immer leicht schwindlig vor Erleichterung. Unsicher blickte sie sich um. „Hier drüben."

Als er aufstand, gelang es ihm nur mit Mühe, sich ein Grinsen zu verbeißen. „Was ist denn das da?"

Sie blieb stehen. „Der Tisch? Oh, das ist ein Ausstellungsstück. Satinholz und Mahagoni."

„Er gefällt mir."

„Er gefällt dir", wiederholte sie.

„Er würde sich gut im Salon machen, was meinst du?"

„Ja, ich hatte ihn auch noch als eine Möglichkeit im Hinterkopf."

„Schick ihn mir zusammen mit der Couch. Ist der Pembroke hier?"

Alles, was sie tun konnte, war, schwach zu nicken. Und als Rafe sie eine Stunde später verließ, nickte sie noch immer.

Rafe fuhr geradewegs zum Sheriffoffice. Er hatte zwar schon viel zu viel Zeit vertrödelt, aber er war fest entschlossen, die Stadt erst zu verlassen, wenn sich Joe Dolin hinter Schloss und Riegel befand.

Devin, die Füße auf dem Tisch, hatte es sich in seinem Schreibtischstuhl bequem gemacht, als Rafe das Büro betrat. Seine Uniform bestand aus einem Baumwollhemd, verwaschenen Jeans und Cowboystiefeln mit schief gelaufenen Absätzen. Das einzige Zugeständnis an seine Position war der Sheriffstern, der vorn auf seiner Hemdbrust prangte. Er las gerade in einer eselsohrigen Taschenbuchausgabe von ‚Die Früchte des Zorns'.

„Und du bist also für Recht und Ordnung in der Stadt zuständig."

Devin blickte auf, knickte bedächtig die rechte obere Ecke der Seite, auf der er sich gerade befand, ein, klappte das Buch zu und legte es beiseite. „Zumindest haben sie mir das damals bei der Einstellung gesagt. Und auf dich wartet immer eine leere Zelle."

„Wenn du Dolin dafür einbuchten würdest, wäre ich zu allem bereit."

„Schon passiert. Er ist hinten." Devin machte eine Kopfbewegung zum rückwärtigen Teil des Büros hin, wo die Gefängniszellen lagen.

Rafe nickte beifällig und schlenderte zur Kaffeemaschine. „Hat er Ärger gemacht?"

Devins Lippen kräuselten sich zu einem träge boshaften Lächeln. „Gerade so viel, dass ich meinen Spaß dabei hatte. Ich will auch eine Tasse."

„Wie lange kannst du ihn drin behalten?"

„Das liegt nicht bei mir." Devin streckte die Hand aus, um den Becher, den Rafe ihm hinhielt, entgegenzunehmen. Weil er von Anfang an darauf bestanden hatte, sich seinen Kaffee selbst zu kochen, war es die übliche MacKade-Brühe. Heiß, stark und schwarz wie die Nacht.

„Wir werden ihn nach Hagerstown verlegen", fuhr Devin fort. „Er bekommt einen Pflichtverteidiger. Wenn Cassie keinen Rückzieher macht, kommt er mit Sicherheit vor Gericht."

Rafe setzte sich auf eine Ecke des mit Aktenbergen beladenen Schreibtischs. „Glaubst du, sie zieht ihre Anzeige zurück?"

Devin kämpfte gegen ein aufflammendes Unbehagen an und zuckte die Schultern. „So weit wie jetzt ist sie noch nie gegangen. Und der Drecksack verprügelt sie seit Jahren. Wahrscheinlich hat er schon in der Hochzeitsnacht damit angefangen. Sie kann nicht mehr als hundert Pfund wiegen, hat Knochen wie ein Vogel." In seinen normalerweise ruhigen Augen flammte Zorn auf. „Du müsstest mal die Würgemale am Hals sehen, die das Schwein ihr verpasst hat."

„So schlimm?"

„Ich habe Fotos gemacht." Devin fuhr sich mit der Hand übers Gesicht und nahm die Füße vom Schreibtisch. Das Gerangel mit Joe, die paar blauen Flecken, die er ihm verpasst hatte – selbstverständlich im Rahmen des Erlaubten –, und auch die Handschellen um seine Handgelenke hatten Devins

Rachedurst nicht stillen können. „Du kannst dir nicht vorstellen, wie leid sie mir tat, wie sie da vor mir saß. Sie sah aus, als würde sie das alles vollkommen überfordern. Weiß der Himmel, wie ihr erst zumute sein wird, wenn sie die ganze dreckige Wäsche vor dem Richter ausbreiten muss."

Abrupt stand er auf und trat ans Fenster. „Ich konnte nicht mehr tun, als ihr die Standardratschläge zu geben", fuhr er fort. „Na, du weißt schon – rechtliche Sachen, Therapieangebote und Schutzmaßnahmen." Er schluckte. „Und sie saß vor mir wie ein Häufchen Unglück und weinte still vor sich hin. Ich bin mir vorgekommen wie der letzte Bürokrat."

Rafe starrte in seinen Kaffee und runzelte die Stirn. „Sag bloß, du empfindest noch immer was für sie, Dev?"

„Ach, das war damals auf der Highschool." Mit einiger Anstrengung öffnete er seine Faust und wandte sich Rafe wieder zu.

Man hätte tatsächlich meinen können, sie seien Zwillinge, so ähnlich sahen sich die beiden Brüder. Vor allem hatten sie den gleichen wilden, ungebärdigen Blick, nur dass Devins Augen eher moos- als jadegrün waren, und seine Narben trug er nicht auf dem Gesicht, sondern in seinem Herzen.

„Aber natürlich mache ich mir Sorgen um sie", sagte Devin, nun wieder ruhiger geworden. „Herrgott noch mal, Rafe, schließlich kenne ich sie mein Leben lang. Und ich fand es schon immer schrecklich, zu wissen, was er ihr antat, ohne dass ich die Möglichkeit hatte, einzuschreiten. Jedes Mal, wenn ich zu ihr nach Hause gerufen wurde, hatte sie riesige Blutergüsse, und jedes Mal erklärte sie, es sei nur ein Unfall gewesen."

„Diesmal nicht."

„Nein, diesmal nicht. Ich habe ihr meinen Deputy zur Begleitung mitgegeben, er fährt sie zu ihren Kindern."

„Du weißt, dass sie die nächste Zeit bei Regan Bishop wohnen wird?"

„Ja, sie hat es mir erzählt." Er schüttete seinen Kaffee hinunter und ging zur Kaffeemaschine, um sich noch eine Tasse einzugießen. „Nun, immerhin hat sie den ersten Schritt gemacht. Es war wahrscheinlich der schwerste." Weil es nichts mehr gab, was er noch hätte für sie tun können, bemühte er sich nun, seine Aufmerksamkeit anderen Dingen zuzuwenden. „Da wir schon von Regan Bishop sprechen ... Mir ist zu Ohren gekommen, dass du hinter ihr her bist. Ist da was dran?"

„Gibt es vielleicht ein Gesetz, das das verbietet?"

„Und selbst wenn es eins gäbe, würde dich das vermutlich nicht abhalten." Devin ging zum Schreibtisch seines Deputys und durchforstete die Schubladen. Er konfiszierte zwei Schokoladenriegel, von denen er einen Rafe zuwarf. „Sie ist nicht der Typ, den du normalerweise bevorzugst."

„Mein Geschmack ist besser geworden."

„Wurde auch langsam mal Zeit." Devin biss von dem Riegel ein Stückchen ab. „Ist es was Ernsthaftes?"

„Eine Frau ins Bett zu kriegen ist immer ernsthaft, Bruderherz."

Kauend murmelte Devin etwas, das nach Zustimmung klang. „Und sonst ist nichts dahinter?"

„Ich weiß noch nicht genau. Aber ich habe so das Gefühl, dass es zumindest verdammt gut anfängt." Er schaute auf und grinste, als Regan das Büro betrat.

Sie blieb fast ruckartig stehen, so wie es wahrscheinlich jede Frau getan hätte, die sich unversehens zwei blendend aussehenden Männern gegenübersieht. „Tut mir leid. Ich wollte nicht stören."

„Aber nein, Ma'am." Devin entfaltete seinen ruhigen Country-Charme mit voller Wucht und stand auf. „Es ist mir immer ein Vergnügen, Sie zu sehen."

Rafe legte den Kopf leicht schräg und grinste sie an. „Die gehört mir, Devin", sagte er nur in milde warnendem Tonfall.

„Wie bitte?" Regan trat verblüfft einen Schritt zurück und machte ein Gesicht, als wollte sie ihren Ohren nicht trauen. „Ich bitte vielmals um Verzeihung, aber sagtest du gerade ‚Die gehört mir'?"

„Ganz recht." Rafe biss genüsslich in seinen Schokoriegel und hielt ihr das, was noch davon übrig war, hin. Als sie seine Hand beiseite stieß, zuckte er nur die Schultern und aß den Rest selbst.

„Das ist ja nicht zu fassen – da sitzt ein erwachsener Mann vor mir, futtert Süßigkeiten und sagt ganz einfach ‚Die gehört mir' über mich, so als wäre ich die letzte Packung Eiscreme in der Gefriertruhe."

„Ich habe es schon früh gelernt, meine Ansprüche geltend zu machen." Wie um es zu beweisen, packte er sie an den Ellbogen, hob sie auf die Zehenspitzen und küsste sie lang und hart auf den Mund. „So, das war's", sagte er, nachdem er sie wieder losgelassen hatte. „Bis dann, Dev."

„Ja, bis dann." Zu weise, um laut herauszulachen, räusperte sich Devin bedächtig. Die Sekunden zerrannen, und Regan starrte noch immer auf die Tür, die Rafe hinter sich zugeknallt hatte. „Möchten Sie, dass ich ihm nachgehe und ihn ins Kittchen werfe?"

„Wenn Sie dort eine Windelhose für ihn haben."

„Bedauerlicherweise nicht. Aber ich habe ihm einmal einen Finger gebrochen, als wir noch Kinder waren. Ich könnte es noch mal versuchen."

„Ach, machen Sie sich keine Gedanken." Sie würde Rafe später schon die Leviten lesen. „Eigentlich bin ich hergekommen, um zu sehen, ob Sie Joe Dolin inzwischen schon festgenommen haben."

„Rafe war auch deswegen hier."

„Das hätte ich mir denken können."

„Möchten Sie vielleicht eine Tasse Kaffee, Regan?"

„Nein danke, ich muss gleich wieder weiter. Ich wollte nur

wissen, ob ich irgendwelche Vorsichtsmaßnahmen wegen Joe treffen muss. Weil doch Cassie und die Kinder für einige Zeit bei mir wohnen werden."

Ruhig musterte er sie. Er kannte sie nun seit drei Jahren, allerdings nur flüchtig. Ab und zu waren sie sich bei Ed oder auf der Straße begegnet und hatten ein paar Worte gewechselt. Dass sie schön war, war ihm natürlich nicht entgangen. Doch nun erkannte er, was es war, das seinen Bruder an ihr anzog. Ihr Geist, ihr Humor und ihr Mitgefühl. Er fragte sich, ob Rafe klar war, dass diese Kombination eine neue Qualität in sein Leben bringen könnte.

„Warum setzen Sie sich nicht wenigstens für einen kleinen Moment?", fragte er. „Wir können die Dinge in Ruhe durchgehen."

5. Kapitel

Am Montagmorgen war Regan schon früh auf den Beinen. In ein paar Stunden würden die ersten Möbelstücke in das Haus auf dem Hügel geliefert werden. Mit dem Geld, das sie an ihnen verdient hatte, würde sie gleich heute Nachmittag auf einer Auktion in Pennsylvania ihren Warenbestand wieder aufstocken.

Heute konnte sie es sich durchaus leisten, das Geschäft einmal nicht zu öffnen.

Sie stellte die Kaffeemaschine an und legte zwei Scheiben Weißbrot in den Toaster. Als sie sich umdrehte, fiel sie fast über Connor, der hinter ihr stand.

„Oh Gott, Connor." Lachend drückte sie den Jungen an ihr laut klopfendes Herz. „Hast du mich aber erschreckt."

„Entschuldigung." Der Junge war dünn und blass und hatte große, wie von dunklem Nebel verhangene Augen. Genau wie seine Mutter, dachte Regan, während sie ihn anlächelte.

„Macht doch nichts. Ich habe gar nicht gehört, dass du schon aufgestanden bist. Es ist doch noch so früh, auch wenn es ein Schultag ist. Willst du schon frühstücken?"

„Nein danke."

Sie hielt einen Seufzer zurück. Ein achtjähriges Kind sollte wirklich nicht so ausgesucht höflich sein. Sie hob eine Braue und nahm das Müsli, von dem sie wusste, dass er es besonders gern aß, aus dem Schrank. Sie hielt die Packung hoch und schüttelte sie. „Was ist, willst du nicht einen Teller mit mir zusammen essen?"

Nun zeigte er ein scheues Lächeln, das ihr fast das Herz brach. „Wenn du jetzt schon was isst."

„Nimm doch bitte die Milch aus dem Kühlschrank und stell sie schon mal auf den Tisch, ja?" Weil es sie schmerzte, zu sehen, wie vorsichtig und bedächtig er diese einfache Pflicht übernahm, versuchte sie ihre Stimme besonders munter klingen zu lassen. „Ich habe vorhin im Radio gehört, dass es wieder schneien wird. Ganz viel wahrscheinlich."

Sie nahm Teller und Löffel aus dem Küchenschrank, ging ins Wohnzimmer und stellte alles auf den Tisch. Als sie die Hand hob, um Connor über sein vom Schlaf noch verstrubbeltes Haar zu streichen, zuckte er zusammen. Während sie innerlich über Joe Dolin fluchte, lächelte sie den Jungen an. „Ich wette, morgen habt ihr schulfrei wegen des Schnees."

„Ich gehe gern in die Schule", gab er zurück und kaute auf seiner Unterlippe herum.

„Ich bin auch gern zur Schule gegangen." Mit aufgesetzter Fröhlichkeit eilte sie wieder in die Küche, um ihren Kaffee zu holen. „Was ist denn dein Lieblingsfach?"

„Englisch. Ich schreib unheimlich gern Aufsätze."

„Wirklich? Worüber denn?"

„Geschichten." Er ließ die Schultern hängen und sah zu Boden. „Einfach irgendwie so blödes Zeug."

„Ich bin sicher, dass das kein blödes Zeug ist, was du da schreibst." Sie konnte nur hoffen, dass sie sich nicht zu weit vorwagte, aber ihr Herz führte ihr die Hand, als sie sie Connor unters Kinn legte und seinen Kopf hob, sodass er ihr ins Gesicht sehen musste. „Ich weiß, wie stolz deine Mutter auf dich ist. Sie hat mir erzählt, dass du den ersten Preis gewonnen hast für eine Geschichte, die du geschrieben hast."

„Ja?" Man sah ihm an, wie hin- und hergerissen er war zwischen dem Wunsch, sie anzulächeln, und dem Bedürfnis, seinen Kopf wieder hängen zu lassen. Aber das ging nicht, denn Regans Hand lag noch immer unter seinem Kinn. Plötzlich schossen ihm die Tränen in die Augen. „Sie hat so schrecklich geweint letzte Nacht. Ich wusste nicht, was ich tun sollte."

„Ich weiß, mein Kleiner."

„Er hat sie schon immer gehauen. Ich weiß es, weil ich gehört hab, wie sie geweint hat. Aber wie konnte ich ihr denn helfen, wo mein Daddy doch so stark ist?"

„Du sollst dir wirklich keine Vorwürfe machen, Connor." Sie ließ ihren Gefühlen freien Lauf, zog ihn auf ihren Schoß und legte die Arme fest um ihn. „Es gab nichts, was du hättest tun können. Aber jetzt seid ihr alle drei in Sicherheit."

„Ich hasse ihn."

„Sssch…" Entsetzt darüber, mit welch explosionsartiger Wucht diese drei Worte aus ihm hervorbrachen, presste sie ihre Lippen auf sein Haar und wiegte ihn in ihren Armen.

Regan erreichte das Barlow-Haus kurz vor dem Transportunternehmen, das sie angeheuert hatte. Das emsige Hämmern, Bohren und Klopfen, das ihr entgegenschlug, als sie die Haustür öffnete, hob ihre Laune.

Der Flur war mit Plastikplanen ausgelegt, überall standen Farbeimer und Werkzeug herum, aber die Spinnweben waren ebenso verschwunden wie der muffige Geruch, der über dem gesamten Haus gelegen hatte. Alles roch frisch und sauber.

Vielleicht hatte ja schon eine Art Geisteraustreibung stattgefunden. Amüsiert von diesem Gedanken, ging sie zur Treppe und schaute nach oben. Ob sie es überprüfen sollte?

Mutig nahm sie den ersten Treppenabsatz, doch noch bevor sie ganz oben angelangt war, schlug ihr wieder dieser eisige Lufthauch ins Gesicht. Ruckartig blieb sie stehen, eine Hand umklammerte das Geländer, die andere presste sich auf ihren Magen, während sie gegen die Eiseskälte anzukämpfen versuchte, die ihr die Luft zum Atmen nahm.

„Du scheinst gute Nerven zu haben."

Mit schreckgeweiteten Augen wandte sie sich zu Rafe um. „Ich habe gedacht, ich hätte mir das vielleicht nur eingebildet, aber jetzt hab ich es wieder gespürt. Wie schaffen es die Arbeiter hier hochzugehen, ohne ..."

„Nicht jeder merkt es. Und manche beißen eben die Zähne zusammen und denken nur an ihren Gehaltsscheck." Er kam die Treppen nach oben und nahm ihre Hand. „Und du?"

„Wenn ich es nicht selbst gespürt hätte, würde ich es niemals glauben." Ohne Protest ließ sie sich von ihm nach unten führen. „Immerhin wird diese merkwürdige Sache unter deinen zukünftigen Gästen für nie versiegenden Gesprächsstoff sorgen."

„Na, hoffentlich, Darling. Damit rechne ich fest. Komm, gib mir deinen Mantel. Wir haben die Heizung für diesen Teil des Hauses bereits heute fertig gemacht. Sie läuft schon." Er streifte ihr den Mantel von den Schultern. „Sie läuft zwar nur auf kleiner Flamme, aber man kann es aushalten."

Sie war erfreut, dass es wenigstens so warm war, dass sie nicht wie die Male vorher vor Kälte zu bibbern brauchte. „Ich brenne vor Neugier, erzähl schon, was hat sich oben getan?"

„Oh, dies und das. Ich will auch noch ein zweites Bad einbauen lassen. Könntest du vielleicht versuchen, irgendwo so eine Klauenfuß-Badewanne aufzutreiben? Und ein Waschbecken mit Sockel? Schlimmstenfalls würden es auch gute Imitate tun, wenn sich keine Originale finden lassen."

„Gib mir ein paar Tage Zeit, ja?" Sie rieb ihre Hände aneinander, allerdings nicht wegen der Kälte, sondern weil sie nervös war. „Zeigst du mir freiwillig, was du die Woche über geschafft hast, oder muss ich dich erst darum bitten?"

„Ich zeige es dir ganz freiwillig." Er hatte schon die ganze Zeit auf sie gewartet und alle paar Minuten nach ihr Ausschau gehalten. Und nun, da sie endlich da war, war er ganz gegen seine sonstige Gewohnheit angespannt. Die vergangene Woche über hatte er geschuftet wie ein Ackergaul, zwölf bis vierzehn Stunden pro Tag, nur um diesen einen Raum endlich fertig zu kriegen.

„Ich finde, die Farbe kommt wirklich gut." Er steckte die Hände in die Hosentaschen und ging ihr voran in den Salon. „Ein hübscher Kontrast zum Fußboden und der Einrichtung, denke ich. Mit den Fenstern gab's ein paar Probleme, aber sie sind gelöst."

Als sie schließlich auf der Schwelle zum Salon stand, verschlug es ihr für einen Moment die Sprache. Dann ging sie ganz langsam, den Widerhall ihrer Schritte auf dem spiegelblank gewienerten Parkett in den Ohren, in den Raum hinein.

Durch die hohen Fenster mit den eleganten Rundbogen fielen sattgoldene Sonnenstrahlen herein, die bis in die hintersten Winkel drangen. Die Wände waren in einem dunklen, warmen Blau gehalten, das sich wunderbar von der reichlich mit Stuck verzierten elfenbeinfarbenen Decke abhob.

Die Nische am Fenster hatte Rafe in einen Alkoven verwandelt, der einen ganz eigenen Charme ausstrahlte, und der Marmorsims am Kamin war so blank poliert, dass man sich darin spiegeln konnte.

„Jetzt fehlen nur noch die Möbel, Vorhänge und dieser Spiegel, den du ausgesucht hast." Er wünschte, sie würde endlich etwas sagen. Egal was, einfach irgendetwas. Missmutig schob er die Hände tiefer in seine Hosentaschen. „Also, wo ist das Problem? Habe ich irgendein wichtiges authentisches Detail vergessen?"

„Oh nein, es ist einfach wundervoll." Begeistert fuhr sie mit dem Finger über die glänzende Fenstereinfassung. „Absolut perfekt. Ich habe niemals geglaubt, dass du es so gut hinbekommen würdest." Mit einem kleinen Auflachen sah sie sich nach ihm um. „Das sollte keine Beleidigung sein."

„So habe ich es auch nicht aufgefasst, keine Sorge, Regan. Ich bin über mich selbst erstaunt, dass es mir so viel Spaß macht, dieses alte Gemäuer wieder richtig herzurichten."

„Es ist viel mehr als das. Du hast das Haus zu neuem Leben erweckt. Du kannst sehr stolz sein auf dich."

Das war er auch. Aber dennoch war ihm ihr Lob irgendwie peinlich. „Ach, es ist einfach ein Job. Man braucht einen Hammer, Nägel und ein gutes Auge, das ist alles."

Sie legte den Kopf schräg, und er beobachtete, wie sich die Sonnenstrahlen in ihrem Haar verfingen und es golden aufschimmern ließen. Sein Mund wurde trocken.

„Du bist wirklich der letzte Mann, von dem ich Bescheidenheit erwartet hätte. Wie kommt es zu dieser überraschenden Wandlung deiner Persönlichkeit?"

„Ach, das meiste ist doch nur Kosmetik", brummte er und ließ offen, ob sich seine Bemerkung auf den Salon oder seine Persönlichkeit bezog.

„Irgendwas hast du gemacht", murmelte sie, drehte sich im Kreis und schaute sich um. „Du hast wirklich irgendetwas gemacht."

Noch bevor er ihr antworten konnte, war sie auf die Knie gesunken und fuhr mit der Handfläche über den Fußboden.

„Er ist spiegelblank wie Glas." Sie konnte gar nicht mehr damit aufhören, die Schönheit des Parketts zu rühmen, und als er ihr nicht antwortete, richtete sie sich halb auf, hockte sich auf ihre Fersen, legte den Kopf schief und sah zu ihm hoch. Ihr Lächeln verblasste, als er sie weiterhin nur anstarrte. „Was ist denn los? Stimmt irgendetwas nicht?"

„Steh auf."

Seine Stimme klang rau. Während sie sich langsam erhob, trat er einen Schritt zurück. Keinesfalls durfte er sie jetzt berühren. Er wusste, dass er, würde er erst einmal damit anfangen, sich nicht mehr würde bremsen können. „Du passt genau in diesen Raum hier hinein. Du solltest dich nur mal selbst sehen. Du bist genauso exquisit wie er. Ich begehre dich so sehr, dass ich nichts anderes sehen kann als dich."

Ihr Herz kam ins Stolpern. „Du bringst mich schon wieder zum Stottern, Rafe." Es bedurfte einer ganz bewussten Anstrengung, um Atem zu schöpfen.

„Wie lange willst du mich eigentlich noch warten lassen?", verlangte er zu wissen. „Wir sind keine Kinder mehr. Wir wissen, was wir fühlen und was wir wollen."

„Das ist genau der Punkt. Wir sind keine Kinder mehr, sondern erwachsen genug, um sensibel zu sein."

„Sensibilität ist was für alte Damen. Sex hat vielleicht was mit Verantwortung zu tun, aber bestimmt nichts mit Sensibilität."

Die Vorstellung, mit ihm nur einfach wilden, intensiven Sex zu haben, raubte ihr fast den Verstand. „Ich weiß einfach nicht, wie ich mit dir umgehen soll. Ebenso wenig wie mit den Gefühlen, die ich für dich empfinde. Normalerweise habe ich die Dinge im Griff, aber dies hier ... Ich denke, wir müssen darüber reden."

„Ich denke, du musst darüber reden. Ich nicht. Ich sage einfach nur, was ich zu sagen habe." Plötzlich fühlte er eine ungeheure Frustration in sich aufsteigen, und grundlos verärgert angesichts seiner eigenen Hilflosigkeit ihr gegenüber, wandte er sich ab, um zum Fenster hinauszuschauen. „Deine Möbelpacker sind da. Ich geh nach oben, ich habe zu arbeiten. Stell das Zeug hin, wo immer du möchtest."

„Rafe ..."

Er fiel ihr in den Arm, als sie Anstalten machte, ihn zu berühren. „Im Moment solltest du mich vielleicht besser nicht anfassen." Seine Stimme klang ruhig und sehr kontrolliert. „Es wäre ein Fehler."

„Du bist unfair."

„Wie zum Teufel kommst du eigentlich darauf, dass ich fair sein sollte?" Er kniff die Augen zusammen. „Frag jeden, der mich kennt. Dein Scheck liegt auf dem Kaminsims." Damit wandte er sich endgültig von ihr ab und ging hinaus.

Wut kochte in ihr hoch. Oh nein, so ließ sie sich nicht von ihm behandeln. Entschlossen lief sie ihm nach aus dem Zimmer und holte ihn in der Halle, kurz vor der Treppe, ein. „MacKade."

Er blieb am Absatz stehen und drehte sich langsam und widerwillig um. „Was ist?"

„Es interessiert mich nicht, was andere Leute über dich sagen oder denken. Wenn das nämlich der Fall wäre, hätte ich mit Sicherheit versucht, dich mir vom Hals zu halten." Sie blickte nach oben, als sie bemerkte, dass ein Arbeiter neugierig seinen Kopf durch die Sprossen des Treppengeländers steckte und interessiert zuhörte. „Verschwinden Sie", fuhr sie ihn an und sah, wie sich Rafes Lippen zu einem widerwilligen Lächeln verzogen. „Ich mache mir ein eigenes Bild von den Menschen, mit denen ich es zu tun habe. Allerdings nehme ich mir dafür auch genau die Zeit, die ich brauche." Sie ging zur Tür, um den Möbelpackern zu öffnen. „Da kannst du jeden fragen."

Als sie sich über die Schulter nach ihm umsah, war er verschwunden. Der Boden hatte ihn verschluckt, als sei er sein eigener Geist.

Vergiss es, dachte Rafe. Es war bereits später Abend, doch er war noch immer bei der Arbeit. Er war sich nicht ganz sicher, weshalb er heute Morgen in dieser Weise reagiert hatte. Es war noch niemals seine Art gewesen, an eine Frau Forderungen zu stellen. Ebenso wenig wie er sich normalerweise seine Verärgerung und Enttäuschung anmerken lassen würde. Allerdings hatte er das bisher auch noch niemals nötig gehabt. Aber vielleicht, überlegte er, während er sorgfältig Mörtel in eine Fuge strich, war ja das das Problem.

Er hatte bisher jede Frau bekommen, die er wollte.

Er liebte Frauen. Das war schon immer so gewesen. Er mochte die Art, wie sie aussahen, sprachen, dachten. Und dufteten. Frauen stellten für ihn eine Bereicherung des Lebens dar. Weil sie so anders waren als er.

Frauen waren wichtig. Er liebte es, sich mit ihnen zu unterhalten, er mochte die Partnerschaft, die sie anboten, nahm gern die Wärme an, die sie ausstrahlten. Und den Sex natürlich, gab er nach einiger Überlegung mit einem kleinen Lächeln zu, den genoss er selbstverständlich auch. Himmel, schließlich war er auch nur ein Mensch.

Aber Häuser waren auch wichtig. Es befriedigte ihn, ein Haus zu renovieren oder zu restaurieren. Je mehr Arbeit man hineinstecken musste, umso erfüllter fühlte man sich, wenn man damit fertig war. Und das Geld, das dabei heraussprang, war auch nicht zu verachten. Von irgendwas musste man ja schließlich leben.

Allerdings war ihm bisher kein Haus untergekommen, das ihm so wichtig gewesen wäre wie dieses hier. Und keine Frau, die ihm so viel bedeutet hätte wie Regan. Das Haus und sie.

Wahrscheinlich würde sie ihn zu Hackfleisch verarbeiten, wenn sie wüsste, dass er sie mit einem Haus mit Balken und Backsteinen verglich. Er bezweifelte, dass sie verstehen würde, was es für ihn bedeutete, dass er sich das erste Mal in seinem Leben ganz und gar auf eine einzige Sache und auf einen einzigen Menschen konzentrierte.

Das Haus hatte ihn schon sein ganzes Leben lang irgendwie beschäftigt, Regan kannte er erst seit einem Monat. Nun spukten sie beide in seinem Kopf herum: das Haus und die Frau. Mit seiner Behauptung, dass er nichts anderes mehr sah als sie, hatte er nicht übertrieben. Sie ließ ihn nicht mehr los, sie war in ihm wie die rastlosen Gespenster hier in diesem Haus.

Allein ihr bloßer Anblick heute Morgen hatte seine Hormone in Aufruhr versetzt. Und dann hatte er alles verpfuscht. Nun, irgendwie würde er die Angelegenheit bestimmt wieder ins Reine bringen können. Was ihn an der Sache so verdammt verwirrte, war, dass ihm das erste Mal in seinem Leben bei seinen Überlegungen Gefühle in die Quere gekommen waren, die er nicht mehr hatte steuern können.

Halt dich zurück, MacKade, befahl er sich selbst, während er einen neuen Eimer mit Mörtel anrührte. Sie braucht Zeit, also gib ihr welche. Und es war doch schließlich nicht so, dass er keine Zeit hätte. Es konnte schon sein, dass sie etwas Besonderes war, und auch, dass sie ihn vielleicht mehr faszinierte, als er sich einzugestehen wagte. Aber sie war dennoch nur eine Frau. Was bedeutete, dass er die Sache bald schon wieder in den Griff bekommen würde.

Plötzlich ertönte ein Wimmern, und er verspürte einen eisigen Lufthauch. Er zögerte nur einen winzigen Moment lang, bevor er seine Kelle in den Mörtel tauchte.

„Schon gut", brummte er vor sich hin. „Ich weiß ja, dass ihr da seid. Ihr müsst euch einfach an meine Gesellschaft gewöhnen, denn ich habe nicht die Absicht, wieder von hier zu verschwinden."

Eine Tür schlug mit dumpfem Knall zu. Die endlosen kleinen Dramen amüsierten ihn mittlerweile. Er hörte das Hallen von Schritten, irgendetwas quietschte, dann vernahm er ein Flüstern, wenig später ein Wimmern. Ihm erschien es, als würde er inzwischen schon dazugehören. Er betrachtete sich als eine Art Hausmeister, der alles in Ordnung brachte und dafür sorgte, dass die, die von dem Haus nicht loskamen, in ihm leben konnten.

Er vernahm das Geräusch von Schritten draußen auf dem Gang. Zu seiner Überraschung hielten sie direkt vor der Tür inne. Dann wurde die Klinke heruntergedrückt. In diesem Moment verlosch die Arbeitslampe hinter ihm und tauchte den Raum in tiefe Finsternis.

Es ließ sich nicht leugnen, dass sein Herz plötzlich schneller schlug. Um diesen kleinen Ausrutscher zu übertünchen, begann er laut zu fluchen und rieb sich seine Handflächen, die feucht geworden waren, an seinen Jeans trocken. Dann tastete er sich vorsichtig in Richtung Tür. Im selben Moment, in dem er sie erreicht hatte, flog sie auf und knallte ihm direkt ins Gesicht.

Jetzt murmelte er seine Flüche nicht mehr, sondern brüllte sie lauthals heraus. Sterne explodierten vor seinen Augen, und er spürte etwas Warmes, das ihm aus der Nase tropfte. Blut.

Als ein heiserer Schrei ertönte, während gespenstische Schatten den Flur hinunterhasteten, zögerte er keine Sekunde. Er schoss vorwärts und stürzte sich auf sein Opfer. Egal, ob Geist oder nicht, wer auch immer es gewesen war, der ihm eine blutige Nase verpasst hatte, er würde dafür bezahlen müssen.

Es dauerte einige Sekunden, bis ihm klar wurde, dass das, was sich da in seinen Armen wand, kein Gespenst war, sondern ein warmer menschlicher Körper. Und wenig später gelang es ihm, den Duft, den dieser Körper ausströmte, zu identifizieren.

Diese Frau lässt dich tatsächlich nicht mehr los, dachte er erbittert.

„Was zum Teufel machst du denn hier?"

„Rafe?", ächzte sie. „Oh mein Gott, du hast mich zu Tode erschreckt. Ich dachte ... ach, ich weiß nicht. Ich hörte ... Gott sei Dank, das bist nur du ..."

„Oder besser gesagt, das, was du von mir übrig gelassen hast." Im Dämmerlicht sah er ihr Gesicht, das weiß war wie ein Leintuch, und ihre vor Schreck weit aufgerissenen Augen. „Was machst du überhaupt hier?"

„Ich war heute Nachmittag auf einer Auktion und habe ein paar Sachen mitgebracht – oh Gott, du blutest ja!"

„Halb so schlimm." Mit einem verärgerten Blick wischte er sich das Blut ab, das noch immer aus seiner Nase tropfte. „Ich glaube nicht, dass du es geschafft hast, mir meine Nase zu brechen. Das wäre dann immerhin das zweite Mal in meinem Leben."

„Ich ..." Sie legte eine Hand auf ihr Herz, weil sie das Gefühl hatte, es könnte jeden Augenblick zerspringen. „Habe ich dich mit der Tür erwischt? Es tut mir wirklich leid. Hier." Sie suchte in den Taschen ihrer Kostümjacke und förderte ein Taschentuch zutage. „Es tut mir wirklich leid", wiederholte sie und wischte ihm das Blut aus dem Gesicht. „Es war doch nur ..." Sie schüttelte den Kopf, und plötzlich erschien ihr die ganze Situation mehr als komisch, und sie überkam das unwiderstehliche Bedürfnis, laut herauszulachen. Das wollte sie ihm jedoch nicht antun, deshalb versuchte sie, den ersten Lacher mit einem Schluckauf zu kaschieren. „Es war doch nur, weil mir nicht klar war ..." Nun konnte sie nicht mehr an sich halten und platzte los.

„Du hast ja einen richtigen Lachanfall."

„Tut mir leid. Ich ... kann ... einfach ... nicht aufhören", prustete sie. „Ich dachte ... Ich weiß gar nicht, was ich dachte." Sie hielt inne und wischte sich die Lachtränen aus den Augenwinkeln. „Ich hörte sie – oder es – was auch immer –, deshalb bin ich schnell raufgelaufen, um zu sehen, was es war. Und dann kamst du plötzlich aus der Tür rausgeschossen."

„Du hast Glück gehabt, dass ich dich nicht niedergeschlagen habe."

„Ich weiß, ich weiß."

Er verengte die Augen, während er sie betrachtete. „Das könnte ich ja immer noch tun."

„Oh nein, lieber nicht." Noch immer glucksend, wischte sie sich wieder über die Augen, „Wir sollten lieber mal deine Nase verarzten. Ein bisschen Eis würde ihr bestimmt guttun."

„Darum kann ich mich selbst kümmern", wehrte er brüsk ab.

„Hab ich dich sehr erschreckt?" Sie bemühte sich, ihre Stimme mitfühlend klingen zu lassen, während sie hinter ihm die Treppen nach unten ging.

„Na ja."

„Aber ... aber hast du es auch gehört?" Sie kreuzte die Arme vor der Brust, als sie an den Punkt der Treppe gelangte, an dem sie, wie sie inzwischen schon wusste, unweigerlich der eisige Luftzug wieder erfassen würde.

„Ja, sicher habe ich es gehört. Man hört es jede Nacht. Und ab und zu auch tagsüber."

„Und ... und es macht dir gar nichts aus?"

Ihre Frage gab seinem Ego mächtig Auftrieb. „Warum sollte es? Es ist doch auch ihr Haus."

„Ich verstehe." Sie waren in dem Raum angelangt, der eines Tages die Küche werden sollte. Es gab einen kleinen, verbeulten Kühlschrank, den Rafe sich gleich zu Anfang mitgebracht hatte, in einer Ecke stand ein verrosteter Herd, und eine alte Tür, die auf zwei Sägeböcken lag, diente als Tisch. Rafe ging zum Wasserhahn und hielt seinen Kopf unter das eiskalte Wasser.

„Es tut mir wirklich schrecklich leid, Rafe. Tut es sehr weh?"

„Ja." Er schnappte sich ein durchgescheuertes Handtuch, das am Fenstergriff hing, und trocknete sich rasch das Gesicht damit ab. Ohne ein weiteres Wort schlenderte er dann zum Kühlschrank und holte sich ein Bier heraus.

„Es hat aufgehört zu bluten."

Mit einem herumliegenden Schraubenzieher hebelte er den Kronkorken der Flasche ab, feuerte ihn in eine Ecke und kippte dann in einem Zug mehr als ein Drittel des Bieres hinunter.

„Ich habe dein Auto gar nicht vor dem Haus stehen sehen. Nur deshalb war ich doch der Meinung, allein im Haus zu sein", bemühte sich Regan, ein Gespräch in Gang zu bringen.

„Devin hat mich abgesetzt und holt mich morgen ab. Ich habe vor, die Nacht hier zu verbringen, weil ich noch bis spät arbeiten will. Und wir werden wohl in einigen Stunden einen Schneesturm bekommen. Zumindest laut Wettervorhersage."

„Aha. Das erklärt alles."

„Willst du auch ein Bier?"

„Nein danke. Ich trinke kein Bier." Sie schwieg einen Moment, dann räusperte sie sich. „Also … ich denke, dann fahre ich wohl besser zurück. Es fängt schon leicht an zu schneien." Sie fühlte sich unbehaglich und wusste nicht, was sie tun oder sagen sollte. „Ach, fast hätte ich es vergessen –

draußen im Flur stehen ja noch die Kerzenständer und ein paar wirklich schöne Schürhaken, die ich heute gekauft habe. Ich bring sie rasch in den Salon. Mal sehen, wie sie sich machen."

Er setzte die Flasche wieder an die Lippen, während er sie unausgesetzt beobachtete. „Und? Wie sind sie?"

„Ich weiß noch nicht. Ich hatte gerade alles im Flur abgesetzt, als ... als die ... äh ... Spätvorstellung begann."

„Und dann hast du beschlossen, alles stehen und liegen zu lassen und auf Gespensterjagd zu gehen."

„Kann man so sagen. Aber jetzt will ich die Sachen schnell noch auspacken, bevor ich mich wieder auf den Weg mache."

Rafe nahm sich ein neues Bier und ging mit ihr zusammen hinaus. „Ich hoffe, du hast dich seit heute Morgen etwas abgekühlt."

„Etwas, aber noch nicht ganz." Sie warf ihm von der Seite einen kurzen Blick zu. „Immerhin war es mir eine Genugtuung, dir eine blutige Nase zu verpassen, auch wenn es unabsichtlich geschehen ist. Du hast dich nämlich wirklich wie der letzte Blödmann benommen."

Mit zusammengekniffenen Augen beobachtete er, wie sie energisch, um ihre Worte zu unterstreichen, die Kartons zusammenraffte, sie sich eilig unter den Arm klemmte und damit durch die Halle segelte. Gemächlich schlenderte er hinter ihr her. „Danke gleichfalls. Manche Frauen wissen im Gegensatz zu dir Aufrichtigkeit durchaus zu schätzen."

„Manche Frauen mögen auch Blödmänner." Im Salon stellte sie die Kartons auf den Tisch, den sie von den Möbelpackern ans Fenster hatte stellen lassen. „Ich allerdings nicht. Ich mag Aufrichtigkeit, gute Manieren und Taktgefühl. An Letzterem mangelt es dir allerdings komplett." Dann drehte sie sich um und grinste. „Aber ich denke, unter diesen Umständen könnten wir langsam einen Waffenstillstand schließen, was meinst du? Wer hat dir deine Nase schon mal gebrochen?"

„Jared. Als wir noch Kinder waren, haben wir immer im Heuschober miteinander gekämpft."

„Hm ..." Dass für die MacKade-Brüder blutige Nasen ein Beweis der Zuneigung waren, würde sie wohl niemals verstehen. „Und hier willst du also heute Nacht kampieren?" Sie deutete auf den Schlafsack, der vor dem Kamin ausgebreitet lag.

„Ja. Es ist noch immer der wärmste Raum im Haus. Und der sauberste. Was meinst du denn mit Waffenstillstand unter diesen Umständen?"

„Du darfst die Flasche nicht ohne Untersetzer auf dem Tisch abstellen. Das gibt hässliche Ränder. Antiquitäten darf man nicht behandeln wie ..."

„Möbel?", beendete er ihren Satz, aber er nahm dennoch den silbernen Untersetzer, den Regan mittlerweile aus ihrem Karton gekramt hatte und ihm nun hinhielt, legte ihn auf den Tisch und stellte die Flasche darauf. „Was für Umstände, Regan?" Er blieb hartnäckig.

„Zum einen meine ich damit unsere wohl noch einige Zeit andauernde Geschäftsverbindung." Weil sie ihre Finger irgendwie beschäftigen musste, knöpfte sie ihren Mantel auf, während sie wieder an den großen Tisch am Fenster zurückging. „Wir versuchen beide, das Beste aus diesem Haus hier zu machen, da wäre es doch unklug, wenn wir uns über irgendwelche Merkwürdigkeiten in die Haare gerieten, oder meinst du nicht auch?" Sie holte zwei Schürhaken aus Messing sowie eine Kohlenschaufel aus dem Karton und hielt sie hoch. „Sind die nicht hübsch? Müssen nur mal wieder geputzt werden."

„Hoffentlich lässt sie sich besser handhaben als die Kohlenschaufel, die ich bisher benutzt habe." Er hakte seine Daumen in seine Hosentaschen und sah ihr nach, wie sie zum Kamin ging und das Kaminbesteck sorgsam in den dafür vorgesehenen Ständer stellte.

„Womit auch immer du das Feuer geschürt hast, jedenfalls brennt es optimal." Hin- und hergerissen zwischen Mut und

Verzweiflung, starrte sie in die Flammen. „Nur den richtigen Schirm habe ich noch nicht gefunden. Der hier passt meiner Meinung nach irgendwie nicht so ganz. Wahrscheinlich kann man ihn besser für eins der Zimmer oben nehmen. Wenn ich mich recht erinnere, wolltest du doch dort die Kamine auch alle wieder herrichten, oder irre ich mich?"

„Vielleicht." Er kannte sie doch erst seit ein paar Wochen. Woher zum Teufel nahm er eigentlich die Gewissheit, dass all das, was sie im Moment von sich gab, nur dazu diente, die Tatsache zu verdecken, dass sie mit sich selbst im Widerstreit lag? Und doch wirkte sie entspannt, wie sie so dastand im flackernden Schein der Flammen, die im Kamin emporschlugen und Glanzlichter auf ihr Haar warfen. Vielleicht war es nur die Art, wie sie die Finger ineinander verschlang, oder deshalb, weil sie ihn nicht ansah, während sie redete. Wie auch immer, er war sich jedenfalls sicher, dass sie einen inneren Kampf mit sich ausfocht. „Warum bist du gekommen, Regan?"

„Das habe ich dir doch schon gesagt." Sie wandte sich wieder dem Karton zu. „Ich habe noch ein paar andere Sachen von der Auktion mitgebracht, aber du bist hier noch nicht so weit. Doch das hier ..." Sie packte zwei schwere Kerzenleuchter aus Kristall aus. „Sie passen perfekt. Und für die Vase brauchst du unbedingt Blumen. Auch im Winter."

Sie stellte je einen Leuchter zu beiden Seiten der Doulton-Vase, die sie ihm bereits verkauft hatte. „Tulpen würden sich am besten machen. Sieh zu, dass du welche bekommen kannst", fuhr sie fort und packte die weißen Kerzen aus, die sie ebenfalls mitgebracht hatte. „Aber Chrysanthemen würden's auch tun. Oder Rosen natürlich." Sie setzte ein Lächeln auf und drehte sich zu ihm um. „Na, wie findest du es?"

Wortlos nahm er eine Schachtel Streichhölzer vom Kaminsims und ging zum Tisch, um die Kerzen anzuzünden. Über den Schein hinweg sah er ihr in die Augen und hielt ihren Blick fest. „Nun, sie funktionieren."

Regan schüttelte mit einem leichten Anflug von Verzweiflung den Kopf. „Also wirklich, Rafe. Nein, ich meinte das ganze Arrangement. Und das Zimmer überhaupt." Sie nahm ihre eigenen Worte als guten Anlass, einige Entfernung zwischen sich und Rafe zu legen, ging hinüber zu der Couch und fuhr mit den Fingerspitzen über die Schnitzerei an der Lehne.

„Es ist alles perfekt. Etwas anderes habe ich allerdings von dir auch nicht erwartet."

„Ich bin überhaupt nicht perfekt", brach es plötzlich unerwartet aus ihr heraus. „Du machst mich ganz nervös mit diesem Gerede. Ich habe mich zwar immer darum bemüht, aber mittlerweile ist mir alles entglitten. In mir ist nur noch Chaos." Unruhig fuhr sie sich mit den Fingern durchs Haar. „Das war vorher anders. Nein – bleib, wo du bist." Sie trat schnell einen Schritt zurück, als er Anstalten machte, sich ihr zu nähern.

Man konnte ihr ansehen, wie unbehaglich ihr die ganze Situation war. „Ich habe mich heute Morgen wirklich sehr über dich geärgert, Rafe. Und mehr noch: Du hast mich erschreckt."

Es fiel Rafe nicht leicht, seine Hände bei sich zu behalten. „Warum denn?"

„Ich weiß nicht. So etwas ist mir einfach noch nie passiert. Ich bin noch keinem Mann begegnet, der mich so sehr begehrt hat." Sie hielt inne und rieb sich mit den Händen ihre Oberarme, als sei ihr plötzlich kalt. „Du siehst mich dauernd so an, als wüsstest du schon ganz genau, wie es kommt mit uns beiden. Und ich habe keinerlei Kontrolle über das Ganze."

„Wieso hast du keine Kontrolle? Die Entscheidung liegt doch allein bei dir."

„Aber ich habe über meine Gefühle keine Kontrolle. Und darüber bist du dir durchaus im Klaren. Du weißt genau, wie man Menschen beeinflusst."

„Wir reden nicht über Menschen."

„Gut. Dann sage ich eben, du weißt genau, wie du mich beeinflussen kannst", schleuderte sie ihm entgegen und ballte die Hände zu Fäusten, um ihre Fassung wiederzuerlangen. „Du weißt, dass ich dich begehre. Und warum sollte ich es auch nicht? Es ist genau so, wie du gesagt hast. Wir sind beide erwachsen, und wir wissen, was wir wollen. Je öfter ich dich abweise, desto idiotischer komme ich mir vor."

Seine Augen lagen im Schatten, deshalb war es ihr nicht möglich, in ihnen zu lesen. „Was erwartest du von mir? Dass ich dir einfach nur ruhig zuhöre, während du diese Sachen sagst?"

„Alles, was ich möchte, ist eine vernünftige und rationale Entscheidung. Ich habe einfach keine Lust, mich von meinen Gefühlen überwältigen zu lassen." Sie stieß laut vernehmbar den Atem aus. „Und wenn diese Entscheidung erst einmal gefallen ist, werde ich dir die Kleider vom Leib reißen, verlass dich drauf."

Er konnte nicht anders, er musste laut auflachen. Und es war wahrscheinlich am besten so, denn sein Heiterkeitsausbruch entschärfte die Bombe, die in seinem Innern tickte. „Erwarte nicht von mir, dass ich dich davon abhalte." Als er einen Schritt auf sie zukam, sprang sie federnd zurück. „Ich will doch nur an mein Bier", brummte er, nahm die Flasche und hob sie an die Lippen. Er trank einen langen Schluck, der es aber auch nicht vermochte, das Feuer, das in ihm brannte, zu löschen. „Gut. Dann fangen wir eben noch mal von vorn an, Regan. Also, was haben wir? Zwei ungebundene, gesunde Erwachsene, die beide dasselbe wollen."

„Die sich kaum kennen", fügte sie hinzu. „Die so gut wie nichts miteinander verbindet. Und die vielleicht etwas mehr Feingefühl aufbringen sollten, als sich kopfüber in Sex zu stürzen, als handle es sich um einen Swimmingpool."

„Ich habe mich noch nie damit aufgehalten, vorher erst die Wassertemperatur zu überprüfen; ich wüsste auch nicht, wozu."

„Ich schon." Alles, was sie tun konnte, um ihre Beherrschung zu wahren, war, wieder die Finger ineinander zu verhaken. „Für mich ist es wichtig, zu wissen, worauf ich mich einlasse."

„Bloß kein Risiko eingehen, was?"

„Nein." Endlich, so schien es ihr, hatte der Verstand die Oberhand gewonnen. „Ich hatte heute während meiner Fahrt nach Pennsylvania eine Menge Zeit, um nachzudenken. Wir müssen innehalten und uns das Bild, das vor uns liegt, genau betrachten." Das, was sie sagte, klang ruhig und vernünftig. Und warum konnte sie dann nicht aufhören, an ihrem Blazer herumzuzupfen und an ihren Ringen zu drehen?

„Es ist genau wie dieses Haus hier", fuhr sie rasch fort in dem Bemühen, ihre eigenen Zweifel zu überdecken. „Das erste Zimmer ist fertig, und es ist wunderschön geworden. Wirklich wunderschön. Aber mit Sicherheit hättest du dieses Projekt niemals begonnen, ohne einen kompletten Plan von dem ganzen Haus im Kopf zu haben. Ich denke, mit Intimitäten muss man ebenso sorgsam umgehen wie mit der Renovierung eines Hauses."

„Das leuchtet ein."

„Gut." Sie holte tief Luft und atmete gleich darauf hörbar aus. „Also, dann lass uns ein paar Schritte zurücktreten, damit wir einen klareren Blick bekommen." Als sie nach ihrem Mantel griff, zitterte ihre Hand leicht. „Es ist der vernünftigste und verantwortungsvollste Weg, an die Dinge heranzugehen."

„Stimmt." Er stellte seine Bierflasche ab. „Regan?"

Sie umklammerte ihren Mantel wie einen Rettungsanker. „Ja?"

„Geh nicht."

Ihre Fingerspitzen wurden taub. Sie holte tief Luft, und ihr Atemzug verwandelte sich in einen tiefen, zitternden Seufzer. „Endlich sagst du es."

Mit einem unsicheren Auflachen warf sie sich stürmisch in seine Arme.

6. Kapitel

„Es ist total verrückt." Atemlos vergrub sie ihre Hände in seinem Haar und zog seinen Kopf ganz nah zu sich heran. Sie dürstete nach seinen Küssen, nach der Hitze, die sie erzeugten, nach dem Versprechen, das sie beinhalteten, und nach der Gefahr, die in ihnen wohnte. „Ich wollte nicht, dass es so weit kommt."

„Aber ich." Er nahm seinen Mund von ihren Lippen und küsste zärtlich ihre Stirn, ihre Wangen, ihre Nase, ihre Augen.

„Dabei habe ich mir alles so schön zurechtgelegt." Als ihre Knie zu zittern begannen, lachte sie kurz und hilflos auf. „Wirklich. Und alles, was ich gesagt habe, war absolut richtig. Es ist einfach nur die Chemie, eine Anziehungskraft, die stärker ist als ich selbst."

„Ja." In einer fließenden Bewegung schob er ihr die Jacke von den Schultern und hielt dabei ihre Arme fest, sodass sie keine Gegenwehr leisten konnte. Nachdem der Blazer zu Boden geglitten war, zog er sie eng an sich. Ihr Keuchen erregte ihn und ließ sein Blut schneller durch seine Adern rauschen. Als er einen Blick in ihre riesigen, weit aufgerissenen Augen warf, schoss das Verlangen schmerzhaft durch seine Lenden.

Seine Lippen wanderten hinunter zu ihrem Hals. Ihre Haut war glatt und geschmeidig und duftete genau so, wie er es sich in seinen Fantasien ausgemalt hatte.

Mit den Händen umklammerte sie seine Hüften, den Kopf hingebungsvoll in den Nacken zurückgeworfen, damit er sich nehmen konnte, was er wollte. Ihr Atem kam nun stoßweise, Flammen züngelten in ihr auf und breiteten sich aus im Zentrum ihres Begehrens.

Plötzlich ließ er ihre Handgelenke, die er während der ganzen Zeit wie ein Schraubstock umklammert gehalten hatte, los, seine Hand glitt unter ihren Pullover und legte sich besitzergreifend auf ihre Brust.

Haut und Seide, Kurven und die süßen Schauer der Erregung, er fand alles, wonach sein Herz begehrte. Aber er wollte mehr. Sein Mund setzte seinen unerbittlichen Angriff fort, während sich seine Finger in ihren Seiden-BH schoben und sich langsam über die weiche, glatte Haut ihrer Brüste tasteten.

Mit einem raschen Griff öffnete er Knopf und Reißverschluss ihrer Hose, dann ließ er seine Fingerspitzen über ihren flachen Bauch, auf dem er die Gänsehaut eines Lustschauers spüren konnte, den Bauchnabel sanft umkreisend nach unten gleiten. Sie bäumte sich unter ihm auf, presste sich voller Verlangen an ihn, drehte den Kopf so, dass sie mit ihrem Mund seinen Nacken erreichen konnte, und grub mit einem heiseren Aufstöhnen ihre Zähne in sein muskulöses, festes Fleisch.

Er wusste, er hätte sie jetzt nehmen können, schnell und wild, einfach im Stehen. Es hätte ihm unsägliche Erleichterung verschafft, hätte das Feuer der Leidenschaft gelöscht, das wild lodernd in ihm brannte und ihn zu verzehren drohte.

Aber er wollte mehr.

Er zog ihr den Pullover über den Kopf, warf ihn achtlos beiseite und wölbte seine Hände über ihre Brüste. Die Seide, von der sie bedeckt wurden, war glatt und zart und so dünn, dass er durch sie hindurch die Hitze des Verlangens, die ihre Haut abstrahlte, spüren konnte. Erbarmungslos schraubte er ihre Lust noch höher, streichelte mit seinen von der Arbeit aufgerauten Fingerspitzen ihre Knospen, die sich begehrlich und hart aufgerichtet hatten, bis sie sich unter seinem Griff wand und wie im Fieberwahn vor sich hin flüsterte.

„So aufgelöst wollte ich dich sehen – schon seit vielen Wochen."

„Ich weiß."

Sie lag hilflos in seinen Armen und sah voller Verlangen zu ihm auf, die Wangen gerötet, die Augen weit geöffnet, während der Widerschein der Flammen geheimnisvolle Muster auf ihr Gesicht zeichnete. Er küsste ihre Schultern, öffnete die Lippen und zog dann mit den Zähnen den schmalen Träger ihres BHs herunter. „Ich glaube kaum, dass du dir vorstellen kannst, was ich in meiner Fantasie schon alles mit dir gemacht habe. Deshalb werde ich es dir nun zeigen."

Er nahm den Blick nicht von ihr, während er seinen Finger in das Tal zwischen ihren Brüsten gleiten ließ, um währenddessen mit der anderen Hand den Verschluss ihres BHs zu öffnen.

Ihre wunderschönen himmelblauen Augen verschleierten sich. Gleich darauf senkte sie halb die Lider, als könne sie so den Sturm, der in ihrem Inneren tobte, unter Kontrolle bringen. Doch das Gegenteil war der Fall, er konnte an ihren Reaktionen ablesen, wie sie von ihm erfasst und willenlos hin und her geschleudert wurde. Allein dieser Anblick vermochte es, seine Lust ins schier Unermessliche zu steigern.

Er bog ihren Oberkörper noch weiter zurück und beugte sich über ihre Brüste, saugte an den harten Spitzen und traktierte sie mit kleinen Bissen, bis sie stoßweise atmete. Seine Zunge bereitete ihr Folterqualen, die ihre Begierde in einem Maße entfachten, dass es ihr bald unerträglich schien.

Wie eine Raubkatze an ihrer Beute zerrte sie an seinem Hemd, während sie spürte, dass ihre Knie langsam nachgaben und sie unaufhaltsam zu Boden sank. Gleich darauf fand sie sich, noch immer an seinem Hemd reißend, auf dem Schlafsack, der vor dem Kamin lag, wieder.

Nachdem sie es schließlich geschafft hatte, es ihm über den Kopf zu ziehen – Zeit, um die Knöpfe mühevoll zu öffnen, war nicht mehr –, musste sie feststellen, dass es noch eine zweite Schicht gab, die seine Haut von der ihren trennte. Sie gierte nach ihm, nach seinem nackten, heißen Fleisch, und das jetzt auf der Stelle. Jede Sekunde, die sie noch länger warten musste, vergrößerte ihre Qual. Doch endlich, endlich war es so weit, sie stürzte sich mit rasender Begierde auf ihn und grub ihre Zähne in seine Schulter.

„Fass mich an", drängte sie heiser. „Ich will deine Hände auf mir spüren."

Und da fühlte sie sie auch schon. Überall. Plötzlich war sie nur noch Körper, der Verstand war ausgeschaltet, ihr Gehirn leer, sie bestand nur noch aus Milliarden hochempfindsamer Nerven, die jede Berührung in sich aufsogen wie ein trockener Schwamm das Wasser.

Neben ihr im Kamin zischten die Flammen, und die Holzscheite knackten, während das Feuer, das in ihr wütete, sie zu verschlingen drohte. Sie sah ihn wie durch einen Schleier, der sich über ihre Augen gelegt hatte – sein schwarzes Haar, die vor Leidenschaft glühenden Augen, seinen von einem feinen, glänzenden Schweißfilm überzogenen muskulösen Körper, auf dem der Widerschein der Flammen einen wilden Tanz vollführte. Voller Protest stöhnte sie auf, als er sich von ihren Lippen löste, doch nur Sekundenbruchteile später, als er sich über ihre Brüste beugte, sie mit Küssen überschüttete und dann eine brennende Spur über ihren Bauch hinunter bis hin zum Zentrum ihrer Lust zog, war jeder Gedanke an Auflehnung vergessen.

Als er den Kopf hob, um Atem zu schöpfen, streckte sie in blindem Verlangen die Arme nach ihm aus, zog ihn besitzergreifend voller Leidenschaft an sich, die Lippen auf der Suche nach allen Geschmacksvarianten, die sein Körper zu bieten hatte.

„Die Stiefel", stieß er hervor, während er die Schuhe abstreifte. Sie hatte die Beine um ihn geschlungen, ihr herrlicher Körper schob sich über ihn, ihre Hände ... diese unglaublich eleganten Hände.

Mit einem dumpfen Poltern fielen die Stiefel schließlich neben dem Schlafsack zu Boden.

Sie lag auf ihm, aber dieses Mal, beim ersten Mal, wollte Rafe es anders. Er wollte sie in Besitz nehmen, wollte spüren, wie sich ihr nackter, heißer Körper unter ihm wand. Er wollte ihren Lustschrei hören und ihr in die Augen sehen, wenn erst die Begierde und dann die Erfüllung ihren Blick verschleiern würden.

Keuchend schob er sie von sich hinunter, rollte sie auf den Rücken, schob hart seine Hände zwischen ihre Schenkel, bis sie die Beine spreizte und ihm ihren Schoß entgegenwölbte. Mit einem heiseren Aufstöhnen drang er tief in sie ein.

Als sie im Morgengrauen erwachte, war das Feuer im Kamin fast niedergebrannt, und im ganzen Haus herrschte tiefe Stille, sodass Regan ihren eigenen Herzschlag hören konnte. Der Raum war in ein weiches Halbdunkel gehüllt, nur in den Ecken lauerten schwarze Schatten, aber sie ängstigten sie nicht. Im Gegenteil, das Zimmer schien eine friedvolle Ruhe auszustrahlen. Vielleicht schlafen die Gespenster ja auch, überlegte sie. Oder fühlte sie sich einfach nur entspannt, weil Rafe neben ihr lag?

Sie wandte den Kopf und betrachtete im fast schon erloschenen Lichtschein der Glut im Kamin sein Gesicht. Selbst im Schlaf hatte es nichts Unschuldiges an sich. Sowohl seine Stärke als auch die Härte hatten sich unübersehbar in seine Züge eingegraben.

Aber sie wusste, dass er auch zärtlich sein konnte. Sehr zärtlich sogar. Nicht zuletzt im Umgang mit Cassie war ihr das aufgefallen. Als Liebhaber jedoch war er fordernd, gnadenlos und ohne Erbarmen.

Und sie hatte es ihm mit gleicher Münze zurückgezahlt. Jetzt, in der Stille der nächtlichen Dunkelheit, die wie eine Decke über sie gebreitet lag, fiel es ihr schwer, sich vorzustellen, dass sie ihm zu tun erlaubt hatte, was er getan hatte. Mehr noch, sie hatte es sich aus tiefstem Herzen gewünscht.

Ihr Körper schmerzte an den unmöglichsten Stellen, und später, im hellen Licht des Tages, würde sie bei der Erinnerung daran, wie sie zu ihren blauen Flecken gekommen war, wahrscheinlich vor Scham in den Boden versinken. Bei der Erinnerung daran, wie sie gelechzt und gehungert hatte nach seinen großen, harten und doch so feinfühligen Händen und wie sie unter ihnen erbebt war. Noch mehr allerdings würde sie möglicherweise erschrecken darüber, was sie mit ihren eigenen getan hatte.

Und was du jetzt am liebsten schon wieder tun würdest, durchzuckte es sie.

Sie holte flach Atem und schlüpfte vorsichtig unter dem Arm, den Rafe besitzergreifend um sie gelegt hatte, hervor, stand leise auf und bückte sich nach seinem Flanellhemd. Nachdem sie es sich übergestreift hatte, schlich sie hinaus in die Küche. Sie hatte Durst. Und vielleicht würde ein Glas kaltes Wasser ihr auch wieder einen klaren Kopf verschaffen.

Während sie am Spülstein stand, wanderte ihr Blick zum Fenster hinaus. Noch immer fielen dicke Schneeflocken vom Himmel. Nein, sie bereute nichts. Das wäre auch idiotisch. Das Schicksal hatte ihr einen außergewöhnlich guten Liebhaber zukommen lassen. Einen Mann, von dem man als Frau nur träumen konnte, und sie wäre dumm, wenn sie es nicht auskosten würde. Natürlich war es nur eine rein körperliche Angelegenheit, aber das war gut so, und so sollte es auch bleiben. Es war schließlich genau das, was sie wollte. Sie würde sich – und ihn – vor allen Komplikationen, die mit einer echten Beziehung einhergingen, bewahren.

Er hatte es ja schon gesagt: Sie waren beide erwachsen und wussten, was sie wollten. Wenn das Haus erst einmal fertig war, würde er sich sowieso aller Wahrscheinlichkeit nach wieder aus Antietam verabschieden. Was aber hinderte sie beide daran, bis dahin ihren Spaß miteinander zu haben? Wenn es dann an der Zeit war, Abschied zu nehmen, würde es in gegenseitigem Einvernehmen geschehen, und bei keinem würden Wunden zurückbleiben. Sie hätten etwas Schönes erlebt, das irgendwann zu Ende gegangen war, das war alles.

Aber wahrscheinlich war es ratsam, über das, was man voneinander erwartete – oder genauer gesagt nicht erwartete – noch einmal zu reden, bevor man den Dingen ihren Lauf ließ.

Rafe stand in der offenen Tür und beobachtete sie. Sie lehnte mit dem Rücken zu ihm am Spülbecken und blickte nachdenklich aus dem Fenster, in dessen Scheibe sich ihr Gesicht spiegelte. Sein Hemd reichte ihr bis zu den Oberschenkeln. Abgetragener Flanell auf cremeweißer, seidiger Haut.

Als er sie so stehen sah, überkam ihn der drängende Wunsch, ihr zu sagen, dass er noch niemals in seinem Leben eine Frau kennengelernt hatte, die so schön war wie sie, die so perfekt und einzigartig war, doch der Augenblick schien ihm nicht geeignet, ihr zu gestehen, wie viel sie ihm bedeutete.

„Steht dir gut, das Hemd, Darling." Er hatte sich für einen beiläufigen Tonfall entschieden.

Da sie ihn nicht gehört hatte, zuckte sie zusammen und hätte vor Schreck fast das Glas fallen lassen. Rasch drehte sie sich um und sah ihn mit einem amüsierten Grinsen auf den Lippen am Türrahmen lehnen. Er trug zwar seine Jeans, hatte sich jedoch nicht die Mühe gemacht, sie zuzumachen.

„War das Erstbeste, was ich gefunden habe", erwiderte sie leichthin.

„So gut hatte es dieses alte Hemd noch nie. Kannst du nicht mehr schlafen?"

„Ich hatte Durst."

„Und? Keine Angst so allein in der Dunkelheit?"

„Nein. Nicht vor dem Haus zumindest."

Er hob die Augenbrauen. „Wovor denn dann? Vor mir etwa?" Seine Stimme klang belustigt.

„Ja. Ich habe Angst vor dir."

„Ich war wohl ein wenig zu grob zu dir", vermutete er vorsichtig, und die übermütigen Fünkchen in seinen Augen waren mit einem Mal verschwunden.

„Das wollte ich damit nicht sagen." Sie wandte sich um und griff nach dem Wasserkessel, füllte ihn und setzte ihn auf. „So etwas wie mit dir ist mir noch nie passiert. Ich habe völlig die Kontrolle verloren. Ich war plötzlich so ... gierig. Es überrascht mich ziemlich, wenn ich daran zurückdenke. Nun gut ..." Sie seufzte kurz auf und setzte den Filter auf die Kaffeekanne.

„Überrascht? Oder tut es dir leid?"

„Nein, es tut mir überhaupt nicht leid, Rafe." Sie musste sich zwingen, sich umzudrehen und ihm in die Augen zu sehen. „Wirklich nicht. Es verunsichert mich nur, zu wissen, dass du alles mit mir machen kannst, was du willst. Ich verliere einfach den Verstand. Ich habe schon vorher vermutet, dass mit dir zu schlafen aufregend sein würde. Aber dass es so ist ... Ich habe das Gefühl, es könnte alles passieren. Es ist so chaotisch, nichts ist vorhersehbar."

„Ich hab Lust auf dich. Das ist vorhersehbar."

„Wenn du solche Dinge sagst, bleibt mir jedes Mal fast das Herz stehen", brachte sie mühsam heraus. „Ich brauche Ordnung in meinem Leben, verstehst du?" Sie gab einige Messlöffel Kaffee in den Filter. „Vermutlich werden in Kürze deine Arbeiter hier aufkreuzen. Nicht gerade die beste Zeit, um das alles auszudiskutieren."

„Heute kommt niemand. Wir sind total eingeschneit, Darling."

„Oh." Ihre Hand zitterte, und etwas von dem Kaffee ging daneben.

„Wir haben also viel Zeit, um alles, was dich bewegt, zu diskutieren."

Sie räusperte sich. „Nun gut." Wie anfangen? Sie wusste es nicht. Nachdem sie ihm einen prüfenden Blick zugeworfen hatte, räusperte sie sich ein zweites Mal. „Wichtig ist, dass wir die Dinge verstehen."

„Was für Dinge?"

„Die Dinge eben." Wütend über sich selbst, über ihr Zaudern schleuderte sie ihm das Wort fast entgegen. „Das, was sich zwischen uns abspielt, ist eine rein sexuelle Angelegenheit, eine Affäre. Es macht Spaß und ist außergewöhnlich befriedigend. Aber mehr ist es nicht. Was heißt, keine Fesseln, keine Verpflichtungen, keine …"

„Komplikationen?"

„Ja." Regan nickte erleichtert. „So ist es."

Er war überrascht darüber, dass ihm ihre leidenschaftslose Beschreibung der Situation ganz und gar nicht behagte. Dabei entsprach doch alles, was sie gesagt hatte, seinen Wünschen, oder etwa nicht? „Das ist geordnet genug. Wenn dein Vorschlag allerdings auch beinhalten sollte, dass ich nicht der Einzige bin, wird von deiner schönen Ordnung nicht mehr allzu viel übrig bleiben. Ich werde …"

„Lass doch diesen Blödsinn. Ich habe überhaupt nicht die Absicht …"

„Gut, dann will ich jetzt mal zusammenfassen: Du und ich, wir haben eine rein sexuelle Beziehung, die so, wie sie ist, uns beide zufriedenstellt. Ist es recht so?"

Endlich wieder ruhiger geworden, wandte sie sich zu ihm um und lächelte ihn an. „Ja, dem kann ich zustimmen."

„Das war ein hartes Stück Arbeit, Regan. Willst du den Vertrag in zwei- oder in dreifacher Ausfertigung?"

„Ich wollte einfach nur sicherstellen, dass wir beide von den gleichen Voraussetzungen ausgehen." Sie musste ihre ganze Konzentration aufbringen, um ihre Hand ruhig zu halten, während sie Wasser in den Kaffeefilter schüttete. „Wir haben uns nicht die Zeit genommen, um uns wirklich kennenzulernen. Und jetzt sind wir ein Liebespaar. Ich will nicht, dass du denkst, ich würde mehr suchen als das."

„Und wenn ich mehr suche?"

Ihre Finger schlossen sich hart um den Griff des Kessels. „Ist das so?"

Er wandte den Blick ab und sah zum Fenster hinaus. „Nein."

Rasch schloss sie für einen Moment die Augen und redete sich ein, dass das Gefühl, das sie bei seinen Worten verspürte, Erleichterung war. Nichts als Erleichterung. „Nun, dann ist ja alles in Ordnung."

„Ja, bestens." Seine Stimme klang ebenso ruhig und ungerührt wie ihre. „Keine Liebesbeziehung heißt keine Probleme, und keine Versprechungen heißt keine Lügen. Das Einzige, das wir voneinander wollen, ist, miteinander zu schlafen. Das macht die Dinge sehr einfach."

„Ja, ich will mit dir schlafen." Angenehm überrascht davon, wie leicht ihr dieser beiläufige Ton fiel, stellte sie zwei Kaffeebecher auf den Tisch. „Allerdings will ich das nur deshalb, weil ich dich mag."

Er trat an sie heran und steckte ihr das Haar, das ihr auf einer Seite wie ein Vorhang ins Gesicht fiel, hinters Ohr. „Offen gestanden machst du mich langsam völlig wahnsinnig."

Glücklicherweise war ihm nicht klar, wie schwer es ihr fiel, die Dinge derart zu vereinfachen. Das machte es ihr leichter. „Ich wollte dir nur ein Kompliment machen. Glaubst du vielleicht, ich wäre letzte Nacht hierhergekommen, wenn ich mir nichts aus dir machen würde?"

„Du hast die Kerzenständer abgeliefert."

„Du bist ein Idiot." Belustigt über den Verlauf des Gesprächs goss sie Kaffee ein. Es machte Spaß, so offen und frei von der Leber weg über Sex zu reden. „Das glaubst du doch nicht wirklich, oder?"

Interessiert daran, was nun kommen würde, nahm er die Tasse, die sie ihm nun hinhielt, und behauptete: „Doch, natürlich."

Sie nahm einen Schluck und grinste. „Trottel."

„Vielleicht mag ich ja keine raffinierten, draufgängerischen Frauen."

„Aber natürlich magst du sie. In Wirklichkeit willst du doch, dass ich dich jetzt auf der Stelle verführe."

„Glaubst du?"

„Ich weiß es genauso. Aber erst möchte ich meinen Kaffee trinken."

Er sah ihr zu, wie sie voller Genuss den nächsten Schluck nahm. „Vielleicht will ich ja mein Hemd zurück. Du hast mich nicht gefragt, ob du es dir ausborgen darfst."

„Gut." Mit einer Hand begann sie, die Knöpfe zu öffnen. „Nimm's dir doch, wenn du es willst."

Er nahm ihr die Tasse weg und stellte sie zusammen mit seinem Becher auf dem Tisch ab. Ihr süffisantes Lächeln raubte ihm fast den Verstand. Es blieb ihm nichts, als auf sie zuzugehen, sie hochzuheben und sie, überschüttet von ihrem perlenden Lachen und kleinen Beißattacken, die sie auf sein Ohrläppchen startete, aus der Küche hinaus in den Flur zu tragen. In diesem Moment wurde die Haustür von draußen geöffnet, und ein Schwall eisiger Kälte schwappte herein.

Erst als die schneebedeckte Gestalt ihren Hut abnahm und sich schüttelte wie ein nasser Hund, erkannte Rafe in dem schummrigen Dämmerlicht, um wen es sich dabei handelte.

„Hallo!" Lässig warf Shane mit dem Fuß die Tür hinter sich ins Schloss. „Von Ihrem Auto ist kaum noch was zu sehen, Regan."

„Oh." Peinlich berührt hielt Regan sich das Hemd über der Brust zu und zerrte sich den Saum über die Oberschenkel, während sie sich bemühte, so zu tun, als sei nichts. „Wir haben eine Menge Schnee bekommen."

„Mehr als zwei Fuß." Mit unübersehbarer Belustigung musterte Shane seinen Bruder und die Frau, die er auf dem

Arm trug. „Sieht so aus, als könnten Sie jemanden brauchen, der Sie ausgräbt, hm?"

„Meinst du vielleicht, das schaffe ich nicht allein?" Rafe schnaubte entrüstet und ging an Shane vorbei in den Salon, um Regan auf dem Sofa abzusetzen. „Du bleibst hier."

„Rafe! Wie redest du denn mit mir?", fragte sie empört. „Verdammt noch mal."

„Genau hier", wiederholte er und beeilte sich, wieder in die Halle zu kommen.

„Täusche ich mich, oder riecht es hier nach Kaffee?", erkundigte sich Shane, der selbst bereits so früh am Morgen bester Laune zu sein schien.

„Sag mir erst einen guten Grund, warum ich dir nicht das Genick brechen sollte."

Shane zog seine Handschuhe aus und blies sich in die hohlen Hände, um sie anzuwärmen. „Weil ich mich mitten im Schneesturm aufgemacht habe, um euch zu retten." Er beugte sich etwas vor, es gelang ihm aber nicht, einen Blick in den Salon zu werfen. „Das sind vielleicht Beine."

„Halt dich zurück, ich warne dich."

„Ich meine ja bloß." Sein Grinsen förderte das typische MacKade-Grübchen zutage. „He, woher sollte ich denn wissen, was hier abgeht? Ich habe mir vorgestellt, du steckst möglicherweise im Schnee fest. Allein natürlich. Und als ich dann ihr Auto sah, dachte ich, dass ich sie vielleicht mit in die Stadt nehmen kann." Wieder warf er einen hoffnungsvollen Blick in den Salon und trat näher. „Am besten, ich frage sie selbst."

„Noch einen Schritt weiter, Shane, und du bist ein toter Mann."

„Was ist, wenn ich gewinne? Gehört sie dann mir?" Auf Rafes wütendes Schnauben hin brach Shane in lautes Lachen aus. „Nein, fass mich lieber nicht an. Ich bin der reinste Eiszapfen, es besteht die Gefahr, dass ich in der Mitte auseinanderbreche."

Unter gemurmelten Drohungen nahm Rafe Shane beim Kragen und zerrte ihn die Halle hinunter, weg von der offen stehenden Salontür. „Augen geradeaus, MacKade." In der Küche schnappte er sich eine Thermoskanne, die auf dem Tisch stand, füllte sie mit heißem Kaffee und drückte sie Shane in die Hand. „So. Und jetzt mach die Biege."

„Bin schon weg." Shane schraubte den Verschluss der Kanne wieder ab, setzte sie an und nahm einen großen Schluck. „Ah, das tut gut." Genießerisch leckte er sich die Lippen. „Der Wind ist die Hölle. Hör zu, ich hatte nicht die Absicht, dein nettes Tête-à-Tête zu stören", begann er, unterbrach sich jedoch rasch, als er an Rafes Augen erkannte, dass er den falschen Tonfall gewählt hatte. „He, ist es womöglich etwas Ernstes?"

„Kümmere dich verdammt noch mal um deine eigenen Angelegenheiten."

Shane pfiff durch die Zähne und verschloss die Thermoskanne. „Da gehörst du auch dazu. Regan ist eine tolle Frau, Rafe. Und das meine ich jetzt ganz ernst."

„Na und?", erkundigte sich Rafe mit drohendem Unterton.

„Nichts und." Shane scharrte mit den Füßen. „Es ist nur … Sie hat mir schon immer gut gefallen. Ich habe sogar schon mal daran gedacht …" Plötzlich wurde ihm klar, dass es ratsam war, den Satz nicht zu beenden. Um seine Unsicherheit zu überspielen, kramte er umständlich seine Handschuhe aus der Tasche und begann eine fröhliche Melodie zu pfeifen.

„An was gedacht?", bohrte Rafe mit finsterem Blick.

Zur Vorsicht gemahnt, ließ Shane seine Zunge über die obere Zahnreihe gleiten. Er wollte seine Zähne wirklich gern alle behalten. „Na ja, es ist schon so, wie du vermutest. Herrgott noch mal, Rafe, schau sie dir doch an. Jeder Mann würde das Gleiche denken." Geschickt schlüpfte er unter Rafes Hand, die sich blitzschnell nach ihm ausstreckte, durch. „Aber mehr als daran gedacht habe ich nicht. Und Fantasien sind schließlich nicht strafbar, oder?" Er hob beschwichtigend beide Hände. „Ich wollte damit doch nur zum Ausdruck bringen, dass du den Jackpot geknackt hast, Bruderherz."

Rafes Verärgerung legte sich langsam, während er nach seiner Kaffeetasse griff. „Wir schlafen miteinander. Das ist alles."

„Na ja, irgendwo muss man ja anfangen."

„Sie ist anders als andere Frauen, Shane." Was er vor sich selbst nicht hätte zugeben können, kam ihm seltsamerweise im Gespräch mit seinem Bruder ganz leicht über die Lippen. „Ich weiß zwar nicht, warum, aber irgendwie ist sie anders. Sie bedeutet mir ziemlich viel."

„Irgendwann erwischt's jeden." Shane klopfte Rafe lachend auf die Schulter. „Sogar dich."

„Ich habe nicht gesagt, dass es mich erwischt hat", brummte Rafe unwillig.

„Brauchst du auch gar nicht. Schließlich hab ich Augen im Kopf. So – ich hau jetzt ab. Die Arbeit ruft." Fröhlich pfeifend wandte er sich um und ging aus der Küche, die Halle hinunter. Vor der offenen Salontür blieb er grinsend stehen und sah sich nach Rafe um.

„Ich warne dich", rief Rafe.

„Schon passiert. Wie gesagt, die Beine sind große Klasse. Bis dann, Regan."

In dem Moment, in dem Regan das Geräusch der zuschlagenden Haustür vernahm, ließ sie den Kopf auf die Knie sinken und presste das Gesicht in den Schoß.

Als Rafe in den Salon kam, zuckte er bei ihrem Anblick zusammen. Ihre Schultern bebten. „Tut mir leid, Darling. Ich hätte die Haustür zuschließen sollen." Schuldbewusst ließ er sich neben ihr auf dem Sofa nieder und begann sie zu streicheln. „Komm, so schlimm ist es doch auch wieder nicht, Regan. Shane wird sich schon nichts dabei denken. Reg dich nicht auf."

Sie gab einen erstickten Laut von sich, und als sie das Gesicht hob, war es tränenüberströmt. Sie konnte nun nicht mehr an sich halten und krümmte sich vor Lachen, das von ihren Lippen perlte wie köstlichster Champagner. „Kannst du dir vorstellen, wie wir drei da in der Halle ausgesehen haben?", japste sie und hielt sich den Bauch vor Lachen. „Wir beide fast nackt und Shane, der aussah wie ein wandelnder Schneemann?"

„Du fandest es also lustig?"

„Lustig? Es war eine umwerfend komische Situation." Entkräftet vor Lachen, ließ sie sich an seine Brust sinken und wischte sich die Tränen aus den Augen. „Die MacKade-Brüder! Himmel, worauf habe ich mich da nur eingelassen?"

Nun lachte auch er und zog sie übermütig auf seinen Schoß. „Gib mir mein Hemd zurück, Darling, dann werde ich dir zeigen, worauf du dich eingelassen hast."

7. Kapitel

Regan döste, warm und gemütlich in den Schlafsack verpackt, vor sich hin, während die Flammen im Kamin prasselten und das Holz knackte. Ihre Träume waren fast so erotisch wie die vergangenen Stunden und lebendig genug, um sie wieder zu erregen.

Im Halbschlaf wohlig aufseufzend, drehte sie sich auf die andere Seite und tastete nach ihrem Liebhaber, aber der Platz neben ihr war leer. Wiederum seufzte sie, diesmal enttäuscht, und setzte sich dann auf.

Das Feuer im Kamin brannte lichterloh, Rafe hatte offensichtlich, gleich nachdem er aufgestanden war, eine ausreichende Menge Holz nachgelegt. Die Beweise, die nur allzu deutlich Zeugnis ablegten von den Ereignissen der vergangenen Nacht, lagen überall im Zimmer auf dem Fußboden verstreut. Schuhe, Strümpfe, ihre elegante Hose, die mit Sicherheit ihrer Bügelfalte verlustig gegangen war, ihre seidene Unterwäsche, alles das, was sie sich in rasender Hast und brennendem Verlangen vom Leib gerissen hatten.

Sie reckte und streckte sich wohlig und gähnte. Als ihr Blick auf die Unordnung fiel, spürte sie, wie ihr Begehren von Neuem aufflammte. Sie wünschte, Rafe wäre hier und würde das Feuer in ihr ebenso kräftig schüren, wie er es mit dem Kaminfeuer getan hatte. Aber auch ohne ihn fand sie es herrlich, zu entdecken, dass ihr eine Leidenschaft innewohnte, von deren Vorhandensein sie bis zu dem Tag, an dem Rafe sie endlich geweckt hatte, nichts geahnt hatte.

So wie mit ihm war es niemals vorher gewesen. Oder, noch deutlicher ausgedrückt, bis er ihr über den Weg gelaufen war, hatte sie sich eigentlich überhaupt nicht besonders viel aus Sex gemacht. Wenn es dazu gekommen war – und das war nicht sehr oft gewesen –, hatte sie sich gehemmt gefühlt, und es war ihr nicht gelungen, der Sache einen besonderen Geschmack abzugewinnen. Sie überlegte, was Rafe wohl dazu sagen würde, wenn er es wüsste.

Mit einem neuerlichen Gähnen griff sie nach ihrem Pullover und streifte ihn sich über den Kopf.

Wahrscheinlich würde er nur sein süffisantes Grinsen aufsetzen und sie an sich ziehen.

Nach einigen mehr oder weniger frustrierenden Erfahrungen hatte sie die letzten Jahre enthaltsam gelebt. Diesen Umstand allerdings konnte sie wohl kaum als Entschuldigung dafür ins Feld führen, dass sie nun plötzlich vor Leidenschaft total entbrannt war. Es war, als hätte man eine brennende Fackel in einen knochentrockenen Reisighaufen geworfen. Den Grund dafür in ihrer Abstinenz zu suchen, wäre jedoch von der Wahrheit weit entfernt.

Was auch immer ihr Leben vorher gewesen war, Rafe hatte das Unterste zuoberst gekehrt. Seit er ihr über den Weg gelaufen war, hatte sich alles verändert, und es war mehr als zweifelhaft, ob sie jemals wieder einen Mann treffen würde, der in ihr dieselben Gefühle weckte wie er. Wie zum Teufel sollte sie es anstellen, wieder zu ihrem ruhigen, gesicherten Leben zurückzukehren, nachdem sie eine Kostprobe von Rafe MacKade genommen hatte?

Nun, eines Tages würde ihr nichts anderes übrig bleiben. Dann würde sie zusehen müssen, wie sie damit zurechtkam. Im Moment interessierte sie nur, wo zum Teufel er eigentlich steckte, deshalb machte sie sich auf, ihn zu suchen. Auf Strümpfen begann sie durchs Haus zu wandern. Als sie nach oben kam, fand sie die Tür zu dem Bad, in dem er bereits seit Tagen arbeitete, offen.

„Kann ich dir helfen?"

Er warf ihr einen Blick über die Schulter zu und schüttelte den Kopf. „Bestimmt nicht in diesem Outfit", grinste er angesichts ihres Kaschmirpullovers und der eleganten Hose. „Macht aber nichts, ich wollte sowieso nur noch diese Wand hier fertig machen."

Sie lehnte sich gegen den Türrahmen und sah ihm zu. „Warum sehen eigentlich manche Männer so verdammt sexy aus bei der Arbeit?"

„Es gibt eben Frauen, die finden es wirklich toll, wenn Männer schwitzen."

„Zu denen scheine ich offensichtlich zu gehören." Nachdenklich studierte sie seine Technik, mit einem ganz bestimmten Schwung aus dem Handgelenk heraus den Verputz an die Wand zu klatschen. „Weißt du was? Du bist tatsächlich noch geschickter als der Typ, der meinen Laden renoviert hat. Und der war auch nicht schlecht. Sehr ordentlich."

„Ich hasse Verputzarbeiten."

„Warum machst du es dann?"

„Weil es mir gefällt, wenn es fertig ist. Außerdem bin ich schneller als die Leute, die ich angeheuert habe."

„Wo hast du das denn gelernt?"

„Ach, auf der Farm gab's immer irgendetwas in der Art zu tun. Und später habe ich auf dem Bau gearbeitet."

„Bis du deine eigene Firma aufgemacht hast?"

„Ja. Ich arbeite nicht gern für jemand anders."

„Ich auch nicht." Sie zögerte und sah zu, wie er sein Werkzeug sauber machte. „Wohin bist du denn gegangen? Ich meine damals, als du von hier weggegangen bist."

„In den Süden." Er verschloss den Plastikeimer, in dem sich der Mörtel befand, mit einem Deckel. „Immer, wenn mir das Geld ausging, hab ich mir einen Job auf dem Bau gesucht. Den Hammer zu schwingen war mir lieber, als ein Feld zu pflügen." Aus alter Gewohnheit griff er in seine Brusttasche. Sie war leer. Er fluchte. „Ich habe das Rauchen aufgegeben", brummte er.

„Dein Körper wird es dir danken."

„Es macht mich aber ganz verrückt." Um sich zu beschäftigen, ging er hinüber zu einem kürzlich verputzten Mauerriss.

„Du bist dann also nach Florida gegangen?", bohrte sie weiter.

„Ja. Das heißt, dort bin ich zum Schluss gelandet. In Florida wird irrsinnig viel gebaut. Dort habe ich meine eigene Firma aufgemacht. Ich habe angefangen, Häuser – oft waren es eher nur noch Schutthaufen – zu entkernen und neu aufzubauen. Dann habe ich sie verkauft. Hat prima funktioniert. Und nun bin ich wieder da." Er wandte sich zu ihr um. „Das war's."

„Ich wollte wirklich nicht neugierig sein", entschuldigte sie sich.

„Hab ich was gesagt? Aber mehr ist einfach nicht dahinter, Regan. Bis darauf, dass mein Ruf wohl nicht besonders gut ist. In der Nacht, in der ich weggegangen bin, war ich in eine Kneipenschlägerei verwickelt. Mit Joe Dolin."

„Dachte ich's mir doch, dass da in der Vergangenheit mal etwas war", murmelte sie.

„Oh, ich hatte mehr als nur diese eine Schlägerei mit ihm." Er nahm sich das Halstuch ab, das er sich um den Kopf gebunden hatte, um beim Arbeiten sein Haar aus der Stirn fernzuhalten. „Ich konnte Joe auf den Tod nicht ausstehen."

„Ich würde sagen, du hast einen exzellenten Geschmack."

Ruhelos ging er auf und ab. Nun hob er die Schultern. „Aber wenn er es in dieser Nacht nicht gewesen wäre, wäre es mit Sicherheit jemand anders gewesen. Ich war einfach in der Laune, verstehst du?" Er grinste freudlos. „Himmel noch mal, eigentlich war ich immer in dieser Laune. Ständig hatte ich eine Riesenwut im Bauch. Und niemand hätte sich wohl je vorstellen können, dass ich es im Leben noch mal zu was bringe, am wenigsten ich selbst."

Versuchte er, ihr etwas zu sagen? Sie war sich nicht sicher, ob sie ihn richtig verstand. „Sieht ganz danach aus, als hätten sich alle geirrt. Und du auch."

„Ist dir eigentlich klar, dass die Leute anfangen werden, sich die Mäuler über uns zu zerreißen?" Das war ihm eingefallen, als er heute Nacht wach gelegen, sie im Schlaf beobachtet hatte und schließlich aufgestanden war, um den Mauerriss, den er sich eben betrachtet hatte, zu verputzen. „Du wirst nur zu Ed's oder in den Kingston's Market zu gehen brauchen, und schon werden sie sich auf dich stürzen, um dich auszuquetschen. Und wenn du wieder rausgehst, wird das Geschwätz darüber anheben, was denn diese sympathische Miss Bishop mit einem Raufbold wie Rafe MacKade zu schaffen hat."

„Ich weiß doch, wie das so läuft, Rafe. Immerhin lebe ich auch schon seit drei Jahren hier."

Weil er plötzlich das dringende Bedürfnis hatte, sich zu beschäftigen, nahm er Sandpapier und schmirgelte einen bereits verputzten und getrockneten Mauerriss ab. „Ich kann mir nicht vorstellen, dass du bisher besonders viel Anlass zum Tratsch gegeben hast."

Er arbeitet, als würde ihm der Teufel dabei über die Schulter sehen, dachte sie verwundert. Als wollte er einen inneren Druck loswerden.

„Ach, täusch dich da nicht. Als ich ganz neu in der Stadt war, musste ich durchaus als Klatschobjekt herhalten. Was, diese Großstadtpflanze übernimmt den Laden von dem alten Leroy? Und Antiquitäten will sie verkaufen anstatt Schrauben und Installationen?" Regan lächelte leise. „Immerhin hat mir das eine Menge Schaulustige eingetragen. Und aus manch einem von ihnen ist später ein Kunde geworden." Sie legte den Kopf leicht schräg und sah ihn an. „Klatsch ist eben manchmal auch gut fürs Geschäft."

„Ich wollte dich ja nur darauf hinweisen, worauf du dich eingelassen hast."

„Dafür ist es ein bisschen spät, Rafe." Weil sie spürte, dass er einen kleinen Schubs brauchte, tat sie ihm den Gefallen. „Vielleicht bist du ja nur um deinen eigenen Ruf besorgt."

„Genau." Der Staub flog ihm um die Ohren, so heftig schmirgelte er. „Ich hatte nämlich eigentlich vor, für das Amt des Bürgermeisters zu kandidieren."

„Du weißt genau, was ich meine. Du hast Angst um dein Bad-Boy-Image. Der MacKade muss ja total zahm geworden sein, sonst würde sich doch diese anständige Regan Bishop nicht mit ihm abgeben. Das Nächste wird sein, dass er sich Blumen holt anstelle eines Sixpacks. Ihr werdet es schon sehen, die wird ihn schon noch zurechtstutzen."

Er ließ seinen Arm sinken und legte das Sandpapier beiseite, hakte die Daumen in seine Taschen und sah sie forschend an. „Ist es das, was du versuchst, Regan? Mich zurechtzustutzen?"

„Ist es das, wovor du Angst hast, MacKade?"

Der Gedanke war ihm nicht gerade angenehm. „Oh, das haben Legionen von Frauen vor dir bereits versucht, und keiner ist es gelungen." Er schlenderte zu ihr hinüber und fuhr mit seinem staubigen Zeigefinger über ihre Wange. „Das würde mir bei dir wahrscheinlich leichter fallen als dir bei mir, Darling. Wetten, dass ich dich noch so weit bringe, dass du in Duff's Tavern einläufst, um Billard zu spielen?"

„Dann bringe ich dich im Gegenzug dazu, Shelley zu rezitieren."

„Shelley – wer ist denn das?"

Mit einem glucksenden Lachen stellte sie sich auf die Zehenspitzen und gab ihm gut gelaunt einen Kuss. „Percy Bysshe Shelley. Du solltest gut auf dich aufpassen."

Diese Vorstellung war so lächerlich, dass sich seine verkrampfte Nackenmuskulatur auf der Stelle entspannte. „Darling, eher fliegen Shanes prämierte Schweine die Main Street hinunter, als dass du mich jemals ein Gedicht wirst aufsagen hören."

Sie lächelte wieder und küsste ihn auf die Nasenspitze. „Wollen wir wetten?"

Er schnappte sich ihre Hand. „Und worum wetten wir, Regan?"

Lachend zog sie ihn in den Flur hinaus. „War doch nur Spaß. Komm, Rafe, führ mich doch mal durch das ganze Haus, ja?"

„Moment. Kein MacKade ist bisher jemals vor einer Mutprobe zurückgeschreckt. Also, was ist? Worum wetten wir?"

„Du willst also, dass ich dich dazu bringe, Shelley zu rezitieren? Okay, du wirst schon sehen."

„Nein, nein. So doch nicht. Das ist ja keine Wette." Während er überlegte, hob er ihre Hand und spielte mit ihren Fingern. Das Flämmchen der Erregung, das in ihren Augen aufglomm, inspirierte ihn. „Ich behaupte, dass du innerhalb eines Monats so verrückt nach mir sein wirst, dass du bereit bist, alles für mich zu tun. Und du wirst es mir beweisen, indem du in einem roten superengen Ledermini bei Duff aufkreuzt, dir ein Bierchen bestellst und mit den Jungs eine Runde Billard spielst."

Amüsiert lachte sie auf. „Was für seltsame Fantasien du hast, MacKade. Kannst du dir mich wirklich in einem derart lächerlichen Aufzug vorstellen?"

„Aber natürlich." Er grinste anzüglich. „Ich sehe es schon ganz genau vor mir. Und Schuhe mit so richtig hohen Absätzen brauchst du natürlich auch."

„Selbstverständlich", erwiderte sie mit todernster Miene. „Zu Leder passen nur Stilettos. Alles andere wäre geschmacklos."

„Und keinen BH", präzisierte er.

Sie prustete plötzlich laut heraus. „Du gehst ja wirklich ins Detail."

„Sicher. Und dir wird auch nichts anderes übrig bleiben." Er legte ihr die Hände um die Taille und zog sie näher zu sich heran. „Weil du nämlich verrückt werden wirst nach mir."

„Nun, mir scheint, zumindest einer von uns beiden hat offensichtlich bereits seinen Verstand verloren. Na, okay." Sie legte die Hand auf seine Brust und schob ihn weg. „Jetzt bin ich dran. Ich wette, dass ich dich innerhalb desselben Zeitraums in die Knie zwinge. Du wirst mit einem Strauß Flieder ..."

„Flieder?"

„Ja, ich liebe Flieder. Also, du wirst mit einem Strauß Flieder in der Hand auf den Knien vor mir liegen und Shelley rezitieren."

„Und was bekommt der glückliche Gewinner?"

„Genugtuung."

Er musste grinsen. „Okay. Das sollte reichen. Schlag schon ein."

Sie schüttelten sich die Hände.

„Führst du mich jetzt ein bisschen herum? Überall dahin, wohin ich mich wegen deiner Mitbewohner, die mir noch immer nicht ganz geheuer sind, allein nicht traue?"

Dazu ließ er sich nur allzu gern überreden, und gut gelaunt machten sie sich auf den Weg durch das riesige Haus.

„Schlaf mit mir." Sie erhob sich auf die Zehenspitzen und küsste ihn auf den Mund. Warum nur fühlte sie sich plötzlich so unendlich glücklich? Auf ihrem Rundgang waren sie nun als Letztes bei dem Zimmer angelangt, das Regan in das Brautgemach verwandeln wollte und das schon seit Längerem in voller Pracht vor ihrem geistigen Auge stand. Sie war vollkommen überrascht, dass Rafe es bereits in Angriff genommen hatte. Die Rosenknospentapete, die sie vorgeschlagen hatte, klebte schon fast überall an der Wand, und die hohen französischen Fenster, die auf das, was später einmal ein blühender Garten werden sollte, hinausgingen, waren bereits eingesetzt.

Er nahm ihr Gesicht in beide Hände und erwiderte ihren Kuss. Dann hob er sie ohne ein Wort hoch und trug sie aus dem Zimmer, den Flur entlang. Sie schlang die Arme um seinen Nacken und presste ihren Mund an seinen Hals. Schon begann ihr Herz schneller zu schlagen, und das Blut wälzte sich wie glühende Lava durch ihre Adern.

„Es ist wie eine Droge", murmelte sie.

„Ich weiß." Am Treppenabsatz blieb er stehen und suchte wieder ihre heißen Lippen.

„Ich habe so etwas noch nie in meinem Leben erlebt." Überwältigt von der Heftigkeit ihrer Gefühle, barg sie ihren Kopf zwischen seinem Hals und seiner Schulter.

Ich auch nicht, dachte er, sprach es jedoch nicht aus.

Er trug sie nach unten, und als sie den Salon betraten, umfing sie eine ruhige, angenehme Wärme, aber sie merkten es nicht.

Behutsam legte er sie auf dem Schlafsack vor dem Kamin nieder und kniete sich vor sie, um mit seinen Fingerspitzen zärtlich die Linie ihrer Wange entlangzufahren. Sofort begann ihr Begehren Funken zu schlagen und setzte ihr Herz in Flammen.

„Rafe."

„Sschch."

Er legte den Zeigefinger auf ihre Lippen, beugte sich zu ihr hinab und küsste sie auf die Lider. Sie wusste gar nicht, was sie hatte sagen wollen, deshalb war sie froh, dass er sie zum Schweigen gebracht hatte. Für das, was sie empfand, mussten die Worte erst noch gefunden werden. Und sie verstanden sich glücklicherweise auch ganz ohne Worte.

Sie erbebte unter seinem leidenschaftlichen Kuss, seinen Lippen, die sich gierig gegen ihre drängten. Als er sich schließlich von ihr löste, war zwar ihr drängendes Verlangen noch nicht gestillt, aber sie fühlte sich weich und entspannt, bereit, sich ohne Rückhalt einfach fallen zu lassen.

Sie verspürte den Drang nach Zärtlichkeit. Nach tiefer Zärtlichkeit. So süß und so unerwartet, dass der kleine Seufzer, den sie unwillkürlich ausstieß, wie ein geflüstertes Geheimnis klang.

Er bemerkte die Veränderung, die in ihr vorgegangen war. In ihr und in ihm selbst. Warum hatten sie es bisher immer so eilig gehabt? Warum nur hatte er bis jetzt gezögert, die Situation voll auszukosten, sich den Duft ihrer Haut, den Geschmack ihrer Lippen, die Formen ihres Körpers einzuprägen? Während er sich noch darüber wunderte, beschloss er, alles nachzuholen, was er bisher versäumt hatte.

Seine Hände waren behutsam diesmal, als er ihr den Pullover über den Kopf zog und ihr die Hose über die Hüften nach unten schob. Als sie nackt vor ihm lag, beugte er sich über sie und küsste sie zart. Dieser Kuss benebelte seinen Verstand und ließ ihn ganz und gar vergessen, dass sowohl sie als auch er jenseits dieses Hauses, jenseits dieses Raumes, in dem plötzlich die Zeit stehen geblieben zu sein schien, jeder sein eigenes Leben lebte.

„Lass mich", murmelte sie wie im Traum und erhob sich, sodass sie jetzt vor ihm, der ebenfalls auf den Knien lag, kniete. Ihr verhangener Blick ruhte für eine Weile auf ihm, dann streckte sie traumwandlerisch die Hand aus, begann langsam sein Hemd aufzuknöpfen, schob es ihm über die Schultern und sank an seine nackte Brust.

Sie hielten einander in den Armen und streichelten sich vorsichtig, behutsam, als seien ihre Körper unendlich kostbare Gegenstände, die man um keinen Preis der Welt beschädigen durfte. Seine Lippen streiften ihre Schultern, und sie lächelte, während sie den Duft seiner Haut tief in sich einsog.

Nachdem auch er nackt war, legte er sich auf den Rücken und zog sie auf sich. Ihr schimmerndes Haar lag ausgebreitet wie ein glänzender Seidenteppich auf seiner Brust.

Sie hatte das Gefühl, auf einer weichen Wolke zu schweben,

die sie hoch hinaustrug, höher, immer höher, während die Wintersonne ihre Strahlen durchs Fenster zu ihnen hereinschickte und die Holzscheite im Kamin knackten. Das Streicheln seiner Hände, das sie beruhigte und zugleich erregte, war wie ein Geschenk des Himmels. Sie spürte das Wunder in jedem Nerv, in jeder Pore, in jedem Herzschlag.

Es gab keine Hast, keine Eile, kein Ungestüm, kein verzweifeltes, verrücktes Verlangen. Sie hatten alle Zeit der Welt. Plötzlich war sie hellwach, nahm mit äußerster Klarheit die Dinge um sich herum wahr – die Muster von Licht und Schatten auf dem Parkett, das leise Zischen der Flammen, den betörenden Duft der Rosen, die in der Vase auf dem Tisch standen, und den noch tausendmal betörenderen des Mannes, der unter ihr lag.

Während ihre Lippen über seine Brust wanderten, vernahm sie seinen Herzschlag, der schneller und härter wurde, als sie den Mund öffnete und mit der Zunge den Vorhof seiner Brustspitze umkreiste. Mit einem tiefen Seufzer, der ihr in der Kehle stecken blieb, schlang sie die Beine um seine Hüften, als er sich unter ihr erhob und sie auf den Rücken rollte.

Die Zeit zog sich dahin, dehnte sich ins Endlose, wurde unwirklich. Die Uhr an der Wand tickte die Sekunden vorbei und die Minuten. Aber das war eine andere Welt. In der Welt, in der sie sich liebten, hatte die Zeit aufgehört zu existieren. In dieser Welt gab es nur ihr beiderseitiges Verlangen, das so langsam und allmählich gestillt werden wollte, als hätte es den Begriff Zeit nie gegeben.

Als er sie schließlich sanft und voller Gefühl zum Höhepunkt führte und noch darüber hinaus, flüsterte sie leise immer wieder seinen Namen, während sie sich ihm instinktiv entgegenhob, sich anspannte und gleich darauf wieder in die Kissen zurücksank mit einem Gefühl, als würde sie zerschmelzen wie Schnee unter der Sonne. Sie öffnete sich ihm und zog ihn, nachdem er schließlich in sie hineingeglitten war, mit einem heiseren Aufstöhnen ganz eng an sich, so eng, als wolle sie für immer eins mit ihm sein.

Überwältigt von ihr und überwältigt davon, wie unendlich schön Zärtlichkeit sein konnte, barg er sein Gesicht in ihrem Haar und begann sich langsam in ihr zu bewegen.

Als sie am nächsten Morgen erwachten, sprachen sie nicht über die Geschehnisse der vergangenen Nacht. Sie verhielten sich betont sachlich, aber weder ihr noch ihm gelang es, an etwas anderes zu denken. Und das beunruhigte sie beide.

Während die Sonne langsam hinter den Bergen im Osten hervorkroch, stand Rafe vor dem Haus und winkte ihr nach, als sie davonfuhr. Nachdem ihr Wagen hinter der Biegung entschwunden war, legte er sich tief in Gedanken versunken die Hand auf die Brust. Dahin, wo sein Herz schlug.

Dort verspürte er bereits seit dem Aufwachen einen Schmerz, der nicht vorübergehen wollte. Und er wurde das Gefühl nicht los, dass sie der Grund dafür war.

Oh Gott, er vermisste sie bereits jetzt, dabei war sie noch nicht einmal fünf Minuten fort. Er verfluchte sich dafür, um gleich anschließend mit sich selbst zu hadern, dass er nach einer Zigarette gierte wie ein dressierter Hund nach einer Belohnung. Beides ist ja nur Gewohnheit, versuchte er sich einzureden. Wenn ihm der Sinn danach stand, konnte er sich so viele Päckchen Zigaretten kaufen, wie er wollte, und konnte rauchen, bis ihm die Lunge zum Hals heraushing. Genauso, wie er sich auch Regan wieder holen konnte, wenn ihm danach zumute war.

Sex war ein starkes Band. Es war nicht weiter überraschend, dass es ihn so erwischt hatte. Mehr war an der Sache nicht dran. Und sie hatten ja schließlich vorher alles geklärt, was zu klären war. War es denn ein Wunder, dass er nun, nach mehr als dreißig Stunden Sex mit einer großartigen Frau, leicht zittrige Knie hatte? Das würde einem Mann ja wohl noch gestattet sein.

Und mehr wollte er nicht. Ebenso wie sie.

Es war eine unglaubliche Erleichterung und ein Vergnügen, eine Geliebte zu haben, die nicht mehr und nicht weniger wollte als man selbst. Eine Frau, die nicht von einem erwartete, dass man die ewig gleichen Spielchen spielte, und einem keine unsinnigen Versprechen abpresste, die man sowieso nicht einzuhalten gedachte. Eine Frau, die keinen Wert darauf legte, Worte zu hören, die doch immer nur Worte bleiben würden.

Der Schnee begann langsam und still auf ihn niederzurieseln, während er noch immer dastand und seinen Gedanken nachhing. Als er es schließlich bemerkte, schnitt er eine Grimasse und schüttelte über sich selbst den Kopf. Missmutig griff er nach der Schneeschaufel, die an der Hauswand lehnte, und begann den Weg freizuräumen. Er hatte weiß Gott Wichtigeres zu tun, als hier draußen in der Kälte herumzustehen und über seine Beziehung zu Regan Bishop zu brüten.

Nachdem er sowohl am Ende der Fahrbahn als auch am Ende seiner Geduld angelangt war, sah er, wie Devin in seinem Dienstwagen die Straße hinaufgeholpert kam.

„Was zum Teufel machst du denn hier?", rief Rafe ihm entgegen. „Hast du einen Haftbefehl?"

„Ist doch immer wieder lustig zu sehen, was so ein kleiner Schneesturm bewirken kann." Devin war ausgestiegen, lehnte am geöffneten Wagenschlag und betrachtete seinen Bruder amüsiert. „Hab gerade gesehen, dass Regans Auto weg ist, und dachte mir, ich schau mal kurz vorbei."

„Meine Leute kommen gleich, ich hab keine Zeit zum Quatschen, Devin."

„Was soll's, dann nehme ich eben meine Donuts und verzieh mich wieder."

Rafe wischte sich mit einer Hand über sein halb erfrorenes Gesicht. „Was für welche denn?"

„Apfel mit braunem Zucker."

Es gab Dinge, die ihm heilig waren, und dazu gehörten

Apfel-Donuts mit braunem Zucker an einem kalten Wintermorgen.

„Na dann los, her damit! Oder willst du noch lange mit deinem idiotischen Grinsen hier herumstehen?"

Devin bückte sich in den Wagen und kramte herum. Schließlich förderte er eine Tüte zutage. „Gestern gab's drei Unfälle in der Stadt. Gott sei Dank nur Blechschäden. Manche Leute sollten bei dem Schnee ihr Auto wirklich besser stehen lassen."

„Ja, ja, Antietam ist nun mal eine wilde Stadt", grinste Rafe, dessen Laune sich beim Anblick der Donuts schlagartig hob. „Hoffe, du warst nicht gezwungen zu schießen."

„In letzter Zeit nicht." Nachdem Devin sich einen Donut genommen und genüsslich hineingebissen hatte, hielt er Rafe die Tüte hin. „Aber eine Schlägerei gab's, bei der ich hart durchgreifen musste."

„In Duff's Tavern?"

„Nein, im Supermarkt. Millie Yender und Mrs. Metz kloppten sich um die letzte Packung Toilettenpapier."

Rafes Lippen verzogen sich zu einem amüsierten Grinsen. „Da braucht's nur ein bisschen Schnee, und die Leute verlieren doch glatt die Nerven."

„Kann man wohl sagen. Mrs. Metz haute Millie eine Salatgurke über den Kopf. Es verlangte mein gesamtes diplomatisches Geschick, um Millie davon abzubringen, Anzeige zu erstatten."

„Tätlicher Angriff mit Gemüse – ganz gefährliche Sache." Rafe nickte verständnisvoll und leckte sich ein bisschen Apfelgelee vom Daumen. „Was willst du eigentlich hier? Nur um mir das zu erzählen, bist du ja wahrscheinlich kaum hergekommen, oder?"

„Nein, das war nur eine Zugabe." Nachdem Devin seinen Donut verputzt hatte, holte er eine Packung Zigaretten aus der Tasche, klemmte sich einen Glimmstängel zwischen die Lippen und zündete ihn an. Das Grinsen, mit dem er Rafe bedachte, während er nach dem ersten Zug den Rauch ausstieß, war breit und provozierend. Rafe stöhnte. „Immerhin habe ich gehört, dass einem das Essen besser schmecken soll, wenn man aufgehört hat", bemerkte Devin wenig hilfreich.

„Gar nichts schmeckt besser", schnappte Rafe. „Aber es gibt eben im Gegensatz zu dir Menschen, die haben echte Willenskraft. Blas den Rauch hierher zu mir, du Dreckskerl."

„Du siehst irgendwie ein bisschen daneben aus, Rafe. Was ist los?"

„Shane konnte offensichtlich mal wieder die Klappe nicht halten."

Devins Antwort bestand aus einem breiten Grinsen.

„Und? Bist du jetzt hier, um mir deinen guten Rat anzubieten?"

„Wäre mir neu, dass ich in der MacKade-Familie der Experte in Liebesangelegenheiten bin." Er trat von einem Fuß auf den anderen, um sich aufzuwärmen, und schüttelte den Kopf. „Nein, dachte nur, du interessierst dich vielleicht für den letzten Stand der Dinge. Joe Dolin betreffend."

„Er sitzt im Kittchen."

„Noch. Aber es wird nicht mehr lange dauern, und dann ist er wieder frei. Sein Anwalt scheint recht geschickt zu sein. Er wird beim Haftrichter auf Unzurechnungsfähigkeit plädieren und behaupten, sein Mandant hätte sich vor lauter Gram darüber, dass er seinen Arbeitsplatz verloren hat, sinnlos besoffen und hätte nicht mehr gewusst, was er tat. Es wird funktionieren, du wirst sehen. Joe Dolin kann schon morgen draußen sein, und nichts auf der Welt kann ihn davon abhalten, Cassie demnächst wieder zu verprügeln."

„Meinst du?"

Devin nickte bedrückt. „Todsicher. Die Gefängnisse sind total überfüllt, und abgesehen davon wird das Problem der Gewalt in der Familie noch immer nicht ernst genug genommen."

„Und was willst du tun?"

„Ich weiß nicht. Ich mache mir Sorgen um Cassie und die Kinder. Ich ..." Er zögerte. „Ich weiß ja nicht, wie die Dinge zwischen dir und Regan stehen ..."

Rafe horchte auf. „Nun rück schon raus mit deiner Bitte."

„Also, ich habe mir gedacht, das Einzige, was Cassie helfen könnte, wäre ein Mann in ihrer Nähe, der sie im Zweifelsfall vor Dolin beschützen kann. Meine Idee war deshalb folgende ..."

8. Kapitel

„Das kommt überhaupt nicht infrage." Mit entschlossenem Gesichtsausdruck verschränkte Regan die Arme vor der Brust. „Bei mir wohnen im Moment zwei kleine Kinder, da hast du in meinem Bett nichts zu suchen."

„Es ist doch nicht deshalb, weil ich mit dir schlafen will", erwiderte Rafe geduldig. „Das wäre lediglich eine reizvolle Zugabe. Es handelt sich um eine offizielle Bitte des Sheriffs."

„Der zufälligerweise dein Bruder ist. Nein." Energisch wandte sie sich um und stellte die Gläser, die sie eben abgestaubt hatte, auf das Regal zurück. „Cassie wäre es bestimmt unangenehm, und für die Kinder wären wir ein schlechtes Vorbild."

„Aber es geht ja um Cassie und die Kinder", drängte er. „Du glaubst doch nicht im Ernst, dass Dolin sie in Ruhe lassen wird, wenn er rauskommt. Und das kann schon heute sein."

„Ich bin schließlich auch noch da. Um an Cassie ranzukommen, muss er erst an mir vorbei."

Schon allein der Gedanke daran ließ ihm das Blut in den Adern gefrieren. „Jetzt hörst du mir mal zu ..."

Sie schüttelte die Hand ab, die er auf ihre Schulter gelegt hatte, und wirbelte herum. „Nein, du hörst mir zu. Der Mann ist ein Schläger und ein Säufer. Aber ich habe keine Angst vor ihm. Ich habe Cassie angeboten, dass sie mit ihren Kindern bei mir wohnen kann, und zwar so lange, wie sie es für nötig hält. An meiner Tür befindet sich ein solides Schloss, das wir auch benutzen werden. Und für den Fall der Fälle weiß ich sogar die Nummer des Sheriffs auswendig. Reicht das nicht?"

„Hier ist aber während der Geschäftszeiten nicht abgeschlossen." Rafe stieß seinen ausgestreckten Zeigefinger in Richtung Ladentür. „Was kann ihn daran hindern, hier einfach hereinzukommen und dich zu belästigen? Oder Schlimmeres?"

„Ich."

„Großartig", gab er beißend zurück. Am liebsten hätte er sie geschüttelt, um sie zur Vernunft zu bringen. „Glaubst du, du brauchst nur dein stures Kinn zu heben, und schon kratzt er die Kurve? Nur für den Fall, dass es dir bisher noch nicht aufgefallen ist: Er liebt es, Frauen zu verprügeln."

„Darf ich dich daran erinnern, dass ich im Gegensatz zu dir die letzten drei Jahre hier verbracht habe? Es ist mir keineswegs entgangen, wie er mit Cassie umgesprungen ist."

„Und du glaubst, nur weil du nicht mit ihm verheiratet bist, tut er dir nichts?" Jetzt packte er sie entgegen seinem Vorsatz doch an der Schulter und schüttelte sie. „So naiv kannst du doch nicht sein."

„Ich bin ganz und gar nicht naiv", schoss sie zurück. „Aber ich brauche keinen Leibwächter, ich kann mir selbst helfen, kapiert?"

Sein Gesicht wurde verschlossen, er krampfte einen Moment die Hand, die noch immer auf ihrer Schulter lag, in den Stoff ihrer Kostümjacke, dann ließ er los. „Das ist dein letztes Wort? Du brauchst meine Hilfe nicht?"

Das verletzt sein männliches Ego, dachte sie und stieß einen erstickten Seufzer aus. „Das Sheriffoffice ist fünf Minuten von hier entfernt, wenn es nötig ist, wird sofort jemand hier sein." In der Hoffnung, beruhigend auf ihn einzuwirken, legte sie ihm eine Hand auf die Schulter. „Rafe, ich weiß deine Fürsorge wirklich zu schätzen, glaube mir. Aber ich kann auf mich selbst aufpassen. Und auf Cassie auch, wenn es nötig sein sollte."

„Ich wette, dass du das kannst."

„Schau, Rafe", fuhr sie begütigend fort, „Cassie ist im Moment so verletzlich, und die Kinder sind viel zu still. Ich befürchte, sie könnten mit der Tatsache, dass ein Mann im Haus ist, zurzeit einfach nicht richtig umgehen, verstehst du das denn nicht? Und die Kinder kennen dich überhaupt nicht."

Missmutig rammte er die Hände in seine Hosentaschen. „Ich habe nicht vor, sie herumzustoßen."

„Aber das wissen sie doch nicht. Es könnte einfach sein, dass sie sich fürchten. Klein Emma sitzt die ganze Zeit verschüchtert auf Cassies Schoß, starrt mit großen Augen vor sich hin und sagt kaum ein Wort. Und der Junge ... Herrgott, Rafe, er bricht mir fast das Herz. Sie müssen erst wieder lernen, sich sicher zu fühlen, und du bist einfach zu groß, zu stark und zu ... männlich."

„Du bist stur wie ein Panzer."

„Ich tue nur das, was mir richtig erscheint. Glaube mir, ich habe es mir hin und her überlegt, aber wie ich es auch drehe und wende, es kommt nichts anderes dabei heraus."

„Lad mich doch zum Abendessen ein", schlug er brüsk vor.

„Du willst mit uns zu Abend essen?"

„Ja. Dann kann ich die Kinder kennenlernen, und sie können sich an mich gewöhnen."

„Wer von uns beiden hier ist eigentlich stur?", fragte sie, aber gleich darauf seufzte sie. Sein Vorschlag war ein vernünftiger Kompromiss. „Also gut, heute Abend um halb acht. Aber um zehn bist du draußen."

„Können wir wenigstens auf der Couch noch ein bisschen schmusen, wenn die Kinder im Bett sind?"

„Vielleicht. Und jetzt geh. Ich habe zu tun."

„Bekomme ich von dir nicht wenigstens noch einen Abschiedskuss?"

Sie stellte sich auf die Zehenspitzen und gab ihm einen kleinen Kuss auf die Wange. „Ich bin beschäftigt", erklärte sie, lachte dann aber doch vergnügt, als er nach ihren Handgelenken griff und sie an sich zog. „Rafe, wir stehen direkt vor dem Schaufenster, jeder kann uns ..."

Der Rest ihres Satzes wurde von dem heißen Kuss, den er ihr auf die Lippen drückte, verschluckt.

Ein paar Häuser weiter saß Cassie Devin in seinem Büro gegenüber. Nervös zerknüllte sie ein Taschentuch.

„Tut mir leid, dass ich jetzt erst komme, aber wir hatten so viel zu tun, ich konnte nicht eher Pause machen."

„Ist schon in Ordnung, Cassie." Da sie ihm wie ein verängstigter kleiner Vogel erschien, war es ihm bereits zur Gewohnheit geworden, mit leiser Stimme zu ihr zu sprechen. „Ich habe das ganze Zeug schon so weit fertig gemacht, du brauchst nur noch zu unterschreiben."

„Er muss wirklich nicht ins Gefängnis?", erkundigte sie sich verzagt.

Sein Mitleid mit ihr schnürte ihm fast die Kehle zu. „Nein."

„Ist es deshalb, weil ich mich nicht gewehrt habe?"

„Nein." Er wünschte, er könnte die Hand ausstrecken und sie auf ihre Hände, die nervös an dem Taschentuch herumzupften, legen, um sie zu beruhigen. Aber der Schreibtisch zwischen ihnen war eine offizielle Barriere, die er nicht überschreiten durfte. „Er hat – wahrscheinlich auf Anraten seines Anwalts hin – alles zugegeben, woraufhin das Gericht bei seiner Entscheidung sowohl sein Alkoholproblem als auch den Verlust seines langjährigen Arbeitsplatzes berücksichtigte. Er hat die Auflage bekommen, einen Entzug und eine Therapie zu machen."

„Das könnte gut sein für ihn", murmelte sie und hob den Blick, um ihn sofort wieder zu senken. „Wenn er erst einmal aufhört zu trinken, wird vielleicht alles wieder gut", fügte sie hilflos hinzu.

„Ja." Und Schweine können fliegen, dachte er mit grimmigem Humor. „Aber in der Zwischenzeit musst du gut auf dich aufpassen, Cassie. Der Haftrichter hat ihm zwar die Auflage gemacht, sich von dir fernzuhalten. Aber man kann natürlich nie wissen, ob er nicht versucht, sich an dir zu rächen."

Wieder hob sie den Blick, um ihn anzusehen, diesmal jedoch hielt sie stand und wich nicht aus. „Das steht in diesem Papier, das ich unterschreiben muss? Dass er nicht zurückkommen darf?"

Devin zündete sich eine Zigarette an. Als er weitersprach, klang seine Stimme kühl und offiziell. „Ja. Er darf sich dir nicht nähern, weder auf deiner Arbeitsstelle noch auf der Straße, und zu Regan, wo du jetzt wohnst, ist es ihm auch verboten zu gehen. Das Gericht hat sozusagen eine Bannmeile um dich herum gezogen, und er muss sich ganz und gar von dir fernhalten. Sollte es ihm einfallen, sich nicht an diese Auflagen zu halten, wandert er für achtzehn Monate hinter Gitter."

„Und das weiß er alles?"

„Selbstverständlich."

Sie befeuchtete ihre Lippen. Er konnte ihr nicht mehr zu nahe kommen. Was bedeutete, dass er sie auch nicht mehr schlagen konnte. Vor Erleichterung wurde ihr fast schwindlig. „Und ich muss es nur noch unterschreiben?", erkundigte sie sich noch immer ungläubig.

„Ja, ganz recht." Devin sah sie lange und nachdenklich an, dann schob er ihr die Unterlagen samt einem Kugelschreiber zu, stand auf und trat ans Fenster, während sie sich alles sorgfältig durchlas.

Rafe war zehn Minuten zu früh dran und drückte sich vor Regans Haustür herum wie ein räudiger Kater. In der einen Hand hielt er eine Flasche Wein und in der anderen eine Schachtel mit Keksen, die hoffentlich dazu beitragen würden, das Eis zwischen ihm und den Kindern zum Schmelzen zu bringen.

Um zu testen, ob die Tür auch tatsächlich verschlossen war, drückte er die Klinke herunter und stellte zu seiner Zufriedenheit fest, dass sie sich nicht öffnen ließ. Einen Moment später klopfte er laut, woraufhin kurze Zeit später Regan den Kopf durch den schmalen Türspalt, den die Sicherheitskette ließ, steckte.

„So weit, so gut, aber du hättest erst fragen sollen, wer draußen steht", merkte Rafe tadelnd an.

„Ich habe dich schon vom Fenster aus gesehen." Nachdem sie ihn eingelassen hatte, warf sie einen Blick auf seine Mitbringsel. „Kein Flieder, Rafe?", erkundigte sie sich schmunzelnd.

„Keine Chance." Obwohl er sie rasend gern geküsst hätte, nahm er angesichts der großen grauen Augen, die ernst auf ihm ruhten und dem kleinen Mädchen in der Sofaecke gehörten, davon Abstand. „Sieht aus, als hättest du ein Mäuschen bei dir einquartiert."

Regan lächelte. „Sie ist zwar ebenso still wie ein Mäuschen, aber viel hübscher. Emma, das ist Mr. MacKade. Du hast ihn vor Kurzem bei Ed's schon mal getroffen, erinnerst du dich?"

Während es ihn wachsam beäugte, rutschte das kleine Mädchen von der Couch herunter, schoss schnell wie der Blitz zu Regan hinüber und versteckte sich hinter ihrem Rock. Von dort aus lugte es neugierig mit einem Auge zu ihm herüber.

„Ich habe deine Mama schon gekannt, als sie so alt war wie du jetzt", bemühte sich Rafe, ein Gespräch in Gang zu bringen.

Emma klammerte sich an Regans Beine und spähte zu ihm herauf.

Obwohl ihm bewusst war, dass es eine schamlose Bestechung war, schüttelte er die Keksdose. „Willst du ein Plätzchen, Honey?"

Sein Versuch, Freundschaft zu schließen, brachte ihm von der Kleinen immerhin ein winziges Lächeln ein, doch Regan vereitelte seine Bemühungen, indem sie ihm die Dose aus der Hand nahm. „Nicht vor dem Essen."

„Spielverderber. Aber das Essen riecht gut."

„Cassie hat Hähnchen mit Klößen gemacht. Komm, Emma, wir bringen die Plätzchen in die Küche."

Sich mit einer Hand an Regans Rock festklammernd, folgte ihr das Mädchen in die Küche, wobei es Rafe unablässig im Auge behielt.

Rafe schloss sich den beiden an. Bei ihrem Eintreten sah Cassie, die am Herd stand, auf und lächelte. „Hi, Rafe."

Er trat neben sie und streifte mit den Lippen ihre Wange. „Hallo, wie geht's?"

„Danke, gut." Sie legte eine Hand auf die Schulter des Jungen, der neben ihr stand. „Connor, das ist Mr. MacKade, erinnerst du dich?"

„Nett, dich wiederzusehen, Connor." Rafe streckte ihm die Hand hin, die der Junge zögernd nahm. „Schätze, du bist in der dritten Klasse, stimmt's? Oder schon in der vierten?"

„In der dritten, Sir."

Rafe hob eine Augenbraue und reichte Regan die Weinflasche. „Ist Miss Witt immer noch an der Schule?"

„Ja, Sir."

„Wir haben sie immer Miss Dimwit, Fräulein Dummkopf, genannt. Wette, das macht ihr auch, habe ich recht?" Er pickte sich ein Stückchen Mohrrübe aus einer Salatschüssel, die auf dem Tisch stand.

„Ja, Sir", murmelte Connor und warf dabei seiner Mutter einen unsicheren Blick zu. „Manchmal." Nun nahm er seinen ganzen Mut zusammen und holte tief Luft. „Sie renovieren das Barlow-Haus."

„Stimmt."

„Aber dort spukt's doch."

Rafe nahm sich eine Mohrrübe, biss hinein und grinste. „Darauf kannst du wetten."

„Ich weiß alles über die Schlacht und so", platzte Connor nun heraus. „Es war der blutigste Tag im gesamten Bürgerkrieg, und keiner hat wirklich gewonnen, weil ..." Beschämt brach er ab. Deshalb, dachte er, nennen dich manche in der Schule Spinner.

„Weil es keiner Seite gelungen ist, den entscheidenden Schlag zu landen", beendete Rafe den Satz für ihn. „Wenn du Lust hast, komm doch mal bei mir vorbei. Ich könnte jemanden, der über die Schlacht genau Bescheid weiß, gut brauchen."

„Ich habe ein Buch. Mit Bildern."

„Ach ja?" Rafe nahm das gefüllte Weinglas, das Regan ihm hinhielt. „Zeigst du es mir?"

Damit war das Eis gebrochen, und sie begannen angeregt über die Schlacht von Bumside Bridge zu debattieren. Plötzlich hatte Rafe einen hellwachen, interessierten Achtjährigen vor sich, der alle Scheu verloren hatte.

Das Mädchen, eine Miniaturausgabe ihrer Mutter, wich Cassie nicht vom Rockzipfel, wobei sie Rafe jedoch während des Essens unablässig beäugte wie ein junger Falke seine Beute.

Nach dem Abendessen brachte Cassie die Kinder zu Bett, und Rafe half Regan beim Abwasch. „Dolin ist nicht nur ein Dreckskerl, er ist zusätzlich auch noch ein Riesenidiot." Rafe setzte einen Stapel Teller auf dem Küchentresen ab. „Cassie ist so eine liebe Frau, und die Kinder sind einfach großartig. Jeder Mann auf der Welt könnte sich glücklich schätzen, so eine Familie zu haben."

Ein eigenes Heim, ging es Rafe durch den Kopf. Eine Frau, die dich liebt, Kinder, die dir freudig entgegengerannt kommen, wenn du abends von der Arbeit nach Hause kommst. Abendessen an einem großen runden Tisch, um den die ganze Familie sitzt. Seltsam, dass es ihm nie in den Sinn gekommen war, sich nach etwas Derartigem zu sehnen.

„Du hast ja ziemlich Eindruck geschunden", begann Regan anerkennend, während sie Wasser ins Spülbecken laufen ließ. „Ich kann mich nicht erinnern, sie irgendwann einmal so aufgeweckt und fröhlich gesehen zu haben. Und zwar alle –

sowohl die Kinder als auch Cassie." Sie wandte den Kopf, um ihn anzusehen, aber ihr Lächeln verblasste, als sie seinen Blick auffing. Sie hatte sich schon an die Art, wie er sie manchmal anzustarren pflegte, gewöhnt – fast jedenfalls –, heute jedoch war es noch anders als sonst. „Was ist?"

„Hm?" Er zuckte augenblicklich zusammen, und es dauerte einen Augenblick, bis er sich wieder fing. Er war ganz weit weg gewesen. „Nichts. Gar nichts." Heiliger Himmel, er hatte sich doch wirklich gerade vorzustellen versucht, wie es wohl wäre, verheiratet zu sein und Kinder zu haben. „Der Junge – Connor. Er ist ungeheuer aufgeweckt, findest du nicht auch?"

„Er bringt nur die besten Noten mit nach Hause", erwiderte Regan so stolz, als sei Connor ihr eigener Sohn. „Er ist intelligent, sensibel und weich – die ideale Zielscheibe für Joe. Der Dreckskerl hat den armen Jungen ständig gequält."

„Hat er ihn auch geschlagen?" Sein Ton war ruhig, innerlich aber kochte er.

„Nein, ich glaube nicht, Cassie hat aufgepasst wie ein Schießhund. Gegen die psychischen Quälereien konnte sie aber kaum etwas machen, und blaue Flecken hinterlassen sie allenfalls auf der Seele." Sie zuckte die Schultern. „Na ja, Gott sei Dank ist das alles ja jetzt vorbei." Sie gab ihm einen Teller. „Hat dein Vater auch abgetrocknet?"

„Nur an Thanksgiving. Buck MacKade war stolz auf seine ausgeprägte Männlichkeit."

„Buck?" Beeindruckt spitzte Regan die Lippen. „Klingt gewaltig."

„So war er auch. Wenn man etwas angestellt hatte, konnte er einen ansehen, dass man am liebsten im Boden versunken wäre. Devin hat seine Augen geerbt. Und ich seine Hände." Gedankenverloren starrte Rafe auf seine Handflächen. „War eine ziemliche Überraschung, als ich eines Tages auf meine Hände schaute und seine sah."

Sie musste lächeln, als sie ihn so dastehen sah, ein Geschirrtuch über die Schulter geworfen und versonnen auf seine Hände starrend. „Hast du ihm gefühlsmäßig sehr nahegestanden?"

„Nicht nah genug. Und vor allem zu kurz."

„Wie alt warst du, als er starb?"

„Fünfzehn. Ein Traktor hat ihn überrollt. Er lag eine ganze Woche im Sterben."

Sie tauchte ihre Hände wieder in das Spülwasser, während sie versuchte, sich die vier Jungen vorzustellen, denen ein grausames Schicksal den Vater viel zu früh genommen hatte. Es machte sie traurig. „Ist das der Grund, weshalb du die Farm hasst?"

„Ja, vermutlich." Seltsamerweise hatte er bisher niemals darüber nachgedacht, aber es erschien ihm plausibel. „Er hat sie geliebt. Jeden Zentimeter Boden, jeden Stein. Wie Shane."

Sie gab ihm wieder einen Teller zum Abtrocknen. „Mein Vater hat niemals in seinem Leben ein Geschirrtuch in die Hand genommen, und ich bin sicher, meine Mutter würde in Ohnmacht fallen, wenn er es plötzlich täte. Sie hängen beide der festen Überzeugung an, die Küche sei das Reich der Frau."

„Stört dich das?"

„Früher schon", gab sie zu. „Er hat an ihr herumerzogen, bis sie die Frau war, die er haben wollte, und sie ließ es zu. Sollte sie jemals anders gewesen sein, etwas anderes gewollt haben, so hat sie es sich jedenfalls niemals anmerken lassen. Sie ist die Ehefrau des Chirurgen Dr. Bishop, und das ist alles."

Langsam begann ihm zu dämmern, warum sie so war, wie sie war. „Vielleicht ist das alles, was sie sein will."

„Offensichtlich. Trotzdem fällt es mir immer wieder schwer, ruhig zu bleiben, wenn ich sehe, wie sie ihn von vorn bis hinten bedient und er ihr dann als Dank dafür den Kopf tätschelt." Allein der Gedanke daran machte sie so wütend, dass sie mit den Zähnen knirschte. Dann seufzte sie. „Was soll's? Merkwürdigerweise scheinen sie dennoch irgendwie glücklich zu sein."

Gegen Mitternacht kehrte Rafe in das Barlow-Haus zurück. Bereits aus einiger Entfernung hatte er im Kegel seines Scheinwerferlichts das Auto erkannt, das oben auf dem Hügel vor dem Haus parkte. Da er wie gewöhnlich nicht abgeschlossen hatte, überraschte es ihn nicht, Jared im Salon mit einem Bier in der Hand vorzufinden.

„Haben Sie schon vor, mir die Hypothek zu kündigen, Anwalt MacKade?"

Anstatt auf Rafes scherzhaften Ton einzugehen, starrte Jared nur auf sein Bier und brütete wortlos vor sich hin. Es dauerte einige Zeit, ehe er sich zu einer Erklärung aufraffte. „Ich habe heute mein Haus zum Verkauf angeboten. Es hat einfach keinen Sinn mehr, ich fühle mich dort nicht wohl."

Rafe murmelte etwas Unverständliches vor sich hin, ließ sich auf den Schlafsack fallen und zog sich die Stiefel aus. Jared blies offensichtlich Trübsal. Ein Zustand, der Rafe nicht fremd war.

„Ist kein großer Verlust. Ich konnte das Haus nie leiden, ebenso wenig wie deine Exfrau."

Jared musste wider Willen lachen. „Sieht immerhin so aus, als würde ich bei der ganzen Sache noch einen netten Profit rausschlagen."

Als Jared ihm die Bierflasche hinhielt, schüttelte Rafe den Kopf. „Schmeckt mir nicht mehr so besonders, seit ich das Rauchen aufgegeben habe. Ganz abgesehen davon, dass ich müde bin. Ich muss in sechseinhalb Stunden wieder aufstehen." Er schwieg einen Moment. „Morgen früh allerdings hatte ich vor, sowieso bei dir vorbeizuschauen", fügte er nach kurzer Überlegung hinzu.

„Ach. Warum das denn?"

„Um dir ordentlich den Kopf zu waschen." Rafe gähnte und legte sich auf dem Schlafsack zurück. „Aber das kann bis morgen warten. Im Moment fühle ich mich gerade so schön entspannt."

„Okay. Aber dann sag mir wenigstens den Grund."

„Weil du meine Frau geküsst hast", erwiderte Rafe, wobei er daran dachte, dass ihm Regan vorhin erzählt hatte, dass sie ein paarmal mit Jared ausgegangen war.

„Habe ich das?" Jared machte es sich gemütlich, legte die Beine über die Armlehnen des Sofas und grinste breit. „Ja, ja ... es fällt doch alles wieder auf einen zurück. Aber seit wann ist sie denn deine Frau?"

Rafe hatte seine Jeans ausgezogen und warf sie beiseite. Dann begann er sein Hemd aufzuknöpfen. „Das kommt davon, wenn man in der Stadt wohnt, Bruderherz. Du bist einfach nicht mehr auf dem Laufenden. Sie gehört jetzt mir, kapiert?"

„Aha. Ist ihr das auch schon klar?"

„Wer weiß?" Er war nun bis auf seine Boxershorts nackt und kroch in den Schlafsack. „Ich glaube, ich möchte sie nicht mehr hergeben."

Jared verschluckte sich fast an seinem Bier. „Willst du damit sagen, dass du vorhast, sie zu heiraten?"

„Ich habe nur gesagt, dass ich sie behalten will", erwiderte Rafe. Um keinen Preis der Welt würde er das Wort Heirat jemals in den Mund nehmen. „Alles bleibt so, wie es jetzt ist."

Sehr interessant, dachte Jared. Viel interessanter, als immer nur über der Vergangenheit zu brüten. „Und wie ist es jetzt?"

„Gut", gab Rafe knapp zurück. Noch immer konnte er ihren Duft riechen, der aus dem Schlafsack aufstieg. „Ich muss dir nur noch einen Denkzettel verpassen. Rein aus Prinzip."

„Kapiert." Jared gähnte und streckte sich. „Dann werde ich wohl nicht umhinkönnen, mich an die Sache mit Sharilyn Bester, jetzt Fenniman, zu erinnern."

„Ich habe mich erst an sie rangemacht, nachdem du ihr den Laufpass gegeben hattest."

„Ja, ich weiß. Dennoch. Rein aus Prinzip."

Gedankenverloren rieb Rafe sich über seine Bartstoppeln. „Hm. Okay – ein Punkt für dich. Aber Sharilyn ist – so hübsch sie auch sein mag – nicht Regan Bishop."

„Ich jedenfalls habe Regan niemals nackt gesehen."

„Das ist auch dein Glück." Er legte die Hände unter seinen Kopf. „Nun, vielleicht sollten wir die Angelegenheit ausnahmsweise auf sich beruhen lassen", schlug er schließlich großmütig vor.

Jared grinste breit. „Gott sei Dank kommst du endlich zur Vernunft. Ich hätte aus Angst vor dem, was morgen auf mich zukommt, heute Nacht kein Auge zutun können."

9. Kapitel

Regan hatte geschlafen wie ein Murmeltier. Nach dem Aufstehen musste sie feststellen, dass die Kinder bereits zur Schule gegangen waren und dass auch Cassie das Haus schon verlassen hatte. Nun saß sie gemütlich am Küchentisch, gönnte sich die zweite Tasse Kaffee und genoss die Ruhe. Und doch war alles auf seltsame Weise anders als sonst. Regan hatte das Alleinleben bisher nie etwas ausgemacht. Im Gegenteil, sie lebte gern allein. Seit Kurzem aber hatte sie entdeckt, dass es mindestens ebenso schön war, Gesellschaft zu haben.

Sie mochte es, wenn morgens beim Frühstück die Kinder um sie herum waren, wenn die kleine Emma ihr einen ihrer feierlichen Küsse auf die Wange drückte oder Connor ihr ein zurückhaltendes Lächeln schenkte.

Und es gefiel ihr, Cassie mit vom Schlaf noch zerzaustem Haar in die Küche eilen zu sehen, um das Kaffeewasser aufzusetzen und den Kindern Cornflakes mit Milch in ihre Teller zu füllen. Es war eine ganz andere Art von Leben als das, das sie führte.

Mutterschaft war zwar niemals etwas gewesen, wonach sie sich gesehnt hatte, nun aber begann sie sich zu fragen, ob es nicht etwas war, das auch ihr Befriedigung verschaffen könnte.

Sie nahm eine Zeichnung zur Hand, die Emma auf dem Tisch hatte liegen lassen, und schnüffelte daran. Sie roch nach frischen Wasserfarben. Es amüsierte sie, zu sehen, wie die Kinder innerhalb kürzester Zeit dem Haus ihren Stempel aufgedrückt hatten.

Noch ganz in Gedanken, faltete sie Emmas Bild zusammen,

steckte es in ihre Tasche und stand auf. Es wurde höchste Zeit, den Laden aufzuschließen.

Kurz nachdem sie das Geöffnet-Schild herumgedreht und die Ladentür aufgeschlossen hatte, betrat auch schon Joe Dolin das Geschäft. Offensichtlich hatte er bereits draußen gewartet.

Sofort begannen in ihrem Kopf die Alarmglocken zu läuten, aber sie versuchte sich mit dem Gedanken zu beruhigen, dass Cassie ja Gott sei Dank nicht im Haus war.

Man sah es Joe noch immer an, dass er früher einmal ein hübscher Junge gewesen sein musste, mittlerweile jedoch hatte der übermäßige Alkoholgenuss unübersehbare Spuren hinterlassen.

An einem Vorderzahn fehlte eine Ecke, und sie überlegte, ob er es vielleicht nur der Höflichkeit des jungen Rafe zu verdanken hatte, dass er seinen Zahn nicht ganz verloren hatte.

Voller Unbehagen fiel ihr plötzlich ein, dass er schon ein- oder zweimal den Versuch unternommen hatte, sich ihr zu nähern, und auch die gierigen Blicke und das wissende Lächeln, das er ihr des Öfteren zugeworfen hatte, standen ihr schlagartig wieder vor Augen. Cassie gegenüber hatte sie niemals etwas davon erwähnt. Und würde es auch nicht tun.

Während sie sich im Geiste für die unvermeidlich scheinende Auseinandersetzung wappnete, schloss er die Tür, nahm seine Baseballkappe ab und drehte sie bescheiden in den Händen wie ein reuiger Sünder.

„Regan. Es tut mir wirklich leid, dass ich dich belästigen muss."

Er klang so zerknirscht, dass sie fast Mitleid mit ihm bekam, dann aber erinnerte sie sich glücklicherweise wieder an die Würgemale an Cassies Hals. „Was willst du, Joe?"

„Ich hab gehört, dass Cassie bei dir wohnt."

Er redet nur von Cassie, registrierte sie. Kein Wort von den Kindern. „Das ist richtig."

„Schätze, du weißt von dem ganzen Ärger."

„Ja. Du hast Cassie verprügelt und bist daraufhin festgenommen worden und ins Kittchen gewandert."

„Ich war sternhagelvoll."

„Für das Gericht mag das als Entschuldigung genügen. Für mich nicht."

Er verengte seine Augen, noch immer jedoch hielt er den Kopf gesenkt. „Ich kann nur sagen, dass mir das, was ich gemacht habe, schrecklich leidtut", beteuerte er. „Aber ich bin eigentlich hier, weil ich dich um einen Gefallen bitten wollte. Du weißt ja sicher, dass ich mich in Cassies Nähe nicht mehr blicken lassen darf." Nun hob er den Kopf, und sie sah überrascht, dass seine Augen feucht waren. „Cassie hält große Stücke auf dich."

„Ich halte große Stücke auf sie", erwiderte Regan bestimmt. Von den Tränen eines Mannes würde sie sich ganz bestimmt nicht beeindrucken lassen.

„Ja, gut. Ich hatte gehofft, du könntest vielleicht bei ihr ein gutes Wort für mich einlegen und sie fragen, ob sie es nicht noch mal mit mir versuchen will. Ich werde mich ändern, wirklich, ich schwöre es. Wenn ich könnte, würde ich es ihr gern selbst sagen, aber mir ist es ja verboten, mit ihr zu reden. Doch wenn du es ihr sagst, macht sie es. Auf dich hört sie ganz bestimmt."

„Ich glaube, du überschätzt meinen Einfluss auf Cassie bei Weitem, Joe."

„Nein, ganz bestimmt nicht", widersprach er. „Da bin ich mir hundertprozentig sicher. Sie hat mir doch ständig erzählt, wie sehr sie dich bewundert und für wie toll sie dich hält. Angenommen, du rätst ihr jetzt, dass sie sich wieder mit mir versöhnen soll, wird sie es machen, da kannst du Gift drauf nehmen."

Sehr langsam und bedächtig legte Regan ihre Hände auf den Ladentisch. „Wenn sie auf mich hören würde, hätte sie dich schon vor Jahren verlassen."

Die Muskeln an seinem unrasierten Kinn zuckten. „Hör zu. Jeder Ehemann hat das Recht ..."

„Seine Frau zu schlagen?", fragte sie eisig. „Nicht nach meinem Verständnis. Und Gott sei Dank auch nicht nach geltendem Recht. Nein, Joe, mit Sicherheit werde ich ihr nicht dazu raten, zu dir zurückzukehren. Wenn das alles ist, was du von mir wolltest, solltest du jetzt besser wieder gehen."

Er bleckte vor Wut die Zähne, und seine Augen wurden hart wie Granit. „Noch immer so hochmütig wie eh und je, was? Du glaubst wohl wirklich, du seist was Besseres als ich."

„Das glaube ich nicht nur, das weiß ich, Joe. Und jetzt machst du auf der Stelle, dass du aus meinem Laden rauskommst, sonst rufe ich den Sheriff."

„Eine Frau gehört zu ihrem Mann, kapiert!", schrie er, zornrot im Gesicht, und ließ krachend seine Faust auf den Ladentisch niedersausen, dass die Gläser in den Regalen klirrten. „Und du sagst ihr, dass sie gefälligst ihren mageren Hintern nach Hause bewegen soll, sonst passiert ein Unglück."

Angst stieg plötzlich in ihr hoch und schnürte ihr die Kehle zu. Sie schluckte krampfhaft, während sie verzweifelt überlegte, auf welche Art es ihr gelingen könnte, ihn loszuwerden. Emmas Zeichnung in ihrer Jackentasche fiel ihr ein, und sie umklammerte sie wie einen Talisman. „Ist das eine Drohung?", gab sie kühl zurück. „Ich glaube kaum, dass dein Bewährungshelfer mit deinem Benehmen einverstanden wäre. Soll ich ihn anrufen?"

„Du Luder, du! Du bist nichts als ein dreckiges, frigides Weibsstück, das nur neidisch ist, weil es keinen richtigen Mann abgekriegt hat!" In seinen Augen loderte Hass auf, und er hob die Hand. Gleich würde er zuschlagen, es konnte sich nur noch um Sekunden handeln, das stand in seinem Gesicht allzu deutlich geschrieben.

Einen Moment später schien er es sich jedoch anders überlegt zu haben und ließ den Arm sinken. „Du hast dich zwischen mich und meine Frau gestellt, das werdet ihr mir beide büßen", stieß er zwischen zusammengepressten Zähnen hervor. „Wenn ich mit Cassie fertig bin, komm ich zurück, verlass dich drauf. Deine Arroganz treib ich dir schon noch aus, du Dreckstück." Sein Lachen klang gemein.

Er drückte sich seine Baseballkappe auf den Kopf und stapfte polternd zur Tür. Dort angelangt, wandte er sich noch einmal kurz um und starrte sie drohend an. „Und gib ihr den guten Rat, dass sie gut daran tut, ihre Anzeige gegen mich sofort zurückzunehmen. Ich warte auf eine Antwort. Sofort."

In dem Moment, in dem die Tür krachend hinter ihm ins Schloss fiel, sank Regan gegen den Tresen. Ihre Hände zitterten. Sie hasste es, Angst zu haben, sich verletzlich zu fühlen. Ohne lange zu überlegen, griff sie nach dem Telefonhörer und begann mit fliegenden Fingern eine Nummer zu wählen. Doch gleich darauf hielt sie inne.

Es ist falsch, dachte sie, während sie den Hörer langsam auf die Gabel zurücklegte. Im ersten Ansturm der Gefühle war ihr Rafe in den Sinn gekommen. Ihn hatte sie anrufen wollen, aber sie tat wohl besser daran, es sein zu lassen. Das Erste, was er tun würde, wäre, nach Joe zu suchen, um ihn zu verprügeln, dass ihm Hören und Sehen verging. Das allerdings würde nicht dazu beitragen, die Probleme zu lösen. Fäuste waren keine guten Argumente.

Sie straffte die Schultern und holte tief Luft. Wo war ihre kühle Selbstbeherrschung geblieben? War sie denn nicht ihr gesamtes Erwachsenenleben allein klargekommen? Ihre Gefühle für Rafe sollten – durften auf keinen Fall ihre Selbstständigkeit beeinträchtigen. Das würde sie niemals zulassen. Also würde sie das tun, was in diesem Fall das Angebrachte war.

Regan nahm den Hörer wieder auf und wählte rasch die Nummer des Sheriffbüros.

„Zuerst war er ganz zerknirscht." Der Tee schwappte in ihrer Tasse. Regan schnitt eine Grimasse und stellte die Tasse vorsichtig auf die Untertasse zurück. Ihre Hände bebten noch immer. „Sieht so aus, als hätte er mir einen größeren Schrecken eingejagt, als ich zuerst dachte", sagte sie entschuldigend, als sie den besorgten Blick bemerkte, den Devin ihr zuwarf.

„Das bisschen Zittern braucht Ihnen nicht peinlich zu sein", erwiderte er, während er stirnrunzelnd den tiefen Riss betrachtete, den Joes Faust auf der Holzplatte des Ladentischs hinterlassen hatte. Hätte alles viel schlimmer kommen können, dachte er finster. Viel schlimmer. Sie hat noch mal Glück gehabt. „Ich muss allerdings zugeben, dass ich nicht damit gerechnet habe, dass er tatsächlich verrückt genug ist, hier aufzukreuzen."

Regan räusperte sich. „Betrunken war er jedenfalls nicht. Seine Wut schraubte sich ganz langsam hoch, er wurde von Sekunde zu Sekunde aggressiver." Sie griff wieder nach ihrer Tasse. „Aber es gibt keine Zeugen. Wir waren beide allein."

„Sie müssen Anzeige erstatten. Das gibt mir die Handhabe, ihn zu verhaften."

Sie lächelte ein noch immer leicht zittriges Lächeln. „Hört sich so an, als ob Ihnen nichts lieber wäre."

„Darauf können Sie jede Wette eingehen."

„Gut, dann werde ich das tun. Was ist mit Cassie?"

„Ich habe sofort nach Ihrem Anruf einen meiner Deputys zu Ed's geschickt und einen anderen zur Schule."

„Die Kinder, mein Gott." Das Blut drohte ihr in den Adern zu gefrieren. „Glauben Sie, dass er imstande ist, ihnen etwas anzutun?"

„Daran hat er meiner Meinung nach kein Interesse. Die Kinder sind für ihn praktisch nicht vorhanden. Alles, worum es ihm geht, ist, seine Macht über Cassie nicht zu verlieren."

„Ja, ich denke, Sie haben recht." Sie versuchte sich zu erinnern, wie er früher mit den Kindern umgegangen war. Wenn er sie nicht gerade wieder einmal quälte, waren sie Luft für ihn gewesen. Sie schwieg einen Moment. „So. Dann werde ich jetzt den Laden schließen und mit Ihnen kommen, damit die Sache erledigt ist."

„Je eher, desto besser."

Nachdem sie offiziell Anzeige erstattet hatte, verließ Regan das Sheriffoffice und ging über den Marktplatz. Cassie und sie würden beide heute Abend etwas Trost brauchen. Ein gutes Essen hält Leib und Seele zusammen, dachte sie. Ja, ich werde heute Spaghetti mit Fleischbällchen machen und als Nachspeise einen großen Schokoladenkuchen backen, beschloss sie und steuerte den Supermarkt an.

Während sie an der Kasse darauf wartete, dass ihre Sachen eingepackt wurden, spürte sie die neugierigen Blicke in ihrem Rücken und hörte, wie einige Frauen miteinander tuschelten. Die Klatschbrigade ist im Anmarsch, stellte sie amüsiert fest und musste ein Grinsen unterdrücken.

Da kam auch schon die dicke Mrs. Metz auf sie zu gewatschelt. „Ach, dachte ich's mir doch, dass ich Sie gesehen habe, Miss Bishop."

„Hallo, Mrs. Metz." Das Oberhaupt der Klatschbrigade pflanzte sich vor sie hin. „Was meinen Sie, kriegen wir wieder Schnee?"

„Eisregen", erwiderte Mrs. Metz, wie stets über alles bestens informiert. „Ich habe es vorhin in den Nachrichten gehört. Wie kommt es, dass Sie zu dieser Tageszeit unterwegs sind?"

„Im Moment ist bei mir im Geschäft nicht viel los. Die Leute halten Winterschlaf."

„Ach ja, verstehe. Aber Sie haben ja wahrscheinlich sowieso genug mit dem Barlow-Haus zu tun, stimmt's?"

„Ja, in der Tat." Regan hatte sich entschlossen mitzuspielen.

„Es geht gut voran. Das Haus wird ein richtiges Schmuckstück werden."

„Ich hätte ja im Leben nie geglaubt, dass sich eines Tages noch mal jemand für den alten Kasten interessiert. Und vor allem nicht, dass es Rafe MacKade sein würde." Ihre Augen leuchteten neugierig. „Sieht so aus, als hätte er im Süden gut verdient."

„Offensichtlich."

„Na ja, die MacKade-Jungs waren schon immer für eine Überraschung gut. Und der Rafe, der war ja ein ganz Wilder. Den Wagen seines Daddys hatte er schon zu Schrott gefahren, da hatte er noch nicht mal den Führerschein. Und immer auf der Suche nach einem, mit dem er sich anlegen konnte. Wenn's irgendwo Ärger gab, konnte man davon ausgehen, dass einer der MacKades mittendrin war. Und den Mädels haben sie den Kopf verdreht, kann ich Ihnen sagen – besonders Rafe." Mrs. Metz schwelgte in alten Erinnerungen und konnte kein Ende finden.

„Nun, ich vermute, die Zeiten haben sich geändert. Was meinen Sie?"

„So sehr auch wieder nicht." Ihr Doppelkinn schwabbelte, als sie ein dröhnendes Lachen von sich gab. „Da brauche ich ihn mir bloß anzuschauen. Der hat noch immer diesen bestimmten Blick drauf." Vertraulich senkte sie nun die Stimme. „Mir hat ein kleiner Vogel zugezwitschert, dass er ein Auge auf Sie geworfen hat. Ist da was dran?"

„Ja, Ihr kleiner Vogel hat ganz recht. Vor allem hat nicht nur er ein Auge auf mich geworfen, sondern ich auch eines auf ihn."

Nun prustete Mrs. Metz so laut heraus, dass sie ihre Tüte abstellen musste, um sich vor Lachen den Bauch zu halten. „Bei einem Mann wie ihm täten Sie besser daran, gut auf sich aufzupassen, meine Liebe. Früher war er ein ganz Schlimmer. Und aus schlimmen Jungs werden gefährliche Männer."

„Ich weiß." Regan wandte sich zum Gehen und winkte ihr zum Abschied lachend zu. „Das ist ja der Grund, weshalb er mir so gut gefällt."

Noch immer amüsiert über die Unterhaltung mit Mrs. Metz, trat Regan aus dem Supermarkt und schlenderte die Straße hinab. Die Bürgersteige waren holprig, die Bibliothek hatte nur an drei Tagen in der Woche geöffnet, und in der Post machten sie eine volle Stunde Mittagspause. Doch trotz alledem, oder vielleicht sogar gerade deshalb, war Antietam ein nettes Städtchen, in dem man sich so richtig wohlfühlen konnte. Wahrscheinlich war das Rafe noch gar nicht aufgefallen.

Kein fettes Kalb ist geschlachtet worden bei der Rückkehr des verlorenen Sohnes, dachte sie, während sie den gefrorenen Bürgersteig entlangging. Er war ohne Pauken und Trompeten empfangen worden, hatte sich unauffällig wieder eingefügt in den Lebensrhythmus der Stadt und würde genauso unauffällig wieder verschwinden, wenn er die Zeit dafür für reif hielt.

Nichts würde sich verändern, alles würde so bleiben, wie es immer war. Hoffentlich auch bei ihr.

Vor ihrem Haus angelangt, ging sie um den Laden herum zur Hintertür, kramte den Schlüssel aus ihrer Tasche und ging mit ihren Tüten beladen langsam die Treppe hinauf zu ihrer Wohnung.

Wäre sie nicht so in Gedanken versunken gewesen, hätte sie es vielleicht schon früher bemerkt. Hätte sie nicht wieder einmal, wie so oft in letzter Zeit, an Rafe denken müssen, hätte sie vielleicht noch etwas abwenden können. So aber fiel ihr zu spät auf, dass ihre Wohnungstür nur angelehnt war.

Einen winzigen Moment zu spät. Als sie es bemerkte, war ihr Gehirn für den Bruchteil von Sekunden leer.

Gerade als sie auf dem Absatz kehrtmachen wollte, um die Treppe nach unten zu fliehen, wurde die Tür aufgerissen. Dahinter kam Joe zum Vorschein und baute sich bedrohlich vor ihr auf.

Ihr Schrei wurde erstickt, als er seine Hände brutal um ihren Hals legte.

„Hab mich gefragt, wer von euch beiden eher kommt. Prima, dass du es bist." Sein Atem, der nach Whisky, Saurem und Erregung stank, schlug ihr ins Gesicht. „Ich hab schon lange darauf gewartet, dich endlich mal zwischen die Finger zu kriegen." Er presste seine Lippen an ihr Ohr, erregt davon, wie sie sich unter seinem Griff wand. „Jetzt werd' ich dir zeigen, was ein richtiger Mann ist."

Er hob seine riesige Pranke und krallte seine Finger in ihre Brust, dass ihr vor Schmerz einen Moment lang schwarz vor Augen wurde. „Jetzt hol ich mir das, was du dem Dreckskerl Rafe MacKade so schön freiwillig gibst, und hinterher mach ich dein Gesicht zurecht, dass er dich nicht mehr wiedererkennt."

Panik durchflutete sie, als er versuchte, sie durch die aufgebrochene Tür in die Wohnung zu ziehen. Sie war verloren, saß in der Falle wie eine Maus, ohne Hoffnung auf Rettung, sie war ihm hilflos ausgeliefert, denn es gab keinen Zweifel, dass er ihr körperlich bei Weitem überlegen war. Mit dem Mut der Verzweiflung stemmte sie sich mit aller Kraft gegen ihn, aber er zog sie weiter, ihre Absätze schrammten über die Holzdielen, die Tüten mit den Lebensmitteln waren ihr längst aus den Händen geglitten, die Milchflasche war zerbrochen, und ihr Inhalt ergoss sich wie ein weißer See über den Boden.

„Und wenn Cassie auftaucht, blüht ihr dasselbe", schnaubte er, wobei sich seine Brust vor Erregung und Anstrengung rasch hob und senkte. „Aber erst bist du dran, Süße." Mit seiner freien Hand riss er sie an den Haaren, wobei ihn ihr erstickter Schrei und das anschließende Wimmern erst richtig anzufeuern schienen. Dann hielt er plötzlich inne, starrte sie an und verzog sein Gesicht zu einem hässlichen, breiten Grinsen.

Ihre Gedanken rasten. Sie musste ihm entkommen. Plötzlich fiel ihr ein, dass ihre Finger noch immer den Schlüsselbund umklammerten, sie hob blitzschnell und ohne zu überlegen die Hand und knallte ihn ihm direkt zwischen die blutunterlaufenen Augen.

Der Schmerz ließ ihn wie einen tödlich verwundeten Schakal aufheulen, sein Griff lockerte sich, einen Sekundenbruchteil später ließ er sie los. Sie nutzte den Überraschungsmoment, machte auf dem Absatz kehrt und jagte wie von Furien gehetzt die Treppe nach unten. Auf der letzten Stufe stolperte sie und stürzte zu Boden. Die Angst im Nacken, in der Kehle einen Schrei, wandte sie den Kopf, um zu sehen, ob er eventuell hinter ihr her sei.

Er lehnte, eine Hand übers Gesicht gelegt, vor Schmerz zusammengekrümmt am Treppengeländer. Unter seinen Fingern quoll Blut hervor. Gott sei Dank. Sie schien ihn für den Moment außer Gefecht gesetzt zu haben. Mühsam rappelte sie sich auf, setzte, als sie endlich stand, wie in Trance einen Fuß vor den anderen, ging durch den Hausflur und zur Tür hinaus in Richtung von Ed's Café.

Ohne sich Gedanken darüber zu machen, wie sie aussah – der rechte Ärmel ihres Mantels war herausgerissen, und ihre Hosen waren an den Knien zerrissen und blutbefleckt –, ging sie hinein.

Cassie fiel bei ihrem Anblick vor Schreck das Tablett aus den Händen und krachte scheppernd zu Boden. Porzellan- und Glasscherben spritzten auf. „Regan! Mein Gott!"

„Ruf Devin an", brachte Regan mühsam heraus und ließ sich vollkommen entkräftet auf den nächstbesten Stuhl sinken. „Joe hockt vor meiner Wohnung, er ist verletzt." Plötzlich drehte sich ihr alles vor Augen.

„Los, mach schon", befahl Ed Cassie resolut, die noch immer wie angewurzelt auf demselben Fleck stand und Regan entsetzt anstarrte. Dann marschierte sie auf Regan zu, der anzusehen war, dass sie kurz vor einer Ohnmacht stand, setzte sich auf einen Stuhl vor sie und zog ihren Kopf in ihren Schoß.

„Kopf runter und ganz tief einatmen, Herzchen", kommandierte sie, wobei sie den sechs Gästen, die voller Neugier und Erschrecken die Szene verfolgten, einen scharfen Blick zuwarf. „Worauf wartet ihr noch? Hat keiner von euch starken Männern so viel Mumm in den Knochen, um rüberzugehen und den Dreckskerl dem Sheriff zu übergeben? Hoffentlich wird's bald! Und du, Horace, setz deinen fetten Hintern in Bewegung und hol der Armen ein Glas Wasser!"

Befriedigt konnte Ed alsbald konstatieren, dass ihre rauen Befehle Bewegung in ihre Gäste gebracht hatten. Drei von ihnen stürmten hinaus, während Horace eilig ihrer Aufforderung, Regan etwas zu trinken zu bringen, nachkam.

Als Regan einen Moment später den Kopf hob, lächelte Ed sie an. „Gott sei Dank, du hast ja schon wieder ein bisschen Farbe. Dachte schon, du kippst mir um." Während sie sich zurücklehnte, kramte sie in ihrer Schürzentasche nach ihren Zigaretten. Nach dem ersten tiefen Zug schüttelte sie den Kopf und grinste. „Hoffentlich hast du's dem Dreckskerl ordentlich gegeben. Verdient hat er es allemal."

Kurz darauf saß Regan, in der Hand eine Tasse mit heißem Kaffee, wieder einmal in Devins Büro. Das Schlimmste war überstanden, die Panik legte sich langsam, und nach und nach gelang es ihr wieder, klar zu denken.

Cassie saß neben ihr. Sie schwieg. Shane, der zufälligerweise gerade in der Stadt gewesen war und bei seinem Bruder hineingeschaut hatte, lief unruhig wie ein Tiger im Käfig auf und ab. Devin saß hinter seinem Schreibtisch und nahm ihre Anzeige auf.

„Tut mir leid, Ihnen all diese Fragen stellen zu müssen, Regan", entschuldigte er sich behutsam, „aber je klarer Ihre Aussage ist, desto leichter wird es sein, Dolin zur Rechenschaft zu ziehen."

„Schon in Ordnung, ich bin ja jetzt wieder okay", beteuerte sie, während sie noch immer benommen an ihren zerrissenen Hosen herumzupfte. Ihre Knie brannten wie Feuer – was einerseits seine Ursache darin hatte, dass Ed ihr das Desinfektionsmittel fast literweise über die Schürfwunden gekippt hatte, und andererseits von dem Sturz selbst herrührte. „Ich würde es gern sofort hinter mich bringen, ich ..."

In diesem Moment wurde die Tür abrupt aufgerissen, und Rafe stand wie ein Racheengel auf der Schwelle. Einen Augenblick lang sah sie nur sein Gesicht – es war weiß vor Zorn, und seine grünen Augen schleuderten feurige Blitze.

Plötzlich schlug ihr das Herz bis zum Hals. Noch bevor sie aufspringen konnte, war er auch schon bei ihr, zog sie hoch und schloss sie so fest in die Arme, dass sie fürchtete, er würde ihr alle Rippen einzeln brechen.

„Geht's dir gut? Bist du verletzt?" Seine Stimme klang rau wie Sandpapier. Es gelang ihm nicht, auch nur einen einzigen klaren Gedanken zu fassen. Sobald er von Joes Überfall erfahren hatte, war er in seinen Wagen gesprungen und wie ein Irrer in die Stadt gerast. Er sah rot. Aber noch mehr als die wahnwitzige Wut auf Dolin hatte ihn die Panik, dass Regan etwas passiert sein könnte, vorwärtsgetrieben. Seine Hände, die nun zärtlich und voller Erleichterung ihren Kopf streichelten, waren eiskalt und klamm vor Angst.

Plötzlich begann sie wieder zu beben, offensichtlich saß ihr der Schock noch immer tief in den Knochen. „Ich bin okay, Rafe. Wirklich. Ich bin ..." Ihre Worte blieben zitternd in der Luft hängen, und sie überkam plötzlich das irrationale Bedürfnis, ganz tief in ihn hineinzukriechen und dort Schutz zu suchen.

„Hat er dir wehgetan?" Mit einer Hand war er bemüht, sie zu beruhigen, indem er ihr unablässig über das Haar strich, während er mit der anderen ihr Kinn hob, um ihr in die Augen schauen zu können. „Hat er dich angefasst?"

Sie konnte nur den Kopf schütteln und barg gleich darauf ihr Gesicht wieder an seiner Schulter.

Rafe starrte Devin an. Wieder loderte Zorn, lichterloh brennend wie eine Fackel, in seinen Augen auf. „Devin, wo ist er?"
„In Gewahrsam."
Rafe ließ seinen Blick nach hinten, in die Richtung, in der die Gefängniszellen lagen, wandern. „Er ist nicht hier, Rafe." Devins Stimme klang ruhig, er hatte sich bereits für eine Auseinandersetzung mit seinem Bruder gewappnet. „Du kriegst ihn nicht zwischen die Finger."

„Glaubst du, du könntest mich aufhalten?"

Jared, der kurz nach Rafe das Büro betreten hatte, legte seinem Bruder begütigend eine Hand von hinten auf die Schulter. „Warum setzt du dich nicht erst einmal hin?"

Wutschnaubend schüttelte Rafe Jareds Hand ab. „Lass mich."

„Das ist jetzt ein Fall für die Justiz, Rafe. Du hast nicht das Recht, dich einzumischen", erklärte Devin ruhig.

„Die Justiz soll sich zum Teufel scheren, und du gleich mit. Ich will verdammt noch mal auf der Stelle wissen, wo er ist."

„Wenn du ihn findest, Rafe, halte ich dir solange den Mantel, bis du den Dreckskerl fertiggemacht hast." Shane, der scharf darauf war, dass etwas passierte, feixte. „Darauf warte ich schon seit Jahren."

„Halt die Klappe", fuhr Jared ihn ungnädig an und warf dabei einen Blick auf Cassie, die den ganzen Vorgang schweigend mit großen Augen verfolgte.

„Du kannst dir dein Anwaltsgeschwätz an den Hut stecken, Bruderherz." Shane hatte in Vorfreude auf das Kommende bereits die Hände zu Fäusten geballt. „Ich stehe auf Rafes Seite."

„Ich brauche weder deine Hilfe noch die von sonst jemandem", schnappte Rafe. „Geh mir sofort aus dem Weg, Devin."

„Ich denke ja gar nicht daran. Los, setz dich hin, oder ich muss dir ein paar Handschellen verpassen und dich abführen. Wegen Widerstands gegen die Staatsgewalt." Devins Stimme hatte einen drohenden Unterton angenommen.

Überraschend ließ Rafe Regan los und war mit einem einzigen langen Satz beim Schreibtisch. Er beugte sich vor, packte Devin mit beiden Händen am Kragen und schüttelte ihn. Während die beiden Brüder sich wutentbrannt anbrüllten, begann Regan wieder zu zittern.

Die Sache drohte zu eskalieren. Sie würde in einen Faustkampf ausarten, wenn sie nicht eingriff.

„Hört sofort auf", befahl sie, aber ihre Stimme bebte so sehr, dass sie kaum trug. „Ich habe gesagt, ihr sollt aufhören", versuchte sie es wieder, lauter und energischer diesmal. Als die beiden Streithähne noch immer nicht bereit waren, voneinander zu lassen, begann sie zu brüllen. „Stopp, habe ich gesagt, verdammt noch mal! Stopp!"

Rafes erhobene Faust blieb vor Überraschung in der Luft hängen.

„Ihr benehmt euch wie die Kinder, ja, schlimmer noch. Habt ihr eigentlich vollkommen den Verstand verloren? Glaubt ihr vielleicht, es macht die Sache besser, wenn ihr euch gegenseitig verprügelt? Typisch, wirklich, ich habe nichts anderes von euch erwartet." Aus ihrer Stimme war alle Unsicherheit gewichen, sie triefte nun vor Missbilligung. „Ihr seid mir vielleicht die richtigen Helden." Mit einem verächtlichen Schnauben griff sie nach ihrem Mantel. „Wenn ihr glaubt, ich hätte Lust, hier rumzustehen und zuzusehen, wie ihr euch gegenseitig die Köpfe einschlagt, habt ihr euch getäuscht", verkündete sie wütend und wandte sich zum Gehen.

„Setz dich hin, Regan." Fluchend kam Rafe hinter ihr her. „Komm schon, setz dich." Er packte sie am Ärmel und versuchte sie mit sanftem Druck zu einem Stuhl zu schieben, wobei man ihm ansah, wie viel Mühe es ihn kostete, seine Wut zu zügeln und sich zumindest einen leisen Anstrich von Besonnenheit zu geben. „Großer Gott, schau doch nur, wie deine Hände zittern."

Behutsam nahm er sie in seine, drückte sie zärtlich und hob dann ihre Rechte an seine Lippen. Die Geste war so innig, dass die anderen MacKades verlegen den Blick abwandten.

„Was erwartest du denn von mir?" Erneut spürte er das Gefühl hilfloser Wut in sich emporkochen. „Was erwartest du von mir, wie ich reagieren soll? Ist dir eigentlich klar, wie ich mich fühle?"

„Ich weiß nicht", erwiderte sie erschöpft. Im Moment wusste sie ja nicht einmal, wie sie sich selbst fühlte unter seinem verdammt eindringlichen Blick. „Ich würde das Ganze nur einfach gern hinter mich bringen, Rafe. Lass mich zu Protokoll geben, was ich zu sagen habe, und dann gehe ich."

„Gut." Er trat einen Schritt zurück. „Tu, was du nicht lassen kannst."

Nachdem sie sich wieder gesetzt hatte, nahm sie den Becher mit frischem Kaffee, den Jared ihr hinhielt, entgegen. Devin fragte, sie antwortete, und Rafe hörte schweigend zu. Nach einer Weile drehte er sich abrupt um und verließ wortlos das Büro.

Sie bemühte sich, sich nicht verletzt zu fühlen, und zerbrach sich den Kopf darüber, warum er sie jetzt wohl allein gelassen hatte. „Und wie wird es jetzt weitergehen, Devin?"

„Sobald Joes Verletzungen es zulassen, wird er vom Krankenhaus ins Gefängnis überführt. Da er sich nicht an die Auflagen gehalten hat, die ihm das Gericht erteilt hat, muss er nun wieder in Haft und seine Strafe absitzen." Für sie ist das wahrscheinlich nur ein schwacher Trost, dachte Devin, während er Cassie musterte, die während der vergangenen dreißig Minuten kein einziges Wort gesagt hatte.

„Nun gut." Regan holte tief Luft. „Es ist vollbracht. Können Cassie und ich jetzt gehen?"

„Selbstverständlich. Wir bleiben in Verbindung."

„Ich kann keinesfalls wieder mit zu dir", brach Cassie ihr Schweigen. Ihre Stimme klang zaghaft und leise.

„Aber selbstverständlich."

„Ach, Regan, wie könnte ich nur?" Unglücklich starrte sie auf Regans zerrissene rauchgraue Hose, der man selbst in diesem Zustand noch ansah, wie teuer sie einmal gewesen war. Jetzt allerdings war sie ein für alle Mal dahin. „Ich bin doch daran schuld, dass alles so gekommen ist."

„Er ist schuld, Cassie", erwiderte Regan ruhig, aber bestimmt. „Du trägst für das, was er getan hat, keinerlei Verantwortung."

Es war ein hartes Stück Arbeit, Cassie die irrationalen Schuldgefühle auszureden, und auch nachdem es Regan schließlich einigermaßen gelungen war, war Cassie noch immer nicht bereit, mit ihr nach Hause zu gehen.

„Ich muss jetzt endlich anfangen, mein eigenes Leben zu leben, Regan. Ich muss einen Weg finden, um den Kindern das Zuhause zu geben, das sie verdienen."

„Warte damit noch ein paar Tage."

„Nein", erwiderte Cassie fest entschlossen und holte tief Luft. „Kannst du mir helfen, Jared?"

„Ich bin bereit, alles zu tun, was in meiner Macht steht, Honey. Es gibt eine Menge Hilfsprogramme für Frauen ..."

„Nein, das meine ich nicht." Cassie presste ihre Lippen so hart aufeinander, bis sie nur noch ein schmaler Strich waren. „Ich möchte die Scheidung einreichen und will von dir wissen, welche Schritte ich als Nächstes unternehmen muss."

„Okay." Jared nickte. „Warum kommst du nicht mit? Wir könnten irgendwo gemütlich einen Kaffee trinken und dabei alles in Ruhe besprechen."

Cassie willigte ein, und nachdem Shane Regan angeboten hatte, ihr Türschloss zu reparieren, brachen sie schließlich alle gemeinsam auf.

10. Kapitel

Es war ein befreiendes Gefühl, auf etwas einzuschlagen. Selbst wenn es nur ein Nagel war. Um sich von einer unüberlegten Handlung abzuhalten, hatte sich Rafe in das Schlafzimmer im Ostflügel geflüchtet und arbeitete dort wie ein Besessener. Allein sein Blick hatte es seinen Arbeitern ratsam erscheinen lassen, für den heutigen Tag Abstand zu halten.

Der Baulärm, der ohrenbetäubend durch das Haus dröhnte, passte hervorragend zu seiner düsteren, aggressiven Stimmung. Bei jedem Hammerschlag, den er krachend niedersausen ließ, stellte er sich genüsslich vor, es wäre seine Faust, die er Joe Dolin erbarmungslos zwischen die Rippen rammte.

Als er ein Türgeräusch hinter sich vernahm, stieß er, ohne sich auch nur umzudrehen, einen wilden Fluch aus. „Mach, dass du sofort rauskommst, oder du bist gefeuert, hast du verstanden."

„Na los, dann feuer mich doch." Regan knallte die Tür hinter sich zu. „Dann kann ich dir wenigstens endlich mal die Meinung sagen, ohne befürchten zu müssen, dass ich damit unsere Geschäftsgrundlage zerstöre."

Jetzt warf er einen kurzen Blick über die Schulter. Sie hatte sich umgezogen und sah wie üblich wie aus dem Ei gepellt aus. Nicht nur, dass sie die Hose gewechselt hatte, sie trug auch eine andere Bluse, einen anderen Blazer und anderen Schmuck.

Leider erinnerte er sich noch viel zu gut daran, wie sie ein paar Stunden zuvor ausgesehen hatte mit ihrem wild zerzausten Haar, bleich und zittrig, mit blutbesudelter Kleidung.

„Du bist im Moment hier nicht erwünscht." Er zielte auf den Kopf des Nagels und ließ den Hammer krachend niedersausen.

„Ich bin jetzt aber nun mal hier, MacKade."

Nachdem sie nach Hause gekommen war, hatte sie erst einmal geduscht und versucht, sich damit alles, was mit Joe Dolin in Zusammenhang stand, von der Seele zu waschen. Danach fühlte sie sich gefestigt genug, um Rafe MacKade gegenüberzutreten zu können. „Ich will wissen, was mit dir eigentlich los ist."

Wenn er ihr die Wahrheit sagte, würde sie ihm vermutlich ins Gesicht lachen. Was bei ihm – da war er sich sicher – das Fass endgültig zum Überlaufen bringen würde. „Ich habe zu tun, Regan, siehst du das nicht? Diese Sache hat mich mehr als einen halben Tag gekostet."

„Das kannst du nicht mir zum Vorwurf machen. Schau mich an, wenn ich mit dir rede, verdammt noch mal." Da er keine Reaktion zeigte und vollkommen unberührt weiterhin seine Nägel in die Wand schlug, stützte sie empört die Hände in die Hüften. „He, hörst du nicht?", brüllte sie ihn an. „Ich will von dir wissen, warum du vorhin einfach ohne einen Ton zu sagen abgehauen bist."

„Weil ich zu tun hatte."

Um ihm zu zeigen, was sie von seiner Antwort hielt, kickte sie wütend mit dem Fuß den Werkzeugkoffer beiseite. „Ich vermute, ich muss mich jetzt bei dir bedanken, dass du mein Schloss wieder in Ordnung gebracht hast."

„Falls du gezwungen warst, einen Schlosser zu holen, bin ich gern bereit, dir deine Unkosten zu erstatten."

Hilflos angesichts seiner Sturheit schüttelte sie den Kopf. „Warum bist du denn bloß so sauer auf mich? Was habe ich dir denn …"

Sie verschluckte sich fast vor Schreck, als sie sah, wie plötzlich der Hammer durch die Luft segelte, an der gegenüberliegenden neu tapezierten Wand abprallte und polternd zu Boden fiel.

„Du hast mir verdammt noch mal gar nichts getan. Du bist nur überfallen worden, fast vergewaltigt und hast dir die Knie blutig geschlagen, aber was zum Teufel sollte mich das scheren?"

Zumindest einer von uns muss jetzt die Ruhe bewahren, sagte sie sich. Und nach dem Ausdruck seiner Augen zu urteilen, würde sie das wohl sein müssen. „Ich weiß, wie aufgebracht du bist über das, was passiert ist."

„Ja, ich bin aufgebracht." Bleich vor Zorn stapfte er zu der Werkzeugkiste hinüber, hob sie hoch über den Kopf und schmetterte sie anschließend mit voller Wucht zu Boden. „Nur ein bisschen aufgebracht. Und jetzt mach, dass du rauskommst."

„Ich will aber nicht." Trotzig hob sie das Kinn. „Na vorwärts, los, lass ruhig noch weiter die Fetzen fliegen. Ich warte gern, bis du dich abgeregt hast. Vielleicht ist es ja dann möglich, dass wir wie zivilisierte Menschen miteinander reden."

„Vielleicht geht es ja irgendwann auch in deinen verdammten Dickschädel hinein, dass ich kein zivilisierter Mensch bin."

„Ist schon angekommen", konterte sie. „Und jetzt? Schießt du jetzt auf mich? Was beweisen würde, dass du ein noch härteres Mannsbild bist als Joe Dolin."

Seine Augen wurden fast schwarz. Für den Bruchteil einer Sekunde entdeckte sie in ihnen Zorn, vermischt mit Schmerz. Sie war zu weit gegangen und hatte ihn verletzt. Beschämt räusperte sie sich. „Tut mir leid. Das wollte ich nicht sagen, ich nehme es zurück."

Mit unterdrückter Wut starrte er sie an. „Normalerweise sagst du aber immer genau das, was du meinst." Als sie zu einer Erwiderung ansetzte, hob er die Hand, um sie zum Schweigen zu bringen. „Du willst ein zivilisiertes Gespräch", fuhr er fort. „Bitte. Dann führen wir dieses verdammte Gespräch eben."

Er ging mit Riesenschritten zur Tür, riss sie auf, steckte seinen Kopf durch den Spalt und brüllte zweimal laut hintereinander „Feierabend", und knallte sie wieder zu.

„Es ist wirklich nicht nötig, deswegen gleich die Arbeiter nach Hause zu schicken", begann sie. „Ich bin sicher, dass wir nicht mehr als ein paar Minuten brauchen."

„Es geht aber nicht immer alles nach deinem Kopf."

„Ich weiß überhaupt nicht, wovon du redest."

„Kann ich mir gut vorstellen." Wutentbrannt riss er wieder die Tür auf und brüllte: „Hat irgendwer eine verdammte Zigarette für mich?" Als keine Antwort kam – wahrscheinlich hatte ihn niemand gehört –, schlug er die Tür mit einem Krachen wieder zu.

Regan beobachtete fast schon fasziniert, wie er unter gemurmelten Flüchen seinen Rundgang durchs Zimmer wieder aufnahm. Er hatte seine Hemdsärmel bis zu den Ellbogen hochgekrempelt, um die Taille trug er einen Werkzeuggürtel, und um den Kopf hatte er ein Halstuch als Stirnband geschlungen. Er sieht aus wie ein Bandit, dachte sie.

Und auf jeden Fall war es für sie jetzt gerade vollkommen inakzeptabel, der Erregung, die mit jeder Sekunde, die verging, mehr und mehr Besitz von ihr ergriff, Raum zu geben.

„Ich könnte uns rasch einen Kaffee machen", schlug sie diplomatisch vor, biss sich jedoch angesichts des bösen Blicks, den er ihr zuwarf, auf die Lippen. „Na ja, vielleicht besser doch nicht. Rafe …"

„Halt den Mund."

Sie straffte die Schultern. „Ich bin es nicht gewöhnt, dass man in diesem Ton mit mir redet."

„Dann gewöhnst du dich eben jetzt daran. Ich habe mich lange genug zurückgehalten."

„Zurückgehalten?" Erstaunt riss sie die Augen auf. Wenn er nicht ausgesehen hätte wie ein Besessener, hätte sie jetzt laut herausgelacht. „Du hast dich zurückgehalten? Dann würde ich doch gern mal sehen, wie es ist, wenn du dich nicht zurückhältst."

„Das kannst du gleich erleben", schleuderte er ihr entgegen. „Du bist also sauer, weil ich einfach weggegangen bin, ist das richtig? Gut, dann will ich dir jetzt mal zeigen, was passiert wäre, wenn ich dageblieben wäre."

„Fass mich nicht an." Ihr Arm schoss nach oben, die Hand zur Faust geballt wie ein Boxer, der auf das ‚Ring frei zur nächsten Runde' wartet. „Wage es nicht, ich warne dich."

Die Augen vor Kampflust funkelnd, hob er die Hand, umschloss ihre noch immer erhobene Faust und drängte Regan, indem er ganz nah an sie herantrat, Schritt für Schritt hin zur Tür. „Na los, Darling, mach schon. Ich gebe dir hiermit noch eine letzte Chance, von hier zu verschwinden, du solltest sie besser ergreifen."

„Nenn mich nicht in diesem Ton Darling."

„Du bist wirklich ein verdammt zäher Brocken." Er ließ ihren Arm fallen und trat beiseite. „Du willst also wissen, warum ich abgehauen bin. Das also ist für dich die Frage aller Fragen, die dir auf den Nägeln brennt, ja? Deshalb bist du hier?"

„Ja."

„Aber heute Morgen, nachdem Joe dich bereits zum ersten Mal bedroht hat, hast du es nicht für nötig gehalten, mir auch nur ein Sterbenswörtchen davon zu erzählen. Und nachdem er dich überfallen hat, erst recht nicht." Und genau das war es, was ihn so gnadenlos erbitterte. Wie verheerend auch immer das sein mochte.

„Ich war bei Devin."

„Jaaa." Er zog das Wort höhnisch in die Länge. „Du warst bei Devin." Plötzlich kam eine eisige Ruhe über ihn. „Weißt du eigentlich, was passiert ist, Regan? Dolin ist zu dir in den Laden gekommen – genau wie ich es vorausgesagt habe."

„Und ich bin mit der Situation klargekommen", konterte sie. „Genau wie ich es vorausgesagt habe."

„Sicher. Du kommst ja immer mit allem klar. Er hat dir gedroht. Er hat dir Angst eingejagt."

„Ja, okay. Er hat mir Angst eingejagt." Ebenso wie sie auch jetzt Angst hatte. Wohin sollte das alles bloß noch führen? „Deshalb habe ich Devin angerufen."

„Und nicht mich. Du bist zu Devin ins Büro gegangen und hast Anzeige erstattet."

„Ja. Natürlich. Weil ich wollte, dass Joe verhaftet wird."

„Sehr löblich. Dann bist du einkaufen gegangen."

„Ich ..." Sie verschränkte die Finger und zog sie gleich darauf wieder auseinander. „Ich dachte ... ich wusste, dass Cassie sich aufregen würde, wenn sie von der Sache hört ... und ich wollte ... ich hab mir gedacht, ein gutes Essen würde dazu beitragen, dass wir uns beide besser fühlen."

„Und in der ganzen Zeit ist es dir nicht ein einziges Mal in den Kopf gekommen, mir vielleicht auch Bescheid zu sagen?"

„Ich war ..." Sie unterbrach sich. „Also gut, ja. Meine erste Reaktion heute Morgen war, dich anzurufen, nachdem Joe endlich aus dem Laden war. Aber ich habe es gleich wieder verdrängt."

„Verdrängt?"

„Ja. Weil ich überzeugt davon war, dass die Sache mein Problem ist und dass ich versuchen musste, es ganz allein zu lösen."

Ihre aufrichtigen Worte versetzten ihm einen schmerzhaften Stich. „Und nachdem er dich dann überfallen hatte, dir wehgetan hat und dich um ein Haar ..." Er konnte das Wort nicht aussprechen. Schon allein der Versuch vermittelte ihm das Gefühl, als würde er in einzelne Teile auseinanderfallen, die zusammenzusetzen ihm nie mehr gelingen würde. „Auch dann bist du noch immer nicht auf die Idee gekommen, mich anzurufen. Ich musste es erst von Shane erfahren, der zufälligerweise bei Devin war, als der Anruf kam."

Langsam wurde ihr klar, womit sie ihn verletzt hatte. Das

hatte sie nicht gewollt. „Rafe, ich habe einfach nicht nachgedacht." Sie machte einen Schritt auf ihn zu und blieb dann doch wieder stehen. Wahrscheinlich war es nicht ratsam, näher an ihn heranzugehen. „Ich war wie vor den Kopf geschlagen, verstehst du das denn nicht? Erst in Devins Büro konnte ich wieder einigermaßen klar denken. Alles ist so schnell gegangen", fügte sie in beschwörendem Ton hinzu. „Und es gab immer wieder Momente, in denen mir die ganze Geschichte vollkommen unwirklich vorkam."

„Du bist damit klargekommen."

„Was blieb mir denn anderes übrig? Hätte ich mich vielleicht gehen lassen sollen?"

„Du hast mich nicht gebraucht." Nun war sein Blick gleichmütig, und nicht länger brennend. Das Feuer war aus. „Und du brauchst mich auch jetzt nicht."

Eine nie gekannte Panik überfiel sie. „Das ist nicht wahr."

„Oh, ja – unser Sex ist großartig." Er lächelte kühl und humorlos. „Das ist etwas, das wir bestens miteinander teilen können. Mein Problem, dass ich die Ebenen miteinander verwechselt habe. Es wird nicht noch einmal passieren."

„Es geht doch nicht nur um Sex."

„Sicher tut es das." Er zog einen Nagel aus seinem Werkzeuggürtel und hielt ihn an die Stelle, an der er ihn einschlagen wollte. „Sex ist das, was uns verbindet. Und das ist ja immerhin eine ganze Menge." Mit einem Krachen sauste der Hammer auf den Nagelkopf nieder. „Also, wenn du das nächste Mal wieder Lust hast, weißt du ja, wo du mich finden kannst."

Sie wurde blass. „Das klingt schrecklich, so wie du es sagst."

„Deine Regeln, Darling. Warum soll man eine einfache Sache kompliziert machen, stimmt's?"

„Ich will nicht, dass es so zwischen uns läuft, Rafe."

„Aber ich will es. Und es war von Anfang an in deinem Sinne." Er rammte den nächsten Nagel in die Wand. Er würde ihr nicht noch einmal die Gelegenheit geben, ihn zu verletzen.

Sie öffnete den Mund, um ihm zu sagen, dass sie jetzt gehen würde, doch sie konnte es nicht. Tränen brannten in ihren Augen, und sie hatte Mühe, das Schluchzen, das ihr in der Kehle hochstieg, zu unterdrücken. Konnte es sein, dass sie sich in ihn verliebt hatte?

„Ist das alles, was du für mich empfindest?"

„Ich habe einfach nur versucht zu sagen, wie ich die Sache sehe."

Weil sie keine Lust hatte, sich lächerlich zu machen, schluckte sie ihre Tränen hinunter. „Und das alles nur deshalb, weil du dich über mich geärgert hast."

„Sagen wir lieber, diese Angelegenheit hat dazu beigetragen, dass ich wieder einen klaren Blick bekommen habe. Du willst dich in deinem Leben mit nichts belasten, stimmt's?"

„Nein, ich ..."

„Teufel noch mal – ich doch auch nicht. Nenn es von mir aus verletzte Eitelkeit, aber es hat mir eben einfach nicht gepasst, dass du direkt zu meinem Bruder gerannt bist, anstatt zuerst mal zu mir zu kommen. Vergiss es, und lass uns jetzt einfach so weitermachen, als sei nichts geschehen."

Merkwürdig, die tödliche Wut, die er vorher ausgestrahlt hatte, hatte ihr viel mehr zugesagt als das offenkundige Desinteresse, das er jetzt an den Tag legte. „Ich bin mir nicht sicher, dass das möglich ist. Im Moment bin ich nicht in der Lage, dir eine Antwort zu geben."

„Dann überleg's dir in Ruhe, Regan. Ich bin sicher, dass du zu einem zufriedenstellenden Schluss gelangen wirst."

„Würdest du vielleicht lieber ..." Sie presste eine Hand auf den Mund und wartete, bis sie sich sicher sein konnte, dass ihre Stimme auch wirklich trug. „Wenn du dich lieber nach einer neuen Geschäftsverbindung umsehen möchtest, kann ich dir die Adressen von anderen Antiquitätenhändlern hier in der Gegend geben."

„Nicht nötig." Als er sich nach ihr umdrehte, sah er, dass

ihre Augen trocken waren, ihr Gesichtsausdruck war beherrscht. „In einer Woche bin ich hier mit diesem Raum so weit, dass du mir die Möbel liefern kannst."

„Okay. Dann werde ich die notwendigen Vorbereitungen treffen." Blind griff sie nach der Türklinke, ging schnell hinaus und rannte die Treppe hinunter.

Als er unten die Haustür ins Schloss fallen hörte, setzte sich Rafe auf den Boden. In der Luft lag ein leises Wimmern, während er sich mit der Hand übers Gesicht fuhr.

„Ich weiß genau, wie du dich fühlst", murmelte er vor sich hin.

Es war das erste Mal in seinem Leben, dass eine Frau ihm das Herz gebrochen hatte, und der einzige Trost, den er für sich selbst bereithielt, war der, dass es auch das letzte Mal sein würde.

Der vorausgesagte Eisregen war eingetroffen und verwandelte die Straßen in spiegelblanke Eisflächen. Seit Tagen ging das nun schon so.

Rafe kümmerte das verdammt wenig. Das lausige Wetter gab ihm wenigstens einen Grund, sich nicht aus dem Haus zu rühren und zwanzig von den vierundzwanzig Stunden des Tages zu arbeiten. Mit jedem Nagel, den er einschlug, und mit jeder Wand, die er mit Sandpapier abschliff, wurde das Haus mehr zu seinem Eigentum.

In den Nächten, in denen es ihm selbst dann, wenn er bis an den Rand der Erschöpfung gearbeitet hatte, nicht gelang einzuschlafen, wanderte er ziellos im Haus umher, die flüsternden, wimmernden Gespenster an seiner Seite.

Um an Regan zu denken, fehlte ihm die Zeit. Das versuchte er sich zumindest einzureden. Und wenn es doch einmal vorkam, dass sie sich in seine Gedanken einschlich, brauchte er nur noch ein bisschen härter und ausdauernder zu arbeiten, und schon war der Spuk vorbei.

„Du siehst ziemlich abgekämpft aus, Kumpel." Devin zündete sich eine Zigarette an und sah seinem Bruder bei der Arbeit zu.

„Nimm einen Hammer in die Hand oder mach dich einfach dünn."

„Wirklich wunderschön." Devin überhörte Rafes Bemerkung und fuhr leicht mit der Hand über die Tapete. „Wie heißt denn diese Farbe?"

Rafes Antwort bestand lediglich aus einem unwirschen Brummen, was Devin veranlasste, ihn forschend von der Seite her zu betrachten. „Bist du gekommen, um dein Urteil über meine Tapeten abzugeben?"

Devin stippte seine Asche in einem leeren Kaffeebecher ab. „Quatsch. Ich will mich einfach nur ein bisschen mit dir unterhalten. Joe wurde heute aus dem Krankenhaus ins Gefängnis überführt."

„Und? Was geht mich das an?"

„Er hat Glück gehabt, dass er sein Auge nicht verloren hat", fuhr Devin gelassen fort. „Er muss nur noch eine Weile eine Augenklappe tragen, aber etwas Ernsthaftes bleibt aller Wahrscheinlichkeit nach nicht zurück."

„Sie hätte zwischen seine Beine zielen sollen."

„Ja, wirklich zu schade. Ich habe gedacht, es würde dich interessieren, dass er sich auf den Rat seines Anwalts hin der Körperverletzung für schuldig erklärt hat. Die Anklage wegen versuchter Vergewaltigung wollen sie wohl fallen lassen."

Rafe versuchte, unbeeindruckt zu erscheinen. „Was wird er bekommen?"

„Drei Jahre, schätze ich. Nach einem Jahr werden sie ihn wahrscheinlich auf Bewährung freilassen wollen, aber daran werde ich auf jeden Fall noch versuchen zu drehen."

„Wie nimmt Cassie es auf?"

„Ganz gut, glaube ich. Jared treibt die Scheidung voran. Aufgrund der Umstände wird sicher die übliche Wartefrist von einem Jahr diesmal nicht eingehalten werden müssen, und Joe kann auch keinen Einspruch dagegen einlegen. Je schneller die ganze unerfreuliche Angelegenheit über die Bühne ist, desto früher wird Cassie mit den Kindern zusammen anfangen können, wirklich ihr eigenes Leben zu leben." Gedankenverloren drückte er seine Zigarette in dem Kaffeebecher aus. „Interessiert es dich denn gar nicht, wie Regan mit der ganzen Sache zurechtkommt?"

„Nein."

„Na gut. Ich erzähl's dir trotzdem." Ohne Rafes wütendes Schnauben zu beachten, setzte sich Devin seelenruhig auf einen wackligen, mit Farbe bespritzten Stuhl und schlug die Beine übereinander. „Wenn du mich fragst, sieht sie so aus, als hätte sie in letzter Zeit nicht besonders viel geschlafen."

„Ich frag dich aber nicht."

„Ed hat erzählt, dass sie nicht mal in ihrer Mittagspause zum Essen rüberkommt. Irgendwas muss ihr offensichtlich ziemlich auf den Magen geschlagen sein. Nun ist es durchaus vorstellbar, dass sie das mit Joe aus der Bahn geworfen hat, und doch werde ich den Verdacht nicht los, dass noch etwas anderes dahintersteckt."

„Sie wird's schon wieder auf die Reihe kriegen, sie kann sehr gut auf sich allein aufpassen."

„Sicher kann sie das. Und doch hätte ihr, wenn es Joe gelungen wäre, sie in die Wohnung zu ziehen, noch weitaus mehr passieren können."

„Glaubst du vielleicht, das wüsste ich nicht selbst?", fauchte Rafe.

„Ja, ich denke schon, dass du das weißt. Und ich denke noch etwas: dass das Wissen darum dich fast auffrisst, und das tut mir leid. Bist du jetzt bereit, mir zuzuhören?"

„Nein."

Da Rafes Verneinung in Devins Ohren jedoch nicht entschieden genug klang, beschloss er zu sagen, was er zu sagen hatte. „Augenzeugen haben ausgesagt, dass sie zuerst dachten, Regan sei betrunken, als sie hereingewankt kam. Wenn Ed sich nicht sofort um sie gekümmert hätte, wäre sie mit Sicherheit in Ohnmacht gefallen."

„Ich will das alles nicht hören."

„Verstehe", murmelte Devin und betrachtete Rafes Hand, die den Hammergriff so fest umklammert hielt, dass die Knöchel weiß hervortraten. „Als ich zu ihr kam, befand sie sich in einem Schockzustand, Rafe, verstehst du? Ihre Pupillen waren riesengroß, und ich habe erst überlegt, ob ich nicht den Notarzt rufen sollte. Aber dann hat sie mit aller Kraft versucht, sich zusammenzureißen, was ihr nach kurzer Zeit auch gelang."

„Sie ist eben knallhart. Auch gegen sich selbst. Erzähl mir doch mal etwas, das ich nicht weiß."

„Okay. Also, ich glaube kaum, dass du in dem Zustand, in dem du dich befunden hast, als du in mein Büro reingeplatzt kamst, wirklich bemerkt hast, was mit ihr los ist. Sie hat sich eben zusammengenommen, weil ihr zu dem Zeitpunkt nichts anderes übrig blieb. Aber du hättest ihren erleichterten Gesichtsausdruck sehen sollen, als sie dich sah."

„Sie braucht mich nicht."

„Das ist doch absoluter Käse. Mag ja sein, dass du leicht beschränkt bist, aber so viel solltest du doch noch wissen."

„Immerhin weiß ich jetzt, dass ich beschränkt genug war, sie an mich heranzulassen, und das zuzulassen, was sie von mir wollte. Damit allerdings hat es jetzt ein Ende, denn beschränkt genug, um mich vollends zum Narren zu machen, bin ich auch wieder nicht." Entschieden rammte er den Hammer in die dafür vorgesehene Schlaufe an seinem Werkzeuggürtel. „Und ich brauche sie ebenso wenig wie sie mich."

Seufzend erhob Devin sich. „Du bist bis über beide Ohren verliebt in sie."

„Keineswegs. Vielleicht hatte ich eine Zeit lang eine Schwäche für sie, aber darüber bin ich längst hinweg."

Devin hob die Brauen. „Bist du sicher?"

„Ich habe es doch gesagt, oder nicht?"

„Gut." Devin lächelte. „Dann ist ja alles klar. Da ich annahm, du hättest was mit ihr am Laufen, wollte ich dir nicht in die Quere kommen. Aber nachdem du mir versichert hast, dass du nicht interessiert bist, sieht die Sache für mich natürlich anders aus. Mal sehen, ob es mir nicht vielleicht doch gelingt, ihren Appetit anzuregen."

Er hatte den Schlag, der mit voller Wucht gegen seinen Kiefer donnerte, schon erwartet und nahm ihn mit stoischer Gelassenheit sowie in der Gewissheit, einen Punkt gemacht zu haben, hin. Es stand nur zu hoffen, dass sein Kiefer der Begegnung mit Rafes Faust standgehalten hatte.

„Teufel noch mal, du bist ja tatsächlich drüber weg."

„Vielleicht sollte ich dir gleich noch eins überbraten", stieß Rafe nun aufgebracht zwischen zusammengepressten Zähnen hervor.

„Das würde ich an deiner Stelle lieber sein lassen. Dieser eine war frei." Vorsichtig schob Devin den Unterkiefer vor und zurück. „Eins muss man dir lassen, Rafe, du hast noch immer einen verflucht präzisen Schlag."

Fast schon amüsiert streckte Rafe seine schmerzenden Finger. „Und du hast einen Kiefer wie ein Felsbrocken, du Dreckskerl."

„Ich mag dich auch." Vergnügt legte Devin einen Arm um die Schultern seines Bruders. „Und? Geht's dir jetzt besser?"

„Nein." Er überlegte einen Moment. „Vielleicht."

„Willst du nicht zu ihr gehen und die Angelegenheit bereinigen?"

„Ich bin noch nie in meinem Leben einer Frau hinterhergerannt", brummte Rafe.

Aber diesmal, darauf würde ich wetten, wirst du es tun, dachte Devin. Früher oder später. „Was hältst du davon, wenn wir heute Nacht mal wieder so richtig einen draufmachen?"

Rafe grinste. „Keine schlechte Idee." Sie gingen zusammen auf den Flur hinaus und die Treppe nach unten. „Wie wär's, wenn wir uns in Duff's Tavern treffen? Gegen zehn?"

„Gebongt. Mal sehen, ob ich Shane und Jared auch überreden kann."

„Wie in alten Zeiten. Und wenn Duff uns kommen sieht, wird er gleich ..."

Rafe unterbrach sich, weil sein Herz einen Riesensatz machte. Am Fuß der Treppe stand Regan, die Schultern gestrafft, die Augen kühl.

„Deine Möbel sind da." Es kostete sie einige Anstrengung, ihre Stimme unbeteiligt klingen zu lassen. „Du hast mir auf dem Anrufbeantworter hinterlassen, dass ich um drei liefern soll."

„Stimmt." Ihm drehte sich vor Aufregung fast der Magen um. Du lieber Gott, wann hatte ihn jemals eine Frau derartig aus dem Gleichgewicht gebracht? „Kannst die Sachen raufbringen lassen."

„Okay. Hallo, Devin."

„Hallo, Regan. Ich wollte gerade gehen. Bis heute Abend dann, Rafe. Um zehn in Duff's Tavern, wir rechnen fest mit dir."

„Ja." Seine Augen ruhten unablässig auf Regan, während er die Stufen hinabstieg. „Bist du gut durchgekommen, oder war es noch immer glatt?"

„Nein, die Straßen sind wieder frei." Sie wunderte sich, dass er ihr nicht ansah, wie jämmerlich ihr zumute war. „Ich habe auch die Federkernmatratze bekommen, die du für das Himmelbett haben wolltest."

„Ich weiß die Mühe, die du dir gemacht hast, wirklich zu schätzen, Regan. Die Möbelpacker können die Sachen reinbringen, und ich werde mich verziehen, bis sie fertig sind, ich muss nämlich noch ..." Nichts, wurde ihm mit erschreckender Deutlichkeit klar. Er musste gar nichts. „Arbeiten", beendete er schließlich seinen Satz. „Ruf mich, wenn ihr so weit seid, ich lege unterdessen schon mal deinen Scheck bereit."

Sie hätte gern noch etwas gesagt, irgendetwas, egal was, aber er hatte sich bereits umgedreht und war davongegangen. Sie straffte die Schultern und ging hinaus, um den Möbelpackern weitere Instruktionen zu erteilen.

Bis schließlich alles so war, wie sie es sich vorgestellt hatte, wurde es fast fünf. Vollkommen vertieft in ihre Arbeit, war Regan die Ruhe, die mittlerweile im Haus eingekehrt war, völlig entgangen. Weil sich das Tageslicht langsam verabschiedete und der Dämmerung Platz machte, drehte sie die Stehlampe und rückte sie näher an den Sessel heran, den sie vor dem Kamin platziert hatte.

Noch knackten darin keine Holzscheite und auch keine roten Flammen züngelten auf, aber sie spürte deutlich, dass der Raum nur darauf wartete, endlich wieder bewohnt zu werden.

Ihr Blick wanderte hinüber zu dem Himmelbett. Sie würde noch ein paar spitzenbesetzte Kissen darauf drapieren. Und in die Kommode neben dem Bett gehörte feines, duftendes Leinen. Vor den Fenstern fehlten noch die Vorhänge aus irischer Spitze, und auf die Frisierkommode käme eine versilberte Bürste. Nur noch ein paar kleine Handgriffe, und das Zimmer würde perfekt sein, wirklich perfekt. Es würde hübsch werden, wunderhübsch.

Sie wünschte sich, sie hätte dieses Brautgemach hier niemals gesehen, ebenso wenig wie das ganze Haus und auch Rafe MacKade.

Er stand schweigend auf der Schwelle und beobachtete sie bei ihrem abschließenden Rundgang durch das Zimmer. Sie schritt so würdevoll und leichtfüßig dahin, als sei sie selbst eins der Gespenster, die dieses Haus bewohnten.

Plötzlich reckte sie energisch das Kinn und drehte sich zu ihm um. Die Sekunden zerrannen.

„Ich bin eben erst fertig geworden", brachte sie mühsam heraus.

„Wie man sieht." Er blieb stehen, wo er stand, und riss seinen Blick von ihr los, um ihn durch den Raum schweifen zu lassen. „Wirklich umwerfend."

„Das eine oder andere fehlt zwar noch, aber langsam bekommt man doch einen Eindruck, wie es am Ende aussehen wird." Sein Gleichmut begann an ihren Nerven zu zerren. „Ich habe gesehen, dass du in dem anderen Schlafzimmer auch schon große Fortschritte gemacht hast."

„Ja. Es geht voran."

„Du arbeitest schnell."

„Ja. Das hat man mir schon immer nachgesagt." Er zog einen Scheck aus seiner Brusttasche hervor und hielt ihn ihr hin. „Hier. Der Scheck."

„Danke." Sie nahm ihn, öffnete ihre Handtasche, die sie auf dem Tisch abgestellt hatte, und schob ihn hinein. „So. Dann werde ich jetzt mal gehen." Sie warf sich den Riemen ihrer Tasche über die Schulter, drehte sich brüsk um und rannte direkt in ihn hinein. „Oh, Entschuldigung." Als sie Anstalten machte, um ihn herum zu gehen, verstellte er ihr den Weg. Ihr Herz schlug plötzlich wie ein Schmiedehammer. „Lass mich durch."

Ungerührt blieb er stehen und musterte sie von Kopf bis Fuß. „Du siehst nicht besonders gut aus."

„Vielen Dank."

„Du hast Ringe unter den Augen."

So viel zu meiner Schminktechnik, dachte sie mit bitterer Ironie. „Es war ein langer Tag, und ich bin müde."

„Wie kommt's, dass du überhaupt nicht mehr zu Ed zum Essen gehst?"

Sie fragte sich, wie sie jemals auf den Gedanken hatte verfallen können, dass es angenehm sei, in einer Kleinstadt zu leben. „Selbst wenn du zusammen mit dem Nachrichtendienst von Antietam da anderer Meinung sein solltest: Was ich in meiner Mittagspause mache, ist noch immer ganz allein meine Angelegenheit. Lass dir das gesagt sein."

„Dolin ist im Gefängnis. Er kann dir nicht mehr zu nahe kommen."

„Ich habe keine Angst vor Joe Dolin, das kannst du mir glauben." Stolz auf ihre gespielte Tapferkeit warf sie den Kopf zurück. „Ich trage mich mit dem Gedanken, mir eine Waffe zuzulegen."

„Das solltest du dir vielleicht noch mal überlegen."

In Wirklichkeit hatte sie noch keine Sekunde daran gedacht. „Ah ja, ich verstehe, du bist der Einzige auf der ganzen weiten Welt, der in der Lage ist, sich selbst zu verteidigen und andere gleich mit dazu, stimmt's? Mach Platz, MacKade, ich habe hier nichts mehr verloren."

Als er sie am linken Arm packte, verpasste sie ihm ohne nachzudenken mit der Rechten eine schallende Ohrfeige. Entsetzt über sich selbst, wich sie gleich darauf einen Schritt zurück.

„So weit musste es also kommen." Fassungslos und den Tränen nahe riss sie sich ihre Handtasche von der Schulter. „Ich kann es nicht glauben, dass du mich dazu gebracht hast, so etwas zu tun. Noch nie in meinem Leben habe ich einen Menschen geschlagen."

„Dafür, dass es das erste Mal war, war es schon ganz gut." Während er sie nicht aus den Augen ließ, fuhr er sich mit der Zunge über die Innenseite seiner Wange, die wie Feuer brannte. „Du solltest es das nächste Mal mit einem Schwung aus der Schulter heraus versuchen. Im Handgelenk hat man nicht genug Kraft."

„Es wird kein nächstes Mal geben. Im Gegensatz zu dir halte ich nichts von roher Gewalt." Sie holte tief Luft, um sich zu beruhigen. „Entschuldige bitte."

„Solltest du versuchen, zur Tür zu gehen, muss ich mich dir

leider wieder in den Weg stellen, und der ganze Zirkus fängt von vorn an."

„Also gut." Sie ließ ihre Tasche auf dem Boden, wo sie sie hingeschleudert hatte, liegen. „Offensichtlich hast du mir noch etwas zu sagen."

„Hör auf, so trotzig das Kinn zu heben, das macht mich langsam wahnsinnig. Also, da ich ein zivilisierter Mensch bin, erkundige ich mich jetzt ganz höflich nach deinem werten Befinden. Zivilisiert ist das, was du bist, denk dran."

„Mir geht es gut", schleuderte sie ihm wütend entgegen. „Und wie geht es dir?"

„Gut genug jedenfalls. Möchtest du ein Bier? Oder lieber einen Kaffee?"

„Nein, vielen Dank." Wer zum Teufel war dieser Mann? Wie kam er bloß auf die Idee, in aller Seelenruhe eine vollkommen sinnlose Unterhaltung führen zu wollen, während in ihrem Inneren ein Hurrikan tobte? „Ich will weder Bier noch Kaffee."

„Was willst du dann, Regan?"

Jetzt erkannte sie ihn wieder. Dieser scharfe, ungeduldige Ton, den er nun anschlug, brachte ihr den alten Rafe MacKade zurück. Nach dem sie sich sehnte. „Ich will, dass du mich gehen lässt."

Ohne ein Wort machte er einen Schritt zur Seite und gab den Weg frei.

Sie bückte sich und hob ihre Handtasche auf. Gleich darauf stellte sie sie wieder ab. „Das kann ja wohl nicht dein Ernst sein." Zum Teufel mit ihrem Stolz und ihrem Gefühl. Was scherte sie das alles? Schlimmer verletzt, als sie es ohnehin schon war, konnte sie schließlich nicht mehr werden.

„Du hättest es sowieso nicht bis zur Tür geschafft", erklärte er ruhig. „Wahrscheinlich war dir das ohnehin schon klar, Regan."

„Mir ist gar nichts klar, bis darauf, dass ich einfach keine Lust mehr habe zu kämpfen."

„Ich kämpfe doch gar nicht. Ich warte."

Sie nickte. Ja, sie hatte verstanden. Wenn das alles war, was er bereit war, ihr zu geben, würde sie es eben akzeptieren. Sie würde es sich genug sein lassen. Sie schlüpfte aus ihren Schuhen und knöpfte den Blazer auf.

„Was machst du denn da?"

„Das ist die Antwort auf dein Ultimatum von letzter Woche." Sie warf den Blazer über den Stuhl und öffnete ihre Bluse. „Erinnerst du dich? Nimm's oder lass es bleiben, hast du gesagt. Nun gut, ich nehme es."

11. Kapitel

Das war eine Wendung, die er nicht erwartet hatte. Als Rafe die Sprache wiedergefunden hatte, trug sie nichts mehr am Leib als zwei winzige Teile aus schwarzer Seide. Sein Gehirn war vollkommen blutleer, er konnte einfach keinen klaren Gedanken fassen.

„Einfach so?"

„Es war immer nur einfach so, oder etwa nicht, Rafe? Chemie, schlicht und ergreifend." Die Augen fest auf ihn gerichtet, ging sie auf ihn zu. „Nimm's oder lass es bleiben, MacKade." Sie trat ganz nah an ihn heran, hob beide Hände und riss mit einem einzigen Ruck sein Hemd auf, sodass die Knöpfe nach allen Seiten wegspritzten. „Weil ich mir sonst nämlich dich nehmen muss."

Ihre Lippen brannten wie Feuer auf den seinen und sandten Blitze durch seinen Körper, die ihn zu versengen drohten. Erschüttert bis in seine Grundfesten, umfasste er ihre Hüften, während sich seine Finger ihren Weg durch die Seide hindurch zu ihrer nackten Haut suchten.

„Fass mich an." Sie grub die Zähne in das feste Fleisch seiner Schulter. „Ich will deine Hände auf mir spüren", verlangte sie mit heiserer Stimme, während sie, bebend vor verzweifelter Begierde, an seinen Jeans zerrte.

„Warte." Die Bombe, die in ihm tickte und zur Explosion drängte, übertönte alles, was jenseits dieses pulsierenden, überwältigenden Verlangens lag. Sein verwundetes Herz war eine klägliche Waffe, und das war der Grund, weshalb er der Speerspitze seines Begehrens hilflos ausgeliefert war. Und ihr.

Mit fliegenden Fingern riss er sich die Kleider vom Leib und nahm, sobald er nackt war, Regan in die Arme und hob sie hoch.

Noch bevor sie aufs Bett sanken, war er tief in sie eingedrungen.

Es war schneller, hemmungsloser, ungezügelter Sex. Blinde Gier. Ungezähmtes Verlangen. Sie waren nichts als Körper, nacktes, heißes Fleisch, das in einem wilden, ungestümen Rhythmus gegeneinander klatschte, zwei Lungen, die keuchend nach Atem rangen, zwei Herzen, die mit rasender Geschwindigkeit den Takt zu den Bewegungen ihrer Leiber schlugen, Zähne und Fingernägel und zwei Zungen, die voneinander nicht genug bekommen konnten.

Es war eine Schlacht, nach der sie beide gelechzt hatten. Heiß und hart und rasant, eine Schlacht, die alle Gedanken erstickte und jede einzelne ihrer zig Milliarden Nervenenden in Aufruhr versetzte. Beide wollten sie mehr – in anderer Hinsicht –, und doch gab sich jeder mit weniger zufrieden. Sie sehnten sich nach der Seele des anderen und bekamen nur den Körper. Aber das genügte jetzt für den Augenblick, in dem sie nichts anderes waren als das.

Sie saß rittlings mit gespreizten Beinen auf ihm, wand sich unter seinen streichelnden, erfahrenen Fingern und wartete in atemloser Spannung darauf, dass er sie wieder, wie die Male vorher schon, genau an den Schnittpunkt brachte, an dem Lust und Schmerz aufeinandertrafen und dadurch die Lust in ungeahnte Höhen emportrieb. Dort würde sie wieder ganz lebendig werden, so lebendig, wie sie es gewesen war, bevor er sich von ihr abgewandt hatte.

Und sie spürte, dass er seinen Begierden ebenso hilflos ausgeliefert war wie sie selbst, unfähig zu widerstehen, getrieben von einem erbärmlichen Verlangen, das um jeden Preis der Welt gestillt werden musste. Sie konnte es fühlen, wie es wie ein Hurrikan durch seinen Körper hindurchraste und alles mit sich fortriss.

Während ihr Herz jedoch nach Liebe schrie, schrie ihr bebender, von Lustschauern geschüttelter Körper nach Erlösung.

Es gab in diesem Augenblick keinen Raum für Stolz, keine Zeit für Zärtlichkeit.

Als der Moment endlich gekommen war und sie mit einem gellenden Lustschrei über ihm zusammensank, erschien es ihr, als hätte sich ihr Körper in Luft aufgelöst, so befreit fühlte sie sich.

Er jedoch rollte sie schonungslos, ohne ihr eine Atempause zu gönnen, auf den Rücken, warf sich über sie und begann den rasenden Ritt, der auch ihm endlich die lang ersehnte Erfüllung bringen sollte.

Keuchend und ohne zu denken, wühlte er sich tief, ganz tief in sie hinein, um ihr auf diese Weise – die einzige Weise, die sie, wie er glaubte, akzeptierte – ganz nah zu sein. Halb besinnungslos vor Raserei warf er den Kopf zurück und schüttelte sich eine Haarsträhne aus den Augen. Es steigerte seine Lust ins Unermessliche, sie zu beobachten, wenn die heißen Schauer, die über ihren Körper hinwegpeitschten, ihre Augen riesig werden ließen, wenn ihr feine Schweißperlen auf die Stirn traten und ihre Lippen vor Lust bebten.

Plötzlich überschwemmte ihn ein Gefühl irrsinniger Liebe zu ihr.

„Schau mich an", verlangte er rau. „Du sollst mich anschauen."

Ihre Augen öffneten sich, doch sie waren blind vor Hingabe und Leidenschaft. Er fühlte, wie sich ihr Körper unter ihm spannte, und gleich darauf bäumte sie sich auf wie ein wildes Pferd. Er sah, wie sich ihre Augen weiteten, und entdeckte das Feuer darin, als sie einen Moment später mit einem Schrei auf den Lippen wieder zurückfiel.

Auch wenn er es gewollt hätte, es stand nicht in seiner Macht, ihr nicht zu folgen in den Abgrund, in den sie getaumelt war. Nur Sekundenbruchteile nach ihr erreichte er den Rand und stürzte ihr nach.

Der fast bis zur Besinnungslosigkeit gehenden Erregung folgte die totale Leere. Bisher war ihm noch niemals so deutlich klar geworden, wie sehr Körper und Seele zusammengehörten. Nun aber, als er völlig ausgepumpt neben Regan auf der Matratze lag und an die Decke starrte, erkannte er, dass es ihm niemals möglich sein würde, beides zu trennen.

Nicht mit ihr. Und er begehrte nur sie allein.

Sie hatte ihm etwas gegeben, worum er seit Jahren kämpfte: Selbstachtung. Wie eigenartig, dass er das nicht schon früher bemerkt hatte. Und seltsam, dass es ihm jetzt, genau in diesem Moment, auffiel. Er war sich nicht sicher, ob er sich diese erschütternde Tatsache jemals vergeben könnte. Und ihr.

Sie lag da und wünschte sich verzweifelt, dass er sie endlich in die Arme nehmen würde, so wie er es die anderen Male nach ihrem Liebesspiel getan hatte. Es machte sie unsagbar traurig, so ohne jede Berührung neben ihm zu liegen.

Sie wagte es nicht, näher an ihn heranzurücken, sie durfte es nicht, schließlich hatte sie sich ja bereit erklärt, auf seine Bedingungen einzugehen. Seine Bedingungen, dachte sie bitter und schloss die Augen. Der schlimme Rafe MacKade ist zurückgekehrt.

„Nun, immerhin haben wir es geschafft, zur Abwechslung mal in einem Bett miteinander zu schlafen", sagte sie schließlich leichthin. Ihre Stimme klang ruhig. Sie setzte sich auf und drehte ihm dabei den Rücken zu, weil sie überzeugt davon war, dass ihr Gesicht die tiefe Enttäuschung, die sie verspürte, preisgeben würde. „Bei uns gibt es doch immer wieder ein erstes Mal, stimmt's, MacKade?"

„Ja." Wie gern hätte er diesen Rücken gestreichelt, aber er war so steif und gerade, dass er es nicht wagte. „Das nächste Mal sollten wir es mit Laken versuchen."

„Ja, warum nicht?" Ihre Hände zitterten, als sie aus dem

Bett stieg und sich nach ihrer Unterwäsche bückte. „Ein paar Kissen könnten auch nicht schaden", erwiderte sie mit gespielter Munterkeit.

Er sah sie scharf an, und seine Augen verengten sich, während er ihr zusah, wie sie ihren BH anzog. Schmerz und Wut vermischten sich. Er erhob sich ebenfalls, schnappte sich seine Jeans und fuhr hinein. „Ich mag keine Vorspiegelungen falscher Tatsachen."

„Oh ja, richtig." Sie hob ihre Bluse auf und streifte sie sich über. „Alles muss klar und durchsichtig sein für dich. Keine Spielchen, keine Mätzchen."

„Was zum Teufel ist los mit dir? Hast du nicht bekommen, was du wolltest?"

„Du hast doch nicht den leisesten Schimmer, was ich wirklich will." Sie hatte Angst, dass sie gleich anfangen würde zu weinen. Rasch schlüpfte sie in ihre Slacks. „Und ich offensichtlich auch nicht."

„Du warst doch die, die sich die Kleider vom Leib gerissen hat und der alles gar nicht schnell genug gehen konnte, Darling." Seine Stimme klang viel zu glatt.

„Und du warst doch der, der sich, nachdem alles vorüber war, gar nicht schnell genug von mir runterrollen konnte." Hastig schlüpfte sie in ihre Schuhe.

Sie durfte ihn nur nicht ansehen, dann würde sie vielleicht noch eine Chance haben, ohne Tränen zu entkommen. Eine winzige zumindest. Aber da war er schon mit ein paar Schritten neben ihr, packte ihre Handgelenke und umklammerte sie wie mit einem Schraubstock, während seine Augen die ihren mit Blicken durchbohrten.

„Sag das nicht noch mal", stieß er drohend zwischen zusammengepressten Zähnen hervor. „Freiwillig hätte ich dich niemals in dieser Weise behandelt. Es wäre mir nicht mal im Traum eingefallen."

„Du hast recht." Merkwürdigerweise war es sein Wutausbruch, der ihr ihre Ruhe zurückgab. Der sie davon abhielt, sich selbst zum Narren zu machen. „Tut mir leid, Rafe, was ich gesagt habe, war unfair, und es stimmt auch nicht", sagte sie kühl und beherrscht.

Ganz langsam ließ er sie los und ließ die Hände sinken. „Vielleicht war ich ja zu schnell, weil du mich so überrumpelt hast."

„Nein. Du warst nicht zu schnell." Ja, jetzt fühlte sie sich wirklich sehr ruhig. Ruhig und beherrscht und sehr, sehr zerbrechlich. Zerbrechlich wie hauchdünnes Glas. Sie bückte sich, hob ihren Blazer auf und zog ihn an. Sollte Rafe sie jetzt noch einmal berühren, würde sie in tausend Stücke zerspringen. „Ich selbst habe schließlich diese heutige Sache inszeniert und deinen Bedingungen zugestimmt."

„Meine Bedingungen …"

„Sind klar", beendete sie seinen Satz. „Und akzeptabel. Vermutlich ist das Problem nur, dass wir beide sehr impulsiv sind und unter bestimmten Umständen eben leicht an die Decke gehen. Vergessen wir doch den Wortwechsel von eben. Er ist albern und durch nichts gerechtfertigt."

„Musst du so vernünftig sein, Regan?"

„Nein, aber ich bin es eben." Obwohl sich ihre Lippen zu einem Lächeln verzogen, erreichte es ihre Augen nicht. „Ich weiß überhaupt nicht, worüber wir eigentlich streiten. Wir haben doch das perfekte Arrangement. Eine ganz simple sexuelle Beziehung. Nicht mehr und nicht weniger. Perfekt ist es vor allem deshalb, weil wir ansonsten so gut wie keine gemeinsame Ebene haben. Also, ich entschuldige mich hiermit noch einmal, und ich hoffe, damit ist die Angelegenheit aus der Welt. Ich bin nämlich ein bisschen müde und würde jetzt ganz gern gehen." Sie stellte sich auf die Zehenspitzen und küsste ihn flüchtig. „Wenn du morgen Abend nach der Arbeit bei mir vorbeischaust, mache ich alles wieder gut, einverstanden?"

„Ja, vielleicht." Warum zum Teufel stand nicht auf ihrer Stirn geschrieben, was wirklich in ihr vorging? Er hatte doch sonst immer ganz gut ihre Gedanken lesen können, wenn er es nur ausdauernd genug versuchte.

Nachdem sie sich mit kühler Höflichkeit voneinander verabschiedet hatten, ging sie hinaus zu ihrem Wagen, schloss ihn auf, setzte sich hinein und startete. Langsam und konzentriert fuhr sie den Hügel hinab und bog auf die Straße ab, die in die Stadt führte.

Nach einer halben Meile lenkte sie das Auto an den Straßenrand, schaltete den Motor aus, legte die Arme aufs Steuerrad, vergrub das Gesicht darin und begann zu schluchzen.

Es dauerte zwanzig Minuten, ehe sich der Ansturm ihrer Gefühle langsam legte. Sie wischte sich mit dem Handrücken die Tränen aus dem Gesicht und ließ den Kopf gegen die Nackenstütze sinken. Sie war vollkommen durchgefroren, aber sie hatte nicht einmal die Kraft, die Standheizung anzustellen.

Du bist eine Frau, die mit beiden Beinen im Leben steht, sagte sie sich. Und das war nicht nur ihre eigene Meinung, sondern ebenso die ihrer Mitmenschen. Sie war klug, hatte ihr Leben bestens im Griff, war in Maßen erfolgreich und ausgeglichen. Wie um alles in der Welt konnte sie nur in ein solches Chaos geraten?

Rafe MacKade war schuld daran. Natürlich. Von dem Moment an, wo er ihr das erste Mal über den Weg gelaufen war, waren ihre Ruhe, Gelassenheit und Ausgeglichenheit dahin gewesen. Damit hatte alles angefangen.

Sie hätte sich ihm niemals hingeben dürfen. Sie hätte es wissen müssen, dass sie nicht der Typ war, der einfach nur eine Affäre hatte, bei der die Gefühle außen vor blieben.

Wenn sie es recht betrachtete, war ihm das allerdings auch nicht gänzlich gelungen. Auch er hatte sich in seine Gefühle verstrickt. Und es hatte sogar Momente gegeben, in denen er fast schon bereit gewesen war, etwas von sich preiszugeben.

Bis sie alles kaputtgemacht hatte. Wenn sie nur ein ganz klein wenig feinfühliger gewesen wäre, wenn sie nicht so erbittert darauf versessen gewesen wäre, sich ihre Unabhängigkeit zu bewahren, wäre vielleicht alles anders gekommen.

Vielleicht hätte er sich sogar in sie verliebt.

Nein, verdammt noch mal, dachte sie und haute wütend mit der Faust aufs Steuerrad. Das war die Art, wie ihre Mutter ihr ganzes Leben lang gedacht hatte. Mach es dem Mann schön, sodass er sich wohlfühlen kann. Streichle sein Ego, dulde seine Launen.

Mitspielen, um zu gewinnen.

Nein, das lehnte sie ab. Sie war entsetzt über sich selbst, dass sie eine solche Möglichkeit überhaupt in Betracht ziehen konnte. Sie würde nicht ihre eigenen Bedürfnisse unterdrücken und ihre Persönlichkeit deformieren, nur um einen Mann damit zu ködern.

Aber hatte sie nicht genau das getan? Sie schauerte zusammen, aber es war nicht die Kälte, die sie frieren ließ. Hatte sie nicht genau das getan, eben dort oben im Schlafzimmer?

Wie um Trost zu finden, umarmte sie das Steuerrad und legte den Kopf in beide Hände. Sie konnte sich keiner Sache mehr sicher sein. Ihre Welt war ins Wanken geraten. Nur eines gab es, das für sie unverrückbar feststand: Sie liebte ihn. Und nur ihr hartnäckiger Vorsatz, auf keinen Fall zu versuchen, ihn zu ködern, hatte alles zerstört. Er war wie ein scheues Tier, das man anlocken musste, doch ihr war nichts Besseres eingefallen, als es zu vertreiben. Sie hatte sich benommen wie ein Idiot.

Was würde passieren, wenn sie ihre Verhaltensweise änderte? Hatte er dasselbe denn nicht auch in gewisser Weise bereits getan? Er war verletzt gewesen, erinnerte sie sich. Sie hatte ihn verletzt, hatte ihn zur Weißglut gebracht. An dem Tag, an dem die Sache mit Joe Dolin passiert war, hatte er sich immerhin dazu durchgerungen, seine Wut lieber an Nagelköpfen auszulassen als an lebenden Objekten. Sie war der

Feigling, sie wagte es nicht, ihm Vertrauen entgegenzubringen, aus Angst davor, es könnte enttäuscht werden. Er hatte niemals versucht, sich in ihr Leben einzumischen oder in ihre Gedanken, er hatte niemals versucht, sie zu ändern. Nein, er hatte ihr Raum gegeben, war zärtlich gewesen und so leidenschaftlich, wie es sich eine Frau nur wünschen konnte.

Und sie hatte sich die ganze Zeit über nur ängstlich zurückgehalten und in einer Haltung verharrt, die nichts weiter war als eine Kurzschlussreaktion auf ihre Kinderstube.

Warum hatte sie dabei nicht ein einziges Mal an ihn gedacht? An seine Gefühle, Bedürfnisse, seine Sehnsüchte, seinen Stolz? War es nicht höchste Zeit, dass sie das Versäumte nachholte? Sie war doch flexibel, oder etwa nicht? Ein Kompromiss war noch lange keine Kapitulation. Es war noch nicht zu spät, um ihm zu zeigen, dass sie willens war, einiges an ihrem Verhalten zu ändern. Sie würde es nicht zulassen, dass es zu spät war ...

Die Idee, die ihr plötzlich kam, war so lächerlich einfach, dass sie sich sicher war, auf dem richtigen Weg zu sein. Ohne auch nur noch einen einzigen Gedanken daran zu verschwenden, startete sie entschlossen den Motor und gab Gas. Wenige Minuten später war sie bei Cassie angelangt und rannte mit klopfendem Herzen die Treppe hinauf.

„Regan." Mit Emma, die hinter ihrem Rock hervorlugte, stand Cassie vor ihr in der Tür und strich sich das zerzauste Haar glatt. „Ich wollte gerade ... Oh mein Gott, du hast ja geweint." Alarmiert starrte sie Regan an. „Joe ..."

„Nein, nein, es ist nichts. Ich wollte dich nicht erschrecken, Cassie. Ich brauche deine Hilfe."

„Was ist denn los?" Rasch öffnete Cassie die Tür und ließ Regan eintreten. „Stimmt etwas nicht?"

„Ich brauche einen kurzen roten Ledermini, und zwar sofort. Hast du eine Ahnung, wo ich um diese Tageszeit so was auftreiben könnte?"

„Tief einatmen und die Luft anhalten, Herzchen."

„Okay." Regan tat, wie ihr geheißen, während sich Ed mit aller Kraft bemühte, den Reißverschluss des Rockes, der etwa die Größe eines Deckchens hatte, bis oben hin hochzuziehen.

„Das Problem ist, dass du eine Figur hast, während ich nur aus Haut und Knochen bestehe." Entschlossen presste Ed die Lippen aufeinander, zerrte und zog und ließ sich schließlich mit einem triumphierenden Seufzer auf Cassies Bett sinken. „Geschafft!" Sie grinste. „Aber mach bloß keine schnelle Bewegung."

„Ich glaube nicht, dass ich überhaupt eine Bewegung machen kann." Vorsichtig wagte Regan den ersten Schritt. Der Rock, sowieso schon gefährlich kurz, rutschte noch ein paar Zentimeter höher.

„Du könntest mir ruhig ein bisschen was von deiner Größe abgeben", bemerkte Ed und betrachtete neiderfüllt Regans lange schlanke Beine. Dann grinste sie, zog eine Zigarette aus der Packung und zündete sie an. Ihre Augen funkelten belustigt. „Wenn er nur noch einen Zentimeter höher rutscht, bleibt Devin gar nichts anderes übrig, als dich zu verhaften."

„Ich kann gar nichts sehen." Obwohl sie sich auf die Zehenspitzen stellte und sich fast den Hals verrenkte, gab Cassies Spiegel den Blick von ihrer Taille abwärts nicht preis.

„Ist auch gar nicht nötig, Sweetie. Du hast mein Wort, er wird es tun."

„So, die Kinder sind im Bett." Cassie kam zur Tür herein und blieb wie angewurzelt auf der Schwelle stehen. „Oh, mein ..."

„Der Rock ist eine heiße Nummer, stimmt's?" Ed betrachtete noch immer ehrfürchtig Regans Beine. Als sie den Rock das letzte Mal bei einem Tanzabend der Armee getragen hatte, waren den Männern ja schon fast die Augen aus dem Kopf gefallen. Aber wenn sie erst Regan sehen würden ...

„Und jetzt probierst du diese Schuhe hier an", kommandierte sie. „Die gehören unbedingt dazu."

Regan schlüpfte hinein und versuchte vorsichtig, auf den zwölf Zentimeter hohen Stilettos auf und ab zu gehen. „Na, das muss ich noch ein bisschen üben." Schnell hielt sie sich an Cassies Schrank fest, weil sie nicht aufgepasst hatte und ins Wanken geraten war.

„Übung macht den Meister." Ed brach in ein heiseres Kichern aus. „So, und jetzt kommt die Kriegsbemalung." Vergnügt öffnete sie den Reißverschluss ihrer überdimensionalen Kosmetiktasche und kippte den Inhalt aufs Bett.

„Ich bin mir nicht sicher, ob ich das durchstehe. Was für eine verrückte Idee", ließ sich Regan nun leicht kläglich vernehmen.

„Jetzt krieg bloß keine kalten Füße." Ed schnaubte empört. „Willst du den Mann oder willst du ihn nicht?"

„Ja, schon, aber ..."

„Gut. Dann musst du auch was dafür tun. Also los, komm schon, setz dich, damit ich dir ein bisschen Farbe ins Gesicht schmieren kann."

Nach dem zweiten Versuch erklärte Regan ihre Bemühungen, sich hinzusetzen, für gescheitert. „Unmöglich, es geht nicht, selbst wenn ich die Luft anhalte. Ich würde mir sämtliche inneren Organe zerquetschen."

„Na auch gut, dann bleibst du eben stehen." Resolut wühlte Ed in ihren Sachen und förderte einen Lippenstift zutage. Hingebungsvoll machte sie sich gleich darauf an die Arbeit.

Als Rafe an der Reihe war, mit der Spitze seines Queues sorgfältig zielte und gleich darauf zustieß, spritzten die Bälle auseinander und klackten gegen die Bande. Die Nummer fünf rollte ins Loch.

„Glück", kommentierte Jared trocken und rieb mit lässigträgen Bewegungen seinen Stock mit Kreide ein.

Rafe gab nur ein verächtliches Schnauben von sich. „Sechs von neun hab ich schon, also warte es ab." Wieder beugte er sich über den Tisch, zielte und landete den nächsten Treffer.

„Rafe ist eben nicht zu schlagen", stellte Shane, der mehr an der kleinen Rothaarigen an der Bar interessiert war als an dem Spiel, fest und nahm einen ausgiebigen Schluck von seinem Bier. Er lehnte mit dem Rücken an der Musikbox und starrte fast unablässig zu der jungen Frau hinüber, die allein war und ganz seinem Geschmack entsprach. „Hast du sie hier schon mal gesehen, Dev?"

Devin schaute auf und ließ seinen Blick über die Rothaarige schweifen. „Das ist Holloways Nichte aus Mountain View. Aber ich kann dir nur raten, lass die Finger von ihr. Sie hat einen Freund, der halb so groß ist wie ein Sattelschlepper. Der bricht dir alle Rippen, wenn du ihm in die Quere kommst."

Shane beschloss, dass ihm der Sinn nach einer kleinen Herausforderung stand, und schlenderte hinüber zur Bar. Lässig schwang er sich auf den freien Barhocker neben dem Mädchen und ließ seinen Charme sprühen.

Devin lächelte resigniert. Wenn ihr Freund hereinkam, würde es bösen Ärger geben, woraufhin ihm wahrscheinlich nichts übrig bleiben würde, als seinen Schlagstock zum Einsatz zu bringen, und damit hatte dann der gemütliche Abend ein Ende.

„Mein Spiel." Rafe hielt die Hand auf, um die zehn Dollar, die Jared ihm schuldete, zu kassieren. „Du bist dran, Dev."

„Ich brauche ein Bier."

„Jared bezahlt." Rafe grinste über die Schulter. „Okay, Bruderherz?"

„Ich habe doch schon die letzte Runde auf meine Kappe genommen."

„Du hast verloren."

„Der großzügige Sieger bezahlt", entschied Jared kurz entschlossen, hielt drei Finger hoch, um dem Barkeeper seine

Bestellung zu signalisieren, deutete dabei auf Rafe und rief: „Auf seinen Deckel."

„He, und was ist mit mir?", machte sich Shane, dem trotz seiner anderweitigen Interessen nichts entging, von der Bar aus bemerkbar.

Jared blickte hinüber. Die Rothaarige hielt seinen Arm umklammert wie wilder Wein. „Du fährst, Kleiner."

„Wir losen."

Entgegenkommend fischte Jared eine Münze aus seiner Tasche. „Kopf oder Zahl?"

„Kopf."

Jared schnippte das Geldstück in die Luft und fing es geschickt wieder auf. „Zahl. Du fährst."

Mit einem gleichgültigen Schulterzucken wandte sich Shane wieder der Rothaarigen zu.

„Muss er eigentlich alles anmachen, was einen Rock trägt?", brummte Rafe, während sich Devin mit den Bällen abrackerte.

„Exakt. Er muss. Weil nämlich jemand deine Rolle übernehmen musste, nachdem du weggegangen bist, Bruderherz." Devin trat einen Schritt zurück und wechselte dann den Queue. „Und solange du dieses Verhalten unterstützt ..."

„Wer sagt denn, dass ich es unterstütze?" Rafe unterzog die Rothaarige einer ausgiebigen Musterung, aber er verspürte beim Anblick ihrer hübschen Rundungen nicht mehr als ein ganz leichtes Ziehen, das Anerkennung signalisierte. Und sofort fiel ihm Regan ein, und der Gedanke an sie versetzte ihm einen schmerzhaften Stich.

Jared klopfte auf der Musikbox mit den Fingern den Takt zur Musik, während er seinen kleinen Bruder beobachtete, der offensichtlich bei der Rothaarigen bereits gute Fortschritte erzielt hatte. Das allein wäre schon Grund genug, sich und ihm wieder mal eine kleine Rauferei zu gönnen.

Rafe grinste ihm verständnisvoll zu, als hätte er seine Gedanken gelesen, und auch Devin, der über den Billardtisch gebeugt stand, richtete sich wie auf ein Stichwort hin auf und blickte hinüber zu Shane. Mit brüderlicher Zuneigung studierte er, wie Shane alle Register seiner Verführungskünste zog, und seufzte.

„Der Junge tut wahrlich sein Bestes, um heute noch eine tüchtige Abreibung zu bekommen. Wenn er noch länger mit dem Mädel herumspielt, bleibt uns wohl nichts anderes übrig, als ihn zur Ordnung zu rufen."

„Ganz meine Meinung", stimmte Jared grinsend zu. „Aber wir sollten versuchen, dabei so human wie möglich vorzugehen."

Der Barkeeper, dem aufgefallen war, wie die drei plötzlich die Köpfe zusammengesteckt hatten, hatte gelauscht und legte nun seinen Protest ein. „Nicht hier drin. Komm schon, Devin, lass den Blödsinn, du bist das Gesetz."

„Ich erfülle doch nur meine brüderlichen Pflichten."

„Um was geht's?" Auch Shane war aufmerksam geworden, rutschte von seinem Barhocker herunter und ging wiegenden Schrittes zu dem Grüppchen hinüber. Er brauchte seine drei Brüder nur anzusehen, und schon war bei ihm der Groschen gefallen. „Drei gegen einen?", fragte er, und die Kampflust leuchtete ihm aus den Augen. „Soll mir recht sein. Ihr werdet schon sehen, was ihr davon habt."

Damit ging er in Stellung. In diesem Moment öffnete sich die Tür, und ihm blieb vor Überraschung der Mund offen stehen, was Rafe zu seinem Vorteil nutzte und ihm einen donnernden Kinnhaken verpasste. Shane schwankte nur kurz und konnte seinen Blick noch immer nicht von der Tür losreißen.

„Du machst es einem ja wirklich leicht." Rafe lachte laut auf, folgte dann jedoch Shanes Blick und erstarrte.

Die Länge des feuerroten Rocks bewegte sich hart an der Grenze zur Anstößigkeit, und er saß so eng, dass er die Kurven ihres Körpers weit mehr enthüllte als verbarg. Die schwindelerregend hohen Stilettos in derselben Farbe ließen ihre Beine endlos erscheinen. Rafe wurde es ganz schwummrig, als er seinen Blick an ihnen hinaufwandern ließ.

Das hautenge schwarze Oberteil vermochte nichts, aber auch gar nichts zu einer Beruhigung seiner Sinne beizutragen. Im Gegenteil. Es schmiegte sich an zwei volle, straffe Brüste, die von keinem BH gehalten wurden und einer solchen Stütze auch gar nicht bedurften.

Er brauchte mehr als zehn Sekunden, um sich von dem Anblick loszureißen und den Blick zu heben, um sich ihrem Gesicht zuzuwenden.

Ihre sinnlichen Lippen waren knallrot geschminkt und glänzten feucht. Das kleine Muttermal an der Seite über der Oberlippe wirkte kühn und so sexy, dass er sofort ein ihm nur allzu bekanntes Ziehen in den Lenden verspürte. Das Haar zerzaust, die Augen umflort, mit schweren Lidern, wirkte sie wie eine Frau, die eben nach einer Liebesnacht aus dem Bett gestiegen war und die Absicht hatte, in Kürze wieder dorthin zurückzukehren.

„Heiliger Himmel!" Es war Shanes fassungsloser Kommentar, der ihn in die Wirklichkeit zurückholte. „Ist das Regan? Teufel noch mal, sieht die heiß aus!"

Rafe hatte nicht die Kraft zu antworten. Als er wie im Traum langsam einen Fuß vor den anderen setzte, um zur Tür zu gehen, drehte sich noch immer alles in seinem Kopf, ganz so, als sei er derjenige gewesen, der den Schlag hatte einstecken müssen.

„Was tust du denn hier?"

Sie bewegte die Schulter, was bewirkte, dass ihr der eine Träger ihres Oberteils verführerisch herabfiel. „Ich hatte plötzlich Lust, ein bisschen Billard zu spielen."

Plötzlich hatte er einen Kloß im Hals. Er räusperte sich. „Billard?"

„Ja." Sie stöckelte, ihn im Schlepptau, zur Bar hinüber und lehnte sich lässig an den Tresen. „Wie wär's, spendierst du mir ein Bier, MacKade?"

12. Kapitel

Wenn er doch bloß endlich aufhören würde, sie anzustarren! Sie war sowieso schon so nervös, dass sie nicht wusste, wo ihr der Kopf stand.

Weil sie sich einen großartigen Auftritt hatte verschaffen wollen, hatte sie ihren Mantel im Auto gelassen, aber nun war ihr so kalt, dass nur die Angst, sich vollkommen lächerlich zu machen, sie davon abhielt, mit den Zähnen zu klappern. Und ihre Füße in den ungewohnten Stilettos schmerzten höllisch.

Als von Rafe keine Antwort kam, ließ sie ihre Blicke durch den Raum schweifen, wobei sie sich bemühte, angesichts der hungrigen Blicke, die sie fast verschlangen, keine Miene zu verziehen. Schließlich fasste sie sich ein Herz und präsentierte dem Barkeeper ein strahlendes Lächeln.

„Ein Bier, bitte." Mit dem Glas in der Hand drehte sie sich um. Keiner der Anwesenden hatte auch nur mit einem Muskel gezuckt.

Sie hasste Bier.

Noch immer vollkommen fassungslos, starrte Rafe ihr nach, als sie mit schwingenden Hüften zu dem Ständer mit den Queues hinüberstöckelte, die Billardstöcke fachmännisch musterte und schließlich einen herauszog, um ihn prüfend in der Hand zu wiegen.

Erst das Klackern der aneinanderstoßenden Kugeln brachte ihn wieder zur Besinnung. Er schrak auf und fand sie wieder neben sich. „Hast du nicht gesagt, du wolltest heute früh ins Bett gehen?"

„Ich habe mich eben anders besonnen." Ihre Stimme klang

belegt, ein Umstand, der zwar ausgezeichnet zu ihrem Aufzug passte, allerdings keine Absicht, sondern lediglich ihrem knappen Luftvorrat zuzuschreiben war. Sie ging langsam zum Billardtisch, wobei sie der Versuchung widerstand, ihren Rocksaum nach unten zu zerren. „Hat jemand Lust zu spielen?"

Ein halbes Dutzend Männer scharrte unruhig mit den Füßen, doch keiner sagte etwas. Das Geräusch, das Rafe von sich gab, hatte so viel Ähnlichkeit mit dem wütenden Knurren eines Hundes, der seinen Knochen bewacht, dass die Anwesenden entschieden, es sei im Moment wohl eher angebracht, gerade keine Lust zum Spielen zu haben.

„War bloß ein Witz, kapiert?"

Regan nahm den Queue, den Devin ihr hinhielt, und ließ ihre Fingerspitzen leicht über den Schaft und über die Spitze gleiten. Irgendjemand stöhnte. „Ich war unternehmungslustig, das ist alles."

Sie übergab Jared, der neben ihr stand, ihr Bier, stemmte ihre Füße auf den Boden, so fest es ging, um zumindest ein kleines bisschen Standfestigkeit zu bekommen, und beugte sich, den Queue in der Hand, über den Billardtisch. Das Leder ächzte und spannte sich dabei beängstigend.

Rafes Ellbogen landete in Shanes Magen. „Pass auf, wo du hinglotzt, Kleiner."

„Alles klar, Rafe." Shane steckte ungerührt die Hände in die Hosentaschen und grinste. „Wo soll ich denn hinschauen?"

Auf Anhieb war es ihr gelungen, einen Treffer zu landen. Sie stöckelte um den Tisch herum, um besser an die nächste Kugel, die sie anvisiert hatte, heranzukommen. Devin stand ihr im Weg.

„Sie blockieren den Tisch, Sheriff."

„Oh. Ja, richtig. Entschuldigung."

Als sie sich wieder hinabbeugte, begegneten sich Devins

und Jareds Blicke, während sich ein breites Grinsen auf ihren Gesichtern breitmachte.

Und wieder gelang es ihr, eine Kugel ins Loch zu stoßen. Ihr Erfolg verführte sie dazu, einen Stoß zu wagen, der auch Ansprüche an die Geschicklichkeit eines geübten Billardspielers gestellt hätte. Mit einem atemberaubenden Hüftschwung stellte sie sich in Positur.

Als die Kugel ihr Ziel verfehlte, verzog Regan enttäuscht die vollen, rot geschminkten Lippen zu einem Schmollmund. „Mist." Sie richtete sich auf und blickte Rafe unter halb herabgelassenen Wimpern mit einem Schlafzimmerblick an. „Du bist dran." Leicht fuhr sie ihm mit der Hand über seine Hemdbrust. „Möchtest du, dass ich deinen Queue einreibe?", fragte sie mit heiserer Stimme.

Der Raum zerbarst fast unter dem Johlen und Pfeifen der Anwesenden. Rafe war kurz vorm Explodieren. „So. Das reicht jetzt."

Er riss ihr den Queue aus der Hand, warf ihn Jared zu, packte sie am Handgelenk und zerrte sie in Richtung Tür.

„Aber wir haben doch noch gar nicht fertig gespielt", protestierte sie, wobei es ihr wegen ihrer hohen Absätze schwerfiel, Schritt mit ihm zu halten.

Er riss seine Lederjacke von der Garderobe und warf sie ihr über. „Los, zieh sie an, bevor ich in Versuchung gerate, einem der Kerle die Faust zwischen die Rippen zu jagen." Damit schob er sie durch die Tür.

„Ich bin selbst mit dem Auto da", begann Regan, als er sie zu seinem Wagen zerrte.

Doch er zeigte keine Reaktion und hielt ihr ungerührt den Schlag seines Wagens auf. „Los, steig ein. Auf der Stelle."

„Ich fahre hinter dir her."

„Einsteigen, habe ich gesagt."

Es erwies sich als ein schwieriges Manöver, in den Sportwagen hineinzukommen, aber schließlich schaffte sie es doch, ohne dass der Rock aufplatzte. „Wohin fahren wir?"

„Ich bring dich nach Hause", erwiderte Rafe knapp und knallte die Beifahrertür zu, ging um das Auto herum und stieg ein. „Und wenn du klug bist, hältst du während der Fahrt den Mund."

Sie war klug. Als er schließlich vor ihrem Haus anhielt, war kein einziges Wort gefallen. Da sie Mühe hatte, ohne seine Hilfe auszusteigen, reichte er ihr seine Hand.

„Gib her", raunzte er sie an, als sie vor der Tür standen, entriss ihr den Schlüsselbund und schloss auf.

Verärgert über seine rüde Art, stellte sie sich ihm in den Weg. „Wenn du mit reinkommen willst, dann …"

Es gelang ihr gar nicht erst, ihren Satz zu beenden. Ehe sie sich's versah, fühlte sie sich gegen die Tür gedrückt, und Bruchteile von Sekunden später pressten sich seine heißen Lippen hart auf ihren Mund.

Als er sie schließlich wieder losließ und leicht taumelnd einen Schritt zurücktrat, ging sein Atem schnell. Verdammt wollte er sein, wenn er sich auf diese Art und Weise den Kopf von ihr verdrehen ließ. Er lehnte es ab, sich zum Opfer seiner eigenen Begierden zu machen.

In der Wohnung riss er ihr die Lederjacke von den Schultern und feuerte sie in einen Sessel. „Runter mit den Klamotten", befahl er wutschnaubend.

Irgendetwas in ihr zersprang. Die Augen gesenkt, griff sie nach ihrem Reißverschluss und öffnete ihn.

„Nein", protestierte er, „ich habe nicht gemeint, dass du … Großer Gott …" Wenn sie jetzt anfangen würde, sich vor ihm auszuziehen, wäre er verloren. Die Verwirrung, die sich in ihren Augen spiegelte, veranlasste ihn, sich in seinem Ton zu mäßigen. „Ich wollte damit sagen, dass es mir lieber wäre, wenn du dich umziehst. Bitte."

„Ich dachte, du …"

„Ich weiß, was du dachtest." Gleich würde er sterben vor Verlangen. „Nein, einfach nur umziehen, damit ich sagen kann, was ich zu sagen habe."

„Okay."

Er wusste, dass es ein Fehler war, ihr hinterherzusehen, wie sie aus dem Zimmer stöckelte. Aber schließlich war auch er nur ein Mensch.

Im Schlafzimmer schlüpfte Regan erleichtert aus den Schuhen und bewegte die schmerzenden und geschwollenen Zehen. Dann schälte sie sich aus dem Lederrock. Wie herrlich, endlich wieder frei atmen zu können. Sie wünschte sich, Belustigung über die Situation empfinden zu können, aber alles, was sie verspürte, war brennende Scham. Sie kam sich vor wie der letzte Idiot. Sie hatte sich gedemütigt und ihre Würde verspielt. Für nichts und wieder nichts.

Nein, dachte sie, während sie ihre Hose zumachte. Für ihn. Sie hatte es für ihn getan, aber er hatte es nicht gewürdigt.

Als sie zurückkam, das Gesicht gewaschen, die Haare zurückgebürstet, den beigen Pullover ordentlich in die schwarze Hose gesteckt, ging er unruhig im Zimmer auf und ab.

„Ich will wissen, was du dir dabei gedacht hast", verlangte er, ohne sich mit größeren Vorreden aufzuhalten. „Wie kommst du dazu, in einem derart provozierenden Aufzug in Duff's Tavern zu erscheinen?"

„Das war doch deine Idee", schleuderte sie ihm entgegen, aber er war zu beschäftigt damit, mit den Zähnen zu knirschen und wilde Flüche auszustoßen, um ihren Einwand zur Kenntnis zu nehmen.

„Fünf Minuten länger, und es hätte einen Aufstand gegeben. Und ich wäre derjenige gewesen, der ihn begonnen hätte."

„Du hast gesagt, dass du …"

Er explodierte. „Es interessiert mich einen feuchten Kehricht, was die Leute hinter meinem Rücken über mich sagen, aber ich will nun mal nicht, dass sie hinter vorgehaltener Hand über dich tuscheln, hast du das ein für alle Mal kapiert?"

„Nun, wirklich …"

„Ja, wirklich. Und sich so ungeniert über den Billardtisch zu lehnen, dass jeder verdammte …"

Ihre Augen verengten sich. „Pass auf, was du sagst, MacKade."

„Jetzt bin ich dazu gezwungen, meinen Brüdern alles, was sie gedacht haben, aus ihren verdammten Hirnen wieder rauszuprügeln."

„Das macht dir doch Spaß."

„Das gehört jetzt nicht zur Sache."

„So? Aber das gehört zur Sache." Wutentbrannt griff sie nach ihrer Lieblingsvase und schleuderte sie zu Boden. Mit grimmiger Befriedigung beobachtete sie, wie sie in tausend Scherben zersprang. „Ganz allein für dich habe ich mich gedemütigt, kapiert? Für niemand anders als für dich habe ich mich in diesen lächerlichen Rock gezwängt und meine Füße mit diesen absurden Schuhen malträtiert. Und wahrscheinlich werde ich Wochen brauchen, um dieses verdammte Make-up, das all meine Poren verstopft hat, wieder abzukriegen. Ich habe meine gesamte Würde verspielt, und das einzig und allein nur für dich. Ich hoffe, du bist nun zufrieden."

„Ich …"

„Halt den Mund!", schrie sie. „Diesmal hältst du den Mund, wenigstens dieses eine Mal. Einmal wollte ich etwas tun, das du dir wünschst. Ich wollte dir eine Freude machen, und alles, was dir dazu einfällt, ist, an mir herumzukritisieren und dir Sorgen zu machen über irgendwelchen Klatsch, der im Grunde genommen keinen von uns beiden interessiert." Mit zornsprühenden, brennenden Augen starrte sie ihn an und suchte nach weiteren Worten. „Ach, geh doch zur Hölle." Erschöpft ließ sie sich in einen Sessel fallen und rieb ihre noch immer schmerzenden nackten Füße.

Er wartete, bis er sicher sein konnte, dass sie sich etwas beruhigt hatte. „Du willst damit sagen, du hast es für mich getan?"

„Nein, ich hab's gemacht, weil es für mich nichts Schöneres gibt, als auf zwölf Zentimeter hohen Absätzen und halb nackt mitten im Winter in eine Bar einzulaufen und den Männern den Kopf zu verdrehen. Einzig nur dafür lebe ich", setzte sie höhnisch hinzu.

„Du hast es wirklich für mich getan", stellte er fest und sah sie noch immer ungläubig an.

Ihre Wut begann zu verrauchen, sie lehnte sich zurück und schloss erschöpft die Augen. „Ich habe es gemacht, weil ich verrückt nach dir bin. So wie du es mir prophezeit hast. Und jetzt geh bitte und lass mich allein. Ich bin hundemüde."

Schweigend musterte er sie von Kopf bis Fuß, wandte sich dann um, ging hinaus und machte die Tür leise hinter sich zu.

Bewegungslos blieb sie zusammengekauert in ihrem Sessel sitzen und holte tief Luft. Ihr war nicht nach Weinen zumute. Selbst wenn sie sich gedemütigt hatte, es würde vorübergehen. Die Wogen würden sich wieder glätten. Nun hatte sie ihm alles gegeben, was sie zu geben hatte, und sie konnte es nicht mehr rückgängig machen. Was geschehen war, war geschehen. Aber sie würde niemals aufhören ihn zu lieben.

Auch als sie hörte, wie die Tür wieder geöffnet wurde, hielt sie ihre Augen weiterhin geschlossen. „Ich bin wirklich müde, Rafe. Kannst du nicht bis morgen warten, um deine Schadenfreude auszukosten?"

Etwas fiel in ihren Schoß. Regan zuckte zusammen, öffnete die Augen und starrte auf einen Strauß Flieder.

„Es ist kein echter", bemerkte er. „Echter Flieder ist im Februar nicht aufzutreiben. Ich fahre ihn schon seit ein paar Tagen in meinem Kofferraum spazieren."

„Oh, Rafe. Er ist trotzdem sehr hübsch." Langsam strichen ihre Fingerspitzen über die winzigen Blüten aus Stoff, der glänzte wie Seide. „Ein paar Tage", murmelte sie und sah zu ihm auf.

„Ja." Er machte ein finsteres Gesicht, vergrub die Hände in den Hosentaschen und wippte auf den Zehenspitzen leicht hin und her. „Oh, Mann", stöhnte er schließlich, wobei er dachte, es sei wahrscheinlich einfacher, sich eine Schlinge um den Hals zu legen und zuzuziehen, als das zu tun, was zu tun er gerade im Begriff stand. Seine Kehle würde mit Sicherheit nicht weniger brennen.

Er kniete sich vor sie hin.

„Was machst du denn?"

„Sei jetzt einen Moment einfach nur still, ja? Und wehe, du lachst." Ihm war die Sache so peinlich, dass er am liebsten im Boden versunken wäre, aber es half nichts, da musste er durch.

„When I arose and saw the dawn, I sighed for thee."

„Rafe …"

„Unterbrich mich nicht. Jetzt muss ich noch mal von vorn anfangen."

„Aber du musst doch gar nicht …"

„Regan."

Sie holte tief Luft. „Entschuldigung, Rafe. Mach einfach weiter."

Er verlagerte sein Gewicht von einem Knie auf das andere und begann noch einmal von vorn, aber bereits bei der zweiten Zeile blieb er stecken. „Oh, Himmel." Er fuhr sich mit den Fingern durchs Haar und versuchte sich zu konzentrieren. „Ah, jetzt hab ich's wieder." Mit belegter Stimme rezitierte er eine Strophe eines Gedichtes von Shelley.

So erleichtert, als fiele ihm ein zentnergroßer Stein vom Herzen, atmete er schließlich auf. „So, das ist alles. Mehr kann ich nicht. Es hat schon länger als eine Woche gedauert, ehe ich allein das hier intus hatte. Aber wehe, wenn du das jemals weitererzählst."

„Das hätte ich mir niemals träumen lassen." Bewegt legte sie eine Hand auf seine Wange. „Wie süß von dir, wirklich."

„Das Gedicht ähnelt in gewisser Weise dem, was ich für dich empfinde. Ich habe jeden Tag an dich gedacht, Regan. Aber wenn du jetzt Poesie willst, dann muss ich ..."

„Nein." Entschlossen schüttelte sie den Kopf, beugte sich vor und barg ihr Gesicht an seiner Brust. „Nein, ich brauche keine Poesie, Rafe."

„Ich fürchte, mir fehlt die romantische Ader. Alles, was ich anzubieten habe, sind künstliche Blumen und Worte, die nicht mal auf meinem eigenen Mist gewachsen sind."

Sie war so gerührt, dass sie am liebsten geweint hätte. „Ich mag die Blumen, und das Gedicht ist wunderschön. Aber ich brauche weder das eine noch das andere. Ich will dich nicht verändern, Rafe. Bleib so, wie du bist."

„Und ich mag dich so, wie du bist, Regan, immer so ordentlich und korrekt, tipptopp. Allerdings muss ich auch zugeben, dass mich dein Aufzug von vorhin nicht gerade kalt gelassen hat."

„Ich bin sicher, dass ich mir die Sachen von Ed wieder einmal ausborgen kann."

„Ed?" Er grinste. „Kein Wunder, dass das Zeug so eng saß wie eine zweite Haut." Und plötzlich spürte er die warmen Tropfen, die auf seinen Hals fielen. „Oh, tu das nicht, Baby. Bitte nicht."

„Ich weine ja gar nicht wirklich. Ich bin nur so gerührt, dass du meinetwegen ein Gedicht von Shelley auswendig gelernt hast." Sie presste sich fest an ihn, ehe sie sich wieder in den Sessel zurücklehnte. „Sieht ganz danach aus, als hätten wir die Wette beide gewonnen – oder verloren, ganz wie man's nimmt." Sie wischte sich mit dem Handrücken ihre Tränen ab. „Obwohl du immerhin wenigstens nicht in aller Öffentlichkeit verloren hast."

„Wenn du glaubst, du könntest mich dazu überreden, diese

kleine Dichterlesung in Duff's Tavern noch mal zu wiederholen, musst du wirklich verrückt sein. Ich würde da niemals lebendig wieder rauskommen."

Sie holte tief Luft. „Ich mag dich genau so, wie du bist, Rafe. Und ich brauche dich viel mehr, als du denkst. Ich habe dich gebraucht, als Joe zu mir ins Geschäft kam und mir Angst einjagte, aber ich wollte dich das nicht wissen lassen."

Er nahm ihre Hand und küsste sie.

Als er sie an sich zog, machte sie sich frei und lächelte. „Lass mich erst nachsehen, ob ich eine passende Vase für den Strauß finde, sonst wird er noch ganz zerdrückt."

Er tastete auf dem Boden herum und hob ein paar Scherben auf. „Wie wär's mit der hier?"

„Ausgezeichnet", erwiderte sie trocken und nahm ihm die Scherben aus der Hand. „Ich kann es kaum glauben, dass ich sie wirklich zerdeppert habe."

„Ja, es war ein ereignisreicher Abend."

Sie schmunzelte. „Stimmt. Möchtest du vielleicht hierbleiben, um zu sehen, was als Nächstes passiert?"

„Du scheinst wirklich meine Gedanken erraten zu können. Weißt du, Regan, ich glaube, dass wir mehr gemeinsam haben, als man auf den ersten Blick annehmen könnte. Du spielst ausgezeichnet Billard, und ich liebe Antiquitäten." Plötzlich nervös geworden, stand er auf und begann unruhig im Zimmer umherzuwandern. Nach einer Weile blieb er vor einer Kommode stehen, nahm eine Katze aus chinesischem Porzellan in die Hand und stellte sie, nachdem er sie einer ausgiebigen Betrachtung unterzogen hatte, behutsam wieder zurück. „Was hältst du davon, wenn wir heiraten?"

Sie stand mit dem Rücken zu ihm am Tisch und zupfte nachdenklich an einem Fliederzweig herum. „Hm ... Das hast du mich, wenn ich mich recht erinnere, vor einiger Zeit schon mal gefragt. Nur um mir dann zu sagen, dass es nicht ginge, weil ich keine Lust habe, mir Baseballspiele anzuschauen."

„Diesmal meine ich es ernst, Regan."

Sie wirbelte herum und stieß mit der Hand gegen die Tischkante. „Wie bitte?"

„Hör zu, wir kennen uns zwar noch nicht sehr lange." Sie blickte ihn an, als ob er den Verstand verloren hätte. Und er war sich sicher, dass sie mit ihrer Vermutung recht hatte. „Aber zwischen uns gibt es etwas, das ich mir nicht erklären kann. Etwas, das über Sex weit hinausgeht."

„Rafe, ich kann nicht ..."

„Vielleicht würdest du mich jetzt mal ausreden lassen." Sein Tonfall klang plötzlich gereizt. „Ich kenne deine Prioritäten und habe mir alles genau überlegt. Aber das Mindeste, was du für mich tun kannst, ist, die Sache auch einmal von meinem Standpunkt aus zu sehen. Es ist nicht einfach nur Sex für mich, und das ist es auch nie gewesen. Ich liebe dich."

Fassungslos starrte sie in diese harten, zornigen Augen und hörte, wie er die köstlichen Worte mit einem wütenden Schnauben von sich gab. Sie fühlte ihr Herz aufgehen wie eine Rosenknospe im Frühling. „Du liebst mich", wiederholte sie.

Früher war es ihm ganz leicht gefallen, diese Worte auszusprechen. Weil er gewusst hatte, dass sie nicht zählten. Das war nun anders. „Ich liebe dich", sagte er noch einmal. „Das ist mir noch nie im Leben passiert."

„Mir auch nicht", murmelte sie.

Das Rauschen seines Blutes dröhnte ihm in den Ohren und verschluckte ihre Erwiderung. „Wenn du mir nur eine Chance geben würdest ..." Er ergriff ihre Handgelenke. „Komm, Regan, nimm das Risiko auf dich. Das Leben ist nun mal gefährlich."

„Ja."

Sein Griff lockerte sich. „Ja, was?"

„Warum haben wir nur immer solche Schwierigkeiten, einander zu verstehen?", wollte sie wissen. „Also, hör genau zu, Rafe, das ist wichtig", befahl sie. „Ja, ich will dich heiraten."

„Einfach so? Und du willst nicht erst noch einmal darüber schlafen?"

„Ja, ganz einfach so. Weil ich dich auch liebe."

Viel später, als sie sich unter dem warmen Federbett aneinanderkuschelten, legte sie die Hand auf sein Herz und lächelte ihn an.

„Ich bin unendlich glücklich darüber, dass du wieder hierher zurückgekommen bist, MacKade. Willkommen zu Hause."

Und dann schliefen sie ein.

– ENDE –

Informationen zu unserem Verlagsprogramm, Anmeldung zum Newsletter und vieles mehr finden Sie unter:

www.harpercollins.de